Friedrich Kohlrausch

Erinnerungen aus meinem Leben

Friedrich Kohlrausch

Erinnerungen aus meinem Leben

ISBN/EAN: 9783743620636

Hergestellt in Europa, USA, Kanada, Australien, Japan

Cover: Foto ©Raphael Reischuk / pixelio.de

Manufactured and distributed by brebook publishing software (www.brebook.com)

Friedrich Kohlrausch

Erinnerungen aus meinem Leben

Erinnerungen

aus

meinem Leben

von

Fr. Kohlrausch,

Königlich Hannoverschem General-Schuldirector.

Mit dem Bildnisse des Verfassers.

Hannover.

Hahn'sche Hofbuchhandlung.

1863.

M

Meinen

beiden ältesten Freunden,

dem

Grafen Wolf Baudissin

und dem

Schulrath Abeken,

im innigen Andenken

an

eine mehr als sechzigjährige treue Freundschaft

gewidmet.

Vorwort.

Als ich im Winter von 1860 auf 1861 in manchen Abendstunden einem Kreise meiner Enkel Erinnerungen aus meiner Jugend zu erzählen anfing und immer weiter auch in spätere Zeiten vorrückte, brachte mich ihre lebendige Theilnahme und ihr ausgesprochener Wunsch zu dem Vorsatze, das Erzählte niederzuschreiben, und so entstanden die ersten Bogen dieser Schrift. Die Freude an dieser Arbeit und die lebendige Vergegenwärtigung der wichtigen Weltbegebenheiten, die ich mit erlebt, und der bedeutenden Menschen, die ich gekannt und mit denen ich zum Theil in engeren Verhältnissen gestanden hatte, gaben mir das Gefühl, daß vielleicht ein größerer Kreis diese Lebenserinnerungen mit Theilnahme lesen werde; denn es sind wohl nicht viele unter den Lebenden, denen die Eindrücke der ersten französischen Revolution, der blühendsten Periode unserer Literatur, der Napoleonischen Zeit, der Freiheitskriege, der Schwankungen in den folgenden Jahrzehenden, der Revolutionen von 1830 und 1848, so nahe getreten sind, als mir. Und eben so darf ich glauben, daß meine Erfahrungen im Unterrichts- und

Erziehungswesen durch das eigene Lehramt und durch die Schulorganisations- und Verwaltungsarbeiten am Rheine, in Westphalen und im Königreiche Hannover einen Umfang und eine Vielseitigkeit gewonnen haben, welche für den Schulmann und vielleicht auch für manchen andern, der die Wichtigkeit dieses Zweiges der menschlichen Thätigkeit erkannt hat, von Interesse sein können. Einige meiner Freunde, denen ich mein Heft mittheilte, bestärkten mich in dieser Meinung und so entschloß ich mich zur öffentlichen Bekanntmachung um so lieber, als sich die Hahn'sche Hofbuchhandlung, deren Anfänge hier in Hannover ich in meiner Schulzeit in nächster Nähe gesehen hatte, — denn ich wohnte mehrere Jahre in demselben Hause, — die mich durch den Anblick ihrer Betriebsamkeit für die Wissenschaft in dem Vorsatze, mich selbst dem Studium derselben zu widmen, bestärkte, und deren ausgezeichnete Begründer, der Vater und Oheim der jetzigen Besitzer, mir so viel Wohlwollen bezeugt haben, sich zu dem Verlage meines Buches mit freundlicher Bereitwilligkeit geneigt erklärte. Es war mir, als begönne ich die Laufbahn meiner wissenschaftlichen Ausbildung, welche mich in so enge Verbindung mit dem wichtigen Gebiete des öffentlichen Schulwesens geführt hat, von Neuem unter dem günstigen Omen eines Instituts, dessen Thätigkeit in der Beschaffung tüchtiger Hülfsmittel für den Unterricht nun seit 70 Jahren derselben einen der ehrenvollsten Plätze in der Geschichte des deutschen Buchhandels erworben hat.

Mag denn die Geschichte meines Lebens manchen ihrer Leser zur Bestärkung in dem Glauben an eine höhere Leitung der Schicksale jedes Einzelnen gereichen und ihn zugleich zu der Erkenntniß führen, daß ein jeder, auch ohne ausgezeichnete Begabung, durch treuen Willen und hingebenden Fleiß, wenn er nur die Sache und nicht seine Person im Auge hat, mit Nutzen für das Wohl der bürgerlichen Gesellschaft zu wirken vermag. Vor allem würde ich mich glücklich schätzen, wenn in vielen Jüngeren die Liebe für den wichtigen Lehrerberuf, die seltener zu werden angefangen hat, geweckt, oder wenn sie noch schwankt, gestärkt würde.

Ich schreibe fast einzig aus dem Gedächtnisse nieder, was sich diesem lebendig eingeprägt hat; ich habe kein Tagebuch gehalten und es leider, mit sehr geringer Ausnahme, versäumt, Briefe und selbst Documente über manche Lebensereignisse aufzubewahren, weil ich früher nie daran dachte, mein Leben zu beschreiben. Es ist daher leicht möglich, daß im Einzelnen ein Irrthum, namentlich in Zeitbestimmungen, untergelaufen ist. Für die Wahrheit der Thatsachen selbst aber kann ich bürgen.

Schließlich habe ich nur noch meine geneigten Leser zu bitten, daß sie den doppelten Zweck und Charakter meiner Darstellungen wohlwollend im Auge behalten und als Maßstab an das Einzelne legen wollen, nemlich einmal meine Absicht, meiner Familie und meinen näheren Freunden ein Denkmal meiner persönlichen Schicksale, von der ersten Jugend an, so wie das Andenken an diejenigen Menschen, die für mich als Wohlthäter, als Freunde, als merkwürdige oder selbst große Charaktere, wichtig geworden sind, zu hinter-lassen, und zweitens, meine thatsächlichen Erfahrungen aus meiner amtlichen Thätigkeit in dem Laufe von mehr als einem halben Jahrhundert und die dadurch gewonnenen An-sichten über Unterricht und Erziehung für einen größeren Kreis niederzulegen. Ich habe durch möglichste Sonderung dieser beiden Elemente meines Buches dafür zu sorgen ge-sucht, daß die Leser, je nachdem sie sich mehr für den einen oder anderen Theil interessieren, überschlagen können, was ihnen weniger zusagt.

Hannover, am zehnten März 1863.

Fr. Kohlrausch.

Inhaltsverzeichniß.

I. Landolfshausen.

Mein Geburtsort ist das Dorf Landolfshausen, drei Stunden von Göttingen, jenseits des Heinberges, nahe an der Eichsfeldschen
Gränze bei Seeburg. Mein Vater war dort Prediger. Er sowohl,
wie meine Mutter und mein Schwager, der Pastor Eberwein,
liegen dort begraben, und meine einzige Schwester, dessen Witwe,
bewohnt das dortige Witwenhaus, welches jetzt, im Jahre 1862, schon
79 Jahre im Besitze von Mutter und Tochter gewesen ist, — gewiß
ein seltener Fall. Aber alle Prediger, die zwischen dem Jahre 1783,
als mein seliger Vater starb, und dem Jahre 1825, als mein Schwager Eberwein die Pfarre erhielt, in Landolfshausen fungiert haben,
haben entweder keine Witwen hinterlassen oder diese haben den Tod
meiner seligen Mutter nicht erlebt; einige haben sich wieder verheirathet. Daher erbte meine Schwester, nachdem sie vom Jahre 1826
an mit der Mutter im Witwenhause gelebt hatte, bei deren Tode im
Jahre 1834 dasselbe als rechtmäßige Besitzerin. Eine so lange, durch
Lebende und Todte gleichsam besiegelte und geweihte, Verbinduug mit
einem Orte, sei er Stadt oder Dorf, weiht diesen Ort auch zu dem
Familien-Mittelpuncte, und drei Generationen haben ihn als solchen
festgehalten. Ich bin als Student von Göttingen in den Jahren
1799 bis 1802 dorthin zu meiner Mutter gegangen, um den Sonnabend Abend und den Sonntag bei ihr zuzubringen; meine drei Söhne
sind in den Jahren 1830 bis 1836 denselben Weg zur Großmutter
und Tante gewandert, und gleich ihnen mein ältester Enkel in den
Jahren 1858 bis 1862 zu seiner Großtante. Und mir selbst ist,
nachdem ich im Jahre 1830 in mein Vaterland Hannover zurückgekehrt bin, kaum ein einzelnes Jahr vergangen, daß ich nicht die
Wiege meines Lebens besucht und meine Kinder und Großkinder eben

dahin geführt hätte, dann sie das friedliche Thal mit seinen freund=
lichen Umgebungen lieb gewinnen lernten.

Dorf und Gegend sind in der That sehr freundlich. Jenes bildet
zwei lange Häuserreihen zu den Seiten eines sehr breiten Fahrweges;
die eine Reihe liegt auf einer langgestreckten Höhe, die andere gegenüber ziemlich viel tiefer. Vor den Häusern stehen zum Theil hohe
Linden und Eschen, zum Theil ist der Raum mit kleinen Blumen=
gärten ausgefüllt, die einen freundlichen Anblick gewähren. Ein
Mühlbach fließt hinter der niedern Häuserreihe her, bewässert gras=
reiche Wiesen und treibt zwei malerisch gelegene Mühlen; aber gleich
dahinter erheben sich Höhen mit Fruchtfeldern aller Art und hinter
diesen wiederum mehrere waldbedeckte Berge, die nach der Göttinger
Seite hin als Göttinger Wald eine nicht unbeträchtliche Höhe erreichen.
Hinter der oberen Häuserreihe heben sich die Fruchtfelder unmittelbar
mannigfach empor, und auf ihren Höhen kann man an mehreren
Stellen das ganze blaue Harzgebirge von den Clausthaler Bergen
bis zum Brocken, mit seinem deutlich zu erkennenden Gasthause, und
von diesem weithin allmählich sich absenkend die weitere Bergreihe
verfolgen. Ja, ich habe vom Brocken aus bei klarem Wetter deutlich
die Gestalt der Berge bei Landolfshausen und namentlich eine Schlucht,
welche der Hengstberg mit dem Göttinger Walde bildet, erkennen
können.

Selbst an einigen Felsen fehlt es bei Landolfshausen nicht, und
von ihnen hat man einen reizenden Blick in das langgestreckte Dorf
mit seinen Gärten und zahlreichen Bäumen und einem, zwar neu=
gebauten und nicht hohen, aber freundlich einladenden Kirchthurme.

Diese langgestreckte Gestalt des Dorfes hat demselben ohne Zweifel
den Namen gegeben, denn im Munde der Einwohner heißt es noch
immer Langeshusen, hochdeutsch also etwas pathetischer Lang=
dorfshausen, welches sich im Laufe der Zeit in das mundgerechtere
Landolfshausen verwandelt hat. Der sagenbegierige Sinn des
Volkes hat sich aber mit dieser prosaischen Etymologie nicht befreun=
den können, sondern einen Ritter Landolf erfunden, der hier gehauset
und dem Dorfe den Namen gegeben habe. Zur Kirche gehören zwei

Filialdörfer: Falkenhagen und Potswenden. Den Falken ließ
man sich schon gefallen, der konnte das Wappenthier des Ritters
Landolf gewesen sein, aber Potswenden mußte ebenfalls einen ritter-
lichen Ursprung haben. Also: der Ritter Landolf war ein edler
Sachse und vertheidigte seine Heimat gegen Karl den Großen, als
dieser das Sachsenland mit Heeresmacht überzog. Er mußte weichen
und zog sich in ein undurchdringliches Dickicht am Fuße des Hengst-
berges zurück, wo jetzt das Dorf Potswenden liegt. Als Karl dahin
kam und dieses Dickicht sah, stutzte er und rief: „Pots, wende
um!" und sein Heer mußte umwenden. Man sieht an diesen Beispie-
len, wie so viele Sagen in späterer Zeit aus der Deutung von Namen
entstanden sind; die vorliegende wahrscheinlich von einem halbgelehrten
Schulmeister erfunden, der seine Geschichtskenntnisse unter das Volk
bringen wollte. Wie solche und ähnliche Märchen aber den Knaben
ergötzten, läßt sich denken.

Man wundere sich nicht über die Wichtigkeit, die ich diesem Dorfe
Landolfshausen für meine Lebensgeschichte beilege. Das ist einer der
Grundzüge des deutschen Wesens, welchen schon Tacitus hervorhebt,
daß wir an der Erdscholle mit Liebe hängen, die unser Fuß betreten
hat, als wir zum erstenmale mit demselben die mütterliche Erde be-
rührten. Und meine Jugend ist noch in die Zeit gefallen, da die
Schnellposten und Eisenbahnen die Menschen noch nicht im Fluge von
einem Ende Deutschlands, ja Europas, zum andern führten und damit ihre Wurzeln im heimatlichen Boden lockerten. Die Stetigkeit
der Eindrücke, namentlich in den Jahren der Jugend, giebt auch dem
Geiste und dem Charakter die Stetigkeit, welche leider aus dem jüngern Geschlechte immer mehr zu verschwinden droht.

Doch ich wollte ja nicht als ein laudator temporis acti gleich
im Beginne meiner Lebensbeschreibung auftreten; nur demjenigen, was
meinem Leben seine Eigenthümlichkeit verliehen hat, sollte sein Recht
widerfahren, und so sei denn auch meinem Vater und meiner Mutter
gleich hier ihr Platz angewiesen.

Mein Vater. — Mein Vater war der Sohn eines Bäckers
in Osterode. Diese Stadt steht für unsere Familie, so weit

Familien = und öffentliche Documente reichen, als Stammsitz da. Unser Name wird in den Stadtbüchern von Osterode und in den Lehnbriefen eines Familien = Lehns zuerst geschrieben: Culruz. Wir haben es gern als Kohlenruß ausgelegt und den Ursprung desselben aus den Gebirgen des Unterharzes hergeleitet, wo unsere Vorfahren als Kohlenbrenner gelebt und dem Cheruskerstamme ange= hört haben mögen. Nach und nach verändert sich der Name in Kolruz, Kolruß, Kolrusch, Kolraus, Kohlranz, bis im 17. Jahrhundert, welches möglichst viele Dehnungen und Buchstaben in jede Silbe zu bringen liebte, die jetzige Schreibart Kohlrausch erscheint und dem Namen eine ganz andere, nicht sehr angenehme, Deutung unterschiebt.

Der erste Lehnbrief, den ich in der Lehnslade habe auffinden können, ist vom Jahre 1403. Die Lehnsländereien lagen bei den Eichsfeldschen Dorfschaften Berenshausen, Germershausen, Helgershausen, bei Wulften und bei der Stadt Osterode. Mehrere Lehnbriefe über die Eichsfelder Lehne, der letzte vom Jahre 1781, sind von den Kurfürsten von Mainz ausgestellt, und die Fa= miliensage setzt den Ursprung der Schenkung in die Zeit, wo unter den Hofchargen der Fürsten auch der Hofnarr vorkommt. Einer unserer Vorfahren soll dieses ehrenwerthe Amt bei einem Kurfürsten von Mainz bekleidet haben und einst mit ihm im Frühjahr durch die von den angeschwollenen Harzwässern durchströmten Ebenen des Eichs= feldes geritten sein. Beim Durchreiten eines solchen Wassers sei das Pferd des Kurfürsten von der Fluth fortgerissen, der Kurfürst in Lebensgefahr gerathen und vom Hofnarren Culruz gerettet; zur Be= lohnung habe er einige gerade erledigte Lehnsländereien auf dem Eichsfelde erhalten.

Wenn die Erzählung wahr ist, so hat sich doch meines Wissens keiner der Nachkommen zu so hohen Hofdiensten emporgeschwungen, sondern sie haben als ehrsame Bürger in Osterode gelebt, auch wohl städtische Aemter bekleidet, und erst im 18. Jahrhundert hat sich die Familie auch in andere Gegenden ausgebreitet; die Lehen aber, welche in viele Theile zergangen und gemeinschaftlich von dem Senior der

Familie, oft einem Handwerker, verwaltet, d. h. verpachtet und bei Lehnsfällen, Processen u. s. w. wahrgenommen werden mußten, sind, weil bei solcher Verwaltung zu viel verloren ging, nach und nach allodificiert und in den dreißiger Jahren dieses Jahrhunderts verkauft worden. Meinem Vater aber hat sein Antheil, der jährlich in guten Jahren 70 bis 80 Thlr. betragen mochte, es möglich gemacht, seinem eifrigen Streben nach wissenschaftlicher Ausbildung folgen zu können. Er war auch zum Bäckerhandwerke bestimmt, und da er der einzige Sohn war, so setzte sein Vater großen Werth darauf, daß er sein Geschäft demnächst fortführen möchte. Aber seine Neigung zu den Büchern war so groß, daß er in der Schule in den Freiviertelstunden, wenn die übrigen Schüler zum Spielen in den Hof eilten, sich mit einem Buche hinter die angelehnte Thür stellte, um ungesehen fortlesen und lernen zu können. Auf Zureden der Lehrer gab endlich der Vater nach, daß der Sohn sich zum Volksschullehrer vorbereiten und das Seminar in Hannover besuchen durfte; an akademische Studien war wegen Mangels an Mitteln nicht zu denken. — Auf dem Seminar gewann er bald die Aufmerksamkeit der Lehrer und besonders des Curators der Anstalt, des damaligen Abtes von Loccum, Chapuzeau. Dieser nahm sich seiner an, erkannte in ihm die Fähigkeit zu höherer wissenschaftlicher Ausbildung, munterte ihn zu fortgesetzten sprachlichen Studien auf, die er schon in Osterode auf der Schule angefangen hatte, — die Schule zu Osterode war Gymnasium und hat Lehrer wie F. A. Wolf und Meinecke gehabt, — und als er zu den academischen Studien durch unermüdlichen Privatfleiß hinlänglich vorbereitet war, schaffte ihm der wohlwollende Mann auch noch einige Hülfe durch Stipendien, so daß er, etwa im Jahre 1770, die Universität Göttingen beziehen konnte. Wie eifrig er auch dort gearbeitet, und wie eingeschränkt er leben mußte, hat mir später sein Verwandter und Studiengenosse, der nachmalige Conrector Kohlrausch am Lyceum in Hannover, an einem Beispiele deutlich gemacht. Mein Vater liebte die Musik sehr und soll ein guter Clavierspieler gewesen sein. Noten zu kaufen, dazu reichten aber seine Mittel nicht aus; er lieh sie sich also von Bekannten, um sie abzuschreiben, und so findet ihn der

Vetter eines Morgens früh an seinem Schreibtische sitzend, den Kopf
vor Müdigkeit auf den Tisch gesunken, nachdem er die ganze Nacht
hindurch die Oper: „Die Jagd von Hiller" abgeschrieben hatte.

Leider habe ich diese einzelnen Züge nur zufällig aus den Erzählungen meiner Mutter und des genannten Conrectors Kohlrausch
erfahren und im Gedächtnisse behalten, denn selbst habe ich meinen
Vater kaum gekannt, da er schon in meinem dritten Jahre (1783)
starb. Er muß viel Eigenthümliches, einen sehr lebendigen Geist und
ein vielseitiges Streben gehabt haben. Von letzterem zeugt auch ein
Zug, den ich von seinen Kandidatenjahren erfahren habe. Er wurde
nemlich nach Vollendung seiner theologischen Studien Hauslehrer bei
den Kindern des Ober-Postdirektors von Pape in Hannover und
hat in der Familie ein ehrenvolles Andenken hinterlassen. Aber neben
den gewöhnlichen Unterrichtsgegenständen hat er auch mit seinen Zöglingen, was damals nicht gewöhnlich war, sehr eifrig die Mathematik
getrieben und selbst in praktische Anwendung fortgeführt. So liebte
er z. B. das Studium der Befestigungskunst, machte auch seine Zöglinge mit deren Regeln bekannt, so gut es ging, und beschäftigte sie
in den Freistunden eine längere Zeit damit, eine kleine Verschanzung
nach allen Regeln der Kunst in dem sogenannten Postgarten vor dem
Steinthore anzulegen, mit einer Genauigkeit und Ausdauer, die den
Knaben das Schanzen freilich mehr wie Arbeit, als wie Vergnügen
erscheinen ließ.

Ich habe mich wohl später gefragt, woher meine eigene Vorliebe
für militärische Schriften und Kriegsgeschichte, sowie für den Umgang
mit erfahrenen Offizieren, wo ich sie in meinem Leben getroffen habe,
rühren möge, da übrigens meine Umgebung und ganze Lebensrichtung
gar nicht nach der Seite hin anregend gewesen ist. Ich möchte dabei
an etwas Angeborenes von meinem Vater her glauben. Ein eigener,
an das Komische gränzender Zug aus seinem Leben, den ich hier einschalten will, zeugt auch von seiner militärischen Wißbegierde, oder,
wenn man lieber will, Neugierde. Es war ihm nemlich vom hanno-
schen Consistorium schon im Jahre 1776 die Pfarre in Landolfshausen, eine der besseren, die sonst nicht leicht einem Kandidaten zu

theil wurde, zuerkannt worden, und wie denn ein auskömmlich ver-
forgter Paftor nicht gern fein Pfarrhaus einfam bezieht, fo hatte fich
auch mein Vater fofort nach einer Lebensgefährtin umgefehen und eine
folche in der ehrfamen Jungfrau Juftine Rinne, die mit ihrer
verwitweten Mutter in Hannover in ftiller Zurückgezogenheit lebte,
zu gewinnen das Glück gehabt. Der neue Paftor trat fein Amt an,
richtete die Pfarre zum Empfang der Hausfrau ein und es follte
nun in den Herbfttagen 1776 die Hochzeit in Landolfshaufen gefeiert
werden.

Die Brautfahrt. — Ich kann es mir nicht verfagen, zur
Ergötzung meiner Enkel, welche diefe Zeilen lefen werden, und zugleich
zur anfchaulichen Charakteriftik jener Zeiten, die Hochzeitsreife ihrer
feligen Urgroßmutter näher zu befchreiben. Im Jahre 1776 war von
keiner Flechten- oder Lockenfrifur ohne Puder, felbft im gewöhnlichen
Werktagsleben, die Rede, viel weniger bei einer Braut an ihrem
Hochzeitstage, fondern das Haar mußte gebrannt, hochauftoupiert, mit
Pomade befeftigt und mit Puder reichlich verfehen werden. Aber wie
follte ein folches Kunftwerk in Landolfshaufen zuftande gebracht werden?
Es blieb daher nichts anders übrig, als die Hochzeitsfrifur fchon in
der Hauptftadt von kundiger Hand anfertigen und mit Haarnadeln
möglichft befeftigen zu laffen und darauf den ganzen Kopf für die
zweitägige Reife mit einer Serviette forgfältig zu umwinden. Und
damit an Ort und Stelle die unausbleiblichen Verrückungen und Zer-
brückungen mit Kennerblick wieder zurechttoupiert würden, follte die
ältere verheirathete Schwefter der Braut (meine Tante Detmering,)
felbft mit nach Landolfshaufen reifen. (Doch darf ich nicht behaupten,
daß diefes der Hauptzweck der Begleitung gewefen wäre.) Die
Befchaffenheit der damaligen Wege ließ es fchon als ein großes Werk
erfcheinen, wenn die Reife in zwei Tagen zurückgelegt werden konnte.
Das erfte Nachtlager wurde auf dem fogenannten Stumpfenturm,
zwei Meilen diesfeits Einbeck, genommen. Von da bis Northeim
war keine Schwierigkeit, aber von da bis Landolfshaufen, — über
Göttingen wäre ein Umweg gewefen, — hinter den Bergen herum
über Katlenburg und eine Reihe Dörfer mußte der hannoverfche

Kutscher den Weg nicht zu finden. Es war daher verabredet, daß der Bräutigam, der des Filials Falkenhagen wegen, wo er sonntäglich zu predigen hatte, ein Reitpferd halten mußte, an dem zweiten Reise= tage bis Mittag in Northeim sein sollte, um von dort als kundiger Wegweiser den Brautzug heimzuführen. Er machte sich auch zeitig auf den Weg, allein sein Unstern wollte, daß unterwegs, vielleicht bei Linbau, eine Compagnie damaliger Landsoldaten ihre Exercier= übungen trieben. Er hält an, verfolgt ihre Evolutionen mit aufmerk= samen Blicken, versetzt sich mit seinen Gedanken auf ein Schlachtfeld und sinnt nach, wie der Feind abzuwehren oder anzugreifen sei, — und vergißt darüber Braut und Rendezvous in Northeim. Als er aus seinen kriegerischen Betrachtungen erwachend dahin eilt, ist die Braut nach schmerzlichem Harren schon wieder abgefahren und hat, o weh, einen falschen Weg eingeschlagen, so daß sein Nacheilen auf dem richtigen Wege sie so wenig entdecken kann, als er ihr auf seinem Hinritt begegnet war. Mißmuthig reitet er allein nach Landolfs= hausen zurück und wartet dort vergeblich bis zum späten Abend auf ihre Ankunft. Die armen Schwestern waren von dem unkundigen Kutscher über Stock und Stein bis zur Dunkelheit in grundlosen Wegen bis nach dem Dorfe Wake gefahren, wo die ermüdeten Pferde nicht weiter konnten. In dem kleinen, nur für die Branntweingäste eingerichteten, Wirtshause, ohne irgend eine Vorrichtung zur Beher= bergung für Reisende, mußten sie auf den hölzernen Stühlen der Wirtsstube, die Braut mit ihrem verbundenen Kopfe, die unendlich lange Nacht zubringen. So wie der Tag graut, machen sie sich mit einem Boten, der den Wagen nach Landolfshausen führt, auf den Weg und kommen so früh auf dem Pfarrhofe an, daß noch alles im Schlafe liegt. Der Kutscher steigt ab und pocht an die Hausthür, immer härter, bis ein schlaftrunkener Kopf, ohne Perrücke, mit der weißen Zipfelmütze, aus dem oberen Fenster sieht und eben verdrießlich fragen will, wer ihn aus dem endlich über ihn gekommenen Morgen= schlafe störe, als er den mit der Serviette verbundenen Kopf seiner Braut im Wagen erblickt, schnell zurückfährt, Perrücke und Schlaf= rock überwirft, die Hausthür aufschließt, und den reisenden Märty=

rerinnen aus dem Wagen hilft. Ob die gegenseitige Begrüßung mit
Lachen oder mit verstimmten Mienen geschehen, erzählt die Geschichte
nicht, aber daß die etwaigen Falten der Stirn an demselben Tage
durch die schon vorbereitete Trauung ausgeglättet sein werden, wollen
wir zur Ehre jenes Tages gern annehmen.

Mein Vater wirkte in seiner Gemeinde mit solchem Eifer, daß
sein Andenken, obgleich seine Wirksamkeit nur etwa 7 Jahre dauerte,
noch lange nachher im Munde der Einwohner war. Seine Ehe mit
meiner Mutter war eine glückliche, doch nur zu kurze. Nachdem ein
paar Knaben bald nach der Geburt gestorben waren, wurde ich am
15. November 1780 geboren und von den Eltern mit Freude begrüßt.
Aber es ist nahe daran gewesen, daß diese Freude wieder getrübt und
ich den Frühergeborenen früh gefolgt wäre; meine Mutter konnte den
Gedanken nicht ertragen, mich nicht selbst zu nähren, und doch hatte
sie nicht hinreichende Nahrung für mich, so daß ich von Tage zu
Tage mehr zusammengesunken sein soll. Da rief mein Vater den
alten trefflichen Hofrath Stromeyer aus Göttingen zu Hülfe, der
denn auch bald die Ursache meines Hinschwindens entdeckte und ohne
weitere Umstände eine gesunde Amme aus Göttingen schickte, mit der
bestimmtesten Erklärung, daß, wenn das Knäblein am Leben erhalten
werden sollte, die Amme sich seiner annehmen müsse. Mit Thränen
gab meine Mutter nach, konnte aber lange Zeit die Amme nicht ohne
Neid ansehen.

Am 20. Mai 1782 wurde dann eine Tochter geboren, meine
noch lebende einzige Schwester. Aber schon hatte die Gesundheit
meines Vaters zu schwanken angefangen; übermäßige Anstrengungen
in seinem Amte, neben eifrigen Studien und musicalischen Uebungen,
sicher auch wohl die sonntäglichen Wege zu Pferde nach dem eine
kleine Stunde entlegenen Filial Falkenhagen bei Wind und Regen
und Schnee, hatten seine an sich nicht starke Gesundheit untergraben
und wahrscheinlich einen Fehler in der Brust erzeugt. Im Juni 1783
kommt er nach einer Copulation am Montage, nachdem er auch noch
Tags vorher gepredigt hatte, aus der Kirche, legt sich ermüdet aufs
Sopha in seiner oberen Arbeitsstube, genießt wenig Speise, schlum=

mert dann ein, und nach einigen Stunden hört meine Mutter einen schweren Fall oben in der Stube, eilt hinauf und findet ihn ohne Besinnung auf der Erde liegen. Im Dorfe war weder ein Arzt noch Chirurgus; der letztere wird eine Stunde weit aus Ebergötzen herbeigeholt und läßt meinem Vater zur Ader; aber die Besinnung kehrt nicht zurück und in der Nacht erfolgt der Tod.

Von dieser Katastrophe habe ich eine Erinnerung bewahrt, die mir nicht durch spätere Erzählung beigebracht sein kann, die Erinne= rung nämlich, daß ich meinen Vater auf dem Sopha liegen sah, indem man ein Licht dicht an seinen Fuß hielt; ich fing an zu schreien, weil ich glaubte, man wolle ihm den Fuß verbrennen. Meine Mutter, der ich später diese Erinnerung erzählte, wußte dieselbe nicht anders zu deuten, als daß es der Augenblick gewesen sein müsse, da der Chirurgus am Fuße zur Ader lassen wollte, wobei, da es schon gegen Abend war, mit einem Lichte geleuchtet wurde. — Ich war damals eben drittehalb Jahre alt geworden.

Eine zweite ähnliche Erinnerung von ängstlicher Sorge, aber diesesmal für meine Mutter, stammt wahrscheinlich aus demselben Sommer. Ich sah nemlich meinen Vater die Treppe zu seiner Stube hinaufgehen, mit einer Reitpeitsche in der Hand und heftig redend und gesticulierend, und meine Mutter hinter ihm, wie es mir schien, sehr bestürzt und in Thränen. Ich schrie laut auf, weil ich glaubte, mein Vater wolle sie schlagen. Diese Scene hat mir meine Mutter später folgendermaßen erklärt: Mein Vater wollte ausreiten und wie gewöhnlich den Weg nicht durch den Thorweg, sondern durch die da= neben liegende Thür für Fußgänger nehmen; der Knecht aber hatte versäumt, den oberen Querbalken abzunehmen, wie es sonst immer geschah, und mein Vater stößt mit solcher Gewalt mit der Stirn gegen den Balken, daß er rücklings vom Pferde fällt, sich aber auf= rafft und nun voll Zorn gegen den Knecht ins Haus zurückkehrt, um sich auf seiner Stube zu erholen. Meine Mutter folgt ihm sehr erschrocken über den Unfall die Treppe hinauf. Wie lange derselbe vor seinem Tode sich ereignet und ob er zu demselben mitgewirkt habe, weiß ich nicht. Diese beiden Erinnerungen, die einzigen, die ich von meinem Vater behalten, mögen ein Beweis dafür sein, daß das Gedächtniß des Kindes sich an die lebhaftesten Eindrücke heftet, die sein Gemüth in Furcht oder Freude bewegen, besonders wenn sie ein bestimmtes sinnliches Bild vor die Augen gebracht haben.

Die Knabenzeit. — Meine Mutter bezog nun das am Ende des unteren Dorfes gelegene Witwenhaus und widmete sich ganz der Pflege und Erziehung ihrer beiden Kinder. Aus den folgenden Jahren habe ich wenig oder gar keine Erinnerungen behalten; erst als ich in meinem sechsten Jahre in die Dorfschule geschickt wurde und dort sowohl mit den Dorfjungen, als auch mit ein paar Söhnen von Honoratioren, um sie so zu nennen, in tägliche, lebhafte Berührung kam, fangen meine Erinnerungen von Personen und Begebenheiten an bestimmter zu werden. Die beiden Honoratiorensöhne waren ein Neffe des Pastors Jenisch aus Osterode und der Sohn einer Offizierswitwe von Westernhagen, vom Eichsfelde, die wegen schmaler Einkünfte ihre Wohnung in Landolfshausen genommen hatte. Aber obgleich der Schulmeister mich mit diesen beiden, der Ehre halber, auf eine besondere Bank setzte, so verkehrten wir doch ohne besondere gegenseitige Anziehungskraft mit einander; sie sind mir auch später aus der Kunde gekommen. Dagegen waren mir einige Bauernsöhne näher getreten, wie denn die Jugend mit instinctartigem Tacte sich angezogen oder abgestoßen fühlt; und ein paar derselben haben noch im höheren Alter die Jugendfreundschaft im Andenken behalten, die auch ich nicht vergessen hatte. Ich hieß bei den Schulkameraden und deren Eltern nicht anders als „Muschö Fritz", und mit dieser Anrede wurde ich auch später noch, wenn ich als Student meine Mutter besuchte, von den früheren näheren Bekannten begrüßt.

Das ist der Vortheil der ersten Jugendjahre auf dem Lande, daß der Knabe an einfache Bedürfnisse gewöhnt wird und in kleinen Genüssen seine Befriedigung zu finden lernt. Mit den Bauerjungen im Sommer in das Holz gehen und Brombeeren, im Herbste Nüsse suchen, im Winter von den in den steinichten Furchen der Felder stehenden Hagebutten- und Schlehenbüschen die weichgefrorenen Beeren pflücken, das ist dem Sohne des Predigers und der Predigerwitwe

ein wohlfeiler Genuß, während das Stadtkind an den Fenstern des
Conditors und jetzt auch des Bäckers Zuckerwaaren, Backwerk und
süße Liköre erblickt, die ihm das Wasser in den Mund und die
Groschen aus der Tasche locken. Zum Belege dieser Wahrheit ist
mir immer meine erste Reise in die Stadt, nemlich zu meiner Großmutter von Vaters Seite, der Bäckerwitwe in Osterode, ins Gedächtniß
gekommen. Es mag in meinem achten Jahre gewesen sein, als meine
Mutter mich einem zuverlässigen Bauern anvertraute, der im Anfange des Winters sein Fuder Roggen nach Osterode fuhr und mich
auf seinem Wagen mitnahm; das war damals, wo noch keine Chaussee
in der Nähe des Dorfes nach Göttingen oder Duderstadt führte, der
hergebrachte Absatzort des Korns für Landolfshausen; die Früchte
gingen in die Harzmagazine.

Ich blieb einige Monate bei meiner Großmutter und fand in
den Häusern der zahlreichen Verwandten meines Vaters, den Da-
merahls, Greven und Uhlen, eine freundliche Aufnahme; der
lebhafte und natürliche Sohn des Dorfes gefiel den Vettern und
Tanten. Im Hinterhause meiner Großmutter wohnte und arbeitete
ein Tischler. Ich ging oft zu ihm in die Werkstatt und sah seinen
Arbeiten zu. Wenn er dann von den schönen weißen Harztannen
lange feine Hobelspähne abhobelte, so wickelte ich sie auf runde Klötzchen,
die er mir gab, und bot sie meiner Großmutter und meiner Tante
— jene hatte eine unverheirathete Tochter bei sich, — und den Tanten
in den verwandten Häusern als Seidenbänder zum Verkauf an. Man
gab mir einige Pfennige für die Rolle. Als ich 7 Pfennige auf diese
Weise erworben hatte, sann ich ernstlich nach, welchen Genuß ich mir
dafür verschaffen könnte, und fand bald als das Ziel meiner Wünsche,
— nicht Kuchen oder Zuckerwerk — sondern einen Salzhäring aus.
Den kaufte ich mir für 5 Pfennige, dazu ein Weißbrod für 2 Pfennige, setzte mich nun sehr vergnügt auf die steinerne Treppe vor
meiner Großmutter Thür und verzehrte den salzigen Leckerbissen mit
der Freude an einem selbsterworbenen Genusse.

Gegen Weihnachten führte mich eine zweite Fuhrgelegenheit nach
Landolfshausen zurück. Dieser städtische Aufenthalt hatte doch schon

eine kleine Kluft zwischen mir und meinen Schulkameraden aus der
Dorfschule gegraben. Meine Großmutter hatte mir den ersten Ueber=
rock aus Osterober langhaarigem Flaus geschenkt, bis dahin hatte ich
nur, gleich den Bauerjungen, kurze Jacken getragen. Der Rock war
von rosinrother Farbe und auf den Zuwachs gemacht, er reichte mir
bis auf die Enkel. Solch ein Rock war in dem Dorfe noch nicht
gesehen, und als ich nun die lange Dorfgasse hinunterschritt, — der
Bauer hatte mich oben im Dorfe abgesetzt, — trug ich den Kopf
sehr hoch und grüßte die mir entgegenkommenden Schulkameraden, die
mich mit einem „Guten Abend Muschs Fritz" empfingen, nur mit
einem gnädigen Kopfnicken. Die neue Würde hielt aber nur bis in
die Gegend von meiner Mutter Witwenhaus stand; denn als ich da
in einer Vertiefung an dem höheren Ufer des Weges den frischgefal=
lenen Schnee so einladend zusammengeweht sah, vergaß ich meinen
rosinfarbenen Flausrock, sprang in den tiefen Schnee und wälzte mich
in demselben, zur Freude der mich begleitenden Dorfjugend, jubelnd
herum. Damit war die Scheidewand zwischen mir und dieser Jugend
wieder niedergerissen.

Meine erste Bildung in den Elementen des Wissens hatte Fort=
schritte gemacht; ich besuchte, wie schon bemerkt, die Dorfschule, in welcher
ein verdorbener Kandidat der Theologie, Herr Nöthe, im Lesen,
Schreiben, Rechnen und im Katechismus unterrichtete. Große Lehr=
gabe und strenge Disciplin waren nicht seine Vorzüge, aber da er
aus seiner Studienzeit noch etwas Latein mitgebracht hatte, und ich,
nach dem Wunsche meiner Mutter, auch studieren sollte, so machte er
sich eine Ehre daraus, mich in besonderen Stunden auch in den An=
fangsgründen des Lateinischen zu unterrichten. Und der Nachfolger
meines Vaters, der Pastor Thilo, der gern mit mir scherzte, brachte
mir auch einige deutsch=lateinische Verse bei, von welchen mir einer
besonders gefiel: „Ich saß vor der Thür und aß mein panis, da
kam der Hund canis und nahm mir mein Brod panis, da nahm
ich einen lapidom und schmiß ihn an den capitem." Ob mir Herr
Nöthe den grammaticalischen Fehler darin deutlich gemacht hat, weiß
ich mich nicht zu erinnern, so viel war aber meiner Mutter klar, daß

ich doch bald aus seinem Unterrichte weiter müßte, und sie richtete dabei ihre Gedanken auf ihre Schwester, die Frau des Kriegskassirers Tetmering in Hannover, deren älteste Tochter im Begriff stand, sich mit dem Marstalls-Commissair Peterßen zu vermählen, und geneigt war, mich in ihre neue Haushaltung aufzunehmen.

Konrad Günther. — Doch bevor ich zu dieser wichtigen Veränderung übergehe, muß ich einer der merkwürdigsten Personen aus meiner ländlichen Jugenderinnerung erwähnen. Der Pfarre und Kirche gegenüber, an der anderen Seite des Fahrweges, lag der Krug, und eine Tochter aus diesem Hause war meine Wärterin in den ersten Jahren gewesen; der einzige Sohn aber, Konrad Günther, hatte manche Arbeit auf dem Pfarrhofe und im Garten verrichtet, vorzüglich die Obstbäume gepfropft und gepflegt, worin er besonders geschickt war. Dasselbe Geschäft verrichtete er dann auch in dem Garten des Witwenhauses, als meine Mutter dasselbe bezogen hatte. Aber nicht diese Kunst war es, die mich zu ihm hinzog, sondern seine besondere Gabe, Fabeln, Märchen und Geschichten zu erzählen. Ich hing an seinem Munde, wenn er sich des Abends nach der Arbeit mit mir vor die Hausthür setzte und zu erzählen anfing. Eine solche Gabe des Erzählens ist mir in meinem Leben nicht zum zweiten Male vorgekommen; ich darf sie eine homerische nennen. Auch später, wenn ich als Schüler und dann als Student meine Mutter auf ihrem Witwensitze besuchte, habe ich mir von ihm erzählen lassen, nicht mehr Fabeln und Märchen, sondern aus seinem eigenen Leben; denn er machte mit den hannoverschen Truppen in den Jahren 1792 bis 1795 die Feldzüge in den Niederlanden und am Rheine als Soldat mit und wußte aus dieser Zeit, sowie aus seinem Garnison= leben im hannoverschen Lande, viel zu erzählen. Es waren keine großen Ereignisse aus der Kriegszeit, die er natürlich gar nicht über= sehen konnte, sondern tägliche Erlebnisse des Soldatenlebens, wobei allerdings auch Gefechtsscenen vorkamen; und wenn ich bezeichnen soll, worin der Reiz seiner Darstellung bestand, so ist es die anschauliche Schilderung der Einzelheiten, die er dem Auge lebendig vorzuführen verstand, und zwar mit einem Zuge dichterischen Humors, oft seiner

Ironie, die frei über der Sache schwebte. Die einzelnen Züge mochten nicht immer der Wahrheit ganz getreu sein, aber dem Wesen nach hatten sie einen thatsächlichen Grund, denn es kam ihm dabei ein Gedächtniß zu Hülfe, wie ich es auch selten wiedergefunden habe. Dieses Gedächtniß erstreckte sich auch auf Erzählungen und Gedichte, die er in seinem Garnisonleben gelesen hatte. Er wußte nicht nur alle Gellert'schen und äsopischen Fabeln wörtlich auswendig, sondern sogar lange Partien aus Wieland's Oberon und aus Tausend und einer Nacht, die Volksmärchen von Musäus und andern ungerechnet.

Fabeln und Märchen, aber allerdings auch Räuber- und Ge- spenstergeschichten, waren der Stoff seiner Erzählungen in meiner Knabenzeit, ehe er Soldat wurde, und mein größter Genuß war es, wenn meine Mutter mitunter auf einige Tage die befreundete Familie des Amtmanns Heinsius in Radolfshausen besuchte und dem Konrad Günther indes den Schutz des Witwenhauses anvertraute. Dann wanderte ich mit ihm in Wald und Feld, sah seinen Arbeiten am Holz und Heu und im Garten zu und saß mit ihm am Abend vor der Thür oder in der Stube und horchte seinen Erzählungen; und wenn ich vielleicht durch eine Räubergeschichte so aufgeregt war, daß ich nicht zu Bette gehen und im Dunkeln einschlafen wollte, so holte er seine alte Pistole herbei, lud sie schwach mit Pulver und schoß dann zum offenen Fenster hinaus mit der Versicherung, daß nun kein Räuber es wagen würde, einen Einbruch zu versuchen. Dann legte er sich auch auf sein Lager, denn das hatte ich mir aus- bedungen, daß er mit mir in einer Kammer schlafen sollte; und so schlief ich getrost ein, denn Konrad Günther war mein Schutz, dem ich unbedingt vertraute. Das Witwenhaus war damals das letzte unten am Dorfe und daher die Umgebung für den Knaben des Abends schauerlich genug.

Die eigenthümliche humoristische Weise dieses Mannes charak- terisiert sich unter anderm in der Scene meines Wiedersehens mit ihm in Hannover im Jahre 1795, nachdem ich im Jahre 1789 nach Hannover auf die Schule gebracht, er aber bald nachher Soldat ge- worden und ins Feld gezogen und nach dem Neutralitäts-Vertrage

1795 nach Hannover in Garnison gekommen war. Wir hatten uns
in 6 Jahren nicht gesehen, und ich war indes bald 15 Jahre alt
geworden. So viel hatte er erfahren, daß ich in Hannover und in
dem Hause meines Onkels sei, aber den Namen desselben hatte er
vergessen und mich deshalb nicht gleich aufsuchen können. Da steht
er eines Tages am Cleverthore als Schildwache und sieht von der
Stadt her einen großen stattlichen Mann herankommen, der aus dem
Thore spazieren gehen will. Wie durch eine Eingebung kommt es
ihm in den Sinn, das könnte vielleicht mein Onkel sein, er tritt also
ganz höflich ihm in den Weg und fragt ihn, ob er ihm nicht sagen
könne, wo er seinen guten Freund „den Muschö Fritz Kohlrausch
aus Landolfshausen" aufsuchen könne. Mein Onkel stutzt, fragt weiter
nach, und da er erfährt, daß der Soldat aus Landolfshausen sei, be=
scheidet er ihn auf den andern Mittag, wenn der Wachtdienst vorbei
sei, nach dem Hause, der damaligen Schloßwache gerade gegenüber,
(es war das Haus der Hahn'schen Buchhandlung, die damals eben
errichtet war). Indem ich des anderen Tages nach der Schule Mit=
tags am Fenster sitze und der Ablösung der Wachparade zusehe, be=
merke ich, daß ein Soldat, das Gewehr auf der Schulter, gerade auf
unsere Hausthüre zukommt, ohne zu ahnen, daß es der Konrad
Günther aus Landolfshausen sei. Es kommt mit derben Schritten
die Treppe herauf, klopft an die Thür, ein Soldat tritt herein, nimmt
das Gewehr bei Fuß, sieht mir scharf ins Gesicht, und ohne weitere
Einleitung fragt er: „Wie geht die Fabel von dem Fuchs und dem
Wolfe". Da erkenne ich ihn am Gesicht und an der Stimme und
lachend sage ich die Fabel her. „Nu erkenn eck ein wedder, Muschö
Fritz, un seih ock, dat hei de rechte is." Und damit setzt er sein
Gewehr in die Ecke und drückt mir treuherzig beide Hände mit den
seinigen. Ich war ihm auch in den 6 Jahren etwas aus der Kunde
gewachsen, aber er hatte mich doch unter den vorhandenen Umständen
gewiß gleich wieder erkannt; es war aber seine originelle Weise, die
alte Bekanntschaft mit einer Erinnerung wieder anzuknüpfen, die nur
uns beiden verständlich war.

Er kam bald in eine andere Garnison, wurde dann entlassen und

kehrte nach Landolfshausen zurück. Sein väterlicher Krug war unterdes durch eine Heirath seiner Schwester in andere Hände gekommen;
er ließ sich durch einige hundert Thaler abfinden und baute sich mit
deren Hülfe dicht unter meiner Mutter ein Häuschen, in welchem er
sich, nachdem er eine Frau genommen, mit seinem Schneiderhandwerk,
— das hatte er erlernt — fleißig ernährte. Für meine Mutter war
dieser treue Nachbar ein wahrer Trost, und für mich, wenn ich sie
von Hannover und Göttingen aus besuchte, war der erste Gang, nachdem ich meine Mutter begrüßt, zu dem alten Konrad Günther, der
sich aufrichtig freute mich zu sehen und mir seine Schicksale zu erzählen. Auch als Lehrer am Gymnasium in Düsseldorf, als Schulrath in Münster und als Ober-Schulrath in Hannover habe ich ihn
wieder gesehen, und er nannte mich bis zu seinem Tode (ich glaube
im Jahre 1834) stets seinen besten Freund, und ich konnte ihn mit
Recht meinen ältesten Freund nennen. Auch meine Söhne, die in
den dreißiger Jahren in Göttingen studierten, haben ihn noch gekannt
und besucht.

II. Mein Aufenthalt in Hannover von 1789 bis 1799.

Doch ich kehre nach dieser Abschweifung wieder zu meiner Knabenzeit zurück und zwar zu dem Herbste 1789, da meine Mutter
mich nach Hannover in das Haus des kurz zuvor verheiratheten
Commissairs Peterßen brachte. Der Uebergang traf in eine merkwürdige Zeit des beginnenden Umschwunges in den größten wie kleinsten
Verhältnissen, und dies zeigte sich gleich auch an dem vom Dorfe in
die Stadt versetzten neunjährigen Knaben. In dem Hause meines
Onkels Detmering waren 4 Söhne; im Alter stand ich zwischen
dem 3ten und 4ten. Sie trugen, nach der Sitte der Zeit, sämmtlich
noch Zöpfe und gepudertes Haar, und mein Verlangen ging danach,
auch mein Haar, welches ich ziemlich lang trug, in einen Zopf zu-
sammengebunden zu sehen. Aber die französische Revolution hatte

auch schon den Zöpfen den Krieg erklärt, und so fand man, daß es
nicht mehr der Mühe werth sei, daß ich bezopft würde, denn schon
hatten die ersten Freunde der Freiheit ihre Zöpfe abzuschneiden angefangen. Mein Haar wurde noch kürzer geschnitten, als es war, zu
meinem nicht geringen Kummer, und vom Puder war keine Rede.
Doch bekam ich eine blaue Jacke mit rothem Kragen zur Entschädigung.

Ich wurde auf die hohe Schule in die unterste Klasse Quinta
gebracht, wo mir die paar Brocken Latein des Herrn Röthe zu
statten kamen. Das Schulhaus, ein altes wüstes steinernes Haus
am Marktkirchhofe, welches später abgerissen ist, kam mir sehr riesen-
haft vor und ich trat mit ehrerbietigem Staunen ein. Bald aber
schwand die Ehrfurcht, denn unser Lehrer, ein Kandibat der Theologie,
Müller, war nicht der Mann, eine Schaar von 40 bis 50 lebhaften Knaben in Ordnung zu halten; der lebensfrohe Knabe vom
Lande fand das muntere Leben der Stadtjugend ganz zusagend und
stimmte lustig mit ein. Die Verwandten merkten aber bald, daß die
Wissenschaften nicht mit diesen Fortschritten in der Lebensluft gleichen
Schritt hielten, sie nahmen mich daher von der hohen Schule weg
und schickten mich in die, wenn ich nicht irre, kurz vorher errichtete
sogenannte Hofschule an der Burgstraße, welche mehr den Zuschnitt
einer Realschule hatte. Sie stand unter der Leitung des würdigen
Abts Salfeld von Loccum und wurde von fähigen Kandibaten der
Theologie bedient, welche sich dadurch Anspruch auf eine gute Pfarranstellung erwarben. Meine Erinnerung aus den 3 oder 4 Jahren,
welche ich in dieser Schule zubrachte, sind sehr angenehmer Art, besonders habe ich einen Inspector Fromme den Aeltern, der uns
sehr anregend in Geschichte, Geographie und deutscher Sprache unterrichtete, den Kandibaten Balhorn, später unter dem Namen Bal-
horn-Rose als Gerichtsdirector in Detmold wohl bekannt, und einen
Kandibaten Holscher, bei welchem ich mit Lust Lateinisch lernte, im
dankbaren Andenken. Diese Männer kannten keine Pedanterie, gingen
mit uns freundlich und zutraulich um und hatten doch den gehörigen
Respect. Eine Erinnerung, die mir immer lebendig geblieben ist,

mag dieses belegen. Bei dem Kandidaten Holscher lasen wir, als ich in der erften Klasse war, aus einer lateinischen Chreftomathie auch Bruchftücke aus dem Livius. Es kam eine etwas schwierigere Stelle, auf die wir uns zur nächsten Stunde präpariren sollten. „Wer diese Stelle ohne fremde Hülfe richtig herausbringt, mit dem will ich eine Bouteille Champagner trinken", sagte der joviale Kandidat. Ich gab mich zu Hause eifrig daran und war in der nächsten Stunde der einzige, der die Stelle ohne Fehler überfetzen konnte. Der Lehrer belobte mich und sagte: „Mit dem Champagner war es natürlich nur Scherz, aber Du kannst Dir etwas anderes ausdenken, was Dir Freude macht, das Geld dazu will ich Dir geben." — Der Wunsch, der mir am nächsten lag, war bald gefunden. Der Tag war ein Sonnabend. Am Sonntage wollten meine Verwandten einen Besuch bei der befreundeten Predigerfamilie Hantelmann in Langenhagen machen und ein paar von meinen Vettern, die schon als Reitscholaren im Königlichen Marstalle fungirten, wollten dahin reiten. „Wenn du doch auch ein Pferd mieten könnteft, um mitzureiten", sprach es in meinem Kopfe den ganzen Rest der lateinischen Stunde hindurch. Dem Hause gegenüber, in welchem ich damals lebte, wohnte ein Schlachter, der hatte einen Pony zu vermieten, und das kleine behende Pferd hatte mir lange in die Augen gestochen. Mit etwas verlegener Miene ging ich nach der Lection zu dem Kandidaten Holscher und trug ihm leise meinen größten Wunsch vor. Lachend griff er in die Tasche und gab mir einen halben Thaler, wofür ich das Pferd auf den Sonntag Nachmittag mieten konnte. Der Ritt lief auch zu meiner großen Zufriedenheit ab, denn der schon etwas bejahrte Pony war ein sehr geduldiges Thier, und ich hatte schon in Landolfshausen mitunter auf dem Handpferde eines Bauern gesessen, der ins Feld fuhr. Daß ich aber den Kandidaten Holscher nachher noch einmal so lieb hatte, versteht sich von selbst.

In der Hofschule wurden Sachen gelehrt, an die in der hohen Schule nicht gedacht wurde, wo die Realien überhaupt ganz zurückstanden; da war z. B. nicht von Naturgeschichte, ja nicht einmal von Mathematik die Rede, Rechnen und Schreiben waren Nebensachen, und neuere Sprachen lagen ganz ferne. Dieses alles wurde in der Hofschule mit Vorliebe getrieben, und so bin ich mir unter anderem bewußt, daß meine Liebe für Naturgeschichte, besonders durch die Stunden geweckt wurde, welche ein Kanzlei=Sekretär Lünzel aus Liebhaberei und gutmüthigem Eifer in der ersten Klasse in der Natur= geschichte gab und durch Naturalien aus seiner sehr werthvollen Sammlung anschaulich machte. Ich sehe noch den kleinen, sehr elegant gekleideten, aber stark verwachsenen Mann in seinem hellseidenen Rocke mit seinen Spiritusgläsern voll Schlangen und Eidechsen auf dem Katheder vor mir stehen.

Die wichtigste und für meine ganze Lebensentwickelung entschei= dende Bekanntschaft, ich darf sie Verbindung nennen, welche mir mein Besuch der Hofschule brachte, war die mit dem würdigen und men= schenfreundlichen Abte Salfeld von Loccum. Dieser Curator der Hofschule besuchte dieselbe oft während des Unterrichts, um Lehrer und Schüler kennen zu lernen. Meine Eitelkeit trieb mich dann zu lebhaften Aeußerungen meiner Lernbegierde und Darlegung meines Wissens, um so mehr, als der Abt einst in einer deutschen Stunde den Lehrer nach dem besten Vorleser deutscher Prosa gefragt und dieser mich aufgerufen hatte; das darauf erfolgte Lob des großen ehr= würdigen Mannes that mir ausnehmend wohl. Er wurde durch diese und andere Veranlassungen aufmerksam auf mich, forderte mich auf, ihn zu besuchen, lieh mir Bücher und behielt mich im Auge während meines ganzen Hannoverschen Aufenthalts, auch nachdem ich die Hofschule verlassen hatte und wieder in die hohe Schule zur Vorbereitung auf das Studium der Theologie getreten war. Bei meinem Abgange zur Universität war er mir zur Erlangung von Stipendien behülflich, nahm mich, wenn ich in den Ferien in Hannover war, sehr freundlich auf und verschaffte mir, als ich ausstudiert hatte, die Hofmeisterstelle in dem gräflich ·Baudissin'schen Hause, die wiederum einen entscheiden= den Wendepunct in meinem Leben bezeichnet. Ja, während meines Aufenthalts in dieser Familie verlor er mich nicht aus dem Gedächt= nisse, sondern führte noch einmal eine wichtige Entscheidung herbei, welche ich später zu erzählen haben werde.

Merkwürdig ist es, um hier gleich noch weiter vor- und rückwärts zu blicken, daß die Aebte von Loccum überhaupt eine wichtige
Rolle in meinem und meiner Familie Leben gespielt haben. Der Abt
Chapuzeau hatte meinen Vater bestimmt, Theologie zu studieren
und war ihm zur Ausführung dieses Vorhabens behülflich gewesen;
welchen Einfluß der Abt Salfeld auf mein Leben gehabt, habe ich
bereits entwickelt, meine Verbindung mit ihm erstreckt sich über den
Raum von etwa 15 Jahren; und seit beinahe dreißig Jahren gehört
der jetzige Abt von Loccum, Rupstein, nachdem ich in mein Vaterland zurückgekehrt bin, zu meinen genauesten Freunden hier in Hannover, mit welchem mich nicht nur die Uebereinstimmung der Lebensan-
sichten und der Grundsätze und wohlbegründete Achtung, sondern
auch eine herzliche Zuneigung, wie sie sich in späteren Lebensjahren
selten erzeugt, innig verbindet.

Das Beaulieu'sche Haus. — Zu meinem Aufenthalte in
der Hofschule zurückkehrend, habe ich einer zweiten für mein Leben
wichtigen Anknüpfung zu gedenken. In der Schule machte ich nemlich
die Bekanntschaft mit zwei Söhnen der Oberjägermeisters v. Beaulieu
Marconnay, August und George, von denen der ältere nur
14 Tage, der zweite etwa anderthalb Jahre jünger war als ich. Es
entwickelte sich bald eine entschiedene Jugendfreundschaft zwischen uns,
welche die Veranlassung ward, daß ich nach einiger Zeit ganz in das
Haus ihres Vaters aufgenommen wurde. In dem Hause des Commissairs Peterßen war ich zwar sehr gut aufgehoben; dieser brave
Mann widmete mir eine väterliche Sorgfalt, nahm sich auch meiner
Fortbildung in manchen Stücken an, wie ich denn z. B. eine deutliche
und leserliche Handschrift vorzüglich den Nachübungen zu danken habe,
welche er im Hause mit mir vornahm; und auch im Zeichnen gab er
mir die erste Anleitung. Auch seine Frau, meine Cousine, war mir
freundlich zugethan. Allein ich fühlte mich doch einsam in dem Hause.
Die während meines Aufenthalts in demselben geborenen Kinder
waren noch unmündig und konnten mir keine Gesellschaft gewähren.
Mein sehr geselliges Temperament verlangte Umgang mit Altersgenossen, und da meine Pflegeeltern nicht die Neigung hatten, viel

jugendlichen Verkehr in ihrem Hause zu gestatten, ich also auch meine Spielgenossen nicht zu mir einladen konnte, so fand ich auch nicht viel Aufnahme in andere Familien. Doch würde diese meine Lage, die ich meinen Freunden Beaulieu wohl einmal geklagt haben mag, kein Grund gewesen sein, daß ich in ihr Haus aufgenommen wurde; vielmehr ging der Wunsch danach von ihnen selbst und ihrer Mutter aus. Diese vortreffliche Frau, deren Andenken auch zu den wohl= thuendsten meines ganzen Lebens gehört, hatte bei meinem Verkehr mit ihren Söhnen eine Neigung zu mir gefaßt; die Lebhaftigkeit mei= nes Wesens, meine Lernbegierde und leichte Fassungskraft hatten ihr den Gedanken eingegeben, das tägliche und enge brüderliche Zusammen= leben mit ihren Söhnen könne anregend auf diese wirken; zugleich war auch wohl die Absicht, einer unvermögenden Predigerwitwe die Erhaltung ihres Sohnes in der Hauptstadt zu erleichtern, ein Beweg= grund des Entschlusses der edlen Frau. (Meine Mutter zahlte übri= gens dem Commissair Peterßen ein sehr mäßiges, ja unzureichen= des Kostgeld von jährlich 30 Thlrn. für meine Unterhaltung, Beklei= dung, Bücher und Schulgeld ausgenommen.) Der Antrag der Beaulieu'schen Familie, mich in ihr Haus aufzunehmen, wurde von meiner Mutter dankbar angenommen, ich zog zu meinen jungen Freunden mit den freudigsten Gefühlen und habe beinahe zwei Jahre mit ihnen glücklich zusammen gelebt. Sie gingen zwar mit mir auch ferner auf die Hofschule, hatten aber daneben in dem Kandidaten Mannes einen Leiter ihrer häuslichen Arbeiten, der sich auch meiner thätig annahm und uns in einigen Stunden noch besonderen Unter= richt ertheilte. Diese ganze Veränderung war eine der vielen wohl= thätigen Fügungen der Vorsehung, die mir in meinem Leben zu theil geworden sind, da wohlwollende, mir bis dahin unbekannte Menschen sich aus freiem Antriebe, ohne mein Zuthun und ohne irgend eine Verpflichtung, sich meiner angenommen haben; und wenn auch der Knabe, in seiner leichten Auffassung des Lebens, den Werth und die Bedeutung solcher Handlungen und selbst Opfer nicht tief genug erkennt und empfindet, ja kaum hinreichend dankbar dafür ist, so ist es doch die natürliche Pflicht des Mannes, das Andenken an solche

Menschen dankbar und warm in seinem Innern fortleben zu lassen.
Er hat daran einen unberechenbaren Schatz für seinen eigenen Glau=
ben an eine reine und uneigennützige Güte in der menschlichen Natur,
welcher sonst durch die späteren Lebenserfahrungen sehr erschüttert zu
werden in Gefahr ist.

Der Oberjägermeister von Beaulieu, in dem Alter von einigen
und sechszig Jahren, aber von älterem Aussehen, mit spärlichen
weißen Haaren das Haupt bedeckt, mit markierten bedeutenden Zügen,
die etwas an den französischen Ursprung erinnerten, und einem wohl=
wollenden Ausdruck des Gesichts, flößte Zutrauen ein, obwohl er meist
ernst war und oft in hypochondrischer Stimmung sich von der Gesell=
schaft zurückzog. Eine ehrerbietige und doch kindlich zutrauliche Stim=
mung erfüllte mich ihm gegenüber.

Die Mutter meiner Freunde gehörte zu den feinsten, wahrhaft
adligen Gestalten, ohne dadurch von dem natürlichen und rein mensch=
lichen Ausdruck etwas zu verlieren; dieser war vielmehr das Vorherr=
schende in ihrem ganzen Wesen. Trotz des Alters von etwa 50 Jahren
war ihr Gesicht noch schön zu nennen, wenngleich tief eingewurzelte
Kränklichkeit demselben einen leidenden Zug gegeben und ihre Farbe
sehr blaß gemacht hatte. Aber die lebhaften und doch wohlwollenden
Augen und die ursprünglich schönen, ja edlen Züge hatte weder Alter
noch Krankheit entstellen können. Wenngleich der Knabe von 13 und
14 Jahren für ein Wesen dieser Art noch kein eigentliches Verständ=
niß hat, so bin ich mir doch des wohlthuenden, reinigenden Einflusses,
den diese Frau auf mich geübt hat, sehr wohl bewußt, indem sie auf
die feinste und eben dadurch einbringlichste Weise manche Roheiten
in Rede und Benehmen, die dem lebhaften Knaben so leicht ankleben,
zu rügen verstand. Und schon der Anblick und die ganze Atmosphäre
eines solchen Wesens muß, auch ohne directe und absichtliche Einwir=
kung, von veredelndem Einflusse auf das jugendliche Gemüth sein.
Leider nahm die Kränklichkeit der trefflichen Frau sehr rasch zu, und
sie starb schon, da ich etwa anderthalb Jahre in ihrem Hause ge=
wesen war.

Von meinen beiden Altersgenossen war der ältere, August, ein
Ebenbild der Mutter, fein organisirt an Leib und Seele, mit edlen
Gesichtszügen, schönen großen Augen, vollem, lockigem braunem Haare,
wohlgeformten Gliedern und von mittlerer Größe. Mit ihm war ich
am engsten befreundet, sein edles sinniges und wohlwollendes Wesen
zog mich am meisten an und wir stimmten in unseren Absichten und
Neigungen meist überein. Der jüngere Bruder, George, artete
mehr auf den Vater, hatte dessen großartige Züge, besonders eine
große Nase, war kräftig in seinem Wollen, aber oft auch heftig und
auffahrend, bei aller Herzensgüte und unerschütterlicher Rechtlichkeit.
Es war nicht die schöne Harmonie des ganzen Wesens in ihm, wie
in dem Bruder.

Den beiden älteren und dem jüngsten Sohne des Hauses bin ich
damals weniger nahe gekommen. Der nachherige Oberforstmeister
und General, dessen Wirksamkeit in der Bildung eines Jägercorps im
Anfange des Freiheitskrieges bekannt ist, war damals nicht mehr zu
Hause, sondern schon im Forstfach thätig. Der zweite Sohn, der sich
dem Militärstande gewidmet hatte und als Oberstlieutenant gestorben
ist, war in einer Militärschule; und den jüngsten, Wilhelm, hatte
der Vater, ich entsinne mich nicht mehr auf welche Veranlassung, in
das Salzmann'sche Institut zu Schnepfenthal gegeben. Mit diesen
drei Brüdern bin ich erst später, nachdem meine beiden Freunde
längst gestorben waren, näher bekannt geworden. Jene beiden hat
der Tod früh weggerafft. Mein Freund August, der immer schon
eine schwache Brust hatte, bekam nach der Universitätszeit, als er sich
zum Examen vorbereitete, die Schwindsucht und starb in der Mitte
der zwanziger Jahre, und George, der ein tüchtiger Jurist geworden, hat es früh bis zum Amtmann oder vielmehr Drosten gebracht,
ist aber auch in seinen dreißiger Jahren gestorben.

Der einzigen Tochter des Hauses, Ernestine, gedenke ich nur
mit Trauer. Sie war körperlich mißgebildet und hatte ein leidenschaftliches Gemüth, bei übrigens trefflichen Eigenschaften des Geistes
und Herzens. Einer der Freunde ihrer Brüder, der nachherige Professor Ernst Bischoff, fand sich durch ihr eigenthümlich interessantes

Wesen angezogen, versprach sich mit ihr noch als Schüler und hei=
rathete sie dann nach dem Tode des Vaters, als er beginnender prac=
tischer Arzt in Berlin war. Die Ehe war aber unglücklich und endete
mit einer Geistesverwirrung der Frau und einer Scheidung. Sie
hat noch viele Jahre in der Pflege einer Jugendfreundin, der Frau
v. Grüter, in Rinteln gelebt, wo ich sie in den dreißiger Jahren
mehrmals wiedergesehen habe; und merkwürdiger Weise erkannte sie
mich noch und nannte mich mit dem abgekürzten Scherznamen, den
mir ihre Brüder als Knaben gegeben hatten, „Koosch".

Eine lebhafte Erinnerung aus meinem Leben in der Beaulieu'=
schen Familie bildet eine Harzreise, die ich mit meinen beiden Freun=
den im Jahre 1794 während der Schulferien machte. Der Vater
gab uns seinen alten bewährten Leibjäger Krüger und ein kleines
Reitpferd mit, um abwechselnd unsere Beine ausruhen lassen zu
können, denn die Reise sollte natürlich zu Fuße gemacht werden.
Unser Weg ging über Hildesheim nach Westerhof, zu dem Oberförster
Kühnhaus, wo wir uns einen Tag ausruhten und auf dem nahe=
liegenden Teiche einer Entenjagd beiwohnten, dann über Clausthal
nach dem Brocken und der Baumannshöhle und über Andreasberg
und Osterode zurück. Es waren herrliche Tage und auch das Wetter
begünstigte uns, nur daß wir in Clausthal ein Gewitter erlebten, wie
ich es, meines Wissens, nicht wieder erlebt habe. Es hielt sich die
ganze Nacht hindurch zwischen den umliegenden Bergen auf, kehrte
bald zurück, bald suchte es sich einen anderen Ausweg und die sich
kreuzenden Blitze und der unaufhörliche Wiederhall des Donners
nahmen kein Ende. Nächst dem Eindruck dieser Scene und der Gru=
ben, die wir befuhren, ist mir die Nacht auf dem Brocken am lebhaf=
testen im Gedächtnisse geblieben. Es war zu jener Zeit noch kein
Wirtshaus auf der Spitze des Brockens, sondern nur eine kleine
Herberge auf der etwas niedriger liegenden Heinrichshöhe, und wenn
die wenigen Stuben und Betten derselben besetzt waren, so mußten
die später Ankommenden einen kleinen steinernen Schoppen beziehen
und mit einem Strohlager vorlieb nehmen. Dieses Loos traf auch
uns und wir brachten die Nacht mit einer lustigen Gesellschaft von

Studenten auf der Streu in dem steinernen Schoppen zu; doch konnten nicht einmal alle bequem zum Liegen kommen, sondern eine Spiel= gesellschaft von vieren saß in der Mitte des Raumes an einem kleinen Tische und spielte Karten. Daß man nicht früh zum Einschlafen kam, dafür sorgten die lustigen Brüder schon durch Reden, Lachen, Singen und Scherze aller Art; doch stellte sich der Schlaf endlich ein, wurde aber früh durch die Sorge unterbrochen, den Sonnen= aufgang nicht zu versäumen. Diese Sorge rief auch mich auf, es mochte 3 Uhr Morgens sein, und ich richtete mich auf, um aus einer mit einer Lade versehenen Oeffnung in der Mauer, die über meinem Lager war, hinauszusehen, ob es Zeit zum Aufstehen sei. Indem ich die Lade aufmachte, stand ein schwarzer bärtiger Ziegen= bock davor, der mir zornig ins Gesicht blickte. Eine solche Ueber= raschung auf dem Blocksberge war frappant genug und erregte unter den bereits Wachenden ein großes Gelächter, wodurch denn auch die ganze Gesellschaft munter gemacht wurde und sich für den Sonnen= aufgang rüstete.

Von den übrigen Begebenheiten dieser Reise, der ersten größeren in meinem Leben, habe ich keine specielle Erinnerung, aber der ganze Eindruck derselben erweckte eine lebhafte Lust zum Reisen, besonders zu Fußreisen in mir, der ich denn auch bis zum Alter hin häufig gefolgt bin.

Meine Confirmation. — Nach unserer Rückkehr nach Han= nover begann bald für mich und meinen Freund August die Zeit der Vorbereitung für die Confirmation, da wir dem Eintritt in das 15. Lebensjahr nahe waren. Unser Lehrer war der bejahrte Consi= storialrath und frühere Göttinger Professor Leß, erster Prediger an der Schloßkirche. Unser Religionsunterricht in der Schule war nach der Weise der Zeit regelrecht gewesen und hatte uns gute Gedächtniß= kenntnisse gegeben, aber von einer ins Innere eingreifenden Anregung habe ich keine Erinnerung. Jetzt nun saßen wir einem Manne gegen= über, der schon durch sein Alter und seinen würdigen Ernst uns Achtung einflößte; aber bald gewann er einen tieferen Einfluß auf unser Gemüth. Die Wärme des Glaubens, neben der gründlichen

Kenntniß der Lehre und der heiligen Schrift, die Hingebung des Gemüthes, welche auch dadurch wohl noch erhöht wurde, daß sein eigener
Sohn zu den Confirmanden gehörte, die ganze Erscheinung des Mannes
erfüllten uns mit Ehrfurcht, ja mit Liebe, und gaben jedem seiner
Worte den Stempel der Wahrheit. Man war im Publicum von
seinen Predigten großentheils nicht sehr erbaut, fand sie trocken und
kathedermäßig; sein Unterricht war beides nicht. Er war nicht nur
belehrend und überzeugend, sondern auch erwärmend. Es gab, besonders gegen das Ende der Vorbereitung, eine Zeit, wo ich, meinem
sonstigen gar nicht sentimental-phantastischen, vielmehr auf die Reali-
tät der Gegenwart gerichteten, Naturell entgegen, keinen größeren
Wunsch hatte, als zur Zeit des Erlösers gelebt und zu seinen Jüngern
gehört zu haben. Diese Erinnerung ist mir die beste Bürgschaft für
die erhebende Kraft des Unterrichts dieses trefflichen Mannes. Er
erkannte diesen Eindruck auch und richtete sich oft an mich und meinen
Freund Beaulieu, mit dem ich meine Gedanken und Gefühle aus-
tauschte und der mir an Empfänglichkeit nicht nachstand; und als der
Lehrer am Ende seines Unterrichts alle Confirmanden aufforderte,
ihm eine Darlegung der gewonnenen christlichen Erkenntniß, nach auf-
gestellten Fragen, in den Hauptzügen einzureichen, erklärte er unsere
beiden Arbeiten nebst der eines Sohnes des Ober-Postmeisters v. Pape,
der auch oft mit uns repetiert hatte, für die gelungensten.

Wer die Geistes- und Glaubenskämpfe am Ende des vorigen
und im Anfange des jetzigen Jahrhunderts, die letzten Anstrengungen
des geistlosen Rationalismus, die geistvolleren und tieferen Lockungen
des Pantheismus, der sich auf die kräftigeren Anregungen der ideali-
stischen Philosophie auf der einen Seite und die begeisternden Schöpfungen der schönen Literatur unserer goldenen Periode auf der andern,
stützte, wer diese Kämpfe kennt, und vielleicht, gleich mir, mit durchgemacht hat, der wird es begreifen, welchen unberechenbaren Segen
die Jugendeindrücke eines solchen Religionsunterrichts für die endliche
Beruhigung der Seele in der Ueberzeugung haben mußten, daß im
Christenthum die höchsten und reinsten Wahrheiten über die göttlichen
Dinge den Menschen gegeben seien, und zwar erkennbar für den am

schärfsten ausgebildeten Geist, wenn er nur mit offnem und kindlichem
Sinne sich hinzugeben verstehe, wie für den einfachen Sinn der Fischer
und Zöllner, welche die ersten Jünger des Herrn waren. Ich habe
immer die gnädige Leitung Gottes dankbar gepriesen, die mich in den
entscheidenden Jahren zu einem Manne führte, wie Leß, der nicht
durch schroffe Forderung des Glaubens an das Wort des Systems,
welches doch immer als menschlich beschränkter Ausdruck die Fülle des
unendlichen Gedankens nicht zu erschöpfen vermag, uns zu binden versuchte, sondern durch die eigene Begeisterung für die echte biblische
Wahrheit und für die göttlich-menschliche Erscheinung Christi unser
ganzes Gemüth erfüllte und fesselte.

Nach der Confirmation gingen zwei wichtigere Veränderungen
in meiner Lage vor sich. Zuerst mußte ich das Beaulieu'sche Haus
verlassen und zu meinem Onkel Detmering ziehen. Nachdem
die Mutter meiner Freunde gestorben war, wurde das Hauswesen
vereinfacht; auch war der Zweck meines Zusammenlebens mit denselben zum großen Theile erfüllt, und dazu gingen unsere Wege des
nächsten Schulunterrichts aus einander; ich sollte in die Secunda der
hohen Schule übergehen, wo mein Onkel väterlicher Seits, der Conrector Kohlrausch (wenigstens nannte ich ihn Onkel, obgleich die
Verwandtschaft etwas weiter zurücklag), Hauptlehrer war. Er war
mir wohlgewogen, war Freund und Studiengenosse von meinem Vater
gewesen. Die beiden Beaulieu'schen Söhne sollten aber durch Privatunterricht bis zum Eintritt in Prima vorbereitet werden. Ich verließ
ungern das Haus, wo ich mich so glücklich gefühlt hatte, aber meine
Verbindung mit demselben blieb immer noch innig und freundschaftlich,
wenn auch mein nächster täglicher Umgang ein weiterer wurde. Im
Hause meines Onkels waren noch drei Söhne, die nicht zu entfernt
im Alter von mir waren, und zwei unverheirathete Töchter, und in
der Schule kam ich mit einer ganz neuen Generation der städtischen
Jugend in Berührung. Die Schulkameradschaft, die in dieser Gestalt
und diesem Umfange mir noch unbekannt war, übte einen neuen Reiz
auf mich und ich gab mich ihr nach meinem offnen Wesen anfangs
gern hin; doch schützte mich dabei eine natürliche Scheu vor der Ge-

meinheit oder gar Schlechtigkeit, die das Leben in dem edlen Beaulieu'schen Hause noch geschärft hatte. Der Kreis meiner näheren Bekannten, die zum Theil meine Freunde für längere Zeit wurden, blieb
nur klein. Ich nenne von diesen vorläufig nur Friedrich Kern
aus Walsrode, den späteren Führer des jungen Barons von Stein-
berg auf Brüggen, und Christian Flügge, später Amtmann in
Ilten. Der hervorragendste meiner Mitschüler in Secunda war aber
der jüngste Bruder der berühmten Gelehrten Thibaut, Friedrich,
ein heller Kopf, für sein Alter, denn er war vielleicht der Jüngste in
der Klasse, fast genial zu nennen. Leider war er nicht so beständig
als begabt, hat sich später durch regelloses geistiges und körperliches
Leben zerrüttet und ist im Irrenhause gestorben. In der Schule
übersah er uns alle an Scharfsinn, Raschheit der Auffassung und
der Gedanken und durch Gabe der Rede. Ich habe lange mit ihm
um den ersten Platz gestritten, doch dauerte ein Sieg, den ich mitunter errungen, nicht lange. Das Certieren war namentlich in der
Klasse eines der Mittel zur Anspornung des Fleißes.

Der Conrector Kohlrausch. — Der Conrector Kohlrausch, bei meinem Eintritte in seine Klasse etwa 60 Jahre alt,
war ein tüchtiger Lehrer in dem Sinne der damaligen Weise. Streng
grammatisch, was in dem Standpuncte seiner Klasse lag, in welcher
das Griechische von den Elementen an gelehrt wurde und das Lateinische sich auch noch in dem Kreise einer guten Tertia bewegte, übte
er seine Schüler nach der Lange'schen lateinischen und der Halle'schen
griechischen Grammatik tüchtig ein, ließ viele lateinische Exertitien
machen und hielt bei der Uebersetzung der Schriftsteller, namentlich
des Cäsar und Ovid und einiger der leichteren Reden Cicero's, auf
einen genauen Ausdruck des Sinnes. Im Griechischen wurde aus
einer Chrestomathie, ich glaube der von Stroth, übersetzt, aber die
Declinationen und Conjugationen fest ins Gedächtniß geprägt. Von
der Accentlehre wurde nur so viel nebenher berührt, als nothwendig
war, das völlig regellose Lesen zu verhüten; aber auch Verse, wenn
sie etwa vorkamen, selbst Hexameter, wurden nach dem Accente gelesen. Von der Prosodie war nur für die lateinische Sprache die

Rede, damit wir die Hexameter des Ovid lesen lernten. In besondern Privatstunden las der Conrector noch im Griechischen den Herobot und zog mich auch bald in diese Stunden hinein, und ich muß mich noch darüber wundern, daß ich sobald dahin kam, Freude an dieser Lectüre zu finden. Der Lehrer muß doch eine gute Methode gehabt haben, die Schüler in einen Schriftsteller einzuführen.

Uebrigens war die Persönlichkeit meines Onkels eine eigenthümlich ausgeprägte, man konnte ihn zu den Originalen der älteren Zeit rechnen. Von Natur lebhaft und humoristisch, ließ er sich gern mit uns in einen Scherz ein, fragte nach den Beinamen einzelner Schüler, die er gelegentlich mochte gehört haben, und ergötzte sich an denselben, wenn sie witziger Art waren. So hatten sie mich, ich weiß nicht mehr durch welche Veranlassung, bei Gelegenheit der Lectüre des Nepos, nach der athenischen Halle ποικίλη, Poecile getauft, was ihn sehr amüsierte. Uebrigens mußten wir uns sehr hüten, nicht den unrechten Augenblick zu Scherzen zu wählen, denn ein schmerzhaftes körperliches Leiden machte ihn leicht, besonders des Nachmittags nach dem Essen, verstimmt und oft heftig, und wer dann zum Uebersetzen neben das Katheder gerufen wurde, — so hatte er es eingeführt, — ging nicht ohne Zittern dahin, denn sein Ohrzipfel gerieth sicher in Gefahr, wenn er Fehler machte, und kam stark geröthet von jenem Platze zurück; ja, bei ernsteren Gelegenheiten wurde auch der Meister Henne — so nannte er nach dem Sattlermeister, der sie verfertigt, die am Katheder hängende aus rothen und weißen Riemen geflochtene Peitsche, — nicht gespart. Es war eben noch die alte Zucht in der Klasse, über welche ein jetziger Secundaner sehr die Nase rümpfen würde. Die Schüler wurden nicht anders, als mit „Er" angeredet. Mich nannte er als seinen Neffen „Du", aber wenn ich einmal seinen Unwillen erregt hatte, hieß ich ebenfalls „Er", woran ich dann sogleich erkennen konnte, was für Wetter es bei ihm war. Uebrigens behandelte er mich sehr freundlich, ja väterlich, und ich bin ihm für die Grundlegung mancher soliden Kenntniß lebenslänglich dankbar gewesen.

Sein Aeußeres stimmte mit seiner Originalität überein. Von mittlerer Größe, aber kräftig gebaut und stark, stets in einen weiten und langen Oberrock von dunkler Farbe gekleidet, imponierte er vorzüglich durch seinen ebenfalls starken Kopf mit noch wenig vom Alter gebleichtem schwarzem Haare, starken dunkeln Augenbrauen, großen durchbringend blickenden dunkeln Augen und großartigem Zuschnitte des übrigen Gesichtes, welches etwas alttestamentlich patriarchalisches hatte. Seine Freundlichkeit war treuherzig und anziehend, aber sein Zorn uns Schülern furchtbar.

Ein Zug aus dem Jahre 1796 charakterisiert die damaligen Zustände in Hannover in Bezug auf die französische Revolution. Die Freiheitsideen hatten in manchen jungen Männern, namentlich aus dem Advocatenstande, gezündet und die Obrigkeit war aufmerksam darauf geworden. Wie mein Mitschüler, der Secundaner Thibaut, dessen ich schon erwähnt habe, auch in diesen Ideenkreis hineingezogen war, weiß ich nicht, aber er erschien auf einmal mit einem Aufsatze über Freiheit, Gleichheit und Menschenrechte, den er als deutsche Arbeit dem Conrector Kohlrausch einlieferte. Dieser, den die lebhafte und gewandte Darstellung von wahrscheinlich wenig verbauten Gedanken interessiert hatte, las den Aufsatz in der Klasse vor, wie er auch mit anderen Aufsätzen, zum Lobe oder zum Tadel, zu thun pflegte. Manche Stellen begleitete er nach seiner Weise mit ironischen Bemerkungen, aus denen der Kundige den Tadel der unreifen Gedanken entnehmen konnte; uns Schülern aber kam das nicht so zum Bewußtsein, wir ergötzten uns mehr an der frappanten Darstellung und der eine oder andere mochte zu seinen Eltern davon lobend geredet haben. Genug, die Kunde, der Conrector habe einen revolutionairen Aufsatz den Schülern vorgelesen, kam an den Magistrat und wurde sehr übel vermerkt. Zunächst wurde der Conrector aufgefordert, das corpus delicti einzuliefern, und nachdem der anstößige Aufsatz gelesen war, wurde er selbst vor die versammelten Väter der Stadt geladen und erhielt dort einen strengen Verweis und eine Verwarnung für die Zukunft. Seine Entschuldigung, daß er das kindliche Machwerk für ungefährlich gehalten und scherzend vorgelesen habe, um das Lächerliche solcher Ideen zu zeigen, wurde nicht angenommen. Für uns Schüler war dieser officielle Verweis des ehrenfesten Mannes nicht ohne unangenehme Folgen, denn es dauerte lange, ehe er wieder in eine gemüthliche Laune kam, und wir mußten oft seine Auslassungen über naseweises und vorlautes Raisonnieren über Dinge, die wir nicht verstanden, und seine Stichelreden über „Aus der Schule plaudern und Anklagen des eignen Lehrers" hören. — Wie seine eignen Gedanken über das damalige Franzosenthum waren, kann ich nicht sagen, denn er äußerte sich darüber weder in der Schule, noch im Hause, so viel ich im Gedächtniß habe; aber der Glaube, daß er doch zu den Freisinnigen gehöre, schien nach dem erwähnten Vorfalle sich bei vielen festgesetzt zu haben.

Mein Onkel Detmering. — Eine ganz entgegengesetzte Richtung offenbarte sich dagegen in meinem Onkel, dem Kriegs=Cassierer Detmering, in dessen Hause ich in jener Zeit lebte, und ich kann es nicht unterlassen, auch diesen Mann, der zu den Originalen in meiner Lebenserfahrung gehört, näher zu schildern. Er hatte, nach der herkömmlichen Sitte, im Schreib= und Rechnungswesen von der Pike auf gedient, ohne vorher eine wissenschaftliche Bildung genossen zu haben, und sein Gesichtskreis war daher ein enger geblieben. Bildung auf Reisen zu suchen, war damals bei den schlechten Verkehrsmitteln nur in den höheren Ständen möglich und hergebracht; ein Geschäftsmann, der täglich seine Arbeitsstunden und keine Ferien hatte, konnte noch weniger daran denken. Mein Onkel war kaum einige Meilen von Hannover gewesen; er war, um es so auszudrücken, ein vollständiger Stockhannoveraner und dabei, als unerschütterlicher Freund des Königshauses, auch ein Freund Englands und abgesagter Feind der Franzosen. Die Empfindung gegen die letzteren war auch noch dadurch zu wirklichem Haß geworden, daß er zur Zeit des siebenjährigen Krieges, als französische Truppen in Hannover standen, als junger Mensch eines Abends hinter ein paar Franzosen, die ganz freundschaftlich mit einander zu reden schienen, herging und es sehen mußte, wie einer von ihnen in einer der engeren Straßen, — es war die Schuhstraße, die von der Schmiede= auf die Knochenhauerstraße führt, — plötzlich einen Dolch zieht, den andern niederstößt und den Sterbenden sofort in einen der Nothbrunnen, dessen Deckel er aufhebt, hinabdrückt. Voll Schrecken war er davon gelaufen; der Eindruck war so tief bei ihm, daß er alle Franzosen für nichtswürdig hielt und zu sagen pflegte, wenn sie alle einen Kopf hätten, so würde er diesen, wenn er könnte, abhauen. Diesen Franzosenhaß, den er mit seinen nächsten Freunden theilte, brachte ihn wiederum mit andern, besonders jüngeren, Leuten in Opposition und er hatte während der Kriege in den neunziger Jahren manchen harten Kampf zu bestehen. Seine tägliche Gewohnheit, Sommer und Winter, war, nach dem Mittagsessen nach Monbrillant zu gehen und dort seinen Kaffee zu trinken. Er fand dort eine stehende Gesellschaft und die Rede kam meistens sehr bald auf Politik, besonders wenn Schlachten vorgefallen waren und die Franzosen zu Lande, die Engländer aber zur See, gesiegt hatten. Die Gesellschaft theilte sich regelmäßig in zwei Par= teien, obgleich die Zahl der Franzosenfreunde die schwächere war; aber die jüngeren Leute, aus welchen die letztere bestand, waren die lauteren und machten sich auch wohl, weil sie den Spruch meines Onkels über die Franzosen kannten, einen Scherz daraus, ihn, wenn diese im Vortheil waren, recht schadenfroh zu necken. In solchen Zeiten war mit ihm auch im Hause nicht wohl auszukommen und wir Knaben, seine Söhne und ich, hielten uns dann gern etwas fern von ihm. Uebrigens war er ein wohlwollender, zugänglicher Cha= rakter, dabei mit gutem natürlichem Verstande begabt und von einer Pflichttreue und Pünktlichkeit im Dienste, wie sie nicht häufig gefun= den werden. Sein Rechnungswesen war stets in der größten Ord= nung; wenn er Sonnabends seinen Rechnungsabschluß machte und dieser auch nur um Pfennige nicht stimmen wollte, so war er so mißmuthig, als wenn die Alliirten eine Schlacht verloren hatten. War dagegen die Casse in vollständiger Ordnung, so sahen wir es schon seinem heitern Gesichte und raschen Schritte an, wenn er Sonn= abend Mittags um 1 Uhr aus dem Schloßhofe bei der Wache vorbei über die Straße geschritten kam; — ich habe schon früher bemerkt, daß wir im Hause der Hahn'schen Hofbuchhandlung wohnten; — und wenn er in die Stube trat, so griff er regelmäßig in seine Tasche und gab jedem von uns ein blankes Dreigroschenstück. Aber nicht blos am Sonnabend, sondern auch an jedem andern Wochentage, mußte einer von uns Mittags gegen 1 Uhr am Fenster auf Wache stehen; wir konnten von da die Thür des Kriegskassengebäudes sehen, welches damals an der rechten Seite des Schloßhofes an der Schloß- straße lag, nachher aber abgerissen ist; und wenn der Onkel aus dieser Thür trat, mußte der auf Wache Stehende nach der Küche hinausrufen, daß die Suppe auf den Tisch gesetzt würde; sie mußte dastehen und etwas abgedampft haben, wenn er in die Stube trat.

Diese Pünktlichkeit in allen, auch den kleinsten, Dingen gehörte zu seiner ganzen Lebensordnung; es herrschte darin ein vollendeter Pedantismus. Weil niemand es ihm darin recht machen konnte, so war sein Grundsatz, alles, was seine persönlichen Bedürfnisse betraf, selbst zu besorgen. An seine Kleider und Schuhe ist nie die Hand einer Magd oder eines Aufwärters gekommen; er klopfte und bürstete selbst seine Röcke, reinigte und wichste seine Schuhe, die immer spie- gelblank waren, und ich sehe noch die Bürsten und die Glanzwichse in nie veränderter Ordnung oben auf dem Gesimse seines Gardinen- bettes liegen. Sein Ehrgeiz bestand darin, daß die weißen baum- wollenen Strümpfe, die er Sommer und Winter trug, am Sonnabend möglichst eben so rein aussahen, als wie er sie am Sonntage zuvor angezogen hatte, und er brachte dieses, wenn der Staub im Sommer nicht gar zu arg war, meistentheils fertig. Einen Flecken vom Straßen- schmutz habe ich nie an seinen Strümpfen gesehen; der große schwere Mann ging bei schmutzigem Wetter in seinem gemessenen Schritte, wo es nöthig war auf den Zehen, nach Monbrillant und zurück. Es ist in diesen Zügen nichts übertrieben, sie haben sich aus jahre- langer Beobachtung zu fest meinem Gedächtnisse eingeprägt, wie ich denn überhaupt die ganze, ich kann wohl sagen schöne, Gestalt dieses merkwürdigen Mannes noch lebendig vor mir sehe. Man denke sich einen Mann in den Funfzigen, bedeutend über 6 Fuß hoch, von einem kräftigen, ausgezeichnet gleichmäßigen Gliederbau, stark, aber nicht fett, mit breiter Brust, schöngeformten Schultern, ohne Bauch,

starken Schenkeln und Waden, die in den weißen Strümpfen jede
Muskel zeigten, dabei in gerader, fester Haltung, und mit einem
Kopfe, den man in allen seinen Theilen schön nennen konnte, von
einer stets weißgepuderten Perrücke mit einem Haarbeutel umschlossen.
Diese Perrücken, deren er mehrere, für Alltag und Sonntag, besaß,
waren ebenfalls ein Gegenstand seiner besonderen Sorgfalt; sie hatten
ihren unveränderlichen Platz an einem Gestelle in einer Ecke seiner
Schlafkammer. Des Abends, wenn Tagewerk und Spaziergang vollbracht waren, wurde die den Dienst habende Perrücke an ihren Platz
gehängt und eine weiße Zipfelmütze aufgesetzt. Eine Hauptoperation
aber mußte der Kopf am Sonnabend Abend bestehen. Dann wurde
auch die Nachtmütze abgenommen, der ganze Kopf eingeseift, und nun
fuhr die rechte Hand mit dem Rasiermesser von der Stirn bis in
den Nacken in wiederholten schlanken Zügen rasselnd über den Kopf,
wie wenn eine Sense über ein Stoppelfeld führe. Dieser rasselnde
Ton und der Anblick des schön geformten glänzend weißen Schädels,
wenn er nach dem Rasieren mit warmem Wasser abgewaschen war,
hatten für mich etwas so anziehendes, daß ich diese Scene, wenn es
möglich war, nie versäumte.

Mit mir ging der Onkel in eigenthümlicher Weise um. Er
hatte mich gern, aber der Ton, in welchem er mit mir sprach, war
häufig neckend. Da keiner seiner Söhne zum Studieren bestimmt
war, ich also allein in der Familie so zu sagen den gelehrten Stand
repräsentierte, so sollte ich über alles Auskunft geben, was an Fremd-
wörtern, an technischen Ausdrücken oder juristischen, lateinischen For-
meln in den Zeitungen oder den Hannoverschen Anzeigen vorkam,
denn eine andere Lectüre, außer in der Bibel und dem Gesangbuche,
kannte er nicht. Wenn er nun des Abends im Schlafrocke und der
Nachtmütze in seiner Ecke am Tische saß und die Anzeigen hinter
das Licht hielt und las, so rief er häufig: „Kumm mal her, Herr
Vetter, — so nannte er mich regelmäßig und sprach auch in der
Familie immer platt, — um seg mal, wat heit dat eigentlich: Edictal-
Ladung, oder salvo jure tertii, oder Subhastation" und dergl., und
wenn ich dann nicht rasch eine treffende oder gar keine Antwort geben

3 *

konnte, so sagte er: „nu, gah man weg, du bist mek ook en rechten Gelehrten!" Das kränkte mich dann bitter, aber ich biß die Zähne zusammen und durfte nicht weiter antworten. Die nächsten blanken Dreigroschenstücke versöhnten mich aber gründlich.

Meine Tante war die Güte selbst, und doch hätte sie mich bald, ohne es zu wollen, vom Studieren abgebracht. Ihre Kinder waren herangewachsen, der jüngste Sohn war nur wenig jünger als ich, die Töchter halfen in der wohlgeordneten Haushaltung und sie hatte daher manche Stunde zum Lesen übrig, was sie sehr liebte. Da mußte ich ihr denn Romane aus der Leihbibliothek holen und suchte solche aus, die nach den Titeln auch für mich eine anziehende Lectüre versprachen. Es war die Periode der Spießeschen und anderer Ritter- und Räuberromane und ich habe in den Freistunden, wenn die Tante die Bücher zur Seite gelegt hatte, die Löwenritter, den Rauhgrafen Adolf von Dassel, Hasper a Spada, auch manchen Roman von Lafontaine, z. B. Quintus Heimeran von Flemming, nicht gelesen, sondern verschlungen, und zwar oft in nächtlichen Stunden, wenn ich mir ein Licht oder eine Lampe für meine Kammer verschaffen konnte. Durch dieses leidenschaftliche, planlose Lesen erschlaffte aber meine Lust zu den Schularbeiten eine Zeitlang so sehr, daß ich auf den Gedanken kam, das Studieren aufzugeben und Apotheker zu werden. Da brauchte ich kein Latein und Griechisch zu lernen und konnte, wie ich mir einbildete, auch nebenbei Magenmorselle und Chokolade naschen. Es dauerte aber nur kurze Zeit; denn da ich diesen Gedanken gegen meine Tante aussprach, erschrak sie in der Seele meiner Mutter, die mich so gern auf der Kanzel sehen wollte, sprach mit ihrem Schwiegersohn Peterßen, der mein Vormund war, und dieser mit meinem Onkel, dem Conrector, und beide brachten durch weiteres Nachfragen bald die Ursache meiner Lust zum Umsatteln heraus, entzogen mir die Roman-Lectüre und redeten mir ernsthaft zu, indem sie mein Ehrgefühl wieder rege machten. Ich habe indes an meinem eignen Beispiele die Gefahr einer regellosen Lesewuth, die manche Kinder befällt, namentlich in den Jahren der Entwicklung, recht lebhaft kennen gelernt. — Uebrigens konnte schon der tägliche Anblick der ernsteren Thätigkeit für eine reellere Literatur, welche ich in der Hahn'schen Hofbuchhandlung zu beobachten Gelegenheit hatte, auf meine Achtung vor wissenschaftlicher Bildung belebend einwirken, und ich gedenke mit Dankbarkeit der wohlwollenden Aufmerksamkeit, mit welcher mich die beiden Chefs derselben behandelt haben. Eine sehr wohlthuende Erinnerung ist mir auch von der Mutter der jetzigen Gebrüder Hahn geblieben, einer Frau, deren Charakter nicht besser bezeichnet werden kann, als daß sie, mit einem regen Sinne für geistige Interessen begabt, von Herzen die Güte selbst war.

Ich kam nun bald wieder in das alte Geleise meiner Studien zurück, ja, ich verdoppelte meinen Fleiß und begann auch Fächer zu betreiben, die nicht in der Schule gelehrt wurden, namentlich Mathematik und französische Sprache. Aber woher das Geld zu Privatstunden in diesen Fächern nehmen? Meiner Mutter konnte ich diese Ausgabe nicht zumuthen. Da fing ich schon als Secundaner an, jüngeren Knaben Privatstunden in den Anfangsgründen des Lateinischen zu geben. (Mein erster Schüler war der nachherige Legationsrath Haase, der nach meiner Rückkehr nach Hannover im Jahre 1830 bald zu meinen näheren Freunden und durch die Heirath meines zweiten Sohnes mit seiner Nichte und meiner ältesten Tochter mit seinem Neffen zu meinen Verwandten gehörte.) Aber wie wurden damals die Talente eines Secundaners oder Primaners honoriert? Zuerst bekam ich für 16 Stunden einen Gulden, doch bald einen Thaler, zuletzt 2 Gulden. Ein jetziger Primaner bedenkt sich schon, für 16 Stunden mit 4 Thalern vorlieb zu nehmen. (Ein Seminarist verlangt häufig 5 Thlr. Gold.) Ich mußte also schon mehrere Stunden geben, um das Honorar für eine mathematische oder französische Stunde erschwingen zu können, doch gelang es mir bald, mehrere Mitschüler zur Theilnahme an den Privatstunden zu bewegen, wodurch das Honorar ermäßigt wurde. (Unser Lehrer in der Mathematik war ein Hauptmann Bergmann von der Artillerie, Vater des nachherigen Professors der Jurisprudenz, Hofraths Bergmann in Göttingen. Als Primaner habe ich Unterricht im Hebräischen

und sogar in den Anfangsgründen des Arabischen bei einem Kandidaten Köler, wie ich glaube nachherigem Probst in Uelzen, gehabt.)

Es war nun auch die Zeit meines Aufsteigens in Prima gekommen, nachdem ich zwei Jahre in Secunda gesessen hatte. Die
Klasse bestand aus zwei Abtheilungen und war sehr stark besetzt, nach
meiner Erinnerung mit 50 bis 60 Schülern. Hier traf ich nun auch
mit meinen beiden Freunden Beaulieu wieder zusammen, die mit
mir zugleich in Prima eintraten. Unsere Lehrer waren der Director
Rühlmann und der Rector Krause, Vater unseres Ober-Medi-
zinalraths; ersterer ein Mann von mancherlei Kenntnissen, besonders
auch ein guter Botaniker, aber nicht eben gründlicher Philologe, der
es auch mit der Erklärung der Schriftsteller, weder in grammatischer
Hinsicht, noch in Entwicklung des Sinnes, sehr genau nahm. Aber
wir lasen viel, schlank weg, und da er selbst einen ganz geläufigen
lateinischen Stil schrieb und liebte, so bekamen wir eine gewisse Gewandtheit im Lateinschreiben, sowie im Verständniß der Schriftsteller
mittlerer Schwierigkeit, wie Livius und Virgil, auch leichterer Hora-
zischer Oden. Der gründlichere Lehrer war der Rector Krause,
wenn ihm gleich der geläufige Vortrag weniger zu Gebote stand. Er
nahm vorzüglich die griechischen Schriftsteller vor, die aber nicht über
Homer und Xenophon hinausgingen, und einige lateinische, namentlich
die Reden und die kleineren philosophischen Schriften von Cicero.
Daß er diese gut zu behandeln verstand, davon ist mir der Beweis
im Gedächtniß geblieben, daß mir keine Schrift so viel Interesse abge-
wonnen hat, als Cicero's Brutus seu de claris oratoribus. —
Uebrigens kann ich nicht sagen, daß ich viele lebhafte Erinnerungen
von wissenschaftlichen Eindrücken in Prima behalten habe; es war
kein lebendiges Regen und Treiben in der Klasse. Viel lebendiger
wurde bald mein geselliger Verkehr mit einer Anzahl von Schülern,
vorzüglich aus der Ober-Prima, die mich besonders anzogen. Ich
nenne den ältesten Sohn des Pastors Evers, der eine Zeitlang
Director der Cantonsschule in Aarau und Tschocke's Schwager war
und als Professor und Inspector der Ritteracademie in Lüneburg
gestorben ist; den ältesten Sohn des Kaufmanns Langerfeldt,

späteren Canzleidirector in Bückeburg, den nachherigen Conrector Bö=
beker in Hannover, und meine Freunde von Secunda her, Kern
und Flügge. Wir und einige andere bildeten einen geselligen Kreis,
der die jeder Jahrszeit eigenthümlichen Vergnügungen zusammen genoß:
im Frühjahr das Ballspiel, welches wir leidenschaftlich liebten, im
Sommer das Baden und das Kegelspiel an den freien Nachmittagen
auf den Gasthäusern der Eilenriede, besonders auf dem Steuernbiebe;
im Winter das Schlittschuhlaufen. Auch verschmähten wir nicht,
einigemale im Winter einen Privatball in einer befreundeten Familie
zu arrangieren, wo der Bruder einige tanzlustige Schwestern hatte,
die wiederum ihre Freundinnen und deren Mütter heranzogen. Das
waren fröhliche Abende, die aber in aller Ehrbarkeit und Sitte ge=
nossen wurden. Ueberhaupt darf ich versichern, daß in unsern gemein=
schaftlichen Vergnügungen die eingeborne Fröhlichkeit der Jugend die
eigentliche Würze war und daß wir keiner Reizmittel bedurften, um
lustig zu sein, wie jetzt leider so häufig die Fröhlichkeit erst durch
Wein und Bier, oder gar stärkere Getränke, geweckt werden muß.
Bei unsern Kegelpartieen war ein Glas Milch, oder Kalteschale,
höchstens eine Tasse Kaffee oder eine Schale dicke Milch, nebst But=
terbrob das, was wir verlangten und mit unserm Taschengelde
erschwingen konnten. Ich entsinne mich nicht, daß es nur einem ein=
gefallen wäre, Wein oder Schnaps zu trinken. Bei den Bällen auf
gemeinschaftliche Kosten war eine Tasse Thee und höchstens ein
schwacher Punsch zum Butterbrob der stärkste Luxus, zu welchem wir
uns verstiegen. Wir bildeten eine Welt für uns, der es nicht in
den Sinn kam, ihre Ansprüche auf Genuß nach denen der Erwach=
senen abzumessen.

Der Leutnant Iffland. — Zu unserer engern Gesellschaft
gehörten auch einige Nichtschüler aus befreundeten Familien und die
Verbindung mit einem derselben hat auf die letzten Jahre meines
Schülerlebens in Hannover einen bedeutenden Einfluß gehabt, nemlich
mit dem jüngsten Sohne des Obercommissairs Eisendecher. Es
ist der nachherige Zahlcommissair der Berghandlung. Er war ein
trefflicher Mensch von Gemüth und Grundsätzen, dabei jugendlich

frisch und der beste Tänzer und Schlittschuhläufer unter uns, so daß die erste Eigenschaft ihn auch für unsere Bälle unentbehrlich machte. Wir kamen uns bald sehr nahe, er führte mich in seine Familie ein und ich nahm an manchen Festen und Partieen derselben theil. Er wohnte nicht bei seinen Eltern im Hause, sondern bei seinem Onkel, dem pensionierten Ingenieur=Leutnant Iffland, einem Bruder seiner Mutter, sowie des großen Schauspielers Iffland. Dieser Onkel war unverheirathet, schwächlich und zur Hypochondrie geneigt, besonders weil er seiner schwachen Augen wegen wenig lesen konnte, übrigens aber von einer Herzensgüte, wie ich wenige Menschen kennen gelernt habe. Zur Gesellschaft und zum Vorlesen hatte er seinen Neffen, meinen Freund, zu sich genommen, der ihm manche seiner freien Stunden widmen konnte, da er als Hülfsarbeiter bei der Berghand= lung nur einen Theil des Vormittages außer Hause beschäftigt war. Mit diesem Onkel nun, den ich durch meinen Freund kennen gelernt hatte, machte ich, nebst diesem, an einem Herbsttage eine Tour zu einem ihrer Verwandten, einem Gutsbesitzer, nach Hallerburg, nicht weit von Elze, um das Erntefest mit feiern zu helfen, wir beiden jungen Leute als eifrige Tänzer. Aus der Gegend umher waren die Tänzerinnen gekommen und so auch ein paar Förstertöchter, denen der etwas strenge Vater aber eingeschärft hatte, bis 10 Uhr unfehl= bar zu Hause zu sein, das Wetter möge sein, wie es wolle. Nun trat aber unglücklicher Weise am Abend Regen ein. Kein Bitten half, die beiden mußten den Weg durch's Holz zurückmachen, einen Knecht mit der Laterne voran. Sie mit diesem allein gehen zu lassen, wäre unhöflich gewesen, mein Freund Eisendecher und ich ließen es uns also nicht nehmen, sie zu begleiten. Der Weg war beinahe eine Stunde weit, um 11 Uhr kamen wir ganz durchnäßt zurück, weil aber des Wetters wegen mehrere Fremde dageblieben waren, so waren keine Betten für uns übrig und wir mußten bei andern unter= zukriechen suchen. Mich nahm der Leutnant Iffland mitleidig in sein Bette auf, welches ich mit Zähneklappen bestieg. Nach der Auf= regung des Tages und Abends konnten wir beide nicht gleich ein= schlafen, sondern geriethen in ein lebhaftes Gespräch über meine Schul=

angelegenheiten, meine häuslichen Arbeiten, und ob meine Lage im Detmering'schen Hause dafür günstig sei oder nicht. Das theilnehmende Gemüth des Mannes ermunterte mich zur offensten Mittheilung. Meine Lage im Hause meines Onkels, so angenehm und freundlich an sich, war für meine Arbeiten allerdings weniger günstig. Man konnte mir keine eigene Stube geben; wenn ich nun auch im Sommer auf meiner Kammer arbeiten konnte, so war ich doch im Winter auf die gemeinschaftliche Wohnstube angewiesen, wo wenig Ruhe zu finden war; denn sie diente für alle Hausgenossen, meine Vettern, Cousinen, Onkel, Tante, und auch wohl für freundschaftliche Besuche. Ich nahm meine Zuflucht mitunter mit meinen Büchern in die Mägdestube, aber da wollte mir Abends die Gesellschaft und die Küchenlampe auch nicht behagen. Dieses alles erzählte ich meinem theilnehmenden Bettgenossen, ohne Anklage gegen meine Verwandten, aber doch nicht ohne die Klage über die Hindernisse in meinen Arbeiten. Da trat er mit dem Vorschlage hervor, ich möge zu ihm und seinem Neffen Ernst ziehen, er habe Raum genug, weder er, noch sein Neffe, werde mich im Arbeiten stören und wenn ich eine Stunde übrig habe, so könne ich ihm einen angenehmen Dienst dadurch leisten, daß ich ihm etwas vorlese. Dieses letztere war denn auch der ostensible Grund, mit dem er seinen Vorschlag bei meinen Verwandten motivierte; diese stimmten ein und es wurde so eingerichtet, daß ich bei dem Leutnant Iffland wohnte und mein Frühstück und Abendbrot bei ihm hatte, des Mittags aber zum Onkel Detmering ging. Der Leutnant Iffland wohnte in dem Eckhause der Oster- und der Windmühlenstraße, der jetzigen Rümpler'schen Buchhandlung, welches aber damals einem Schmiedemeister gehörte und noch ganz nach der alten bürgerlichen Weise eingerichtet war.

Ich habe diese an sich unbedeutende Begebenheit so ausführlich erzählt, weil sie auch eine der Fügungen in meinem Leben gewesen ist, wo die göttliche Vorsehung durch kleine Veranlassungen eine nicht unwichtige Wendung in meinen Schicksalen herbeigeführt hat und wohlwollende Menschen, ohne mein Zuthun und Verdienst, sich meiner mit eigner Aufopferung liebevoll angenommen haben. Die anderthalb

Jahre, die ich bei dem braven Leutnant Iffland mit meinem Freunde Eisenbecher zugebracht habe, der Schluß meiner Schulzeit in Hannover, haben auf Geist und Gemüth eine bleibende Einwirkung bei mir gehabt. Der reine, wohlwollende und empfängliche Charakter meines Gönners, der alles Scheinwesen haßte und auf das Reelle gerichtet war, so wie seine Theilnahme an dem, was ich trieb und was mein Gemüth beschäftigte, wirkten äußerst wohlthuend auf mich. Mein genauester Freund unter meinen älteren Schulgenossen, Bödeker, war ein Jahr vor mir, Ostern 1798, nach Göttingen gegangen. Wir führten eine lebhafte Correspondenz und wie er denn ein sehr gemüthvoller, wohl etwas an das Sentimentale streifender, Charakter war, so waren seine Briefe voll warmer Empfindungen und oft blühender Phantasie. Der Leutnant Iffland, der meine Freude beim Empfang der Briefe sah, bat mich dringend, ihm etwas daraus vorzulesen. Ich that es gern und der Mann hatte solche Freude an unserer jugendlichen Freundschaft, daß ich ihm nun jeden Brief von Bödeker vorlesen mußte, und seine Theilnahme trug wiederum nicht wenig dazu bei, daß ich diesen Briefwechsel mit Eifer und Lebhaftigkeit fortsetzte. Es ist dieses nur ein Beispiel von der Art und Weise, wie dieser Mann mich an sich zog, indem er in meine Lebensinteressen theilnehmend einging.

In die letzten Jahre meines Aufenthalts in Hannover fällt auch ein Wiedersehen und zeitweiliges Zusammenleben mit meiner einzigen Schwester. Meine Mutter war, nachdem sie mich nach Hannover gebracht hatte, nicht mehr lange in Landolfshausen geblieben, sondern hatte ihr dortiges Wittwenhaus vermietet und war, vorzüglich um auch meiner Schwester Gelegenheit zum Unterricht zu verschaffen, zu ihrem Schwager, dem Pastor Otto, der ihre zweite Schwester geheirathet hatte und eben von Wettbergen bei Hannover nach Nicolai= Hof bei Barbowiek versetzt war, gezogen. Dieser Schwager unterrichtete nun meine Schwester mit seinen eigenen Kindern. Einige Zeit nach ihrer Confirmation wurde meine Schwester zur Erlernung des Landhaushalts in einer größeren Oekonomie auf das Amt Syke, zwischen Nienburg und Bremen, geschickt und kam in ihrem 17. Jahre

von da nach Hannover, um meine Stelle im Detmering'schen Hause
einzunehmen. Sie war ein lebhaftes, ansprechendes junges Mädchen
und wir wurden nun erst vollständig geschwisterlich befreundet, denn
da wir als Kinder getrennt wurden, war sie erst etwas über 7 Jahre
alt. Ihre große Empfänglichkeit für alle die neuen Eindrücke des
städtischen Lebens, für Lectüre, für das Theater, für größere Geselligkeit, regte mich eigenthümlich an, weil ich mit einem weiblichen Wesen
noch nie in so naher Berührung gestanden hatte, und sie entwickelte
ein reiches geistiges Leben, welches ihr auch bis in ihr hohes Alter
geblieben ist. Unser Zusammenleben dauerte nur ein Jahr. Als ich
nach Göttingen ging, blieb sie in Hannover zurück, zog später, als
ich Göttingen wieder verließ, zu meiner Mutter nach Landolfshausen
und verheirathete sich von dort aus im Jahre 1805 mit dem Pastor
Eberwein in Ballenhausen bei Göttingen, wo wir sie später wie-
berfinden werden.

Nach zweijährigem Aufenthalte in Prima wurde mein Abgang
auf Ostern 1799 beschlossen; mit mir sollten, außer andern, auch die
beiden Brüder Beaulieu abgehen. Wir waren noch nicht weit in
Ober-Prima vorgerückt, denn die meisten Schüler blieben länger als
2 Jahre in Prima, dennoch wurden wir drei zu Rednern bei der
feierlichen Entlassung von dem Director Rühlmann erwählt. Der
ältere Beaulieu und ich sollten lateinische Reden, der jüngere sollte
eine deutsche Rede halten. Die Themata der beiden andern Redner
habe ich vergessen, ich wählte eine Vergleichung des alten Italiens
mit dem neueren, weiß aber von dem Ideengange ebenfalls nichts
mehr, sondern nur, was die Sprache betraf, daß der Director mit
meinem, dem seinigen nachgebildeten leichten Stile wohl zufrieden war.
Eigenthümlich war noch der Aufzug, in welchem wir nach dem alten
Herkommen erscheinen mußten: schwarze Kleidung, schwarze seidene
Strümpfe, gepudertes Haar und ein Haarbeutel im Nacken, einen
Pariser Degen an der Seite und einen seidenen chapeau bas unter
dem Arme. Ich weiß noch, mit welcher Verlegenheit und Furcht vor
den Hannoverschen Straßenjungen ich in diesem Aufzuge über die
Oster- und Seilwinder-Straße nach dem Schulgebäude hinter der

Marktkirche ging. Schwerlich ist dieser Brauch des vorigen Jahrhunderts in das jetzige mit hinübergegangen.

Uebrigens lief der große Actus vor dem versammelten Magistrate,
der städtischen Geistlichkeit und einem zahlreichen Publicum ganz gut
ab. Wir hatten unsere Reden ordentlich auswendig gelernt und
faßten, nach den ersten Augenblicken der Verlegenheit, tapfern Muth.
Besonders füllte der zweite Beaulieu mit seiner kräftigen Stimme
das große Auditorium vollständig aus und erntete großen Beifall für
seine, der Mehrzahl der Zuhörer auch besser verständliche, deutsche Rede.

III. Die Universitätszeit von Ostern 1799 bis dahin 1802.

Ich kam mit meinen Freunden Beaulieu, Kern und Flügge
in einen uns schon befreundeten Kreis älterer Studenten, zu denen
Bödeker, Evers, Langerfeldt und andere gehörten, und fanden
uns daher bald im academischen Leben einheimisch. Zum Eintritt in
geschlossene Corps oder Orden fanden wir keine Versuchung; diese
waren damals auch nicht sehr zahlreich in Göttingen und hatten kein
Uebergewicht über die Freien. Wir lebten in ungezwungener Geselligkeit, verkehrten mit denen, die uns zusagten, und hatten keine Lust,
unsere Zeit und Freiheit einer Verbindung zu opfern, welche uns
nöthigte, die Abende in den Kneipen hinzubringen und mit Menschen
freundlich zu thun, welche wir nicht achten konnten, blos, weil sie
Corpsbrüder waren. Keiner meiner nähern Freunde ist in einer
Verbindung gewesen, und doch haben wir das Studentenleben, soweit
es in den Schranken erlaubter jugendlicher Fröhlichkeit, selbst Ausge-
lassenheit, sich gehen lassen darf, in vollen Zügen genossen. Meine
Stube bildete für die Stunden des Abendessens und der nachherigen
Unterhaltung häufig einen Mittelpunct für meine nächsten Freunde.
Ich hatte nemlich meine Wohnung in dem Hause der gesuchtesten
Göttinger Köchin, der Frau Rappen, in der Barfüßer-Straße, ge-
funden, die des Abends mehrere hundert Portionen gebratener Kar-

toffeln mit einem Fleischklump oder auch mit Braten, für 2 Sgr. verkaufte, ein Gericht, von welchem ich später immer zum Verdruß meiner Frau und Töchter behauptet habe, daß keine Küche so wohl= schmeckende gebratene Kartoffeln bereiten könne, als die der Frau Rappen. Meine Freunde waren derselben Meinung und kamen, wie gesagt, häufig des Abends zu mir, um dieses Gericht recht frisch und warm auf meiner Stube zu verzehren. Dabei wurde aber nicht gezecht, sondern höchstens ein Glas Bier getrunken, und um zehn Uhr war meine Stube, nach einer Stunde heiteren Gesprächs, wieder leer. Wir waren im billigen Sinne fleißige Studenten.

Für mich lag noch ein besonderer Grund, mich von Verbindun= gen fern und mir die Sonntage frei zu halten, in der Nähe meiner Mutter. Der Sommer, wie der Winter, sah mich fast jede Woche um die andere Sonnabend Nachmittags auf dem Wege nach Landolfs= hausen und Sonntag Abends von dort zurückkehren, häufig mit einem oder ein paar Freunden, die meiner Mutter auch willkommen waren, wie z. B. die beiden Beaulieus. Da wurde dann die alte Freund= schaft mit dem schon neben dem Witwenhause wohnenden Konrad Günther recht lebhaft aufgefrischt und manche der alten treuherzigen Schulkameraden begrüßten mich als den „leiven Muschö Fritz". Diese Gänge durch den Göttinger Wald über Kerstlingeröder Feld und den Treppenberg hinunter über Mackenrode nach Landolfshausen, oft bei Schnee und Sturm, aber öfter bei schönem Sonnenschein im Schatten der Eichen und Buchen, gehören zu meinen angenehmsten Jugend= erinnerungen.

Auch noch andere, wenn auch seltnere Sonntagsgänge waren über Geismar und Kleinen=Lengben nach dem Amte Niedeck zu der Familie des Amtmanns Heinsius gerichtet, mit welcher meine Mutter schon befreundet war, als der Vater Amtmann in Radolfs= hausen war. Und hier lernte ich dann auch meinen nachherigen Schwager Eberwein kennen, der eben nach Vollendung seiner theo= logischen Studien hier als Hauslehrer eingetreten war. Die Verbin= dung desselben mit meiner Schwester knüpfte sich später ebenfalls in diesem Hause an. Es war ein gastliches, lebhaftes und interessantes

Haus; Vater, Mutter, 8 Kinder, im Alter von 3 bis 14 Jahren, 4 Söhne und 4 Töchter, ein Hauslehrer, eine Gouvernante und eine ältere Hausfreundin, die alle Kinder hatte geboren sehen und aufziehen half, zugleich eine genaue Jugendfreundin meiner Mutter, welche durch sie in die Heinsius'sche Familie eingeführt war. Diese zahlreiche Hausgenossenschaft und sehr häufiger Besuch aus der Nachbarschaft und aus Göttingen brachten eine sehr behagliche Lebendigkeit in dieses Haus, und die schöne Umgegend, die Nähe der Gleichen, der große Amtshof selbst mit seiner mannigfachen Belebung durch Menschen und Thiere, ein wohlgehaltener und mit Früchten aller Art versehener Garten, — was konnte ein lebenslustiger Student lieber aufsuchen, als eine solche Sonntagsausflucht! Ich habe in diesen Räumen sehr vergnügte Stunden verlebt. — Der braven Tante Scharlot, wie sie von uns allen genannt wurde, der treuen Hausfreundin, habe ich in diesen Blättern gedenken zu müssen geglaubt; sie war mir, dem Sohne ihrer ältesten Jugendfreundin, sehr zugethan, so wie ich ihr. (Beiläufig darf ich auch eine gewisse historische Bedeutung für sie in Anspruch nehmen; sie war lange verlobt mit dem trefflichen deutschen Manne, dem General Scharnhorst, der bekanntlich geborener Hannoveraner und Hannoverscher Artillerie-Hauptmann war, ehe er in Preußische Dienste übertrat. Wodurch die Verlobung zurückgegangen, weiß ich nicht, aber die frühere Braut blieb im beständigen Briefwechsel mit Scharnhorst, und als dessen Sohn in Göttingen studierte, besuchte er sie häufig in Niedeck und wurde mit ihr vertraut, als mit einer zweiten Mutter. Das Verhältniß war also ein edles und inniges geblieben.)

Außer diesen kleineren Touren in der Nachbarschaft von Göttingen habe ich in der dreijährigen Studienzeit mit meinen Freunden manche Fußreise in den Harz, in die Werra- und Weser-Gegenden, in den Solling, in den Pfingsttagen nach Cassel, nach meiner väterlichen Geburtsstadt Osterode, sowie zu meinen Verwandten in Hannover gemacht, und den Schluß machte in den Herbstferien 1801 eine größere Reise an den Rhein mit meinen Freunden Böbeker, Kern und Flügge, welche uns im Süden bis nach Straßburg und im

Norden bis Köln führte. Die Lust am Reisen war uns allen gemeinsam, die Pläne dazu und die Vorfreude füllten manche unserer Abende aus, und wir entsagten gern den Wirtshausfreuden anderer Studenten, um die Mittel zu einer kleineren und größeren Reise zusammen zu sparen. Und diese selbst wurden gleichfalls auf die sparsamste Weise eingerichtet; wir nahmen mitunter mit einer Streu in einem ländlichen Wirtshause vorlieb, auf welcher die von der Fußreise ermüdeten Glieder doch ihre Ruhe fanden.

Alle diese Reisen gewährten uns großen Genuß, besonders machten die Ufer des Rheines in dem herrlichen Rheingau und von da bis Bonn auf uns Nordländer einen herrlichen Eindruck. Allein diesen Eindruck haben so viele empfangen und beschrieben, daß ich nichts Neues darüber zu sagen wüßte, und da ich mir überhaupt als Ziel gesetzt habe, nur dasjenige in diesen Blättern zu erzählen, was für mein inneres und äußeres Leben von größerem Einfluß gewesen ist, oder was zur Charakteristik der Zeiten und Menschen, in und mit welchen ich gelebt habe, ein besonderes Interesse gewähren kann, so gehe ich auf die Beschreibung der erwähnten Reisen, welche dergleichen nicht dargeboten haben, hier nicht näher ein.

Einer Lieblingsübung dagegen, welche ich die ganze Studienzeit mit Eifer betrieben habe, will ich doch noch gedenken, nemlich der auf dem Voltigierboden, an dem mit Leder überzogenen hölzernen Pferde, welche Uebungen auch später unter die Turnübungen aufgenommen sind; die letzteren, in ihrem jetzigen Umfange, kannte man damals noch nicht. Es war vorzüglich mein Schulfreund Langersfeldt, der mich damit bekannt machte; er war sehr kräftig und gewandt und bekleidete das Amt des sogenannten Vorspringers, der kein Honorar zu bezahlen brauchte. Er hatte sich an eine Gesellschaft Braunschweiger angeschlossen und zog mich auch zu diesen heran. Es waren tüchtige Menschen, mit denen ich gern verkehrte; unter andern zwei Brüder Gravenhorst, von denen der ältere, der Vater des jetzigen Directors Gravenhorst in Bremen, bereits gestorben ist, und ein Vetter beider, der nachherige Professor der Naturgeschichte in Breslau. Als diese, älter in ihren Studien als ich, Göttingen ver-

ließen, trat ich in das Amt eines Vorspringers auf dem Voltigierbo-
ben ein und habe es bis zu meinem Abgange bekleidet. Diese Uebungen kamen später meinen Zöglingen zu gute, die ich auch dazu anleitete, und begründeten auch meine Vorliebe für die Einführung der
Turnübungen bei den Schulen.

Ich habe bisher nur von den Aeußerlichkeiten des Universitäts-
lebens erzählt, die innern Seiten, das wissenschaftliche Leben und
Treiben, sollte doch billig den Hauptplatz einnehmen. Aber, ich muß
es offen bekennen, von diesem ist mir viel weniger eine lebendige Erinnerung geblieben. Daß ich im Ganzen nicht unfleißig gewesen bin,
habe ich schon bemerkt, aber der Fleiß hielt sich in den gewöhnlichen
pflichtmäßigen Grenzen. Die theologischen Collegia bei Planck,
Eichhorn, Stäublin, Ammon, die philosophischen bei Buhle,
die historischen bei Heeren, die über deutsche Sprache und Literatur
bei Bouterwek, reine Mathematik bei Thibaut, Physik bei
Tobias Meyer, Naturgeschichte bei Blumenbach u. s. w. wurden regelmäßig gehört und repetiert; die Hefte waren in lobenswerther
Ordnung; aber daß ich, mit einiger Ausnahme der Geschichte bei
Heeren und der Mathematik bei Thibaut, eine tiefer eingreifende
geistige Anregung empfangen hätte und zu selbständigen Studien in
einer bestimmten Richtung getrieben worden wäre, kann ich nicht sagen.
Ich war auf dem Wege ein gewöhnlicher, wenn auch vielleicht nicht in
letzter Reihe stehender Theologe im Sinne der damaligen Zeit, ohne
warme, von innen heraus treibende Begeisterung, zu werden. Eine
solche zu wecken, dazu war die ganze geistige Atmosphäre Göttingens
damals nicht angethan, wenigstens gehörte ein reiferes Alter und eine
andere Vorbereitung, als ich sie empfangen hatte, dazu, die gelehrten
Kräfte, welche die Universität besaß, zur eigenen höhern Ausbildung
recht zu benutzen. War doch die Liebe zu der alten Literatur nicht
einmal soweit in mir erweckt, daß ich, außer einer encyklopädischen
Einleitung, philologische Collegia bei Heyne gehört hätte.

Ueberhaupt war, wenn ich an meinen damaligen Standpunct
zurückdenke, der Kreis desselben noch recht eng. Nicht einmal mit
unserer schönen Literatur war ich leiblich vertraut. Ich hatte, so viel

ich mich erinnere, in Hannover noch nichts von Göthe oder Schiller
gelesen, erst in Göttingen kam das erste der Göthe'schen Werke, der
Torquato Tasso, in meine Hände und machte einen solchen Eindruck auf mich, daß ich erkennen konnte, es fehle mir auch für dieses
Gebiet des neu angeregten deutschen Geistes nicht an Empfänglichkeit;
es war mir, als gehe eine neue Welt vor mir auf. Daß menschliche
Gedanken und Gefühle auf eine solche Weise, in so edler Sprache,
mit so erhebenden Worten und Bildern ausgedrückt werden, daß Verstand und Gefühl sich so vollkommen durchdringen könnten, war mir
neu, es überwältigte mich; es drang, um mich so auszudrücken, der
zauberhafte Schauder durch meine Seele, den nur das wahrhaft
Schöne und Erhabene in uns hervorzubringen vermag und uns die
Wonne des Gefühls, sich vor etwas Höherem zu beugen, kennen
lehrt. Daß gerade Göthe's Tasso einen so tiefen Eindruck auf mich
machte, wie nie ein anderes Buch vorher und wenige nachher gethan,
mag in meiner damaligen Stimmung gelegen haben, die unbewußt
eine höhere Nahrung verlangte, als mir sonst geboten wurde.

Ein zweites Buch, welches, wenn auch in anderer Art, in meiner Universitätszeit einen ungewöhnlichen Einfluß auf mich geübt hat,
will ich gleich daneben nennen, es waren „die Briefe eines jungen
Gelehrten" von Johannes Müller an Bonstetten. Die warme Freundschaft dieser jungen Männer, die Liebe für alles Edle, Tüchtige und
Geistesbildende, die Liebe zum Vaterlande und seiner Geschichte ergriffen mich mit Theilnahme und Bewunderung. Dieses, wenn auch in
manchen Dingen veraltete, aber von einem jugendlichen Geiste erfüllte
Buch kann noch immer der empfänglichen Jugend auf der Schule und
Universität eine gesunde Nahrung bieten und sollte in keiner Schüler-
bibliothek fehlen.

Meine theologische Studienzeit näherte sich ihrem Ende und
schloß mit den praktischen Vorlesungen über Katechetik und Homiletik,
jene bei dem Generalsuperintendenten Gräfe, diese bei dem Professor von Ammon. Beide interessierten mich, und ich arbeitete gern
für dieselben. Besonders erinnere ich mich der metrischen Uebersetzung
einer horazischen Ode, die uns Gräfe aufgab, und die seinen Bei-

fall gewann. Eine Predigt, die ich im Winter 1801 auf 1802 in der Johanniskirche als Mitglied des homiletischen Seminars hielt, deren Inhalt ich aber vergessen habe, wurde nicht zu scharf von den übrigen Mitgliedern und von Ammon kritisiert. (Beiläufig bemerkt, war auch der nachherige Professor Marheinecke mein Commilitone im Seminar.) Ich hielt diese Predigt dann zum zweiten Male in der Kirche zu Landolfshausen, um meiner Mutter die Freude zu machen, mich auf der Kanzel zu sehen.

Ostern 1802 war die Universitätszeit zu Ende, ich mußte ohne meine beiden nächsten Studiengenossen Kern und Flügge nach Hannover reisen, denn beide hatten die Theologie verlassen und sich der Jurisprudenz zugewandt.

Das Examen in Hannover. — In Hannover angekommen, mußte ich, um in die Reihe der Predigtamts-Kandidaten aufgenommen zu werden, mein Examen praevium bei dem Consistorialrath Sextro bestehen. Diese Prüfung soll ein vorläufiges Urtheil darüber liefern, ob der abgehende Studiosus seine Zeit auf der Universität gut angewendet hat; es wird daher in die theologischen Disciplinen nicht tief und umfassend eingegangen, sondern mehr eine Uebersicht abgefragt, auch bei einzelnen Puncten etwas genauer zugefühlt, ob der Examinand sich der wesentlichen Grundgedanken, denen er weiter nachzuforschen und auf welche er seine ferneren Studien zu richten habe, bewußt sei. Es ging im Ganzen ziemlich gut, bis der Examinator auf sein Lieblingsgebiet, die Dogmatik, kam, auf welchem er sein eigenes, von den gangbaren Ansichten ziemlich abweichendes, System aufgebaut hatte. Hätte ich vorher einen Wink darüber bekommen, so würde ich mich mit diesem Systeme bekannt zu machen gesucht haben, so aber wurde ich nach den ersten verfehlten Antworten, die ich nach der Doctrin meiner Göttinger Lehre gegeben hatte, verwirrt, konnte mich in den Gedankengang des Examinators nicht hineinfinden und bestand, meinem Gefühle nach, herzlich schlecht. Betrübten Herzens ging ich am andern Tage zu meinem verehrten Gönner, dem Abt Salfeld, um ihm mein Unglück zu klagen und weitern Rath zu holen. Zu meinem Erstaunen empfing er mich mit einem Glückwunsche über

mein wohlbestandenes Examen. Ich sprach ihm aufrichtig mein Er=
staunen aus und bekannte das Fehlschlagen meiner Prüfung in der
Dogmatik. „Darüber lassen Sie Sich keine grauen Haare wachsen",
erwiederte er, „das ist schon vielen Examinanden so gegangen. Mein
guter Freund Sextro hat sein eigenes System und freut sich eigent=
lich, im Vertrauen gesagt, wenn er durch die Fehlantworten der Kan=
didaten Gelegenheit bekommt, dasselbe auseinanderzusetzen. In der
Freude der lebhaften Demonstration vergißt er, daß er selbst fast
allein gesprochen hat. Uebrigens haben Sie durch die exegetischen
Proben und besonders durch Ihre Uebersetzung einer horazischen Ode
ihm wohlgefallen." Unter den Proben, die dem abgehenden Studen=
ten vorgelegt wurden, waren nemlich auch einige über den Stand=
punct seiner Schulkenntnisse. — Mit erleichtertem Herzen verließ ich
den trefflichen Mann.

Hier sei mir eine Bemerkung erlaubt, die weit in mein folgen=
des Leben greift und zur Charakteristik der buntverworrenen Verhält=
nisse der damaligen Zeit, sowie der wechselvollen Schicksale meines
eigenen Lebens, gehört. Es ist nemlich dieses theologische Examen
praevium die einzige Prüfung gewesen, welche ich seit meiner Schulzeit
mein ganzes Leben hindurch bestanden habe. Bei einem Manne, der
bald 50 Jahre in öffentlichen Aemtern gestanden hat und zwar in
einem Kreise, in welchem Prüfungen recht eigentlich zur Tagesordnung
gehören, der einer großen Zahl von Prüfungen beigewohnt hat und
bei ihnen selbst thätig gewesen ist, der manche Prüfungsordnungen
hat verfassen helfen, ist dieses doch gewiß ein seltener Fall. Zur
Erklärung dient, daß meine erste öffentliche Anstellung als Lehrer am
Gymnasium in Düsseldorf in die letzte Zeit der französischen Herr=
schaft am Rheine fiel, wo man froh war, nur überhaupt Lehrer für
höhere Schulen zu finden, die einige Vorbereitung und Uebung ge=
wonnen hatten, — ich hatte schon 4 Jahre in Barmen eine Erzie=
hungsanstalt geleitet und bereits meine biblischen Geschichten und
meinen chronologischen Abriß der Weltgeschichte geschrieben; — man
forderte keine Prüfung. Von da an ging mein Weg im Kreise des
höheren Schulwesens von einer Stufe zur andern weiter, und man

traute mir auch ohne Prüfung die Fähigkeit für das mir zu übertra-
gende Amt zu. Ueberhaupt habe ich nie um ein Amt angehalten,
sondern bin in dieselben berufen worden. Es war eben die Zeit, wo
die Periode des französischen Einflusses im westlichen und zum Theil
im nördlichen Deutschland alle Lebensverhältnisse in Verwirrung gebracht und bei vielen Menschen die Ausbildung ihrer geistigen Kräfte
verhindert hatte, so daß es, als es die Wiederherstellung eines geordneten Zustandes, namentlich auch der Bildungsanstalten, galt, an
helfenden Händen vielfach gebrach und jeder willkommen war, dessen
Hülfe förderlich zu sein versprach. So ist mir das Fortkommen im
Leben, wie man es nennt, welches jetzt oft so schwierig ist, durch besondere Gnade der Vorsehung vor vielen anderen leicht gemacht
worden.

Eine Seltenheit ist es gewiß auch, daß ich nie für meine verschiedenen Aemter in Eid und Pflicht genommen bin und überhaupt
keinen Eid geschworen habe, als in meinem 50sten Jahre bei meiner
Einführung bei dem Oberschul-Collegium in Hannover. Der Hul-
digungsrevers, den ich als Lehrer in Düsseldorf schriftlich einreichen
mußte, als das Bergische Land von Preußen übernommen wurde,
galt als ausreichend für meine ferneren Dienstverhältnisse im preußischen Staate.

IV. Rantzau.

Mein hoher Gönner, der Abt Salfeld, hatte auch schon für
mein weiteres Fortkommen gesorgt; er war von der Familie des Dänischen Generals, Grafen Baudissin auf Rantzau in Holstein, um
Empfehlung eines Kandidaten zum Lehrer der ältesten Söhne gebeten
worden; der als Prediger nach Eutin abgehende Lehrer Pfeiffer war
auch ein Hannoveraner gewesen. Der Abt trug mir die sehr vortheilhafte Stelle, — 200 Thlr. Gold nebst freier Station, — an, und
ich stimmte natürlich mit Freuden ein. Meine Verbindung mit dieser
Familie ist für mein ganzes folgendes Leben in mehr als einer Hinsicht entscheidend gewesen, und ich habe dem Abt Salfeld auch wegen

dieses Eingreifens in mein Schicksal als einen meiner größten Wohlthäter zu verehren gehabt.

„Am zweiten Mai dieses Jahres 1802 werde die Familie von
Berlin aus auf dem Gute Rantzau eintreffen, ich möchte mich auch
alsdann dort einfinden", so lautete die mir zugehende Anweisung.
Der Graf war nemlich Dänischer Gesandter in Berlin und schickte
seine Familie voraus auf's Land, um nach einiger Zeit nachzufolgen,
da er wegen seiner Geschäfte nicht gleich mitreisen konnte. Ich machte
mich auf den Weg und verweilte einige Tage in Ratzeburg bei dem
Regierungsrath Hantelmann, der die jüngste Tochter aus dem Detmering'schen Hause geheirathet hatte. Am 1sten Mai erfuhr ich zufällig, daß die Gräfin Baudissin mit ihren Kindern im dortigen Gasthofe angekommen sei und übernachten wolle, um am andern Morgen
nach Rantzau weiter zu fahren. Ich eilte, mich noch auf der Reise
zu präsentieren und wurde von einer nicht großen und etwas starken
Dame, deren großes, sprechendes Auge mir gleich Zutrauen einflößte,
sehr wohlwollend empfangen. Sie freute sich über meine Pünktlichkeit im Antritte meines neuen Amtes, doch konnte ich bemerken, daß
ein etwas verlegener Zug über ihr ausdrucksvolles Gesicht lief; wie
ich später aus einer scherzhaften Mittheilung erfuhr, war sie durch
mein jugendliches Aussehen überrascht; ich sah nemlich, obgleich im
22sten Jahre, bei meinem blonden Haar und hellen Teint kaum als
ein Zwanziger aus. Mein Vorgänger, der nunmehrige Pastor Pfeiffer in Eutin, hatte schwarzes Haar und war ein gesetzter Mann in
den Dreißigen. — Meine neuen Zöglinge wurden herbeigerufen, um
den neuen Hofmeister zu begrüßen, was denn auch beiderseitig mit
einiger, in einer solchen Situation nicht unnatürlicher, Verlegenheit geschah. Der älteste Sohn, mit hergebrachtem Familien-Vornamen
Wolf*), im 14ten Jahre, war der Verlegenste von uns, was theils
in seinem Alter, theils in seiner Kurzsichtigkeit, aber auch in einer
angeborenen liebenswürdigen Blödigkeit lag; indes war in seinem

---

*) Ein Ahnherr der Familie kommt als General im dreißigjährigen Kriege
im dänischen und schwedischen Heere vor und führte den Vornamen Wolf.

wohlgebildeten, feinen Gesichte der geistvolle Ausdruck und auf seiner breiten Stirn der Gedankenreichthum nicht zu verkennen. (Er ist, um dies gleich hier kurz vorweg zu nehmen, der, durch manche Schicksale in's Privatleben zurückgedrängte, noch jetzt in Dresden lebende Freund Tieck's und Mitarbeiter an dessen Uebersetzung des Shakespeare, auch Uebersetzer älterer englischer grammatischer Werke und von Quintona's Lebensbeschreibungen berühmter Spanier. Auch hat er Hartmann's Iwein mit dem Löwen und Veint's von Grafenberg Bigalvis in's Neuhochdeutsche übertragen.)

Der zweite Sohn, Otto, empfing mich mit seinem runden, von gesunder Röthe gefärbten, treuherzigen Gesichte und großen blauen Augen am allerunbefangensten, drückte mir die Hand und versicherte, es sei in Rantzau sehr schön, und es werde mir dort wohl gefallen. (Auch dieser lebt jetzt, als Exilierter, in Dresden; es ist der bekannte, tapfere General Baudissin, der in den Kämpfen von 1849 bis 1852 in Schleswig mitgefochten und mehrere schwere Wunden davon getragen hat.)

Die beiden jüngsten Söhne, Heinrich und Hermann, waren noch zu jung für meine Hofmeisterschaft, obgleich der erstere doch auch einigen Vorbereitungsunterricht bei mir erhalten sollte; ich faßte sie also bei meiner ersten Begegnung noch nicht schärfer in's Auge. Die Tochter Susanne aber, die dritte in der Reihe, ein liebliches Kind zwischen 10 und 11 Jahren, betrachtete, ihre Mutter an der Hand haltend, den neuen Hofmeister ihrer Brüder nicht ohne den Ausdruck der Neugierde, ob er wohl ein strenges oder ein mildes Regiment führen werde. Wie sie mir später gestanden, hatte die letztere Meinung doch das Uebergewicht behalten. (Um auch ihr gewissermaßen eine historische Stellung anzuweisen, so sei bemerkt, daß sie die Mutter des dänischen Gesandten am deutschen Bundestage und jetzigen Schwerinischen Ministers, Freiherrn von Bülow, ist.)

Am andern Morgen früh machte ich mich auf den Weg nach Rantzau, um noch vor der Familie dort einzutreffen. Es war, obgleich der zweite Mai, ein rauher Nachwintertag, wie es in den Ostseeländern nicht selten ist. Der Schnee, den mir der scharfe Ostwind auf meinem holsteinischen offenen Körwagen in's Gesicht trieb, war nicht frühlingsmäßig und die Prophezeiung meines Zöglings Otto, ich würde Rantzau schön finden, wollte nicht in Erfüllung gehen, als ich auf dem großen gepflasterten Gutshofe zwischen Scheuern und Ställen her auf das Herrenhaus zufuhr, welches ebenfalls nach alter Weise gebaut und nicht freundlich war. Ein Hausverwalter empfing mich an der Hausthür, und da er hörte, daß ich der neue Hofmeister sei, führte er mich über die große hohe Diele, über eine der beiden Haupttreppen, die zum ersten Stockwerk führten, auf einer kleineren und schmäleren in's zweite Stockwerk auf die Hofmeisterstube, geräumig für eine ganze Schülerklasse, aber bitterlich kalt, unwöhnlich, mit veralteten Möbeln und vom Winde klappernden Fenstern. Da ließ er mich allein, nachdem er meinen Koffer heraufgeschafft hatte. Es war todtenstill in dem großen Hause, nachdem der Wiederhall seiner Tritte verstummte, denn die gesammte Dienerschaft sollte erst mit der Herrschaft ankommen. Es war mir, als müßte ich mit dem eben wegfahrenden Wagen auch wieder abreisen. Um mich etwas zu zerstreuen und zu erwärmen, ging ich auf den Gutshof und betrachtete mir das Haus, welches im 16ten Jahrhundert von dem zu seiner Zeit berühmten Heinrich Rantzau gebaut worden ist, der sich durch Reisen in's gelobte Land, als Feldherr und Staatsmann und als fertiger lateinischer Redner, einen Namen gemacht hat. Ueber der Thür des einen Flügels steht ein von ihm verfaßtes Distichon:

Huc, quicunque venis, fauste et bene veneris hospes;
Cuncta patent, animus sed magis ipse patet.

Dann lief ich in den großen Garten des Hauses, den ich leicht auffand. Daß er schön werden würde, wenn erst der Frühling sein Grün über ihn ausgießen würde, sah ich wohl, es waren schöne Alleen mit hohen alten Linden, mannigfaches Buschwerk, welches demnächst Blüthen tragen konnte, ein kleiner Fluß, der sich zu einem Bassin erweiterte, mit mehreren Brücken und auch einem Kahne zu Wasserfahrten; allein noch standen die Bäume mit laublosen Aesten, und der kalte Wind trieb mich bald wieder in meine Hofmeisterstube,

denn die andern Gemächer des Hauses zu untersuchen wäre vor=
witzig gewesen.

Endlich rollten drei schwerbepackte Reisewagen auf den Gutshof
und vor das Herrenhaus; aus dem ersten, einer großen mit 6 Pferden
bespannten Reisekutsche, stieg die Gräfin mit der Tochter und deren Gou=
vernante, dem kleinen Hermann und einer jungen Person aus, schlank
gewachsen, mit dunkelm Haar und braunen, scharfblickenden Augen, die
aber mit Vorsicht aus dem Wagen gehoben und in's Haus geführt
werden mußte; es hieß, sie sei mit einem der folgenden Wagen, auf
welchem die übrigen Kinder saßen, umgeworfen und habe sich am
Fuße beschädigt. Ich will es nicht verhehlen, daß ihr Anblick sogleich
einen nicht gewöhnlichen Eindruck auf mich machte, und ebenso wenig
verschweigen, daß es niemand anderes war, als meine nachherige
Frau Gemahlin, mit welcher ich im Jahre 1857 die goldene Hochzeit
gefeiert habe. Sie spielte in der Familie die Rolle einer Art von
Bonne bei den jüngsten Kindern und war der Liebling der Gräfin,
die sie aus besonderer Zuneigung als Pflegerin ihrer Kinder in Ko=
penhagen zu sich genommen hatte, wie mich einst die Frau von Beau=
lieu als Gesellschafter für ihre Söhne zu sich nahm. Sie war, wie
ich, eine vaterlose Waise; ihr Vater hatte dem königlichen Schiffs=
bauwesen angehört, war aber früh gestorben und hatte ihre Mutter
mit vier unversorgten Kindern zurückgelassen. Ihr Name war Do=
rothea oder abgekürzt Thea Holm. Für's Erste müssen wir sie je=
doch mit ihrem kranken Fuße auf ihr Zimmer gehen und sich zur
Ruhe legen lassen und uns übrigen folgen, die wir uns in der ge=
heizten Stube der Gräfin an einem warmen Thee erquickten, welcher
die Lebensgeister wieder erfrischte.

Mein Hofmeisteramt wurde mir nicht schwer gemacht. Die bei=
den ältesten Knaben lernten gern und leicht, ihre Natur war empfäng=
lich und leicht anschließend, und ich behielt ganz freie Hand, sowohl
mit ihrem Unterrichte, als ihrer Erziehung. Es war ein verständi=
ger, natürlicher Sinn in der ganzen Familie. Selbst in den äußern
Formen war kein Zwang. Als ich am ersten Mittage in Schuhen
und Strümpfen zu Tische kam, sagte mir nachher die Gouvernante,

offenbar im Auftrage der Gräfin, das sei. in diesem Hause nicht angebracht und am wenigsten auf dem Lande.

Der älteste meiner Zöglinge, Wolf, war zum Studieren bestimmt; seine Fähigkeiten waren bedeutend, besonders die leichte Auffassung, das gute Gedächtniß und ein feiner, lebendiger Sinn für alles Wissenswürdige und das Gemüth Erhebende, vorherrschend allerdings für die poetische und die Phantasie ergreifende Seite. Der kritische Verstand war weniger ausgebildet, und die Mathematik sprach ihn nicht besonders an. Aber die Geschichte und die Lectüre der deutschen Meisterwerke aus der klassischen Periode, und später, da er in den fremden Sprachen weiter vorgerückt war, die des Homer, des Virgil und Horaz, und noch später des Sophokles und des Shakespeare erfüllten seine ganze Seele mit Theilnahme und Bewunderung. Er trug das Bedürfniß der Verehrung des Schönen und Erhabenen lebendig in seinem Innern. Mit dieser Richtung seines Wesens hing auch sein Sinn und Talent für Musik, welches er als Klavierspieler bedeutend ausbildete, zusammen. Der Liebe zur Musik ist er sein ganzes Leben hindurch treu geblieben und ebenso der Liebe für die klassische Literatur der alten und neueren Sprachen, besonders der englischen, französischen, italienischen und spanischen, deren Kenntniß er nach und nach im Laufe des Lebens immer vollständiger ausgebildet hat. Seine Uebersetzung von 13 Shakespeare'schen Stücken in der Tieck'schen Sammlung reiht sich mit Ehren der Schlegel'schen an. — Ich konnte in seinem vierzehnten Jahre nur den Grund zu seinen Sprachkenntnissen zu legen fortfahren, namentlich durch den Unterricht im Lateinischen und Griechischen; in den neueren Sprachen erhielt er während des Winteraufenthalts der Familie in Berlin von tüchtigen Lehrern Privatunterricht.

Sein Bruder Otto war bereits durch väterliches Beispiel und eigene Neigung zum Soldatenstande bestimmt, der Unterricht in den alten Sprachen beschränkte sich daher auf das Lateinische, doch mußte ich ihn darin besonders unterrichten, da er an Kenntnissen und Talent seinem Bruder nachstand. In den übrigen Stunden über Religion, Geschichte, Geographie, Naturgeschichte, deutsche Sprache und Rechnen

war er mit seinem Bruder vereinigt und machte mir durch seine
Aufmerksamkeit, Lernbegierde und sein gesundes Urtheil ebenfalls
Freude. An den Geschichts- und Religionsstunden nahm auch die
Tochter Susanne Antheil und oft war in den letztern auch die Grä-
fin zugegen, was mir nur eine Aufmunterung zur ernsten und leben-
digen Behandlung der Sache sein konnte.

In das Einzelne meines Unterrichts einzugehen, kann hier nicht
der Ort sein; bei der Darstellung unseres Lebens in Berlin wird
Gelegenheit sein, auf einige bemerkenswerthe Momente auch in dieser
Beziehung zurückzukommen. Die übrigen Eigenthümlichkeiten und Ereignisse meines Aufenthalts in Holstein, der 5 Sommer und einen
Winter umfaßte, bieten den Stoff zu manchen interessanten Mittheilungen.

Zuerst einige Worte über das Gut Rantzau, welches bald nach
meiner Ankunft seine, von meinem Zögling Otto gerühmten, Annehmlichkeiten zu entfalten anfing. Das Wetter wurde milder, im Garten
und in den naheliegenden Gehölzen brach das Frühlingsgrün hervor
und lud zu näheren und weiteren Spaziergängen ein, welche die an-
muthige Abwechselung der Gegend im vortheilhaftesten Lichte zeigten.
Dieser östliche Theil Holsteins ist bekanntlich ein Hügelland, Höhen
und Thäler, Ackerland und Viehweiden, Dörfer und einzelne Güter
und Vorwerke, besonders aber viele, nicht große, aber schön belaubte
Gehölze und eine Menge größerer und kleinerer Seen wechseln mit
einander ab und bringen einen oft idyllischen Eindruck hervor. Man
wird oft an Voß's Luise erinnert, deren Schauplatz am Eutiner See
auch nicht weit. von Rantzau liegt, denn dieses Gut ist nur zwei
Stunden von Eutin und seinem See, drei Stunden von Ploen mit
seinem viel größeren See und eine Stunde vom Selenter See entfernt und hat mehrere kleinere Seen und Teiche auf seinem eigenen
Gebiete. Die nächste Umgebung des Herrenhauses und Gartens ist
ebenfalls hügelig und man braucht an zwei Seiten nur einige hundert
Schritte zu gehen, um in ein anmuthiges Buchenwäldchen zu kommen.
Die sanft ansteigenden Höhen und Senkungen sind in sogenannte
Koppeln, das heißt Feldmarken, eingetheilt, die von lebendigen Wall-

hecken eingeschlossen sind und abwechselnd zu Ackerland und zur Vieh-
weide dienen. Als geborener Landbewohner interessirte mich auch
die Holsteinsche Landwirtschaft und ich ließ mich belehren, daß hier
die sogenannte Koppelwirtschaft üblich sei, nach welcher die Koppel
das erste Jahr, je nach der Beschaffenheit des Bodens, mit schwerem
Getreide, besonders Weizen, bestellt wird, im zweiten mit Roggen,
im dritten mit Gerste, im vierten mit Hafer, im fünften mit Hafer
und Klee. Dann bleibt das Land fünf Jahre zur Weide liegen, be-
wächst, wenn auch nicht mit hohem Grase, welches gemäht und zum
Heu benutzt werden könnte, so doch mit mancherlei Kräutern, die den
Kühen zur gesunden Nahrung dienen. Diese werden im Frühjahr
hinausgetrieben und bleiben von da an bis tief in den Herbst Tag
und Nacht draußen. Die mit Buschwerk bedeckten Wälle der Koppeln
schließen die Heerde ein, daß sie sich nicht verlaufen kann. Ist die
eine Koppel abgeweidet, so wird das Vieh auf die nächste getrieben,
damit die erste sich wieder begrasen kann. Durch das Leben in freier
Luft bei Tag und Nacht und die freie Bewegung bleiben die Säfte
der Thiere viel gesunder, als bei den in den dumpfen Ställen eingeschlossenen Kühen der Stallfütterung, und selbst bei denen, die nur
des Tages ausgetrieben werden. Auch können die Thiere auf dem
weiten Raume, der ihnen zu Gebote steht, die gesundesten Kräuter
aussuchen. Daher die wohlschmeckende, fast aromatisch gewürzhafte
Milch und Butter der Holsteinschen Kühe. Die Zahl derselben, die
zu einem Gute gehören, richtet sich nach dessen Größe und giebt einen
Maßstab für seinen Werth. Man rechnet dabei nach Hunderten, und
weil eine so große Menge eine eigne bedeutende Wartung und die
Milchwirtschaft viel Raum und Menschen, auch viel Aufmerksamkeit,
ja Kunstfertigkeit, erfordert, so hat sich in Holstein ein besonderes
System ausgebildet, welches man Holländerei nennt. Der Gutsherr
verpachtet nemlich, wenn er auch seinen Ackerbau durch Verwalter
und Knechte selbst betreibt, seine Kühe an einen sogenannten Holländer, — (es mögen dazu ursprünglich Familien aus Holland herbeigezogen sein,) — giebt ihm Wohnung, Ställe und Wirtschaftsgebäude,
die meistens unmittelbar am Hofe liegen, überläßt ihm die Koppeln,

die derzeit zu Weideland brach liegen, so wie die Wiesen in den Nie-
derungen, welche nur zum Heuwuchs für den Winter dienen, bezieht
sein Pachtgeld und kauft dagegen um billigen Preis den Milch- und
Butter- und Käsebedarf für seine Haushaltung von seinem Holländer.

So war es wenigstens vor 50 und 60 Jahren in Holstein und
ich habe diese kleine landwirtschaftliche Episode hier einflechten wollen,
um zu zeigen, daß mein ländlicher Sinn sich noch nicht in Hannover
und Göttingen verloren hatte. Auch stand mir, indem ich mich im
Geiste wieder nach Holstein versetzte, der Anblick der auf den Koppeln
weidenden Heerden, der zur Belebung unserer Spaziergänge im Sommer
nicht wenig beitrug, und der langen Reihen des reinlich gehaltenen
blanken Rindviehs in den unermeßlichen Ställen, wenn der Winter
sie in denselben versammelt hatte, recht lebendig vor Augen.

Das Gut Rantzau gehörte übrigens nicht zu den größten des
Landes, war aber doch nicht unbedeutend. Der Ackerbau des Haupt-
gutes wurde mit 5 bis 6 Spann Pferden betrieben, — der Groß-
knecht hatte ein Spann sogenannter blauer, welche selten waren, —
und der Viehstand des Holländers bestand, wenn ich mich recht besinne, aus circa 250 Kühen. Außerdem gehörten zwei Vorwerke zu
dem Gute, Hohenhof und Hohenfasel, welche vielleicht halb so viel
Land hatten, als der Haupthof, und besonders verpachtet waren. Ein
zweites kleineres Gut des Grafen, Lammershagen, mit einem Vor-
werk Friedeburg, lag eine Stunde von Rantzau. Daß ich alle diese
Plätze recht bald mit meinen Zöglingen aufsuchte und mich überhaupt
mit der ganzen Umgegend bekannt machte, brauche ich kaum zu erwähnen. Es kam aber auch bald Gelegenheit zu einem etwas weiteren
Ausfluge. Der ältere Bruder des Grafen war Besitzer des Gutes
Knoop, nahe bei Kiel, am Kanale zwischen Schleswig und Holstein.
Zur Begrüßung desselben machte sich unsere Familie, — ich will sie
so benennen, — auf den Weg dorthin und nahm mich mit. So
lernte ich die reizende Lage von Kiel an seinem schönen Meerbusen
und das gleichfalls anmuthig gelegene Knoop mit seinen interessanten
Bewohnern kennen. Der Graf, ein wohlwollender und wohlgebildeter
Sechziger mit dem Anstande eines Landedelmannes, der aber auch die

Welt gesehen hat und sich in ihr zu behaupten weiß, war mit der Tochter des reichen Grafen Schimmelmann verheirathet, die ihm vier Töchter und drei Söhne geboren hatte. Die beiden ältesten Töchter waren, die eine an einen Herrn von Nergaard, die andere an den Grafen Heinrich Reventlow verheirathet, die beide in der Nähe begütert waren. Die Töchter waren daher oft im väterlichen Hause und belebten dasselbe mit den beiden jüngeren heranblühenden Schwestern, Julie und Josephine, und den drei Söhnen im Alter meiner Zöglinge, auf die angenehmste Weise. Den Mittelpunct desselben bildete aber ohne Frage die Gräfin selbst, eine große stattliche Dame, von dem vornehmsten und doch menschlich ansprechendem und anziehendem Wesen, geistreich, unterrichtet, mit einem weiten Blicke in's Leben und einer Menschenkenntniß, welche ihr Urtheil sicher leitete. Dieses Haus war der Sammelplatz für die Gutsbesitzer der ganzen Nachbarschaft, sowie für die nach ihrer Bildung in einen solchen Kreis passenden, ausgezeichnetern Professoren der Universität Kiel, für die letztern namentlich im Winter, wo die Familie in der Stadt lebte. In diesem Hause habe ich im Laufe meiner Holsteiner Jahre mehrere dieser Professoren und viele des Schleswig = Holsteinschen Adels kennen und hochachten gelernt, von welchen im Verfolge dieser Erinnerungen mehrfach die Rede sein wird. · Hier will ich nur gleich die Bemerkung einschalten, daß dieser Adel, soweit ich ihn kennen gelernt habe, sich durch Bildung, Empfänglichkeit, Achtung vor geistigem Werthe und eine ächte Humanität auf eine Weise auszeichnete, daß einem jeden wohl werden mußte, der mit demselben irgend in nähere Verbindung treten konnte, und daß selbst ich, der unbedeutende Hofmeister, einen Platz in der Gesellschaft einnehmen durfte, in welchem meine Selbständigkeit anerkannt wurde, ohne daß ich irgend das drückende Gefühl der Herablassung von der andern Seite zu tragen gehabt hätte. Und auch jetzt noch ist der Adel des uns so nahe verwandten Brudervolkes im Norden seinem Charakter vor 50 und 60 Jahren sicher nicht untreu geworden; hat doch die Geschichte der Jahre 1849 bis 1852, und von da bis auf unsere Tage eine Reihe von Namen solcher Ehrenmänner aus dem Adel aufgezeichnet, welche für die Erhaltung der Rechte der Her=

zogthümer und des deutschen Wesens in denselben mit besonnenem
Muthe gekämpft haben, und unter ihnen fehlen die Namen der Bau-
bissins, Reventlows und ihrer Freunde nicht.

Doch, ich vergesse, daß ich noch im ersten Sommer meines Holsteinschen Lebens stehe, in welchem ich nur die ersten Eindrücke von
der Eigenthümlichkeit des Landes und seiner Bewohner empfangen
konnte, und daß mir der wichtige Uebergang auf den größeren Schauplatz, Berlin, im Herbste bevorstand.

Ehe ich jedoch zu diesem komme, liegt mir die Beantwortung
einer Frage vor, welche ich schon lange auf den Gesichtern meiner
Leser, besonders aus dem Kreise meiner Kinder und Enkel, gelesen
habe, nemlich, was denn aus dem kranken Fuße jener Thea Holm
aus Kopenhagen geworden und ob ich ihr schon im ersten Sommer
näher gekommen sei. — Allerdings ging sie bald wieder in ihrer
geraden und festen Haltung und mit sicherm Schritte mit ihrem kleinen
Lieblinge Hermann an der Hand spazieren und schloß sich uns allmählich auch auf weiteren Gängen an; und ich, der Pflichten des
Hofmeisters und Lehrers im Hause eingedenk, fühlte mich gedrungen, mich
mit ihr häufig zu unterhalten, um sie in der deutschen Sprache, die
ihr noch nicht recht geläufig war, zu üben. Diese Uebung konnte sie
sonst nicht im Hause finden, denn die Gräfin hatte ihr verboten, mit
den Kindern anders, als in dänischer Sprache zu reden, damit ihnen
diese nicht fremd würde, und sie selbst sprach ebenfalls nur dänisch
mit ihr, um in der Uebung zu bleiben. Was war also natürlicher,
als daß ich das Versäumniß der übrigen wieder gut zu machen suchte
und mich desto eifriger deutsch mit ihr unterhielt, ihr hin und wieder
Wörter suppeditierte, die sie augenblicklich nicht finden konnte, ihre
Aussprache verbesserte und so die Pflichten des Lehrers auch an ihr
übte. Auch entdeckte ich bald, daß sie in der deutschen Sprache nicht
so unbewandert sei, als sie sich oft in der mündlichen Rede zeigte,
sondern daß sie mit gutem Verständniß deutsche Bücher, z. B. die
Göthe'schen, las und von manchen der letzteren entzückt war. Unsere
Unterhaltung gewann also auch dadurch noch mehr Interesse. Wie
es denn bei solchen Unterhaltungen nicht zu vermeiden ist, daß sich

die Augen begegnen, so geschah es auch uns, und ich machte die Ent-
deckung, daß sie an meinen blauen nicht weniger Gefallen zu finden
schien, als ich an ihren braunen, obgleich die Zeichen nur selten zum
Vorschein kamen und ihr ganzes Wesen eine angeborene Sprödigkeit
lange nicht ablegen wollte. Weitere Geständnisse finde ich mich aber
nicht veranlaßt, hier vor aller Welt Augen zu machen, sondern bemerke nur kurz, daß, als ich im Herbste 1802 mit dem Grafen, der
auf kurze Zeit auch noch nach Rantzau kam, aber früher, als die
Gräfin, mit den älteren Söhnen nach Berlin zurückreiste, dorthin
abging, wir beide, ohne ausdrückliches Wort oder Versprechen, in der
Ueberzeugung uns trennten, daß wir vor Gott für das ganze Leben
vereinigt seien.

Ueber den Vater meiner Zöglinge, den General, muß ich schließlich noch einige Worte hinzufügen: Eine gedrungene Gestalt von mittlerer Größe, rascher fester Tritt, die Haltung eines höheren Offiziers.
Die Züge des Gesichts, ursprünglich von feinem Schnitt, aber ausdrucksvoll und durch manche Kämpfe des Lebens schärfer ausgeprägt,
machten den Eindruck einer edlen, festen und zugleich wohlwollenden
Natur. Der Ausdruck würde noch bedeutender gewesen sein, wenn
das Auge nicht wegen Kurzsichtigkeit oft zusammengekniffen gewesen
wäre. Seine Redeweise war kurz, oft abgebrochen, aber bezeichnend.
Er konnte verschlossen und in sich gekehrt, auch wohl verstimmt erscheinen. Dieser Zug war wohl in seiner Vergangenheit begründet.
Die Familie stammt aus der Lausitz, wo der Name Bautzen, eigentlich Budissin, an die Familie erinnert und vielleicht mit ihr zusam-
menhängt. Mein Graf war als junger Mann in Sächsischen Diensten
und hatte das Unglück in einem Duell seinen Gegner zu erstechen.
Einige Jahre Festungsarrest hatten sein zur Heftigkeit geneigtes Temperament gesänftigt, aber auch einen gewissen Zug zur Schwermuth
in ihm zurückgelassen. — Der Grundzug seines Wesens behielt immer
eine edle, menschenfreundliche Richtung. Ich hatte das Glück, sein
Zutrauen zu gewinnen, und es ist nie ein Fall vorgekommen, wo
eine ernste Meinungsverschiedenheit mich in meiner freien Behandlung
der Söhne gestört hätte.

Der General Wolf Baudiſſin des dreißigjährigen Krieges war es, der in Holſtein Güter angekauft hatte.

V. Berlin.

Wie geſpannt meine Erwartung war, als wir auf Berlin zu= fuhren, brauche ich nicht zu ſchildern; nur ſtutzte ich, als ſich gar keine Thürme zeigen wollten. Nach dem Vorbilde von Straßburg und Köln, und ſelbſt von Hannover, mußte eine große Stadt ſich ſchon von ferne durch ihre Thürme ankündigen. Aber der Anblick derſelben blieb flach und unbedeutend wie die Gegend, in welcher ſie liegt, bis wir in die Wilhelmſtraße einfuhren und ich in die Reihe palaſtartiger Gebäude hineinſah. Wir hielten vor der Decker'ſchen Buchdruckerei, in welcher ſich das Geſandtſchaftshotel befand. Einige freundliche Zimmer im zweiten Stockwerk nach der Straße zu, in welche ich eingewieſen wurde, machten gleich einen freundlicheren Ein= druck, als die Hofmeiſterſtube in Rantzau, und ich habe Stunden innerer Arbeit in denſelben durchgemacht, die meinem Leben eine neue Richtung und tieferen Gehalt gegeben haben. An einer ſolchen hatte es mir bisher gefehlt.

Ich hatte mancherlei gelernt und umfaßte auch manches mit Neigung, aber es fehlte der Mittelpunct, der das alles zuſammen= hielt und unter größere Geſichtspuncte brachte. Einen ſolchen ſollte ich mir in Berlin durch ein ernſtes Studium der Philoſophie unter Fichte erwerben und daran ſollten ſich auch von andern Seiten her die mannigfachſten Eindrücke reihen, welche die große Stadt, die Kunſt, ein Kreis geiſt= und gemüthvoller Freunde und die Berührung mit mehreren der bedeutendſten Männer darboten. Dieſe Momente in meiner weiteren Entwickelung knüpfen ſich zum großen Theil an eine Reihe von Namen, die für mein Leben von großer Wichtigkeit ge= worden ſind.

Gleich im erſten Winter meines Aufenthalts in Berlin fing Fichte ſeine öffentlichen Vorleſungen dort an. Er war, nach ſeiner Entfernung von Jena, drei Jahre lang mit tiefen Studien beſchäftigt

gewesen, um die Einseitigkeit und Inhaltsleere seines früheren Idea-
lismus, die er bei seinem tiefen Bedürfniß nach einer höheren Reali-
tät wohl fühlte, auszugleichen, und zwar durch die Entwickelung der
Idee des Absoluten als des höchsten Realen. Er hatte in diesen drei
Jahren weder öffentlich gelehrt, noch geschrieben, sondern sich unter
den größten äußern Entbehrungen ganz den tiefsinnigsten Untersuchungen hingegeben. Als er einen Punct innerer Klarheit und Sicherheit
auf diesem ausgedehnteren Gebiete gewonnen zu haben sich bewußt
war, kündigte er für den Winter von 1802 auf 1803 eine Vorlesung
über die Wissenschaftslehre an, und von einem instinctartigen Triebe
nach einer Ausbildung auf dem philosophischen Gebiete geleitet, die
mir noch ganz fehlte, auch aufgemuntert durch das Beispiel einiger
Freunde, die ich in Berlin theils gefunden, theils neu gewonnen hatte,
beschloß ich, die Fichte'schen Vorlesungen zu hören. Um gleich einige
dieser Freunde zu nennen, so war es ein Schul- und Universitäts-
Genosse aus Hannover, der Mediziner Ernst Bischof, der als
angehender praktischer Arzt und Assistent des berühmten Staatsraths
Hufeland in dessen Hause lebte; es war aus demselben Hause der
nachherige Jenaer Geschichtsprofessor Luden, den ich nicht lange vor
meinem Abgange von Göttingen daselbst kennen gelernt hatte und der
als Hofmeister bei Hufelands einzigem Sohne eingetreten war; es war
ferner einer der ältesten meiner noch lebenden Freunde, der jetzige Schulrath Abeken in Osnabrück, der als Hauslehrer in der Familie des
Ministers von der Recke lebte und den ich ebenfalls im Hufeland-
schen Hause kennen lernte. Und durch die Fichte'schen Vorlesungen
selbst wurde ich bald mit dem Referendar Solger, dem nachherigen
Professor der Philosophie in Frankfurt an der Oder und dann in
Berlin, und einem anderen jungen Juristen, Keßler, dem nachherigen Regierungspräsidenten in Arnsberg und Verfasser der Lebensgeschichte seines Schwiegervaters, des Geh. Raths Heim, näher bekannt.
Es bildete sich ein Kreis unter uns jüngeren Zuhörern von Fichte,
dem es mit dem eindringlichen Verständnisse seiner Vorträge Ernst
war. Aber welch ein Auditorium hatte sich außer uns jungen Leuten
in diesen Vorlesungen gesammelt! Da war eine Anzahl älterer Männer

von den bedeutendsten Stellungen im Staate und im öffentlichen Leben. Ich nenne nur die nachherigen Minister Altenstein, Beyme, Clewitz und Ancillon, die sämmtlich schon ihren nachherigen Posten nahe standen, den Staatsrath und Professor Hufeland, den Director der Singacademie Zelter, die Professoren Bernhardi und Erman, den damals in Berlin lebenden russischen Collegienrath Kotzebue. Daneben strebsame jüngere Juristen, Aerzte, Offiziere, Kandidaten, Literaten, worunter z. B. Varnhagen von Ense, auch jüdische Glaubensgenossen.

Es war eine, ich darf sagen feierliche, Erwartung, als dieses Auditorium versammelt war und Fichte zuerst auftreten sollte. Er kam, bestieg sein Katheder und blickte mit seinen scharfen dunkeln Augen in die Versammlung. Sein großartiges Gesicht mit den pla=stischen Zügen, der Adlernase, den dunkeln Haaren und Augenbrauen, dem schöngeschnittenen Munde und kräftig vorragenden Kinne, ein Gesicht wie zur Nachbildung in Erz oder Marmor geschaffen, impo=nierte den gereiften Männern nicht weniger, als der lernbegierigen und gern bewundernden Jugend. Wer den Eindruck dieses Kopfes, in solcher Stunde, lebendig empfing, dem war er für das Leben unvergeßlich eingeprägt.

Fichte begann seine Rede mit einer kurzen Erklärung desjenigen, was er mit seinen Vorlesungen bezwecke und wie er dieselben einzu=richten beabsichtige, und ging nun sogleich in die Sache selbst ein. Er hatte kein Heft, sondern nur ein Octavblatt, auf welchem mit einzelnen Worten, Buchstaben und mathematischen Zeichen der Gang seines Vortrages angedeutet war, (ich habe später solche Blätter von ihm in Händen gehabt,) und sprach übrigens ganz frei, mit kräftiger und volltönender Stimme und gehaltener Betonung dessen, worauf es hauptsächlich ankam; nicht büchermäßig oder wie auswendig gelernt, sondern im knappsten und schärfsten Ausdrucke des Gedankens, den er deutlich machen wollte. Ein Vortrag gerade in dieser Art der Gedankenschärfe ist mir sonst nicht vorgekommen, mag auch wohl kaum so zum zweiten Male existiert haben. Es war kein eigentlicher Fluß der Rede, am wenigsten ein geschmückter oder auch nur stark accen=tuierter, sondern der reine Gedanke in das bezeichnendste Wort gefaßt und mit fester Haltung ausgesprochen. Daß ein solcher Vortrag die gespannteste Aufmerksamkeit forderte, ist natürlich, und sie herrschte auch in der großen Versammlung in solchem Grade, daß, wenn Fichte sich einmal versprach, was übrigens selten geschah, eine Art von Zucken durch die Zuhörer ging.

Ehe Fichte in der nächsten Stunde seinen Vortrag begann, bat er um die Erlaubniß, eine Bemerkung vorauszuschicken: „Sie werden, meine Herren, sprach er, vielleicht in einem hier erscheinenden Blatte, Scherz und Ernst, oder der Freimüthige genannt, ein Urtheil über meinen ersten Vortrag gelesen haben in dem Sinne, daß wohl schwerlich die Wahrheit durch unsere Unterhaltungen gewinnen werde, denn ich habe angekündigt, wir wollten die Dinge nicht von allen Seiten, sondern nur von einer betrachten. Sie werden sich aber erinnern, daß dieses nicht meine Worte waren, sondern daß ich sagte, wir wollten speculative Philosophie treiben, könnten uns daher nicht darauf einlassen, die Dinge von allen, auch den empirischen, Seiten zu betrachten, sondern nur von einer, nemlich der rechten. Die letzten Worte sind in der Kritik des Freimüthigen weggelassen. Ich berühre die Sache nur, um die Bitte daran zu knüpfen, daß, wenn einer meiner geehrten Zuhörer eine Mittheilung über unsere Unterhaltungen öffentlich auszusprechen sich genöthigt sehen möchte, er wenigstens meine Worte wiedergeben möge, wie ich sie wirklich gesprochen habe." — Sofort erhob sich auf einem der hintersten Sitze der Collegienrath Kotzebue, der während seines Aufenthalts in Berlin das genannte Unterhaltungsblatt gemeinschaftlich mit dem bekannten Literaten Merkel herausgab, indem er sein Blatt „der Freimüthige", mit dessen „Scherz und Ernst" vereinigt hatte, und sprach mit etwas verlegenem, blassem Gesichte, welches gegen das kräftige von Fichte doppelt abstach: „Es könnte scheinen, als rührte von mir, als Mitherausgeber des genannten Blattes, jenes Urtheil über Ihre erste Vorlesung her, ich kann aber versichern, Herr Professor, daß ich nicht den mindesten Antheil daran habe." — Man sah während dieser Rede schon die Ungeduld auf Fichte's Gesichte, und mit einer fast abwehrenden und Schweigen gebietenden Bewegung der Hand versetzte er: „Und ich

5*

versichere Sie, mein Herr Collegienrath, daß ich bei meiner Bemer=
kung mit keiner Silbe an Sie gedacht habe." — Und darauf setzte
er sich und fing seinen Vortrag mit solcher Klarheit und Ruhe an,
als wenn nichts vorgefallen wäre.

Eine andere Probe seiner Geistesgegenwart und Herrschaft über
sich selbst erlebten wir bald nachher. Fichte wohnte am Kupfergraben;
einem mit einer Mauer eingefaßten, doch nicht sehr tiefen Kanale.
Als ich mit einigen Freunden den Graben entlang zur Vorlesung
ging, sahen wir an demselben, Fichte's Wohnung gegenüber, einen
Zusammenlauf von Menschen und gleich darauf ihn selbst, von Wasser
triefend, einen Knaben auf dem Arme tragend, auf einer Treppe aus
dem Graben heraufsteigen. Er hatte aus seinem Fenster den Knaben
in's Wasser fallen sehen, war hinuntergeeilt und hatte ihn heraus=
gezogen, indem er freilich selbst bis an die Brust unter das Wasser
kam. Der Knabe war ohne Besinnung, Fichte trug ihn in ein
Zimmer seiner Wohnung und bat einen seiner Zuhörer, den Arzt
Dr. Meyer, (Mann der nachherigen berühmten Künstlerin in antiken
Stellungen, Händel=Schütz,) der in diesem Augenblicke in's Haus
kam, sich der Wiederbelebung des Knaben anzunehmen, ging auf sein
Zimmer, zog sich um und trat dann in die Versammlung, welche die
Nachricht erwartete, daß der Herr Professor heute nicht lesen werde,
und hielt seinen Vortrag mit der ruhigsten und gesammeltsten Hal=
tung. — Daß der Knabe indes wieder zu sich gekommen sei, hatte
der Dr. Meyer schon gemeldet.

Bei der Eigenthümlichkeit des Fichte'schen Vortrages war das
Nachschreiben in studentischer Weise nicht möglich, auch war die äußere
Einrichtung des Auditoriums nicht darnach getroffen; man konnte nur
auf dem Knie einzelne Worte und Zeichen, ähnlich denen des Fichte=
schen Octavblattes, sich merken, um darnach den Zusammenhang in
frischer Wiederholung zu Hause herzustellen. Das that ich mit großem
Eifer und schrieb ein Heft nieder, welches auch manchen meiner Be=
kannten, die nicht so viel Zeit darauf verwenden konnten, zur Wieder=
holung gedient hat. Außerdem richtete Fichte eine Art Repetitorium
am Sonntag Mittag ein, zu welchem sich die eifrigsten unter seinen

jüngeren Zuhörern einfanden und ich namentlich nie fehlte. Er ließ sich Fragen über dasjenige, was der Einzelne vielleicht nicht recht verstanden hatte, vorlegen, hörte selbst gern eine längere Auseinander= setzung des Zuhörers über die Art, wie derselbe das Vorgetragene aufgefaßt hatte, und wiederholte oft den Zusammenhang des in der Woche Vorgekommenen in kurzen und schlagenden Sätzen. Meine warme Theilnahme an der Sache und mein Fleiß in Aneignung der= selben brachte mich ihm näher und er lud mich ein, ihn auch außer diesen halb officiellen Stunden zu besuchen. Ich benutzte diese Freund= lichkeit gern und kam nach und nach in die Stellung eines Familien= freundes, indem auch die Frau es gern sah, wenn jüngere Männer den ernsten Mann in den Abendstunden zu freien und munteren Mittheilungen veranlaßten. Bei dieser Gelegenheit lernte ich auch einige Hausfreunde Fichte's kennen, unter anderen den originellen Professor Bernhardy, welcher durch Scharfsinn, vielseitiges Interesse und guten Humor zur Unterhaltung viel beitrug. Es kam dahin, daß Fichte mich zu seinen guten Schülern rechnete und sich gern meiner Fortbildung im philosophischen Denken annahm. Seine Theil= nahme stieg, als ich auch in den folgenden Wintern seine Vorlesungen hörte und in mein Eigenthum zu verarbeiten fortfuhr. Er hielt nemlich im Winter von 1803 auf 1804 eine Vorlesung mit der Be= zeichnung: „Anweisung zum seligen Leben", welche die Wissenschafts= lehre weiter nach der realen Seite fortführte, doch nicht sowohl auf das Gebiet des praktischen Lebens, als zur Gewinnung solcher Resul= tate der Philosophie, welche auch das Gemüth des Menschen befrie= digen können. Es war das Resultat des aus einem tiefen religiösen Bedürfnisse, wie es in Fichte lebte, entsprungenen Bestrebens, das Wissen mit dem Glauben zu versöhnen. — Im dritten Jahre hielt er populäre Vorlesungen des Sonntags Mittags vor einem gemischten Auditorium unter dem Titel: „Die Grundzüge des gegenwärtigen Zeitalters." Er hatte sie vollständig ausgearbeitet und las aus seinem Hefte vor. Es war eine andere Art des Vortrages, eine rednerische, in ihrer Art auch ausdrucksvoll und anziehend, doch für den Zuhörer von seinen streng philosophischen Entwickelungen nicht so spannend,

als diese, in denen sich seine ganze Natur abspiegelte. Die Theilnahme war viel ausgedehnter und die Zahl seiner Zuhörer größer,
als in den philosophischen Collegien; auch eine Anzahl von Frauen
waren darunter, unter welchen ich nur die bekannte Rahel, nachherige
Frau von Varnhagen, und die Freundin Schleiermachers, Madame
Herz, nennen will. Auch meinen ältesten Zögling Wolf nahm ich
mit in diese populären Vorlesungen und sah mit Vergnügen den Eindruck, den sie auf ihn machten.

Wenn ich nun Rechenschaft darüber ablegen soll, wie weit mich
diese philosophischen Studien geführt haben, denen ich den größten
Theil meiner freien Zeit, oft bis in die Nacht hinein, widmete, so
würde das, im Einzelnen einigermaßen durchgeführt, eine nicht nur
schwierige, sondern auch viel zu ausgedehnte Aufgabe sein, die eine
eigene größere Schrift füllen könnte; ich kann daher hier nur Andeutungen geben. Daß die abstracte Speculation nicht meine eigentliche
Lebensaufgabe sein konnte, erkannte ich bald. Diejenige Energie der
Vertiefung, die als Ziel und Lohn das Schaffen eines eigenen, vielleicht neuen, Systems, oder doch das vollständige Ausmessen einzelner
Theile des großen Gebietes, vor sich sehen darf und die nicht vielen
Geistern gegeben ist, war mir nicht zu theil geworden. Aber dem
Gedankengange des Lehrers, selbst in den schwierigern Untersuchungen,
zusammenhängend zu folgen und endlich zu begreifen, was die Philosophie wolle und könne und welche Gränzen sie sich setzen müsse, das
gelang mir in einem Grade, daß Fichte mich in den Repetitionen
mitunter aufforderte, den Gedankengang eines seiner Vorträge den
übrigen Theilnehmenden zusammenhängend auseinanderzusetzen. Er
munterte mich überhaupt auf, die Philosophie und ihre Bearbeitung
zu meiner Lebensaufgabe zu machen. Ich habe auch noch einen Brief
aus dem Jahre 1806 von ihm in Händen, als Antwort auf eine
schriftliche Darlegung meiner Ansicht über das eigentliche Wesen und
den Kern der philosophischen Erkenntniß und die Methode, zum Besitz
derselben zu gelangen, gleichsam eine Rechenschaft über das durch
seinen Unterricht gewonnene Resultat, die ich ihm von meinem damaligen Aufenthalte Kiel zugeschickt hatte. Er giebt mir darin das

Zeugniß, daß ich auf dem rechten Wege sei. Die angestrengte Arbeit, die ich geistige Gymnastik nennen darf, die mich in den Berliner Jahren vorzüglich in Anspruch nahm und die ich auch noch in Kiel fortsetzte, ist es eigentlich, welche ich höher anschlage, als die positiven philosophischen Kenntnisse, die ich etwa dadurch erworben habe. Das Bewußtsein, daß der Mensch, wenn er in das Wesen des Selbstbewußtseins des vernünftigen Geistes einzudringen nicht müde wird, und die Fähigkeit, Ideen in ihrer Unendlichkeit zu verfolgen, in sich entwickelt, sich dem reinen Wissen möglichst nähert, zugleich aber die Gränzen desto schärfer erkennt, die ihn als endliches Wesen von dem vollkommenen Wissen in Gott scheiden, dieses Bewußtsein bringt eine gewisse Ruhe in das frühere unruhige und unsichere Umhergreifen nach Gedanken, welche uns Wahrheit zu offenbaren scheinen und doch am Ende sich als Trug erweisen.

Bei aller Befriedigung jedoch, die ich durch das Studium der Fichte'schen Philosophie auf dem eben bezeichneten Standpuncte gewonnen hatte, fühlte ich, daß das Ausgehen von dem reinen Selbstbewußtsein eine Einseitigkeit mit sich führen müsse und daß auch ein Ausgehen von dem sittlichen Bewußtsein auf der einen Seite und der objectiven Erfahrung auf der anderen zur Ergänzung nöthig sei, um sowohl das menschliche Wesen ganz zu fassen, als auch die Erscheinungswelt in den Kreis der Erkenntniß hineinzuziehen. Ich beschloß daher, nachdem ich einen gewissen Punct der Klarheit in der speculativen Philosophie erreicht hatte, mich an das Studium des Platon zu machen, der die Vernunfterkenntniß der alten Welt auf ihren Gipfel geführt hatte. Diesen Vorsatz führte ich in dem Studienjahre in Kiel von Michaelis 1805 bis 1806 und auch ferner in Göttingen mit Hülfe der Schleiermacher'schen Einleitungen in die einzelnen Dialoge Platons aus und gewann eine Erweiterung meiner philosophischen Sehweite, die mich für die mehr als 4jährige angestrengte Beschäftigung mit der Philosophie reich entschädigte.

Es erfüllt mich immer mit Betrübniß, daß die jetzige Jugend so wenig Trieb zu philosophischen Studien zeigt. Sie entbehrt nicht nur die geistige Gymnastik, wie ich oben dieses Studium genannt

habe, sondern auch den freieren und weiteren Blick, der sich von blen=
denden Sophismen, die in allen Regionen des Lebens jetzt sich breit
machen, nicht täuschen läßt. Die Selbständigkeit des Denkens und
des Urtheils, welche den festen Standpunct giebt, wird immer seltener.
Besonders bedaure ich diese Versäumniß bei denen, die sich dem Lehr=
fach widmen, denn ihnen thut vor allen der feste Standpunct und
das geläuterte Urtheil noth, um ihre Schüler ebenfalls von den ver=
wirrenden Eindrücken der Tagesgespräche und Tagesliteratur, sowie
vor dem Verlieren in dem herrschenden Materialismus, zu bewahren,
indem sie ihren Blick auf die Regionen richten, wo die Erkenntniß
dessen leuchtet, was dem Leben unverlierbaren Werth giebt.

Dabei muß ich allerdings eingestehen, daß eine gewisse Reife des
Alters dazu gehört, um sich der Philosophie so hinzugeben, wie ich
es gethan habe. Wäre mir in Göttingen auch dieselbe Gelegenheit
geboten, wie in Berlin, ich würde nicht den gleichen Gewinn davon
gehabt haben. Dasselbe kann ich auch von anderen Bildungsmitteln
sagen, die sich mir in Berlin darboten. Ich habe auch ein paar
Vorlesungen über die schöne Literatur bei August Wilh. Schlegel
gehört, der damals in Berlin lebte, die recht zur rechten Zeit mit
den großartigen Eindrücken zusammengriffen, die mir und meinen
Freunden das Theater darbot, auf welchem gerade in den Wintern,
die ich in Berlin verlebte, mehrere der eben gedichteten Dramen von
Schiller und Göthe zur Aufführung kamen, ehe sie durch den Druck
bekannt geworden. Schlegel's durchgebildete Kenntniß der Literatur,
sein feiner Tact und sein reifes Urtheil, machten seine Vorlesungen
höchst anziehend. Doch war sein Vortrag von dem Fichte'schen fast
diametral verschieden. Wenn bei Fichte die feste Gestalt der Gedanken
sich in gleicher Festigkeit der Darlegung den einen Tag wie den an=
dern aussprach, so war Schlegel's Vortrag sehr ungleich, je nachdem
der Gegenstand ihn besonders ansprach oder nicht und auch die per=
sönliche Stimmung ihn gefangen hielt. Er konnte mit Feuer und
Begeisterung über Dante, Petrarca, Tasso, Calderon, Cervantes und
Shakespeare reden, auch Lessing, Göthe und Schiller Gerechtigkeit
widerfahren lassen, während er in einer anderen Stunde, wo er der

Vollständigkeit wegen auch die Werke der zweiten und dritten Ordnung erwähnen zu müssen glaubte, stockend, schläfrig, ja ermüdend
langweilig sprach.

Auch in einer ganz anderen Region beschäftigten mich vorüber-
gehend, aber doch recht lebhaft, die Vorträge von Gall, der sich einen
Winter in Berlin aufhielt, über die Schädellehre. Auch sie hatten
ein großes mannigfach gemischtes Publicum herbeigezogen, unter andern
mehrere Diplomaten, die sich bei Fichte nicht eingefunden hatten.
Vielleicht hatte Graf Metternich, damals Oesterreichischer Gesandter
in Berlin, diese Zuhörer für seinen Landsmann Gall geworben. Mein
Graf Baudissin war auch unter denselben, und da ich in meinem
Eifer für eine Lehre, die zu interessanten Beobachtungen an Menschen
Veranlassung zu geben versprach, ein getreues Heft schrieb und zu
Hause weiter ausführte, auch mir einen Schädel mit den Gränzlinien
der verschiedenen Seelenvermögen zu verschaffen gewußt hatte, so mußte
ich mitunter meinem Grafen ein Repetitorium über die Gall'sche
Schädellehre halten oder doch mein Heft zum Nachlesen mittheilen.
Und da geschah es denn auch, daß der Graf Metternich, der mit dem
Grafen Baudissin befreundet war, sich einige Male mein Heft ausbat, aus dessen Mittheilung ich mir natürlich eine Ehre machte. Das
Bild dieses später so wichtigen und in die Geschicke Europas so tief
eingreifenden Mannes hat sich mir in der damaligen Zeit so eingeprägt, daß ich es mir nach Vergleichung mit eben dieser spätern Wichtigkeit oft wieder vergegenwärtigt habe. Er war nemlich eben, wie
es schien, in den dreißiger Jahren, eine angenehme aber keineswegs
bedeutende Erscheinung, schlank, mit feinen ansprechenden Gesichtszügen und gewandtem, vornehmem, aber artigem Wesen. — Die
Gall'sche Lehre war der Gegenstand lebhafter Rede und Gegenrede
und beschäftigte auch mich, wie gesagt, einige Zeit, dann trat sie
gegen andere wichtigere Interessen in den Hintergrund.

Alle diese Bildungselemente würden am Ende mehr oder weniger
in ihren Wirkungen vereinzelt geblieben sein, wenn ich sie hätte einsam
verarbeiten müssen. Aber gerade bei dieser Verarbeitung kam mir die
Gemeinschaft mit meinen genaueren Freunden und die Berührung mit

ausgezeichneten Männern zu Hülfe. Von Fichte und seinem Hause habe ich schon geredet; eine seltene Gastfreundschaft genoß ich daneben im Hufeland'schen Hause, mit welchem ich durch Luden und Bischoff gleich anfangs in nähere Verbindung kam. Dieses Haus bildete einen Mittelpunct für Gelehrte, Künstler, Kunstfreunde, und verschmähte es nicht, auch jüngere Männer, die auf keine Bedeutung Anspruch machen konnten, aber eine lebendige Empfänglichkeit für geistige Anregung mit sich brachten, zu diesen Kreisen heranzuziehen. Wenn dort auch nicht gerade allabendlich ein offenes Haus und eine größere Gesellschaft zu finden war, so waren doch die näheren Hausfreunde jederzeit will-kommen, und oft wurden auch größere und gemischtere Gesellschaften gegeben, und immer war man gewiß, auch in diesen sehr interessante Menschen zu finden. Fremde von Bedeutung in irgend einer wissen-schaftlichen oder künstlerischen Leistung suchten dieses Haus auf oder wurden von dem Haupte desselben herangezogen. Hufeland selbst ge-hörte zu den vermittelnden Naturen, welche, ohne selbst sehr productiv zu sein, doch die Gabe und die Selbstverläugnung besitzen, Anderer Verdienste willig anzuerkennen, und dabei eigenen Werth genug, um nicht eigentlich neben jenen im Schatten zu stehen. Er hatte ein edles, warmes und höchst wohlwollendes Gemüth. Um gleich eine Reihe Namen von Männern und Frauen zu nennen, die ich im Hufeland-schen Hause kennen gelernt habe, so zähle ich, — außer den eigent-lichen Hausfreunden, Fichte, Zelter, Johannes Müller, Aug. Wilh. Schlegel, — den Historiker Woltmann, den Bild-hauer Schadow, den Anatomen Loder, Friedrich Heinrich Ja-cobi, Schiller, die aus Schillers Leben bekannte Frau von Kalb, Madame Herz, die Schauspielerin Unzelmann, die nach-herige Händel-Schütz, auf, die mir sogleich gegenwärtig sind. Die zuerst genannten Freunde des Hauses, die ich dort oft sah, gewöhnten sich daran und schienen es gern zu thun, auch uns jüngere Männer, die beiden Hausgenossen Luden und Bischoff und einige andere, zu welchen Abeken und ich gehörten, mit in dem Familienkreise zu sehen, sich mit uns einzulassen, unsere Fragen und Bemerkungen zu beant-worten, ja, oft auch unser Urtheil über diese und jene Erscheinung

der Literatur und des Berliner Lebens hören zu wollen. Selbst Einwendungen und verschiedene Ansichten, ohne Anmaßung vorgebracht,
wurden anerkennend aufgenommen, störten wenigstens das gute Verhältniß in keiner Weise.

Wie förderlich schon die Gespräche solcher Männer unter sich
über wissenschaftliche und sonst interessante Gegenstände für uns jüngere, die wir in der Mitte der zwanziger Jahre standen, sein mußten, brauche ich nicht auseinanderzusetzen. Die Philosophie, die
Geschichte, die schöne Literatur und Kunst, die Musik, wurden durch
Männer der ersten Größe in den einzelnen Fächern vertreten, und
Hufeland verstand so meisterhaft, die Einzelnen anzuregen, daß sie
lebhaft aus sich herausgingen und daß das Beste, was sie in sich
trugen, auf ihre Zunge stieg. Wenn er es dahin bringen konnte,
daß zwei von verschiedenen Fächern, ein jeder die Vorzüge und die
Bedeutung des seinigen, gegen einander vertheidigten, so hatte er seine
Freude daran, denn es wurde nicht immer eine ernste Unterhaltung
gepflogen, vielmehr suchten die Männer, die den Tag über streng
gearbeitet hatten, am Abend gern eine Erholung im heiteren Austausch der Gedanken.

Ein ausgesuchter Abend dieser Art ist mir besonders im Gedächtniß geblieben; es ist der Sylvesterabend 1804. Der Staatsrath
Hufeland hatte eine kleine Gesellschaft zum heiteren Beschlusse des
alten und gleichen Beginne des neuen Jahres auf eine Bowle Punsch
zu sich geladen. Es waren Zelter, Fichte, Johannes Müller, Woltmann und von uns jüngeren Abeken, Luden, Bischoff und ich, also
mit dem Hausherrn 9 Personen, eine Zahl, nicht zu klein zur abwechselnden, mannigfachen Unterhaltung, und eben klein genug, daß
auch ein gemeinsames Gespräch stattfinden konnte, bei welchem zwei
oder drei die Thätigen und die übrigen die Zuhörer waren. Das
letztere Loos fiel dem natürlicher Weise uns jüngeren zu, ohne daß
wir deshalb verurtheilt gewesen wären, ganz zu schweigen, namentlich
nachdem der Punsch die Schranken des Alters und Standes einigermaßen zu verwischen angefangen hatte. Im lebhaften Gespräch geriethen Fichte und Johannes Müller, die einander gegenübersaßen, in

Streit über die Vorzüge der Philosophie vor der Geschichte und umgekehrt, ein Streit, der übrigens in der Punschlaume, und je länger
desto lebhafter, geführt wurde. Alle hörten mit vielem Vergnügen zu
und gaben auch wohl durch Applaudieren und heiteres Lachen ihre
Theilnahme zu erkennen. Nun geschah es mir bei solchen Gelegenheiten einer erhöhten Stimmung, wenn die Augen nicht mehr sehr
klar sahen, daß sich mir die ganze Physiognomie der Menschen in
ihren Nasen concentrierte und das übrige Gesicht fast dagegen verschwand; und wie ich überdies als geschworener Jünger Fichte's schon
an sich auf dessen Seite war, brach ich bei einem recht schlagenden
Ausspruche desselben, welcher den Gegner gänzlich zu Boden zu werfen schien, gegen meinen Nachbar Abeken mit vollem Lachen in die
Worte aus: „Aber wie kann auch eine so winzige und unbedeutende
Nase gegen die Adlernase dort ankämpfen wollen!" Johannes Müller
nemlich hatte eine kleine, feingebildete Nase, welche ursprünglich zu
seinen feinen Gesichtszügen sehr wohl gepaßt haben mochte, jetzt aber,
nachdem er durch angestrengte nächtliche Studien seine Augen fast aus
ihren Höhlen getrieben, und da sein Gesicht, wie sein ganzer Körper,
eine schwammige Aufgedunsenheit erhalten hatte, noch mehr zu verschwinden schien. Mein Ausruf verscholl zwar in dem allgemeinen
Gelächter, allein Abeken erschrak doch sehr in seinem regen Gefühl
für das Decorum, ergriff mich beim Arme und raunte mir zürnend
in's Ohr: „Aber so schäme Dich doch, solchen Unfug zu treiben!"
— Mich focht das aber nicht besonders an, denn in demselben Augenblicke erscholl ein noch lauteres Gelächter, da Zelter, der seine Freude
daran hatte, die Streitenden noch mehr zu reizen, ausrief: „Wie
sollte der nicht Recht haben, der ist ja noch einmal so dick, als Fichte!"
Es hatte sich nemlich auch Woltmann als Historiker in den Streit
gemischt, und als Johannes Müller durch den von mir so bejubelten
Ausspruch Fichte's einen Augenblick zum Schweigen gebracht war,
einen Trumpf gegen Fichte ausgespielt. Woltmann war aber eine
wahrhaft kolossale Figur von einem enormen Umfange. Mit diesem
Ausruf Zelters und dem darauf folgenden allgemeinen Gelächter

endigte der Streit und bald darauf auch, gegen 1 Uhr, die ganze Gesellschaft.

Da ich eben den Namen des Historikers Woltmann bei einer nicht gerade ernsten Veranlassung genannt habe, so kann ich es mir nicht versagen, etwas näher auf seine Persönlichkeit einzugehen. Ein geborener Oldenburger lebte er damals mit dem Titel eines Preußischen Hofraths in Berlin als Geschäftsträger von Hessen-Homburg, Bremen, Hamburg und Nürnberg, welche Stellung er wohl hauptsächlich seiner Zeitschrift über Geschichte und Politik verdankte, die nicht ohne Geist redigirt war. Auch war er in der Unterhaltung lebhaft und in gewissem Sinne geistreich und witzig genug, und zugleich machte er sich ein angelegentliches Geschäft daraus, uns jungen Leute an sich zu ziehen, uns auf seinem Garten mit ausgesuchten Weinen zu tractieren und Partieen in die umliegende Gegend mit uns zu machen. Dennoch machten ihn Eitelkeit und Selbstgefälligkeit in unsern Augen oft lächerlich. So versicherte er einst, er sei in jüngern Jahren, — er war damals in der Mitte der dreißiger, — so schlank und wohlgewachsen gewesen, daß er in Göttingen zu einem Studentenorden gehört, der nur untadelig gewachsene Jünglinge aufgenommen habe. „Göthe", fügte er hinzu, „hätte nicht darin aufgenommen werden können, der ist nicht hoch genug gespalten." Ein Seitenblick auf seinen die halben Schenkel bedeckenden Bauch erweckte in uns bedeutende Zweifel an der Wahrheit dieser Schilderung. Am meisten verdarb er es aber mit uns dadurch, daß er uns gegen die Philosophie und namentlich die Fichte'sche einzunehmen suchte. „Sehen Sie nur die Sache recht genau an," sprach er, „da ist Scharfsinn genug, und manches Vorurtheil wird abgestreift, aber realer Gehalt ist doch wenig darin. Ich kann Fichte nur den Lichtputzer der Zeit nennen!" — „Wißt Ihr, warum Woltmann Fichten den Lichtputzer der Zeit nennt," sagte Abeken nachher zu uns, „das ist, weil er sich für das Licht der Zeit hält und von Fichte so oft Putzer bekommen hat!" Das hatten wir oft in den Zusammenkünften im Hufeland'schen Hause erlebt; es war eine gewisse Antipathie zwischen den beiden Männern, und Fichte in seiner Schärfe schonte Woltmann nicht.

Jener witzige Ausspruch Abekens hat später eine literarische Anwendung gefunden. Woltmann, der damals in dem Hufeland'schen Kreise
dem trefflichen Johannes Müller den Hof machte, kritisierte nachher
die Werke desselben in einer seiner Schriften bitter und fast wegwer-
fend. Im Verdruß darüber und in Erinnerung des in Berlin Erlebten nahm später Luden, als er Professor in Jena war, die Gelegenheit wahr, in einer Kritik in seinem Journale „Nemesis" Woltmanns Schriften scharf mitzunehmen, seinen Mangel an Gründlichkeit
auch aus seinem Widerwillen gegen Philosophie herzuleiten und bei
dieser Gelegenheit die Anekdote aus unserem Berliner Leben mit dem
Lichtputzer der Zeit einzuflechten. Woltmanns historische Schriften
über die Geschichte Frankreichs, Englands, Böhmens, die Reformation
und den westphälischen Frieden entbehren nemlich sehr der Gründlichkeit, obgleich sie gut genug geschrieben sind. Seine freundschaftliche
Verbindung mit dem Hufeland'schen Hause verdankte er wahrscheinlich
seiner Verheirathung mit der Tochter des mit jenem Hause befreundeten Geh. Raths Stosch, der als Caroline von Woltmann bekannten
sehr fruchtbaren Schriftstellerin.

Habe ich eben eine nächtliche Scene im Hufeland'schen Hause
erzählt, so möchte ich auch die Erinnerung einer Abendgesellschaft hier
einfügen, bei welcher ein paar allbekannte Namen figurieren.

Es war ein Sänger des Weimar'schen Theaters nach Berlin
gekommen, welchem Göthe einen offenen Empfehlungsbrief mitgegeben
hatte, der nur die Worte enthielt: „Den Herrn Ehlers, der deutsche
Lieder zur Guitarre zu singen versteht, empfehle ich allen Freunden
eines herzerfreuenden Gesanges." Dieser war in unserm jüngern
Kreise bekannt geworden, der mehrere Musikfreunde zählte, und hatte
uns manchen angenehmen Abend bereitet, besonders auf dem Zimmer
des Mediziners Wilhelm Voß, zweiten Sohnes des Altvaters Voß,
der später als Arzt in Eutin gelebt hat. Dieser, wie ein anderer
Mediziner, Bach, nachheriger Leibarzt in Oldenburg, mußten ihre
Zimmer zu unsern, oft etwas muntern, Abendzusammenkünften her-
geben, die wir Hofmeister nicht wohl auf unsern Stuben abhalten
konnten. Doch waren die beiden Genannten nicht blos als Quar-

tiergeber unter uns beliebt, sondern zunächst ihres Geistes und Charakters wegen, und als Theilnehmer an unsern höhern Interessen geliebt und geachtet. Einen Hauptgenuß an solchen Abenden bereitete uns Ehlers mit seinem trefflichen Vortrage Göthe'scher Lieder nach der Zelter'schen und Reichard'schen Composition, so wie vieler anderer, denn er war unermüdlich und unerschöpflich. Wir führten ihn auch in das gastfreundliche Hufeland'sche Haus, wo er ebenfalls sehr willkommen war.

Im Jahre 1804 kam Friedrich Heinrich Jacobi auf seiner Versetzungsreise nach München durch Berlin und erschien auch in einer Abendgesellschaft, die vorzüglich seinetwegen zusammengeladen war, bei Hufeland. Wir Jüngeren freuten uns sehr darauf, diesen ausgezeichneten Mann kennen zu lernen, ihn reden zu hören, sein als sehr fein gerühmtes Benehmen zu bewundern. Aber unsere Erwartung wurde insofern getäuscht, als Jacobi sich nur mit Madame Herz, der berühmten Freundin Schleiermacher's, unterhielt und um die übrige Gesellschaft, als wäre sie nicht vorhanden, sich gar nicht bekümmerte. Nicht einmal der Frau von Kalb, die auch zugegen war und gern mit Jacobi sich unterhalten hätte, gönnte er irgend seine Aufmerksamkeit. Auch bei Tisch saßen die beiden zusammen und sprachen privatim mit einander, ohne an der sonstigen Unterhaltung theilzunehmen, die begreiflicher Weise eben deshalb sehr lau war. Das wurde uns Jüngeren am Ende zu viel, und in einem gewissen Uebermuthe, zu welchem uns die Güte des Wirtes und der Hausfrau verzogen hatte, stifteten wir den Sänger Ehlers an, daß er seine Guitarre nahm und mit seiner schönen kräftigen Stimme das Göthe'sche Lied: „Mich ergreift, ich weiß nicht wie, himmlisches Behagen u. s. w." anstimmte. Alles fuhr erfreut auf, nur die beiden sich Isolierenden blickten einen Augenblick auf, warfen dem dreisten Sänger, der sie zu stören wagte, einen fast unwilligen Blick zu und fuhren dann ungehindert in ihrer Unterhaltung fort. Diese Scene, deren Schilderung durch meine damalige Stimmung etwas gefärbt sein mag, aber der Sache nach sich wörtlich so zutrug, dämpfte unsere Verehrung für Jacobi sehr, wenigstens als Menschen; wir sahen in ihm den vornehmen, selbstzufriedenen Mann, der nur den, welchen er für geistig ebenbürtig hielt, seiner Aufmerksamkeit würdigte. Uebrigens war seine äußere Erscheinung einnehmend und würdig, und die Züge seines Gesichtes zeugten von seiner geistigen Bedeutung. Auch mußten wir uns gestehen, daß die Madame Herz sowohl durch ihren Geist, als durch den Ausdruck desselben in ihrem fast antiken Gesichte wohl im Stande sei, die Aufmerksamkeit eines Mannes, wie Jacobi, zu fesseln. Aber dies entschuldigte doch weder ihn noch sie bei uns, um so weniger, als sie ebenfalls uns jungen Leute nur wenig beachtete.

Welchen ganz andern Eindruck machte dagegen Schiller auf uns, der im Winter von 1804 auf 1805 Berlin besuchte und den wir gleichfalls im Hufeland'schen Hause kennen lernten. Er war lebhaft, mittheilend, freundlich und gab auch uns jüngeren den Muth, an der Unterhaltung bescheidentlich theilzunehmen. Leider war sein Aussehen schon krankhaft (er starb ja schon im Mai 1805); seine geistige Kraft und die Originalität seiner Gedanken verläugneten sich aber dennoch nicht im mindesten.

Ich habe nun schon so oft von „uns Jüngeren" gesprochen, habe auch die meisten der Namen schon genannt, die unter diese Bezeichnung gehörten; es ist Zeit, auch noch etwas von unserm Zusammenleben und Treiben zu sagen, denn dieses war einer der bedeutenderen Factoren für mein geistiges Fortschreiten in Berlin. In der letzten Zeit des vorigen und im Anfange des jetzigen Jahrhunderts lebte die Jugend, trotz der großen Aufregung der Welt, nicht in den politischen Ideen, die jetzt leider schon den Gymnasiasten in ihren Kreis ziehen. Es herrschte das Gefühl vor, daß die Beschäftigung damit früh genug komme, wenn der Mann durch amtliche Stellung zum Mitrathen und Mithandeln berufen werde; bis dahin sei es ihm erlaubt, sich mit den Dingen zu beschäftigen, die seine innere Ausbildung fördern könnten, also mit der Wissenschaft, der schönen Literatur, der Kunst in ihren verschiedenen Offenbarungen. In dieser Stimmung waren wir wenigstens damals alle, und es ist, so viel ich mich erinnere, kaum über die größeren und kleineren Weltbegebenheiten unter uns je ernstlich die Rede gewesen. Dagegen die Vorlesungen, die wir hörten, ein neues Schauspiel von Göthe oder Schiller, welches zum ersten Male gegeben wurde, ein Shakespeare'sches Stück, eine Oper von Gluck oder Mozart, ein Oratorium in dem großen Saale des Opernhauses, wo wir unter anderm auch noch einmal die Mara hörten, und wo 20 Contrabässe die Kraft der tiefsten Orgeltöne wiedergaben; ein neues Heft des Athenäums oder der Propyläen, eine Kritik der Gebrüder Schlegel, eine Tieck'sche Schrift, — sie waren für uns die bewegenden Weltbegebenheiten, und ich vergesse es niemals, welch überwältigenden Eindruck namentlich die großartigen Darstellungen im Theater auf uns machten, die wir einen Platz neben einander im Parterre gefunden hatten. Die Begeisterung bei den schönsten Stellen und bei dem meisterhaften Spiele eines Iffland, einer Fleck, einer Unzelmann und ihres Mannes, des älteren Unzel= mann, spiegelte sich von einem Gesichte in dem andern wieder, und bei den komischen Stücken gab das Lachen des einen den Anstoß für die ganze Reihe. Welchen unendlichen Stoff zu nacherigen Unter= haltungen brachten wir von solchen Eindrücken mit uns! Man hat fast durchschnittlich der natürlichen Tochter von Göthe den dramatischen Effect abgesprochen; ich kann versichern, daß wir, als dieses Stück zum ersten Male gegeben wurde, von der Darstellung so ergriffen waren, daß die innere Bewegung uns längere Zeit stumm machte, als wir das Haus verließen, und erst, als wir uns gesammelt hatten, Worte der Bewunderung und Rührung unter uns laut wurden. Aber wie meisterhaft gaben auch Iffland den Herzog und die Fleck die Eugenie!

Nicht selten vereinigten wir uns auch an einem schönen Sommer= morgen zum Spaziergange mit unsern Zöglingen in den Thiergarten oder nach Charlottenburg, legten uns in's Gras und hörten einem Vorleser zu, der aus dem Calderon, dem Donquixote oder dem alten dänischen Dichter Holberg ernsthafte und komische Stellen vortrug, eine Kunst, in welcher besonders Solger Meister war. Den Kreis der Hofmeister vermehrten noch zwei wackere Männer, die ich hier nicht vergessen darf. Becker aus Lüneburg, Hofmeister im Hause des Grafen Hagen und später Professor und zweiter Inspector an der

Ritterakademie in Lüneburg, den ich als solchen auch bei meiner
Rückkehr nach Hannover im Jahre 1830 dort wiederfand, leider nur
für kurze Zeit, denn er starb bald darauf; und Detleffen, Lehrer
im Hause des Grafen Reuß, einen gemüthlichen und behaglichen Hol=
steiner, der uns mit beredten Worten die Wonne zu schildern wußte,
wenn er nach einer Reise in sein eigenes Bett zurückkehrte. „Jun=
gens, da lig' ed brin, as in en Futteral!" — Und daß ich endlich
den trefflichen Raßmann nicht vergesse, der ein Schützling von Jo=
hannes Müller war, sich vorzüglich mit geschichtlichen Studien be=
schäftigte und erst im Jahre 1860 als Professor zu Gent gestor=
ben ist.

Aber habe ich denn die Jahre in Berlin blos für meine eigene
Bildung gelebt und nicht auch für die meiner Zöglinge? Es wäre
unrecht, wenn ich dies einräumte; die letztere lag mir nicht weniger
am Herzen, und einen entschiedenen Gewinn hat der älteste, Wolf,
mittelbar und unmittelbar, von den Interessen gezogen, die mich selbst
beschäftigten, denn in seinem 16ten und 17ten Jahre war er schon
für vieles reif. Zwar muß ich offen bekennen, daß meine Vorberei=
tung für den Unterricht nicht immer so gründlich und vollständig
war, als sie hätte sein können, weil ich mich auf mein Gedächtniß
und meine Lehrgabe verließ und sah, daß meine Zöglinge doch etwas
lernten. Auch durfte ich es wagen, wenn ein Anstoß in einem
Autor kam, den ich nicht gleich zu heben wußte, oder eine Frage
meiner Schüler, die ich nicht beantworten konnte, sie selbst mit suchen
zu lassen, ohne daß meine Autorität dadurch bei ihnen litt. Ja, diese
Art des gemeinschaftlichen Suchens und Lernens hatte etwas Förder=
liches für sie und machte ihnen Vergnügen. Sie ist beim Privat=
unterricht nicht zu verwerfen, wenn der Lehrer übrigens seine Ueber=
legenheit zu behaupten weiß und Gewissenhaftigkeit und Tact genug
besitzt, um die Weise des gemeinschaftlichen Lernens nur da anzuwen=
den, wo sie angebracht ist und nicht zu viel Zeit kostet. In der
öffentlichen Schule, vor vollen Klassen, verlasse sich der Lehrer nicht auf
Tact und Ueberlegenheit, sondern gehe nie unvorbereitet in seine
Lectionen.

Das Talent meines ältesten Zöglings wendete sich vorzüglich auf die neueren Sprachen, in welchen er guten Privatunterricht hatte, und vor allem auf den Shakespeare. Ein besonderes Verdienst hatte dabei mein Freund Abeken, der selbst diese Vorliebe hegte und seine Freude an dem eifrigen und talentvollen Jünglinge, überhaupt an den Kindern des Baudissin'schen Hauses, hatte. Mit seinem Beistande führte ich zur Aufmunterung der Schüler und auch zur Freude der Eltern eine Form von Prüfungen ein, der wir den scherzhaften Namen einer Akademie gaben, und die einige Male im Winter ihre Sitzungen hielt, zu denen auch die Eltern eingeladen wurden. Jedes Mitglied erhielt ein förmliches Patent, und mein Freund Abeken bewahrt noch ein solches in seiner Autographen-Sammlung, welches von mir als Präsidenten und Wolf Baudissin als Secretär unterschrieben ist. Alle Mitglieder mußten zu den Sitzungen der Akademie eine selbstgewählte und selbstgefertigte Arbeit liefern und vorlesen, wobei recht artige Sachen zum Vorschein kamen, auch von der Tochter des Hauses, Susanne. Und im letzten Winter von 1804 auf 1805 überraschte Wolf die Zuhörer mit einer Uebersetzung des Königs Lear von Shakespeare, die mit Recht entschiedenes Lob verdiente und in welcher einige Partieen, z. B. die Lieder des Narren, fast meisterhaft wiedergegeben war. Ich konnte mich nicht enthalten, die Uebersetzung Schlegeln zu zeigen, bei welchem mein Zögling auch die Vorlesungen über die schöne Literatur mit hörte, und der schon aus gelegentlichen Gesprächen auf ihn aufmerksam geworden war. Schlegel behielt das Heft, las es aufmerksam durch und erkannte darin ein ganz entschiedenes Talent für solche Arbeiten. Dieses ist denn auch ohne Zweifel mit ein Anstoß dazu gewesen, daß Baudissin später, in seinem Zusammenleben mit Tieck, eine Reihe von Jahren hindurch eine Lebensaufgabe daraus machte, Shakespeare'sche und andere altenglische Dramen zu übersetzen. Ich hatte in jeder Weise Freude an meinen Zöglingen.

Ich war auch mit dem Erzieher der Königlichen Prinzen, dem Geh. Rath Delbrück, bekannt geworden und dieses war Veranlassung, daß ich auch meine Zöglinge zur Gesellschaft für dieselben mitbringen durfte. Der Kronprinz, derzeit 8 bis 9 Jahre alt, zeich= nete sich durch Lebhaftigkeit, Heiterkeit und witzige Einfälle schon da= mals aus und war überhaupt sehr liebenswürdig. Der Prinz Wil= helm, stiller und ernster, auch an Alter der Jüngste der Gesellschaft, trat willig hinter den lebhafteren Bruder zurück. Mit der Königlichen Familie trafen wir auch wohl auf Kinderbällen in den vornehmsten Häusern, wohin ich meine Zöglinge begleitete, zusammen, und bei diesen Gelegenheiten habe ich die edle Königin Louise zu sehen die Freude gehabt, wie sie, mit wahrhaft königlichem Anstande, und doch mit dem reinen Ausdrucke weiblicher Anmuth, sich über die muntere Kinderschaar ergötzte, oder mit der Dame des Hauses ein freundliches Wort wechselte. In einem wahrhaft grellen Contraste erschien da= neben einstmals, ich glaube, es war auf einem Kinderballe bei dem Minister von Schrötter, die berühmte Frau von Staël, eine in ihrer Art imponierende Erscheinung, welcher Geist und Energie nicht abzusprechen war; aber die weibliche Anmuth fehlte dem fast männ= lichen Ausdrucke ihrer Züge und der Derbheit ihrer Gestalt. Und in ihrer Tochter, welche später auch in der Welt Aufsehen erregt hat, erschien die kecke zehnjährige Französin in ausgeprägter Weise, welche es als eine Gunst darzustellen wußte, wenn sie dem Kronprinzen von Preußen einen Tanz zusagte.

Uebrigens wurde mein schönes Verhältniß in der Baudissin'schen Familie in dieser Zeit mit einer Auflösung bedroht. Mein unermüd= licher Gönner, der Abt Salfeld in Hannover, schrieb mir nemlich, ob ich bereit sei, eine bald vacant werdende Lehrerstelle am Georgianum in Hannover, einer Erziehungsanstalt für junge Adlige, besonders solche, die in Militärdienste gehen wollten, zu übernehmen. Diese Lehrerstellen wurden meistens mit Kandidaten der Theologie besetzt, welche nach einiger Zeit in gute Pfarrstellen versetzt zu werden pfleg= ten. Wenn ich die Stelle annahm, so durfte ich hoffen, in dem pfarramtlichen Alter von 30 Jahren eine gute Anstellung als Pastor in meinem Vaterlande zu erhalten. Meine Neigung ging nicht dahin, Berlin und meine Zöglinge zu verlassen; allein auf der andern Seite war die Aussicht auf eine gesicherte Zukunft auch nicht außer Acht zu laſſen, um ſo weniger, als mich nun ſchon feſtere Bande an ein Weſen knüpften, welches ſein Schickſal mit dem meinigen vereinigt hatte; denn ſo weit war es in Berlin zwiſchen mir und Dorothea Holm gekommen. Eine längere Entfernung aus meinem Vaterlande mußte die Verbindung mit demſelben immer mehr lockern, und wo fand ich wieder einen ſichern Boden für mein bürgerliches Fortkommen?

Der Graf Baudiſſin, dem ich den mir gewordenen Antrag mittheilte, redete mir zu, ſein Haus nicht zu verlaſſen, und fügte ſo annehmbare Verſprechungen hinzu, daß ſchon die Dankbarkeit für einen ſolchen Beweis der Zufriedenheit und des Zutrauens, der auch als Zeugniß der Anhänglichkeit meiner Zöglinge gelten durfte, mich bewegen mußte, mich von einer ſolchen Familie nicht zu trennen. Ich ſollte von nun an 100 Thlr. Gold Zulage, alſo 300 Thlr. an Gehalt beziehen, ſollte meinen Wolf, der nun ſchon in das Verhältniß eines Freundes überzugehen anfing, im Herbſt 1805 auf die Univerſität Kiel und dann noch einige Jahre nach Göttingen und Heidelberg begleiten, und wenn ſeine Studien vollendet wären, ſollte ich meinen Gehalt von 300 Thlrn. noch 3 Jahre lang beziehen, als Entſchädigung für die Ausſichten, die ich jetzt aufgab, und eine Art Wartegeld, um mir eine öffentliche Anſtellung zu ſuchen. Wie hätte ich ſolche Anerbietungen ausſchlagen können? Es fiel mir wie ein Stein vom Herzen, als ich mein „Ja" zum Bleiben ausgeſprochen hatte. Nun blieb ich nicht nur noch ferner in dem mir lieb gewordenen Berlin, ſondern noch lange mit der mir noch lieber gewordenen edeln Familie verbunden und hatte die ſchöne Ausſicht auf fernere freie Bildungsjahre auf Univerſitäten. Meine Verlobte billigte freudig meinen Entſchluß, und auch der Abt Salfeld, dem ich die Umſtände mit dem herzlichſten Danke für ſeine Güte mittheilte, konnte ſeine Zuſtimmung nicht verſagen.

Und die Freundin aus Kopenhagen, wie brachte ſie die Zeit hin, während der ewige Student noch auf den Univerſitäten umherzog? Noch einen ſchönen Sommer von 1803 hatten die beiden zuſammen auf Rantzau verlebt, dann war die Freundin nicht wieder mit nach Berlin zurückgekehrt; der Brautstand, der den Kindern doch nicht lange verborgen bleiben konnte, paßte nicht für das Zusammenleben in demselben Hause. Und da damals doch noch immer die Aussicht auf eine künftige Pfarre in meinem Lebensplane stand, so wurde es für passend gehalten, daß die künftige Frau Landpastorin sich in einem ländlichen Haushalte zu ihrer Bestimmung vorbereitete, besonders sich mit dem Milch- und Butterwesen bekannt machte, wozu in Holstein die schönste Gelegenheit war. Sie begab sich daher in Kost und Lehre bei dem Holländer Lafrenz auf dem zweiten Gute des Grafen, Lammershagen, der ein paar hundert Kühe hielt und eine Anzahl Knechte und Mägde zu nähren, also auch übrigens einen großen Haushalt zu führen hatte, und dessen Frau und Töchter, nebst der Familie des Hauptpächters Deichmann, einen Kreis des Umgangs bildeten, der einer künftigen Landpastorin wohl zusagen konnte. Noch mehr aber sagte ihr die Nähe von Rantzau zu; denn wenn wir im nächsten Sommer wieder von Berlin nach Holstein kamen, so konnten wir uns gegenseitig doch gewiß wöchentlich einmal sehen. Und die landwirtschaftliche Lehrzeit dehnte sich dann auch hauptsächlich aus diesem Grunde noch über den Sommer 1805 bis zum Herbste aus, wo ich mit Wolf nach Kiel zur Universität und sie zu ihrer Mutter und ihren Geschwistern nach Kopenhagen ging.

Mein Abschied im Frühjahre 1805 von meinen Freunden in Berlin, sowie von der Hufeland'schen und Fichte'schen Familie und von all den großstädtischen Genüssen wurde mir allerdings nicht leicht, aber es lag doch auch eine wechselvolle interessante Zukunft vor mir, die bald meine Aufmerksamkeit auf sich zog.

VI. Das Jahr in Kiel.

Mein junger Graf sollte juristische Collegia hören, doch nicht, um sich zum praktischen Juristen auszubilden, sondern als Einleitung zur diplomatischen Laufbahn, zu welcher er vermöge seiner Neigung zu einer freien geistigen Bildung und seiner Kenntniß in neueren Sprachen am meisten Beruf zu haben schien. Er machte daher in

Kiel den Anfang mit vorbereitenden Vorlesungen, an deren einigen
ich aus eigenem Interesse theilnahm, z. B. Logik und Psychologie bei
dem Kantianer Reinhold, Physik bei dem Professor Pfaff und
ein Collegium über den Pindar bei Professor Schulz. Mein eigenes
Bedürfniß ging aber immer noch auf tiefere philosophische Studien
hin, und ich nahm mir, wie ich schon erwähnt habe, vor, den Platon, an der Hand der Schleiermacher'schen Uebersetzung, so weit sie
damals schon erschienen war, besonders der tiefsinnigen Einleitungen
zu den einzelnen Dialogen, durchzuarbeiten. Ich habe auch den
größeren Theil der Dialoge, natürlich im griechischen Texte, in dem
Kieler Jahre durchgelesen, und was noch zurückblieb, habe ich in
Göttingen nachgefügt. Diese stillen Studien litten allerdings etwas
durch das reichbewegte, gesellige Leben in Kiel, besonders in dem ersten
Winter, und auch mein Zögling wurde dadurch fast zu sehr von den
Studien abgezogen, da seine Familienverhältnisse eine Zurückgezogen-
heit nicht wohl zuließen. Es war hier wiederum die Baudissin'sche
Familie von Knoop, welche den Winter in Kiel zubrachte und den
Mittelpunct bildete für den größeren geselligen Verkehr, besonders in
der sogenannten Umschlagszeit im Januar und Februar, wo die
Gutsbesitzer aus Holstein und dem deutschen Schleswig zusammenkommen, um ihre Geschäfte abzumachen. Und ein kleinerer, aber
ausgesuchter, Kreis fand sich regelmäßig des Abends bei dem Grafen
Reventlow von Emkendorf ein, dessen Gemahlin, ebenfalls eine
geborene Gräfin Schimmelmann, eine höchst geistreiche, leider sehr
kränkliche Frau, es vortrefflich verstand, ihre körperlichen Leiden durch
geistige Erhebung zu bekämpfen und zu vergessen. Ich hatte mit
meinem Zöglinge auch Zutritt zu diesen Abenden und lernte in denselben die Professoren Reinhold und Pfaff, nebst einigen andern akademischen Lehrern, und eine Elite des gebildeten, auf einer achtungswerthen geistigen und sittlichen Stufe stehenden, Adels des Landes
kennen, in dessen Mitte einem jeden wohl werden mußte. Ich nenne
nur einige bekanntere Namen: den Minister Christian Bernstorf, der
mit dem regierenden Kronprinzen, nachherigen König Friedrich VI.,
damals in Kiel lebte, den Grafen Christian Stolberg, — Friedrich

Leopold hatte damals schon Holstein verlassen, — und beider Schwester, Katharina Stolberg, die bekannte Freundin des geistreichen
Schönborn, — und den letzteren selbst. Das Vorlesen älterer und
neuerer klassischer Schriften und der Austausch des Urtheils über
dieselben in solchem Kreise war bildend und belebend und steht mir
im lebhaften Andenken.

Auch mit dem Hofe kam ich in eine vorübergehende Berührung.
Es war, wenn ich nicht irre, der Geburtstag des Kronprinzen, der
von der akademischen Jugend durch ein feierliches Hoch vor dem
Schlosse desselben verherrlicht werden sollte. Der Zug forderte einen
Anführer, unter dem Titel eines Generals, und einen Generaladjudanten zur Unterstützung desselben. Zu der ersteren Würde wählten
die Studenten den ältesten Sohn des Knooper Grafen Baudissin und
zum Generaladjudanten meinen Zögling, den Grafen Wolf Baudissin.
Dieser, erst 17 Jahre alt und wenig gewandt in äußerer Repräsen-
tation, verbat sich die Ehre und schlug vor, mich als seinen Vertreter
stellen zu dürfen. Es wurde angenommen, und so widerfuhr mir,
zum einzigen Mal in meinem Leben und als eine Genugthuung für
meine vom Vater geerbten kriegerischen Neigungen, daß ich in einer
Art selbsterfundener Uniform, mit dreieckigem Federhute *) geschmückt

---

*) Dieser Federhut hatte noch für sich eine ähnliche Ehre. Am Abend, —
oder war es ein anderer Tag? — wurde ein Maskenball veranstaltet, welchen
auch der Kronprinz mit seiner Gegenwart und seiner lebhaften Theilnahme am
Tanze beehrte. Ich war einer der letzten, der den Tanzsaal verließ, und ergriff
einen dreieckigen Federhut, der dem meinigen ähnlich war, auf dem Platze, wo
die Hüte, nachdem die Masken abgenommen, niedergelegt waren. Am andern
Tage hörte ich, daß der Kronprinz, der noch später fortgegangen war, seinen Hut
vergeblich gesucht und am Ende einen andern, der im Gedränge unter die Füße
getreten war, aufgenommen und in Ermangelung des seinigen aufgesetzt habe.
Dieser andere, welcher den kronprinzlichen Kopf bedeckt hatte, konnte kaum ein
anderer sein, als der meinige, ich unterließ es aber, — offen gestanden, — das
fremde Eigenthum zurückzugeben und das meinige zurückzufordern, weil ich mich
schämte, meine Voreiligkeit zu gestehen. Der Hut, der auch zum Zusammen-
klappen, um ihn unter dem Arme zu tragen, eingerichtet war, hat später, durch
eine eigene Fügung, auch noch einem feierlichen Acte dienstbar beigewohnt. Als
nemlich im Jahre 1815 das ehemalige Bergische Land durch den Wiener Congreß der Krone Preußen zugetheilt war, mußten die neu erworbenen Lande dem

und mit gezogenem Degen einem gliederweise geordneten Zuge vor=
auf und abwechselnd zur Seite schritt, Alles in Ordnung hielt und
statt des Generals die Commandoworte zum Gehen, Stehen, Schwenken
und Marschieren ausrufen mußte. Der Platonische Philosoph von
26 Jahren gefiel sich in dieser Rolle gar nicht übel und hatte auch
die Ehre, mit dem General Mittags zur kronprinzlichen Tafel gezo=
gen zu werden.

Nach dieser Episode aus meinem Kieler Leben im Winter von
1805 auf 1806 komme ich auf die erste Seereise, welche ich im
Frühjahr 1806 nach Kopenhagen gemacht habe. Der erhabene An=
blick des Meeres war mir schon im ersten Sommer meines Aufent=
haltes in Holstein von der Nordküste desselben bei dem kleinen
Städtchen Lütjenburg zu Theil geworden. Es hatte mich ein heiliger
Schauder ergriffen, wie er jeden ergreifen muß, der zum ersten Male
von einer Höhe herab die bis an die Gränze des Gesichtskreises sanft
aufsteigende unermeßliche blaue Wölbung erblickt, und die Ostsee
bietet diesen Anblick in schönerer Klarheit der Färbung dar, als die
Nordsee an unsern nordwestlichen Küsten. Auch der Kieler Hafen
und die nächsten Küsten an seinem Ausgange waren mir schon be=
kannt. Allein eine Fahrt auf die hohe See hinaus, wo das Auge
keine Gränze mehr sieht, als da wo die blaue Wölbung des Himmels
sich rundherum auf die klare unendliche Wölbung des Wassers legt,
hatte ich noch nicht gemacht. Die Osterferien 1806 sollten dazu be=
nutzt werden, daß mein Zögling seine Verwandten in Kopenhagen
und ich die, bis auf ein Mitglied mir noch unbekannte, Familie
Holm, die mir auch bald verwandt werden sollte, besuchte. Wir
schifften uns auf einem Paketboote unter der Leitung des Kapitäns

neuen Landesherrn in Aachen vor dem Oberpräsidenten Sack den Huldigungseid
ablegen. Als Vertreter des Düsseldorfer Gymnasiums wurde mein Freund, der
Director Kortum, dazu deputirt und sollte, dem Ceremoniell gemäß, im Hofkostüm,
mit dem Pariser Degen an der Seite und dem dreieckigen Klapphute unter dem
Arme, dabei erscheinen. Zu diesem Dienste lieh er von mir den Hut des Kron=
prinzen, damals schon Königs von Dänemark, nachdem die militärische Feder ab=
genommen war. Dies ist aber auch der letzte Dienst dieses merkwürdigen Hutes
gewesen; ich gestehe, daß ich nicht mehr weiß, was später aus ihm geworden ist.

Möller in den letzten Tagen des April bei dem schönsten Frühlings-
wetter ein, um den Weg durch die Inseln und den grünen Sund an
der Südspitze der Insel Seeland und dann an der Ostküste derselben
nach Kopenhagen zu nehmen. Aber das anfängliche Behagen des
sanften Dahingleitens über die nur eben gekräuselten blauen Wogen
sollte bald in Unbehagen verwandelt werden. Am nächsten Morgen
erhob sich ein mächtiger Nordostwind, der dem Schiffe entgegenblies,
die Wellen gegen dasselbe herantrieb und bald den größten Theil der
Schiffsgesellschaft mit der wenig behaglichen Seekrankheit bekannt
machte. Die Kälte wurde so stark, daß die Seiten des Schiffes
bald mit Eiszacken bedeckt wurden. Wir Kajütenpassagiere bargen
uns schon in unsern Betten und Mänteln, allein die Passagiere des
Verdecks; deren gerade eine große Menge war, Rekruten und Hand-
werksburschen, hatten gegen solchen durchbringenden Wind keine
schützende Kleidung und suchten mit klappernden Zähnen einen küm-
merlichen Schutz hinter den Booten und den Tauwerken des Verdecks.
Als die Nacht herankam, baten sie den Kapitän um Gotteswillen, er
möge sie doch nur in den Raum zwischen die Waaren hinuntersteigen
lassen, um sich dort auf dem Fußboden niederzulegen. Allein ganz
kaltblütig versagte der harte Mann diese Bitte. Er sei früher ein
mitleidiger Thor gewesen und habe solche Leute in den Raum gelassen, aber das sei seinem Frachtgute schlecht bekommen und seit der
Zeit halte er seinen Raum fest verschlossen. Auch unsere Bitten
halfen nicht, und als mehrere von uns ihre Mäntel den armen Leuten hinaufbringen wollten, hatte er zwar nichts dagegen, versicherte
aber, die Mäntel ließe er nie wieder in die Kajüte herunterkommen,
denn sie brächten sicher unangenehme Gesellschaft mit. Einige von
uns murrten laut und meinten, ob man den Mann nicht zwingen
könne, menschlich gegen die erfrierenden Leute da oben zu sein, allein
einige, die des Seerechts kundig waren, versicherten, ein Schiffskapitän
sei auf der See unbeschränkter Herr, und eine Widersetzlichkeit gegen
seine Anordnungen werde von den Gesetzen mit harter Strafe bedroht.
So blieb uns nichts übrig, als trotz seiner Warnung unsere Mäntel
hinaufzutragen, welche dann auch dankbar von denen benutzt wurden,

die keinen Platz mehr in den Booten, die auf dem Verdecke standen, gefunden hatten. In diese kauerten sie sich wie Häringe über einander und deckten sich mit den unbenutzten Segeln zu. In meinen Mantel hüllte sich, ich sehe ihn noch vor mir, ein Berliner Schneidergeselle, der zu seiner Bedeckung nichts hatte, als einen fadenscheinigen, grasgrünen Sommerrock von Halbtuch, der aber trotzdem stets bei guter Laune blieb und mit seinen Berliner Witzen selbst die halberstarrten Kameraden zum Lachen brachte. Vor dem grünen Sunde mußte sich der Kapitän vor Anker legen, denn der entgegenblasende Ostwind verhinderte die Durchfuhr, und so lagen wir bis zum vierten Tage da, bei Tage von der hellscheinenden Sonne etwas erwärmt, bei Nacht uns helfend, so gut es gehen wollte, jedenfalls aber doch froh, daß wenigstens die fatale Seekrankheit aufgehört hatte.

Zu der Kälte kam noch ein anderes Uebel. Die Küchenvorräthe des Kapitäns, der sich auf eine so lange Reise nicht verproviantiert hatte, gingen zu Ende; die Brodsäcke der Verdeckpassagiere waren schon längst geleert, und wenn wir andern ihnen auch zu Hülfe kommen wollten, so konnten wir selbst für Geld vom Kapitän kaum noch etwas bekommen. Da reifte denn der Entschluß in der Mehrzahl der Reisenden, sich, da der Wind sich immer noch nicht drehen wollte, an's Land setzen zu lassen und den übrigen Weg nach Kopenhagen zu Lande zurückzulegen. Zur Ausführung dieses Vorhabens wurden die Boote in's Wasser gelassen und ruderten nun einen Haufen der Gesellschaft nach dem andern der kleinen Insel Bogöe zu, von wo wiederum eine Fähre nach der Südspitze der Insel Seeland, nicht weit von der Stadt Vordingburg, hinüberführte. Von hier fuhren wir mit Extrapost nach Kopenhagen, wo wir eben ankamen, als auch der Kapitän Möller mit seinem Schiffe im Hafen landete. Eine günstige Wendung des Windes nach unserer Abfahrt vom Schiffe hatte ihn von seiner langen Station am grünen Sunde befreit.

Unser vierzehntägiger Aufenthalt in Kopenhagen war sehr genußreich, nicht nur durch die Menschen, die wir fanden und wiederfanden, sondern auch durch die neuen Eindrücke der großen Seestadt mit ihrer damals noch ansehnlichen Kriegsflotte und den in die See hinaus-

ragenden Festungswerken, mit den zum Theil großartigen Straßen
und der anmuthigen Umgebung, namentlich dem Thiergarten mit
seinen breitästigen Buchen, die freilich noch nicht belaubt waren, aber
doch die sommerliche Kühlung mit ihrem Schatten ahnen ließen.

Interessanter natürlich war für mich, nach der Freude des ersten
Wiedersehens, die Familie meiner Braut, die Mutter, der Bruder,
die Schwestern, in denen ich die biedere und kräftige, mit unserm
deutschen Wesen verwandte, Natur bald lieb gewann. Die Mutter
stammte von der Insel Bornholm, an der Schwedischen Küste, deren
Namen von Burgundaholm abgeleitet wird und deren Bevölkerung
dem alten Burgundischen Stamme angehört zu haben scheint. Ihr
Mädchenname war Ellen Elisabeth Albertsdatter (Tochter). Eine
schlichtere, selbständigere und originellere Natur, als die meiner nachherigen Schwiegermutter, habe ich selten gefunden; es war alles an
ihr unmittelbar, möchte ich sagen, ihre rücksichtslose Herzensgüte, die
alles mit den Freunden theilen wollte, ihre Ruhe und Gottergeben-
heit, und eine klare praktische Lebensansicht, die sie auf die schlagendste
Weise in Sprichwörtern auszusprechen liebte. Diese Unmittelbarkeit
des ganzen Wesens war in der Hauptsache auch auf ihre Tochter
Thea fortgeerbt: Dieses unerschütterliche Gottvertrauen, diese Schärfe
und Raschheit der Auffassung, diese Festigkeit der Grundsätze und
Originalität des Ausdrucks der Gedanken und Gefühle, oft in sehr
witziger Form. — Die Mutter war damals schon 72 Jahre alt, aber
noch immer rüstig, eine hohe nordische Gestalt. Ein unglücklicher
Fall und Beinbruch hat sie zu früh im Jahre 1811 hingerafft; nach
menschlichem Ansehen hätte sie ein Alter von 90 Jahren und mehr
erreichen können, wie mehrere ihrer Vorfahren.

Auch unter den Verwandten und Freunden der Baudissin'schen
Familie machte ich interessante Bekanntschaften, namentlich an dem
Finanz-Minister Grafen Schimmelmann, Bruder der Gräfinnen
Baudissin und Reventlow, einem Manne von ausgezeichneter Bildung
und dem wohlwollendsten Interesse für aufstrebende Talente, wovon
namentlich Thorwaldsons Leben Zeugniß giebt; ferner an dem Grafen
Joachim Bernstorff, Bruder des Ministers, durch dessen freund-

liche Veranstaltung wir auch einen Ausflug nach Helsingör machten, wo wir die Schwedische Küste mit Helsingborg klar vor uns sahen. Ich hatte damit den nördlichsten Punct erreicht, den ich auf diesem unserm Erdballe erreichen sollte.

An einem Montag Abend schifften wir uns wieder auf demselben Paketboote des Kapitäns Möller ein, um am nächsten Morgen nach Kiel zurückzukehren; aber, als sollte uns dieses Schiff einmal kein Heil bringen, es trat vollständige Windstille ein, so daß weder unser Schiff, noch eine ganze Flotte umher, welche segelfertig da lag, die Anker lichten konnte. Und so lagen wir, jeden Augenblick auf Erhebung des Windes wartend, im Angesichte Kopenhagens, nur eine Seemeile von der Stadt, die ganze Woche auf der Rhede wie festgebannt und mit dem schmerzlichsten Bedauern, unsern Freunden so nahe zu sein und sie doch nicht erreichen zu können; denn auf unser Verlangen, wieder an's Land gesetzt zu werden, erwiederte der unerbittliche Kapitän Möller stets das eine Wort: sobald sich ein Lüftchen erhebe, werde er in derselben Stunde abfahren, ohne die Gelandeten zu erwarten; — und die Paketboote gingen damals nur wöchentlich einmal. Endlich, am fünften Tage, Sonnabends, war unsere Geduld am Ende und wir machten uns ernstlich bereit, wieder nach Kopenhagen zurückzukehren; da verschwor sich der Mann hoch und theuer, wenn nicht bis Abend ein günstiger Wind sich erhebe, so sollten wir ihn eine erbärmliche Landratte schelten; er habe bei Sonnenaufgang einen Seehund, mit der Nase nach Osten gerichtet, schwimmen sehen, und das sei ein sicheres Zeichen, daß mit Sonnenuntergang Ostwind eintreten werde. Wir ließen uns noch einmal bereden und blieben an Bord. Die Erwartung gegen Abend wurde immer gespannter; unbeweglich sah ich gegen Sonnenuntergang nach der Flagge empor, ob sie sich bewegen und von Osten nach Westen drehen werde, und indem ich noch so emporblickte, erschallte von einem der Nachbarschiffe der Ruf: „Anker ahoi!" (der Seemannsausdruck für: „den Anker gelichtet!") und in einer Viertelstunde wimmelte die ganze Rhede von Schiffen mit aufgespannten Segeln, die einander den Vorsprung abzugewinnen suchten. Das Wort des Kapitäns war eingetroffen, ein

steifer Ostwind, nur nicht so kalt wie der vor einigen Wochen, brachte
uns Sonntag Abend in den Hafen von Kiel.

Der nächste Sommer verging uns dort sehr schnell und sehr
angenehm. Wenn die Wochenarbeit gethan war, — und wir waren
entschieden fleißiger, als in dem geräuschvollen Winter, besonders
beschäftigten wir uns fleißig mit der Lectüre des Sophokles, — so
wurden die Sonntage meistens in Knoop zugebracht, wo unser Quartier stets bereit stand; das gegenseitige Verhältniß knüpfte sich auch
insofern immer enger, als die Eltern sich entschlossen, ihren zweiten
Sohn Karl, der mit meinem Zöglinge Wolf ungefähr im gleichen
Alter war, unter meiner Aufsicht im Herbste mit uns nach Göttingen
zu schicken. Er sollte sich zunächst eine allgemeine wissenschaftliche
Bildung erwerben, um dann seine Lebensbestimmung zu wählen.
Seine Neigung ging auf's Militär, die Eltern stimmten nicht gern
ein, und da er noch so jung war, so sollte er noch erst mehr vom
Leben und von dem, was demselben Werth giebt, kennen lernen, ehe
er in eine bestimmte Laufbahn einträte. Er war ein wohlgebildeter
Jüngling von schönen Anlagen, lebhafter Phantasie, reger Empfänglichkeit und anschließendem Gemüthe, daher nahmen wir ihn gern in
unsere Gemeinschaft auf, obgleich zwischen ihm und seinem Vetter
Wolf ein gewisser Gegensatz stattfand; denn sein Sinn war doch
bedeutend mehr auf's Aeußere gerichtet, während Wolf fast zu sehr
seinen innern Interessen lebte. Aber wenn ihrer beiden Naturen sich
gegen einander ausglichen, so konnten beide Gewinn davon haben.

Unterdes hatte sich der politische Himmel sehr getrübt und drohte
sich auch auf das nördliche Deutschland zu entladen. Die Spannung
zwischen Napoleon und Preußen brach gegen den Herbst in den für
das letztere so verderblichen Krieg aus. Von einem solchen Umsturz,
wie er wirklich erfolgte, hatte man indes in dem Holsteiner Kreise
keine Ahnung, vielmehr waren die Wünsche und Hoffnungen lebhaft
auf Preußischer Seite, und so ließ man auch uns um die Mitte des
October getrost nach Göttingen abreisen. Als wir in Lübeck ankamen,
war man in Jubel über Siegesnachrichten von Seiten der Preußen;
die Einwohner ahndeten nicht, wie bald sie auch die Schrecken des

Krieges kennen lernen sollten. Aber schon in Lüneburg trafen wir die Hiobspost von der Jenaer Schlacht. In Celle wollten uns die aus Westphalen zurückziehenden Preußen die Extrapostpferde vom Wagen spannen und nur mit Mühe gelang es uns, mit Hülfe eines Offiziers weiter zu kommen. In Hannover trat ich zu einem Haufen Menschen, die um einen Preußischen Dragoner vom Regiment Baireuth herumstanden, der von der Schlacht von Auerstädt, wo dieses Regiment sehr gelitten hatte, erzählte und behauptete, der Herzog von Braunschweig hätte sie, weil er das Regiment nicht leiden konnte, mit Absicht gegen die französischen Kanonen geschickt. Zwischen Hannover und Göttingen, besonders hinter Einbeck, begegneten uns ganze Züge von Preußischen Zersprengten, ohne Gewehr und Patrontasche, die sich nach ihrer Heimat durchzuschlagen suchten; aber schon in der Nähe von Göttingen kam uns ein Französisches Kürassierregiment in stolzer Haltung entgegen und der voranreitende Kommandeur befahl unserm Postillon stillzuhalten, bis das Regiment vorbei sei. Unter solchem Umschwung der Dinge geschah unser Einzug in Göttingen.

VII. Göttingen zum zweiten Male.

Meine und meiner Altersgenossen Theilnahme an den politischen Begebenheiten war, wie ich schon früher bemerkt habe, damals noch so wenig lebhaft, daß der weitere Verlauf des Krieges uns nicht sehr berührte, bis nach dem Frieden von Tilsit der König Hieronymus in Kassel einzog und die Universität Göttingen von dort aus regiert wurde, einen Präfecten erhielt und französische Gendarmen statt der gemüthlichen Schnurren kennen lernte. Doch hinderte auch dieses nicht, daß wir unser akademisches Leben nach unserm Gefallen einrichteten, die uns passenden Collegia hörten, mit einigen der Professoren, die uns am meisten zusagten, Bekanntschaft anknüpften und in den Ferien Fußreisen in den Gegenden des Harzes, der Werra und Fulda und Weser machten.

Ich nahm an vielen der Collegien theil, sowohl aus eigenem Interesse, da ich dieselben mit anderm Verständniß hörte, als vor 5 und 6 Jahren, als auch, weil ich es für meine Pflicht hielt, da ich nun zwei Zöglinge hatte, vieles mit ihnen gemeinschaftlich zu treiben. So habe ich die geschichtlichen und statistischen Collegien bei Heeren, die staatsrechtlichen und finanzkundigen bei Sartorius, die literar=histor iſchen bei Bouterwek, die juristische Encyklopädie und die römi= sche Rechtsgeschichte bei Hugo mit gehört und mit meinen Zöglingen repetiert.

Der Ausdehnung meiner Studien nach der geschichtlichen, staats= rechtlichen und selbst juristischen Seite hin lag aber auch noch eine besondere Betrachtung zum Grunde. Meine theologischen Kenntnisse und Neigungen waren ziemlich in den Hintergrund getreten und der Gedanke, sie wiederum anzufrischen, um eine Pfarranstellung im Han= noverschen zu erhalten, wurde mir durch die Fremdherrschaft verleidet, unter welche mein Vaterland gerathen war. Ich wünschte mir einen freieren und selbständigern Wirkungskreis zu erwerben, zu welchem mir die in Berlin und Kiel gewonnene, über das akademische Tri= ennium hinausgehende, Bildung und die ferneren Studien in Göttingen und Heidelberg den Weg bahnen konnten; nemlich zu der Laufbahn des akademischen Docenten. Und da ich, wie schon früher bemerkt, nicht sowohl die theoretisch = philosophische Speculation als das mir angemessene Feld erkannt hatte, vielmehr zu der Anwendung der phi= losophischen Grundgedanken auf die Beurtheilung und Ordnung der Verhältnisse des Lebens, des Staates, der Gesellschaft, der Erziehung, so wie zu der Erforschung des Geistes der Geschichte der Menschheit, mich hingezogen fühlte, so suchte ich mir nach dieser Richtung hin ein Feld der akademischen Doction zu bereiten, ohne jedoch dasselbe vor der Hand mit einer bestimmten Gränze umziehen zu wollen.

Daß ernste Gedanken wegen meines äußern Fortkommens mich zu beschäftigen anfingen, hatte auch noch einen andern nahe liegenden Grund. Die weitere und wahrscheinlich längere Trennung von meiner Verlobten wollte uns beiden nach der vierjährigen Dauer unseres Brautstandes wenig gefallen. Zunächst gab es allerdings einen Weg, diese Trennung zu vermeiden, den wir auch einschlugen. Es war sehr natürlich, daß meine Mutter und Schwester, — die letztere war unterdes an den Pastor Eberwein in Ballenhausen, zwei Stunden von Göttingen, verheirathet, — und mein neuer Schwager meine Braut, von welcher sie schon so viel in meinen Briefen gelesen hatten, persönlich kennen lernen wollten, und eben so natürlich, daß auch meine Braut meine nächsten Angehörigen kennen zu lernen wünschte. Es wurde also beschlossen, daß sie nach Ballenhausen kommen sollte, und zwar unter dem Schutze und Geleite meines Nachfolgers als Lehrer der jüngeren Söhne des Baudissin'schen Hauses, des Kandidaten Schwiening, der seine Eltern in Göttingen besuchen wollte. Sie kam und so lebten wir beide in der Nähe von einander, wie einst in Rantzau und Lammershagen.

Der Winter von 1806 auf 1807, der zu diesem Besuche bestimmt war, verging nur zu schnell; und was sollte nun werden? Ein längerer Aufenthalt in Ballenhausen, ohne bestimmte Beschäftigung in einem so kleinen Haushalte, den meine Schwester allein besorgte, — Kinder waren nicht da, — hatte keinen reellen Zweck. In Kopenhagen dagegen konnte sie der bejahrten Mutter, wie auch früher, zur Hülfe sein, und sowohl bei dieser, als bei der Tochter selbst, regte sich ein lebhaftes Verlangen nach einander. Die Rückkehr nach Kopenhagen wurde beschlossen, aber zugleich auch, daß wir vorher uns ehelich verbinden wollten, worin, so sagte uns ein geheimer Instinct, eine Bürgschaft lag, daß ich nun auch alle Kräfte aufbieten werde, unsere dauernde Vereinigung baldmöglichst herbeizuführen.

Es war, ich muß es offen gestehen, ein kühner, auch wohl leichtsinnig zu nennender, Entschluß, denn wo hatte ich einen festen Boden für die gesicherte Existenz einer Familie? Aber zu solcher Zuversicht kommt der Mensch leicht, wenn ihm bis dahin alles über Erwarten und Verdienst geglückt ist. Mein ganzes bisheriges Leben war ja eine Kette von, zum Theil ganz unerwarteten, glücklichen Wendungen gewesen. Ueberhaupt aber galt damals noch viel mehr als jetzt der Glaube, daß ein Mensch, der etwas gelernt und Lust zur Arbeit habe, schon fortkommen werde. Und ganz ohne Aussicht und Plan war doch auch meine Zukunft nicht. Meine Einnahme war durch das Honorar für meinen zweiten Zögling, Karl Baudissin, nicht unan-

sehnlich vermehrt worden, ich konnte etwas für die Zukunft zurück-
legen. Ja, es lag sogar in der Möglichkeit eine eigne Haushaltung
zu bilden und meine beiden Zöglinge bei mir in Kost und Pflege zu
nehmen; meine Pflichten gegen sie konnte ich dabei vollständig erfüllen.
Diesen Schritt aber schon jetzt zu thun, dagegen sprach der beabsichtigte Aufenthalt in Heidelberg, wohin ich ja meine Haushaltung
nicht für so kurze Zeit hätte versetzen können. Allein wenn diese Zeit
hinter uns lag, wozu der Sommer von 1808 bestimmt war, so stand
nach menschlicher Ansicht nichts im Wege, mich in Göttingen häuslich
niederzulassen und, wohin mein stiller Wunsch ging, mich als Privat-
docent zu versuchen. Mit solchen Bildern und Hoffnungen vor der
Seele wurden wir von meinem Schwager Eberwein in der Stille in
Ballenhausen getraut, verlebten noch einige schnell verfliegende Monate
mit einander, und im Mai 1807 kehrte Dorothea, geb. Holm, als
Frau Kohlrausch nach Kopenhagen zurück.

Das darauf folgende Jahr in Göttingen verfloß ohne besonders
erwähnenswerthe Ereignisse; denn mit der Erzählung einiger Reisen,
die wir zusammen in der Umgegend machten, oder der in gewöhnlicher Weise fortgehenden Studien, darf ich den mir zugemessenen
Raum dieser Darstellung nicht verengen. Das Wichtigste, was sich
immer deutlicher herausstellte, war die Erkenntniß in meinem zweiten
Zöglinge Karl, so wie auch bei mir selbst, daß das juristische Studium, welches ihm eine Laufbahn als Staatsdiener öffnen sollte, nicht
sein Beruf sei. Es fehlte ihm die consequente Ausdauer; sein lebhaftes Temperament ließ ihn nach immer Neuem greifen, und wenn
das Neue davon war, so ließ er es wieder fallen. Seine Jugend
in dem, so vielen Zerstreuungen ausgesetzten, Hause hatte den Ernst
der Concentration, welchen Wolf Baudissin in seiner eigenen Natur
besaß, zu der jener aber durch eine strenge Erziehung hätte gewöhnt
werden müssen, nicht aufkommen lassen. Es erwachte daher jetzt in
ihm wieder der Gedanke an den Militärstand und die Eltern gaben,
auf mein wiederholtes und auf Gründe gestütztes Zureden nach. Im
Frühjahr 1808 sollte er nach Kopenhagen reisen und in die königliche Garde eintreten. Die Eltern wünschten, daß ich ihn selbst dort-

hin bringen möchte, und ich ergriff diese Gelegenheit, meine Frau und unser indes geborenes erstes Kind, Linda, zu besuchen, begreiflicher Weise mit großer Freude. Der Name unserer Tochter Linda war, um dieses gleich im Vorbeigehen zu erwähnen, aus Jean Paul's Titan auf den dringenden Wunsch meiner Frau genommen. Jean Paul war ihr Lieblingsschriftsteller geworden, und wie dieses auf der einen Seite ihre schnellen Fortschritte in der deutschen Sprache bezeugt, so dient es auf der andern auch zu ihrer Charakteristik. Das Phantasiereiche in Jean Paul, die unübertrefflichen Naturschilderungen, die reichen, wenn auch excentrischen, Charaktere der edeln und das Witzighumoristische der komischen Figuren, die spannenden Situationen, die durchgehends sittliche Richtung, welche das Gemeine und Schlechte in seiner Verwerflichkeit blosstellt, — diese hervorstechenden Eigenschaften der Jean Paul'schen Werke zogen sie unwiderstehlich an, und sie ist dieser Vorliebe bis in ihr Alter treu geblieben. Eine gewisse Verwandtschaft der Naturen lag dabei zum Grunde; etwas Excentrisches lag auch in der ihrigen. Es hieß bei vielen Gelegenheiten: „entweder, oder!" Und wie sie sich einigen Menschen mit voller Liebe hingeben konnte, so stand zwischen manchen andern und ihr eine schroffe Scheidewand, die sie jedoch nicht verhinderte, auch diesen, wenn sie ihrer bedurften, mit raschem Beistande zu Hülfe zu kommen.

Unsere Reise nach Kopenhagen war nicht ohne Fährlichkeiten. Der Krieg zwischen England und Schweden auf der einen Seite und Napoleon und seinen Verbündeten auf der andern Seite hatte eine Blokade der dänischen und deutschen Ostseeküsten und eine Unterbrechung der regelmäßigen Paketschifffahrt von Kiel nach Kopenhagen zur Folge; Dänemark konnte um so weniger seine Gewässer schützen, als die dänische Flotte im September 1807 durch die Engländer weggeführt oder zerstört war. Ich mußte mich mit meinem Begleiter auf Booten von einer dänischen Insel nach der andern bis nach Seeland durchzuschleichen suchen und ging daher zunächst von Holstein nach der Insel Femern hinüber, um hier ein Boot mit Fährleuten zum Uebersetzen nach der Insel Falster zu miethen. Es war wieder der verhängnißvolle Monat April, und als wir in einem Fischerdorfe

an der Femernschen Küste ankamen, erhob sich ein Sturm mit Schnee-
gestöber, der an sich schon eine weitere Fahrt auf dem Meere verhinderte, wenn sich auch nicht eine Schwedische Fregatte an der Insel
zum Schutze gegen den Sturm vor Anker gelegt hätte. In ihrem
Angesichte versicherten die Schiffer keinenfalls in See gehen zu können,
denn es waren schon mehrere Boote von den Schweden und Eng-
ländern angehalten, den Reisenden ihre Effecten abgenommen und die
Schiffer zum Dienste auf dem feindlichen Schiffe gezwungen worden.
Die Reisenden hatte man irgendwo an der Küste wieder an's Land
gesetzt.

Wir mußten uns bequemen, in der Fischerhütte Quartier zu
nehmen und froh sein, daß man uns noch eine Kammer mit einem
Bette anwies; die Leute waren in dieser Zeit, da man diesen nächsten
Weg nach den dänischen Inseln einzuschlagen gezwungen war, einigermaßen auf Reisende eingerichtet. Das Mangelhafte dieser Einrichtung bekamen wir jedoch gleich in der ersten Nacht zu kosten: Als
ich, der ich mich an die Wandseite gebettet, nach kurzem Schlafe durch
ein eiskaltes Gefühl auf meiner Backe wieder aufgeweckt wurde und
nach meinem Gesichte griff, bekam ich die Hand voll Schnee, den der
scharfe Wind unter dem nicht dicht schließenden Strohdache hereinge-
trieben hatte. An ein Wiederaufstehen in der kalten Nacht war nicht
zu denken, mein Bettgenosse mußte etwas rücken, ich deckte mein
Taschentuch über die oben liegende Seite des Kopfes und schlief vor
Müdigkeit auch bald wieder ein. Am andern Morgen hatte das
Schneien nachgelassen, aber der Schwede lag noch auf seiner Stelle,
so daß wir die Mannschaft auf dem Verdeck unterscheiden konnten.
Der Aufenthalt in der Wohnstube der Schiffer war nicht viel behag-
licher als der in der Kammer. Da die ganze Insel Femern kein
Holz hat, außer einigen Weidenbäumen neben den Dörfern, — das
sehr fruchtbare Land wird fast allein zum Weizenbau und zur Weide
für das Vieh benutzt, — so muß das Holz zur Winterheizung auf
Schiffen von den dänischen Inseln herbeigeholt werden und ist sehr
theuer. Unsere Fischer hatten das ihrige schon im Winter aufge-
braucht und bereiteten ihre Speisen mit fest zusammengedrehten Seilen

aus dem dicken, holzreichen Weizenstroh. Sie warfen davon auch, uns zu Gefallen, etwas in den großen Kachelofen, der aber kaum davon lauwarm wurde. In unsere Mäntel gehüllt saßen wir mißmuthig auf der Bank neben dem Ofen, als unerwartet zwei neue Reisende eintraten, die gleich uns nach Kopenhagen wollten. Es war ein deutscher Advocat, der in Kopenhagen Geschäfte hatte, und ein dänischer Schiffskapitän, der zu seinem Schiffe dorthin zurückkehrte. Diese Vermehrung der Gesellschaft brachte Leben unter uns, wir waren schnell mit einander eins, daß wir uns, bis zur Möglichkeit der Ueberfahrt, die Zeit so gut es ging vertreiben wollten, und schickten einen Boten nach dem Hauptorte der Insel, dem Flecken Burg, um uns die Ingredienzien zu einem warmen Punsch und ein Spiel Karten zu holen. Mit Hülfe dieser Unterhaltungsmittel brachten wir einen ganz heiteren Abend zu und erwärmten uns durch Scherz und Lachen, denn die beiden Ankömmlinge zeigten sich als joviale Gesellschafter.

Am nächsten Tage wollten aber diese Geduldsmittel nicht mehr ausreichen; das Wetter war besser geworden, und wir drangen in die Schiffer, uns nach Falster überzusetzen. Kopfschüttelnd wiesen diese jedoch wiederholt auf die Schweden hin, die nicht vom Platze weichen wollten. Nachmittags indes kamen ein paar Boote mit Reisenden von Falster herüber, welche die Ueberfahrt gewagt und glücklich vollführt hatten. Da half kein Weigern unserer Schiffer mehr, denn wir erklärten, mit den angekommenen Booten abfahren zu wollen, wenn sie länger zögerten, und so wurde vorsichtshalber die Abfahrt auf die Nacht um 1 Uhr festgesetzt; wir konnten dann in der Dunkelheit aus dem Bereiche der Schweden und mit Tagesanbruch an die gegenüberliegende Küste kommen. In der größten Stille, ohne Laternen und ohne ein Wort zu wechseln, zog die kleine Karavane mit unserm Reisegepäck nach den Booten, und wir bestiegen das unsrige, nicht gerade in der behaglichsten Stimmung, denn es war noch bitterkalt und der Wind auch ziemlich contrair. Er trieb uns denn auch in der Dunkelheit so weit von dem geraden Wege ab, daß wir, anstatt nach Nyköbing auf der Insel Falster zu kommen, in eine noch mit

Eis bedeckte Bucht der Insel Laaland einlaufen und uns von den Schiffern an's Land tragen lassen mußten, da das Eis nicht hielt und das Boot nicht bis an das trockene Ufer kommen konnte. Da sah es denn seltsam genug aus, als unser großer und starker Schiffskapitain in seinem fingerdicken blauen Flansüberrock und seiner weiten Schifferhose Kopf und Rücken des ihn tragenden Schiffers vollständig zu begraben schien, und der keuchende Träger auf der Mitte des Weges die Last nicht mehr tragen konnte, sondern sich einfach gerade aufrichtete, so daß der Kapitain in Eis und Wasser hinuntergleiten und fluchend abwarten mußte, bis sein Träger wieder Kräfte gesammelt hatte. Vor uns lag eine einsame Hütte, auf welche wir lossteuerten und in der einzigen Stube des Hauses Vater, Mutter und eine Schaar durchaus rothhaariger Kinder, in Gemeinschaft mit einer Gans und ihren Gösseln in einer und einer Sau mit eben geworfenen Ferkeln in einer anderen Ecke der Stube fanden, so daß wir mit dem Wolf im Reinecke Fuchs, als er in die Höhle der Meerkatzen trat, hätten ausrufen mögen: welch ein gräuliches Geschlecht! Aber in solcher Lage, worin wir waren, ist auch eine brandrothhaarige Menschenfamilie schon ein willkommener Anblick, und als uns die Hausfrau den aus unserm mitgebrachten Vorrathe bereiteten warmen Thee vorsetzte, waren ihre rothen Haare vergessen und vergeben. Den Mann schickten wir in das nächste Dorf, um uns ein Fuhrwerk bis zu der Hauptstadt der Insel, Mariboe, zu verschaffen; er kam mit zwei kleinen, ganz schmalen Leiterwagen, deren jeder nur so viel Platz hatte, daß zwei Menschen, wenn sie sich umfaßt hielten, auf einem über die Leitern des Wagens gelegten Brette Platz hatten. Der Schiffskapitain setzte sich mit dem Advocaten auf den einen Wagen, und es sah, indem sie voran fuhren, ganz bedenklich aus, wie der dicke Mann über die Leiter an seiner Seite hinausragte und das Gleichgewicht des Wagens in Gefahr brachte. Es dauerte auch nicht lange, so sank der Wagen an einer abhängigen Stelle des Weges nach der schweren Seite fast behaglich um, denn die niedrigen Räder ließen keinen großen Fall zu. Der Kapitain rollte ganz sanft einige Schritte zur Seite, er hatte sich in seinen weiten Oberrock ganz zugewickelt;

wir mußten ihn förmlich loswickeln, um ihn auf die Beine zu brin=
gen; er hatte nicht den geringsten Schaden genommen. Von da an
ging unsere Fahrt über Laaland und Seeland ohne weiteren Unfall
nach Kopenhagen zu, wo wir spät Abends ankamen.

Das Wiedersehen meiner Frau und den Anblick unseres ersten
Kindes beschreibe ich nicht; der Augenblick war um so ergreifender,
als meine Frau die Schrecken der Belagerung von Kopenhagen im
Herbst 1807 nicht ohne eigne Gefahr mit durchgemacht hatte, denn
eine Bombe war in dem Hause, in welchem sie wohnte, niederge=
schlagen, ohne jedoch zu zünden oder einen Menschen zu beschädigen;
und ihr Bruder war bei der Bedienung einer Sprütze bei dem
Löschen des furchtbaren Feuers wiederholt in Lebensgefahr gewesen;
denn die Engländer warfen ihre Bomben gerade in die dichtesten
Flammen. Die Erzählung von diesen angstvollen Tagen trübte eini=
germaßen meinen Aufenthalt in Kopenhagen, um so mehr, da ich nicht
lange bleiben konnte, denn die Reise nach Heidelberg stand nahe bevor.
Wir trösteten uns jedoch mit dem jetzt entschieden gefaßten Vorsatze,
im Herbst uns in Göttingen zur Errichtung eines eigenen Hausstan=
des wieder zu vereinigen.

Meine Rückreise mußte auf ähnliche Weise auf einem Boote
zwischen den Inseln hindurch gemacht werden, lief aber schnell und
günstig ab, und nach kurzem Aufenthalte in Rantzau, von wo ich
meinen Freund Wolf abholte, ging es in raschem Fluge über Göttin=
gen nach Heidelberg. Wir kamen in den ersten Tagen des Mai an.
Dieser Weg von mehr als 100 Meilen in einem Zuge aus dem noch
fast winterlichen Norden nach dem Süden zu, wo mit jeder Meile
der Frühling sichtbarer wurde und in der Bergstraße die volle
Pracht der blühenden Obstbäume zeigte, war für uns ein reicher
Genuß.

VIII. Heidelberg.

Von Göttingen aus schloß sich ein Jugendfreund Baudissins,
Martin Hudtwalker aus Hamburg, der nachherige verdienstvolle

Senator seiner Vaterstadt, uns an und bezog mit uns dieselbe Wohnung in einem angenehm gelegenen Gartenhause am Schloßberge.
Wir haben hier einen schönen Sommer zusammen verlebt. Gearbeitet
wurde nur mäßig, aber die schöne Gegend in der Nähe und einem
ziemlichen Umkreise wurde mit vollen Zügen genossen, und in Heidelberg selbst fanden wir einen Freund aus Holstein wieder, den Professor Heinrich Voß, und dessen ehrwürdigen Vater, der damals in
Heidelberg lebte. Mit dem Sohne, bei welchem wir ein interessantes
Collegium über Metrik hörten, haben wir die heitersten Abende auf
unserer Stube, bei dem heimathlichen Gesange der nordischen Thee-
maschine, die wir mitgebracht, und bei der Lectüre unseres Lieblingsschriftstellers Shakespeare und des Don Quixote von Cervantes, zugebracht. Der gemüthliche und geistvolle Heinrich Voß war ein höchst
liebenswürdiger Gesellschafter, der durch seinen guten Humor diese
Abende auf die angenehmste Weise zu beleben und zugleich durch seine
gründliche Kenntniß des Shakespeare lehrreich zu machen wußte. Er
hat auch bekanntlich an der von dem Vater und ihm selbst herausgegebenen Uebersetzung dieses Schriftstellers den Hauptantheil gehabt.
Ein empfänglicherer Sinn für alles Komische, als bei meinem Freunde
Wolf, und ein herzlicheres unwiderstehlicher ansteckendes Lachen bei
den Witzen des trefflichen Sancho Pansa, läßt sich nicht denken; und
wenig gab ihm dabei unser dritter Stubengenosse Hudtwalker nach.
Es war eine Wiederholung der unvergeßlichen Stunden, die wir bei
ähnlichen Veranlassungen mit unsern Berliner Freunden genossen
hatten.

Auch bei dem Vater Voß und der trefflichen Mutter Ernestine
waren wir oft zu Abend; aber der Vater war in Heidelberg, wenigstens nach unserer Beobachtung, in keiner gemüthlichen Stimmung.
Seine Streitigkeiten mit Kreuzer waren wohl hauptsächlich daran
schuld, und es kam dazu, daß er sich auch von Görres, der damals
in Heidelberg wohnte, verhöhnt glaubte. Görres hatte für die Winter'sche Buchdruckerei, die sich durch Proben ihrer verschiedenen Schrift-
arten empfehlen wollte, aphoristische Gedanken, großentheils satirischen
und humoristischen Inhalts, niedergeschrieben, worin Stellen vorkamen,

die Voß auf sich bezog, unter anderm einige Sätze, die mit dem Refrain schlossen: „Alter, willst du denn ewig leben?" — Ueberhaupt war Voß bekanntlich ein leidenschaftlicher Gegner der romantischen Schule, zu welcher Görres gehörte, und ich bin Zeuge einiger sehr heftigen Aeußerungen desselben über Görres und Kreuzer gewesen, welche dem in seiner guten Stimmung so liebenswürdigen Greise einen Ausdruck gaben, der mir die Erinnerung an ihn getrübt hat. Wenn nur durch irgend eine Veranlassung die Rede auf rothe Haare kam, so wurde sein Zorn gegen die beiden genannten Männer, die allerdings rothhaarig waren, rege und äußerte sich in den heftigsten Worten. Ein ähnlicher Zorn ergriff ihn, wenn ein Hundegebell gehört wurde, und er konnte dann in lebhafter Erinnerung erzählen, wie er in Eutin durch das nächtliche Gebell der Hunde seines Nachbars, eines Schlossers, wie ich glaube, in seinem an sich schon leisen Schlafe gestört und endlich aus Eutin vertrieben sei. Rührend übrigens war es, wie die höchst würdige Mutter bei solchen Gelegenheiten den heftigen Mann zu beschwichtigen und auf andere Gedanken zu bringen wußte.

Mit sonstigen Familien in Heidelberg sind wir nicht bekannt geworden, aber unser Mittagstisch im Hecht an der Neckarbrücke gab uns doch Gelegenheit, einige interessante Persönlichkeiten kennen zu lernen. Die Dichter und Schriftsteller Clemens Brentano und Achim von Arnim nemlich speisten ebenfalls dort mit und trugen, besonders der erstere, durch Witz und Laune zur Unterhaltung wesentlich bei. Auch Elise Bürger, die Witwe unseres Volksdichters, kam nach Heidelberg, declamatorische Vorstellungen zu geben, und aß mit an der table d'hôte im Hecht, zu Tisch geführt von einem französischen Sprachlehrer Michaelis, einem galanten, wenn auch etwas verwachsenen, kleinen Herrn. Die Gesellschaft kümmerte sich nicht um sie, obgleich die Masse schweren Rothweines, die sie genoß, nicht unbemerkt blieb. Die Studenten aber, die ihren Ruf kannten, bereiteten ihrer Declamation ein schmähliches Ende; sie streuten eine große Masse Kirschkerne, — es war in der Kirschenzeit, — im Saale umher, und als die Künstlerin im besten Pathos war, zertraten sie mit solchem Geräusch die Kerne, daß jene aufhören und nach mehren vergeblichen Versuchen fortzufahren den Saal verlassen mußte.

Von unsern Ausflügen nach Schwetzingen, Mannheim, in den Odenwald und am Neckar hinauf schweige ich, allein der größten und schönsten Reise meines ganzen Lebens muß ich ausführlicher gedenken. Der Gedanke, der uns den ganzen Sommer über beschäftigte, war der einer Reise in den Herbstferien in die Schweiz und eines Einblicks in Italien, und der Vater des Grafen gab dazu gern Einwilligung und Reisegeld. Kurz zuvor, ehe wir aufbrechen wollten, kam mein Berliner Freund Keßler von einer Schweizerreise zurück, die er mit dem Prinzen Max von Neuwied, dem nachherigen Brasilianischen Reisenden, gemacht hatte, nach Heidelberg und entwarf uns einen trefflichen Reiseplan, schrieb auch einen Brief an den Führer, den die Gesellschaft auf ihrer Reise gehabt hatte und den er als einen der besten in der Schweiz rühmte, den alten Jacob Michel von Unterseen, und bestellte ihn zu einer bestimmten Stunde, Abends den 20sten September, auf den Rigi, wo wir nach seiner Reiseroute zu dieser Zeit ankommen sollten. Bis dahin brauchten wir, seiner Versicherung nach, auf dem Wege über Schafhausen, Zürich und Zug, keinen Führer.

Um gleich den Erfolg dieser Führerbestellung hier zu erzählen, so kamen wir wirklich zu der bestimmten Stunde auf dem Rigi an, aber weder in dem unteren noch dem oberen Wirtshause war Jacob Michel eingetroffen. Dies bekümmerte uns, denn auf dem Rigi konnten wir nicht wohl einen Boten für unsere weitere Reise bekommen. Nach dem Abendessen ging ich noch einmal aus dem oberen Wirtshause nach dem unteren, und als ich in die Gaststube trat, sah ich neben dem Ofen auf einer Bank einen Mann von etwa 60 Jahren, so hatte uns Keßler den Michel beschrieben, in Reisetracht sitzen, den ich sofort mit seinem Namen als unsern Führer begrüßte, denn ich zweifelte nicht, daß er es sein müsse. Er sah mich verwundert an, als ich ihm meine Freude ausdrückte, daß er wirklich auf Keßlers Brief gekommen sei, und versicherte, keinen Brief erhalten zu haben;

er sei mit einem Herrn, auf den er hinwies, hierher gekommen und sei auch noch länger von ihm gedungen. Indem wir so sprachen, trat ein schöner, schlanker Schweizerbursch von etwa 14 Jahren in die Thür, ging auf unsern Michel zu mit den Worten: „Hier, Vater, ist ein Brief für Euch von Herrn Keßler." Die Mutter hatte den Brief erbrochen und sogleich dem Vater nachgeschickt, den er nun auch auf dem Rigi erreichte. Dieses auffallende Zusammentreffen von Brief und Menschen erschien mir als ein glückliches Omen für unsere fernere Reise, und es gelang mir, den Reisenden, — es war der durch seine großen Anlagen in damaliger Zeit weithin bekannte Bierbrauer Steingaß aus Neuwied, — zu bewegen, daß er uns in Luzern, wohin er mit uns am nächsten Tage hinabging, den alten Michel überließ; er hatte seine Reise so gut als vollendet.

Den Verlauf unserer sehr interessanten Schweizerreise schildere ich am besten dadurch, daß ich meine Beschreibung derselben hier beifüge, die ich im Jahre 1811 aus noch frischer Erinnerung in einem in Barmen, meinem damaligen Wohnorte, gedruckten Unterhaltungsblatte, „die Aehrenlese", bekannt gemacht habe*). Wenn die jugendliche Farbe der Darstellung gegen diejenige dieser übrigen Blätter absticht, so wolle der geneigte Leser bedenken, daß ich, als ich jene Reiseerinnerungen niederschrieb, im 31sten Jahre stand, während meine Feder jetzt von einer bald 82jährigen Hand geführt wird.

IX. Göttingen zum dritten Male.

In der Mitte des October kamen wir nach Vollendung der Schweizerreise wieder in Göttingen an, und gleich darauf kam auch meine Frau mit Linda, um unsere Haushaltung einzurichten, zu welcher nun Baudissin als Mitglied gehörte. Wir wohnten zuerst in einer kleineren Wohnung in der oberen Maschstraße, die uns nicht zusagte,

---

*) Um den Fortgang der eigentlichen Lebensbeschreibung nicht zu sehr zu unterbrechen, lasse ich die etwas lange Reisebeschreibung lieber als Anhang folgen.

zogen aber Ostern 1809 in das Haus der Instrumentenmacher Gebrüder Krämer an der Allee, in welchem Baudissin zu seinem großen Genusse immer neugefertigte Fortepiano's fand, die er probierte und begutachtete. Sein musikalisches Talent auszubilden, benutzte er jetzt mit Ernst und Eifer den Unterricht von Forkel und machte bald solche Fortschritte, daß ihn Forkel zu seinen besten Schülern zählte und mit ihm und zwei andern seiner Schüler, einem russischen Fürsten Dolgorouti und dem jetzigen Obersteuerrath Island aus Hannover, eine musikalische Production zu stande brachte, nach welcher er sich lange gesehnt hatte, nemlich ein Concert von Sebastian Bach für 3 und ein zweites für 4 Klaviere, wozu 4 im Vortrage der Bach'schen Musik sehr geübte Spieler und solche Instrumente gehören, die in ihrem Bau und Ton wohl zusammenstimmen. Ich entsinne mich weniger musikalischer Genüsse, die mich so ergriffen hätten, als diese classischen, großartigen, zum Theil ernsten, zum Theil lieblichen Tongänge, deren Bedeutung man fassen und verfolgen kann, während in der neueren und neuesten Musik so oft nur das Ueberraschende, ja Unerhörte, gesucht, das Ohr gekitzelt oder betäubt wird, und Gedankensprünge vorkommen, die mir völlig unverständlich sind. Das eigensüchtig Persönliche drängt sich mit Gewaltsamkeit vor, wogegen bei Bach und überhaupt in der älteren gediegenen Musik das Objective, ewig Gültige, den Componisten unter seine Herrschaft zwingt. Freilich war mein Ohr schon von dem ersten Göttinger Aufenthalte mit Baudissin her und noch mehr seit dem neuen, indem ich mit ihm auf einer Stube oder doch dicht daneben wohnte, so an die Bach'sche Musik gewöhnt, daß sie mir, möchte ich sagen, in Fleisch und Blut gegangen war; denn Forkel ließ seine Schüler fast gar nichts anderes spielen, und er selbst ist vielleicht einer der letzten gewesen, welche den Geist des Vortrages der Bach'schen Musik, im Sinne des Meisters, durch die nächste Tradition von einem der jüngeren Söhne Bach's kennen gelernt und sich angeeignet hatte. Wie tief der Eindruck des wahrhaft Classischen auch in diesem Zweige der Kunst ist, habe ich recht an mir, der ich mich übrigens einer musikalischen Bildung nicht rühmen kann, erfahren, denn noch jetzt durchdringt mich ein eignes, wohlthuendes Gefühl, wenn ich Bach'sche Musik höre, und ich erkenne sie meistens gleich nach den ersten Takten. Wenn Baudissin mir eine rechte Freude machen wollte, so spielte er mir eine Bach'sche Fuge oder Gigue oder gar die chromatische Phantasie vor.

Sein musikalischer Eifer und seine Leistungen im Klavierspielen brachten ihn auch mit einer Familie in Verbindung, welche ihm sehr werth und für mich und die Meinigen sehr bedeutungsvoll werden sollte, das war die Familie des damals schon verstorbenen Ministers Freiherrn von Grote, dessen Wittwe mit ihrer Mutter, zwei Schwestern und zwei Töchtern in Göttingen lebte. Die ältere Tochter Therese war ebenfalls eine Schülerin Forkels und wurde durch diesen mit Baudissin zum Zusammenspielen gebracht, und es entwickelte sich eine warme Freundschaft zwischen den durch seines Gefühl und lebendigen Sinn für alles Schöne und Edle verwandten Gemüthern. Baudissin wurde Hausfreund der Grote'schen Familie, und daß ich es auch wurde, hatte außer dieser noch eine andere Veranlassung. Ich hörte im Winter von 1808 auf 1809 ein Collegium bei Herbart über Pädagogik und trat zugleich in eine von demselben gegründete pädagogische Gesellschaft ein, an welcher außer Dissen und Thiersch, die damals schon Lehrer am Gymnasium waren, dem Braunschweiger Griepenkerl und einigen andern, auch der Baron von Richthofen theilnahm, ein reicher schlesischer Gutsbesitzer, der sich für Philosophie und namentlich für Pädagogik sehr interessirte und ein eifriger Schüler von Herbart war. Mit Richthofen wurde ich bald näher befreundet und er führte mich in die von Grote'sche Familie ein, bei welcher er wohnte und bald in nahe Verwandtschaft treten sollte, denn er war mit der trefflichen Tochter Therese versprochen. Welchen Einfluß diese Verbindung auch auf mein Familienleben haben sollte, werde ich später erzählen. Hier knüpfe ich zunächst die Folgen meiner Theilnahme an der Herbart'schen Gesellschaft an. Es wurden in derselben in freier Discussion die in der pädagogischen Vorlesung angeregten Gedanken über Unterricht und Erziehung weiter erörtert, und indem unter anderm auch der Unter-

richt in den alten Sprachen und der Geschichte zur Frage kam, stellte
Dissen den Gedanken auf, daß nicht mit der lateinischen, sondern
der griechischen Sprache der Anfang gemacht und sofort die Lectüre
des Homer an die Spitze gestellt werden müsse. Es werde dadurch
zugleich dem Geschichtsunterricht in die Hände gearbeitet, da in der
homerischen Welt die einfachste Gestalt staatlicher Bildung als Königthum lebendig vor die Augen des Schülers geführt werde. Denn
daß der geschichtliche Unterricht sich wo möglich an die Lectüre classischer Werke anschließen und aus ihnen Leben und Anschaulichkeit gewinnen möge, war als ein richtiger pädagogischer Grundsatz angenommen. Den Gedanken führte Thiersch dadurch weiter, daß er
auf die Lectüre des Homer die des Herodot folgen zu lassen vorschlug,
der auch noch auf fast kindlich treuherzige Weise, selbst oft im Mär-
chenton und doch so geistreich und tiefblickend, die Personen und Zustände der ältesten Zeiten vorführe. Als Ergänzung zu beiden Vor-
schlägen machte ich bemerklich, daß es doch noch einen einfacheren und
natürlicheren Zustand menschlicher Vereinigung in den Schilderungen
der Patriarchenzeit im ersten Buche Mosis gebe, wo das Familienleben im Großen als die ursprüngliche Gestalt des geordneten menschlichen Zusammenseins und Wirkens sich darstelle und der Familienvater Gesetzgeber, König und Priester in einer Person sei. Auch
dieser Gedanke wurde angenommen. Wir drei Wortführer entwickelten unsere Ansichten in besonderen Aufsätzen und Herbart ließ dieselben
mit einer Vorrede zusammen drucken. Für mich knüpfte sich daran
die Veranlassung zu weiterer schriftstellerischer Thätigkeit, denn bald
nach Erscheinung der genannten Aufsätze erhielt ich einen Brief von
dem Kanzler Niemeyer in Halle mit der Aufforderung, die biblischen Geschichten, und zwar nicht blos der Patriarchenzeit, sondern
des ganzen Alten und Neuen Testaments, als Schulbuch zu bearbeiten und in den Verlag der Waisenhaus-Buchhandlung zu geben.
Ich nahm diesen Vorschlag gern an und führte ihn zum Theil noch
in Göttingen, zum Theil im Jahre 1810 in Barmen, aus. So entstanden meine „Geschichten und Lehren des Alten und Neuen Testaments für Schulen", welche mich durch's Leben begleitet und im

vorigen Jahre in der 23. Auflage ihr 50jähriges Jubiläum gefeiert haben.

Der Gedanke an eine Wirksamkeit als praktischer Lehrer und Erzieher war mir durch diese Beschäftigungen und Verbindungen näher gerückt, allein ich hatte den Wunsch nach einer akademischen Laufbahn noch nicht aufgegeben, vielmehr arbeitete ich für dessen mögliche Verwirklichung an einigen Schriften, die mir den Weg dazu öffnen sollten.

Durch Fichte's, immer mehr dem Leben sich zuwendende, Richtung, die sich in den Reden an die deutsche Nation aussprach, und ferner durch die Platonischen Ideen über den Staat, waren meine Gedanken und Studien ebenfalls auf die Verwirklichung der Ideen von der besten Gestaltung der öffentlichen Verhältnisse in den Einrichtungen des Staates gelenkt worden; ich suchte sie in einer Schrift zu entwickeln, die den Titel **Kosmos** führen sollte, indem mir die Idee der vollkommnen Ordnung und Harmonie der menschlichen Angelegenheiten in den Einrichtungen des Staates zugleich in der Gestalt des **Schönen** vor Augen stand. Dabei war ich auf die Darstellung des Ideals eines Staates in der **Utopia** des Engländers **Thomas Morus** (Thomas More), des Kanzlers Heinrich VIII., aufmerksam geworden. Ich machte mich an eine Uebersetzung der Schrift mit Anmerkungen und an eine Lebensbeschreibung des merkwürdigen Mannes, der als Märtyrer für seine Grundsätze das Blutgerüst besteigen mußte. Als beide Arbeiten bis zu einem gewissen Puncte der Uebersichtlichkeit gediehen waren, theilte ich sie dem Hofrath **Hugo** mit, dessen Collegium über Naturrecht ich mit Baudissin hörte und dessen Aufmerksamkeit und Theilnahme ich gewonnen hatte. Hugo billigte meine Arbeit über Thomas Morus und machte sogar seine Zuhörer auf ihre Erscheinung im Drucke aufmerksam, (sie ist aber nie erschienen,) die Construction des Staates nach theoretischen Ideen dagegen war nicht nach seinem Sinne, und wer Hugo's, auf geschichtlicher Basis ruhenden, Ansichten über die Grundlagen des Rechtes und der Staatseinrichtungen kennt, wird sich nicht darüber wundern. Indes war er freundlich genug, mir das Druckenlassen der Schrift nicht abzurathen.

(Das Manuscript ruht noch, denke ich, soweit es fertig geworden, unter meinen älteren Papieren.)

Zu gleicher Zeit hatte ich mit dem General-Inspector des öffentlichen Unterrichts in Cassel, Johannes Müller, angeknüpft, dem ich, wie ich früher erzählt habe, im Hufeland'schen Hause in Berlin näher getreten war und welcher bekanntlich mit dem trefflichen Heyne in der wohlwollendsten Gesinnung für die Universität Göttingen zu wirken bemüht war. Ich hoffte durch ihn Förderung meines Planes wegen einer akademischen Wirksamkeit in Göttingen zu finden. Er antwortete mir auch wohlwollend, allein er war selbst schon krank und schwach und starb auch im Mai 1809, und mit ihm sank eine Hauptstütze meiner akademischen Hoffnungen. Dafür trat die schon erwähnte Verbindung mit Herbart und Niemeyer in den Vordergrund und richtete meine Blicke auf eine praktische pädagogische Wirksamkeit; und wie denn so oft in meinem Leben durch die Gunst der Umstände, oder besser gesagt durch die Gunst der göttlichen Leitung, Ereignisse zusammengewirkt haben, die meinen Lebensweg bestimmten, so kam mir in dieser Zeit schwankender Entschlüsse eine Aufforderung meines Schul-, Universitäts- und Berliner Freundes, Ernst Bischoff, in Barmen bei Elberfeld eine Unterrichts- und Erziehungs-Anstalt zu errichten. Er selbst hatte sich, nachdem er Hufelands geschiedene Frau geheirathet und die drei jüngsten Hufeland'schen Töchter nach dem Vertrage mit dem Vater zu sich genommen hatte, mit seiner Familie in Barmen als Kreis-Physicus niedergelassen und vermißte dort für diese Kinder genügende Gelegenheit zum Unterrichte, denn es bestanden damals in Barmen, außer den gewöhnlichen Volksschulen und einer mittelmäßigen Privatanstalt, gar keine Unterrichts-Anstalten, weder für die Söhne noch Töchter, der zahlreichen gebildeten Kaufmannsfamilien. Bischoff hatte daher eine Vereinigung solcher Familien zustande gebracht, durch welche mir eine hinreichende Anzahl von Kindern und eine genügende Einnahme zugesichert wurde, wenn ich mich in Barmen niederlassen wollte. Ich nahm den Vorschlag an; mein nächstes Vaterland unter der westphälischen und französischen Herrschaft hatte für mich überdies seine Anziehungskraft verloren. Ehe ich jedoch zu meiner wirklichen Uebersiedelung nach Barmen übergehe, habe ich noch wichtige persönliche und Familien-Angelegenheiten zu berichten.

Ich knüpfe wieder an Hugo's Namen an. Baudissin und ich waren Hausfreunde bei Hugo geworden und brachten manchen gemüthlichen Abend bei ihm zu. Im Frühjahr 1809 machte er uns den Vorschlag, in den Pfingstferien eine Reise zusammen nach Weimar und Jena zu unternehmen, bei welcher Gelegenheit er uns auch mit Göthe und Wieland bekannt zu machen versprach. Wir gingen natürlich mit großer Freude auf den Gedanken ein und traten mit ihm in einem Göttinger Hauderer die Reise an. Hugo war ein sehr angenehmer, gutgelaunter und anspruchsloser Reisegefährte. In Weimar angekommen erfuhren wir, daß Göthe, wie gewöhnlich im Anfange des Sommers, seinen Aufenthalt in dem vom Geräusche des Hofes entfernten, stilleren Jena genommen habe, und begaben uns daher ebenfalls dorthin. Außer der gewichtigen Protection von Hugo hatten wir uns aber noch mit andern Empfehlungsmitteln bei Göthe versehen, die vielleicht noch wirksamer waren. Als Zuhörer in einigen Vorlesungen von Sartorius über Politik und Finanzwissenschaft waren wir auch mit diesem Professor näher bekannt geworden und erhielten von ihm zur Ueberbringung an Göthe die isländische Nibelungen-Sage (Niflunga Saga) von der Göttinger Bibliothek mit auf die Reise und daneben noch, als eine freundliche Zugabe, einen sehr schön gestrickten seidenen Geldbeutel von der Frau Hofräthin, die sich ebenfalls der Gunst Göthe's erfreute. So ausgerüstet zögerten wir nicht, uns bei Göthe melden zu lassen, und wurden nicht nur angenommen, sondern auch, nachdem ich ihm den Folianten und Baudissin den Geldbeutel überreicht hatte, mit einem sehr freundlichen Danke beglückt. Ja, Göthe ging in seiner Artigkeit so weit, uns, „da er in seinem Junggesellenlogis im Jenaer Schlosse keinen gesellschaftlichen Raum habe", auf den Mittag nach dem Essen um 2 Uhr zu einem Rendezvous auf dem Mineralienkabinet einzuladen, wo er gern Fremde zu empfangen pflege. Hugo sollte natürlich mit eingeladen sein.

Wir beeilten unser Essen, um den rechten Augenblick nicht zu
versäumen. Hugo fand aber keine Zeit, seine gewohnte Nachmittags=
ruhe zu halten, und ging etwas schläfrig und verdrossen mit uns.
Der Anblick seines Zustandes weckte in Göthe sogleich die Lust zum
Necken und er forderte daher Hugo nach der ersten Begrüßung auf,
einen kritischen juristischen Fall zu entscheiden. „Ich habe," sagte er,
„eine Partie seltener Gypsabgüsse von Antiken aus Dresden ver=
schrieben; die Kisten kommen an und das Beste darin ist zerbrochen.
Wer soll nun den Schaden tragen?" Natürlich Sie, der Besteller,
war die Antwort. „Aber mein Gott, ich, der unschuldigste Mann
an dem ganzen Unglücke, soll die zerbrochenen Scherben als heil be=
zahlen? Ihr Juristen seid doch das wunderlichste Volk auf der
Welt!" — „Ja, das römische Recht verfügt es so, wenn Sie nicht be=
weisen können, daß der Absender die Sachen schlecht verpackt, oder
der Fuhrmann Fehler gemacht hat, so müssen Sie bezahlen; Sie waren
von dem Augenblicke der Absendung an Eigenthümer der bestellten
Sachen." Göthe gab sich aber nicht zufrieden, sondern neckte Hugo
mit humoristischen Einwendungen, bis dieser durch seinen juristischen
Eifer ganz lebendig geworden war, und nun nahm die Unterhaltung
einen andern Verlauf. Es war die Zeit der ersten Kämpfe zwischen
den Franzosen und Oestreichern in den Donaugegenden in dem Kriege
von 1809, und wir jungen Leute waren von der Erhebung des öst=
reichischen Volkes und den Proclamationen des Erzherzogs Karl mit
begeistert. Meine rege politische Theilnahme datirt von diesem Kriege
von 1809. Am Tische in unserm Gasthofe wollte man von großen
Siegen der Oestreicher Nachricht haben, und daß die Leichen der
Franzosen bis nach Wien geschwommen seien. Wir gaben unsere
Nachrichten mit Lebhaftigkeit zu Besten. „Ja, ja", bemerkte Göthe
mit Kopfschütteln, „es ist endlich einmal gut eingeheizt bei uns Deut=
schen, es kommt nur darauf an, wie lange das Holz vorhält. Sehen
Sie, wenn Sie in einer Gesellschaft sind, in welcher ein alter Jude,
ein Taschenspieler, seine Kunststücke macht und verkündigt, er wolle
Ihre Uhr in einem Mörser zerstoßen und doch wieder heil machen,
so werde ich wetten, daß er es fertig bringt. So habe ich auch bis

jetzt auf Napoleon gewettet, er versteht es doch besser, als die andern."
— Dieser Vergleich, der gerade nicht von der Verehrung zeugte, die
Göthe gegen Napoleon hegen sollte, veranlaßte mich Göthe zu fragen,
ob Napoleon bei der Zusammenkunft in Erfurt im Jahre 1808 ihm
wirklich eine treffende Bemerkung über den Werther gemacht habe,
wie man erzähle. Göthe erwiederte: „Allerdings hat er mir eine
solche Bemerkung gemacht, die von seinem Urtheile zeugte. Ich kann
sie nur damit vergleichen, — wenn ein Frauenzimmer eine Naht
beurtheilen will, ob sie fein und gleichmäßig genäht ist, so prüft sie
dieselbe nicht mit den Augen allein, sondern sie läßt sie langsam durch
den Daumen und Zeigefinger gleiten. Von einer solchen Prüfung
zeugte Napoleons Bemerkung über einen Zug im Werther." Damit
brach er diese Unterhaltung ab und schlug uns vor, ihn später bei
einem Spaziergange in den botanischen Garten zu treffen. Hugo
trennte sich von uns, vielleicht, um doch noch seiner Nachmittagsruhe
ihr Recht zu gönnen, und wir andern gingen zur verabredeten Zeit
in den botanischen Garten, wobei sich auch mein Freund Abeken, der
damals als Lehrer der Schiller'schen Kinder in Weimar lebte und
mit uns nach Jena gefahren war, uns anschloß; er war in solcher
Weise mit Göthe bekannt, daß er es thun durfte. Wir trafen Göthen
schon im Garten auf= und abgehend, mit einer einfachen Blume in
der Hand, die er betrachtete, vielleicht über das große Gesetz der Me=
tamorphose sinnend, welches er so tiefsinnig entwickelt hat. Nach
einigen Gängen im Garten setzte sich Göthe mit uns auf eine Bank
und ließ sich auf Gespräche über literarische Erscheinungen ein. Die
Rede kam auf Kotzebue und wir glaubten, in Göthe's Sinne zu reden,
wenn wir Kotzebue's Leichtfertigkeit und Seichtigkeit mit möglichst
scharfen Worten tadelten. „Nun, nun, Ihr jungen Leute, nur nicht
gleich das Kind mit dem Bade ausgeschüttet!" unterbrach er unsere
beredten Auslassungen. „Wenn dieser Kotzebue den gehörigen Fleiß
in der Ausbildung seines Talents und bei der Anfertigung seiner
dramatischen Sachen angewendet hätte, so konnte er unser bester Lust=
spieldichter werden. Und auch das Sentimentale hat er in seiner

8*

Gewalt. Die Zwiebel, mit welcher man den Leuten das Wasser in
die Augen lockt, weiß er zu gebrauchen, wie wenige*)."

So war unsere Begegnung mit Göthe und diese ließ, wie ich
kaum zu erwähnen brauche, einen sehr wohlthuenden Eindruck bei uns
zurück, um so mehr, als man von Göthe's Kälte und vornehmem
Wesen so viel geredet hatte. Gegen uns hatte er sich freundlich und
natürlich, nicht herablassend, sondern menschlich wohlwollend gezeigt
und mehr gethan, als wir irgend erwarten konnten. Ich sehe ihn
noch in seiner würdigen, die Harmonie des ganzen Wesens aus=
drückenden Gestalt und Haltung, mit dem antiken schön geformten
Kopfe, der hohen Stirn, dem sprechenden und doch wohlwollenden
dunkeln Auge, dem zur anmuthigen Rede geschaffenen Munde, den
plastischen noch kräftigen Falten der Backen. Er stand in seinem
60sten Jahre, also noch in der Kraft seiner gesunden Natur. Man
konnte die Worte Napoleons beim Anblicke Göthe's vollkommen begrei=
fen: „voila un homme!"

Wie verschieden, und doch in seiner Art auch wohlthuend, war
dagegen der Eindruck, den Wieland auf uns machte! Durch Hugo
empfohlen und durch den Kanzler Müller, einen Freund der Beau=
lieu'schen Familie und dadurch auch mir wohlwollend, eingeladen,
wohnten wir einer Gesellschaft zu Tiefurt bei, wo wir auch Wieland
fanden und ihm vorgestellt wurden. Der schon vom Alter gebückte
aber geistig noch lebhafte Greis empfing uns sehr freundlich, ließ sich
gern in ein längeres Gespräch ein, und ermuthigte mich dadurch,
anknüpfend an Erzählungen der öffentlichen Blätter, auch ihn wegen
der Zusammenkunft mit Napoleon zu befragen, namentlich darnach,
ob Napoleon ihn zum Sitzen genöthigt habe. „Ach nein", war Wie-

---

*) Es fällt mir dabei eine charakteristische Anekdote über Kotzebue ein, die ich
von Hufeland's zweitältester Tochter habe. Diese war mit ihrem Vater in Pyr-
mont und saß mit diesem und Kotzebue in einer Loge im Theater, als Kotzebue's
Menschenhaß und Reue aufgeführt wurde. Während der Vorstellung einer rüh-
renden Scene, die sie nicht sehr anzog, ließ sie sich mit einer Nachbarin in ein
Gespräch und sogar leises Lachen ein. Da dreht sich Kotzebue, der ein Hausfreund Hufeland's war, zornig um und gebietet Ruhe; die Mädchen sehen dabei,
daß ihm die vollen Thränen über die Backen laufen.

land's Antwort, „ich mußte stehen und wurde am Ende so müde, daß meine alten Kniee mich nicht mehr tragen konnten und ich um Entlassung bitten mußte. Uebrigens aber war Napoleon sehr gnädig, sprach über römische Geschichte und Literatur, und behandelte mich auf eine Weise, die ganz darauf berechnet war, mich alten gutmüthigen Schwaben zu gewinnen. Ich kann nicht anders sagen, als daß er mich mit dem Ausdrucke der Achtung gegen das Alter, fast wie einen Vater, behandelte. Er ist unläugbar ein großer Mann, dem man die Bestimmung ansieht, die Welt zu regieren." — Dies waren Wieland's Aeußerungen, die mir das Gefühl gaben, daß Napoleon ihn geistig gefangen hatte, während Göthe, bei aller Anerkennung der Kraft und Feldherrngröße, sich doch über diesen Eindruck erhoben und die Freiheit seines Urtheils bewahrt hatte.

Die weitere Unterhaltung mit Wieland war heiter und oft scherzhaft. Er selbst lenkte das Gespräch auf Seelenwanderung, eines seiner Lieblingsthemas, und er gestand seinen Glauben daran fast mit dem Ausdrucke des Ernstes. Er wünsche und hoffe, äußerte er unter anderm, demnächst in einen Schwan verwandelt zu werden.

Um unsern Aufenthalt in Jena und Weimar recht genußreich zu machen, fehlte noch die Aufführung eines Göthe'schen Stückes auf dem, für diese Stücke so vollkommen eingeübten, Weimarschen Theater, und zu unserer großen Freude wurde auch Göthe's Tasso gegeben, in welchem der Schauspieler Wolf und seine Frau so ausgezeichnet spielten. Der Eindruck war besonders auf mich, der ich, wie früher bemerkt, schon durch das Lesen des Stückes so früh und tief ergriffen war, ein wahrhaft erhebender und erinnerte mich an die Stimmung, in welche mich in Berlin die Aufführung der Göthe'schen Iphigenia versetzt hatte. Es war keine überwältigende Begeisterung, wie ich sie wohl bei Shakespeare'schen, oder mir noch unbekannten Schiller'schen Stücken empfunden hatte, sondern die Wirkung der stillen Gewalt der Schönheit, die uns aus uns selbst heraushebt und in ihr beseligendes Reich hineinzieht. Die Thränen, die ein solches Gefühl unbewußt in unser Auge führt, sind ganz andere, als die der Rührung über Scenen in Kotzebue's Menschenhaß und Reue oder in den Hussiten vor Naumburg, die der beißende Reiz der Göthe'schen Zwiebel den Thränendrüsen auspreßte. Auch die Freunde, welche der Aufführung des Tasso mit beiwohnten, waren von derselben tief ergriffen, und Abeken schreibt mir noch jetzt, er erinnere sich keiner Vorstellung, die so auf ihn gewirkt hätte, wie damals die des Schauspielers Wolf als Tasso. Er habe bald darauf Göthen von unserm Entzücken über jene Aufführung erzählt und Göthe habe sich geäußert, er selbst habe nicht geglaubt, daß ein Schauspiel, in welchem der Gedanke so überwiege, auf der Bühne so wirken könne.

Nach einem heitern Abende, den wir noch mit Abeken, Hudt= walker und Ukert von Gotha in Weimar verlebten, kehrten wir nach Göttingen zurück, und die Reiseerinnerungen gaben noch manche ange= nehme Veranlassung zur Unterhaltung in dem Hugo'schen Kreise.

Der übrige Sommer von 1809 brachte uns auch der Grote'= schen Familie durch manche Ausflüge aufs Land immer näher; wir führten sie meiner Mutter und Schwester in Vallenhausen zu, von wo aus schöne Gänge in die nahen Berge gemacht wurden, und fuhren auch zu ihnen auf ihr Gut Jühnde, wo sie einige Monate des Sommers zubrachten. Unsere kleine Linda wurde ein Liebling der Ministerin, wie der Töchter, und es entwickelte sich eine innige Zuneigung zwischen meiner Frau und der ältesten Tochter Therese, welche bald auch zu Thaten aufopfernder Freundschaft führen sollte, wie sie nicht häufig in menschlichen Verhältnissen vorkommen. Im November wurde uns der erste Sohn Rudolf geboren, aber im December erkrankte unsere Linda an den Masern, anfangs dem Scheine nach leicht, aber bald so ernstlich, daß das Schlimmste zu befürchten war. Meine Frau hing mit einer fast leidenschaftlichen Liebe an dem Kinde, mit welchem sie ein einsames Jahr in Kopen= hagen verlebt und auf welches sie alle Zärtlichkeit ihres warmen Ge= müthes übertragen hatte; und das Kind besaß auch eine seltene Kraft der Anziehung durch reiche Begabung und war für ihr zweijähriges Alter früh entwickelt. Die Mutter konnte den Gedanken, dieses Kind zu verlieren, gar nicht fassen, und als der traurige Fall dennoch im December eintrat, war ihre Trauer so überwältigend, daß ihre Freundin

Therese, welche ihr in den Tagen der Angst treu beigestanden hatte, keinen besseren Rath wußte, als sie sogleich aus den Räumen, welche ihr die Erinnerung an das Kind immer wieder vor Augen brachten, nach dem Grote'schen Hause zu entfernen. Den kleinen Rudolf, den sie selbst stillte, mußte meine Frau natürlich mitnehmen. Es war anfangs nur von einer kurzen Entfernung aus dem Trauerhause die Rede; allein da sich ihre Gemüthsstimmung nicht ändern wollte und die Rückkehr in unsere Wohnung dieselbe noch trüber und schwerer zu machen drohte, faßte die Familie den Entschluß, uns beide für die nicht mehr lange Zeit unseres Aufenthalts in Göttingen ganz zu sich zu nehmen, denn damals war unsere Niederlassung in Barmen schon entschieden und auch Baudissin hatte nach Vollendung seiner Studien Göttingen verlassen. Mein Freund Richthofen, der eine geräumige Wohnung im Grote'schen Hause besaß, räumte uns zwei seiner Zimmer ein, wir bezogen sie mit unserm Kinde und seiner Magd, lebten und aßen und tranken mit der Familie, als wären wir ihre natürlichen Mitglieder, die zarteste Behandlung brachte das Gemüth meiner Frau bald wieder ins Gleichgewicht, und da sich unsere Abreise nach Barmen verzögerte, weil man für uns nicht sogleich eine passende Wohnung dort finden konnte, so dauerte unser Leben mit dieser edeln Familie vier volle Monate, bis zum Mai 1810. Und alle Mitglieder derselben, die Mutter der Ministerin, eine Frau von Plato, diese selbst, ihre beiden unverheiratheten Schwestern, die beiden Töchter, mein Freund Richthofen, alle wetteiferten mit einander in Güte und Freundlichkeit gegen uns.

Wenn ich an diese Familie, an den Abt Salfeld, an die Familie Beaulieu, an den Leutnant Iffland, welche sämmtlich als Wohlthäter in mein Leben eingegriffen haben, ohne durch verwandtschaftliche Pflichten dazu aufgefordert zu sein, zurückdenke, so erfüllt mich nicht nur die wärmste Dankbarkeit, sondern ich rechne diese Erfahrungen auch insofern zu den wohlthuendsten meines ganzen Lebens, weil sie zeigen, wie doch noch immer, bei allem die große Masse beherrschenden Egoismus unserer Zeit, solche edle, sich selbst vergessende, an dem Schicksale anderer theilnehmende, Menschenliebe ihren Platz findet.

Aber das Andenken an die Grote'sche Familie erfüllt doch am meisten meine Seele mit dankbarer Bewunderung der reinen und aufopfernden Güte dieser edeln Menschen. Was bewog dieselben, sich unser so liebevoll anzunehmen? Wir waren keine Nothleidende, die ihre Hülfe in Anspruch nahmen, wir hatten eine Wohnung, die für uns leer-stand, die Mittel für den leiblichen Unterhalt fehlten uns nicht; wir konnten ja auch, wenn es noth that, bei den Meinigen in Ballen-hausen einen Platz finden. Unsere Gesellschaft in dem so zahlreichen Familienkreise konnte auch keinen Zuwachs an Unterhaltung gewähren, vielmehr bedurfte meine Frau der Zerstreuung und Erheiterung durch ihre Umgebung. Unsere gegenseitige Bekanntschaft war ja auch noch so kurz, sie knüpfte sich nicht an etwaige Jugendverbindungen, welche mitgewirkt hätten; es war die angeborene, reine, hingebende Herzens-güte, welche ihre höchste Befriedigung darin findet, andern innerlich wohlzuthun. Wie wäre es uns auch möglich gewesen, diese Wohl-thaten anzunehmen, wenn wir irgend hätten das Gefühl haben müssen, es seien Wohlthaten? Daß man mich, um ein solches Gefühl gar nicht aufkommen zu lassen, bat, der jüngsten Tochter Caroline Unterricht im Deutschen und in der Geschichte zu geben, war mehr ein Zug zarter Rücksicht, als der Wunsch, von meiner Gegenwart Nutzen zu ziehen, und ich kann noch eine gewisse Reue nicht unter-drücken, daß ich nicht mehr für diesen Unterricht gethan habe, sondern daß die Gedanken an unsere eignen Angelegenheiten und unsere Zu-kunft mich so sehr beschäftigten, daß ich mich nicht mit ganzer Seele demselben hingeben konnte.

Unsere Verbindung mit dieser Familie wurde auch nach unserer Trennung durch Briefwechsel fortgesetzt, und ich kann es mir nicht versagen, zum Beweise der Innigkeit unseres Verhältnisses, Stellen aus dem ersten Briefe der Ministerin hier einzuschalten, welche die Gesinnungen dieser edeln Frau darlegen.

Bald nach unserer Ankunft in Barmen nemlich schrieb meine Frau an die Ministerin und ich an Therese. Die Antwort der er-steren enthielt folgende Stellen:

„Zühnde, ben 27. Mai 1810.

Herzlichen Dank, theure Thea, sage ich Ihnen für Ihren Brief und freue mich der Ueberzeugung, daß Sie und Ihr lieber Mann mit Freundschaft meiner gedenken. Einer meiner angelegentlichsten Wünsche ist erfüllt, wenn der Aufenthalt in unserer Mitte eine freundliche Erinnerung in Ihrer Seele zurückläßt. Auch mir bleibt Ihr Andenken unvergeßlich, und ich werde, so lange ich lebe, den herzlichsten Antheil an jedem Ihrer Schicksale nehmen, denen ich schon jetzt eine glückliche Wendung weissagen möchte. Haben Sie doch durch Ihre gegenseitige Liebe, durch die Hoffnung, noch lange bei einander zu bleiben, durch die Freude an dem lieblichen kleinen Rudolf, schon so schöne Gründe zum Glücklichsein, und die Zukunft wird ihnen noch mehr davon aufbewahrt haben, wenn einst ein Kind, dem kleinen Engel im Himmel ähnlich, Ihnen auf Erden wieder zu Theil wird, und vielleicht auch ein günstiges Geschick Sie Ihrem Vaterlande mit der Zeit wieder näher bringt. Nur unter dieser Voraussetzung gebe ich willig alle Hoffnung und Aussicht auf, Sie wieder in dieser Gegend einheimisch zu sehen, sonst würde ich nicht aufhören zu wünschen und mit dem Geschicke zu handeln, um Sie auf irgend eine Weise mal erreichen zu können.

Von meiner Mutter und Schwester soll ich Ihnen tausend Herzliches sagen, vorzüglich von Therese, die mit der nächsten Post dem lieben Kohlrausch antworten wird. Leider klagt das gute Kind auch noch oft und kann sich gar nicht an die Trennung von Richthofen gewöhnen (er war noch vor unserer Abreise nach Schlesien zurückgekehrt), und da er es eben so wenig lernen kann, so wird er wohl in einigen Wochen wieder hier sein, so daß ich die lieben Kinder nur höchstens bis Ende Juli behalten werde. So sehr ich auch entbehren gelernt haben muß, so läugne ich doch nicht, daß ich den Abschied von Therese unbeschreiblich fürchte und nur dadurch aufrecht erhalten werden kann, sie so unendlich geliebt zu wissen.

Den kleinen süßen Dölfchen küsse ich in Gedanken und sehe noch lebhaft das kleine Engelsgesicht (er war der Liebling der

Ministerin). Daß Sie, beste Thea, ihn immer noch lieber bekom=
men, je mehr er sich entwickelt, weiß ich gewiß. Laß es Ihnen
nicht leid sein, wenn er etwas von der blendenden Weiße seiner
Haut einbüßt, er gewinnt es an Stärke und Gesundheit doppelt
wieder. (Das Kind, im November geboren und den Winter hin=
durch wenig an die Luft gebracht, auch während der Krankheit
unserer Linda und der nachherigen Trauer der Mutter, mit deren
wenig gesunden Milch genährt, war zart und blaß, aber sehr leb=
haften, frühreifen Geistes.)

Leben Sie wohl, meine liebe Herzens Thea, und bleiben mir gut.

L. Grote, geb. Plato.

N. S. Ihrem lieben Mann müssen Sie viel mehr von mir
sagen, als ein gewöhnlicher Gruß enthält."

Die Heirath zwischen Therese und Richthofen war darauf im
Sommer 1810 vollzogen, und beide hatten sich in Brechtelshof*)
niedergelassen. Aber das wirklich seltene Glück dieser beiden trefflichen
Menschen war leider von kurzer Dauer; Therese starb im ersten
Wochenbette und hinterließ ihrem tieftrauernden Gatten einen Sohn
Karl, den nachherigen königlich Preußischen Residenten von Richthofen
in den Donaufürstenthümern und jetzigen Professor an der Universi=
tät Berlin.

Ich habe mit der trefflichen Frau noch bis zu ihrem Tode in
den zwanziger Jahren im Briefwechsel gestanden, und immer drückt
sich in ihren Briefen eine herzliche, ja mütterliche Theilnahme an
meinem und der Meinigen Schicksale aus. Auch mit meinem
Freunde Richthofen blieb ich im brieflichen Verkehr, der sich längere
Zeit mit dem schon mündlich besprochenen Plane zu einer Musterer=
ziehungsanstalt beschäftigte, die wir nach Herbart'schen Ideen auf
seinen Schlesischen Gütern anlegen wollten. Die Zeitereignisse traten
jedoch längere Zeit hindernd dazwischen, auch führte mich mein Schick=

---

*) Auf diesem Gute hatte Blücher sein Hauptquartier am Tage vor der
Schlacht an der Katzbach im August 1813.

ſal auf andere Wege, und Richthofen fand mit ſeinen eignen Angele=
genheiten in den Jahren der Kriege von 1812 und 1813, mit der
Herſtellung geordneter Verhältniſſe nach denſelben und darauf in ſei=
nem Amte als Landrath ſo viel zu thun, daß ſich die Ausführung von
einem Jahre zum andern verſchob, bis ſein früher Tod in den zwanziger
Jahren ſie ganz verhinderte. Aber wie lebendig gefaßte und aus einem
begeiſterten Innern entſprungene Gedanken, wenn ſie auch einige Zeit
zu ruhen ſcheinen, als eine Erbſchaft in einer Familie fortleben kön=
nen, zeigt ſich in Richthofens Söhnen. Er heirathete einige Jahre
nach dem Tode ſeiner Thereſe deren Schweſter Caroline, meine
Schülerin, die ihm mehrere Söhne und Töchter ſchenkte. Dieſe ſeine
Witwe lebt jetzt in Brechtelshof bei einem ihrer Söhne, der dieſes
Gut geerbt hat, begränzt von den Gütern zweier anderer Söhne im
nahen Zuſammenhange, und alle wirken in einem ſchönen Verein im
Sinne ihres Vaters für Menſchenbildung und Menſchenwohl. Der
eine hat eine Anſtalt für verwaiſte Kinder angelegt und zugleich eine
andere zur Heranbildung von Lehrern für den Unterricht ſolcher Kin=
der und der Kinder des Volks überhaupt. Der Halbbruder Karl,
Richthofens und Thereſens Sohn, bewohnt ſeit einigen Jahren das
vierte Gut in dieſem zuſammenhängenden Familienbeſitzthum, und alle
treiben nicht nur in ſchöner Eintracht ihre gemeinſchaftlichen Unterneh=
mungen im großartigen Stile, ſondern widmen ſich auch mit Liebe
der Beförderung des äußeren und des ſittlichen Wohles ihrer Guts=
angehörigen in ächt menſchlichem Sinne. Möge der Segen des
trefflichen Vaters auf ihrem Wirken und Streben ruhen!

Daß ich der mir ſo nahe befreundeten Familie im Obigen aus=
führlicher gedacht habe, darüber werde ich hoffentlich nicht getadelt
werden. Wenn dieſe meine Lebensbeſchreibung theilnehmende Leſer
findet und verdient, ſo werden dieſelben gewiß auch ein Intereſſe an
dieſen ſeltenen Menſchen genommen haben, und mir war es ein Her=
zensbedürfniß, denſelben an dieſer Stelle ein Denkmal meiner unaus=
löſchlichen Dankbarkeit zu widmen.

Ehe ich von Göttingen ſcheide, muß ich noch einer Familie ge=
denken, von welcher wir viele Freundſchaftsbeweiſe genoſſen haben, das

ist die des Professors Bunsen. Die sehr liebenswürdige Frau desselben befreundete sich sehr genau mit der meinigen, und diese Freundschaft setzte sich auch noch 20 Jahre später fort, als wir im Jahre
1830 nach Hannover zogen und die Witwe Bunsen zuerst in Hildesheim und dann in Hannover selbst wiederfanden. Ihr Sohn, der
Regierungsrath Bunsen, wurde in den Jahren von 1843 bis 1849
mein sehr lieber College im Ober-Schulcollegium, starb aber leider
viel zu früh für seine gedeihliche Wirksamkeit und für seine Familie.
In dem Bunsen'schen Hause in Göttingen lebte zu unserer Zeit auch
eine bejahrte Verwandte, eine Demoiselle Heldberg, ein Wesen von
seltner Herzensgüte und klarer Beurtheilung der Menschen. Auch
diese gewann für meine Frau schnell eine ungewöhnliche Zuneigung,
die bald gegenseitig wurde und ein charakteristisches Licht auf das
Wesen meiner Frau wirft. Es ist ihr, wenngleich sie auch unter
gleichaltrigen Mädchen und Frauen in ihrem Leben manche sehr innige
Freundinnen gehabt hat, doch recht häufig begegnet, daß ältere weibliche Wesen eine warme Liebe zu ihr faßten und bewahrten. Ich
meine, daß diese Erscheinung ihrem Charakter nicht zur Unehre gereicht.

X. Unser Leben in Barmen vom Mai 1810 bis zum Februar 1814.

So zogen wir Anfangs Mai 1810 mit unserem Kinde einem
uns unbekannten Lande, unbekannten Menschen, neuen Verhältnissen und Aufgaben zu. Meine eigene Aufgabe war eine andere geworden, als ich sie mir gedacht hatte; statt des akademischen Kathe-
ders sollte ich nicht etwa das der gelehrten Schule besteigen, sondern
ich sollte an einem Orte kaufmännischer und industrieller Betriebsamkeit den Kindern der Kauf- und Fabrikherren, und nicht blos Knaben
oder Mädchen, sondern beiden zusammen (so wollte es die dortige
Gewohnheit und gebot es die Nothwendigkeit der erforderlichen Einnahme), — und nicht blos Kinder gleichen Alters, sondern von dem
Alter der ersten Schulbildung bis zu dem der Confirmation und auch

wohl noch darüber hinaus, Unterricht ertheilen und ertheilen lassen; auch nicht in den Gegenständen, mit denen ich mich am meisten beschäftigt hatte, sondern in neueren Sprachen, im Deutschen, in der Religion, Geschichte und Geographie, im Rechnen und Schreiben, bis zu der Elementarstufe hinab. Das Bedürfniß des Kaufmannsstandes gab das Gesetz. Da war ein Plan nach Herbarts pädagogischen Ideen nur in sehr beschränktem Sinne in Anwendung zu bringen. Dazu sollten wir, und insofern hatte auch meine Frau ihre Aufgabe zu lösen, Pensionäre ins Haus nehmen und für ihren Unterhalt, ihren Unterricht und ihre Erziehung sorgen. Aber Mißmuth und Verzagen konnten nicht helfen, das Werk mußte mit gutem Muthe angegriffen werden; ich that es und mit mir meine Frau.

In's Haus nahmen wir nur Knaben; die Zahl derselben wuchs auch nie über 4 bis 5, und unser Haushalt hielt sich daher in mäßigen Schranken. Zur Hülfe bei der Aufsicht der Zöglinge und zum Unterrichte in der Schule im Rechnen, Schreiben und in den Elementen der deutschen und französischen Sprache nahm ich einen seminarisch gebildeten Lehrer, Namens Schumacher, ins Haus, und ebenfalls wohnte in dem Hause, aber mit selbständigem Haushalte, als Lehrerin im Französischen und in weiblichen Handarbeiten bei den Mädchen, eine Französin aus den Niederlanden, eine Madame Hubin, welche schon vor mir eine französische Schule dort gegründet hatte und mit welcher ich, — das habe ich vorauszuschicken vergessen, — durch Bischoff's Veranstaltung in der Art in Verbindung getreten war, daß ich ihre zu schwach besuchte Anstalt übernahm und ihr, nebst einer Wohnung in dem geräumigen Hause, ein Honorar gab. Sie hatte auch einige Pensionärinnen bei sich. Es gelang mir nemlich, gleich nach dem ersten halben Jahre, ein großes frei gelegenes Haus nebst einem Garten zur Miethe zu bekommen.

Die Einzelheiten der inneren und äußeren Einrichtung meiner Anstalt zu verfolgen, würde zu wenig Interesse gewähren, denn es handelte sich, wie schon bemerkt, nur um Befriedigung der Forderungen, welche in den örtlichen Verhältnissen lagen und sich nicht über das Gewöhnliche erhoben. Daß aber mein bisheriger Bildungsgang es mit sich brachte, daß der Geist meiner persönlichen Einwirkung auf die Schüler und Schülerinnen ein anderer war, als der eines nur für den Broderwerb arbeitenden Lehrers, das werden mir meine geneigten Leser hoffentlich zutrauen. Und die Folgen davon zeigten sich auch bald in dem Verhältnisse zu den Schülern und ihren Familien auf sehr erfreuliche Weise, am meisten freilich in der Anhänglichkeit der Schülerinnen und der Achtung ihrer Mütter. Es ist überhaupt, wenigstens war es in der damaligen noch einfachen Zeit so, eine auffallende Erscheinung, daß das weibliche Geschlecht in diesen Handels- und Fabrikgegenden den Männern an Sinn und Bedürfniß für geistige Bildung voranstand. Die allgemeine Wohlhabenheit gewährte den Frauen hinreichend freie Zeit zu mancher geistigen Beschäftigung, während die Männer an der Erwerbung und Vermehrung ihres Vermögens hinlänglich Arbeit fanden. So sammelte sich nach und nach ein Kreis empfänglicher Frauen und erwachsenen Jungfrauen aus unserer Bekanntschaft, die mir ihren Wunsch aussprachen, ich möchte ihnen Vorträge über die schöne Literatur älterer und neuerer Zeit halten, wie ich sie in Berlin bei A. W. Schlegel gehört hatte, und ich ergriff diese Veranlassung mit Freuden, mir den Kreis geistiger Interessen wiederum zu vergegenwärtigen, der mich namentlich in Berlin so lebhaft beschäftigt hatte. Ich habe dann von Homer und den Nibelungen an, aus welchen ich die schönsten Stellen vorlas, die hervorragenden Werke der schönen Literatur, wie sie für den Kreis meiner Zuhörerinnen Interesse haben konnten, bis auf die neuere Zeit durchgenommen und mir selbst dadurch eben so viel Genuß verschafft, als meinem Auditorium. Selbst eine Reihe populär gehaltener philosophischer Vorträge habe ich ein andermal, auf das Verlangen eines kleinen Kreises von Zuhörerinnen, gehalten. Die Erinnerung bringt mir hier Namen vor die Seele, die mir stets unvergeßlich bleiben werden. Mein Haus hatte ich von einer Witwe Bredt gemiethet, einer älteren aber mit viel geistigem Leben begabten Frau; sie und ihre Töchter, einige Frauen der Keuchen'schen Familie, deren Töchter sämmtlich an meiner Schule theilnahmen und mit welcher wir bald eng befreundet wurden, die Töchter einer Witwe Nübel, eine Madame

Eller aus Elberfeld und einige andere gehörten zu dem empfänglichen Kreise, den ich bezeichnet habe.

Doch darf ich nicht vergessen, daß ich auch mit mehreren Männern in ein näheres, ja freundschaftliches Verhältniß getreten bin, die, wenn sie auch nicht an meinen Vorlesungen theilnahmen, doch durch ihre Theilnahme an meiner Wirksamkeit überhaupt, durch ihren ehrenhaften Charakter und ihr reifes Urtheil mir werth wurden. Ich nenne vor Allem die Kaufleute Peter Keuchen, Springmann, Osterrath und Peter Bredt. Und bald sollte auch in den Jahren 1812 und 1813 die gleiche politische Gesinnung und immer höher steigende Hoffnung auf Befreiung von dem Napoleonischen Joche ein noch engeres Band um unsere Verbindung ziehen.

Die ganze Eigenthümlichkeit des Ortes und der Menschen hatte für mich etwas Neues und Anziehendes, indem sich in diesem Theile des Wupperthales eine Einfachheit erhalten hatte, welche gegen die schon fortgeschrittenern und mannigfachern Verhältnisse des fabrikreichen Elberfeld sichtbar abstachen. Der Haupterwerbszweig von Barmen war damals noch das Weben und Bleichen des einfachen leinenen Bandes, wozu das kalkhaltige Wasser der Wupper vorzüglich brauchbar ist, und das Verfertigen gewöhnlicher leinener Schnürbänder und gröberer leinener Spitzen. Der gute Verdienst aus dieser einfachen Production hatte es in rascher Entwicklung dahin gebracht, daß die fünf Dörfer und Bleicherhöfe des Thales zu einer nun schon über 10,000 Einwohner zählenden Stadt Barmen mit Wupperfeld zusammengewachsen waren, und zwar so rasch, daß die Großväter mancher der jetzt in erster Reihe stehenden Familien als Bleicherknechte angefangen hatten. Daher die Einfachheit in vielen Familien, welche uns in dem Verkehr mit ihnen wohlthätig entgegentrat. Mir war zugleich die nähere Kenntniß dieser Betriebsthätigkeit schon an sich sehr interessant; es traten mir hier in der Wirklichkeit die Vortheile der Theilung der Arbeit anschaulich entgegen. Tausende von Menschen in diesem Wupperthale und auf den mit Wohnungen der Arbeiter besäeten Höhen umher lebten von dem Weben, Bleichen und Färben der leinenen Bänder, die im wörtlichen Verstande niemals hatten F l a c h s

wachsen sehen und kein Spinnrad kannten, denn das Garn zu
ihrem Bande kam ungebleicht aus den Flachsbau treibenden Gegenden
von Westphalen und Niedersachsen zu ihnen. Das zum Theil felsige
Hügelland zu beiden Seiten der Wupper war nicht zum Flachsbau
geeignet, war auch kaum ausreichend, um für die Wohnungen der
Arbeiter mit einem Gärtchen Platz zu gewähren, und das enge Thal
der Wupper selbst wurde, von den Bleichen und den Weiden der die
nöthige Milch gebenden Kühe vollständig eingenommen. Hätten diese
paar Quadratmeilen ihre Bewohner selbst mit Getreide und Garten=
früchten versehen sollen, so würde nicht der zehnte Theil der Bevöl=
kerung auf ihnen Platz gefunden haben, die jetzt darauf wohnte und
ihr Korn aus den Ebenen der Grafschaft Mark und ihr Gemüse aus
dem großen Gemüselande um Düsseldorf erhielt, von wo täglich ganze
Züge von Wagen und mit Hunden bespannten Karren nach Elberfeld
und Barmen mit Gartenfrüchten aller Art beladen daherzogen und
noch ziehen.

Neben solchen Beobachtungen, neben meinen täglichen Schular=
beiten und neben den schon erwähnten Vorlesungen fand ich doch Muße
und Gelegenheit zu gemeinschaftlicher, wissenschaftlicher Beschäftigung
mit zwei Männern aus der Nachbarschaft von Barmen, welche ernstere
wissenschaftliche Interessen verfolgten; das war der Rector Rauschen=
busch von der Bürgerschule in Schwelm und der Pastor Strauß
in dem Städtchen Rensdorf, der noch lebende Oberconsistorialrath
und Hofprediger Strauß in Berlin. Rauschenbusch war beinahe in
meinem Alter, Strauß noch sehr jung, beide aber strebsame und
empfängliche, talentvolle Männer. Der Wohnort beider war nicht
volle zwei Stunden von Barmen entfernt, und da ich in der Mitte
von beiden wohnte, so kamen sie häufig bei mir zusammen. Um diesen
Zusammenkünften Regelmäßigkeit und einen bestimmten Zweck zu ge=
ben, verabredeten wir, daß sie jede Woche an einem freien Nachmit=
tage zu mir kommen sollten, um zusammenhängende Studien mit ein=
ander vorzunehmen. Ich schlug die gemeinschaftliche Lectüre meines
Lieblingsschriftstellers, des Platon, vor, und beide stimmten gern ein.
Als vierter gesellte sich bald noch der ebenfalls junge Pastor Kraft

aus einem Dorfe bei Elberfeld hinzu, der später als Consistorialrath in Cöln gestorben ist. Im Scherz, aber nicht ohne eine gewisse Selbstbefriedigung, nannten wir unsern Verein die Platonische Gesellschaft, und sie hat einige Jahre hindurch zur unserer aller geistigen Förderung recht regelmäßig fortgedauert. Für mich, der ich meines Alters und meiner früheren Studien wegen die Leitung unserer Arbeiten übernehmen mußte, hatte sie den großen Vortheil, daß ich in der Kenntniß der griechischen Sprache nicht aus der Uebung kam, was mir später als Lehrer an dem Gymnasium in Düsseldorf von Nutzen war. Wir haben eine Reihe der leichteren Platonischen Gespräche mit einander durchgelesen, haben uns ihren Inhalt und Zusammenhang auch durch schriftliche Aufsätze klar zu machen gesucht, über welche oft eine lebhafte Discussion stattfand.

Die Platonische Gesellschaft gab auch für mich die Veranlassung zu der Bekanntschaft mit einem sehr würdigen Manne, dem Geheimen Kirchenrath Schwarz aus Heidelberg, Verfasser geschätzter Schriften über Erziehung und Unterricht. Er besuchte im Sommer, ich denke 1812, Verwandte im Bergischen und hatte durch den Pastor Strauß von unserer Platonischen Gesellschaft gehört und gewünscht, einer von unsern Zusammenkünften beizuwohnen. Es geschah, und der wohlwollende Mann bezeugte uns seine lebhafte Freude über unsere Bestrebungen mitten in der kaufmännischen Welt. Ich bin seit dieser Zeit in mehrfacher brieflicher Mittheilung mit ihm geblieben, da er an meinen eben erschienenen biblischen Geschichten und späteren Schriften freundlichen Antheil nahm.

Die biblischen Geschichten waren nemlich im Jahre 1811 in der Waisenhausbuchhandlung zu Halle mit einer Vorrede von Niemeyer erschienen und fanden günstige Aufnahme, so daß sie schon im zweiten Jahre neu aufgelegt werden mußten. Diese aufmunternde Erfahrung machte mir Muth zu einer neuen Schulschrift, zu welcher ich durch den Vorsteher eines großen Instituts in Elberfeld, Friedrich Willberg, aufgefordert wurde. Ich besuchte diesen achtungswerthen und erfahrenen Schulmann oft und gern und wurde bald mit ihm befreundet. Er entbehrte für den Geschichtsunterricht in seinem In-

ſtitute ein Hülfsmittel zur Einprägung der nöthigen Gedächtnißkennt-
niſſe und zur kurzen Ueberſicht der wichtigſten Thatſachen, mit Namen
und Zahlen. Ich gab mich an die Arbeit, die mir auch für meinen
eigenen Geſchichtsunterricht zu ſtatten kam, und ließ bei Büſchler in
Elberfeld meinen chronologiſchen Abriß der Weltgeſchichte
drucken, den ich ſpäter noch ſehr vermehrt und zu verbeſſern geſucht
habe und deſſen 15te Auflage im Jahre 1861 erſchienen iſt.

Zn ſolcher Weiſe ſind die vier Jahre meines Lebens im Barmen
nicht unfruchtbar an Arbeit und Thätigkeit geweſen und darf ich mit
einiger Befriedigung auf ſie zurückblicken. Ich habe auch, um dieſes
noch zu erwähnen, auf den Wunſch des Paſtors Strauß und einiger
anderen Freunde, einmal in Ronsdorf die Kanzel beſtiegen und eine
Predigt „über den Sieg des Guten“ gehalten. Es war die dritte
und letzte Predigt in meinem Leben. Sie überzeugte mich aber von
neuem, obgleich ſie Beifall gefunden hatte, daß die Kanzel nicht mein
wahrer Beruf ſei. Die Rede als ſolche, ertöne ſie von der Kanzel
oder von der politiſchen Rednerbühne, erfordert außer den äußeren
Gaben der Bruſt und Stimme, die ich nur in gewöhnlichem Maße
beſaß, einen Schwung der Phantaſie, eine Fülle und einen Fluß der
Gedanken mit Bildern und Vergleichen, welche das Gefühl mit fortreißen, auf Willen und Entſchluß wirken wollen; die Rede will
überreden. Die Gabe, mich in die Stimmung zu verſetzen, welche
überreden will, war nicht die vorherrſchende bei mir; ich hatte den
Trieb zu unterrichten, und wenn ich ſelbſt etwas gelernt oder mit
den eigenen Gedanken durchdrungen hatte, ſo konnte ich belehren, zu
der Einſicht und dem Verſtande reden, auch Theilnahme erwecken.
Ich fühlte mich zum Lehrer berufen und verlangte dazu einen größeren
Kreis, als er dem Prediger in ſeinem Berufe als ſolchem gegeben iſt.
Und ein ſolcher größerer Wirkungskreis ſollte mir auch bald geboten
werden. Doch ehe ich zu dieſem Wendepuncte komme, bleibt mir noch
manches aus dem Barmer Leben zu berichten.

Zuerſt ſei es erwähnt, daß unſere Familie um zwei Söhne
neben unſerm Rudolf, Otto und Fritz, vermehrt wurde. Der erſte,
Otto, wurde am 20ſten März 1811, am gleichen Tage mit dem

Könige von Rom, Napoleons Sohne, geboren. Man verbreitete damals den Glauben, daß alle Knaben, die in dem Umfange der französischen Herrschaft an dem Tage geboren wären, künftig einmal als Leibwache des Königs von Rom würden herangezogen werden; so fest stand noch der Glaube an die Dauer der Napoleonischen Weltherrschaft, die schon anderthalb Jahre später ihren ersten Todesstoß empfing. Uebrigens wurde mir im November dieses Jahres die Gelegenheit geboten, diesen welthistorischen Mann mit eigenen Augen zu sehen. Er kam nach Düsseldorf, und ich fuhr mit einigen Freunden dorthin und fand einen Platz an der Stelle vor der Stadt, wo er von den Behörden angeredet werden sollte. Mit großer Spannung erwarteten wir mit einer Masse von Menschen den Augenblick seiner Ankunft. Der Wagen rollte heran, fuhr aber einige Schritt zu weit vor, so daß wir nicht mehr in den Wagen, als er hielt, hineinsehen konnten. Dadurch erschien uns, als Napoleon sich vorbeugte, um die Empfangsrede des Präfecten anzuhören, sein Gesicht nur im Profil, wahrscheinlich aber zu seinem Vortheil, denn diejenigen, die ihn oft von vorn, gesehen hatten, versicherten, daß der Ausdruck seines Gesichts von vorn, und besonders der Augen, nichts Ansprechendes habe. Das Profil dagegen mit seinen reinen antiken Formen, die lebhaft an die Büste des Kaisers Augustus erinnerten, war imposant, und ich mußte an Wieland denken, der den gebornen Weltherrscher in seinen Zügen gesehen hatte. Auch lag in denselben in diesem Augenblicke etwas Freundliches, indem er die Rede anhörte, und überhaupt soll er in jenen Tagen in guter und milder Stimmung gewesen sein. Der Eindruck, den er in mir zurückgelassen hatte, war kein abstoßender, wie ich ihn eigentlich erwartet hatte, und ich freue mich dessen; denn wenn eine welterschütternde Größe zugleich in widerlicher äußerer Gestalt erscheint, so ist es noch unbegreiflicher, wie Tausende von ihr sich täuschen, ja ein ganzes Volk hinreißen lassen konnte.

Und wie stand es mit ihm ein Jahr später, nachdem ich ihn auf der Höhe seiner Macht gesehen hatte! Durch die Eis- und Schneefelder Rußlands fuhr er im einsamen Schlitten, ein halber

9*

Flüchtling, der polnischen Gränze zu und hielt nicht an, bis er seine
Hauptstadt erreicht hatte. Freilich noch einmal sammelte er die
Kräfte Frankreichs zum riesenhaften Widerstande; allein der Glaube
an seine Unbesiegbarkeit war dahin, und in dem Kreise, in welchem
ich in Barmen lebte, erhob sich immer lebhafter die Hoffnung auf
eine mögliche Befreiung Deutschlands. Die Kaufleute mit ihrer weit-
reichenden Correspondenz hatten immer getreuere Nachrichten über den
wahren Stand der Dinge, als man sie in den unter französischer
Controle stehenden öffentlichen Blättern las, und da sie mich bald in
meiner vaterländischen Gesinnung kennen lernten, theilten sie mir jede
gute Nachricht, so warm sie einlief, vertraulich mit. Das waren
Zeiten der äußersten Spannung des Gemüthes! Das 29ste Bülletin,
der Abfall von York, der Aufruf Friedrich Wilhelms an sein Volk
im März 1813, die Begeisterung in Preußen, wovon die Kunde auch
bis zu uns drang, wie erhoben sie den Muth und die Hoffnung!
Der Rückzug der Preußen und Russen freilich nach den Schlachten
bei Lützen und Bautzen im Mai schlug diese raschen Hoffnungen noch
einmal nieder, und der Waffenstillstand im Juni ließ einen Frieden
fürchten, der Napoleon noch einen großen Theil seiner Macht und
vielleicht auch das Bergische Land, in welchem wir lebten, in Händen
lassen mochte. Aber Oesterreich trat mit in den Bund, und nun
wendete sich das Glück, wenn auch nach schweren und nicht immer
siegreichen Kämpfen, der guten Sache zu, so daß man im September
schon die Hoffnung fassen konnte, daß Napoleon sich nicht werde in
Deutschland halten können. Wir in Barmen sahen den Vorläufer
des großen Rückzuges schon am Ende dieses Monats, als der kühne
Czernitscheff den König Hieronymus aus Cassel vertrieben
hatte. Dieser kam mit geringem Gefolge, nur von einigen berittenen
Gensdarmen begleitet, auf der Straße von Paderborn durch Barmen
und Elberfeld, um über den Rhein zurückzugehen, und ich vergesse
den Anblick nicht, als er im offenen Wagen durch die langen Straßen von Wupperfeld und Barmen fuhr, wo alle Fenster und Thüren
und Treppen der Häuser mit neugierigen Menschen gefüllt waren.
Mit halb verlegener, halb trotziger Miene blickte er von Zeit zu Zeit

umher, ob sich keine Stimme zu einem „Hoch" erhebe, oder doch wenigstens die Hüte und Mützen zu einem Gruße herabgezogen würden, denn sein gefürchteter Bruder war ja noch immer Herr dieser Gegenden. Allein kein Ruf erscholl und kein Kopf entblößte sich, vielmehr wagten es die Augen ihm dreist ins Gesicht zu sehen und auf manchen Gesichtern zeigte sich die Schadenfreude. Daß kein Hohn und Zischen laut wurde, verhinderte zwar die Escorte, aber man sah doch den Verdruß auf des Königs Gesichte, und in Elberfeld, wo er übernachtete, entschädigte er sich durch ein Bad von Burgunderwein, den die Stadt zu diesem Behufe liefern mußte.

In mir war um diese Zeit ein Entschluß reif geworden, der meine ganze Lage veränderte. Unsere Platonische Gesellschaft hatte Veranlassung gegeben, daß ich mit einem Manne bekannt wurde, mit welchem mich von nun an enge Freundschaftsbande 46 Jahre lang, bis an seinen im Jahre 1858 erfolgten Tod, verbinden sollten, das war der nachherige Geh. Oberregierungsrath im Unterrichtsministerium in Berlin, Dr. K. W. Kortüm. In Mecklenburg-Strelitz 1787 geboren, gebildet auf dem Gymnasium zu Friedland und den Universitäten Halle und Göttingen, war er eine Zeitlang Lehrer am Pädagogium in Halle gewesen und von dort als Lehrer in das Haus des Staatsraths Georg Jacobi, Sohnes des Präsidenten Friedrich Heinrich Jacobi, in Pempelfort bei Düsseldorf gekommen, war in dieser Stellung dem damaligen bergischen Minister des Innern, Grafen von Nesselrode, bekannt geworden und von diesem bei der Schuldeputation angestellt, welche an der Verbesserung der in der französischen Zeit ganz verkommenen Unterrichtsanstalten der Stadt und des Landes arbeiten sollte. Das Lyceum in Düsseldorf war sowohl in wissenschaftlicher als disciplinarischer Hinsicht gänzlich verfallen, es hatte nur noch einige ältere Lehrer und eine geringe Schülerzahl; man erkannte die Nothwendigkeit, es von Grund aus zu verbessern, und diese Aufgabe wurde dem 26jährigen Kortüm auf die Schultern gelegt. Als der alte, übrigens sehr wohlmeinende, Rector Schallmeyer im Frühjahr 1813 bedenklich erkrankte, ernannte der Minister Nesselrode am 6ten März Kortüm zum Director des Lyceums mit dem Auftrage, für die nöthigen neuen Lehrer, neben den beizubehaltenden wenigen alten, Rath zu schaffen. Aber dieser Rath war theuer, denn an gründlich vorgebildeten Lehrern der philologischen und historischen Wissenschaften war, dank dem durch die französische Herrschaft hervorgebrachten Verfalle der höheren Unterrichtsanstalten in den Rheinlanden, ein gänzlicher Mangel. Kortüm mußte sich weiter umsehen und, wie schon seine, eines Protestanten, Ernennung der Anstalt den Charakter einer gemischten gegeben hatte, auch Protestanten zu Hülfe rufen. Er that mir den Vorschlag, eine Stelle an dem neuaufzurichtenden Lyceum anzunehmen, und ich zog die Sache in reifliche Ueberlegung. Der Reiz der äußeren Bedingungen war nicht groß, denn so beschränkt waren die Mittel der Anstalt, daß mir nur ein Jahrgehalt von 700 Francs nebst dem Antheile an dem unter die Lehrer zu vertheilenden Schulgelde zugesichert werden konnte. Damit war mit einer Familie nicht zu leben; aber ich durfte auf den Ertrag des Honorars meiner beiden Bücher, welche schnelle Verbreitung gefunden hatten, sowie auf Nebenerwerb durch Privatunterricht, einigermaßen rechnen. Gleichwohl bedurfte es sehr bedeutender innerer Motive, um mich zu dem immerhin bedenklichen Entschlusse zu bewegen. Und diese inneren Gründe siegten. Auf der einen Seite mußte ich mir sagen, daß meine Aufgabe als Vorsteher einer Anstalt, die, neben der Bildung einer geringen Anzahl von Knaben für eine kaufmännische Laufbahn, hauptsächlich die Bildung von Mädchen bezweckte, dem Aufwande, so möchte ich es nennen, den die Vorsehung für meine eigene Ausbildung gemacht hatte, nicht angemessen sei, und daß ich daher in der mir jetzt dargebotenen Gelegenheit zu einem höhern Wirkungskreise einen Ruf eben dieser Vorsehung zu erkennen habe. Und in welchem Augenblicke kam mir dieser Ruf! Die Gedanken an eine Befreiung des Vaterlandes von dem französischen Joche hatten schon das Innere mächtig ergriffen und gehoben; die Schlachten von Groß-Beeren, an der Katzbach, bei Culm und Dennewitz hatten Napoleon schon auf den Kreis um Dresden und Leipzig zusammengedrängt; wenn er ganz aus Deutschland vertrieben, wenn auch die Rheingegenden wieder frei wurden, welch ein schöner Wirkungskreis bot sich mir dann dar, die Aufgabe, in Gemeinschaft mit Kortüm und anderen strebenden Männern eine gelehrte Anstalt in einer der bedeutendsten rheinischen Städte, die in den Resten ihrer Kunstacademie noch immer das Andenken besserer Zeiten bewahrte, wieder aufrichten und zu einem der neuen Lichtpuncte höherer Cultur in diesen herrlichen Gegenden machen zu helfen! Ich nahm den Ruf an und wurde am 20sten September von dem Minister Nesselrode zum Professor am Lyceum in Düsseldorf ernannt, mit der Bestimmung, mit dem neuen Jahre mein Amt anzutreten. Und schneller, als die kühnsten Erwartungen es vorausgesehen, wurde in den drei letzten Monaten dieses Jahres der Boden, auf welchem meine neue Wirksamkeit beginnen sollte, von den Hemmungen fremder Elemente befreit. Die Schlacht von Leipzig vertrieb die Franzosen vom deutschen Boden, ihre letzten Truppen zogen in aller Stille bei Düsseldorf über den Rhein, und schon im November trat der General-Gouverneur Justus Gruner im Namen der Verbündeten seine Verwaltung des Bergischen Landes in Düsseldorf an. Als ernannter Lehrer des dortigen Lyceums und lebhaft interessiert für die künftige Gestaltung desselben, war ich von nun an, obgleich ich mein Amt noch nicht angetreten hatte, doch so oft in Düsseldorf, als meine Geschäfte in Barmen es gestatteten, und kam schnell mit den Männern, welche dabei mitzuwirken hatten, in nähere Verbindung.

Es sind fast 50 Jahre seit jener Zeit verflossen, aber wenn meine Gedanken in dieselbe zurückgehen, so steht der eigentliche Lichtpunct meines Lebens vor meiner Seele. Da war kein Leben mit sechs Alltagen und einem Sonntage, sondern ein Leben in fast ununterbrochener festlicher Stimmung. Die Vergangenheit lag wie ein abgeschüttelter böser Traum hinter uns, die Zukunft schmückte sich mit Bildern von Verwirklichung der edelsten und tiefsten Gedanken über würdige menschliche und staatliche Zustände, und jeder Wohlmeinende fühlte sich berufen, zu dieser Verwirklichung mit Hand anzulegen. Die Schranken, welche die Menschen in den gewöhnlichen Verhältnissen von einander entfernt halten, waren gefallen, die Gleichgesinnten erkannten sich nach wenigen Berührungen, weil jeder seine Gedanken und sein Herz offen vor sich hertrug. Man reichte sich die Hand als Verbündete, das entfernt haltende Sie mußte dem enganschließenden Du selbst zwischen Männern, die erst vor wenig Tagen mit einander bekannt geworden waren, weichen; die Unterschiede der Stände und des Alters glichen sich, unter bescheidener Berücksichtigung des durch ein natürliches Gefühl Gegebenen, zum guten Theile aus, und so entstand, nicht nur für den geselligen Verkehr, sondern auch für das Wirken und Schaffen, eine freudige Gemeinschaftlichkeit, welche das Leben höher hob und die Kräfte zum Handeln verdoppelte.

Eine Erfahrung dieser Art bot sogleich die Ankunft des Professors Steffens aus Breslau, eines Freundes des General-Gouverneurs Gruner, in Düsseldorf dar. Zuerst als Mitkämpfer und dann als Redner für die deutsche Sache war er mit ausgezogen und blieb nun eine Zeitlang in Düsseldorf, um an den Organisationsgeschäften, soweit sie in seinem Gesichtskreise lagen, theilzunehmen. Dahin gehörten vor allem die Unterrichtsangelegenheiten. Kortüm und ich wurden schnell mit ihm befreundet und durch ihn wiederum in das Vertrauen des großsinnigen General-Gouverneurs Gruner gezogen, und dieser übertrug uns gemeinschaftlich die Ausarbeitung eines Planes sowohl für die innere als für die äußere Organisation des Lyceums, dessen Name in den eines Gymnasiums verwandelt werden sollte*). Sehr wichtig war zunächst die Feststellung der ökonomischen Verhältnisse der Anstalt; Gruner gab uns die Weisung, dieselben reichlich, ja liberal zuzuschneiden, damit eine der deutschen gelehrten Schule durchaus würdige Anstalt für lange Dauer geschaffen würde. Die Mittel dazu sollten aus dem Düsseldorfer Jesuitenvermögen genommen werden, welches Gruner für seine neuen Schöpfungen so-

---

*) Ich gebe hier und in dem weiter unten Folgenden über die Düsseldorfer Zeit großentheils wieder, was ich für das 1860 in Berlin bei Reimer gedruckte Leben Kortüms niedergeschrieben habe. Ich wußte es nicht besser darzustellen, und da die Schrift über Kortüm nur in kleiner Auflage für dessen Freunde und Schüler gedruckt und daher wenig verbreitet ist, so wird diese Wiederholung um so weniger als Plagiat erscheinen.

fort reclamiert hatte. Um dieses Vermögen aber aus seiner Zersplit=
terung wieder zusammenzufinden und die Actenstöße durchzuarbeiten,
war ein Mann erforderlich, der die früheren Verhältnisse genau
kannte, und diesen fanden wir in einem Ehrenmanne, dessen Andenken
bei dieser Gelegenheit mit wahrer Pietät erneuert zu werden verdient.
Das war der katholische Schulrath Canonicus Bracht, ein Geist=
licher von so biederer, ächt deutscher Gesinnung, daß sich sehr bald
ein freundschaftliches Verhältniß zwischen ihm und uns beiden bildete,
welches während unseres ganzen Zusammenlebens ungetrübt fortge=
dauert hat. Dieser geschäftskundige Mann schaffte die nöthigen
Beweisstücke über das Jesuitenvermögen herbei und arbeitete mit uns
und Steffens den Haushaltsplan des Gymnasiums in der liberalsten
Weise aus. Darin erschienen andere Gehälter, als das Nesselrode'sche
Lyceum zu bieten gehabt hatte, Gehälter, wie sie in der damaligen
Zeit zu den selteneren gehörten. Das Gehalt des jungen unverhei-
ratheten Directors wollte dieser selbst nicht über die der oberen
Lehrer gesetzt haben, und so wurde das seinige und eine Anzahl
oberer Gehälter zu je 1000 Thlrn. Bergisch, ungefähr 850 Thlr.
Gold, und die der übrigen Lehrer abstufend bis zu 300 oder 400
Thlr. ausgeworfen, so jedoch, daß das Schulgeld nicht unter die
Lehrer vertheilt werden, sondern in die Schulkasse fließen sollte, wodurch von vornherein den Uebelständen einer solchen Vertheilung vor-
gebeugt wurde. So wurde mein Gehalt durch einen Federstrich aus
700 Francs nebst Schulgeld in die ansehnliche Summe von 1000
Thlr. verwandelt, ehe ich nur einen Thaler von demselben verdient
hatte. Der Plan wurde von Gruner gebilligt und ist auch in den
folgenden Zeiten, nachdem das Bergische Land unter Preußische Herr=
schaft gekommen war, in den Grundlagen beibehalten, und das Düs=
seldorfer Gymnasium ist längere Zeit hindurch das bestdotierte in den
Rheinprovinzen gewesen.

Die damalige gehobene und rasch bewegte Zeit brachte mich auch
bald mit einigen der interessantesten Düsseldorfer Familien in Verbindung, unter andern mit der des Staatsraths Georg Jacobi in
Pempelfort und mit der geistvollen Geheimräthin Schlosser, geb.

Jahlmer, Göthe's angeheiratheter Schwägerin, denn sie hatte nach dem Tode von Göthe's Schwester Cornelia, der ersten Frau Schlossers, diesen geheirathet und war nach dessen Tode nach Düsseldorf gezogen, weil ihre Tochter mit dem Fabrikbesitzer David Hasenclever in Ehringhausen bei Remscheid verheirathet war. Mit David Hasenclever und seinem Bruder Josua, warmen deutschen Männern, bildete sich ebenfalls eine herzliche Freundschaft, die bis zum Tode beider Männer fortgedauert hat. Das Haus der Geheimräthin Schlosser stand allabendlich den Freunden offen. Unvergeßlich wird mir unter anderem die Neujahrsnacht von 1813 auf 1814 sein, welche ich mit Gruner, Steffens, Kortüm und den nächsten Verwandten der trefflichen Frau in deren Zimmern in der gehobensten Stimmung zugebracht habe, — obwohl diese Erinnerung auch eine wehmüthige ist; denn aus dem ganzen damaligen Kreise bin ich der einzig Ueberlebende.

XI. Die Reden über Deutschlands Zukunft.

Der Monat Januar 1814 war mir noch zur Anordnung meiner Angelegenheiten in Barmen und meiner Uebersiedelung nach Düsseldorf gestattet. Je näher die Zeit des Abschiedes von Barmen herankam, desto lebhafter fühlte ich, daß ich doch in den 4 Jahren meines dortigen Lebens schon angefangen hatte, auch in diesem Boden gemüthliche Wurzeln zu schlagen. Die rührendsten Beweise von Anhänglichkeit meiner Schüler und Schülerinnen und ihrer Angehörigen, sowie von der Achtung auch solcher, denen ich nicht einmal nahe gestanden hatte, überzeugten mich davon. Der Gedanke kam mir, meinem Danke für die Beweise der Liebe und Achtung und meiner eigenen Gemüthsbewegung beim Scheiden aus mir liebgewordenen Verhältnissen dadurch einen Ausdruck zu geben, daß ich zum Abschiede eine Reihe von Vorlesungen hielte, die dem großen Momente der Zeit, in welcher wir lebten, angemessen wären. Ich hatte vielfach darüber gesonnen, wie ich ebenfalls in die große Bewegung der Zeit thätig eingreifen könnte, und auch Schritte bei dem General-Gouverneur

Gruner gethan, ob sich für mich eine Rolle in der Kriegsverwaltung oder in den großen Hauptquartieren finden möchte. Aber es fand sich nichts, und aufs Gerathewohl konnte ich Frau und Kinder nicht verlassen. So mußte ich durch Wort und Rath in die Geschicke des Vaterlandes einzugreifen und meinen Zoll abzutragen versuchen. Ich richtete meinen Blick auf die Zukunft Deutschlands, wie ich sie mir gestaltet dachte, und so entstanden die sechs Reden über Deutschlands Zukunft, welche ich unter lebhafter Theilnahme meiner zahlreichen Zuhörer vor meinem Abgange von Barmen hielt, und welche gleich darauf gedruckt wurden. Wenn ich diese Reden jetzt wieder durchlaufe, so versetzen sie mich lebhaft in jene Zeit der gehobensten Stimmung und ideeller Anschauung der Dinge; und wenn ich auch erkennen muß, daß vieles von dem, was ich als Ziel des Strebens für eine würdige Gestaltung des Vaterlandes aufstellte, zu wenig festen Boden in der Wirklichkeit finden konnte, weil ich die Idee mit eben dieser Wirklichkeit, das Denkbare mit dem Erreichbaren verwechselte, so war doch sicher manches, wenn auch nicht in der Form und Ausdehnung, wie ich es aufgefaßt, erreichbar, falls nur der allgemeine gute Wille, die allgemeine Opferbereitwilligkeit für das Wohl des Ganzen, wie sie sich in den Thaten des Krieges jetzt zeigte, auch in der Zeit des Friedens nachhaltig fortdauerte und wirkte.

Daß Deutschland nicht in einen geschlossenen Einheitsstaat zusammenschmelzen, sondern nach wie vor eine Vereinigung größerer und kleinerer Herrschaften bleiben würde, war mir aus dem Laufe der ganzen deutschen Geschichte klar, und so stellte sich mir die Aufgabe für unser Volk in der Art vor Augen, daß wir durch Einigkeit und Hingebung den Mangel der äußeren Bande ersetzen und ein Beispiel in der Weltgeschichte aufstellen müßten, wie es in der Wirklichkeit noch nie, wenigstens nicht dauernd, vorhanden gewesen, daß nemlich eine Vereinigung verschiedener Stämme und Herrschaften eines Volkes durch Vaterlandsliebe und Eintracht und dem entsprechende Einrichtungen ein starkes Ganze zu bilden im stande sei, welches jedem Angriffe von außen sieghaften Widerstand entgegenzusetzen und im Innern durch alle Mittel freier Lebensgemeinschaft die Zufriedenheit und Liebe des Volkes zu gewinnen vermöchte. Deutschland sei, wie ich mich in jenen Reden ausdrückte, dazu bestimmt, in seiner Verfassung ein Bild des Universums darzustellen, in welchem das individuell Verschiedene und auf das vielfachste Ausgebildete zu einem harmonischen Ganzen vereinigt werde, einer Verfassung, welche sich in der Mitte alles Menschlichen halte und sich weniger auf äußerlich strenge Formen, als auf die innere Gewalt des Vernunftgemäßen, des Billigen, des Gerechten stütze. Die Ideen meines in Göttingen bearbeiteten Kosmos sollten in die Wirklichkeit eingeführt werden. Was das jüdische Volk in seinen besten Zeiten, die Griechen zur Zeit der Perserkriege, die Schweizer, die Niederländer, die Nordamerikaner in ihren Freiheitskämpfen zu einem kräftigen Ganzen machte, war, um es mit einem Worte zusammenzufassen, der Nationalgeist; dieser müsse auch bei uns durch alle inneren und äußeren Mittel lebendig erhalten werden. Eines dieser Mittel sei die Pflege der gemeinsamen Sprache, und die unserige verdiene es vor allen durch Originalität, Reichthum und lebendige Bildsamkeit; sie sei ein Bild des Grundcharakters unserer Nation und daher ein Gut, auf welches wir stolz sein dürften. Ein zweites Mittel sei die Pflege der gemeinsamen Sitte. Sitte sei in ihrem tieferen Grunde nichts Angewöhntes oder durch Verabredung Entstandenes, sondern der Ausdruck der inneren Sittlichkeit, und wenn wir das Beste im deutschen Nationalcharakter mit Ernst in uns pflegen, die Tiefe des Gemüthes, die Treue des Herzens, das gründliche Eindringen, das Höherachten des Ideellen, die Verschmähung des Scheins, berge er auch die lieblichsten Farben, die züchtige Scham, die ideale Verehrung des Weibes, wenn es, seinem Berufe getreu, die heilige Flamme des Herdes bewahre, vor allem aber die religiöse Gesinnung, — wenn wir dieses alles in uns zur unbewußten und anspruchslosen Sittlichkeit ausbildeten, so werde sich die Sitte so eigenthümlich ihr anpassen, daß sie uns ein gleichsam von der Natur selbst verliehenes Gewand werde, um uns von allen andern Völkern zu unterscheiden. Der Deutsche werde sich so kenntlich machen, daß ihn der Bruder auch in der weitesten Ferne vom Vaterlande erkennen und sich ihm anschließen werde.

Zu diesen von innen heraus wirkenden Mitteln für deutsche Einheit und Volksthümlichkeit müsse aber auch die Sorge für die Wehrkraft des Volkes hinzukommen, und in dieser Hinsicht habe die Erfahrung des letzten Jahres einen großen Fortschritt vorbereitet. Die Erschlaffung der Manneskraft, namentlich in den höhern Ständen, rühre von der Zeit her, da man seit Errichtung der stehenden Heere die Tugend der Tapferkeit und die Fertigkeit in den Waffen einem besonderen Stande zugewiesen habe; sie werde aufhören, wenn nach dem Vorbilde Preußens ein jeder, der Hohe wie der Niedrige, zum Kriegsdienste verpflichtet sei. Daran knüpfe sich die große Wichtigkeit einer tüchtigen körperlichen Erziehung der männlichen Jugend von der ersten Kindheit an, von Spielschulen, gymnastischen Uebungen aller Art in den eben durch Jahn gegründeten Turnanstalten u. s. w.

Dieser Theil meiner Rede wurde mit besonderer Theilnahme gehalten und gehört, und ebenso das, was ich darauf über Einführung von Nationalfesten vortrug. Ich verweilte bei diesem Puncte, selbst auf die Gefahr hin, daß man meine damaligen Ideen in ihrer unpraktischen Gestalt belächeln wird, etwas länger, weil er der eigenthümlichste in jenen Reden ist, und weil die Aufnahme, welche er gefunden, einen nicht unbedeutenden Beitrag zur Charakteristik der damaligen Zeiten liefert.

Anknüpfend an die große Bedeutung, welche die Vereinigung der Juden aus allen, auch den entferntesten, Gegenden an den religiösen Festen in Jerusalem, der Griechen bei ihren olympischen Spielen, für das Einheitsgefühl der ganzen Nation gehabt haben, forderte ich für Deutschland etwas Aehnliches, jedoch in einem umfassendern Stile. Die deutschen Nationalfeste sollten sich an die kriegerische Ausbildung der ganzen Nation anschließen. Nachdem die gymnastischen Uebungen schon im Knabenalter ihre Wirkung gethan, müsse die Kriegspflicht für den Jüngling eintreten und müsse er zuerst in den kleineren Kreisen, wo Waffenübungen stattfinden, an diesen theilnehmen. In den Zelten oder Erdhütten, unter den Freuden und Arbeiten der täglichen Uebungen, in der eigenhändigen Bereitung der nöthigen Lebensbedürfnisse, werde der Jüngling gesunde Lebenskraft und Ansicht,

Achtung gegen die angeborene, durch keine Glücksgüter zu ersetzende Fähigkeit des Niederen, und der Niedere das dem freien Manne so nöthige Selbstgefühl erwerben, welches ihn, falls er durch Talent oder Geschick Achtung verdient, dem Begüterten gleichsetzt. In größeren Ländern werden jährlich mehrere solcher Uebungsläger versammelt werden, aber stets nach der Grundregel, daß an einem jeden derselben Glieder aus den verschiedensten Provinzen des Reiches theilnehmen, damit dieses Zusammenleben ein lebendiges Einigungsmittel des ganzen Volkes werde. Die kleineren Länder in einem gewissen Umkreise, welche für sich allein ein abgesondertes Lager nicht fällen würden, mögen sich mit einander vereinigen, so daß ein Lager von 25,000 bis 30,000 Mann zusammenkommt. Ueppigkeit und Wohlleben müssen, wie sich von selbst versteht, entfernt bleiben, ernste, einzelne und allgemeine, Waffenübungen nehmen den größten Theil dieser Lagerzeit ein, und etwa nur das letzte Viertel derselben wird den freien Körperübungen aller Art eingeräumt werden, wo die gymnastischen Wettkämpfe im Großen und Kleinen ihr Recht finden, wo Preise vertheilt und Sieger gekrönt werden, und alles hinzugezogen werden mag, was ein Nationalfest verherrlicht.

Aus dem Grundgedanken, daß auch diese Einrichtungen zur Einigung und Kräftigung des ganzen deutschen Vaterlandes dienen sollen, folgt die Anwendung auf den gesammten Umfang derselben, und so mögen etwa alle drei Jahre drei solcher Uebungsläger für ganz Deutschland eingerichtet werden, wiederum nach dem Grundsatze, daß die verschiedenen Provinzen möglichst mit einander vermischt werden, und zwar, um unsern Gedanken an etwas Bestimmtes anzuknüpfen, in den Gegenden bei Magdeburg, Prag und Nürnberg, um den drei größeren Staaten Deutschlands ihr Recht angedeihen zu lassen. „Schon sehe ich", heißt es in der vierten Rede, „aus allen Gegenden des deutschen Vaterlandes die Schaaren der eben erblühenden Jugend, des reifen Mannes- und des noch rüstigen Greisenalters, zu den großen Sammelplätzen zusammenströmen. Wenn sie an die Gränzen des Reiches kommen, in dessen Feldlager sie sich versammeln sollen, so vertauschen sie ihre Farbe mit der des Landes, als Zeichen der Achtung und der brüderlichen Eintracht. Das Lager füllt sich in wenigen Tagen mit vielen Tausenden rüstiger Männer, oder vielmehr, es entsteht erst durch sie, denn wo noch gestern nichts zu sehen war, als die abgemessenen Räume jedes größeren Banners, da stehen heute schon, wie durch einen Zauberschlag aus dem Boden hervorgerufen, die weißen Zelte und die grünen Laubhütten, und eine große Stadt mit den regelmäßigen unabsehbaren Gassen breitet sich aus. Tausend geschäftige Hände schmücken den Raum mit grünen Zweigen und Blumen, während andere bereiten, was zur Bequemlichkeit der Menschen und zur Pflege der Thiere gehört. Doppelt anregend und bildend ist dieses heitere Zusammenleben, indem dasselbe Zelt vielleicht den Bewohner der Weichsel mit dem des Rheines und der Donau, den Bewohner der Ostsee mit dem der Alpen vereinigt. Die Ideen des Bergbewohners vermischen sich mit denen des Seefahrers, die sinnliche Lebensfülle des Südländers erwärmt den Ernst des Nordländers, das Ohr des Niedersachsen muß sich an die alemannischen Töne des Schwaben, das des Baiern an das Plattdeutsch des Westphalen gewöhnen. Der Protestant lernt die bilderreichen Religionsgebräuche des Katholiken achten, indem er an ihm dieselbe Wirkung des Gebetes erblickt, die er an sich ohne jene Gebräuche fühlt; beide erkennen immer mehr, daß nur das Innere und Unsichtbare Werth giebt."

„Die ernste Thätigkeit beginnt, kriegerische Uebungen jeglicher Art wechseln mit einander und wenn die Schärfe, Schnelligkeit und Sicherheit des Gedankens sich bei den Anführern kund thut und das größere Talent sich, neben der Erfahrung, dadurch auszeichnet, so haben auch die Massen Gelegenheit, den Ruhm schneller und pünctlicher Ausführung zu erwerben."

„Aber auch dem Talente des Einzelnen soll in der letzten Zeit des Festes Gelegenheit gegeben werden, sich hervorzuthun. Nicht nur wird die Fertigkeit im Gebrauch des Feuergewehrs und des Geschützes geprüft, sondern auch die gymnastischen Künste aller Art, das Ringen und das Laufen, der Zweikampf mit den für diesen Zweck besonders zugerichteten Waffen, das Wettrennen der Reuter und Wagen, das

Springen, das Schwimmen, und was der Uebungen zur Ausbildung
körperlicher Kraft und Gewandtheit mehr sind, sie alle mögen ihren
Platz finden."

„Aber auch diese dreijährigen Nationalfeste genügen uns noch
nicht völlig; immer sind sie doch drei und nicht Ein centraler Vereinigungspunct des ganzen deutsch redenden Volkes. Daher gehen wir
noch weiter und schlagen vor, daß nach drei mal drei dieser Feste,
also immer im zwölften Jahre, die drei Lager sich in eins vereinigen
und daß so ein Centralfest gefeiert werde, ausgeschmückt mit den
herrlichsten Gaben, welche der Reichthum deutscher Natur nur zu gewähren vermag, nach dessen Theilnahme sich von seiner Jugend an
ein jeder unter uns sehnen wird, damit er wenigstens einmal in
seinem Leben die hohe Feier mitgenieße. Was wir von den drei
Festen gesagt haben, gilt von diesem im vergrößerten Maßstabe. Und
welcher Ort und welche Gegend bietet sich dazu passender dar, welche
hat mehr Ansprüche auf so hohe Auszeichnung, als die, wo die deutsche
Freiheit in blutiger Völkerschlacht wiedergewonnen wurde, die von
Leipzig? Zum ewigen Andenken der großen Tage werde hier das
größte, zwölfjährige, deutsche Bundesfest gefeiert, und was Deutschland Würdiges, Schönes, Ehrenwerthes darzubringen hat, erscheine
hier als Huldigung für das geliebte, gute Vaterland!"

„Um jedoch auch die besonnene Rücksicht auf das empirische
Element nicht aus den Augen zu verlieren, welches so leicht mit seinen
Hindernissen herantritt, wollen wir gleich an dieser Stelle auf eine
Haupteinwendung eingehen, die gewiß schon mancher in seinem Geiste
gemacht, wenn er auch das Bild, als ein solches, gebilligt hat. Es
sind nemlich die gar großen Kosten, welche diese Versammlungen
der Völker verursachen würden. Denn wer nur einigermaßen weiß,
was die Unterhaltung so großer Massen während eines Monates,
was die Märsche der einzelnen Heereshaufen von den Enden Deutschlands bis zu den angegebenen Mittelpuncten kosten würden, der wird
die Bedenken wegen der erforderlichen Geldmittel nicht unzeitig finden.
Aber wir stellen, neben mehreren andern, schon an sich schlagenden,
Gründen, nur die eine Betrachtung entgegen, daß der ganze Plan

auf die Voraussetzung gebaut ist, daß durch seine Ausführung ein bedeutender Theil der stehenden Heere überflüssig gemacht werden soll, so daß mit einem geringen Theile des Aufwandes, welche diese verursachen, die Kosten unserer Provinzial- und Centralläger bestritten werden können."

„Indem wir so die Ausführbarkeit des Planes nachgewiesen zu haben glauben, mögen wir auch die letzte Zeit unserer Nationalfeste, welche den freien Wettspielen aller Art gewidmet sein soll, mit allem Glanze eines freudig gehobenen Daseins und allen Zugaben der Kunst ausschmücken. Rufen wir also für diese letzte Zeit des Zusammenseins eine Anzahl aus den ersten Künstlern jedes Landes hinzu, damit sich das Schöne neben die Kraft stelle und damit vor einem ausgesuchten Gerichte die Sieger in jeder Gattung der Kunst den unsterblichen Ruhm dahin nehmen; denn außer den Lagermassen werden auch viele andere aus den gebildeten Kreisen des Vaterlandes zu dieser Schlußfeier zusammenkommen. Es treten uns sogleich ein paar verwandte und in einander greifende Künste entgegen, welche, wie sie unsere Feste verschönern, so auch selbst aus ihnen ein neues Leben schöpfen werden; die Schauspielkunst und die Musik. Welcher Vollgenuß, die ersten Werke der dramatischen Dichtung durch die vorzüglichsten Schauspieler Deutschlands und diejenigen der Meister in der musikalischen Composition durch die ersten Musiker und Sänger, zu einem Chore der Musen vereinigt, vorgetragen zu hören! — Aber noch andere Künste werden unsere Feste zu ihrem und des Vaterlandes Dienste in Thätigkeit setzen und zu edlem Wetteifer erwecken, die Baukunst, die Plastik und die Malerei. Die Baukunst wird an den Orten der dreijährigen Versammlungen und an dem vierten im Mittelpuncte große, erhabene Gebäude aufzuführen haben, um die Darstellungen der dramatischen Kunst und der Musik mit ihren Bewunderern zu umfassen; und da sie wahre Nationalgebäude sein werden, so wird der Beitrag aller deutschen Länder es möglich machen, sie als wunderwürdige Werke für die Nachwelt aufzuführen. Und nicht nur der Schauspielkunst und der Musik werden Tempel zu bauen sein, sondern noch mehr wird die Religion den

Sinn der Künstler emporheben, und wir sehen für die vielen Tausende, welche in Liebe und Glauben dort vereinigt sind, würdige Got-
testempel aufsteigen, heilig und erhaben, wie die Dome des Mittelalters, und lebenskräftig, wie die Tempel der Alten. In ihnen werden
unsere Feste bei ihrem Beginne durch feierlichen Gottesdienst einge-
weihet und bei ihrem Schlusse gesegnet werden; denn wir reden nicht
von gewöhnlichen rauschenden Lustbarkeiten, die mit gemeinem Sinne
begonnen, auch nur ihn erzeugen können, sondern von Festen, die uns
ein heiliges und theures Pfand sichern sollen. Was in ihnen begonnen
wird, geschehe zur Erhaltung der Einheit, der Liebe, der Tugend
unter uns, und also gewiß zur Ehre Gottes!"

„Daß sich an die großartigste der bildenden Künste, die edle
Baukunst, auch die Plastik und die Malerei anschließen werden,
um die Räume, welche jene geschaffen, auch mit Werken in Erz und
Marmor, so wie in Farben, zu schmücken, bedarf kaum der Erwähnung; sie werden, indem sie zu dem Idealen emporschauen, sich aus
ihrer theilweisen Erniedrigung, da sie durch Nachbildung des Indivi-
duums der persönlichen Eitelkeit dienen müssen, um nur das Leben
zu fristen, zur Darstellung großer geschichtlicher und religiöser Gegenstände erheben." —

Nachdem ich die im Obigen bezeichneten Gegenstände mit besonderer Wärme ausgeführt hatte, sprach ich auch noch über die Bestimmung des weiblichen Geschlechts in dem neuen Zeitalter,
an dessen Schwelle wir ständen und welches ich in den ersten Reden
als das dritte nach dem antiken und dem romantischen, als das Zeitalter des Bewußtseins und der bewußten Lebenskunst, bezeichnet hatte.
In diesem Zeitalter werde der Frau eine bedeutende Stellung zu theil
werden. Der Mann werde zwar mehr als bisher von dem öffentlichen Leben angezogen werden, allein ihm werde, dem Geiste der
Einigungszeit alles Menschlichen gemäß, die häuslich abgeschlossene
Stunde die köstlichste Blüte des Lebens bleiben. Dies könne sie aber
nur dann, wenn die Frau das Interesse des Mannes an allem dem,
was seine Seele fülle, theilen könne. „Es ist aber", fahre ich fort,
„das Wissen, es ist die Kunst, es ist das Vaterland, es ist der Reich-

thum deutschen Lebens, was seine Seele füllt. Die Frau muß wenigstens verstehen können, was er in sich trägt, und muß daher recht
vieles und wichtiges gelernt haben, nicht um auf dem Gebiete des
Wissens schaffend thätig zu sein, sondern um es zu kennen. Ferner,
sie soll ihrer eigentlichen, in der Tiefe der menschlichen Natur gegründeten, Bestimmung gemäß die Pflege des zarten Keimes jeglicher
Anlage in ihren Kindern im frühesten Alter vorzüglich in Händen
haben, und später soll sie den gründlich wissenschaftlichen und eben
deshalb dem ungebildeten Blicke in seiner Bedeutung nicht kenntlichen
Unterrichte der Söhne nicht hindernd und verweichlichend in den Weg
treten. Also auch von dieser Seite wird ein reiches, wenn auch weder
in seinem Umfange, noch in seiner innern Ausführlichkeit, dem männlichen gleichstehendes Wissen für die Mutter tüchtiger Kinder Bedürfniß.
Nur müssen die Lehrer es verstehen, bei dem weiblichen Unterrichte
das Wissen unter den Brenn- und Einheitspunct des Gemüthes
zu bringen, denn das Gemüth ist die Seele der Frau. Das Gemüth
hat ein gar wundersames Licht; was der Mann durch mühselige Be-
griffsentwickelung auf langsamem Wege erlangt, das giebt dem Weibe
die Einheitskraft des Gemüthes als Ganzes, und mit einer unglaub-
lichen Leichtigkeit; sie haben es, ohne daß wir begreifen, wie sie es
erlangt. Darum, weil wir dieses nicht recht zu würdigen verstehen,
stellen wir uns die weibliche Bildung oft schwerer vor, als sie ist,
und unterrichten unsere Schülerinnen oft schlecht, weil wir durchaus
die Form des Wissens von ihnen fordern, die nur für den Mann
die rechte ist. Je gewisser wir einsehen, daß in unserm Zeitalter die
Erkenntniß vorherrscht, desto wichtiger ist es, die Gemüthsseite der
Welt mit größter Sorgfalt zu pflegen. Als ihre Darstellerin ist das
Weib die ergänzende Hälfte der geistigen Welt, wie der körperlichen;
und in diesem Gefühle hat auch der kenntnißreichste Mann so viel
Freude an der Mittheilung mit gebildeten Frauen. — Auch an den
Angelegenheiten des Vaterlandes nimmt die Frau lebhaften Antheil;
Stoff und Nahrung für ihre Theilnahme findet sie durch den Mann,
der es sogar von ihr verlangen darf, daß sie auch hierin seine Sorge,
seine Hoffnungen, seine Befriedigung theile. Und ist der Staat wirklich

ein Kunstwerk und als solcher ein Bild des Schönen, so nehme die Frau auch als Mitgenießerin an ihm theil, und so werden wir ihr auch bei unsern großen Nationalfesten den ihr gebührenden Platz einräumen u. s. w."

In der letzten Rede sprach ich noch, zur Ergänzung des Ganzen, jedoch nur in allgemeinen Zügen, zuerst über Unterricht und Bildung der Jugend; dann über die Bedeutung der Universitäten als Einigungsmittel für das gesammte Deutschland, und in demselben Sinne über eine allgemeine deutsche Akademie der Wissenschaften; und schloß mit einigen Worten über die künftige politische Verfassung Deutschlands. Daß gewisse Grundgedanken unserer alten Reichsverfassung festgehalten werden, nemlich die Einrichtung eines Bundestages für die wichtigsten allgemeinen Angelegenheiten, und eines Reichsgerichts, welches die Streitigkeiten der Fürsten zu schlichten habe, sei allerdings wünschenswerth. Auch empfehle sich für die einzelnen Länder eine Volksrepräsentation und für das Ganze die Entfernung aller Schranken des geistigen und materiellen Verkehrs zwischen den einzelnen Ländern, die Aufhebung des Universitätszwanges, der Bücherverbote, der Zollgränzen; Einführung der Handelsfreiheit u. s. w.

Bestimmte Vorschläge jedoch über die Organisation des deutschen Bundes im Großen hütete ich mich wohl auf dem beschränkten Standpuncte eines Privatmannes zu machen, auch schon um den Glauben zu verhüten, als wolle ich den Wahn befördern, es sei uns durch die Form von nun an für alle Zeiten geholfen. „Nein", so schloß ich, „keine Macht des Himmels und der Erde wird uns eine Verfassung geben, welche die alten Uebel unmöglich macht, keine Form wird den Abgrund verschließen, dem wir so nahe waren, sondern einzig der Geist kann es, und darum bauen wir allein auf ihn. Wie auch künftig Deutschland eingetheilt sei, wie viele Regierungen es habe, wie eng oder weit die Bande des gemeinsamen Bundes seien, immer wird es nur auf uns ankommen, ob wir geachtet, wenn es sein muß, gefürchtet, ob wir frei und groß sein wollen. Wir werden es sein, wenn wir es verdienen. Aber darin eben liegt

ja die große Bedeutung unserer Zeit und darum ward nie einem
Volke der Welt eine so schöne Aufgabe. Recht durch die Gnade des
Himmels sind wir auf einen Punct geführt, wo wir in gar keinem
andern das Heil suchen können, als in dem Einen Rechten, in der
Eintracht und in der Liebe, alles andere hat uns verlassen und seine
Nichtigkeit ist offenbar geworden!"

So lautete damals mein politisches Glaubensbekenntniß, und so
lautet es noch heute.

Ich habe an einer früheren Stelle dieser Aufzeichnungen, bei
Gelegenheit meiner Predigt in Ronsdorf, den Gedanken ausgesprochen,
daß ich mich nicht zum Redner berufen fühle, und doch habe ich diese
Reden über Deutschlands Zukunft gehalten, und, wie ich bei ihrem
Durchlaufen nach langer Zeit sehe, nicht ohne den Schwung der Gedanken und Worte, der der Rede gebührt. Aber gerade sie bestätigen
meine Ansicht über dasjenige, was den Redner zum Redner macht:
Es war damals, um es schroff auszudrücken, nicht ich, der redete,
sondern die Begeisterung der Zeit redete aus mir, und ich
kann den Zustand, in welchem nicht nur ich, sondern sehr viele Menschen sich damals befanden, nicht besser anschaulich machen, als indem
ich den Anfang meiner zweiten Rede im Auszuge hier wiederhole.

„Lassen Sie mich", so sprach ich, „einer inneren Regung folgend, zu Ihnen heute zuerst von mir selber reden. Es hat der Mensch,
um mit unserm großen Dichter zu reden, Momente im Leben, wenn
er nur auf sie achtet, da ihm gleichsam eine Frage an das Schicksal
der Welt freisteht, da er sich nicht mehr als Individuum, sondern
recht eigentlich als Glied der Gattung fühlt und ein Bewußtsein des
Ganzen in ihm aufleuchtet, welches ihn den Schranken seines persönlichen Daseins auf einen Augenblick entreißt. Von solchen Momenten
darf er auch vor andern reden, denn sie gehören ihm nicht allein an."

„Ich brauche Sie nicht zu erinnern an die wechselnden, bald
gehobenen, bald sinkenden Regungen, welche unsere Seele seit dem
Ende des vorletzten Jahres und seit dem Rückzuge aus Rußland bis
zu dem Wiedererscheinen des französischen Kaisers im Felde bewegten.

Das deutsche Gemüth war zu neuer Lebenshoffnung erweckt, die
Morgenröthe eines besseren Tages zeigte sich im Osten; doch ahndeten wir, daß er noch schwere Gewitter an seinem Mittage herauf-
führen könne, und noch nie hat einer unter uns ein so bedeutungsvolles, ahnbungsschweres Neujahrsfest gefeiert, als das von 1813.
Unsere Hoffnung ward bekräftigt durch die nie gesehene Einigkeit und
den Heldenmuth der beiden zuerst verbündeten Völker, die bis in das
Herz von Deutschland vordrangen, und doch, wir müssen es mit
Scham gestehen, war unser Glaube noch so wenig fest, und war die
schmähliche Gewohnheit, das bisher Herrschende als das das Schicksal
in Händen Haltende anzusehen, und die Kraft nur nach dem Erfolge
abzumessen, so mächtig, daß wir bei dem Wiederauftreten des Welt-
bezwingers, — unser Kleinmuth hatte ihn so benannt, — fast wieder
zu zagen anfingen. Wir waren in dem Zustande, der der gefähr-
lichste von allen ist, in dem Schwanken, welches sich selbst verdam-
men muß. — Da erscholl die Botschaft von der Lützener Schlacht,
wie sie das fremde Volk uns zu geben für gut fand. Den eben
geschilderten Zustand hatte ich wohl mit vielen getheilt, was aber nun
in mir vorging, kann ich schwer beschreiben. Wenn Finsterniß mit
der Sonne kämpft und siegt, so überziehen giftige Nebel die Fluren
und hauchen alles Lebendige mit Todesahndung an. In meiner Seele
fing an die Finsterniß zu siegen; da wandte sie sich in ihrer Noth
zu dem einzigen Lichte, was ihr noch strahlte; sie hatte es thöricht
einen Augenblick vergessen, daß dieses Licht höher sei, als alle Finsterniß, und ihr unerreichbar. Sie flehete um Trost, und um nahen,
da die Angst groß war, und nicht für sich allein, sondern für Tausende. — Und nun, da ich den Blick nach Osten wendete, siehe, da
war der Bogen des Herrn als ein leuchtendes Thor am östlichen
Himmel aufgerichtet und die Sonne selbst, mit ihren letzten Abend-
strahlen die Regenwolken durchdringend, hatte es sich erbaut, um am
nächsten Morgen, nach kurzem Verschwinden, wieder in ihrer ewigen
Klarheit durch dasselbe zu uns einzuziehen. Da fiel die finstere Decke
wie Schuppen von meinen Augen, meine Seele wurde wieder stark,
sie hatte ein göttliches Zeichen gesehen. Auch unser Volk sollte durch

den Friedensbogen in neuer Jugend hervorgehen, die Rettung sollte ihm von Osten kommen. — Mein Herz hat seit dem Augenblicke nicht mehr gezweifelt."

„Und so, verehrte Anwesende, mag einem jeden von uns das Leben der nächsten Vergangenheit, dem einen auf diese, dem andern auf jene Weise, eine göttliche Zuversicht geschenkt haben: „„Es breche der Tag der Erlösung und eines neuen Daseins an."" Es sind der Augenblicke viele gewesen, welche also zu uns redeten. Halten wir fest an solchem herrlichen Glauben, in welchem der Geist sich ermuthigt, das Gemüth gewiß, das Herz groß wird. Es ist die Nähe Gottes, welche sich uns kund giebt; vor unsern Augen hat er die Zügel der Welt ergriffen und unsere blöden Sinne für ihren Unglauben beschämt und gezüchtigt."

Ich muß hier die freundliche Nachsicht meiner geneigten Leser wiederholt in Anspruch nehmen, daß ich bei meinen Reden über Deutschlands Zukunft und überhaupt bei der damaligen Zeit so lange verweilt; aber einestheils wird mir noch in meinem zweiundachtzigsten Jahre das Herz weit und warm, wenn ich an jene große Zeit der Jahre 1813 und 1814 zurückdenke, und anderntheils wirft eben diese Zeit ein merkwürdiges Licht auf die folgenden Jahrzehende und selbst auf unsere Gegenwart; und da ich voraussetzen muß, daß meine damaligen Reden kaum einen meiner Leser bekannt geworden sind, so durfte ich hier aus ihnen so vieles wörtlich wieder aufnehmen, ja ich mußte es, um ihren Charakter vor Augen zu bringen und ihre Aufnahme zu erklären.

Wenn ich die Gedanken dieser meiner Reden über die in Deutschland zu treffenden Einrichtungen betrachte, so stimmen sie in Vielem mit dem überein, was in den Jahren 1815 bis 1820, im Jahre 1848 und in der Gegenwart die Gemüther bewegt: — ein starkes Deutschland nach außen, ein einiges im Innern, Volksrepräsentation, Censurfreiheit, Handelsfreiheit, Wehrhaftigkeit des ganzen Volkes, Verminderung der stehenden Heere, u. s. w. Gleichwohl darf ich mich damals, wie heute, zu den entschieden conservativ Gesinnten zählen. Ich bin es von Jugend an gewesen, es liegt in meiner Natur und meinen Grundsätzen. Worin also liegt der Unterschied zwischen den Ansichten meiner Reden und den Ausartungen, zu welchen diese Ansichten und Bestrebungen in den Demagogen der Jahre vor 1820 und auch noch später, in der extremen Partei der Frankfurter Nationalversammlung und den Reichsregenten vom Jahre 1849, und endlich in der äußersten Fortschrittspartei unserer Tage gelangt sind? — Er liegt erstlich darin, daß diese Parteien das Heil in äußern Veranstaltungen suchen, während ich diese erst in die zweite und dritte Linie stelle und die Festigkeit des ganzen Baues unserer Bundesverfassung in erster Linie in der innern Würdigkeit, der Gesinnung, der Hingebung und Opferwilligkeit von Großen und Kleinen suche. Zweitens darin, daß ich nicht Preußen, nicht Oestreich, oben angestellt und die zweite Großmacht nicht vom Bunde ausgeschlossen sehen will, sondern von ganzem Herzen ein Großdeutscher bin; und drittens, daß ich vor jeder Gewaltthat und jeder Rechtsverletzung zurückschrecke, während die Umsturzmänner auch den Bürgerkrieg nicht gescheut haben und nicht scheuen würden. — Waren meine Ansichten damals zu ideal, zu wenig die hemmende Gewalt des empirischen Elements in Rechnung bringend, sie waren wenigstens durchaus friedlicher Natur und sprachen in ihren Grundgedanken die Wünsche und Hoffnungen von Tausenden der ehrenhaftesten Männer aus.

Es war natürlich, daß ich die Schrift in meinem nächsten Kreise vertheilte und auch dem Generalgouverneur Gruner überreichte. Sein Beifall ermunterte mich, auch weiter zu gehen und höher stehenden Personen die Reden zuzuschicken, welche zu der Verwirklichung der darin ausgesprochenen Ideen wirken konnten; zu diesen gehörte der Held des Tages, Feldmarschall Blücher, der Chef seines Generalstabes Gneisenau, ja, wie denn zu jener Zeit jede gute Absicht ihre Stimme bis zu den höchsten Stellen erheben zu dürfen glaubte, so wagte ich es auch, dem Könige von Preußen ein Exemplar durch Gruner's Vermittelung zuzusenden. Der König dankte mir in einem kurzen Kabinetsschreiben; Blücher ebenfalls in einem eigenhändig unterschrie-

benen Briefe; Gneisenau, von dem ich am ersten eine Antwort erwartet und gewünscht hatte, blieb stumm. Wie viele Zuschriften
mochte er, in seinem Geschäftsdrange, unbeantwortet lassen müssen.
Allein im Frühjahr 1815, als Napoleon von Elba zurückgekehrt war
und der Kampf der eben freigewordenen Völker gegen den Unterdrücker
noch einmal alle Kräfte in Anspruch nehmen mußte, da mochte sich
Gneisenau des Professors in Düsseldorf erinnern, der sich in seinen
Reden als ein eifriger Vaterlandsfreund ausgesprochen hatte; und in
der Ansicht, daß in einem solchen Augenblicke ein Bundesgenosse nicht
zu verachten sei, der vielleicht in seinem Kreise durch sein Wort die
Gemüther anzuregen vermöge, schrieb er mir von Aachen aus, wo er
die preußischen Heerhaufen gegen Napoleon sammelte, folgenden Brief:

„Erlauben Sie mir, hochachtungswürdiger Herr Professor,
Ihnen für das Vergnügen zu danken, das mir Ihre Vorlesungen
gewährt haben, wovon Sie mir ein Exemplar zuzusenden die Güte
hatten. Diese Schrift war mir durch den Tumult der Geschäfte
im vorigen Jahre aus den Augen gekommen, und erst spät, nemlich
unlängst in Berlin, gelangte sie wieder zu mir. Der Geist der
verständigen Freiheit und urdeutscher Gesinnung, der sich darin
offenbaret, hat mich sehr angezogen, und jedes vorurtheilsfreie,
rechtliche Gemüth muß wünschen, daß Ihre Vorgefühle einer geordneten Zukunft und einer freien deutschen Nationalität recht bald
ins Leben übergehen mögen. Wie sehr Preußen hierbei an Beispiel voranleuchtet und zur Anschließung durch eigene Kraftanstren-
gung ermuthigt, wird den Besseren in Deutschland wohl hinlänglich
klar geworden sein. Der neubeginnende Kampf wird noch mehr
davon zu entwickeln uns nöthigen, und so mögen wir hierin von
den anderen Völkern Deutschlands eben so redlich und kräftig unterstützt werden, als dies von dem wackeren bergischen Volke geschehen ist.

Empfangen Sie, würdiger Herr Professor, die Versicherung
meiner wohlbegründeten Hochachtung.

Aachen, den 11. April 1815.

Der Generalleutnant
Gr. v. Gneisenau.“

Dieser Brief ist einer von den im Laufe meines Lebens erhaltenen, auf welche ich den meisten Werth lege. Er dient zur Charakteristik des trefflichen, das Kleine wie das Große im Auge haltenden Mannes.

Auch Görres, der Herausgeber des rheinischen Merkurs, der sich durch seine kräftigen, wahrhaft genialen und begeisternden Artikel im Laufe der Jahre 1814 und 1815 den Ehrennamen der fünften Großmacht im Kampfe gegen Napoleon erwarb, schrieb mir unter dem 15. Mai 1814 aus Coblenz:

„Ich danke Ihnen für das angenehme Geschenk, das Sie mir mit ihrem Buche gemacht haben. In Einigem, am Anfange besonders, wo sie vom Verhältniß des Antiken und Romantischen zur gegenwärtigen Zeit reden, ist mein Ideengang etwas abweichend von dem Ihrigen, im Ganzen sind wir aber, wie sich von selbst versteht, völlig mit einander einverstanden. Willkommen ist jeder Mitarbeiter, der sich zum Werke bietet, das erst zur kleineren Hälfte vollendet ist, und es wäre nichts gethan, sollte es auf halbem Wege stehen bleiben. Was Sie von den großen Uebungslägern sagen, ist wohl bedacht, gut und ausführbar und wird darum auch sicherlich ausgeführt werden. Ich werde einmal darüber meine Gedanken im rheinischen Merkur mittheilen. Daß dieser Ihren Beifall hat, ist mir erfreulich; hat er die Besseren erst für sich gewonnen, dann wird ihm auch die Wirkung auf die Menge und dann auch auf die Mächtigen nicht entgehen. Ich hoffe, daß ich nicht umsonst auf stürmischem Meere im Schwimmen mich geübt," — (man denke an die Rolle, die er zur Zeit der französischen Revolution in Coblenz gespielt, und an sein rothes Buch) — „und daß die gewonnene Uebung in ruhiger Zeit zu etwas führt. Am guten Willen gebricht's in keiner Weise, und auch die Welt ist gegenwärtig guten Willens voll" u. s. w.

Mein alter Göttinger Freund Thiersch schrieb mir ebenfalls anerkennend aus München und bemerkte, daß er das beigelegte Exemplar meiner Reden an den Kronprinzen von Baiern (nachherigen

König Ludwig) abgegeben habe und wisse, daß dieser sie mit Theil=
nahme gelesen und mit Auszeichnung davon geurtheilt habe.

Eine unerwartete Zuschrift bekam ich von einem Manne, mit
welchem ich in keiner näheren Verbindung stand und auch nachher
nicht gestanden habe, und dessen politische Rolle in seinen letzten
Lebensjahren ich keinesweges billige, von Varnhagen von Ense.
Die in seinem Briefe ausgesprochene Zustimmung zu den Gedanken
meiner Reden, die ich ihm nicht zugeschickt hatte, erfreuten mich aber
um so mehr, als ich mich seiner als eines eifrigen Zuhörers in den
Fichte'schen Vorlesungen der Jahre 1802 bis 1805 wohl erinnerte.
Er belobt nicht nur selbst die Reden, sondern theilt mir auch einen
Brief darüber von seiner Freundin Rahel an Gentz mit, welcher
mit Begeisterung von den Reden sprach. Beide Briefe sind so cha=
rakteristisch für die beiden allgemein bekannten Personen, sowie für
jene Zeit überhaupt, daß ich mich nicht enthalten kann, sie hier ab=
drucken zu lassen, und bemerke nur noch, daß Rahel in ihrem Briefe
an Gentz auch eine Schrift des Heidelberger Thibaut über eine all=
gemeine Gesetzgebung für Deutschland empfohlen hatte.

Der Brief von Rahel an Gentz lautet also:

— — „Jedoch hab' ich ein paar herrliche Bücher gelesen, wegen
deren ich Ihnen eigentlich schon schreibe, sonst hätte ich mich von dem
Vorsatze wohl noch länger ängstigen lassen. Sie müssen gleich ein
deutsches neues Buch lesen, ganz aus meiner Einsicht geschrieben,
von einem sehr rechtschaffenen, sehenden, denkenden, nicht neumodisch
angesteckten Manne geschrieben, dessen ganze Seele dahin geht, uns
zu helfen zu dem, was wir werden können, bald werden kön=
nen; wozu gleich der Anfang von allen Guten, von den Besten,
unverzüglich gemacht werden muß; ohne daß er eitel, hohl und
irrig, und dumm=stolz glaubt, wir seien schon Nation — geformtes
Volk — da wo wir, nachahmend den anderen, und doch keck, Na=
men hinsetzen und uns einander anspornen, davor — auch wie die
Nachbarn — die Hüte abzuziehen. Er macht uns den natürlichsten
Vorschlag an den nächsten Gesichtspunct anknüpfend, natürlich

und also zum wahrhaft organischen Wachsthum fähig, wie die
deutschen Völker sich nähern sollen und nah bleiben können; in
einfacher ernstlicher Geselligkeit, wie sie eben aus unserem augen=
blicklichen Zustand hervorgeht; stellt auch so einfach und tief und
glücklich gesehen dar, wodurch das geschehen muß, daß man, wie
bei allen großen, tief, weit und recht greifenden Gedanken, denken
muß, es lag ganz und längst oben auf, dies zu finden und zu
meinen. Er ehrt kein Zeitalter vor dem anderen und hat das
Antike — welches die Neu=Neueren nicht thun, weil sie's nicht
können — sehr gut aufgefaßt und ihm daher seine völlige
Gerechtigkeit widerfahren lassen, bloß weil er die Gegenwart sieht
und fühlt, mit ein und derselben Fähigkeit, die da nicht erlaubt,
sich etwas weiß zu machen; ich weiß nicht, wie sie heißt, diese
Fähigkeit! Er setzt keine Bildung vor die andere, und so vermißt
er herb in unserer Zeit, und bei unserem Volk besonders, daß sie
das, was sie mit dem Namen Aeußerliches benennen konnten, tief
vernachlässigt haben: welches auch doch so sehr nicht schadete, wenn
sie sich nicht noch auf die Fehler und Mängel, die dies zu wege
bringt, etwas Großes einbildeten. Auf freudige Festanstalten, auf
innern Verein, von äußerem Zusammenleben und Zusammenkommen
veranlaßt, auf muntere Uebung der körperlichen Geschicklichkeiten
und echte Erinnerung und Freude über glücklich ausgefallene Kraft=
momente, von schöner Gesinnung und den besten Willen erzeugt
in unseren Völkern, macht er Fürsten, Große, Staatsleute, Volk
und Leute aufmerksam; in der besten Ueberzeugung, mit der red=
lichsten Seele; klar und verständlich dargestellt, warum dies gesche=
hen müsse und wodurch es geschehen könne. Mich hat er schon
dahin gebracht, daß ich es für meine dringendste Pflicht halte, dies
Buch an die Besten zu bringen, die ich nur kenne, an die, welche
so stehen, daß sie wirken können, die so beschaffen sind, daß sie
das Beste wollen: an Hardenberg, an Tauenzien rc. Sie, Gentz,
sind, Sie stehen so! Finden Sie das Buch, wie ich, so helfen
Sie, daß seine Vorschläge in Ausübung kommen. Geht es nicht
gleich, so geht es doch bald, geht nicht Alles davon in Erfüllung,

so schreiten wir doch vorwärts, wenn nur etwas, nur manches davon gelingt; kommen auch nur solche Gedanken unter die Menge, an die Hohen, so müssen sie wuchern und später oder früher Frucht bringen, und thun sie unterdes nichts, so halten sie schlechte, lahme, seichte, eitle, prahlerische Gedanken und Bücher und Vorschläge zurück und bekräftigen diejenigen, in denen sie sich schwächer regten, zum ferneren Denken und Rechtthun; und geschähe alles dieses nicht, so muß Kohlrausch die Gerechtigkeit widerfahren, daß er von den Gerechten gelesen, geschätzt, geliebt und weitergebracht wird. „Deutschlands Zukunft" heißt sein Buch; er selbst ist Professor der alten Literatur und der Geschichte am Gymnasium zu Düsseldorf. Lesen Sie's, bringen Sie's an Metternich und alle Ihre Freunde; und antworten Sie mir darüber."

„Dieses schrieb meine Freundin Rahel Robert an Friedrich von Gentz (fährt Varnhagen weiter fort), und ich glaube den Brief, den ich mir vorgenommen Ihnen zu schreiben, verehrtester Herr Professor, nicht glücklicher eröffnen zu können, als mit diesen schönen, gesinnungsvollen, freiherzigen Worten eines Geistes, dem Tiefe, Wahrheit und Lebendigkeit vor allen anderen verliehen sind. Ich hatte mir eben vorgenommen, Ihnen zu schreiben, weil mir schien, daß ein Schriftsteller, der solcherlei Dinge gesagt und angeregt hat, von seinen Lesern nicht dürfe ohne Antwort gelassen werden, damit er wenigstens hin und wieder die Aufnahme seiner Zuschrift im Leben erfahre und auf diese Wirkung weiterwirken könne, indem die Recensionen, die ihm gedruckt zu Gesichte kommen, ihn hierüber ganz unaufgeklärt lassen und bloß den wissenschaftlichen Werth oder höchstens die Aufnahme unter den gelehrten Zunftbrüdern, keineswegs aber die politische Wirkung und Theilnahme berichten und barthun; weil mir ferner schien, daß es jetzt mehr als je wünschenswerth sein müsse, Bekanntschaft und Verhältniß unter denjenigen zu stiften, die immer auf einander sollten rechnen können; weil endlich mir schien, daß eine Zuschrift wie die gegenwärtige, Ihnen nicht viel weniger Freude machen müsse, als ich

fühle, daß ich in gleichem Falle durch eine Zuschrift von Ihnen
empfinden würde! Ich gestehe, daß mir erst ganz zuletzt, aber doch
zu meinem innigsten Vergnügen, die Rücksicht einfiel, daß ich als
ein geborener Düsseldorfer noch besonders berufen bin, an der
Anwesenheit und dem Wirken eines ausgezeichneten Mannes in
meiner Vaterstadt einen innigern Antheil zu nehmen und zu bezeu=
gen, als ein entfernter Mitbürger, mir die Rechte der Anwesenden
vorbehaltend und ausübend! Welchen innern Werth diese Theil=
nahme haben möge, das mögen die obigen Worte meiner Freundin,
der beipflichten zu müssen mir die eigene Zufriedenheit gewährt,
welche für das Gemüth durch das Zusammentreffen der Ueberzeu=
gung und der Autorität entspringt, zu erkennen geben; daß diese
Theilnahme aber auch äußerlich nicht müssig und unkräftigt sei,
bezeugt der regsame Eifer, mit welchem, in gewöhnlichem Gange
der Verbindungen und Verhältnisse, meine Freundin und ich, die
schönen Reden über Deutschlands Zukunft an mehr als zwanzig,
im Staate, in der Wissenschaft, im Leben wirkende Personen in
Wien, Berlin, Prag, Dresden, Stuttgart, Weimar, Hamburg und
Paris gebracht und dringend empfohlen haben. Das gemeinsame
Wirken Aller beschränkt freilich jedes besondere des Einzelnen, und
im Tumulte der Geselligkeit wie der Staaten erfüllt sich selten
Absicht und Willen in dem Maße und der Anlage, wie sie zuerst
aus dem Gemüth hervordrangen, aber auch hier wollen wir zu=
frieden sein, wenn durch große Thätigkeit auch nur etwas ge=
than wird.

Ich bin so frei, Ihnen beifolgend ein Schreiben an Se. Ex=
cellenz den Herrn General=Gouverneur Justus Gruner beizulegen;
ich bitte Sie, demselben es mit meinen besten Grüßen zu überge=
ben, wobei ich zugleich beabsichtige, Sie beide, wenn, was ich jedoch
kaum denken kann, Sie sich noch nicht gegenseitig einander kennen
sollten, mit einander bekannt zu machen. Dieser freisinnige und
kühnthätige Staatsmann ist an seiner Stelle ein wahrer Trost für
jeden Vaterlandsfreund, der sich weit und breit vergebens nach der
Freiheit umsieht, die er glaubt miterfochten zu haben.

Indem ich Ihnen die innigsten Glückwünsche zu Ihrem schö=
nen und großen Berufe darbringe und noch oft in Schrift und
That Sie wiederzufinden hoffe, als ein Freund und Theilhaber
jedes redlichen Wollens und jeder schönen Bildung Ihnen zu be=
gegnen wünsche, habe ich die Ehre zu verharren

Hochgeehrtester Herr Professor

Ihr ergebenster

K. A. Varnhagen von Ense,

Ruß. kaiserl. Hauptmann.

Töplitz, den 28. Juli 1814."

Für die Gentz=Metternich'sche Welt= und Menschenanschauung
waren aber solche Pläne, die, wenn auch auf dem Boden der gege=
benen Verhältnisse unausführbar, doch aus dem Glauben an das
Bessere im Menschen entsprungen und auf denselben gebaut waren,
leeren Träumen gleich zu achten. In einem Briefe an Rahel aus
Baden vom 7. August 1814, der in dem ersten Theile der von
Gustav Schlesier im Jahre 1838 herausgegebenen Schriften von
Friedrich von Gentz abgedruckt ist, heißt es unter anderem:

„Spannen Sie um Gotteswillen Ihre Wünsche und Hoffnungen
nicht zu hoch. Von dem, was S i e am meisten im Auge zu haben
scheinen, wird, fürchte ich, gar wenig geschehen. Sie müssen in einer
äußerst empfänglichen, äußerst exaltierten Stimmung sein, um über
die Schrift von Thibaut in dem Tone zu reden, den Ihr Brief er=
klingen läßt. Und Sie müssen es meiner Ehrlichkeit verzeihen, wenn
ich ohne Umschweife erkläre, daß ich nicht einmal ahnden kann, wie
diese Schrift so auf sie wirken konnte. Für's Erste ist sie einem
e i n z e l n e n und, obgleich wichtigen, doch am Ende nur untergeord=
neten Gegenstande gewidmet; für's Zweite ist dieser Gegenstand keines=
wegs darin erschöpft, und die Hauptschwierigkeiten der Aufgabe sind
kaum b e r ü h r t, viel weniger aufgelöst; für's Dritte ist sie nachlässig
und (wie ich Ihnen durch zwanzig oder dreißig Stellen beweisen
könnte) bis zur Incorrectheit nachlässig geschrieben. — Ueber die von
Kohlrausch schweige ich, um Sie nicht zu kränken, oder den Verdacht

muthwilliger Tadelsucht zu erregen, lieber ganz. — Nein! bis jetzt
habe ich über den künftigen Zustand von Deutschland noch nichts gelesen, das meine Aufmerksamkeit auch nur auf fünf Minuten hätte
fesseln können; und überhaupt finde ich die politische Schriftstellerei
dergestalt gesunken, daß es mir nicht mehr einfällt, mich in gedruckten
Blättern Raths zu erholen.

Daß die Staats- und Geschäftsmänner Besseres und Größeres
liefern werden, behaupte ich deshalb nicht; aber eben darum habe
ich über viele unerreichbare Dinge längst meine Partie genommen.
Wenn Sie alles das wüßten, was uns wirklich drückt, oder die
Fragen kennten, auf welche Antworten gefunden werden müssen,
alle die schweren Probleme, die uns weit näher liegen, als das allgemeine Gesetzbuch für Deutschland (dessen Wünschenswürdigkeit ich
noch gar nicht anerkenne, dessen Möglichkeit ich fast absolut bestreite),
— Sie würden doch aufhören, von Kohlrausch und Thibaut zu
sprechen."

Wie bezeichnend ist dieser dreifache Standpunct der Betrachtung
der Dinge: die enthusiastische Erregung des Gemüthes für ideelle
Zustände und dem gegenüber der kalte blasierte Unglaube an den Geist,
der auch in den Völkern Großes zu bewirken im Stande ist, und die
Meinung, daß nur Wenige berufen seien, die blinde Menge zu leiten;
und zwischen beiden der mittlere Standpunct eines Gneisenau, der
den Widerstand der Selbstsucht auf den hohen wie niedrigen Stufen
des Lebens wohl kennt, aber in seiner Großherzigkeit den Glauben
nicht verloren hat, daß aus dem Zusammenwirken der Wohlgesinnten,
wenn auch nicht das Vollendete, so doch das Bessere auch in den
äußeren Verhältnissen geschaffen werden könne.

Wenn man die Gegensätze der ersten beiden Richtungen jener
Zeiten zusammenhält, so kann man sich nicht verwundern, daß, anstatt
der gehofften großartigen Schöpfungen, Verwirrungen wie die nach
dem Jahre 1815 in Deutschland zum Vorschein kamen. Wenn ich,
der ich mich, wie schon bemerkt, entschieden zu den gemäßigten, zu
ausschweifenden Phantasie-Aufregungen gar nicht geneigten, Naturen
rechnen darf, wenn ich, ohne allen Parteieifer, ohne allen Einfluß

von außen, in einer von politischen Bestrebungen gänzlich freien Umgebung, in meinem 34sten Lebensjahre durch die großartigen Eindrücke der Zeit zu einer so idealen Auffassung unserer Zukunft hingerissen werden konnte, wohin konnten zwanzigjährige Jünglinge von feuriger Natur, wohin Männer von kräftigem politischen Streben, durch die Nachwirkung eben dieser Zeit fortgerissen werden! — Hätten nicht Männer wie Metternich, Gentz, Schmalz, Kampz u. s. w. das Leben in das Geleise der dumpfen, alltäglichen Gleichgültigkeit zurückzudrängen gesucht, hätten vielmehr die Regierungen sich an die Spitze der Bewegung gestellt und die besseren Kräfte, wo sie sich fanden, für eine würdige Neugestaltung der in der französischen Zeit doch schon aus den alten Fugen gekommenen Verhältnisse benutzt, so konnte damals, wo der gute Wille, eine religiöse Stimmung und der Glaube an den Sieg der Besseren noch vorherrschend waren, ein Zustand begründet werden, welcher uns vor den ferneren Verirrungen der früheren Jahre, sowie der Jahre 1830 und 1848, und der jetzigen Zerfahrenheit der Welt, wenigstens in unserm Deutschland, mit Gottes Hülfe bewahren konnte.

XII. Das Leben in Düsseldorf vom Februar 1814 bis zum September 1818.

Von jenen das Allgemeine im Auge haltenden Mittheilungen kehre ich zu meinem nächsten Kreise im Hause und in der Schule zurück. Meine Einführung in die Schule geschah in den ersten Tagen des Februar, aber meine Familie hatte ich noch nicht mit mir nehmen können, weil in jenen Tagen der erneuerten Kriegszüge nur mit Mühe die nöthigen Transportmittel für unsere Sachen zu beschaffen waren. Endlich am 16ten Februar folgte meine Frau mit den Kindern nach. Am 17ten traf es sich, daß im Theater Shakespeare's Hamlet, Prinz von Dänemark, gegeben wurde, und das dänische Herz meiner Frau kam meiner Vorliebe für Shakespeare entgegen; wir gingen in's Theater. Aber nach dem zweiten Acte verlangte meine

Frau nach Hause geführt zu werden, und nach wenigen Stunden er-
blickte unser vierter Sohn das Licht der Welt. Dieses Ereigniß hat
nachher zu manchem Scherze von Seiten unserer Freunde Veranlassung
gegeben und meine Frau in den Ruf einer enthusiastischen Freundin
des Theaters gebracht. Etwas Wahres war daran; sie hat mir wohl
gestanden, daß sie in ihrer Jugend nicht üble Lust gehabt habe, selbst
Schauspielerin zu werden, namentlich ihre Stimme für die Oper auszubilden. — Doch dieses nur in Parenthesi; die Aufgabe der neuen
häuslichen Einrichtung und die Sorge für die 4 lebhaften Knaben,
welche nicht viel über 5 Jahre an Alter aus einander waren, nahmen
ihre Kräfte bald eben so sehr in Anspruch, als die neue Schule die
meinigen.

Unser Lehrercollegium wurde so schnell als möglich einigermaßen
vollzählig gemacht. Von den älteren katholischen Lehrern waren der
Professor Schram, nachheriger Bibliothekar an der Universität
Bonn, der mathematische Lehrer Brewer, der Lehrer der französischen Sprache, Abbé Daulnoy und der Geistliche Hagemann,
Lehrer der Religion und der lateinischen Sprache in den unteren
Klassen, im Amte geblieben. Auch der würdige Rector Schallmeyer gab noch einige Stunden Unterricht in der Religion und
Philosophie in der obersten Klasse. Im März folgte ein ehemaliger
College Kortüms am Pädagogium in Halle, Friedrich Strack,
dann Lehrer am Gymnasium in Wertheim, einem Rufe nach Düsseldorf und schloß sich als dritter dem engeren Freundschaftsbunde
zwischen Kortüm und mir an. Sein Eifer für die Schule und seine
achtbaren Kenntnisse machten ihn zum tüchtigen Mitarbeiter für die
Hebung derselben, und sein durch und durch braves und treues
Wesen, verbunden mit einer liebenswürdigen Originalität, brachte eine
angenehme Würze in den geselligen Verkehr, der auch dadurch bald
sehr innig wurde, daß sich eine warme Freundschaft zwischen seiner
Frau und Schwester und meiner Frau bildete.

Um das Lehrercollegium noch mit einem katholischen Lehrer
zu vervollständigen, hatte sich Kortüm schon früher an den würdigen, auch mit classischer Gelehrsamkeit ausgerüsteten, Professor

der Theologie Kistemaker in Münster gewendet mit der Frage, ob
er nicht unter seinen Schülern einen jüngeren Mann habe, den er
zum Gymnasiallehrer empfehlen könne. Kistemaker antwortete, die
jungen Studierenden mit gründlichen Schulkenntnissen seien auch in
Westphalen dünn gesäet, aber er habe einen, freilich noch sehr jungen,
Mann unter seinen Zuhörern, der bei Seidenstücker in Soest
tüchtige Schulstudien gemacht und Lust und Anlage zum Lehrfache
habe; wenn man es in Düsseldorf mit ihm versuchen wolle, so werde
er ihn zu bestimmen suchen, einem Rufe dahin zu folgen. Es war
der aus Soest gebürtige Studiosus der Theologie Brüggemann.
Er kam, und seine allerdings noch sehr große Jugend machte es ihm
anfangs schwer, seine ziemlich verwilderte zahlreiche Klasse, die
Quinta, in strenger Ordnung zu halten. Dazu kam, nicht lange
nach seinem Eintritte in's Schulamt, eine schwere Unterleibskrankheit,
die ihn längere Zeit von aller Schularbeit zurückhielt. Aber genesen,
gab er sich mit solcher Energie seinem Amte wieder hin, daß er in
kurzer Zeit alle Schwierigkeiten überwunden hatte, daß seine Klasse
musterhaft und daß es eine Freude war, seinen Stunden, besonders
den lateinischen grammatischen, beizuwohnen. Sehr selten habe ich in
meiner langen Schulerfahrung ein solches Beispiel schneller und
glücklicher Entwickelung eines jungen Lehrers, eines solchen von Talent unterstützten eindringenden Fleißes gesehen, wie bei Brüggemann.
In kurzer Zeit konnte er auch in den oberen Klassen gebraucht werden, und als Kortüm im Jahre 1822 als Consistorial= und Schul=
rath in die Regierung zu Düsseldorf trat, wurde Brüggemann, ob=
gleich er einer der jüngeren Lehrer der Anstalt war, zum zweiten
Director des Gymnasiums ernannt, während Kortüm, eben jenes Umstandes wegen, die obere Leitung, ohne Unterricht zu geben, noch bei=
behielt. Als er diese aber, seiner Regierungsgeschäfte wegen, im
Jahre 1827 aufgab, blieb Brüggemann einziger Director, jedoch auch
nur bis 1831, da er als Regierungs= und Schulrath nach Coblenz
versetzt wurde. Im Jahre 1839 wurde er als Geheimer Regierungs=
rath in das Cultus=Ministerium nach Berlin berufen, in welchem er
noch in der oberen Leitung des höhern katholischen Schulwesens und

anderen wichtigen Geschäften mit anerkannter Tüchtigkeit fortwirkt. Obgleich nur während meiner vierjährigen Wirksamkeit in Düsseldorf mit diesem ausgezeichneten Manne als College verbunden, hat gegenseitige Achtung und Zuneigung doch ein Freundschaftsband zwischen uns geknüpft, welches durch spätere persönliche Begegnung und Briefwechsel bis heute unterhalten ist.

Damit ich sogleich hier noch eines anderen Collegen gedenke, der mir durch seinen biederen Charakter bald sehr werth wurde und mit welchem sich auch Familienverkehr anknüpfte, so bemerke ich, daß schon im November 1814 der reformierte Prediger Bubbe an der Stelle des bald nachher ganz austretenden Professors Schram den deutschen Unterricht in den oberen Klassen, neben dem Religionsunterrichte der protestantischen Schüler, übernahm. Er griff mit jugendlichem Eifer ein und erwarb sich ein namhaftes Verdienst in seinem Wirkungskreise.

Ueberhaupt erweckte das Gefühl, durch ihre Thätigkeit einer verfallenen Anstalt neues Leben einflößen und ihre Wahl durch ungewöhnliche Leistungen rechtfertigen zu müssen, einen solchen Eifer und ein so einträchtiges Zusammenwirken in den neuen Lehrern, daß das Düsseldorfer Gymnasium bald als eine Musteranstalt an den wiedereroberten Ufern des Rheins dastand, und daß ein Schüler der damaligen Zeit, der jetzige Professor Deyks an der Akademie in Münster, sich in der von ihm herausgegebenen Lebensbeschreibung Kortüms so darüber ausspricht:

„So war zu Anfang des Jahres 1815 das Gymnasium in Düsseldorf im Besitze eines Lehrercollegiums, wie es damals und selbst heutzutage nicht so leicht zum zweiten Male sich wiederfinden möchte: junge, strebende Männer, begeistert für die Wissenschaft, getragen von dem Geiste des wiedererwachenden deutschen Vaterlandsgefühls und, was die Hauptsache war, an ihrer Spitze ein Führer, dessen Seele erfüllt war von dem edelsten Geistesleben, der mit seiner harmonischen Bildung, mit reichem Wissen, das reinste Wohlwollen verband gegen alle, die ihm nahten, der, jung an Jahren, mit der Reife des Alters, Lehrer und Schüler in gemeinsamer Achtung und

Liebe sich verband. Aus diesen Elementen erwuchs jene erste Blüte
des Gymnasiums in Düsseldorf, dessen Andenken noch jetzt, fast nach
einem halben Jahrhundert, frisch ist in den Seelen derjenigen, welche
einst ihm angehörten."

Auch die Turnübungen wurden hier schon im Frühjahr 1815
eingeführt, und dieses erinnert mich daran, was ich nachzuholen nicht
vergessen darf, daß zu den ausgezeichneten Männern, die im Frühjahr
und Sommer 1814 nach Düsseldorf kamen, auch der Turnvater
Jahn und der treffliche Ernst Moritz Arndt gehörten, denen sich
die schon verbundenen Freunde schnell in herzlicher Zuneigung anschlossen. Die Abende, welche wir mit diesen Männern, zu welchen
auch für kurze Zeit Görres kam, genossen haben, sind mir unvergeßlich. Einen Vereinigungspunct bildete das Haus der schon früher
erwähnten Geheimräthin Schlosser, und im Sommer verlebten wir
auch heitere Tage mit Arndt und Jahn bei dem Schwiegersohn derselben, David Hasenklever und seinen Brüdern auf deren schönem
Bergsitze Ehringhausen. So innig und wohlbegründet waren die in
der gemüthswarmen damaligen Zeit, wenn auch in kurzem Zusammenleben, geschlossenen Freundschaften, daß die meinige mit den
obengenannten Männern bis zu deren Tode ungeschwächt fortgedauert hat.

Auf meine amtliche und schriftstellerische Thätigkeit hatten die
Anregungen, welche von diesen Männern ausgingen, auch keinen geringen Einfluß. Meine Vorliebe für Geschichte, welche ich in mein
Lehramt mitbrachte, bewirkte es, daß mir neben dem Klassenordinariate
von Secunda der Geschichtsunterricht in der ganzen oberen Hälfte
des Gymnasiums übertragen wurde, und da die aus der früheren
Zeit zurückgebliebenen Schüler mit der alten Geschichte, der Vorliebe
der katholischen Anstalten für dieselbe gemäß, am genauesten bekannt
waren, so durfte ich meiner, durch die Zeitverhältnisse gesteigerten,
Neigung folgen, die deutsche Geschichte in mehreren Klassen zum
Gegenstande meines Unterrichts zu machen, und darf ich glauben, daß
dieser Unterricht mir in nicht gewöhnlicher Weise gelang und auf
meine Schüler einen lebendigen Eindruck machte. Es war nicht allein

der Einfluß der großen Zeit, welche den Lehrer, wie die Schüler, ge=
rade für die vaterländische Geschichte begeisterte, sondern es war auch
noch ein individueller Grund, der in mir selbst lag und den ich nicht
verschweigen will, weil er zugleich einiges Licht auf die Unterrichts=
kunst selbst wirft.

Mein Geschichtsunterricht war damals so wirksam, weil ich
selbst noch Geschichte zu lernen hatte. Das klingt paradox und ist
nichts desto weniger wahr. Indem ich tüchtig Geschichte studierte,
übertrug sich das Interesse an dem Neuen, was ich lernte, auf
meinen Vortrag; er wurde dadurch belebt, und die Sachen, die ich
hervorhob, trafen gerade das, was den Schülern als Lernenden das
Wichtigere sein mußte, denn nur dieses hatte ich bei meiner Vorberei=
tung zum Unterrichte im Auge gehabt. Allerdings ist dabei das erste
Erforderniß, daß der Lehrer es mit seiner Vorbereitung ernstlich
meint, und daß er zugleich Gefühl und Tact für dasjenige hat, was
für die Jugend gehört. Der gelehrte Geschichtskenner hat dieses Gefühl
mehr oder weniger verloren, und es wird ihm oft langweilig, das
ihm selbst so Bekannte und fast trivial Gewordene noch einmal vor=
zutragen. Er thut es, wenn es sein muß, ohne lebendige Theilnahme,
hält sich auch so wenig wie möglich dabei auf und vertieft sich in
Einzelheiten, die ihn mehr ansprechen, für die Schüler aber überflüssig
sind, sie oft nur verwirren; oder er füllt auch die Zeit mit Räson=
nement aus, welches die Schüler nicht verstehen können, weil ihnen
die historische Grundlage fehlt, aber um so eifriger nachsprechen, weil
es nach tiefer geschichtlicher Einsicht schmeckt. Die Klippe liegt nicht
nur bei dem geschichtlichen, sondern auch bei dem sprachlichen und selbst
dem mathematischen Unterrichte nahe. Der Sprachkundige und der
mathematische Denker geht oft zu rasch über die Elemente weg, weil
ihm selbst alles so bekannt und so geläufig ist, daß er es nicht be=
greifen kann, wie jemand die Sache nicht sofort verstehen oder so
schnell wieder vergessen könne. Darum sind nur diejenigen Lehrer
recht wirksam, welche, ihre übrige Tüchtigkeit vorausgesetzt, entweder
noch jung sind und selbst mit den Schülern lernen, oder, wenn älter,
die Gabe besitzen und sich täglich in ihr üben, sich in den Zustand

der Lernenden zu versetzen und ihr eigenes wissenschaftliches Interesse in den Hintergrund zu stellen.

Die Lebendigkeit, mit welcher ich die deutsche Geschichte studierte und vortrug, in der ersten Zeit in mehreren Klassen zugleich, übertrug sich auch auf die Bearbeitung derselben für den Druck, zu der ich mich sehr bald entschloß, denn ich sah mich vergeblich nach einem passenden Buche darüber für den Schulgebrauch um. Die Hülfsbücher, welche sich in der damaligen Zeit dem Lehrer darboten, wenn er nicht selbst aus den Quellen schöpfen konnte, — die übrigens damals auch noch wenig zugänglich waren, — waren die größeren Werke von Schmidt, Heinrichs, Maskow und andere. Für den Schüler war aber so gut wie gar nichts vorhanden, was er auch privatim mit Interesse lesen konnte, sowie auch für das größere Publikum ein Buch über deutsche Geschichte in würdiger Popularität der Darstellung fehlte. Ich unternahm diese Arbeit, und was ich am Tage in der Schule gelehrt hatte, schrieb ich meistens des Abends und in der Nacht, oft bis 1 und 2 Uhr, mich ganz dabei vergessend, für den Druck nieder, und dieser Art der Entstehung meiner deutschen Geschichte glaube ich es größtentheils zuschreiben zu dürfen, daß sie, ungeachtet ihrer wissenschaftlichen Mängel, gleich nach ihrer Erscheinung Beifall fand und daß schnell nach einander mehrere Auflagen nöthig wurden. Am höchsten stieg aber mein Eifer für diese Arbeit, als ich an die Geschichte unseres Freiheitskampfes kam, die ich so eben in ihrem gemüthergreifenden Hergange mit durchgelebt hatte. Und, was ich schon bei Gelegenheit meiner Reden über Deutschlands Zukunft bemerkt habe, daß nicht eigentlich ich, sondern daß die große Zeit durch mich redete, das kann ich in noch reicherem Maße von meiner Beschreibung der deutschen Freiheitskriege sagen. Auch jetzt noch, wenn ich wieder hineinsehe, kommt mir oft das Gefühl, als rede da ein Fremder, der das alles selbst mit angesehen und erlebt habe. Insofern kann ich mir freilich eine bewußte Absicht bei der Entwerfung dieser kleinen Schrift, die auch unter dem Titel der deutschen Freiheitskämpfe besonders erschien, zuschreiben, daß ich sie für die Feier der großen Feste des 18ten October, 31sten März und 18ten Juni

bestimmt hatte und den Wunsch hegte, sie möchte auch in die Volksschulen und in die Hände des Volks überhaupt kommen. Und in der
That wurde nicht nur bei uns in Düsseldorf (wo schon 1814 der
18te October auf dem Grafenberge mit Feuern und Verbrennung der
Guillotine unter großem Volksjubel gefeiert war), sondern auch in
vielen anderen Schulen die Feier jener großen Feste mit Vorlesung
meiner Schilderungen mehrere Jahre hindurch begangen.

Die lobenden Zuschriften, die mir schon nach der Erscheinung
des ersten im Jahre 1816 gedruckten Bandes meiner deutschen Geschichte von Männern, wie der Minister Stein, der General Gneisenau, die Professoren Heeren und Sartorius in Göttingen, die Ge-
heimräthe Nicolovius und Süvern in Berlin und manchen anderen,
zu theil wurde, feuerten mich um so mehr an, die Arbeit zu beeilen,
und die drei Abtheilungen des Buches waren auch wirklich schon 1817
gedruckt. Aber ich hatte mir doch mit den nächtlichen Arbeiten, neben
meiner reichlichen Tagesarbeit als Lehrer, zu viel zugemuthet; im
Frühjahr 1816 und noch mehr 1817 fing ich an nicht unbedenklich
zu kränkeln und fühlte mich überhaupt sehr angegriffen, so daß mir
der Arzt die größte Schonung empfahl und mich längere Zeit Islän-
disch Moos gebrauchen ließ. Da kam mir nun eine schon in Barmen angeknüpfte Bekanntschaft mit der Tochter meiner Hauswirtin
Bredt, der schon früh verwitweten Frau Brügelmann, Besitzerin
einer großen Baumwollspinnerei und eines schönen Gutes zu Cromford, ein paar Stunden von Düsseldorf, zu Hülfe. Zwischen dieser
Frau und der meinigen hatte sich eine innige Freundschaft gebildet,
und wir fanden mit unseren Kindern, so oft wir wollten, ein herzliches Willkommen in dem gastlichen Cromford, ich aber benutzte jede
Ferienzeit zu einem längeren Aufenthalte auf diesem frei und schön
gelegenen Gute, in seinem großen Garten und den daran stoßenden
Gehölzen, zu meiner wahren Erfrischung. Das Gefühl, wie der
Schulstaub schon nach wenigen Tagen von meiner freiwerdenden
Seele abfiel, ist mir noch heute lebhaft gegenwärtig, und ich gedenke
mit warmer Dankbarkeit der Freundschaft dieser trefflichen Frau, die
leider auch schon seit 12 Jahren im Grabe ruht. — Auch darf ich

der Freundlichkeit der Familie Hasenklever nicht vergessen, bei welcher ich einmal während der längeren Ferien in Ehringhausen verweilt und meine deutsche Geschichte für eine zweite Auflage durchgearbeitet habe.

Es war nicht nur meine deutsche Geschichte und meine gewöhnliche Schularbeit, die mir so zugesetzt hatten, sondern es waren noch andere Anstrengungen dazu gekommen. Schon als ich die Lehrerstelle in Düsseldorf annahm, hatte ich, weil mein Gehalt nur 700 Francs betragen sollte, die Verbindlichkeit übernommen, einigen Unterricht in dem Mädcheninstitute einer Pastorin Eichelberg zu ertheilen, und konnte mich nachher dieser Verpflichtung nicht sofort entziehen. Auch ist mir von dieser Anstalt eine angenehme Erinnerung geblieben, da mir der Unterricht junger Mädchen von Barmen her lieb geworden war, und ich ebenfalls in Düsseldorf sehr empfängliche Schülerinnen fand, von denen mir einige auch im späteren Leben befreundet geblieben sind. Ich nenne nur die Töchter des ehrwürdigen Obergerichtspräsidenten S e t h e.

Ferner mußte ich auch für den Unterricht meiner beiden heranwachsenden ältesten Knaben und für die Kinder meines Freundes Bischoff Sorge tragen, der als General-Stabsarzt bei dem fünften deutschen Armeecorps unter dem Herzog von Coburg vor der Festung Mainz stand. Ich hatte zu dem Ende meinen Hülfslehrer Schumacher aus Barmen mit nach Düsseldorf genommen, um diese mit den Kindern noch einiger anderer Familien, unter welchen die v o n Ammon'schen uns besonders lieb wurden, zu unterrichten, mußte jedoch selbst auch in dieser kleinen Schule Unterricht ertheilen, um sie im rechten Geleise zu erhalten.

Endlich wurde meine Thätigkeit auch noch in einer öffentlichen Stellung in Anspruch genommen, indem der Generalgouverneur Gruner einen provisorischen S c h u l r a t h errichtete, welcher unter dem Vorsitze des Staatsraths Jacobi ein organisches Statut für das Volksschulwesen des Großherzogthums Berg entwerfen und zur Ausführung bringen sollte, und mich, nebst dem Director Kortüm und dem Schulrath Bracht, zu Mitgliedern desselben ernannte. Es wurden

Regulative ausgearbeitet, die Volksschulen wurden in Districte eingetheilt und denselben Schulpfleger vorgesetzt. (Dem Streben der Zeit
gemäß, alle Fremdwörter aus unserer Sprache zu verbannen, sollte
statt des Titels Schul-Inspector ein deutscher Name gewählt werden.
Mir kam der Luther'sche Landpfleger des jüdischen Landes in den
Sinn und der Titel Schulpfleger wurde officiell gemacht.) Der bergische
Schulrath bestand bis zur Uebergabe des Landes an die Krone Preußen
und Einsetzung der preußischen Verwaltungsbehörden. Es sei bei dieser
Gelegenheit noch einmal des würdigen Staatsraths Georg Jacobi mit dankbarer Erinnerung gedacht, welcher das Wohlwollen für
Kortüm auch auf mich übertrug und jetzt in den Sitzungen des pro-
visorischen Schulraths sich als einen gemüthlich biederen und zuverlässigen Leiter der Geschäfte bewährte.

Nach allem Obigen wird es keines weiteren Beweises bedürfen,
daß ich in Düsseldorf nicht müssig gewesen bin und daß sich meine
theilweise Ermattung im dritten und vierten Jahre leicht erklären läßt.
Das Leben des praktischen Schulmannes, wenn er es ernstlich mit
seinem Berufe meint, ist kein leichtes und ich habe mich später, nachdem ich aus dem eigentlichen Lehramte in das das Schulwesen leitende
Geschäftsleben versetzt war, obgleich ich auch darin genug Arbeit fand,
doch oft gefragt, ob ich mich nicht als Lehrer früher aufgerieben haben
würde. Es ist ein großer Unterschied, ob man zu seinen Arbeiten
auf seiner stillen Stube die passende Stunde wählen und Unterbrechungen eintreten lassen kann, um sich zu erholen, oder ob man zur
bestimmten Stunde, Morgens 7 oder 8 Uhr, durch Wind und Regen
und Schnee zur Schule eilen und vor seine Schüler treten muß, mag
man sich wohl fühlen oder nicht, zum Reden aufgelegt sein, oder zum
Schweigen. Die Schüler sehen uns erwartungsvoll an, und wenn
sie nicht in Unruhe oder in Schlaffheit verfallen sollen, so müssen
wir die eigene Schwäche niederkämpfen, mit aller Anstrengung die
Kräfte zusammennehmen, und das Beste, was wir in uns tragen,
zur Befriedigung der Schüler herausgeben. Oft gelingt dieses zu
unserer eigenen Freude und Ueberraschung und wir gehen als Andere

aus der Schule, als wir hineingingen; allein daß dabei ein gutes Theil Lebenskraft aufgerieben wird, ist offenbar.

Mein Verhältniß zu Kortüm wurde in unserm Zusammenleben und Wirken ein immer innigeres, auf gegenseitige Uebereinstimmung der Charaktere, der Grundsätze, der Lebenserfahrung und Menschenbeurtheilung gegründetes. Es hat alle Wechsel der Schicksale, alle räumliche Trennung und Verschiedenheit des Wirkungskreises, ungeachtet das unmittelbare Zusammenleben nur fünftehalb Jahre umfaßte, überdauert. Auf dem Boden der religiösen Ueberzeugungen, der tiefgewurzelten Liebe zur Wahrheit und Verschmähung alles Scheinwesens, zeigte sich unsere Uebereinstimmung so probehaltig, daß nicht nur in dem persönlichen engen Zusammenwirken für den nächsten Beruf nie eine ernstliche Differenz vorgekommen ist, sondern daß auch in den 41 Jahren nach unserer Trennung in dem lebhaften brieflichen Verkehr die Gemeinsamkeit des Urtheils über die größeren Weltbegebenheiten wie über kleinere Lebensverhältnisse, über menschliche Charaktere, literarische Erscheinungen, Geschäftssachen, Schulverwaltung, und was sonst das Leben an bemerkenswerthen Dingen mit sich bringt, oft auf überraschende Weise hervortrat. Ja es konnte der eine der Freunde meistens mit Bestimmtheit voraussagen, wie der andere in großen und kleinen Dingen über eine Sache urtheilen werde. Die Verschiedenheit der Temperamente gab den Gefühlen und Ansichten allerdings oft eine etwas andere Färbung. Kortüm war leicht erregbar, ja reizbar, und die äußere Ruhe und Haltung, die er stets zu bewahren wußte, verdeckte nicht selten eine starke innere Bewegung. Meine größere Ruhe und Unbefangenheit, die schon durch die acht Jahre, die ich im Alter voraus hatte, unterstützt wurde, diente oft zur rascheren Beruhigung von Kortüms Inneren, während dessen leicht erregbares lebendiges Interesse mich oft zur Theilnahme an Dingen mit fortzog, die sonst vielleicht unbemerkt an mir vorüber gegangen wären. Auch auf meine Familie erstreckte sich Kortüms Theilnahme und Freundschaft, wovon meine Kinder und Enkel noch in späterer Zeit redende Beweise erfahren haben.

Doch, ich muß wiederum in der Zeit zurückgreifen, um die Eindrücke der wichtigen Ereignisse der Jahre 1814 und 1815 nicht zu
übergehen. In diesen Jahren wurde unser Kreis auf das lebhafteste
durch die großen Weltbegebenheiten in Spannung gehalten. Der erste
Sieg Blüchers bei Brienne und la Rothière, im Anfange des Februar, das schwankende Kriegsglück in der Mitte dieses Monats; die
ängstliche Zeit der Erwartung im März, da eine Zeitlang durch Napoleons Vordringen gegen Lothringen im Rücken der Alliirten die
Verbindung mit denselben abgeschnitten war und alle Nachrichten aus-
blieben oder unsicher wurden; dann die gewaltig ergreifende Kunde
von dem Kampfe vor den Barrièren von Paris und dem Einzuge
der Verbündeten in diese Stadt am 31. März; — wer jene Zeit mit
erlebt und durchempfunden hat, weiß, wie stark die Gemüthsbewegungen waren, welche alle Freunde des Vaterlandes oft so tief ergriffen. Und eine zweite fast noch bewegtere Zeit gerade für die
Gegenden des Niederrheins brachte Napoleons Wiederkehr von Elba
im März 1815 wegen der Nähe des Kriegsschauplatzes. Mir stehen
die Stunden aus dem Juni noch lebhaft vor der Seele, in welchen
der provisorische Schulrath seine Sitzungen hielt und die Mitglieder
vor dem Gewichte der sich vielfach durchkreuzenden Nachrichten, die
ein jeder mitbrachte, von den vorliegenden Arbeiten kaum die wichtigsten berathen konnten. Der Staatsrath Jacobi hatte durch seine
Verbindung mit der Familie des Generalgouverneurs Sack in Aachen
immer die neuesten Nachrichten, und mit schwerer Sorge erfüllte uns,
nach der Mitte des Juni, die Nachricht, daß die Familie desselben
schon von Aachen abgereist sei, um in Düsseldorf eine bessere Zuflucht
zu finden, da sich der Krieg bedrohlich nähere. Dunkle Gerüchte von
der Schlacht bei Ligny und dem Rückzuge der Preußen durchliefen
die Stadt. Es wird am 19ten oder 20sten des Abends gewesen sein,
als die Mitglieder des Schulraths auch so zusammensaßen und ihre
gedrückte Stimmung durch ein ungewöhnliches Geräusch von eilig die
Straße durchlaufenden Menschen unterbrochen wurde. Die Sitzung
wurde aufgehoben und in gespannter, keineswegs freudiger, Erwartung eilten wir auf die Straße. Die Frage, was die ungewöhnliche

Bewegung bedeute, wurde von herantretenden Bekannten und Unbekannten in haſtiger Rede dahin beantwortet, daß ein großer Sieg der
Preußen und Engländer am 18ten erfochten ſei; ſchon ſei ein Courier
durchgeeilt, ja, der Oberſt v. Thiele halte in dieſem Augenblicke in
dem erbeuteten Wagen des Herzogs von Baſſano auf dem Poſthofe,
um dem Könige von Preußen entgegen zu eilen. Man wollte ſogar
ſchon Briefe aus Aachen geſehen haben, die den Sieg beglaubigten.
Freunde, die ſich auf den Straßen begegneten, fielen ſich mit Thränen
in den Augen in die Arme, und ſo entſchieden traten die Siegesnachrichten auf, daß die Stadt ſich ſchnell erleuchtete, daß die Menſchen
in die Kirchen ſtrömten, um Gott zu danken, und daß unter anderm
der alte ehrwürdige lutheriſche Paſtor Hartmann bei gefüllter Kirch-
auf die Kanzel trat und eine Rede voll des begeiſtertſten Dankes
hielt, wie ſie gewiß nie aus augenblicklicher Eingebung ſo von ſeinen
Lippen gefloſſen war. Solche Augenblicke erlebt und ihre Erſchütte-
rungen gekoſtet zu haben, bildet einen leuchtenden Punct auf der Lebens-
bahn, deſſen Eindruck nie erliſcht.

Die Beſtätigungen folgten ſich raſch und an einem der folgenden
Tage erregte ein Brief Gneiſenau's an die Oberſtin v. Klauſewitz,
die nebſt andern Offiziersfrauen in Düſſeldorf die Entwickelung der
Begebenheiten abwarteten, die größte Senſation, ſchon ehe er geöffnet
war, denn Gneiſenau hatte auf die Adreſſe geſchrieben: „Man bittet,
das Siegel zu betrachten"; und ſiehe es war Napoleons eigenes Pett-
ſchaft, mit welchem der Brief geſiegelt war; es war in ſeinem am
Abend der Schlacht erbeuteten Wagen gefunden. Auch der Brief
wurde ſofort mit Bewilligung der Empfängerin in der Düſſeldorfer
Zeitung abgedruckt und enthielt in begeiſterter Sprache die Beſchrei-
bung der von Gneiſenau bei hellem Mondſchein ausgeführten Verfol-
gung, welche den Sieg ſo vollſtändig machte. Der Brief ſchilderte,
wie die Haufen der Flüchtigen wohl von zehn Lagerplätzen, wo ſie
Athem zu ſchöpfen verſucht, durch das Wirbeln der Trommeln und
den Klang der Flügelhörner aufgeſchreckt ſeien, wie die Heerſtraße den
Anblick eines großen Schiffbruchs dargeboten habe, indem ſie mit
unzähligen Geſchützen, Pulverkarren, Wagen, Gewehren und Trüm-

mern aller Art übersäet gewesen u. s. w. Der von Gneisenau ver=
faßte Schlachtbericht Blüchers enthielt später fast dieselben Schilde=
rungen. — Eine große Bewegung erregte es ebenfalls bald nachher,
als Napoleons eigener Wagen, von vier großen braunen normanni=
schen Pferden gezogen, in Düsseldorf erschien. Der Major Keller
hatte ihn, als er mit seinem pommerschen Bataillon zuerst in Jemappe
einbrang, erbeutet und schickte ihn jetzt nach Düsseldorf zu seiner
Frau, die hier ebenfalls weilte, und diese, in der berauschenden Freude
über einen solchen Siegespreis, verschenkte, bei dem Auspacken der
Wagenkasten, bei welchem sich in dem Hotel, wo sie wohnte, erstaunte
Zuschauer versammelt hatten, den umstehenden Bekannten und Unbe=
kannten, als Erinnerung aus der Napoleonischen Beute, Bücher, Tassen,
kleine Reisebedürfnisse, Rasiermesser u. s. w.; und so erhielt auch
Kortüm, der zufällig zugegen war, ein Exemplar eines lateinischen
Autors, ich glaube des Sueton, in welchem an bezeichnenden Stellen
Bleistiftstriche, unzweifelhaft von Napoleons Hand gemacht waren;
denn welcher Dritte hätte in Napoleons Büchern Randglossen machen
dürfen? — Man beredete die Majorin Keller, den Wagen und seinen
Inhalt für ein den Armen bestimmtes Eintrittsgeld sehen zu lassen,
und so habe auch ich mit Frau und Kindern das Reiseservice Napo=
leons von Silber, mit dem kaiserlichen Wappen, seine Tassen, seine
Bücher, sein Schreibzeug, sein eisernes Feldbett mit Matratzen und
Kissen, und sonstige Reisebedürfnisse gesehen.

Welchen Eindruck dergleichen anschauliche Siegesbeweise auf meine
ältesten Knaben machten, die nun schon im 5ten und 6ten Jahre waren
und täglich von den Kriegsereignissen reden hörten, läßt sich ermessen.
Der alte Blücher war ihr gefeierter Held, seinen Namen übertrugen
sie auf alles, was ihnen groß und hervorragend erschien, ja, wenn
wir im Winter von 18$^{14}/_{15}$ am Rheine spazieren gingen und die
Eisschollen vorbeitreiben sahen, so wurde die mächtigste dieser Schollen
Blücher genannt, andere große mußten Gneisenau, York, Bülow,
Kleist, Schwarzenberg u. s. w. heißen, denn diese Namen waren schon
in dem Munde der Kinder. Und als nun im Jahre 1815 der fünfte
Knabe und 1817 die erste Tochter geboren wurde, kam der älteste,

Rudolf, ganz ernsthaft zu mir und fragte: „Vater, sind wir fünf Jungens wohl zu einer Kompagnie Soldaten genug und kann die Thea", so hatten wir das Mädchen genannt, „wohl als Marketenderin mit uns ziehen?" So fest stand es ihnen, daß jeder Junge Soldat werden mußte, um die Franzosen von Deutschland zurückzuhalten.

Die fünf Knaben, die in rascher Reihe einander folgten, waren meiner lieben Frau doch nicht ganz nach Sinne gewesen; sie trug unsere verstorbene Linda noch immer im Herzen und wünschte sich sehnlichst wieder eine Tochter. Diese erste, unsere Thea, erregte daher große Freude; aber leider wurde dieselbe bald wieder getrübt, als der fünfte Knabe, den wir nach dem Bruder meiner Frau Arndt genannt hatten, ein selten schönes Kind mit den ausdrucksvollsten braunen Augen, eine Unterleibskrankheit bekam und im Alter von anderthalb Jahren starb. Dieser Verlust griff die Gesundheit meiner Frau sehr an, und nöthigte sie auch, für das zuletztgeborene Kind eine Amme zu nehmen, zu ihrem großen Leidwesen, denn bis dahin hatte sie alle unsere Kinder selbst gestillt. Da zeigte sich nun wieder die Freundschaft der Frau Brügelmann in schönster Thätigkeit und Sorgfalt; meine Frau mußte mit den kleineren Kindern sich längere Zeit in Cromford aufhalten und in der freien Natur erholen und stärken.

In Düsseldorf hatte sich der Kreis unserer näheren Freunde auch vermehrt. Kortüm war zu einer befreundeten Familie Jacobi gezogen, nemlich zu dem gewesenen Kaufmanne Eduard Jacobi, dem jüngsten Stiefbruder des Präsidenten F. H. Jacobi. Er war bald so einheimisch in derselben, wie ein Kind des Hauses, und führte auch unsere genauere Verbindung mit demselben herbei. Es war ein sehr gemüthliches Leben in diesem Hause und der Mittelpunct desselben war die liebenswürdige Hausfrau, eine geborene Engländerin, die nur mit ihrem Taufnamen Betsy genannt wurde, ein so, ich möchte sagen, ätherisch reines Wesen, wie mir kein zweites im Leben vorgekommen ist. Alles was in ihre Nähe kam, fühlte sich zu ihr hingezogen und so hatte diese Anziehungskraft auch zwei einzeln stehende weibliche Wesen in ihre nächste Nähe geführt, denn es lebten in ihrem Hause zwei Schwestern Wilhelmi aus Bremen, Johanne und Philippine mit Namen. Und damit auch zu Kortüm noch ein Nebenmann käme, trat der Regierungsrath Ferdinand Delbrück, früher Gymnasiallehrer in Berlin und später Professor in Bonn, als Tischgenosse ein, so daß nicht leicht ein durch feinere Unterhaltung und Geselligkeit gewürztes Symposium existiert haben möchte, als dieses. Auch ich und meine Frau durften nicht selten daran theilnehmen und die Erinnerung an diesen Kreis liebenswürdiger Menschen wird mir stets theuer sein. Leider wurde er nur zu früh durch das Ausscheiden der Hauptperson zerrissen; Frau Betsy, die schon lange an einem Brustleiden gekränkelt hatte, erkrankte heftiger und starb am 25. Februar 1818 in ihrem 50sten Lebensjahre. Ihr Ende war sanft, wie ihr ganzes Wesen, und als sie dasselbe nahe fühlte, äußerte sie: „Ich habe ein schönes, frohes und glückliches Leben gelebt; sagt allen, daß Ihr eine gekannt, die nicht mit der Welt unzufrieden war, wie Viele." Kortüm, der an ihrem Sterbebette gestanden hatte, sprach mit der tiefsten Rührung über ihren schönen Tod, welcher die herrlichste Bewährung ihres edlen Lebens war. — Später, nachdem im Jahre 1819 der Präsident F. H. Jacobi in München gestorben war, zogen die beiden Schwestern desselben, die in der literarischen Welt unter dem Namen Tante Lotte und Tante Lene bekannt sind, zu ihrem Stiefbruder Eduard ins Haus und ergänzten mit ihrer regen Empfänglichkeit den Kreis des Hauses, der auch durch Delbrücks Versetzung nach Bonn im Jahre 1818 kleiner geworden war. Ich habe diese Schwestern bei meinen Besuchen in Düsseldorf von Münster aus ebenfalls kennen gelernt.

In unserm sonstigen Freundeskreise war auch schon im Jahre 1817 eine empfindliche Lücke entstanden; unser Freund Strack war einem Rufe als Director der Vorschule in Bremen unter sehr vortheilhaften Bedingungen gefolgt. Der Senat dieser neuaufblühenden Stadt wollte das höhere Schulwesen derselben in umfassender Weise ordnen und zog auch unseren Strack dabei zu Rathe, auf welchen er durch seine Schriften und seinen Ruf als Lehrer aufmerksam gemacht war. Es wurde eine dreifache Gliederung des höheren Schulwesens als passend erkannt: eine Vorschule, welche die Schüler bis zum 14ten Jahre mit den Grundlagen höherer Bildung ausrüsten, eine Handelsschule, welche die so vorbereiteten, dem Kaufmannsstande bestimmten, Schüler in dieser Richtung weiter fördern, und ein Gymnasium, welches die den akademischen Studien Zustrebenden aufnehmen sollte. Strack nahm die Direction der Vorschule an und ging im Sommer 1817 mit seiner Familie nach Bremen. Ich und die Meinigen verloren an diesen treuen Freunden sehr viel. Sie waren recht eigentlich in unser Leben verwachsen. Ihre Söhne, gleichalterig mit meinen jüngeren Söhnen, waren deren nächste Gespielen; meine Frau hatte an Strack's Frau und Schwester liebevolle und hülfreiche Theilnehmerinnen an allen häuslichen Freuden und Sorgen; Strack selbst war mir durch seine Biederkeit, seine Offenheit und Wahrhaftigkeit, seine mannigfachen Kenntnisse, seine originelle Auffassung von Menschen und Sachen, und seine unerschütterliche Anhänglichkeit an seine Freunde mit jedem Jahre lieber geworden; alle drei belebten unser Zusammensein durch Heiterkeit, gute Laune, originelle Einfälle und Veranstaltungen an jedem Geburtstage, auf die erfreulichste Weise. Als eigentliche Familienfreunde im besten Sinne des Worts haben uns nie Menschen näher gestanden, und unsere Freundschaft hat ungetrübt fortbestanden und besteht auch noch mit Strack's Witwe und Kindern, nachdem leider schon drei der älteren Glieder von der Kette, Strack, die Schwester und meine Frau, abgelöst sind.

Nachdem der erste Riß in die amtliche und freundschaftliche Gemeinschaft der drei Freunde durch Strack's Abgang gemacht war, sollte bald ein zweiter folgen. Als ich eines Nachmittags nach beendigter Schulzeit im Sommer 1817 mit den Büchern unter dem Arme in meine Stube trat, fand ich darin zwei Fremde auf mich wartend, welche sich als Reisende ankündigten, die gern noch mit dem Dampfschiffe gegen Abend abfahren und mit mir etwas Dringendes verabreden wollten. Es war der Darmstädtische Regierungspräsident von Lichtenberg und der Schulrath Schacht von Mainz. Der Präsident, ein schöner, einnehmender, natürlich offener Mann, legte mir ohne Umschweife die Frage vor, ob ich geneigt sei, die Stelle eines Directors des Gymnasiums in Mainz und Ober-Schulraths für die jenseits des Rheins gelegenen Darmstädtischen höheren Schulen in Worms und Bingen anzunehmen. Die Schulen sollten reorganisiert werden, und meine Verpflichtung zum eigenen Unterrichte solle nur eine mäßige Stundenzahl umfassen. An Gehalt solle die Stelle auf 2500 Gulden nebst freier Wohnung gesetzt werden. Im Laufe des Gesprächs ergab es sich, daß der Gedanke meiner Berufung zu dieser Stelle wieder mit der Herbart'schen pädagogischen Gesellschaft zusammenhing. Ein Mitglied dieser Gesellschaft war ein Studiosus Griepenkerl aus Braunschweig gewesen, dieser war später als Lehrer am Pestalozzischen Institute in Yverdun mit dem, den Präsidenten begleitenden, jetzigen Schulrathe Schacht befreundet worden und hatte diesem eine vortheilhafte Meinung von meiner pädagogischen Fähigkeit beigebracht, welche, in Verbindung mit meinen Reden über Deutschlands Zukunft und meiner deutschen Geschichte, den Präsidenten von Lichtenberg zu dem Plane, mich in Darmstädtische Dienste zu ziehen, bewogen haben mochte. Das Anerbieten war so vortheilhaft und zugleich auch dadurch anziehend, daß ich, wie in Düsseldorf, an einer organisierenden Thätigkeit theilnehmen sollte, daß ich es nicht von der Hand weisen durfte, sondern mir nur einige Bedenkzeit ausbat. Sie wurde mir mit dem Wunsche, daß ich mich günstig entschließen möchte, zugestanden. Die zweistündige Unterredung hatte gegenseitiges Vertrauen erweckt, und meine Anhänglichkeit an Preußen war noch nicht so befestigt, daß ich nicht geschwankt hätte. Da erschien in denselben Tagen der Minister des Innern von Schuckmann, der damals noch die Leitung des Unterrichtswesens des preußischen Staates mit seinem Ministerium vereinigte, in Düsseldorf. Der Regierungsrath Delbrück machte ihn mit dem mir von Mainz aus geworbenen Antrage, den ich der Regierung anzuzeigen für Pflicht gehalten hatte, und dem Wunsche der Regierung, daß man mich halten möchte, bekannt. Der Minister ließ mich rufen und redete mir etwa in folgender Weise zu: „Bleiben Sie in unseren Diensten, Preußen ist ein großer Staat, in welchem Ihnen eine größere Laufbahn offen

steht, als in Darmstadt. Wir wollen Ihre Stellung gleich hier ver=
bessern, so viel es die Mittel erlauben, und wenn eine ähnliche Stelle
bei uns in einer Provinz frei wird, mit welcher die Leitung des
höheren Unterrichtswesens verbunden ist, so sollen Sie sie haben.
Uebrigens," setzte er mit gutmüthigem Lächeln hinzu, „rathe ich Ihnen
als Freund, halten Sie Sich an die großen Staaten, da sind Sie
weit vom Schuß, in den kleinen kucken Ihnen der Fürst und der
Minister in den Topf." — Die Offenheit und Zutraulichkeit des
sonst als ziemlich derbe verschrieenen Ministers machte einen günstigen
Eindruck auf mich; auch ging mir die letzte Bemerkung desselben im
Kopfe herum. Man gab mir eine Zulage, und ich blieb. Meine
Wirksamkeit in Düsseldorf sollte aber doch nicht lange mehr dauern.
Um Weihnachten 1817 kam mein alter Berliner Freund Keßler,
der es bis zum Regierungsdirector in Münster gebracht hatte (nach=
dem er als Hauptmann in der Landwehr die Schlachten bei Groß=
behren und Dennewitz mitgemacht hatte), zu mir nach Düsseldorf, um
mir zu sagen, daß der Oberpräsident v. Vincke in Berlin darauf an=
getragen habe, einen Schulrath in das Consistorium und die Regie=
rung zu Münster zu berufen, der das höhere Schulwesen der Provinz
Westphalen in dem Geiste der neueren preußischen Schulordnung or=
ganisiere; mit den beiden älteren katholischen Schulräthen sei die
Sache nicht durchzuführen. Von Berlin aus habe man auf mich
hingewiesen, er habe mich als alten Freund auch empfohlen; was ich
dazu sage? Nun machte mich das katholische Münster und die
katholischen Gymnasien Westphalens zwar bedenklich, allein auf der
anderen Seite gab mir die Versicherung meines Freundes, daß sich
auch in Westphalen viel Gutes schaffen lasse, und daß ich an dem
trefflichen Oberpräsidenten die kräftigste Stütze und bei ihm selbst
Rath und Beistand finden würde, wiederum Muth; ich sagte zu,
wenn man mir von Berlin die Stelle übertragen würde. Meine
Aufgabe in Düsseldorf war ja eigentlich vollbracht, das Gymnasium
stand wohlgeordnet da, und sein Hauptgründer und Förderer blieb
an seiner Spitze zurück und bürgte für sein ferneres Gedeihen. Mir
aber bot sich eine, wenn auch schwierige, so doch wichtige und ver=

dienstliche, schaffende Wirksamkeit dar, und der bisherige Gang meines Lebens, das Gelingen dessen, was ich unternommen, und das Vertrauen auf den Beistand der Vorsehung, das ich dadurch gewonnen hatte, gaben mir Muth, auch dieses Werk zu übernehmen.

Die Verhandlungen zogen sich ziemlich lange hin; die Stelle in Münster war eine neue, die Mittel zur Dotirung mußten erst beschafft werden, dazu war das Unterrichtsministerium von dem des Innern getrennt und dem Minister Altenstein übertragen worden, und der König mit dem Staatskanzler, Fürsten Hardenberg, war im Sommer 1818 mit dem Congreß in Aachen und der Gründung der Universität Bonn in den Rheingegenden beschäftigt. Die Unterschrift des Staatskanzlers fehlte noch zu meiner Berufung als Consistorialrath nach Münster, und ich mußte selbst noch eine Reise nach Cöln machen, um Gewißheit über meine Ernennung zu erlangen. Durch die thätige Vermittelung des Geheimraths Eichhorn, des nachherigen Ministers, den ich bei dieser Gelegenheit als ächt deutsch gesinnten, einsichtsvollen Mann kennen und schätzen lernte, erhielt ich sie und konnte mich zum Umzuge nach Münster rüsten. Ein Umstand von dringender Natur trieb uns zu möglichster Eile; meine Frau erwartete wieder ihre Niederkunft, und wir dachten an die ähnliche Katastrophe bei unserem Umzuge von Barmen nach Düsseldorf.

Endlich, im September 1818, konnten wir Düsseldorf verlassen. Der Abschied von der mir lieb gewordenen Schule wurde mir im entscheidenden Augenblicke recht schwer und ebenfalls uns beiden der von den zurückbleibenden Freunden im Jacobi'schen, Schlosser'schen, Brügelmann'schen und Budde'schen Hause; und selbst die Kinder schieden mit Thränen von den liebgewordenen Ufern des Rheins und dem traulichen Cromford.

Graf Wolf Baudissin. — Doch ehe ich mein Düsseldorfer Kapitel beschließe, habe ich noch meines Freundes Wolf Baudissin zu gedenken, welchen ich im Herbste 1816 wiederzusehen die Freude hatte. Er kam mit seiner Frau von Ems, wo diese eine Kur gebraucht hatte, und blieb einen Tag bei uns, sich an unseren fünf Knaben herzlich erfreuend. Seine Schicksale, seit wir uns 1809

in Göttingen getrennt hatten, waren merkwürdig genug gewesen. Zuerst
war er, um in die diplomatische Laufbahn zu gelangen, bei dem Ministerium der auswärtigen Angelegenheiten in Kopenhagen in die Geschäfte
eingeweiht und dann als Gesandtschaftssecretär zu seinem Onkel, dem
Grafen Dernath, Bruder seiner Mutter, der am schwedischen Hofe
Gesandter war, nach Stockholm geschickt. Hier hatte er den Volks-
aufstand und die Ermordung des Grafen Fersen und dann die Wahl
Bernadotte's zum Kronprinzen von Schweden erlebt. Als der Kronprinz sich dann mit dem Kaiser Alexander 1812 zu Abo gegen Napoleon verband, Dänemark aber von dem Bündnisse mit Napoleon
nicht ablassen wollte, wurde der Graf Dernath von Stockholm abbe-
rufen, Baudissin aber als einstweiliger Geschäftsträger noch dort
zurückgelassen, bis alle Verbindung mit Schweden, welches sich von
den Alliirten zum Preise des Beitritts zur Allianz den Besitz von
Norwegen hatte versprechen lassen, im Jahre 1813 gänzlich abgebrochen und auch Baudissin nach Kopenhagen zurückgerufen wurde.
Kaum dort angekommen, wird er zum Könige gerufen, der ihm eröffnet, er solle mit dem Minister Kaas in außerordentlicher Gesandt-
schaft nach Dresden zum Kaiser Napoleon geschickt werden, um mit
diesem das Bündniß Dänemarks abschließen zu helfen.

Dieser unerwartete Auftrag setzte Baudissin in die größte Be-
stürzung. Er sollte dem Feinde Deutschlands eine Allianz antragen
helfen, die er auch für Dänemark selbst höchst verderblich halten
mußte. Er ließ kein Mittel unversucht, ja, er richtete seine bringende
Bitte, jeden anderen zu dieser Botschaft zu ernennen, an den König
selbst. Der König unterbrach ihn und sagte kurz und kategorisch:
„Die Sache kann nicht mehr rückgängig gemacht werden; Sie werden
Herrn von Kaas begleiten, und ich wünsche Ihnen glückliche Reise!"
— Ganz betäubt geht Baudissin zu seinem Vater und beschwört ihn,
ihm zu gestatten, sofort seinen Abschied aus dem Dienste verlangen zu
dürfen; dieser aber, als Militär an unbedingten Gehorsam gewöhnt,
weiß keinen Ausweg, als den, sich jetzt zu fügen und hernach um den
Abschied einzukommen. Kurz, am nemlichen Abend sitzt Baudissin
mit Herrn von Kaas im Wagen, fährt die Nacht durch nach Korsoer,

über die Belte und in einem Zuge durch Schleswig bis nach Rendsburg, wo sie Abends ankommen. Der Minister Kaas beschließt hier zu übernachten und dann zwei Tage in Hamburg zu verweilen, wo er Geschäfte hatte. Baudissin, der sich während dieser ganzen Reise zum erstenmale in seinem Leben recht eigentlich unglücklich fühlte und sich wie ein Meineidiger vorkam, bat sofort um Erlaubniß, nach dem etwa zwei Stunden entfernten Gute des Grafen Fritz Reventlow (Emkendorf) fahren zu dürfen, um seine dortigen Freunde zu besuchen, und versprach, in Hamburg wieder mit dem Minister zusammenzutreffen. Mit großer Freude hatte er vernommen, daß letzterer dort einen Herrn von Klausewitz treffen würde, der gleichfalls im diplomatischen Fach angestellt war und sehnlichst gewünscht hatte, dieser Sendung beigesellt zu werden. Darauf baute Baudissin seinen Plan. Er erhält die Erlaubniß, nimmt gleich Extrapost und kommt zu größter Ueberraschung der Bewohner von Emkendorf, die er sämmtlich noch versammelt findet, um 11 Uhr Abends dort an. Gleich nach der ersten Begrüßung und Mittheilung ruft ihm die Gräfin (eine Schwester der Gräfin Baudissin auf Knoop) zu: „Unmöglich, das können Sie nicht wollen!" ein Wort, welches ihn in seinem Vorsatze, die Reise um jeden Preis nicht fortzusetzen, noch mehr bestärkte. Die Gräfin Reventlow war ausgezeichnet an Geist und Charakter.

Man begab sich sehr spät zur Ruhe, und Baudissin that die ganze Nacht kein Auge zu. Plötzlich glaubte er einen Ausweg gefunden zu haben. Zufällig war ein junger Arzt und zugleich ein intimer Freund des Hauses in Emkendorf gegenwärtig, Dr. Franz Hegewisch, der seitdem durch mehrere sehr geistreiche Schriften, die er unter dem Namen Franz Baltisch herausgegeben, so wie durch eine glänzende ärztliche Praxis, rühmlichst bekannt gewordene Sohn des Professors der Geschichte, Hegewisch, in Kiel. An diesen wendet sich mein junger Freund in aller Frühe mit der dringenden Bitte, ihm den linken Oberarm auf zwei Stühle zu legen und mit einem derben Hammerschlage zu zerbrechen. „Dann," setzte er hinzu, „ist mir es physisch unmöglich, weiter zu reisen. Ich schreibe Herrn von Kaas, ich sei mit dem Wagen umgeworfen und habe den Arm gebrochen, er müsse nun statt mit mir mit Herrn von Klausewitz weiter reisen." Hegewisch, dem der Vorschlag zu gefallen schien, — er war auch ein begeisterter Freund der Befreiung Deutschlands, — machte keine andere Einwendung, als daß er die Sache dem Grafen Reventlow mittheilen wolle; und so geschah es. Beide kamen bald darauf zu Baudissin auf's Zimmer. „Ich kann," nahm der Graf sehr ruhig das Wort, „Ihren Entschluß begreifen, aber nicht billigen. So würde etwa ein Rekrut handeln, der sich dem Militärdienste entziehen will. Wenn Sie den rechten Muth haben, so erklären Sie dem Könige schriftlich, Sie könnten seinem Befehle nicht gegen Ihre Ueberzeugung folgen, er möge jede verdiente Strafe über Sie verhängen. Ist er ein Napoleon, so wird er Ihnen den Kopf vor die Füße legen lassen; aber das müssen Sie riskieren!" — „Bei diesen Worten war es, als fielen mir die Schuppen von den Augen," erzählte mir Wolf später. Er setzt sich hin, schreibt in dem angegebenen Sinne an den König und zugleich an den Herrn von Kaas nach Hamburg und erwartet in Emkendorf die Entscheidung aus Kopenhagen. Mit umgehender Post traf ein Schreiben des Ministers Rosenkranz ein, in welchem Baudissin angewiesen ward, falls er nicht von seinem unbegreiflichen Trotz von selbst zurückgekommen und Herrn von Kaas nachgereist sei, sich zu einem Jahr Festungsarrest zweiten Grades nach Friedrichsort bei Kiel zu begeben.

Sofort bezog er, — etwa um die Mitte Mai, — die Festung, und zwar nicht ein finsteres Gefängniß, sondern ein ganz freundliches Zimmer, das er sich selbst hatte aussuchen dürfen, und wo es ihm nicht an Büchern, ja selbst nicht an einem Fortepiano fehlte. Seine Verwandten und Freunde durften ihn in seiner Einsamkeit besuchen. Am sorgsamsten nahm sich seine Cousine, die Gräfin Julia Baudissin von Knoop, seiner an, versorgte ihn mit Büchern und Noten und las mit ihm interessante Sachen, unter anderen den Dante, an dessen Uebersetzung er eifrig arbeitete.

Bei Veranlassung des Geburtstages der Königin (den 28sten October 1813) wurde Baudissin aus seinem Arreste entlassen und später, im Winter 1814, abermals als Gesandschaftssecretär zum

Grafen Christian Bernstorf geschickt, den er nach einer abenteuerlichen Reise in Troyes im östreichschen Hauptquartier erreichte. Bis zum Herbst 1814 blieb er bei demselben, heirathete dann seine theilnehmende Cousine Julia und zog mit ihr, nachdem er seinen Abschied erhalten, nach Rantzau, welches er bald nach dem darauf erfolgten Tode seines Vaters durch den Ausbau eines Flügels wohnlicher einrichten ließ. Seine Ehe blieb leider kinderlos, seine Frau fing an zu kränkeln, und im Jahre 1816 machte er mit ihr, wie ich schon erzählt habe, eine Reise nach Ems, und als die dortige Kur doch noch nicht die gewünschte Genesung herbeiführte, reiste er bald darauf mit ihr nach Italien, wo seine Liebe zur Kunst zugleich eine reiche Nahrung fand. Wir werden ihm im späteren Laufe meiner Erzählung noch einige Male begegnen.

Endlich darf ich nicht unerwähnt lassen, daß wir im Sommer 1818 auch die Freude hatten, meine Mutter und Schwester und meinen Schwager Eberwein einige Wochen bei uns zum Besuche zu haben, sie nach dem gastlichen Cromford zu führen und sie bei ihrer Abreise, in Gemeinschaft mit unserer Freundin Brügelmann, bis nach Godesberg zu begleiten, mit ihnen den Dom in Cöln zu besehen und zuletzt den Drachenfels zu besteigen, was meine gute Mutter in ihrem schon vorgerückten Alter doch recht gut ausführte. Ihr, sowie meiner Schwester und meinem Schwager, die noch nie über die Gränzen Hannovers hinausgekommen waren, gewährte diese Reise einen großen Genuß, der den unsrigen erhöhen half.

XIII. Mein Leben in Münster vom September 1818 bis zum Juni 1830.

Unser Einzug in Münster wurde nicht so rasch, wie in Düsseldorf, aber doch schon im November, mit einer Vermehrung der Familie durch die Geburt unserer zweiten Tochter Auguste bezeichnet. Diese wuchs bald zur Gespielin ihrer nur um anderthalb Jahre älteren

Schwester heran und die vier Knaben theilten sich auch in zwei näher zusammengehörige Paare, so daß das Leben und Treiben der Kinder unter einander angeregt genug war und das Uebel der Langenweile, welches mancher Mutter von einzelnstehenden Kindern in den jüngeren Jahren zur Plage gereicht, bei uns keinen Raum gewinnen konnte. Auch hatte sich meine Frau von ihrer Kränklichkeit nach dem Tode des fünften Knaben wieder erholt und waltete nach ihrer lebhaften Weise kräftig unter der kleinen munteren Schaar. Einer vorzüglich lobenswerthen Weise ihres Verfahrens mit den kleineren Kindern gedenke ich hier zur Nachahmung für manche Mütter, ihrer Gabe nemlich, die Kinder von ihrer Geburt an vom lauten Schreien zu entwöhnen; und ich glaube, daß in nicht vielen kinderreichen Familien so wenig Kindergeschrei gehört ist, als in der unsrigen. Dieses Geschrei war ihr nemlich in hohem Grade zuwider und sie wußte es instinctmäßig zu unterscheiden, ob es von körperlichen Schmerzen und vielleicht Hunger, oder ob es von Eigensinn oder auch Langerweile herrührte, und wie sie es vortrefflich verstand, den körperlichen Schmerz durch einfache häusliche Mittel, durch Wärme, Reiben, Umhertragen und Einschläfern mit Gesang, zu beschwichtigen, und dabei unermüdlich war, so hatte sie gegen Langeweile oder gar Eigensinn gar keine Nachsicht, sondern rüttelte das kleine Wesen, wenn es eben anfing und ehe es sich selbst recht in's Schreien brachte, auf eine so eigenthümliche rasche Weise zusammen, daß es vor Schreck zur Besinnung kam und den Eigensinn hinunterschluckte. Es war nicht körperlicher Schmerz als Strafe, der die Kinder erst recht zum Schreien bringt, kein Schlagen, welches ihr ebenfalls sehr zuwider war, sondern eine Art moralischer Erschütterung, wie ich es nennen möchte, eine Aufforderung zur Besinnung und zur Bekämpfung der aufsteigenden Unart. Aber diese Art der Erziehung mußte, nach ihren Grundsätzen, gleich in den ersten Monaten, ja Wochen, der Kinder begonnen werden, und es war zu verwundern, wie früh die Kinder zum Verständniß des Unterschiedes in der Behandlung von Seiten der Mutter kamen; denn diese Behandlung war übrigens so zärtlich, liebevoll und sorgsam, wie sie sich nur denken läßt.

Dieses Kapitel ist kein unbedeutendes im Familienleben und namentlich auch für den Geschäftsmann, der seine Zeit und seine Sinne
zusammenhalten muß, um mit Anstrengung arbeiten und schaffen zu
können. Wie mancher Vater wird durch Kindergeschrei bei seinen
Arbeiten aus der Fassung gebracht! Auch das lärmende Toben der
heranwachsenden Knaben im Hause war meiner Frau zuwider, so gern
sie ihnen Freiheit draußen gewährte, und durch den Ernst, womit sie
jenem wehrte und die Knaben gewöhnte, auf das Wort ruhig zu sein,
hat sie es mir möglich gemacht, die Knaben auf meiner Arbeitsstube
neben mir zu haben, wenn sie selbst arbeiten sollten, ja selbst wenn
sie sich mit stillen Spielen beschäftigten, — eine Einrichtung, welche
für die Erziehung der Knaben von hoher Wichtigkeit und jedem Familienvater angelegentlich zu empfehlen ist.

Die Gymnasien der Provinz Westphalen. — Ich

hatte es in der That nöthig, alle meine Gedanken und Kräfte zusammen zu nehmen, um mich in meine neue Aufgabe hineinzuarbeiten.
Die Provinz Westphalen zählte damals 6 protestantische und 3 katholische Gymnasien, die letzteren zu Münster, Paderborn und Arnsberg,
die ersteren zu Hamm, Soest, Dortmund, Minden, Herford und
Bielefeld. Die Einrichtung derselben war sehr verschiedenartig, die
Lehrercollegien waren zum Theil noch unvollständig, manche der Lehrer
pensionsfähig, oder, wenn auch noch in jungen Jahren, mehr hinderlich
als förderlich; die Mittel zur Verbesserung der unzureichenden Gehälter
und Errichtung neuer Stellen waren schwer zu beschaffen. Die Progymnasien in Warendorf, Rheine, Breden, Coesfeld, Dorsten, Recklinghausen, Rittberg, Brilon und Warburg waren noch viel weniger
geordnet.

Meine nächste Aufgabe war natürlich, mich einestheils aus den
Acten über die einzelnen Anstalten zu belehren, so weit es möglich
war, vor allem aber, durch eine Rundreise jene vorläufige Ansicht in
eine lebendige Kenntniß der Personen und Verhältnisse zu verwandeln.
Das System dieser Rundreisen, welches man in dem Umfange noch
nicht kannte, habe ich sowohl in den 12 Jahren meiner Wirksamkeit
in Münster, als in den dreißig ersten meines Dienstes in Hannover,

in möglichster Regelmäßigkeit in Anwendung gebracht und mich durch die mehr als vierzigjährige Erfahrung überzeugt, daß die lebendige Anschauung und Wechselwirkung die eigentliche Seele einer oberen Schulverwaltung ist. Nicht nur, daß der Inspicirende die Kräfte kennen lernt, die in seinem Wirkungskreise Leben schaffen sollen; daß er dadurch in den Stand gesetzt wird, den rechten Mann an den rechten Fleck zu bringen; daß er auch mit den sonstigen örtlichen Verhältnissen und den Personen bekannt wird, welche fördernd oder hemmend auf das Schulwesen einwirken können; daß er durch mündliche Verständigung manches Hinderniß aus dem Wege schaffen, manche irrige Ansicht innerhalb und außerhalb der Schule berichtigen kann, — noch höher fast schlage ich es an, daß er, wenn er selbst Herz hat für den hohen Beruf der Jugendbildung und das Vertrauen seiner Lehrer zu gewinnen weiß, auf den guten Willen derselben einen belebenden Einfluß üben und dadurch viel mehr wirken kann, als alle amtliche Vorschrift zu wirken vermag. Der gute Wille, die Hingebung, die Selbstverläugnung des Lehrers sind durch keine Vorschrift zu erzwingen, aber der geachtete, vielleicht von vielen geliebte Vorsteher, der sich als Freund des gewissenhaften Arbeiters auf dem gemeinsamen Felde zeigt und durch seine Fürsorge für denselben bewährt, vermag durch das mündliche und schriftliche Wort sehr viel, den Willen zu beleben, den sinkenden Muth aufzurichten, wo Tadel nöthig ist, selbst diesem den Charakter der sittlichen Hülfe zu geben. Ich habe in meinem langen Schulrathsleben die schlagendsten und erfreulichsten Erfahrungen in allen angedeuteten Beziehungen zu machen reiche Gelegenheit gehabt.

1) Sogleich in München machte ich diese Erfahrungen. Meine Aufgabe in Beziehung auf das dortige Gymnasium durfte ich nicht als leicht ansehen. An der Spitze desselben stand nach alter Sitte als Ehrendirector, ohne selbst Unterricht zu geben, der alte Professor der Theologie, Kistemaker, dessen ich schon früher gedacht habe; er war in dem Provinzial-Schulcollegium mein Vorgänger gewesen, trat aber jetzt aus, da er selbst fühlte, daß er zum Geschäftsmann nicht gemacht und überhaupt zu alt dazu sei. Die Lehrer des Gymnasiums waren sämmtlich Geistliche, die, wie

es in der Natur der Sache lag, einem weltlichen und noch dazu prote=
stantischen Schulrath, der fremd zu ihnen kam, mit Spannung, wenn
nicht mit Mißtrauen, entgegensahen. Ich konnte es nicht anders er=
warten. Ueberdies waren sie gar nicht gewohnt, daß irgend jemand
ihre Lectionen besuchte, außer wenn die große Prüfung und Prämien=
austheilung am Ende des Schuljahrs stattfand. Ich mußte aber, um
mir ein Bild von der Anstalt zu machen, gleich mit einem Besuche
in allen Klassen und bei allen Lehrern anfangen. Ich gestehe, daß
ich nicht ohne eine gewisse Befangenheit in das alte Jesuitencollegium
eintrat. Zu meiner Ueberraschung empfing mich nicht nur der alte
Kistemaker ganz freundlich und stellte mir das Lehrercollegium in
unbefangener Weise vor, sondern auch die einzelnen Lehrer waren viel
weniger fremd und zurückhaltend, als ich erwartet hatte. Auch die
Schüler fanden sich bald in meine Gegenwart und die löbliche Sitte
in den katholischen Gymnasien, die ich im Ganzen bei ihnen vorherr=
schend gefunden habe, daß die aufgerufenen Schüler, selbst in den
oberen Klassen, aufstehen und laut und deutlich reden mußten, erleich=
terte mir die Auffassung des Einzelnen und des Ganzen. Es war
ein wohlthuender Eindruck, ein einfaches und natürliches Schülerver=
hältniß wahrzunehmen, welches so weit ging, daß die Lehrer selbst die
Primaner „Du" nannten. Ich fand mich bald einheimisch, besonders
da ich unter den Lehrern sehr tüchtige Männer fand, wie den nach=
herigen Director Nabermann, die Professoren König und Lücken=
hof und andere. Ich besprach in einer Conferenz das Ergebniß der
Inspection und die Gedanken wegen einiger Veränderungen und Ver=
vollständigungen des Lectionsplanes, und konnte einen befriedigenden,
ausführlichen Bericht an das Ministerium in Berlin über den Zustand
der Anstalt und die Maßregeln zur weiteren Hebung derselben durch
Errichtung einiger neuen Lehrerstellen und Vermehrung der Klassen,
erstatten, wobei ich mich indeß wohl hütete, sogleich zu weit zu greifen
und die Ehre eines Reformators in Anspruch zu nehmen. Mein
Grundsatz war damals, wie er bis jetzt geblieben ist, daß ein gesunder
Fortschritt nur dann gewonnen wird, wenn sich das Neue an das
Bestehende anschließt.

Mein Bericht, die erste größere Arbeit in meinem neuen Amte, fand den Beifall des Oberpräsidenten v. Vincke und des Ministeriums in Berlin; der Bearbeiter der katholischen Schulangelegenheiten im Ministerium, der Geheime Oberregierungsrath Schmedding, ein geborner Münsteraner, bezeugte mir in warmen Ausdrücken seine Anerkennung meiner Behandlung der Angelegenheiten des Gymnasiums seiner Vaterstadt. Seine Zufriedenheit mit meinem Berichte, welche er auch wohl seinen Freunden in Münster mitgetheilt hatte, trug viel dazu bei, mir Vertrauen bei den Lehrern, sowie im Publikum; zu erwecken. Später erfuhr ich aber noch einen andern Umstand, der mir den Weg zu einem guten Verhältnisse bei dem katholischen Publikum zu bahnen geholfen hatte: Der Graf Friedrich Leopold Stolberg, der sich nach seinem Uebertritt zur katholischen Kirche zu Sondermühlen im Osnabrückschen niedergelassen hatte und eine große Achtung im ganzen Münsterlande genoß, hatte sich sehr vortheilhaft über den humanen und unparteiischen Geist meiner deutschen Geschichte geäußert und dieses Urtheil hatte sich, als man meiner Ankunft in Münster entgegensah, allgemein verbreitet; man war nun froh, keinen protestantischen Eiferer und Neuerer erwarten zu müssen. Es war natürlich, daß ich die confessionellen Verhältnisse in meiner deutschen Geschichte vorsichtig behandelt hatte; ich war, da ich sie verfaßte, Lehrer an einem gemischten Gymnasium und der größte Theil meiner Schüler bestand aus Katholiken. Bald erkannten nun auch die Lehrer an den katholischen Anstalten Westphalens, daß ich mich ihrer Schulen und der Förderung ihrer eignen Angelegenheiten eben so thätig annahm, als der der protestantischen Anstalten und Lehrer, und daß ich jeden treuen Arbeiter, sei er Katholik oder Protestant, Geistlicher oder Nichtgeistlicher, an seiner Stelle gleich werth hielt, und so erzeugte sich nach nicht langer Zeit ein in der That zutrauliches und erfreuliches Verhältniß zunächst zwischen mir und den Münsterschen Lehrern, von denen ich einige mir an Alter ziemlich gleichstehende, namentlich den Director Nadermann und die Professoren König und Lückenhof, die ich schon genannt, Freunde nennen durfte. Leider starb der vortreffliche Professor König schon in den nächsten Jahren an einer Brustkrankheit.

Es wurde mir auch gar nicht schwer, in Ermangelung philologisch ausgebildeter geistlicher Lehrer dem Grundsatz Eingang zu verschaffen, daß auch weltliche Lehrer neben den Geistlichen angestellt werden könnten, und ich verfolgte nun den Weg, unter den jüngeren Studierenden, welche als sogenannte Präceptoren die Silentien zu halten und mit den Schülern zu repetieren hatten, diejenigen auszuwählen, welche sich durch Talent und Lehrgabe auszeichneten, und mit Stipendien nach Berlin und Bonn zu schicken, um gründliche philologische Studien zu machen. Zu diesen gehörten unter andern der nachherige Lehrer Wiens, Verfasser einer griechischen Grammatik, der Lehrer Welter, Verfasser einer vielgebrauchten Weltgeschichte, der nachherige Director in Recklinghausen und in Düsseldorf, Wüllner, der nachherige Director Sökeland in Coesfeld, der nachherige Professor des Kirchenrechts v. Droste-Hülshof in Bonn, der nachherige Director des Gymnasiums in Münster Stieve, Männer, welche der auf sie verwandten Aufmerksamkeit sich würdig erwiesen haben und deren Andenken mir stets theuer gewesen ist.

Ich habe mit diesen Bemerkungen, die sich an den Anfang meiner Thätigkeit für das Gymnasium in Münster anschließen, weiter in der Zeit vorgegriffen und werde es bei andern Veranlassungen in ähnlicher Weise thun, denn eine chronologisch fortschreitende Darstellung meiner Wirksamkeit in Westphalen im Zusammenhange zu geben, würde hier am unrechten Orte sein und wenig Interesse gewähren. Was aus meinem amtlichen Leben ein allgemeines Interesse darbieten kann, wird sich im Laufe der Erzählung von selbst ergeben.

2) Meine Reisen zur weiteren Orientierung in meinem Wirkungskreise begannen mit einer Erfahrung, die mich hätte stutzig machen können, wenn sie nicht eine fast komische Seite gehabt hätte. Ich kam nach Dortmund, stieg, ohne mich weiter zu nennen, in einem Gasthofe ab und begab mich dann zu dem Superintendenten Sunten, dem Ephorus des Gymnasiums, um mit ihm eine Inspection der Anstalt zu verabreden. Von ihm ging ich zu dem schon bejahrten Director Kuithan, einem Originale aus früherer Zeit, gelehrt, scharfsinnig, aber wunderlich und sehr eifersüchtig auf seine Würde als Schulmonarch. Ich

wußte das voraus und erwartete daher keinen sehr entgegenkommenden Empfang. Ein neuer amtlicher Inspector seiner Schule erschien ihm wahrscheinlich als eine sehr überflüssige Neuerung. So schroff, fast unhöflich jedoch, wie er sich zeigte, hatte ich mir den Mann nicht gedacht. Ich hielt mich daher nicht lange bei ihm auf, sondern kündigte nur mein Erscheinen in der Schule für den nächsten Vormittag an. Vor dem Beginn derselben kam der Superintendent Sunten (beiläufig gesagt, ein großer stattlicher Mann) im priesterlichen Amtskleide im Gasthofe an, um mich abzuholen. Die Wirtsleute sehen ihn etwas erstaunt an, als er nach dem Consistorialrath Kohlrausch fragt, und versichern, ein solcher sei bei ihnen nicht angekommen, sondern nur ein Kandidat, der nach ihm gefragt habe und wahrscheinlich wegen seiner Prüfung mit ihm habe sprechen wollen. Der Superintendent Sunten war nemlich Mitglied der theologischen Prüfungs-Commission in Münster. — Indem trat ich in das Gastzimmer und der Superintendent machte mir eine Verbeugung, etwas tiefer, als er sie wohl einem Kandidaten würde gemacht haben, wodurch die Wirtsleute aus ihrem Irrthum gerissen wurden. Er konnte sich aber dabei eines heimlichen Lachens nicht erwehren; und als er sah, daß ich es bemerkte, erzählte er mir die für mich etwas niederschlagende Verwechslung. Mir fiel dabei sogleich das gestrige Benehmen des Directors Quithan ein, den mein jugendliches Aussehen auch verleitet haben mochte, mich, um mich so auszudrücken, nicht eben für voll anzusehen. Ich war zwar 38 Jahre alt, allein auch andere, außer den Wirtsleuten in Dortmund, wollten behaupten, mein Aussehen mache einem solchen Alter keine Ehre. Daß ich mich fortan nicht nur hier in Dortmund, sondern auch auf meiner weiteren Inspectionsreise, eines möglichst ernsten und würdevollen Benehmens befleißigte, mag wohl die Ursache gewesen sein, daß mir so demüthigende Verwechslungen nicht wieder begegneten, wenigstens nicht zu meiner Kenntniß kamen.

Uebrigens muß ich doch noch etwas bei Dortmund und dem Director Quithan verweilen. Es war kein sehr erwünschtes Verhältniß zwischen dem letzteren und seinem nächsten Collegen, dem Rector

Steuber*), einem nach altsächsischer Weise regelrecht geschulten Philologen, während Kuithan seine eigenen, zum Theil sehr scharfsinnigen, oft aber auch wunderlichen Theorieen, namentlich auf seinem Lieblingsfelde der etymologischen Ableitungen und Vergleichungen hatte. Darüber kamen die Collegen oftmals in Streit, der sich nicht blos im Gebiete theoretischer Erörterungen hielt, sondern auch auf ihre Stellung in der Schule einen oft nachtheiligen Einfluß übte, so daß selbst die Schüler von den Controversen des einen gegen den andern im Unterrichte zu erzählen wußten. Auch wollte der Rector den Anordnungen des Directors in Absicht des Unterrichts nicht immer willige Folge leisten und klagte über Willkür desselben, wenn dieser ihn anklagte. Solche Anklagen kamen denn gleich bei meiner ersten Inspection zur Sprache und fehlten auch in den folgenden nicht, so daß ich alle Mühe hatte, den Frieden nur einigermaßen herzustellen, und nicht selten etwas verstimmt darüber nach Münster zurückkam. Auf das Befragen meiner Frau, was mir fehle, machte ich mir dann wohl dadurch Luft, daß ich ihr von den Streitigkeiten in Dortmund erzählte. Sie wußte die Sache denn aber bald, nach ihrer witzigen Weise, in's Komische zu ziehen, so daß ich mitlachen mußte und mein Eifer sich legte; und wenn ich später von einer Reise nach Dortmund zurückkam, so war ihre erste Frage: „Nun, was machen Kuithan und Steuber?" (Uebrigens wurde der Uebelstand späterhin dadurch gehoben, daß der Rector Steuber als Prediger in seine Geburtsgegend, das preußische Sachsen, berufen wurde; er war ursprünglich Theologe.)

Von Kuithans sprachlichen Ableitungen ist mir eine im Gedächtniß geblieben, die ich hier zum Besten geben will. Als ächter Westphale hatte er sein Nachdenken auf die Ableitung des Namens des altwestphälischen, schwerwichtigen Brotes „Pumpernickel" gerichtet. Die gewöhnliche Ableitung dieses Namens für ein Nahrungsmittel, welches so alt sei, wie der sächsische Stamm überhaupt, von der

---

*) Beide, übrigens sehr ehrenwerthe, Männer sind längst todt, und ihr Zwiespalt war landkundig, so daß ich hier wohl darüber reden darf.

albernen Anekdote, daß ein französischer Reisender das schwarze Brod
zurückgewiesen habe mit den Worten: „c'est bon pour Nickel!"
— so habe sein Pferd geheißen, — sei selbst albern und unwürdig.
Er begreife nicht, wie ein Mann wie Adelung in seinem großen
Wörterbuche auch nur ein Wort darüber habe verlieren können. Das
Wort stamme aus dem Lateinischen, wie so viele unserer deutschen
Wörter, die eben so alt seien, wie der sächsische Stamm, — man
brauche nur an die Zahlwörter eins, zwei, drei zu denken. Pumpernickel sei nichts anderes als das etwas im Munde des Volkes verdrehte
oder mundgerecht gemachte paniculus, und er schreibe daher auch
consequent „Pumpärnickel". Auf meine Einwendung, wie man doch
dazu gekommen sein möge, das große, 20 bis 30 Pfund schwere,
keinesweges zierliche Brod mit dem lateinischen Diminutivum zu bezeichnen, antwortete Kuithan mit etwas mitleidigem Lächeln: „Ei,
wie wenig kennen Sie doch die Weise des Volkes. Wenn das Volk
etwas recht lieb hat, so gebraucht es das Diminutivum; paniculus
ist nichts anderes, als wenn wir sagen: „das liebe Brod". Dagegen
ließ sich nun nichts einwenden, es war sogar scharfsinnig. Aber an
dem „Pum" in Pumpernickel scheiterte doch seine Auslegungskunst;
er meinte, solche Vorschlags = oder Reduplicationssilben kämen ja in
allen Sprachen vor. Ich kam ihm zu Hülfe, indem ich vorschlug,
auch noch das Griechische herbeizuziehen, da ja bekanntlich das Griechische, Lateinische und Deutsche stammverwandt seien. Ich würde
das Pum in Pumpernickel vom griechischen πᾶν herleiten, durch dessen
Vorsetzung ausgedrückt sei, daß das liebe, westphälische Brod für
jedermann bestimmt und jedermann lieb sei. Das gefiel ihm sehr,
denn die Verwandlung des a in u mache keine Schwierigkeit; die
Vocale würden ja bei Uebertragungen aus einer Sprache in die andere häufig umgewechselt, und die Verwandlung ferner des n in m
sei sogar vor dem Lippenlaute p ganz regelmäßig. — Ob er meine
Conjectur in sein System aufgenommen hat, weiß ich nicht. — Uebrigens habe ich mich im Laufe der Zeit immer mehr mit ihm befreundet, denn da er ein einfriger, wirksamer und oft geistreicher Lehrer
war, so gewöhnte ich mich an seine Sonderbarkeiten und schonte sie.

3) Ein zweites Original ähnlicher Art, namentlich in oft vom Gewöhnlichen abweichender Behandlung der Sprachen, war der Rector Reuter in Minden, doch war er schon viel stumpfer als Quithan und trat auch bald in Pension, worauf das Ministerium den Director Imanuel aus Schlesien nach Minden schickte, einen wirklich geistvollen, gedankenreichen und eifrigen jüngeren Schulmann, mit welchem ich in den Jahren meines Wirkens in Westphalen viel und gern verkehrt habe, und der mir wahrhaft zugethan war und es auch, nachdem ich schon nach Hannover abgegangen war, bis an seinen frühen Tod geblieben ist. Das Gymnasium in Minden verdankt ihm viel, denn er war unermüdlich in dessen Verbesserung und machte auch den Anfang zur Einführung von Realklassen bei demselben, die bald eine bedeutende Ausdehnung gewannen und noch in Blüte sind. Wenn der Director Imanuel allerdings etwas zu beweglich und zu wenig consequent in seinen Planen war, und im Leben, so wie in seinem Wirken, nicht immer die ruhige Haltung behauptete, welche dem Vorsteher einer Anstalt die unbedingte Achtung der Schüler und Collegen sichert, so lag der Grund davon einestheils darin, daß ihm der Wunsch nach einer glücklichen Häuslichkeit versagt blieb, indem mehrere Versuche, sich eine solche zu gründen, mißlungen waren, hauptsächlich aber in einem Umstande, der den Charakter und das Leben mancher ausgezeichneten Persönlichkeiten nicht zu einer harmonischen Einheit hat kommen lassen. Er war von jüdischer Herkunft, war zwar aus voller Ueberzeugung Christ geworden und hatte sich selbst der theologischen Laufbahn gewidmet, allein jene Herkunft war in einer recht auffallenden Weise in seinem Aeußeren ausgeprägt, und das Bewußtsein daran brachte eine gewisse Unruhe in sein ganzes Wesen, welche seiner innern und äußeren Haltung schadete. Das Gefühl, dem Ursprunge nach einem Volke anzugehören, auf welchem der Schicksalsspruch ruht, unter alle Völker zerstreut und als Fremdlinge angesehen zu werden, hatte ihn nie zur vollen einheitlichen Entwicklung seiner schönen Anlagen kommen lassen. — Trotz dem allen habe ich den Director Imanuel, seiner vorzüglichen Eigenschaften, seiner Thätigkeit und Anstelligkeit und seiner großen Gutmüthigkeit wegen auf-

richtig geschätzt und in seinen Absichten für seine Anstalt nach Kräften unterstützt.

4) Ein allerdings noch reineres Verhältniß der Achtung und Freundschaft bildete sich zwischen mir und dem Director Krönig am Gymnasium in Bielefeld. Dieser Mann ist mir immer ein merkwürdiges Beispiel von der Gewalt gewesen, welche der Charakter und die geistige Ueberlegenheit, bei ganz schwachen äußern Mitteln, über die Jugend zu gewinnen vermag. Der Director Krönig war ein kleiner ganz verwachsener Mann mit so schwacher Brust und Stimme, daß er sich beim Unterrichte nur dann verständlich machen konnte, wenn eine völlige Stille in der Klasse herrschte. Dabei war seine Gesundheit so zart, daß ihn schon ein mäßiger Verdruß niederwarf, und daß er gar nicht die Kräfte besaß, eine schwere Disciplinarsache mit dem Aufwande von persönlicher Autorität durchzufechten oder widerstrebende Elemente im Lehrercollegium in ihre Schranken zurückzuweisen. Und gleichwohl hatte er durch seinen Geist, seine Kenntnisse und vor allem durch seine liebevolle Hingebung an seinen Beruf, ohne durch ein ausgezeichnetes, wenn auch brauchbares, Lehrercollegium unterstützt zu sein, sein Gymnasium in solchen Ruf gebracht, daß es, besonders in den oberen Klassen, das besuchteste unter den protestantischen Gymnasien der Provinz war. Er lebte nur für seine Anstalt und seine Schüler, die er wie ein Vater liebte, und die wiederum mit Liebe an ihm hingen. Sein reiner Charakter hielt, möchte ich sagen, schon durch seine Atmosphäre das Schlechte und Gemeine in ehrerbietiger Entfernung. Den Mangel an äußeren Hülfsmitteln in seiner Persönlichkeit ersetzte der Geist, der in seiner 30 und mehr Schüler zählenden Prima lebte. Die Schüler wußten, daß sein schwacher Körper von heftigen Gemüthsbewegungen gleich niedergeworfen würde, und hielten deshalb unter sich selbst strenge Disciplin. Wenn ein neuer Zuwachs aus Secunda kam, unter welchem vielleicht einige rohe, ungefügige Subjecte waren, so nahmen die Oberen, die eine gewisse disciplinare Gewalt in der Klasse hatten, diese sogleich in Aufsicht und drohten ihnen bei passender Gelegenheit, wenn sie sich unterstehen würden, ihren Director zu ärgern, so hätten sie es mit

ihnen zu thun, wobei denn die kräftigen westphälischen Fäuste gezeigt wurden, die es auch nöthigenfalls nicht an sich fehlen ließen. Und kein so Gestrafter wagte es, sich etwa bei dem Director zu beschweren, denn er hätte von da an keine gute Stunde mehr in der Klasse gehabt. Eine wahre Freude war es mir, in die Prima des Directors Krönig zu treten und den Ausdruck der noblen Haltung in der ganzen Klasse zu sehen, der sich beim Unterrichte in gespannter Aufmerksamkeit und einer vollkommenen Stille äußerte. Und dieses konnte nicht die Wirkung eines etwa sehr belebten Vortrages sein, denn auch diese Gabe hatte der schwache Mann nicht, sondern seine Rede floß fast eintönig, ohne besondern Accent, dahin. Aber der innere Gehalt war es, der Reichthum an Gedanken und Kenntnissen, das volle Interesse an der Sache, die vorlag, was die einigermaßen empfänglichen Hörer fesselte.

Der Besuch von Bielefeld gehörte immer zu meinen liebsten. Auch mit der Familie, zu welcher der Director Krönig gehörte, wurde ich bald nahe befreundet. Er hatte eine Schwester des Superintendenten S c h e r r geheirathet, welchen ich auch als Mitglied der theologischen Prüfungscommission in Münster öfters sah, einen Mann von trefflichem Charakter und umfassender Bildung. In der Mitte dieser Menschen mußte es einem wohl werden.

Leider muß ich gleich hier hinzufügen, daß dieses seltene, fast ideale Verhältniß des Directors Krönig zu seinen Schülern, wie alles Ideale, keine ungetrübte Dauer in der Wirklichkeit gehabt hat. Es konnte nur bestehen, so oft und so lange die gute Generation der Schüler in der Prima die Oberhand hatte. Nach meinem Abgange aus Westphalen, als der Director Krönig älter und hinfälliger wurde und mehr fremde Schüler hinzukamen, denen die Pietät gegen den Director nicht von früh an eingeprägt war, verschlimmerte sich der Ton in Prima, die Disciplin sank, und der treffliche Mann mußte seine Anstalt im Sinken sehen. Er hat diesen Kummer auch nicht lange überlebt.

5) Einen trefflichen Schulmann, den Director R e i n e r t, dessen Leben durch seinen dankbaren Schüler von Blomberg beschrieben ist,

habe ich leider nur kurze Zeit zu kennen die Freude gehabt. Er wurde bald nach meinem Diensteintritte von seiner Stelle in Lemgo zu der vacanten Directorstelle des Gymnasiums in S o e f t berufen, nachdem ein Versuch, meinen alten Jugendfreund, den Conrector Bödeker vom Gymnasium in Hannover, in diese Stelle zu berufen, durch dessen Entschluß, in Hannover zu bleiben, vereitelt war. Aber Reinerts Gesundheit war schon gebrochen, er siechte von dem Tage seiner Einführung in Soest an und starb, wenn ich nicht irre, schon nach einem halben Jahre. Als Nachfolger schickte das Ministerium den Director P a t z e, einen feingebildeten, strebsamen Mann, der bis in die neueste Zeit der Anstalt vorgestanden hat.

6) Bei dem Gymnasium in H a m m fand ich den bejahrten Director W a c h t e r, dem es aber an Klarheit und ruhiger Ueberficht der Erfordernisse einer gelehrten Schule, fehlte. Es wurde ihm daher bald ein junger rüstiger Mann, der Dr. F r i e d r i c h K a p p aus Franken, an die Seite gesetzt, der auch nach seiner baldigen Pensionirung sein Nachfolger in der Direction wurde. Ich habe viel mit dem letzteren mündlich und schriftlich verkehrt, da er, bei dem regsten Willen etwas zu leisten, doch auch viele Plane hatte und mit hastiger Unruhe verfolgte, die über die Gränzen des Ausführbaren hinausgingen. Doch hat er manches Gute angeregt und ist unter anderem mit Veranlassung zu den Directoren-Conferenzen gewesen, von welchen ich bald reden werde. Vor 6 oder 8 Jahren, längere Zeit nach meinem Scheiden aus Westphalen, ist er in den Ruhestand getreten.

7) Das Gymnasium in H e r f o r d war zu meiner Zeit das kleinste unter den evangelischen Gymnasien der Provinz; es fehlte ihm an ausreichenden Mitteln, und sein Director Knefel war nicht der Mann, dasselbe neben Krönig in Bielefeld in die Höhe zu bringen. Es bestand aber einmal als städtische Anstalt mit eigenen Fonds und konnte ohne Härte nicht aufgehoben werden, da es das Nöthige eben leistete. Ich konnte nur danach streben, durch Herbeiziehung jüngerer Kräfte mehr Leben hineinzubringen, was auch eine Zeitlang, besonders

durch den Kandidaten Rothert, unsern späteren Director in Lingen und Aurich, gelang.

8) Unter den katholischen Anstalten schwebte über dem Gymnasium in Arnsberg noch die Frage, ob es zu den vollständigen Gymnasien gehören könne oder zu den Progymnasien gerechnet werden müßte, denn seine Mittel waren ebenfalls sehr schwach. Indes entschied der Umstand, daß Arnsberg der Sitz einer Regierung geworden war, für die Gewährung der Rechte einer gelehrten Anstalt erster Klasse, und es wurden alle Wege aufgesucht, die nöthigen Fonds zu beschaffen. Eine thätige Hülfe hatte ich dabei durch einen Mann, der mich an meinen Freund in Düsseldorf, den Schulrath Bracht, durch wackere Gesinnung, Thätigkeit und Einsicht erinnerte, nemlich den Pastor Sauer. Er gehörte zu den auf der früheren katholischen Universität Bonn gebildeten älteren Geistlichen, deren es mehrere in dem Regierungsbezirke Arnsberg, oder dem sogenannten Sauerlande, gab, und die sich durch humanen Geist und religiöse Toleranz auszeichneten. Als das Bestehen des Gymnasiums gesichert war, wurde einer der Lehrer, Professor Baden, zum Director ernannt, und ich zähle auch ihn zu den mir werthen und befreundeten katholischen Lehrern der Provinz, der aber, wie so manche andere, bereits im Grabe ruht.

9) Dasselbe gilt auch von dem verstorbenen Director Gundolf am Gymnasium in Paderborn, welche Anstalt mehr als das Gymnasium in Münster von den alten jesuitischen Einrichtungen behalten hatte und nur durch anhaltende Sorgfalt in der Wahl und Vermehrung der Lehrer auf die Stufe gebracht wurde, daß ein abgehender Schüler die Forderungen des Maturitäts-Prüfungsreglements erfüllen konnte. Aber das Fortschreiten der Anstalt durch die hinzutretenden jüngeren Kräfte machte mir Freude, und ich muß in dieser Hinsicht sowohl den jetzigen Domherrn Richter in Posen als auch den jetzigen Director Ahlemeyer in Paderborn als solche bezeichnen, welche wesentlich zur Hebung derselben beigetragen haben. Auch unter den Lehrern des Priesterseminars gewann ich einen wohlgesinnten

Mann, den Professor Püllenberg, zum gemüthlich zugethanen Freunde.

In eine Charakteristik der katholischen Progymnasien der Provinz, welche schon früher genannt sind, — evangelische gab es gar nicht, — und ihrer Lehrer näher einzugehen, erlaubt weder der Raum, noch der Zweck dieser Blätter; ich darf aber versichern, daß auch in ihrem Kreise wesentliche Verbesserungen durch Vermehrung ihrer Mittel und Regelung ihres Lehrplanes vorgenommen wurden. Zur äußeren Verbesserung der höheren Schulanstalten der Provinz überhaupt durfte ich mich des thätigen Beistandes des vortrefflichen Oberpräsidenten von Vincke und der Bereitwilligkeit des Ministeriums, so weit die Mittel es erlaubten, stets erfreuen und es ist in den 12 Jahren meiner Wirksamkeit in Westphalen recht viel in dieser Hinsicht geschehen.

Directoren-Conferenzen. — Ich erkannte aber bald, daß damit noch nicht das Wesentliche für die innere Hebung der Anstalten und für die Uebereinstimmung in ihren Lehrsystemen gethan sei, und daß dazu auch Vorschriften und Instructionen auf dem Papiere nicht ausreichten, sondern daß das geistige Leben, wie überall, so auch hier, durch lebendige Mittheilung, durch Rede und Gegenrede, durch das Sammeln von möglichst vielseitigen Erfahrungen, am besten gefördert werde. Daher ging ich gern auf den Gedanken ein, Zusammenkünfte der Directoren zu veranstalten, auf welchen die lebendige Anregung durch gegenseitige Mittheilung und gemeinsame Berathung in einen regelmäßigen Gang gebracht würde. Es handelte sich nur zunächst darum, die Mittel zu beschaffen, welche die Reisen der Theilnehmer und ihr Aufenthalt an dem für die Conferenzen abwechselnd zu bestimmenden Orte verursachen würden. Daß diese Kosten auf das einfachste Bedürfniß beschränkt würden, war eine Nothwendigkeit, wenn nicht der ganze Plan scheitern sollte, und es macht mir in der Erinnerung eine wirkliche Freude, mit welcher Bereitwilligkeit die Directoren auf meine Vorschläge in dieser Hinsicht eingingen. Es sollten keine Diäten gezahlt werden, welche so reichlich hätten zugemessen werden müssen, daß der Einzelne, ohne etwas zuzusetzen, damit

für sich selbst sorgen konnte, sondern es sollten nur die baaren Aus-
lagen auf der Reise bis zum Versammlungsorte vergütet werden, und
an diesem selbst trat gemeinschaftliche Wohnung und Beköstigung auf
Rechnung der Conferenzkasse ein. Mit dem Gasthofe, in welchem
die Mitglieder wohnten, wurde vorher ein Accord über Logis, Frühstück, Mittags- und Abendtisch abgeschlossen und zwar, weil der Platz
in der Regel zu beschränkt war, um jedem Einzelnen eine besondere
Stube zu gewähren, so, daß ein paar näher Befreundete zusammen
wohnen mußten. Und eben so wurden die Reisekosten dadurch vermindert, daß der Entfernterwohnende den nächsten Collegen, durch
dessen Wohnort er reisen mußte, in seinen Wagen und beide vielleicht
weiterhin den dritten und vierten mit aufnahmen. Und da ich die
Reise zur Conferenz als Dienstreise betrachten und meine Reisekosten
bei der Regierung anrechnen konnte, so nahm ich zur Ersparung den
Director Nabermann von Münster und vielleicht noch einen oder zwei
Directoren auf dem Wege in meinem Wagen mit. Auch wohnte ich
in der Regel mit dem Director Nabermann auf einer Stube und
lernte bei dieser Gelegenheit diesen biedern, gemüthlichen und vor-
urtheilsfreien Mann noch von andern Seiten kennen und schätzen, als
die Schule dazu die Gelegenheit bot.

Auf die obige Weise konnten die Kosten der jährlichen Directoren-
Conferenzen auf einen so mäßigen Satz gebracht werden, daß sie ausführbar erschienen ohne einen Zuschuß, weder von dem Ministerium
in Berlin, noch von den einzelnen Schulkassen erforderlich zu machen,
denn auch die letzteren wollte ich nicht gern herangezogen sehen, um
nicht die Einsprache der städtischen Patronatbehörden zu veranlassen.
Vielmehr wurden, so viel ich mich erinnere, die Gebühren für Anstellungen und Gehaltszulagen der Lehrer, für Prüfung der Schulamtskandidaten und von den Maturitätsprüfungen der Conferenzkasse über-
wiesen, so daß das Schulwesen selbst dieselbe großentheils füllte, und
außerdem kam der Oberpräsident von Vincke, der sich sehr für unsern
Plan interessirte, uns mit andern zu seiner Disposition stehenden
Mitteln zu Hülfe. Und so haben sich diese Conferenzen, die ersten in
der preußischen Monarchie, bis auf den heutigen Tag in der Provinz

Westphalen erhalten, nur daß sie nicht mehr jährlich, sondern nur alle zwei Jahre gehalten werden, was auch hinreicht, nachdem die größeren Fragen in Absicht der äußeren und inneren Einrichtungen der Gymnasien in's Gleiche gebracht sind.

Die Gegenstände der Conferenzberathungen ergaben sich aus den nächsten vorliegenden Bedürfnissen und betrafen die Lehrgegenstände, die Lehrmittel, die Methode, die Disciplin, die Prüfungen, sowohl im Laufe der Schulzeit als die der Abiturienten, die Pflichten der Klassenlehrer, die Erfahrungen des verflossenen Jahres in den einzelnen Schulen, und was sonst von besonderen Mittheilungen und Wünschen die Schulvorsteher vorzubringen hatten. Es hat an ausreichendem Stoff für eine etwa dreitägige Verhandlung nie gefehlt. Die wichtigeren Gegenstände wurden natürlich durch vorherige Bekanntmachung und Bestellung von Referenten und Correferenten vorbereitet. Eine der wichtigsten Arbeiten dieser Art war die im Jahre 1829 ausgearbeitete und von dem Ministerio gebilligte und verbreitete Instruction für den Geschichtsunterricht, welche längere Zeit als Norm gegolten hat und erst vor einigen Jahren durch eine Ministerialverordnung in mehreren Punkten abgeändert ist, — meiner persönlichen Ansicht nach zum Theil nicht zum Vortheil der Sache. — Die Erinnerung an diese Directoren-Conferenzen gehören zu den wohlthuendsten aus meinem Leben in Westphalen, und ich bin sicher, daß auch die übrigen Theilnehmer sie in lebendigem und lieben Andenken getragen haben, so lange sie lebten. — Leider ist kein einziger jener Directoren mehr im Amte und nur zwei abgegangene, Kapp und Patze, noch im Leben.

Meine amtlichen Verhältnisse. — Wie stand es aber im Mittelpunkte meiner amtlichen Stellung mit meinen Verhältnissen in Münster selbst? — Sie waren der angenehmsten Art, nur ist in diesem Augenblicke der Vergegenwärtigung die Wehmuth über den Tod aller damals mit mir enger zusammenarbeitender Männer das vorherrschende Gefühl in mir.

Des Oberpräsidenten v. Vincke habe ich schon mehrfach Erwähnung gethan und es bedarf auch meiner Stimme nicht, diesem ausgezeichneten Manne seine hohe Bedeutung überhaupt und für die Provinz Westphalen in's Besondere zu sichern. Er lebt im gesegneten Andenken bei allen älteren Einwohnern dieser Provinz, und der erste Theil seiner Lebensbeschreibung durch den ehemaligen Minister v. Bodelschwingh, deren Fortsetzung leider durch den Tod desselben abgebrochen ist, zeigt den Ehrenmann als Menschen, Patrioten und Staatsmann in einem so hellen Lichte, daß sein Bild nicht schöner wiedergegeben werden kann. Um aber ganz von lebendiger Verehrung gegen diesen seltenen Charakter erfüllt zu sein, muß man selbst mit ihm gelebt haben, wie mir dieses Glück über 12 Jahre lang zu theil geworden ist. Einen reineren Willen für alles Rechte und Gute, eine treuere Hingebung aller Lebenskräfte für das Verwirklichen desselben, eine wärmere Gesinnung für alle, welche zur Mitwirkung für edle Zwecke bereit waren, und eine festere Freundschaft, wenn er solche gefunden, die derselben würdig waren, ist auf Erden nicht zu finden. Er wollte nichts für sich, seine persönlichen Bedürfnisse waren die einfachsten, sein blauer westphälischer Kittel, in welchem er seine Rundreisen in der Provinz machte und den er selbst dem Könige Friedrich Wilhelm IV., da er als Kronprinz jene Gegenden bereiste, beim Eintritte in die Provinz als Reisekleid darbot, war sein Ehrenkleid und die blaue Kappe mit rothem Rande seine einzige Kopfbedeckung, wenn nicht eine feierliche Gelegenheit den Uniformhut verlangte. So einfach und volksfreundlich war sein Sinn, daß ihm der tüchtige Bauer eben so ehrenwerth war, als der hochgestellte Beamte. Ich habe ihn gesehen, wie er, als in der lutherischen Kirche ein Bau vorgenommen wurde und die protestantische Gemeinde ihren Gottesdienst interimistisch in der Gymnasialkirche abhalten mußte, unter dem Volke stehend einem Soldaten, der kein Gesangbuch hatte, das seinige hinreichte und mit ihm zusammen sang, indem beide eine Ecke des Gesangbuches gefaßt hielten. Jeder gemeinnützige Zweck fand an ihm den eifrigsten Beförderer und er ging dabei oft aus den Schranken des Geschäftsganges heraus und begann das Werk auf eigene Gefahr, in der Ueberzeugung, daß die Genehmigung von oben schon erfolgen werde, wenn ein guter Anfang gemacht sei. Und fand er bei den Ministerien kein Gehör, so wandte er sich unmittelbar an den König Friedrich

Wilhelm III., bei welchem er in hoher Achtung stand und als ein eigentlicher Freund der königlichen Familie betrachtet wurde, was er durch seine treue Anhänglichkeit an das Königshaus auch vollkommen verdiente. Die Blinden= und die Taubstummenanstalt, das Land= armenhaus und andere wohlthätige Institute der Provinz haben ihr Entstehen dem raschen Zugreifen des Oberpräsidenten v. Vincke zu verdanken. Seine persönliche Thätigkeit war eine rastlose und um= fassende, wie wohl wenige Geschäftsmänner sie so geübt haben. Um so viel Zeit als möglich zum Arbeiten zu gewinnen, gönnte er sich nur gerade so viel Schlaf, als zum Ausruhen von Geist und Körper durchaus nöthig war, und um dieses Maß nicht zu überschreiten, schlief er auf einem möglichst harten Feldbette, welches gewiß nicht durch Behaglichkeit zur Verlängerung des Schlafes einlud. Früh Morgens war er wieder thätig und dasselbe verlangte er von andern Dienern des öffentlichen Wesens. Wie manchen Bürgermeister und Landrath hat er auf seinen Rundreisen im Bette überrascht.

Mein persönliches Verhältniß zu ihm war ein höchst erfreuliches und belohnendes. Ich hatte das Glück, mit gutem Vorurtheil von ihm empfangen zu werden und dasselbe aufrecht halten zu können. Ich konnte auf sein Vertrauen und seine Unterstützung in allem, was ich für gute Zwecke unternahm, mit Sicherheit rechnen. Auch im Privatleben stand ich ihm und seiner Familie nahe. Die Oberprä= sidentin war uns sehr gewogen und hat bei unserer jüngsten Tochter Pathenstelle vertreten; meine Söhne lebten mit den gleichaltrigen Söhnen des Oberpräsidenten im freundschaftlichen Umgange; für meine Person durfte ich mich auch im Verkehr des Lebens als einen Freund des Vincke'schen Hauses ansehen und erhielt viele Beweise der gegenseitigen Theilnahme auch in Privatangelegenheiten. Es kann kein angenehmeres Verhältniß zwischen einem höheren Vorgesetzten und einem Untergebenen stattfinden, als das meinige zu diesem vortrefflichen Manne war.

Meine beiden nächsten Collegen im Consistorium waren der Ober= consistorialrath Natorp und der Consistorialrath Möller, beide aus= gebildete Theologen, der letztere vorzüglich für die kirchlichen, jener auch für die evangelischen Schulangelegenheiten der Provinz in Thätigkeit. Auch wurden die Prüfungen der Kandidaten der Theologie, unter Zuziehung einiger Superintendenten der übrigen Regierungs= bezirke, vom Consistorium abgehalten und ich wurde ebenfalls Mitglied der theologischen Prüfungs=Commission für die Prüfung der Kandi= daten in ihren philologischen und geschichtlichen Kenntnissen. Daneben wurde eine wissenschaftliche Prüfungs=Commission für die Kandidaten des höheren Schulfachs unter meinem Vorsitze aus Professoren der theologisch=philosophischen Akademie zu Münster und eine Maturitäts= Prüfungs=Commission bei dem Gymnasium errichtet. Und um das Maß voll zu machen, auch bei der Regierung bestand eine Prüfungs= Commission für juristische Kandidaten, die als Referendarien bei der Regierung eintreten und für administrative Beamte, die Landräthe werden wollten, und auch bei dieser Commission wurde mir die Auf= gabe der Prüfung über die allgemeinen Schulkenntnisse solcher Aspi= ranten, namentlich in der Geschichte, zu theil, so daß ich in nicht weniger als vier Prüfungsbehörden actives Mitglied wurde, wobei mir, besonders wenn ich bei manchen Examinanden das Prüfungs= fieber wahrnahm, unwillkürlich in den Sinn kam, wie gut ich doch mit einer einzigen Präviß=Prüfung in Hannover gefahren sei.

Die beiden Collegen Natorp und Möller lernte ich nicht nur im Geschäftsverkehr bald genauer kennen, sondern es entwickelte sich auch eine entschiedene Freundschaft zwischen uns, so verschieden auch beide Männer von einander waren. Beide waren überdies bedeutend älter als ich. Natorp, in der pädagogischen Welt durch seine Schriften über das Volksschulwesen und seine Gesangsmethode nach Zahlen, anstatt nach Noten, bekannt, zugleich ein vorzüglicher Prediger und Katechet, früher Oberconsistorialrath und Hofprediger in Potsdam, dann bei der Einrichtung der Provinz Westphalen nach Münster ver= setzt, war ein Mann von biederm, offnem Charakter, klarem Verstande, Sicherheit in Beurtheilung der Menschen und Verhältnisse, und ein treuer Freund, wenn er einmal Freundschaft geschlossen hatte. Jene ersteren Eigenschaften machten ihn zu einem sehr brauchbaren und gewandten Geschäftsmanne.

Dieser Ruhm konnte seinem Collegen Möller nicht zugesprochen werden, wohl aber der eines wirklich gelehrten Theologen und zugleich eines geistvollen, von vielseitigem wissenschaftlichen Interesse erfüllten Mannes. Er war früher Professor der Theologie an der Universität Duisburg und später in Breslau, und dann in das Consistorium in Münster versetzt, um hier bei den theologischen Prüfungen die gelehrte Theologie zu vertreten. Er that es in ausgezeichneter Weise. Es war etwas Geniales in dem Manne, und ich habe mit wahrem Vergnügen, ja mit Erbauung, seinen Prüfungen in der Dogmatik beigewohnt, bei welchen er freilich mitunter in Sextro'scher Weise, wenn er recht in Lebhaftigkeit gerieth, mehr docierte als examinierte. Aber dann kam auch ein Strom von Kenntnissen und erhebenden Gedanken aus seinem Munde, daß man mit Bewunderung zuhörte und die Empfänglichen unter den Kandidaten oft nachher gestanden, in einer solchen Stunde mehr lebenerregende Theologie gelernt zu haben, als in mancher ausführlichen akademischen Vorlesung. Das lebhafte geistige Interesse dieses Mannes erstreckte sich, wie schon bemerkt, über ein reiches Feld der Literatur, auch der schönen, und er ergriff die wichtigern neuen Erscheinungen mit Enthusiasmus, wodurch er, sowie durch seine Lebhaftigkeit überhaupt, ein anregendes Element im Umgange wurde. Dabei war sein Herz warm und für freundschaftliche Empfindungen sehr empfänglich. Ich konnte mich mit den Meinigen seiner warmen Theilnahme rühmen, nicht nur, so lange wir zusammen lebten, sondern auch nach unserer Trennung, bis zu seinem Tode. — Leider hatte er häusliche Leiden zu tragen, indem seine Frau, eine übrigens durch geistige Begabung ausgezeichnete Frau, periodisch an Geistesverwirrung litt, wodurch das weiche Gemüth des guten Möller oft zerrissen wurde.

Wenn der Umgang mit demselben eben dadurch etwas Gehemmtes und Ungleiches hatte, so blieb dagegen der mit dem sich immer gleichen, besonnenen und heiteren Natorp und seiner Familie in einem ruhigen und wohlthuenden Zusammenhange. Das Haus wurde durch die Frau, drei Töchter und zwei Söhne angenehm belebt und wir haben mit demselben, besonders nachdem mein Freund Keßler

schon ein halbes Jahr nach meinem Eintritte in Münster als Regie=
rungspräsident nach Frankfurt an der Oder versetzt war, am häu=
figsten im freundschaftlichen Verkehr gestanden. Und wenn ich eines
besonnenen Rathes in irgend einer Angelegenheit bedurfte, so wandte
ich mich an den erfahrenen, klarsehenden und redlich theilnehmenden
Freund Natorp und war sicher, von ihm wohlberathen zu werden,
und auch, wenn nöthig, thätige Hülfe zu finden.

Gesellige Verhältnisse. — Eine Gelegenheit zu einer
noch weiteren Ausdehnung meiner Bekanntschaft mit einigen der bedeu=
tendsten Männer in Münster bot mir eine Gesellschaft dar, die sich
schon vor meiner Ankunft gebildet hatte und in welche ich bald auf=
genommen wurde. Sie hatte die Bestimmung, daß die Theilnehmer
an einem Abende in der Woche in einem öffentlichen Locale zu freier
Unterhaltung für einige Stunden zusammenkamen. Die Zahl der
Mitglieder war so mäßig, daß eine gemeinsame Unterhaltung möglich
wurde, und die Männer, die außer dem Oberpräsidenten und meinen
beiden Collegen Natorp und Möller, daran theilnahmen, waren ganz
geeignet, Mannigfaltigkeit und Interesse in dieselbe zu bringen; nemlich,
so lange er in Münster blieb, mein Freund Keßler, der General
T h i e l e m a n n, commandierender General der Provinz Westphalen,
und der Oberst v o n W o l z o g e n, Chef des Generalstabes des 7ten
Armeecorps. Die nähere Bekanntschaft mit diesen beiden höheren
Militärpersonen, welche den Freiheitskrieg mitgemacht hatten, stimmte
recht mit meiner von Jugend auf genährten und durch die Periode
der Freiheitskriege so hoch gehobenen Neigung für militärische Männer
und Ereignisse überein. Ich benutzte die Gelegenheit, ihre Erlebnisse
in den Feldzügen ihnen abzufragen, und dieses gelang mir besonders
bei dem Obersten von Wolzogen, der als Commandeur eines schlesi=
schen Landwehrregiments bei dem Corps des Generals von York die
Feldzüge dieses tapfern Anführers mitgemacht, dann im Generalstabe
gedient und den bedeutendsten Männern, wie dem General Gneisenau,
dem General Horn, dem Obersten von Klausewitz und andern nahe
gestanden hatte. Von ihm erfuhr ich manchen einzelnen Zug, welchen
ich in meine Beschreibung der Freiheitskriege aufgenommen habe.

Aber auch außerdem wurde mir dieser geistreiche, durchgebildete und charakterfeste Mann sehr lieb und wir hielten freundschaftlich zusammen bis an seinen nur zu früh erfolgten Tod.

Der General Thielemann wurde nach Coblenz versetzt. Sein Nachfolger, der tapfere General Horn, war als älterer Mann und etwas einsilbiger, strammer Soldat, für eine Annäherung meinerseits weniger zugänglich, als der vielseitig gebildete und empfängliche Thielemann. Es blieb bei den, immer recht freundlichen, Begegnungen in größeren officiellen Gesellschaften. Wenn man den großen, geraden und festen Soldaten sah, so konnte man den Zug begreifen, der von ihm erzählt wurde. Als er nemlich in der für Preußen so unglücklichen Zeit nach dem Tilsiter Frieden auf Wartegeld stehend in Berlin lebte, sei er von unzugänglicher Stimmung, finster und stumm dahergegangen und habe mit verhaltenem Grimm alles, was an die französische Ueberwachung Preußens erinnerte, betrachtet; und wenn zufällig auf einen der französischen Offiziere oder Commissäre die Rede gekommen, von welchem es hieß, er mache doch durch gute Eigenschaften eine Ausnahme von der Menge, so habe er nur mit abwehrender Hand und den Worten: „Kalt sind sie mir lieber", den Kopf geschüttelt. Und eben so begriff man sein Wort gegen Wolzogen in der Schlacht von Möckern am 18. October 1813, welches ich aus Wolzogen's eigenem Munde habe. Als nemlich der Kampf in dem Dorfe Möckern am heißesten und für die Preußen am bedenklichsten war und der General York den General Horn, der mit seinem Corps daneben im freien Felde stand, auffordern ließ, einen Angriff auf die ihm gegenüberstehenden Franzosen zu machen, rief Horn schnell die nächsten Regimentscommandeure zusammen, zeigte ihnen mit wenig Worten den Stand der Sache und die Nothwendigkeit, einen entscheidenden Schlag zu führen, und schloß mit den Worten: „Jetzt ist der Augenblick, alles daran zu setzen und keine Gefangenen zu machen, damit kein Mann vom Kampfe auszutreten braucht; also kein Pardon, meine Herren!" Und als Wolzogen vor dem Worte erschrickt und Einwendung machen will, fällt Horn ihm schnell in die Rede: „Ich weiß wohl, lieber Wolzogen, Sie sind so verdammt weichmüthig, hier hilft

oder keine Sentimentalität. Also nochmals, kein Pardon!" Und der
ungestüme Angriff Horns entscheidet wesentlich das Glück des Tages.
— Dabei erzählte Wolzogen noch einen bemerkenswerthen zufälligen
Umstand, wie sie oft in den Schlachten hindernd oder fördernd vorkommen. Indem die Preußen auf dem wellenförmigen Felde stür-
mend vorrückten, kommen sie abwechselnd in eine Vertiefung und die
Soldaten werden stutzig, die nächste Höhe hinaufzurücken, in der Ungewißheit, ob nicht dahinter eine neue Linie der Franzosen aufgestellt
sei. Da reitet aber ein einzelner Kosack, man weiß nicht, wer ihn
geschickt, vor der Linie der Infanterie her, sprengt die Höhe hinan,
winkt mit der Hand den Preußen zu und ruft: „Nicks Franzos,
nicks Franzos!" und auf sein Wort stürmen die Preußen auch diese
Höhe und die folgenden hinan, dem Kosacken nach, als sei er ihr
Anführer. — Uebrigens zeigte sich der General Horn als ächter
Soldat in Blüchers Sinne auch in der Friedenszeit und gewann die
Herzen seiner Truppen. Wenn die Landwehr ihre vierwöchigen
Uebungen vollbracht hatte und entlassen wurde, so ritt der alte ehr-
würdige General vor die Fronte und rief den Landwehrmännern sein
Lebewohl zu mit den Worten: „Nun geht nach Hause, Kinder, und
grüßt mir Eure Frauen und Kinder!" Und ein tausendstimmiges
freudiges Hurrah antwortete ihm.

Mit dem Chef des Horn'schen Generalstabes, der nach Wolzo-
gens Tode folgte, dem Obersten Selasinsky, habe ich auch in
freundlicher Verbindung gestanden; er war ein wohlwollender, kenntnißreicher und strebsamer Mann. Genauer jedoch, als meine Verbindung mit den genannten Offizieren, wurde die mit dem General
von Lützow, dem berühmten Anführer des Lützow'schen Freicorps,
der ebenfalls in Münster als Brigadecommandeur lebte. Er war ein
Biedermann im rechten Sinne des Wortes, offen und zutraulich,
wenn er einmal sein Vertrauen geschenkt hatte. Auch aus seinem
Munde habe ich viele Schilderungen aus der Kriegszeit, namentlich
von der Schlacht bei Ligny am 16. Juni 1815, wo er bei dem von
Blücher selbst am Abende gegen die französischen Garden ausgeführten
unglücklichen Cavallerie-Angriffe verwundet stürzte, zu Gefangenen

gemacht und vor Napoleon geführt wurde. Napoleon, der vor der Schlacht von Leipzig über die kühnen Züge des Lützow'schen Corps in seinem Rücken so erbittert gewesen war und dasselbe eine Räuberbande genannt hatte, behandelte jetzt den Anführer mit Achtung und befahl, für die Heilung seiner bedeutenden Wunde gut zu sorgen. — Uebrigens war die ganze Natur Lützow's nicht für den Friedensdienst gemacht. Er gestand mir, daß er am liebsten Soldat gewesen sei, als er nur eine Schwadron zu befehligen hatte; da habe er das persönliche Wohl jedes seiner Soldaten im Auge gehabt; es waren die Menschen, die sein Interesse in Anspruch nahmen. Einigermaßen sei dies auch noch der Fall gewesen, als er ein Regiment gehabt habe, doch sei die Zahl schon zu groß gewesen, um recht menschlich auf den Einzelnen einwirken zu können. Seit er aber Brigadecommandeur sei, habe er hauptsächlich mit Rapporten und Bescheiden auf dem Papiere zu thun und das befriedige ihn nicht. Im Kriege mit seinem Freicorps sei es eine andere Sache gewesen; obgleich auch da die größere Zahl den Einzelnen mehr aus den Augen gerückt habe, so habe doch der Drang der Ereignisse und die Aufforderung zur That den Geist in steter Spannung erhalten.

Daß zu seiner Unzufriedenheit mit dem ruhigen Leben in Münster auch eine andere geheime Ursache mitgewirkt hat, leidet keinen Zweifel. Das Verhältniß zwischen Immermann und der Frau von Lützow, welches zuletzt auch deren Scheidung von Lützow zur Folge hatte, entwickelte sich in den Jahren meines Aufenthaltes in Münster immer entschiedener und ich mag es nicht unterlassen, da ich in genauer Verbindung mit allen betheiligten Personen gestanden habe, einige Andeutungen darüber zu geben, die vielleicht manches falsche Urtheil berichtigen können.

Immermann kam im Jahre 1819 als Auditeur beim Kriegsgerichte nach Münster und wurde bald im Lützow'schen Hause, sowie in dem meinigen, bekannt. Das frische, kräftige und zugleich geistvolle Wesen des dreiundzwanzigjährigen Mannes, welches sich auch in seiner äußern Erscheinung, obgleich dieselbe nicht eigentlich schön zu nennen war, ausprach, machte ihn interessant, ja bedeutend, und sein

dichterisches Talent, mit welchem auch die Gabe eines ausdrucksvollen
deklamatorischen Vortrages verbunden war, gab ihm bald in der
Gesellschaft einen ausgezeichneten Platz. Es bildete sich ein Lesezirkel,
welcher abwechselnd im Lützow'schen und unserm Hause zusammenkam
und aus diesen beiden Familien, nebst dem Consistorialrath Möller
und seinem Sohne, der Garnisonprediger war, und Immermann
bestand; mitunter wurden auch einige andere Freunde dazu eingeladen.
Außer einigen dramatischen Vorlesungen mit vertheilten Rollen fiel
die Aufgabe des Vorlesens fast beständig Immermann zu und ich
darf versichern, daß wir alle, weder in früherer noch in späterer Zeit,
kaum einen größeren Genuß an dem lebendigen Vortrage der Dramen der
größten Dichter, namentlich des Shakespeare, gehabt haben, als durch
Immermann. Auch seine eignen dramatischen Arbeiten, welche in
dieser Zeit entstanden, der König Periander und sein Haus, die Prinzen
von Syracus, das Auge der Liebe, trug er so vortrefflich vor, daß
diese Stücke, obwohl sie nicht auf vollendeten Kunstwerth Anspruch
machen konnten, einen überwältigenden Eindruck machten. Der Vortrag des Komischen und Charakteristischen war Immermann's Stärke.

Der General Lützow selbst nahm an diesen Vorlesungen einen
mehr passiven Antheil; der Sinn für Kunst und schöne Literatur war
nicht sehr in ihm entwickelt. Die Generalin dagegen war in hohem
Grade empfänglich dafür, sie lebte in diesen geistigen Genüssen und
konnte sich ihnen ganz hingeben, da sie keine Kinder und wenig häusliche Geschäfte hatte. Und wie Frauen dieser Stimmung und Lage
sich gern an Männer anschließen, die ihrer Neigung Nahrung schaffen
können, so war es ganz natürlich, daß der begabte Immermann mit
seinem Talente, seinen literarischen Kenntnissen und seinem Enthusiasmus für das Schöne und Große, eine besondere Anziehungskraft
auf die Frau von Lützow übte. Ebenso natürlich war es, daß Immermann, der aus einem beschränkteren Lebenskreise nach Münster kam,
sich auf das Lebhafteste von einer so zart organisierten, ungewöhnlichen
Frau angezogen fühlte, die mit einem sehr gefälligen Aeußern ein
feines ästhetisches Gefühl und eine große Empfänglichkeit verband und
mit richtigem Tacte seinen eigenen Productionen eine warme Theil-

nahme schenkte, ihn auf manches aufmerksam zu machen, ihn für neue Schöpfungen zu begeistern verstand. Sie hat einen sehr belebenden Einfluß auf die Entwicklung seines reichen Talentes gehabt, was seine Dichtungen aus der Münsterschen Zeit beweisen.

Die Gräfin Elise von Ahlefeldt hatte den Rittmeister von Lützow im jugendlichen Enthusiasmus für einen patriotisch gesinnten, tapfern Krieger, der mit großer Ausdauer das Jawort ihres Vaters endlich errungen hatte, geheirathet; sie hatte mit und neben ihm geholfen, die berühmte Lützow'sche Freischaar zu sammeln und die zuströmenden jungen Männer für die Sache der Freiheit zu begeistern. Sie war dieser Freischaar in möglichster Nähe gefolgt und hatte die spannenden Wechsel der großen Begebenheiten theilnehmend mit durchlebt. Darauf war auch für sie der ernüchternde Friedenszustand mit manchen bittern Enttäuschungen gefolgt und hatte dazu beigetragen, ihren lebhaften Geist in die tröstende Beschäftigung mit den Werken der Kunst und schönen Literatur hineinzuziehen. Hätte sie dabei die lebendige Theilnahme und das eingehende Verständniß ihres Mannes zur Seite gehabt, so würden ihre Gemüther sich nicht fremd geworden sein. Eine kinderlose Ehe ist immer mehr oder weniger ein abnormer Zustand und führt, falls nicht ein hoher Grad religiöser Entsagung eine Schutzwehr bildet, gar leicht zur Entfremdung der Gatten, namentlich, wenn die Charaktere und Neigungen nach verschiedenen Seiten führen. Die Beschäftigungen mit Pferden, Soldaten und Manövern, die den Mann zerstreuten, konnte die Frau nicht theilen; ihren Genuß an der schönen Literatur theilte er wiederum nicht in dem Grade und mit dem geistigen Verständniß, welches ihr im hohen Maße eigen war; daher wachsende Gleichgültigkeit von beiden Seiten. — Wie räthselhaft und für das fremde Auge undurchdringlich sind nicht die Kämpfe, die in solcher Lage in den Seelen vorgehen, und wie unrecht ist es, einen Stein auf die Neigungen und Handlungen der durch dieselben bedrängten Menschen zu werfen! — Für unsere Augen, die wir in fast ununterbrochenem Umgange mit dem Lützow'schen Hause lebten, blieb das Ungenügende der ehelichen Verhältnisse und die Aufmerksamkeit, die Immermann der Frau von

14*

Lützow und diese ihm schenkte, nicht verborgen, allein beides hielt sich in solchen Gränzen des Anstandes und der Sitte, daß wir zwar den ganzen Zustand der, übrigens so achtungswerthen, Menschen bedauerten, allein gar keinen Anlaß finden konnten, weder warnend dazwischen zu treten, noch uns aus dem Umgange zurückzuziehen. Lützow behandelte seine Gemahlin mit der größten Achtung, und sie wiederum vergaß nie die Pflichten der Gattin, die sie rücksichtsvoll gegen ihn übte, und eben so beobachtete Immermann den bescheidensten Anstand in dem geselligen Zusammensein, so daß ein Anstoß in dieser Beziehung niemals eintrat.

Und wenn ich die einzelnen Personen für sich betrachte, so war eine jede in ihrer Art uns lieb und achtungswerth; der General durch seinen offenen, männlichen Charakter und das wirkliche Vertrauen, welches er besonders mir persönlich schenkte; die Generalin durch ihr sehr anmuthiges, ächt weibliches und im besten Sinne abliges Wesen, ihren regen Sinn für alles Schöne und ihre stets gleiche Freundlichkeit gegen meine Frau und mich; Immermann durch die wirkliche Originalität seines Geistes, die Ehrenhaftigkeit seines Charakters und die Belebung, die er in jede Unterhaltung zu bringen wußte. Mir besonders war er in hohem Grade zugethan, vertrauensvoll und mittheilend, und unsere Kinder, die ihn sehr gern hatten, waren ihm so lieb, daß er selbst in ihre Spiele einging und ihnen unter anderm ein kleines dramatisches Stück zu meinem Geburtstage schrieb und einübte. Ihre Figuren hat er in seinen Epigonen angebracht, wo er von der Erziehungsanstalt des Educationsraths und dessen Söhnen spricht; von den knabenhaften Neigungen unserer Söhne den Anlaß nehmend, nennt er den ältesten den Naturforscher, den zweiten den Förster, den dritten den Pastor und den jüngsten, Karl, den er besonders gern hatte und der in seinen Spielen mit seinen Bauhölzern einige Erfindungskraft zeigte, den Baumeister.

Die ernste Krise in den Verhältnissen der drei uns befreundeten Personen ging nicht unter unsern Augen vor sich. Immermann wurde schon im Jahre 1824 nach Magdeburg und später nach Düsseldorf versetzt und die Freundin folgte ihm im darauf folgenden

Jahre, um in seiner Nähe zu bleiben. Die wirkliche Scheidung geschah im Jahre 1825 *).

Der General Lützow lebte von nun an still und eingezogen in Münster fort, aber das lästige Friedensgefühl wurde nur noch stärker in ihm und brachte ihn im Jahre 1829 zu einem Entschlusse, den er mir im Vertrauen mittheilte und von welchem ich jetzt, nach 33 Jahren, wohl reden zu dürfen glaube. Als nemlich der damalige Prinz Leopold von Sachsen=Koburg, jetziger König der Belgier, zum König von Griechenland ausersehen war, wendete sich Lützow an denselben und bot ihm, wenn er die griechische Krone annähme, seine Dienste an, mit dem Vorschlage, ein Corps zu werben, mit welchem er seine junge Herrschaft in Griechenland stützen und Ordnung zu

---

*) Wie darauf Immermann und die Frau von Lützow zuerst in Magdeburg und darauf in Derendorf bei Düsseldorf bis zum Jahre 1839 zusammen lebten, dann aber Immermann sich mit einer Enkelin des Kanzlers Niemeier verheirathete und schon ein Jahr nachher starb, die Generalin aber, nachdem sie ihren Familiennamen Gräfin Ahlefeldt wieder angenommen hatte, in Berlin lebte, wo sie im Jahre 1855, in ihrem 65sten Lebensjahre, gestorben ist, dieses alles ist in der Schrift von Ludmilla Assing: „Gräfin Elisa von Ahlefeldt", zu lesen; doch kann ich es nicht unterlassen, vor der Einseitigkeit der Darstellung in diesem, übrigens mit Begeisterung für die schönen Eigenschaften der ungewöhnlichen Frau geschriebenen, Buche zu warnen. Alle Schuld der Trennung beider Gatten wird auf Lützow geworfen, ja eine edelmüthige Aufopferung von ihrer Seite herausgefunden, um Lützow die Möglichkeit zu verschaffen, einer Neigung zu einer koketten, reichen Frau zu folgen. Da die Entfernung der Frau von Lützow aus Münster in den August 1824, also in die Mitte meines Lebens in Münster fällt, so müßte jenes Liebesverhältniß unter meinen Augen stattgefunden haben. Ich kann aber versichern, daß nicht die geringste Spur davon zu meiner oder meiner Frau Kenntniß gekommen ist. Ebenfalls soll Immermann bei seiner Heirath mit der Niemeier'schen Enkelin mit einer gewissen Treulosigkeit gegen die Frau von Lützow zu Werke gegangen sein; ich weiß aber mit Sicherheit und Ausführlichkeit, was Ludmilla nur flüchtig erwähnt, daß Immermann, um das doch immer schiefe und unnatürliche Verhältniß in ein klares zu verwandeln, jahrelang mit dem größten Ernste bei ihr auf eine Heirath gedrungen hat, in welche sie, ich weiß nicht aus welchem, doch wahrscheinlich grillenhaften, Grunde nicht willigen wollte. Da ist denn in ihm die Neigung nach und nach erkaltet, sein Verlangen nach einem Familienleben, welches tief in seiner Natur begründet war, hat Befriedigung gefordert und er hat auch noch die Freude erlebt, eine Tochter auf seinem Arme zu halten, aber freilich leider nur ganz kurze Zeit, denn er starb schon wenige Tage nach der Geburt des Kindes, im Jahre 1840.

schaffen helfen wolle. In solcher Weise hätte der zu Thaten und nicht zur Ruhe geschaffene Mann sich ein neues und wichtiges Feld der Thätigkeit geöffnet und seinen Namen noch bedeutender in der Geschichte gemacht. Das Königthum des Prinzen Leopold kam aber bekanntlich nicht zu stande und Lützow blieb in seinen Verhältnissen im preußischen Dienste. Mit seiner geschiedenen Gemahlin, deren vorzügliche Eigenschaften er wohl erkannte, ist er ebenfalls lange im freundschaftlichen Briefwechsel geblieben und seine Briefe zeugen von fortwährender warmer Anhänglichkeit.

Mein und der Meinigen Umgang mit ihm war natürlich ein weniger lebhafter geworden und überhaupt bildete sich für uns ein solcher Kreis voll gehobener geistiger Genüsse nicht wieder. Dafür dauerte der freundschaftliche Familienumgang mit dem Natorp'schen und Möller'schen Hause ungeschwächt fort; auch mit dem Professor S c h l ü t e r und seiner Frau, einer gebornen Romberg und Schwester des bekannten Violinspielers Andreas Romberg, einer talentvollen Sängerin mit einer Stimme, welche bei der Aufführung von Kirchenmusiken die größten Räume füllte, kamen wir in vertrauten nachbarlichen Umgang, und wie hierbei auch unsere heranwachsenden Kinder ein Bindeglied bildeten, so wurde dieses ebenfalls der Fall mit der Familie des Regierungsraths v o n B e r n u t h. Die Reihe unserer Kinder vermehrte sich bis zum Jahre 1825 noch durch zwei Töchter; in der Bernuthschen Familie waren deren drei, welche mit unsern drei ältesten stufenweise im Alter übereinstimmten; und da es sich so fügte, daß wir im Jahre 1826, nach dem Tode des Regierungsraths von Bernuth, zu dessen Witwe in dasselbe Haus zogen, so wuchsen diese sieben Mädchen in geschwisterlicher Liebe so innig zusammen, daß beide Familien gleichsam zu einer verschmolzen, denn auch die Mütter waren innig befreundet.

Der General=Vicar Clemens Droste zu Vischering. — Bevor ich jedoch auf unser ferneres Familienleben näher eingehe, muß ich aus meiner geschäftlichen Wirksamkeit einen nicht unwichtigen Zwischenfall nachholen. Von dem Oberpräsidenten von

Vincke waren mir, außer den Arbeiten für die höheren Schulen der Provinz, auch von den dem Oberpräsidenten als solchem obliegenden Geschäften diejenigen übertragen, welche sich auf die philosophisch-theologische Facultät in Münster bezogen, und in dieser ereignete sich eine Verwicklung, welche nicht ohne historisches Interesse für dieselbe, sowie für die später folgenden Conflicte der Regierung mit dem katholischen Episcopate sein dürfte.

In die katholisch-theologische Facultät der neuerrichteten Universität Bonn war auch der Professor Hermes von Münster versetzt worden, den ich kennen und schätzen gelernt hatte, ein Mann von klarem Verstande und unerschütterlicher Liebe zur Wahrheit. Er hatte ernste philosophische Studien, besonders nach Kant, gemacht und glaubte nachweisen zu können, daß das katholische Dogma sich wohl mit der Philosophie vertragen und durch Vernunftgründe gestützt werden könne. Er schrieb ein Buch über Religionsphilosophie, — der Titel ist mir nicht genauer gegenwärtig. — Seine Zuhörer hingen sehr an ihm und auch in Bonn gewann er einen bedeutenden Einfluß, ja es bildete sich eine eigne Hermesianische Schule. Der damalige Vertreter des noch nicht wieder besetzten Bischofssitzes von Münster, der General-Vicar Clemens Droste zu Vischering, der bekannte nachherige Erzbischof von Köln, fand aber in diesem Systeme des Professors Hermes offenbare Ketzereien und verbot den Theologie Studierenden der Münsterschen Diöcese den Besuch der Universität Bonn. Das konnte die preußische Regierung nicht ruhig geschehen lassen; wenn die Universität Bonn von einem der katholischen Kirchenoberen gleichsam in den Bann gethan wurde, so war sie bald nach ihrem Entstehen in der katholischen Welt geächtet. Die Regierung schützte daher den Professor Hermes und wollte die akademische Lehrfreiheit auch auf die katholische Theologie ausgedehnt wissen, so lange nicht eine Lehre von höchster Stelle in Rom als ketzerisch verurtheilt sei. Der General-Vicar wurde wiederholt aufgefordert, sein Interdict gegen Bonn aufzuheben; er weigerte sich. Das Ministerium drohte mit Repressalien gegen die Akademie in Münster; er blieb bei seiner Weigerung. Der Oberpräsident war damals für längere Zeit in Berlin; ich hatte für ihn die Angelegenheiten der Münsterschen Akademie zu bearbeiten; eine schwierige Lage für mich; doch konnte ich nicht anders handeln, als die vom Ministerium ausgehenden Beschlüsse in besonnener Weise zur Ausführung zu bringen. Da bekam ich ein Schreiben des Oberpräsidenten aus Berlin, welchem ein Rescript des Ministeriums beilag, wodurch die theologischen Vorlesungen der Akademie in Münster suspendiert wurden; der Oberpräsident überließ es mir, dasselbe in seinem Namen zu publicieren, wenn alle Mittel, den General-Vicar zum Nachgeben zu bringen, vergeblich wären. Jetzt war meine Lage noch schwieriger; ich sollte mehr oder weniger die Entscheidung über eine Maßregel übernehmen, welche nicht nur ein ungemeines Aufsehen in der ganzen Provinz machen, sondern was noch wichtiger war, einige hundert junger Leute, welche Theologie in Münster studierten, in ihren Studien unterbrechen und zur Unthätigkeit verurtheilen würde. Den letzteren Umstand faßte ich vor allem in's Auge und baute darauf meine Hoffnung, auch den General-Vicar von Droste zur Aufhebung seines Verbotes gegen Bonn zu bewegen. Ich war nemlich mit dem würdigen Regens des Priester-Seminars, dem durch seine Verdienste um das Münstersche Volksschulwesen rühmlichst bekannten Overberg sehr befreundet. Dieser alte, gemüthliche und kindlich gutherzige Mann wollte mir wohl und ich besuchte ihn gern und erfreute mich, neben seinem Lehnstuhle sitzend, den er wegen Schwäche seiner Beine schwer verlassen konnte, seiner treuherzigen Unterhaltung. Er war, wie ich wußte, Beichtvater des General-Vicars und von diesem sehr geachtet. Daher wendete ich mich an Overberg, stellte ihm die kritische Lage der Münsterschen Facultät und besonders der Studierenden, die zum Theil dem alten Manne bekannt waren, recht eindringlich vor und schilderte ihm, welchen Uebelständen, ja selbst Gefahren, die jungen Leute ausgesetzt wären, wenn die Vorlesungen geschlossen und sie selbst genöthigt würden, in ihre Heimath zu gehen und dort ohne bestimmte Beschäftigung zu leben; wie leicht schwache Charaktere dadurch auf Abwege gebracht werden könnten. Diese großen Uebel könnten vermieden werden, wenn der General-Vicar nur ein Wort sprechen und sein Verbot gegen Bonn aufheben, ja

nur vorläufig zurücknehmen wollte, bis die Frage über die Hermes=
sche Lehre in höherer Instanz entschieden wäre. Er möge es doch
versuchen, das Gemüth des unzugänglichen Mannes durch sein väter=
liches Wort umzustimmen. — Der wohlwollende Mann wurde durch
meine Vorstellungen sichtbar gerührt und versprach mir, den General=
Vicar zu sich bitten zu lassen, da er selbst nicht ausgehen könne; er
zweifle nicht, daß derselbe die gewichtigen Gründe gelten lassen werde;
ich möge am nächsten Abend wiederkommen. — Als ich zu der be=
stimmten Stunde hinkam, befiel mich schon eine schlimme Ahnbung,
da auf mein Anklopfen nur ein leises und dumpfes „Herein!" erfolgte;
und als ich in die Thür trat, sah ich den bekümmerten Mann mit
niedergesenktem Kopfe in seinem Lehnstuhle sitzen, und ohne aufzusehen
bat er mich, mich zu ihm zu setzen. Und wie ich einmals früher,
als ich unerwartet in seine Stube getreten war, ihn hatte sitzen sehen,
indem er einem Beichtkinde mit gesenktem Haupte und geschlossenen
Augen die Beichte abhörte oder die Absolution ertheilte, so sprach er
auch jetzt zu mir leise und eintönig folgende Worte: „Ich habe dem
Herrn General=Vicar alles vorgestellt, was Sie mir gestern gesagt
haben, und habe ihn gebeten, seine Maßregel gegen Bonn zurückzu=
nehmen, aber er hat mir erwiedert, sein Gewissen erlaube es ihm
nicht, er folge einer höheren Eingebung."

Da war also nichts weiter zu hoffen; ich hatte mir die Beru=
higung verschaffen wollen, das Aeußerste versucht zu haben. Jetzt
setzte ich eine Bekanntmachung des Oberpräsidiums für das Amtsblatt
auf, mit welcher das Ministerialdekret über die Suspension der theo=
logischen Vorlesungen publiciert wurde, und entwickelte darin die
Gründe, welche die Regierung zu der äußersten Maßregel genöthigt
hätten, wobei natürlich die Hauptschuld auf die wiederholte Weige=
rung des General=Vicars, sein unbefugtes Verbot des Besuchs der
Universität Bonn zurückzunehmen, geworfen wurde. Ich brachte diese
Bekanntmachung dem Regierungspräsidenten von Schlechtendahl, der
in der Abwesenheit des Oberpräsidenten alle Erlasse desselben zu
signieren hatte, zur Unterschrift. Er unterzeichnete, erklärte aber aus=
drücklich, er nehme die Verantwortlichkeit der ganzen Maßregel nicht

auf sich, ich werde diesen Schritt gegen den Oberpräsidenten und das Ministerium zu vertreten haben. Ich ließ mich jedoch nicht irre machen, die Maßregel wurde vollzogen und zu meiner großen Genugthuung erhielt ich, nachdem ich dem Oberpräsidenten den Verlauf der Sache nach Berlin berichtet hatte, von demselben eine unbedingte Billigung meines Verfahrens, ja, er fügte seinem Briefe noch ein Billet des Grafen Spiegel, nachherigen Erzbischof von Köln, der ebenfalls in Berlin war und dem er meinen Bericht mitgetheilt hatte, bei, worin dieser aufgeklärte Mann sich dahin äußerte: „Der Consistorialrath Kohlrausch hat sich bei dieser Sache geschickt benommen."

Der General-Vicar Droste fand mein Benehmen aber weder geschickt, noch lobenswerth, und reichte, da er mich persönlich nicht anklagen konnte, eine Klage gegen das Oberpräsidium wegen beleidigter Amtsehre und des Versuchs, seine geistliche Auctorität bei seinen Diöcesanen zu untergraben, bei dem Oberlandesgerichte ein. Dieses jedoch, an dessen Spitze der Präsident von Bernuth (Vater des Justizministers in Berlin im Jahre 1862) stand, wies die Klage, als nicht zu seiner Competenz gehörig, zurück und die Hörsäle der theologischen Facultät blieben geschlossen. Zur Milderung des Nachtheils wenigstens für diejenigen Studierenden, die dem Ende ihrer Studien nahe waren, gestattete der Regens des Priester-Seminars, daß dieselben die Vorlesungen für die Mitglieder des Seminars, die in dem Seminargebäude gehalten wurden, mit besuchen durften. Die Mehrzahl der Studierenden mußte sich aber in ihre Heimath zerstreuen und die Regierung fühlte natürlich die Pflicht, diesem drückenden Zustande baldmöglichst ein Ende zu machen. Es geschah dadurch, daß der unbesetzte bischöfliche Stuhl in Münster mit einem gemäßigt gesinnten Manne in der Person des Fürstbischofs von Corvey, von Lüning, dessen Bisthum in Folge der französischen Umwandlungen in Deutschland aufgehoben war, wieder besetzt wurde. Dieser hob das Verbot gegen Bonn auf und die Vorlesungen in Münster wurden wieder eröffnet. Der General-Vicar v. Droste legte natürlich sein Amt nieder. Wie aber die preußische Regierung diese Vorgänge vergessen und einen Mann von so starrem und unbeugsamem

Charakter später zum Erzbischof von Köln machen konnte, ist schwer zu begreifen. Sie hat die bittern Früchte davon kosten müssen.

Nach dem bald darauf erfolgten Tode des frommen Overberg wurde mein bisheriger Coll=ege in der Regierung für das katholische Volksschulwesen, der Domherr Melchers (Onkel unseres gegenwärtigen Bischofs von Osnabrück), Regens des Priesterseminars, und das An= denken an diesen wackern Mann, mit welchem ich in der ganzen Zeit meines Lebens in Münster befreundet gewesen bin, fordert mit Recht, daß ich ihn ebenfalls an dieser Stelle als einen der vielen achtungs= werthen katholischen Geistlichen, die ich kennen gelernt habe, namhaft mache. Er war ein gerader, verständiger Mann, der das Gute mit Ernst förderte und, ohne confessionelles Vorurtheil, den Menschen als solchen achtete, wenn er Achtung verdiente. Ich habe mich immer sehr gut mit ihm verständigen können. Dabei war er in seinem Privatleben sehr gemüthlich, ja liebenswürdig, wie ihn auch meine Kinder kennen gelernt haben, die er gern nach seinem Garten vor dem Thore einlud. Hier pflegte und pfropfte er selbst seine Bäume, die er sehr liebte. Als ich ihn einst bei diesem Geschäfte traf, sagte er: „Sehen Sie, lieber Freund, die Erbsünde ist auch in die Pflan= zenwelt gefahren; der wilde Baum trägt nur herbe und harte Frucht, wenn sie veredelt werden soll, so muß ein edles Reis darauf gepfropft werden." — Und er zog wirklich schöne Früchte, welche sich meine Kinder, die ihn gern besuchten, trefflich schmecken ließen.

Wenn ich an diesen und so viele andere Ehrenmänner unter den Katholiken zurückdenke, mit welchen ich in Westphalen in freund= schaftlichen Verhältnissen gelebt habe, so wird mir das Herz warm, und ich preise mich glücklich, daß ich noch die Zeit in Münster erlebt habe, wo der Unterschied der Confessionen noch nicht die traurige Schärfe erhalten hatte, die nachher, wenigstens zeitweise, stattgefunden hat. Ich kam den Männern, mit welchen ich zu thun hatte, mit Vertrauen entgegen, hielt mich an die Sache, sprach offen meine An= sichten und Absichten aus und fand bald eine eben so offene Erwie= derung. Das Herz des westphälischen Volksstammes ist ohne Arg, wenn es nicht mit Uebermuth oder Mißtrauen behandelt wird. Die

Zeit, welche ich in Münster verlebt habe, schloß sich noch ziemlich nahe an eine in geistiger Bedeutung sehr merkwürdige Periode, nemlich die Fürstenberg'sche, an, in welcher dort auch die Fürstin Gallitzin mit ihren Freunden Hamsterhaus und Haman lebte. Die Nachwirkung dieser Zeit war noch fühlbar. Ich habe es bedauert, von den Hauptpersonen dieser Zeit nur noch den würdigen Oberberg und den Professor Katerkamp, Verfasser des Lebens der Fürstin Gallitzin, gekannt zu haben. Mit diesen bin ich in freundliche Verbindung getreten und habe auch Hamans Grab in dem ehemaligen Gallitzin'schen Garten aufzusuchen nicht unterlassen. ·

Die Kinder und Laushäuschen. — Die Schaar unserer Kinder war mit dem Jahre 1825 zu vier Knaben und vier Mädchen herangewachsen. Die beiden ältesten, Rudolf und Otto, waren nun schon, jener bald 16, dieser über 14 Jahre alt und besuchten zusammen die Secunda des Gymnasiums. Ich hatte sie immer möglichst zusammengehalten, da ihre Charaktere sich auf eine passende Weise ergänzten, und der jüngere, wenn er auch nicht so rasch faßte, doch mehr Ausdauer besaß und daher im Ganzen gleichen Schritt mit dem Bruder halten konnte. Sie hatten in den mittleren und zum Theil auch den oberen Klassen einen vortrefflichen Lehrer an dem nachherigen Director des neuerrichteten Gymnasiums in Coesfeld, Professor Sökeland, der ihren wissenschaftlichen Trieb zu wecken wußte; und auch bei dem Professor Lückenhof machten sie gute Fortschritte in der Mathematik. Die beiden jüngeren, Fritz 13 und Karl bald 12 Jahre alt, konnten ebenfalls denselben Lauf durch die Schule mit einander machen. Alle viere hielten sich in der obern Hälfte ihrer Klassen und lernten das Ihrige; doch war eine gewisse Scheidewand zwischen ihnen und der Masse ihrer Mitschüler nicht zu verkennen. Es war nicht die kirchliche Confession, die eine solche Scheidewand bildete, denn der exclusive katholische Charakter war damals in Münster nicht so ausgeprägt, wie er vielleicht in späterer Zeit sich entwickelt hat; auch machten die Lehrer gar keinen Unterschied in der Behandlung der katholischen und nichtkatholischen Schüler; sondern es war die Abgeschlossenheit der Altmünsteraner gegen alles Fremde überhaupt, was mit der preußischen Herrschaft zu ihnen gekommen war, und dazu für meine Kinder der rohere Zuschnitt der Mehrzahl ihrer Mitschüler, die großentheils vom Lande oder aus den niederen Schichten der Stadt kamen und zum geistlichen Stande bestimmt waren. Schon die plattdeutsche Sprache, welche unter ihnen außerhalb der Schulstunden die gewöhnliche war, und die unsere Kinder am Rheine nicht gelernt hatten, bildete eine Schwierigkeit des gemüthlichen Verständnisses. Ich konnte auch, obgleich ich eine Absonderung in der Schule keineswegs verlangte oder billigte, doch nicht wünschen, daß sich gerade ein lebhafter häuslicher Umgang meiner Söhne mit diesen Schulkameraden bildete, und fühlte daher um so mehr die Pflicht, den Mangel eines solchen Umgangs möglichst dadurch zu ersetzen, daß ich in ihren Freistunden recht viel mit ihnen in's Freie ging und, um das den Knaben sonst leicht langweilig werdende bloße Spazierengehen zu beleben, sie zur Aufmerksamkeit auf die Natur anleitete, mit ihnen Sammlungen von Käfern, Schmetterlingen, Vogeleiern anlegte, Raupen zog und ihnen naturgeschichtliche Bücher verschaffte, aus welchen sie sich selbst unterrichten konnten; denn im Gymnasium wurde früher, wegen Mangels an kundigen Lehrern, gar keine Naturgeschichte gelehrt, und später, da sie eingeführt wurde, doch sehr als Nebensache behandelt. Und hierbei habe ich die, für den Pädagogen lehrreiche und doch viel zu wenig beachtete Erfahrung an meinen eignen Kindern gemacht, daß dasjenige die Jugend am meisten anzieht und sich ihr am festesten einprägt, dessen Besitz sie sich durch eigne Anstrengung mühsam erwerben muß. Indem meine Söhne sich genöthigt sahen, die sie umgebende Natur, und besonders die den Knaben am meisten anziehende Thierwelt, durch eigne Beobachtung kennen zu lernen, prägten sich ihnen die unterscheidenden Merkmale des Einzelnen am lebendigsten ein. Sie spürten den Insecten, den Vögeln, selbst den kleineren noch wild lebenden Säugethieren, auf das Eifrigste nach, lernten ihre Lebensweise und Kennzeichen genau kennen, und brachten es in der That bald so weit, daß z. B. nicht ein Vogel, selbst von den nur in der Wanderzeit durchfliegenden, ihnen zu Gesicht kam, den sie nicht sofort am Fluge oder an dem flüchtigsten

Tone erkannten. Dabei kam ihnen die noch nicht stark bebaute und von Menschen besetzte Gegend von Münster durch ihre ziemlich reiche Thierwelt sehr zu statten. Die Vorliebe aller meiner Söhne für Naturgeschichte und später sich daranschließend für Naturwissenschaften überhaupt ist in ihrer frühen Jugendzeit gegründet.

Das bloße Sehen ist der Jugend aber nicht genug, sie will die flüchtigen Thiere auch haben, um sie genauer beobachten zu können, und wie ihr Auge und Ohr sich durch das Aufsuchen und Nachspüren außerordentlich schärfte, so übten sie auch ihre Erfindungskraft in der Anfertigung der Werkzeuge zum Haschen der flüchtigen Thiere. Am meisten Mühe machten ihnen die Vögel, denn auch diese wollten sie für ihre oder die öffentliche Sammlung haben und ausstopfen. Nun war meine Frau mit Recht sehr ängstlich gegen den Gebrauch des Schießgewehres und stellte das Gebot auf, daß der älteste erst 18 Jahre alt sein sollte, ehe er ein Gewehr in die Hand bekäme. Dies spornte unsern Rudolf, der einiges mechanische Geschick besaß, an, bei einem Tischler, der in unserm Hinterhause wohnte, für sich und seine Brüder für jeden eine Armbrust zu verfertigen, die er so vervollkommnete, daß sie damit Vögel im Fluge schießen konnten.

Man mache es dem Menschen nur nicht leicht und gebe ihm nicht die Werkzeuge, die er gebrauchen soll, vollkommen fertig in die Hände, sondern lasse ihn selbst suchen, versuchen, erfinden und anfertigen. Wir bieten auch häufig in den Schulen das, was der Schüler lernen soll, viel zu fertig, wie auf einem Präsentierteller, demselben dar, so daß ihm keine Mühe übrig bleibt, als höchstens die des Auswendiglernens. Ob unsere regelrechten, mehr für Recensenten, als für Schüler gearbeiteten Grammatiken, ob die mit Eselsbrücken versehenen Ausgaben der Autoren und vollends die verderblichen, wohlfeilen Uebersetzungen, selbst der leichteren, bessere Kenner der alten Sprachen bilden, als die alten unvollkommneren Hülfsmittel, diese Frage beantwortet sich leider durch handgreifliche Erfahrungen von selbst. —

Unsere Streifzüge in der Umgegend von Münster brachten uns auch mit der ländlichen Bevölkerung in Berührung, und wie ich aus

meiner Jugendzeit meinem ältesten Freunde, Konrad Günther in Lan=
dolfshausen, in dieser Lebensgeschichte ein Denkmal gesetzt habe, so
kann ich es nicht unterlassen, auch einer Bauerfamilie bei Münster zu
erwähnen, mit welcher wir eine wirkliche Familienfreundschaft schlossen.
Eine gute halbe Stunde von der Stadt lag ein Colonat, welches dem
Münsterschen Studienfond gehörte und den wunderlichen Namen:
„Laushäuschen" im Munde des Volks führte. Der Pächter
dieses Colonats wurde schlechtweg „Vader Laus", und seine Ehehälfte
„Moder Laus" genannt. Bei näherer Ansicht ihres Pachtcontracts,
den ich bei Gelegenheit der Revision des Studienfonds in die Hände
bekam, fand ich, daß der Mann nicht Laus, sondern Ahlebrandt hieß.
Woher also der sonderbare Beiname? Ein früherer Besitzer des
Hofes hatte „Loges" geheißen und sein Hof „Logeshäuschen", im
Munde des Volkes in „Laushäuschen" verwandelt; und diesen Namen
behielt derselbe, der Pächter mochte heißen, wie er wollte, ja, er mußte
sich gefallen lassen, den wenig ehrerbietigen Namen „Vader Laus"
anzunehmen. Die Familie, zu unserer Zeit aus Vater, Mutter,
einem Sohne und zwei Töchtern bestehend, hielt, wie es vielfach um=
her Sitte war, neben ihrer Ackerwirtschaft auch eine Kaffeschenke,
welche von den Bewohnern Münsters gern besucht wurde, weil der
Kaffe sehr gut und der Rahm dazu ganz vorzüglich war. Uebrigens
war die Einrichtung außerordentlich einfach, man saß bei seinem Kaffe
im Freien unter einigen schönen Eichbäumen, oder, wenn Regen und
Wind in's Haus trieb, in einer mäßig großen Stube, oder auch wohl
um den offenen westphälischen Feuerherd auf der geräumigen Diele.
Ich entdeckte diese ländliche Zuflucht bei einer unserer Schmetterlings=
jagden, sie gefiel mir, und ich führte meine ganze gangbare Familie,
Frau, Söhne und Töchter, hinaus. Die Söhne befreundeten sich
schnell mit dem Vader Laus, mit den Kühen und Pferden im Stalle
und den Schwalben, welche ihre Nester in den Winkeln der vom
Rauch geschwärzten Balken der Diele gebaut hatten, zur Hausthüre
ein= und ausflogen und ihre zwitschernden Jungen fütterten. Meine
Frau aber fand besonderes Gefallen an der Moder Laus, welche das
wahre Muster einer originellen westphälischen Natur war, offen, treu=

auf das Sorgsamste gepflegt. Und als meine Versetzung nach Hannover im Werke war, wollte die gute Frau Laus dieselbe gar nicht
zugeben, sondern redete dem Oberpräsidenten, der seinen Regierungs-
kaffe Mittwochs Nachmittags mit den Mitgliedern der Regierung
mitunter auch in Laushäuschen trank, sehr ernstlich zu, er sollte mich
nicht ziehen lassen, sondern mir mehr Gehalt und weniger Arbeit
geben; — ich war damals wirklich von übermäßiger Anstrengung
krank geworden. Diese Frau gehörte zu den gesunden Naturen, bei
denen nur der Mensch gilt, ohne Unterschied des Standes und Glaubens. Mein ältester Sohn hat der Familie noch ein gutes Bild der
seltenen Frau im Umrisse mit Bleistift hinterlassen, er besaß eine
gute Fertigkeit im Treffen der Physiognomieen. Dieses Laushäuschen
ist mir und den Meinigen nächst Landolfshausen der liebste ländliche
Platz gewesen. — Der Hausvater, an Geist viel unbedeutender als
die Frau, war übrigens ein Muster westphälischen Fleißes und natürlicher Kräftigkeit. Gegen 70 Jahre alt, verrichtete er noch den ganzen
Tag hindurch die schwersten Arbeiten, verlangte aber dabei auch die
schwere westphälische Kost, welche bei der Arbeit vorhielt. Als ich
ihn einst bei einer Schüssel gekochter Pferdebohnen traf, die bei uns
getrocknet von Menschen nicht gegessen werden, ein tüchtiges Stück
Speck auf dem Teller, eine fingerdicke Scheibe Pumpernickel dazu
und noch einen Teller Suppe danebenstehend, die er sich zum Nach-
tisch aufsparte, sagte ich zu ihm: „Aber, Vader Laus, Ihr macht
es ja wie die Schweden und eßt die Suppe zuletzt.“ „Ja Herre,“
erwiederte er, „dat bau eck ut gauden Grunne, wenn eck de Suppen
taulezt ete, denn lopet de Löcker so nett vull.“ Der westphälische
Magen muß ordentlich ausgestopft sein, sonst gilt die Mahlzeit nicht.
Dafür sind die Gestalten aber auch kräftiger, als bei unsern Götting-
schen Bauern, welche, die wohlhabensten ausgenommen, von Kaffe
und Kartoffeln leben und in ihrem funfzigsten Jahre älter aussehen,
als mein Vader Laus in seinem siebzigsten.

Ich habe das westphälische Land in einem ziemlichen Umfange
recht genau kennen gelernt; denn ich habe es auf meinen Inspectionsreisen in den 12 Jahren nicht nur zu Wagen, sondern, als meine

Söhne heranwuchsen, in ihrer Begleitung auch vielfach zu Fuß, die Kreuz und Quere durchzogen, indem sie gern mit mir die Heiden durchwanderten, wo ihnen Heidelerchen, Steinschmätzer, Neuntödter, Regenpfeifer, Reiher, Störche und manche Raubvögel zu Gesicht kamen. Da sind wir denn auch oft in einsamen Dörfern eingekehrt und haben uns mit den Bewohnern, die gern etwas von der Welt hören wollten, an dem bekannten westphälischen Feuerherde sitzend, von welchem man die ganze Diele mit den offenen Rinderställen an der einen und den Pferdeställen an der anderen Seite übersehen kann, sehr gut unterhalten. Ueberhaupt sind mir die weiten westphälischen Heideebenen, mit ihren einsamen Höfen im Eichenhaine und den Birken- und Föhrenwäldchen, sehr lieb geworden, lieber, ich will es offen gestehen, als die großen kahlen Magdeburger Flächen mit ihren unabsehbaren Runkelrüben-Feldern. Wenn ich, in meiner leichten offenen Halbchaise sitzend, den Shakespeare oder Don Quixote in der Hand, langsam in den tiefen Sandwegen daherfuhr, mitunter den Blick von meinem Buche in die weite, stille, und doch nicht einförmige Ebene werfend, so war mir sehr behaglich zu Muthe, und die Scherze des edlen Sancho oder des humoristischen Falstaff reizten mich zum herzlichsten Lachen in mich hinein, so daß der Kutscher sich häufig mit einem halbverlegenen Lächeln nach mir umsah. Mitunter hatte ich aber auch ernsthaftere Gedanken, wenn der Anblick des schon von Tacitus geschilderten Urzustandes dieser Gegenden die erste Geschichte unseres Volkes mir in's Gedächtniß rief; ich überlegte, ob sich nicht wohl in Tracht und Sitte noch Spuren der alten Zeit in diesem stabilen Volksstamme erhalten haben möchten. Und indem ich einst so dachte und in die Ferne blickte, ging in weiter Entfernung eine einsame Bäuerin in ihrem weitscheinenden rothen Rocke über die Heide, und es war mir einen Augenblick in meiner Träumerei, als schickte unsere Urgeschichte ein Ueberbleibsel der uralten Volkstracht über die Heide, um meine Wißbegierde zu befriedigen. Ich war so unvorsichtig, bei meiner Rückkehr nach Münster meiner Frau diese Vision zu erzählen, welche laut auflachte und es fortan nie unterließ, wenn uns eine Bäuerin mit rothem Rocke irgend zu Gesicht kam, ganz ernsthaft nur das eine Wort: „unsere Urgeschichte" auszusprechen.

Eine größere Reise hatte ich im Jahre 1821 mit meiner ganzen Familie zu den Meinigen nach Ballenhausen gemacht und die bis dahin geborenen 6 Kinder der Großmutter zugeführt, welche ihre innige Freude an der munteren Schaar hatte. Und von da an führte mich das Verlangen des Wiedersehens fast jährlich mit meinen ältesten Knaben denselben Weg, nur daß wir, wenn ich meine Inspection über Paderborn bis Marburg vollendet hatte, von da aus zu Fuß auf die Weser zuwanderten, bei Beckernhagen diesen Fluß überschritten und wiederum quer durch's Land auf Ballenhausen unsern Weg nahmen. Diese Fußreisen hatten für uns alle einen besonderen Reiz, und die Söhne bewahrten die Erinnerung auch der kleinsten Abenteuer im treuen Gedächtniß. Dieses häufige Wiedersehen der Meinigen weckte aber sehr natürlich auch das Verlangen meiner lieben Frau nach den Ihrigen und ihrer Vaterstadt, welche sie in 14 Jahren nicht gesehen hatte, und so unternahmen wir mit den beiden ältesten Söhnen und der siebenjährigen Thea im Jahre 1824 die Land- und Seereise nach Kopenhagen, die unsern Kindern eine Welt neuer großartiger Eindrücke und meiner Frau und mir die Freude gewährte, nicht nur die Geschwister und Freundinnen meiner Frau wiederzusehen, sondern auch die Kinder des Bruders, den Zuwachs der Familie, kennen zu lernen. Es waren wackere Kinder, die sich, trotz der Schwierigkeit der Sprache, dennoch mit den meinigen bald befreundeten. Die zahlreichen Schiffe des Hafens und der Rhede, der Markt der verschiedenen Seeproducte mit den wunderlichen Gestalten der platten Schollen und Zungen mit den Augen auf einer Seite, der Rochen und Seekrebse; die Fahrt an der schönen Küste nach dem Thiergarten mit seinen breitästigen Buchen und nicht sehr wilden Hirschen, und dem Volksgetümmel in und um den vielen Zelten und Buden, zu welchen in den Sommertagen ganz Kopenhagen wandert; das Baden in den salzigen Wellen des Meeres; der runde Thurm in Kopenhagen, mit der Sternwarte, welchen man nicht auf Treppen, sondern auf einem gepflasterten Schneckenwege erstieg, auf welchem Peter der Große zu Wagen hinaufgefahren sein sollte, — das alles waren Wunder für unsere schaulustigen Knaben, deren Begierde nach neuen Eindrücken so weit ging, daß sie es sogar beklagten, bei den ruhigen Fahrten des Dampfschiffes von Kiel nach Kopenhagen und zurück nicht auch die Seekrankheit in eigner Erfahrung kennen gelernt zu haben. Aber auch für uns Eltern vergingen die 14 Tage, die wir dem Aufenthalte in Kopenhagen widmen konnten, viel zu schnell.

Auf der Rückreise hatten wir noch die große Freude, meinen Freund Wolf und seine Frau auf seinem, durch einen Umbau des einen Flügels erweiterten und verschönerten, Rantzau besuchen zu können. Es war die alte Herzlichkeit, die so wohlthuend und erwärmend uns empfing und die paar Tage unseres Dortseins auf das Angenehmste belebte. Auch die Schwester Susanne, die nach ihrer Wiederverheirathung mit dem Forstmeister von Warnstedt in dem benachbarten Ploen lebte und nach Rantzau herüberkam, war die alte herzliche Schülerin, die sich zu einer gesetzten, aber höchst liebenswürdigen, Hausfrau und Mutter mehrerer Kinder herangebildet hatte. Wir hatten sie seit 1808 nicht wiedergesehen. — Noch eine Station machten wir in Bremen bei einer andern befreundeten Familie, dem alten Freunde Strack mit seiner Frau und einer Kinderschaar, die mit unsern Knaben die in Düsseldorf angefangene Freundschaft erneuerte. Dann ging es mit einer Fülle angenehmer Erinnerungen und dem Verlangen nach unsern unter guter Aufsicht zurückgelassenen vier Kindern nach der münsterschen Heimath zurück. Mich persönlich hatte indes auf dieser Reise eine, wenn auch nicht schwere, doch immer unangenehme, stille Sorge begleitet, deren Ursache ich jetzt nachholen muß.

Die deutsche Geschichte. — In Berlin war der Einfluß des Geheimen Raths von Kampz, welcher jede freisinnige Richtung zu unterdrücken suchte, überwiegend geworden, er drang auch in das Gebiet des Ministers Altenstein ein und brachte diesen, sonst so wohlgesinnten, Mann dahin, daß er, um nicht selbst in den Verdacht der Begünstigung umstürzender Bestrebungen zu kommen, es zuließ, daß Männer und Bücher aus seinem Wirkungskreise auf die Liste der

Verdächtigen gebracht wurden. Nun hatte ich in der 1818 herausge-
kommenen zweiten Auflage meiner deutschen Geschichte, in der Eile
und Aufregung der raschen Bearbeitung derselben, auch des eben gehaltenen Burschenfestes auf der Wartburg, wo die Studenten unter
anderen, die deutschen Universitäten, die Burschenschaft und die liberale
Richtung der Zeit überhaupt verdächtigenden, Schriften auch die
Kamptz'schen dem Scheiterhaufen übergeben hatten, als einer bedeu-
tungsvollen Erscheinung Erwähnung gethan. In den beiden folgenden Auflagen jedoch hatte ich diese Stelle weggelassen, in der Erkenntniß, daß jenes Auflodern jugendlichen Eifers zu unbedeutend sei,
um in der Geschichte, namentlich in einem Schulbuche, Platz zu finden. Diese Correctur war aber den Kamptz'schen Inquisitoren unbekannt geblieben oder von ihnen absichtlich übersehen, sie hatten nur
die zweite Auflage meiner Geschichte vor Augen und fanden zu der
gefährlichen Stelle noch ein paar andere heraus, welche in einem
Geschichtswerke für Schulen tadelnswerth seien. Die eine war aus
dem Tacitus genommen und machte die Ursprünglichkeit des Adels bei
den Deutschen zweifelhaft, und die zweite beklagte es, daß der westphälische Friede die Fürstengewalt unabhängig vom Kaiser gemacht,
dadurch die Kaisergewalt geschwächt und die kräftige Einheit Deutschlands unmöglich gemacht habe, ein Satz, der schon damals Gemeingut
der historischen Einsicht war und es jetzt in noch höherem Maße geworden ist. Es erschien im Jahre 1824 ein Ministerialrescript an
die Schulbehörden der Provinzen, durch welches der Gebrauch meiner
deutschen Geschichte im Schulunterrichte verboten wurde, und nach
Münster kam dieses Rescript an den Oberpräsidenten von Vincke mit
dem Auftrage, dasselbe auf eine meine Person möglichst schonende
Weise zur Ausführung zu bringen. Wie dieses geschehen mochte,
war jedoch schwer abzusehen, denn wenn das Buch des ersten Auf-
sichtsbeamten für die höheren Schulen der Provinz wegen gefährlicher
politischer Ansichten für den Unterricht verboten wurde, so wurden die
politischen Grundsätze dieses Mannes selbst als gefährlich verurtheilt,
und es war inconsequent, wenn er selbst in seinem einflußreichen
Amte blieb. Die mildernden Ausdrücke in dem Ministerialrescripte

über meine Person, welche übrigens als achtungswerth bezeichnet wurde, hoben diese Inconsequenz nicht auf. Der Oberpräsident fühlte dieses sofort, und wie er auf der einen Seite mit dem Kamptz'schen Maßregeln überhaupt unzufrieden und auf der andern mit meinen loyalen Gesinnungen hinlänglich bekannt war, so unterließ er nicht nur jeden weiteren Schritt gegen mein Buch in der Provinz West- phalen, sondern wandte sich auch an den Minister Altenstein wegen Suspension der gegen dasselbe getroffenen Maßregel und veranlaßte mich selbst, mich gegen das Ministerium über die angefochtenen Stellen meines Buches zu erklären. Dieses wurde mir dadurch sehr erleichtert, daß ich die schon gedruckte aber noch nicht ausgegebene vierte Auflage dem Ministerium vorlegen konnte, in welcher des Wartburgsfestes gar nicht gedacht wurde, wodurch der Hauptanstoß schon aus dem Wege geräumt war, und daß ich eine von den beiden andern getadelten Stellen, welche als wenig bedeutend wegfallen konnte, ebenfalls strich, die andere aber im Ausdrucke milderte und die betreffenden Bogen umdrucken ließ. Am kräftigsten wirkte natür- lich zu meinen Gunsten die Uebereilung in dem Ministerialverbote, daß dasselbe gegen eine schon längst vergriffene Auflage gerichtet war, und so entwickelte sich die Sache nach einigen Monaten dahin, daß das Ministerium in einem neuen Rundschreiben den Gebrauch meiner deutschen Geschichte von der vierten Auflage an wieder gestattete.

Mitten in den desfallsigen Verhandlungen, nachdem ich meine Eingabe an das Ministerium gemacht hatte, den Erfolg derselben aber noch nicht kannte, fiel unsere Kopenhagener Reise im August 1824, und es ist natürlich, daß diese Sache mir den Genuß derselben einiger- maßen trübte, obgleich der edle Oberpräsident mir beim Abschiede die Zu- versicht aussprach, daß dieselbe sich günstig für mich entwickeln werde. Und daß sie in der That mein Verhältniß zu dem Minister Altenstein und dem Ministerium überhaupt nicht gestört hatte, zeigten mir gleich die nächsten Jahre.

Im Jahre 1826 nemlich machte der Geheime Ober-Regierungs- rath Johannes Schulze eine Inspectionsreise am Rheine und in Westphalen und ich kam dadurch in persönliche Berührung mit demselben, nachdem ich schon vielfach über die westphälischen Schulangelegenheiten mit ihm correspondiert hatte. Dieser Mann gehört auch zu denen, mit welchen mich, obgleich ich sie erst in dem reiferen Lebensalter kennen lernte, ein offnes, warmes und wohlbegründetes Vertrauen verbunden hat. Ich brauche das bedeutende Verdienst von Johannes Schulze um das höhere preußische Schul= und das Universitätswesen hier nicht herauszuheben, es ist allgemein anerkannt, und eine große Anzahl von akademischen Gelehrten und von Schulmännern tragen die dankbarste Achtung vor ihm im Herzen. Mir war er in allem, was ich für die höheren Schulen Westphalens Förderliches im Sinne hatte, nach besten Kräften behülflich, und ich hatte, schon vor unserer persönlichen Begegnung, Achtung und Zutrauen gegen ihn gewonnen. Nun machte ich bei Gelegenheit seiner Inspectionsreise den ganzen Weg durch Westphalen, von Soest anfangend über Hamm, Dortmund, Münster, Bielefeld, Herford, Münden und Paderborn neben ihm im Wagen mit durch, wohnte der Inspection aller genannten Gymnasien bei und lernte im täglichen und stündlichen Verkehr seine umfassende Bildung, seine warme Liebe für die Sache der Wissenschaft, seine Entfernung von aller Pedanterie und leerem Formalismus, seine Einsicht in die noch vorhandenen Mängel des Unterrichtswesens und in die Schwierigkeiten, die der Verwirklichung des Besseren im Wege standen, so wie seine billige Beurtheilung der Menschen, in solcher Weise kennen, daß meine Achtung noch mehr gehoben und für das ganze Leben befestigt wurde. Seine Reise hatte auch manche wohlthätige Folge für die Provinz, und für mich endigte sie mit dem mir sehr angenehmen Vorschlage seinerseits, eine Reise durch die Provinz Sachsen nach Berlin zu machen, um eine Reihe der vorzüglicheren preußischen Gymnasien kennen zu lernen und durch ihre Vergleichung mit den westphälischen meinen pädagogischen Gesichtskreis zu erweitern. Ich nahm den Vorschlag, den er bei dem Ministerio zu befürworten versprach, mit lebhaftem Danke an. Für das Jahr 1826 war eine solche ausgedehnte Reise zu spät, auch stand mir eine Reise in Familienangelegenheiten zu den Meinigen bevor, auf welche ich später zurückkommen werde, aber im nächsten Jahre konnte sie ausgeführt werden, und der Geh. Rath Schulze verschaffte mir dazu die Genehmigung und die Mittel von Seiten des Ministeriums.

Meine Reise nach Berlin. — Im Sommer 1827 trat ich die Reise über Hannover und Magdeburg an und begann meine Kenntnißnahme anderer Anstalten sogleich mit dem Lyceum in Hannover, indem ich jedoch nur die oberen Klassen besuchte, da ich meine Zeit vorzüglich den größeren Anstalten in Magdeburg und Berlin und der Klosterschule zu Schulpforte zu widmen hatte. Der Director Grotefend, den ich schon von Göttingen her kannte und auch während seines Lebens in Frankfurt besucht hatte, nahm mich sehr freundlich auf und gab mir über die Einrichtung der Schule in ihren Hauptzügen willige Auskunft. Es war noch manches im Werden, er selbst war vor noch nicht langer Zeit zum Director berufen und hatte vieles neu zu ordnen anfangen müssen. Ich ahndete damals nicht, daß ich so bald an die Fortsetzung dieses Neubaues auch Hand anzulegen würde berufen werden.

In Magdeburg beschäftigte mich besonders das Domgymnasium zu unserer lieben Frauen, welches zu den größeren und am reichsten dotierten Anstalten des preußischen Staates gehört. Unter den Lehrern hielt ich mich vorzüglich zu dem kenntnißreichen und vielseitig gebildeten, lebhaften Professor Wiggers, dem Verfasser tüchtiger Schulbücher für den lateinischen Unterricht und zugleich Kenner deutscher Urkunden und Alterthümer. Seine Unterrichtsmethode war gründlich, lebendig und anregend, und der Organismus der ganzen Anstalt, deren Director er auch bald wurde, stand klar vor seiner Seele, so daß ich mich bei ihm vollständig Raths erholen konnte. Genauer auf die Einzelheiten der Einrichtungen dieser Schule und überhaupt der von mir besuchten Anstalten einzugehen, kann hier nicht der Ort sein; ich kann nur im Allgemeinen bemerken, daß mir das Domgymnasium in seiner Einrichtung, seinem Lehrercollegium und seinen Leistungen, als eine der vorzüglicheren Anstalten, die ich kennen gelernt habe, erschienen ist. — Von namhaften Männern in Magdeburg habe ich noch den gemüthlichen Schulrath Matthias, den verdienten Schulrath Zerrenner und den überaus thätigen und kräftig wirkenden Oberbürgermeister Franke als solche zu nennen, deren Bekanntschaft zu machen ich die Freude hatte.

In Berlin begrüßte ich, ehe ich meine Besuche in den Gymnasien anfing, zuerst meinen alten Freund Keßler, der damals Präsident des Consistoriums für die Provinz Brandenburg war, um mit ihm und seiner Familie einen Tag freien Austausches von Gedanken und Erlebnissen zu genießen. Er war der Alte in Herzlichkeit und Geistesfrische, und um ihn und die Seinigen möglichst viel zu sehen, wurde verabredet, daß ich, nachdem er mir geholfen hatte, eine Wohnung für die Zeit meines Aufenthalts in Berlin in seiner Nähe zu miethen, — er selbst konnte mich bei der Beschränktheit der Berliner Familienwohnungen nicht beherbergen, — jeden Mittag bei ihm essen sollte, so oft ich keine andere Einladung hätte. Diese Gastfreundschaft habe ich denn auch während meines vierwöchigen Lebens in Berlin so oft als möglich genossen und mich auch mit seiner Frau und seinen Kindern herzlich befreundet. Er hatte, nachdem er seine treffliche erste Frau, die Tochter des berühmten Arztes Heim, unsere Freundin von Münster her, verloren hatte, seinen drei Knaben eine neue Mutter in einer andern Tochter der Heim'schen Familie, nemlich des Pfarrers Heim zu Esselder im Meiningschen, gegeben, und auch sie nahm mich, den Freund ihres Mannes, mit großer Herzlichkeit auf, wie denn ihr ganzes Wesen Herzlichkeit und Güte war. Sie hatte dem Freunde auch noch einen Sohn geboren, aber die drei älteren Söhne theilten ihre mütterliche Liebe in ganz gleichem Maße mit dem Stiefbruder. Diese drei älteren Knaben, die schon in Münster mit den meinigen in lebhaftem Verkehr gestanden hatten, waren indes kräftig herangewachsen und durften die Freude und Hoffnung der Eltern sein. Leider sollte der Vater den ältesten noch vor seinem eignen frühen Tode verlieren.

Daß ich auch den Geh. Rath Schulze sogleich besuchte und dem Herrn Minister von Altenstein meine Aufwartung machte, versteht sich von selbst. Der letztere empfing mich so freundlich und wahrhaft wohlwollend, daß ich sah, die Katastrophe mit meiner deutschen Geschichte hatte keine Veränderung in seiner Gesinnung gegen mich hervorgebracht. Ich bin auch später mehrmals bei ihm gewesen, habe über meinen Besuch der Berliner Anstalten mündlich berichtet, und die Freundlichkeit des edeln Mannes ist sich immer gleich geblieben.

Von den Vorstehern der größeren Schulen wendete ich mich vorzüglich an den Professor Meinecke, Director des Joachimsthaler Gymnasiums, Professor Köpke, Director des grauen Klosters und Professor Spilleke, Director des Friedrich-Wilhelms-Gymnasiums und der damit verbundenen großen Realschule, welche zugleich eine bedeutende Mädchenschule enthielt. Der Wirkungskreis des letzteren war ein übermäßig großer; die Zahl der Lehrer an beiden Anstalten betrug über 60, die der Schüler und Schülerinnen 1400. Der Director selbst konnte bei einem solchen Umfange der Aufsichts- und Verwaltungsgeschäfte nicht viel Unterricht ertheilen; Spilleke's Stärke bestand auch weniger in der Gabe des Unterrichts, — obgleich er auch darin recht viel leistete, — als in der des Dirigierens, und ich sehe ihn noch mit seinem großen Bambus-Rohre, gleich einem Kommandostabe, in den Räumen der weitläuftigen Schulhäuser und in den Klassen umherwandern, mit scharfem Auge Ordnung und Unordnung bemerkend, und letztere mit kurzen, festen Worten rügend, ohne irgend Haltung und Ruhe zu verlieren. Er war ein geborner Schulmonarch, doch fehlte seinem kräftigen und Achtung gebietenden Gesichte und ganzen Wesen der Ausdruck der Milde und Humanität keineswegs, und wenn er, was er namentlich in der Mädchenschule gern that, belehrende oder aufmunternde Worte an die Schülerinnen richtete, so traten diese Eigenschaften, von einer angenehmen Gabe der Rede unterstützt, recht wohlthuend hervor. Unter den Lehrern fiel mir vor allen der Philologe Bonnel durch seine grammatische Schärfe und Gewandtheit auf, der seine methodische Fähigkeit auch durch vielgebrauchte Lehrbücher bethätigt hat.

Hervorragend als Gelehrter und Lehrer, sowie liebenswürdig durch seinen Charakter, zog mich besonders der Director Meinecke an, und ich habe auch mit ihm am meisten privatim verkehrt. Eine Interpretationsstunde über eine horazische Ode in Prima bei ihm zu hören, war ein wirklicher Genuß; geistreiche sachliche und feine sprach= liche Bemerkungen wetteiferten mit einander. Seine Ansichten über Unterricht und Erziehung, — das Joachimsthalsche Gymnasium hat auch bekanntlich ein Alumnat, — waren aus lebendiger Beobachtung und Erfahrung geschöpft und bewährten sich in der vorzüglichen Hal= tung der ganzen Anstalt. Ich habe mich sehr gern mit ihm unter= halten und gut verständigt; wir schieden mit gegenseitiger herzlicher Zuneigung. — Unter den Lehrern ist mir vorzüglich der Professor August durch seinen geistvollen Unterricht und seine einnehmende Persönlichkeit in Erinnerung geblieben. Er legte großen Werth auf die Verbindung der Realien mit dem Sprachunterrichte und wurde ja auch bald nachher der Gründer des (Berlin=) Kölnischen Realgym= nasiums, welches Abiturienten nach der classisch=sprachlichen und der realistischen Seite hin entlassen kann.

Das graue Kloster unter dem Director Köpke beschäftigte mich nicht in gleichem Maße mit den beiden eben genannten Anstalten, obgleich ich auch dessen Eigenthümlichkeit kennen gelernt habe. Der Director, ein höchst ehrenwerther und erfahrener, älterer Schulmann, kam mir ebenfalls mit aller Bereitwilligkeit entgegen und unter den Lehrern fand ich einige jüngere talentvolle Männer, unter andern den Sohn des alten Directors Bellermann.

In einer griechischen Gesellschaft mehrerer Lehrer der Berliner Gymnasien unter Köpke's Leitung, zu welcher ich eingeladen wurde, lernte ich auch noch eine größere Anzahl derselben kennen und erfreute mich an ihrem frischen und lebendigen wissenschaftlichen Streben.

Eine andere, vielfach bekannte und bedeutende Männer in sich fassende Gesellschaft, die gesetzlose genannt, in welche mich der Geheime Rath Süvern einführte, gab mir die erwünschte Gelegenheit, auch Schleiermacher persönlich kennen zu lernen und von ihm die Er= laubniß zu erhalten, ihn in seiner Wohnung zu besuchen, welche ich mit Freuden benutzte. Dieser Mann hatte durch seine Uebersetzung Platons und die Einleitungen zu den Dialogen, wie ich früher bemerkt habe, einen bedeutenden Einfluß auf meine philosophische Bildung gehabt und auch seine theologischen Schriften, von denen ich einen

Theil gelesen hatte, sprachen mich wohlthätig an. Jetzt erhöhte die persönliche Berührung meine hohe Achtung gegen ihn, die noch gestei= gert wurde, als ich auch eine Predigt von ihm hören konnte. Dieser klare und feste Gedankengang, diese eigenthümliche Beredsamkeit des Verstandes, wie ich sie nennen möchte, welche die Aufmerksamkeit un= widerstehlich festhielt, dieser reiche Stoff für das eigne Nachdenken, den man mit sich fortnahm, und bei dem allen nicht bloß Erkenntniß gebend, sondern auch Wärme des christlichen Gefühls weckend, — es sind wenig Kanzelreden, welche den Eindruck auf mich gemacht haben, als diese eine von Schleiermacher. Leider ist es nur diese eine ge= wesen, die ich von ihm gehört habe.

Einen der bedeutendsten Künstler Berlins, den Bildhauer Rauch, traf ich in einer Abendgesellschaft, welche meine Verwandte, die Ge= heime Räthin Kohlrausch, Witwe des ältesten Sohnes von meinem Onkel, dem Conrector Kohlrausch, mir zu Liebe gebeten hatte. Wenn Göthe mir als das Ideal männlicher Schönheit erschienen war, so trat jetzt in Rauch ein zweites ihm an die Seite, zwar in ganz anderer Weise, nicht mit dem antiken Apollo=Zuschnitt, sondern weicher und noch rein=menschlicher, aber dabei doch auch so plastisch fest geformt, so regelmäßig und zugleich geistig belebt, daß man die Augen nicht von ihm wegwenden konnte. Ich habe ihn zwanzig Jahre später als Greis in Hannover wiedergesehen, aber die Schönheit seines Kopfes war dieselbe geblieben, das volle weiße Haar um die hohe Stirn war ein Schmuck mehr geworden, und seine feste, gerade Haltung bewies, daß der Geist noch immer die Herrschaft über den Körper behauptete. An jenem Abend in Berlin erfreute mich seine lebhafte Unterhaltung besonders dadurch, daß er von den mechanischen Schwierigkeiten seiner Kunst auf eine sehr ergötzliche Weise sprach, die Sorge beschrieb, mit welcher der Bildhauer seinen Marmorblock betrachte, indem ein Stück nach dem andern abgehauen werde, ob nicht ein Fehler, eine schwarze Ader, gerade an der Stelle zum Vorschein komme, wo es am nach= theiligsten sei, im Gesichte der Bildsäule, an der Stirn, auf der Nase u. s. w. Die grobe Vorarbeit überlasse der Meister natürlich seinen Handlangern, er nehme dazu am liebsten Italiener, die mit dem Marmor aufgewachsen wären, „aber so ein Kerl", fuhr er fort, „haut auch mitunter so toll darauf los, daß er da eine Vertiefung macht, wo man eine Erhöhung gebraucht. Man kommt außer sich, man schilt den Mann auf das Heftigste aus, der aber bleibt ganz ruhig und erwiedert freundlich: lieber Herr, der Marmor wächst über Nacht wieder, sehen Sie nur morgen wieder zu. Was soll man machen, der Schaden ist einmal geschehen, man beruhigt sich, über= legt, ob nicht eine etwas andere Wendung des Kopfes, der Schulter, oder der Hand, den Fehler wieder gut machen könne, und es geschieht nicht selten, daß diese Veränderung zum Vortheil des Werkes gereicht. Da möchte man denn dem Manne beinahe recht geben, daß der Marmor über Nacht wieder wachse." — Immermann sagt irgendwo, er habe mehr Sinn für plastische Kunstwerke als für Gemälde; ich möchte dasselbe von mir sagen. Abgesehen von den Antiken sprechen mich auch die Werke von Thorwaldson, Rauch, Tiek, die ich gesehen, auf das Lebhafteste an und das Denkmal Friedrichs des Großen, welches Rauch noch in seinen letzten Lebensjahren vollendet hat, hat mich im Jahre 1854 mit hoher Bewunderung erfüllt; ich konnte mich nicht davon losreißen. Hier in Hannover hat Rauch sich durch die Mar= morbilder der Königin Friederike und des Königs Ernst August im Mausoleum zu Herrenhausen ein rühmliches Denkmal gesetzt.

Von Bekannten aus der holsteinischen Zeit sah ich den Grafen Christian Bernstorff, Minister der auswärtigen Angelegenheiten, und seine Gemahlin, Cousine meines Zöglings Wolf Baudissin, wieder und erfreute mich mit ihnen der alten Erinnerungen. Ein Mittags= essen bei demselben mit dem Geheimen Rath Nicolarius war zwar ebenfalls recht gemüthlich, beraubte mich aber der näheren Bekannt= schaft mit dem genialen Philosophen Hegel, die mir Johannes Schulze an demselben Tage durch eine Gesellschaft vermitteln wollte, zu welcher er außer Hegel auch den Professor August Wilhelm Schlegel, der aus Bonn gerade in Berlin war, eingeladen hatte. So habe ich Hegel nur ganz flüchtig bei einer Begegnung auf der Straße gesehen, mit Schlegel aber traf ich bei einer andern Gelegen= heit zusammen, die einige interessante Momente barbot. Der Geheime

Rath Hufeland nemlich gab dem gesammten geistlichen Ministerium
ein Diner, zu welchem er auch noch einige andere Notabilitäten eingeladen hatte und mich, als alten Hausfreund, ebenfalls einlud. Die
zahlreiche Gesellschaft, nach unserer norddeutschen Sitte ganz schwarz
gekleidet, war schon versammelt, als ein neuer Gast wie ein Schmet-
terling, vom Kopf bis zu den Füßen in gelbem Nanquin gekleidet,
hereintrat und mit einer gewissen Aufmerksamkeit behandelt wurde.
Ich fragte meinen Nachbar Schulze, wer der Fremde sei; er sah
mich mit Verwunderung an und erwiederte: „Kennen Sie denn August
Wilhelm Schlegel nicht?" Voll Erstaunen sah ich näher zu und
erkannte, allerdings mit Mühe, etwas von den Zügen wieder, die ich
in den Jahren 1803 und 1804 so oft in demselben Hufeland'schen
Hause und in den Vorlesungen über Literatur gesehen hatte; aber
damals war diese Figur in Grau gekleidet und auch das Gesicht war
grau, das Haar ziemlich vernachlässigt, und jetzt konnte man sich des
Argwohns nicht erwehren, daß das Gesicht geschminkt sei, und das
Haar der künstlich frisierten Perücke wurde ganz ungeniert mit einem
Kamme, der zugleich einen Spiegel enthielt, zurückgekämmt. — Bei
Tische kam Schlegel neben den Minister Altenstein zu sitzen, ich gegen-
über zwischen Zelter und dem Archäologen, Professor Hirt. Die
Unterhaltung war ziemlich lebhaft, gleichwohl konnte ich hören, wie
Schlegel zuerst den Minister mit den Wirtshäusern unterhielt, die er
auf seiner Reise mit der Frau von Staël kennen gelernt hatte, und
dann, von diesem Thema abspringend, von dem Leben der Malerin
Angelika Kaufmann redete. Er erzählte von ihrer Herkunft, ihren
Werken und schloß mit dem Jahre ihres Todes. „Erlauben Sie, Herr
Professor", hob mein Nachbar Hirt mit seiner starken Stimme über
den Tisch hinüberredend an, „es war nicht im Jahre so und so, sondern im folgenden Jahre und zwar an dem und dem Tage, wo
Angelika gestorben ist." Lachend erwiederte Schlegel: „Ich weiß
wohl, Herr Professor Hirt, daß Sie in der Kunstgeschichte mein
Meister sind und mir nicht leicht etwas passieren lassen, es sei denn
etwa in Absicht der indischen Literatur und Kunst." (Schlegel beschäftigte sich damals besonders mit der indischen Sprache und Literatur,

hatte aber mit Hirt viel Streit bei Beurtheilung antiker und moderner
Kunstwerke gehabt, ein Streit, der nicht immer in den artigsten
Formen geführt war. In Privatgesprächen bezeichnete Schlegel wohl
im Uebermuthe seiner Laune seinen Gegner mit den Worten: Dieser
Hirt, der zugleich Ochs ist.) — Der Minister Altenstein unterbrach
die Controverse der beiden Herren dadurch, daß er das Zeichen zur
Aufhebung der Tafel gab. Man ging in den Garten und vertheilte
sich in mehrere Lauben, um den Kaffe einzunehmen. Schlegel, dessen
witzige Laune wieder geweckt war, mußte sich in derselben Laube zu
Hirt zu gesellen und fing an, denselben zum Beweise seiner Kenntniß
des indischen Wesens vorzudemonstrieren, welche Proceduren mit ihm
vorzunehmen sein würden, um ihn zum indischen Heiligen umzu-
formen. Hirt war ein großer, starker, sehr wohlgenährter Mann,
und Schlegel beschrieb nun sehr komisch alle die Kasteiungen, welchen
er sich würde unterwerfen müssen, um so mager zu werden, daß er
einen Heiligen vorstellen könnte, der von einer Handvoll Reis täglich
leben müßte. Dabei schritt er mitunter hinter seinen Gegner und
machte den Hufeland'schen Töchtern gegenüber, welche in das Bonmot
von dem Hirten und Ochsen eingeweiht waren, mit seinen Armen
über dem starken Kopfe desselben die Gestalt von ein paar Hörnern.
In das allgemeine Gelächter, welches die ganze Scene in der anwesenden Gesellschaft erregte, stimmte Hirt unbefangen mit ein und
büßte für die Zurechtweisung Schlegel's über das Todesjahr der Angelika Kaufmann. — (Ich würde diese ergötzliche Erinnerung aus
meiner Berliner Reise über einen von mir übrigens sehr geachteten
und um unsere Literatur so verdienten geistreichen Mann nicht niedergeschrieben haben, wenn nicht Schlegel's fast geckenhafte Verwandlung
in späteren Jahren und sein gesellschaftliches Auftreten während seiner
Periode in Bonn aller Welt bekannt und in öffentlichen Blättern
jener Zeit besprochen wäre. Auch die etwas grobkörnigen, nicht sehr
geistreichen Kunstanschauungen des Professors Hirt sind eine bekannte
Sache. Jene Altersschwäche Schlegel's aber, wenn man sie so nennen
will, hat auch eine ernsthafte Seite; sie zeigt die Gefahr der überwiegend ästhetischen Richtung aus dem Ende des vorigen Jahrhun-

berts, welche Schlegel mit so vielen seiner Zeitgenossen genommen
hatte, wenn nicht das Gegengewicht des religiösen Ernstes dem Cha=
rakter die Festigkeit giebt, daß er die persönliche Eitelkeit von sich
wirft und an alles Irdische den höheren Maßstab legt.)

Das Hufeland'sche Diner gab mir auch eine unerwartete Genug=
thuung in Absicht meiner deutschen Geschichte. Unter den Gästen
war auch der Geheime Rath von Kamptz; ich wurde ihm nach
Tische vorgestellt, und nun führte er mich in eine besondere Laube
und unterhielt sich mit mir auf eine so auffallend freundliche und
wohlwollende Weise, daß ich deutlich sehen konnte, wie er das Ver=
fahren gegen meine deutschen Geschichte im Jahre 1824 wieder gut
machen wollte.

Indem ich jetzt schließlich noch der großen Freundlichkeit und
Bereitwilligkeit dankbar gedenke, mit welcher der Geheime Rath Schulze
die Zwecke meines Aufenthalts in Berlin mit Rath und That beför=
derte, bin ich zu Ende meiner Bemerkungen über denselben gekommen.
Nachdem ich von den älteren und neuerworbenen Freunden und Be=
kannten herzlichen Abschied genommen, trat ich meine Rückreise mit
dem Vorsatze an, auf derselben nach zwei Anstalten, die Klosterschule
zu Pforta und das Gymnasium in Gotha, zu besuchen. Wir hatten
zwar in Westphalen kein Gymnasium, welches zugleich Erziehungs=
anstalt im engeren Sinne, ein Pädagogium, gewesen wäre, allein die
anschauliche Kenntniß einer so altberühmten Anstalt dieser Art, wie
Schulpforte, hatte für mich doch zu viel Werth, als daß ich diese
Gelegenheit nicht benutzt haben sollte, sie mir zu verschaffen. Und
die Zeit, die ich in den Mauern derselben zugebracht habe, ist nicht
unbelohnt geblieben. In dem Vater Ilgen lernte ich einen Lehrer
und Pädagogen nach dem alten Schlage kennen, der den altherge=
brachten Pennalismus, nach welchem die älteren Schüler, je nach ihren
Klassenstufen, Aufseher, Repetenten und Lehrer der jüngeren sein und
daher in jedem Zimmer ältere und jüngere zusammenwohnen mußten,
und eben so die alte Klosterordnung in allen äußern Dingen mit
Strenge aufrecht hielt. Die vortheilhafte Seite dieser strengen Zucht
zeigte sich allerdings in dem wissenschaftlichen Standpuncte der ein=

zelnen Klassen und in den Leistungen der älteren Schüler, von welchen mehrere selbständige Arbeiten von entschiedenem Werthe vorlegen konnten; auf der andern Seite jedoch traten auch schon die Spuren davon zu Tage, daß diese pedantische Strenge sich zu überleben angefangen hatte. Der Geist der Zeit, der auch die Jugend schon ergriffen hatte, widerstrebte diesen Fesseln immer entschiedener. Härte der Stuben-ältesten gegen ihre jüngeren Genossen gaben zu ewigen Klagen Veranlassung, noch mehr aber klagten jene über den Ungehorsam der jüngeren. Uebertretungen der Tages- und Hausordnung, selbst nächtliches Uebersteigen der Klostermauern, waren häufig genug, und ein Zug, der mir erzählt wurde, bezeugt auf eine fast komische Weise das Widerstreben der Schüler gegen den klösterlichen Zwang. Wenn nemlich nach Beendigung der Ferien die Reisenden zurückkamen, so ging keiner in das Thor des Klosterhofes früher, als bis die Stunde des Thorschlusses schlug, sie setzten sich lieber, wenn sie früher ankamen, draußen nieder, um den Genuß der Freiheit bis zum letzten Augenblicke zu kosten. Der alte Ilgen jedoch konnte von seinem System nicht lassen, er war damit verwachsen.

Dagegen fand ich einen andern Mann, der den Geist einer freiren Behandlung der Jugend und des Wirkens auf das Innere derselben auf eine ausgezeichnete Weise besaß, das war der Professor Lange. An ihm hingen die Schüler mit Liebe und auch sein Unterricht war Geist und Leben; besonders erinnerte mich seine Interpretation einer Horazischen Ode an den Genuß, den ich in einer ähnlichen Lection bei Meinecke in Berlin gehabt hatte.

Auch einer der jüngeren Lehrer, der Professor Neue, später als Professor der Philologie nach Dorpat berufen, hielt eine ausgezeichnete Lection über eine Tragödie des Sophokles, in welcher auch die Schüler sich von einer sehr vortheilhaften Seite zeigten. Das ganze Wesen des Mannes zeugte von einer feinen geistigen Organisation.

Eine Einrichtung von Schulpforta, welche überall, wo sie ausführbar ist, Nachahmung verdient, war die, daß den Primanern monatlich einige Tage ganz frei gegeben wurden, um Privatarbeiten im Zusammenhange durchzuführen, zu welchen sie sich besonders hin-

gezogen fühlten. Sie mußten natürlich den Lehrern darüber Rechenschaft geben und ihre Zeit wirklich diesen Arbeiten widmen. Die
eigenthümliche Neigung und Richtung eines jeden erhielt dadurch ihr
Recht und brachte oft überraschend tüchtige Früchte zum Vorschein.
Die Schwierigkeit der Ausführung einer ähnlichen Maßregel bei städtischen Anstalten liegt nur darin, daß die Lehrer nicht im stande sind,
eine Controle darüber zu führen, ob die Schüler auch mit Ernst die
freie Zeit wirklich der beabsichtigten Arbeit widmen. Bei einer geschlossenen Erziehungsanstalt dagegen, in welcher Lehrer und Schüler zusammen wohnen, ist die Sache ausführbar, und Lehrer wie Lange
und Neue waren ganz die Männer, welche die Selbstthätigkeit ihrer
Schüler zu wecken verstanden.

Die letzte Anstalt, welche ich besuchte, sollte das Gymnasium in
Gotha sein. Ich nahm meinen Weg über Jena und hatte hier die
Freude, meinen alten Freund Luden wiederzusehen und einige Tage
mit ihm in seiner zahlreich herangewachsenen Familie froh zu verleben.
Er war geistesfrisch und herzlich, wie immer; die Erinnerungen aus
unserer Berliner Zeit boten uns reichen Stoff zur Unterhaltung.
Eine Mittagsgesellschaft, welche er mir zu Liebe gab, machte mich
mit mehreren Jenaer Professoren und namentlich mit einem der jün-
geren, aufstrebenden Philologen, dem nachherigen Professor in Halle,
Reisig, bekannt, dessen kräftige, originelle Natur sehr bald in der
Unterhaltung hervortrat. Die Seele der Unterhaltung war aber Luden
selbst, der einen köstlichen leichten Humor besaß.

In Gotha interessierte mich zunächst die bekannte originelle Persönlichkeit des alten Schulraths und Directors Döring, dessen Unterhaltung sich von den Schulsachen bald auf seine Liebhabereien wendete,
namentlich auf seine Buchfinken, deren er eine ganze Sammlung vor
seinen Fenstern hängen hatte. Er wußte genau anzugeben, aus welchen
thüringschen Wäldern die besten Schläger kämen, und machte mich auf
die Verschiedenheiten des Schlages aufmerksam, und in der That übertraf auch der Schlag einiger an Länge und Kraft alles, was ich
bisher vom Buchfinkengesange gehört hatte. — Die Schule selbst
unterschied sich in ihrer Einrichtung besonders dadurch von den preußi-

schen Gymnasien, daß sowohl Lehrer als Schüler auffallend wenig Stunden hatten; die Schüler wurden dafür mit Privatarbeiten beschäftigt und die Lehrer schrieben Bücher, wie denn damals, so viel ich mich erinnere, kein Lehrer an der Anstalt war, der nicht auch Schulschriftsteller gewesen wäre. Ich brauche nur die Namen Rost, Kries, Wüstemann, Schulz den Historiker, und Döring selbst zu nennen. Diese Männer waren alle sehr mittheilsam und freundlich und ich habe sowohl in der Schule, als außerhalb derselben, angenehme Stunden mit ihnen verlebt. Es waren sehr gute Lehrer unter ihnen, deren Unterricht anziehen mußte, und den Schülern sah man Selbständigkeit des Denkvermögens an. Aber freilich, sei es, daß der Eindruck von Pforta mir noch zu neu war, der Standpunct der Klassen schien mir nicht ganz dem der besseren preußischen Gymnasien gleich zu kommen, ein Urtheil dem ich, nach einem einmaligen kurzen Besuche, allerdings kein großes Gewicht beilegen darf. Auch zeugen viele ausgezeichnete Männer, die in Gotha ihre Schulbildung erhalten haben, davon, daß gute Köpfe durch die Anstalt zu selbständiger Entwicklung ihrer Kräfte geführt werden konnten.

Mit vielen und reichen Erfahrungen versehen reiste ich in meine Provinz zurück und traf die Directoren der westphälischen Gymnasien, wie ich es im voraus verabredet hatte, in Arnsberg versammelt. Es war eine der letzten Directoren-Versammlungen, die ich mit diesen wackern Männern abgehalten habe, und die Mittheilung meiner Reisebeobachtungen über die besuchten Schulen gab den vorzüglichsten Stoff zu unsern Unterhaltungen ab.

Die letzten Jahre in Münster.

Meine bisherigen Mittheilungen über die Münstersche Zeit haben den Charakter eines frischen Gefühls und wohlthuender Erinnerungen gehabt. In meinem Wirkungskreise und meinem Hause ging alles einen guten Gang, so weit in menschlichen Verhältnissen überhaupt ein solcher möglich ist; denn einzelne Unterbrechungen durch eine Hemmung des Wirkens und fehlgeschlagene Hoffnungen, oder durch eine vorübergehende Krankheit in der Familie, dürfen nicht in Anschlag

gebracht werden, wenn das Gesunde und Gedeihliche entschieden über-
wiegt. Aber es war, als hätte diese gute Zeit schon vor der Berliner Reise ihren Höhepunct erreicht; von nun an überwog das Trübe,
wenigstens in unserm Familienleben, für längere Zeit.

Im Herbste 1826 hatte ich noch, nach Beendigung meiner Reise
mit dem Geheimen Rath Schulze, eine Reise mit meiner ganzen
Familie, d. h. mit Frau und vier Söhnen und vier Töchtern, alle
gesund und munter, zu den Meinigen in der Göttinger Gegend gemacht.
Zwar war die nächste Veranlassung zu dieser Reise eine traurige;
mein Schwager, der Pastor Eberwein, war, nachdem er über zwanzig
Jahre in Ballenhausen Prediger gewesen, im November 1825 zu
unser aller Freude nach meinem und meiner Schwester Geburtsdorfe,
Landolfshausen, versetzt worden; es war uns, als nähme unsere
Familie wieder unsere eigentliche Heimath in Besitz. Aber die Freude
war eine sehr kurze. Im Februar 1826 brach in dem Dorfe ein
bösartiges Nervenfieber aus und legte meinem Schwager die Pflicht
auf, seine seelsorgerische Thätigkeit in seiner neuen Gemeinde gleich
auf eine sehr anstrengende, ja gefährliche, Weise zu üben. Er war
darin sehr treu. Unter den Erkrankten befand sich auch ein altes
adliges Fräulein vom Eichsfelde, welches meiner Mutter, während
deren Abwesenheit im Hause der Tochter, das Witwenhaus abgemiethet
hatte. Mein Schwager besuchte auch sie und als er eines Abends
in der Dämmerung an ihr Bette trat, bat sie ihn, doch einmal ihre
Zunge zu sehen, ob sie nicht mehr schwarz sei; der Arzt habe ihr
zwar gesagt, sie sei auf der Besserung, sie könne es aber nicht glauben.
Mein Schwager, der noch dazu etwas kurzsichtig war, bog sich, des
schwachen Lichtes wegen, zu ihr nieder und ein Schauer überflog
seinen ganzen Körper, als er den warmen Hauch aus ihrem Munde
fühlte. Er ging nach Hause, sagte meiner Schwester, er fürchte an-
gesteckt zu sein, legte sich nieder und starb am fünften Tage. Das
einzeln dastehende Fräulein, um deren Tod vielleicht kaum jemand
getrauert haben würde, genas.

Meine Schwester behielt die Pfarrwohnung noch bis zum Herbst,
und da sie sowohl als meine Mutter uns zu sehen verlangte, auch

schwerlich wohl späterhin es möglich gewesen wäre, meiner Mutter die ganze Reihe unserer Kinder vorzuführen, denn das Witwenhaus, welches sie nun mit meiner Schwester beziehen mußte, hätte uns alle nicht aufnehmen können, so beschlossen wir die Reise mit unserer ganzen Haushaltung und betraten, wenn auch mit schmerzlichen Gefühlen, meinen Geburtsort. Nachdem die ersten Tage des ergreifenden Wiedersehens vorüber war, übte die jugendliche Heiterkeit und Unbefangenheit von acht Kindern, von denen die jüngeren noch keinen Begriff unseres Verlustes hatten und selbst die älteren mit dem wohlthätigen leichten Sinne der Jugend nicht lange daran festhielten, ihren Einfluß auch auf uns ältere aus und in dem Anblicke der lebendigen Auffassung der Kinder von den Annehmlichkeiten des Ortes und der Gegend, ihres Anschließens an die alten Bekannten ihres Vaters, vor allen an den alten Konrad Günther, der eine kindliche Freude an ihnen hatte und in mehreren der Söhne das verjüngte Ebenbild seines ältesten und besten Freundes wiederfinden wollte, sowie in der eigenen Freude an den alten mir so werthen Menschen und Plätzen der Jugendzeit, verlebten wir einige lebendig erregte und nur zu schnell vorüberfliegende Wochen mit einander.

Nach unserer Rückkehr nach Münster zeigten sich aber in dem darauf folgenden Winter schon Spuren krankhafter Richtungen zweier unserer Söhne; der zweite, Otto, litt an einem hartnäckigen rauhen Husten, der für seine Brust fürchten ließ, zwar vor der Hand durch kräftig angewandte Mittel in seiner Heftigkeit gebrochen wurde, aber später doch zurückkehrte und uns nöthigte, ihn ganz aus der Schule zu nehmen und längere Zeit auf's Land zu schicken; und bei dem vierten, Karl, entwickelte sich ein schmerzhaftes rheumatisches Gelenkübel, welches ihn auf's Lager warf und die innern Theile zu ergreifen drohte. Ich trat im Frühjahr 1827 nicht ohne Sorge seinetwegen die Berliner Reise an. Als ich zurückkam, fand ich den armen Knaben schon sehr verändert; der Rheumatismus hatte sich auf das Herz geworfen, die Substanz desselben ergriffen, das Herz war geschwollen, der Umlauf des Blutes gestört und die Zersetzung desselben zeigte sich in einer Wassersucht, welche alle Glieder und auch das

Gesicht schwellen machte und entstellte. Dabei litt der Kranke, besonders des Nachts, an Beängstigungen. Aber er hatte ein unverwüstliches heiteres Temperament. Wenn er irgend freiere Stunden hatte, so beschäftigte er sich mit Zeichnen, Malen, Papparbeiten und vergaß sein Uebel in der Hoffnung baldigen Genesens. Ja, er konnte sich an's Fenster setzen und darüber lachen, wenn die Vorübergehenden sich über sein geschwollenes Gesicht wunderten. Und was uns Eltern immer mehr zu ihm hinzog, wenngleich auch mit größerer Wehmuth erfüllte, war seine außerordentliche Herzensgüte, die Reinheit seiner Gesinnung, die dankbare Liebe für unsere Pflege und Sorgfalt, und eine Frühreise des Verstandes, welche sich häufig vor dem frühen Ende solcher jugendlichen Kranken entwickelt. — Noch einmal leuchtete uns die Hoffnung seiner Genesung auf, als es unserm treuen Arzte, dem Medizinalrath Busch, gelang, durch blutreinigende und abtreibende Mittel das Wasser aus dem Körper zu schaffen, so daß die natürliche Gestalt des Knaben sich fast ganz wiederherstellte. Ich gedenke noch des Abends, da wir, nachdem wir längere Zeit allen Gesellschaften entsagt und jede freie Stunde dem Kranken gewidmet hatten, in der Freude über seine beginnende Genesung eine Einladung zu dem Oberpräsidenten angenommen hatten und dort viele Freunde trafen, die uns ihre herzliche Theilnahme über die Besserung des Kranken aussprachen. Es war im November 1827. Unser Arzt, der auch zugegen war, trat hinzu und wurde von den Freunden als der Retter unseres Knaben begrüßt. „Ja", sagte er, „es ist eine glückliche Wendung in der Krankheit vorgegangen, wenn wir nur erst den Herd derselben wieder in Ordnung hätten." Der treue und wahrheitsliebende Mann konnte es nicht über sich vermögen, entschiedene Hoffnungen auszusprechen, denn er wußte nur zu gut, daß ein solcher Krankheitsherd, wie ein besorganisiertes Herz, nicht so leicht wieder gesund gemacht wird. Ich sah seine Gedanken bei diesem Worte auf seinem Gesichte, aber meine Frau, die überhaupt durch eine gütige Fügung von oben lange gegen die Gefahr blind gehalten war, fand in der Antwort des Arztes nichts Bedenkliches. Als jedoch bald nachher die schlimmen Zeichen wieder hervortraten und die Wassersucht schnell den ganzen Körper wieder einnahm, da sank auch ihre Hoffnung, in gleichem Maße aber stieg ihre mütterliche Liebe in der Pflege des Kindes, von welchem sie sich nicht mehr trennte und dem sie die letzte Lebenszeit möglichst leicht machen wollte. Es ist wunderbar, zu welcher Aufopferung und Selbstverläugnung die mütterliche Liebe in solchen Lagen fähig ist. Der Körper scheint fast kein Bedürfniß von Nahrung und Ruhe zu haben, wenn das Kind der Mutter bedarf; Tag und Nacht sind ihr gleich; und eben so bewunderungswürdig ist die Seelenstärke, welche die Sorge und den Kummer vor dem Kranken zu verbergen vermag, um ihn bei gutem Muthe zu erhalten. Ich vermochte dieses letztere viel weniger, sondern mußte mich schnell entfernen, wenn ich den Puls des Kindes gefühlt hatte, wie er gleich einer mit dem Finger geschnellten Seite hart und kurz anschlug und den krampfhaften Schlag des kranken Herzens wiedergab. — Der December 1827 war ein schwerer Monat, der Neujahrstag 1828 einer der traurigsten, die wir zusammen verlebt haben. Im Januar erlosch das Leben unseres lieben Kindes im Ganzen ziemlich schmerzlos. Er war der Vollendung seines vierzehnten Lebensjahres nahe. Es drängt mich, ihm zum Denkmal und zur Bezeichnung unseres Zustandes in dieser schmerzlichen Zeit, einen Brief hier einzuschieben, welchen ich einige Tage nach seinem Tode an unsere Freundin Brügelmann in Cromford schrieb, welche den Knaben auch sehr lieb gehabt hatte. Er ist vom 23. Januar 1828.

„Unser armer Karl hat ausgelitten, theuerste Freundin, am 19ten früh Morgens um 3 Uhr ist er durch Gottes besondere Hülfe, nachdem er nur in den letzten vier Stunden einige krampfhafte Zufälle und Beängstigungen gehabt, sanft eingeschlafen. Wir hatten schon seit 8 Tagen fast alle Hoffnung aufgegeben und hatten nur die eine Angst, daß er lange mit dem Tode kämpfen, ihn fühlen, sich an's Leben anklammern und uns um Hülfe anflehen würde, die wir ihm nicht schaffen konnten. Das würde unser Herz zerrissen und für unser ganzes Leben ein quälendes Bild in uns zurückgelassen haben. Unser inbrünstiges Gebet zu Gott war nur dieses, ·daß er das herrliche Kind unbewußt und sanft hinübernehmen möchte; und er hat unſer Gebet erhört. — Thea hatte bis auf die letzten Stunden treu ausgehalten, dem geliebten Kinde immer Muth eingeſprochen, die Thränen verſchluckt und eine unbefangene Miene bewahrt; erſt zuletzt entfernte ſie ſich, als ſie ihm nicht mehr helfen konnte und er ſchon ohne Bewußtſein dalag. Dafür hat ſie nun den ſüßen Troſt, der ſie aufrecht hält, daß ſie als Mutter das Außerordentliche geleiſtet hat. Und neben dieſem Gefühle wird ihr Herz durch die Erinnerung an das herrliche geiſtige Leben getröſtet, welches ſie und wir alle mit dem Kinde in dieſen anderthalb Jahren geführt haben, wie ſich ſein Geiſt ſo ſchön entwickelte, ſein Charakter veredelte, ſo daß man wirk= lich ſagen kann, ſeine Seele hatte die Schönheit als Gewinn davon getragen. Auch auf uns alle hat er wiederum höchſt wohlthätig zurückgewirkt. Wir ſind noch lebendiger inne geworden, wie das Leben nicht nach Jahren, ſondern nach der Innigkeit der Liebe, die uns mit den Unſrigen verknüpft, berechnet werden muß, und die Beſtimmung unſeres Kindes iſt erfüllt, da er in ſich gereinigt und geläutert worden iſt, wie er es im Getümmel des Lebens wohl nie ſo geworden wäre. — Daß Thea gleichwohl körperlich ſehr angegriffen iſt, iſt natürlich. Seit Weihnachten hat ſie faſt keine Nacht ruhig geſchlafen, meiſtens am Krankenbette gewacht. Ich hoffe aber recht viel von ihrer Geiſtes= kraft und demnächſt von dem Einfluſſe des Frühjahrs und Sommers. Möge uns nur der gütige Himmel vor neuen Sorgen bewahren!“ u. ſ. w.

Dieſe Sorgen lagen nicht ſehr fern, denn unſere Tochter Thea hatte eine kranke Periode im Winter durchzumachen gehabt und Otto war von ſeinem Bruſtleiden auch noch ſehr angegriffen.

Um über beide Kinder unſern früheren, mir ſehr befreundeten, Arzt, den Dr. Rauſchenbuſch in Elberfeld, zu conſultieren, und auch um meiner Frau eine Erholung zu verſchaffen, machten wir im Mai eine Reiſe nach Elberfeld und von da nach Düſſeldorf zu unſerm Freunde Kortüm, der ſeit einigen Jahren mit einer Verwandtin der uns befreundeten Keuchen'ſchen Familie verheirathet war, und zu der Frau Brügelmann nach Cromford. Die herzliche Theilnahme dieſer trefflichen Freunde verfehlte auch ihre Wirkung nicht; geſtärkt und beruhigt kehrten wir nach Münſter zurück und ich begann meine dies=

jährigen Inspectionsreisen. Der Sommer aber war sehr heiß, die Schulstuben verstärkten den Druck der Hitze; meine Gesundheit war durch die Gemüthsbewegungen des Winters, neben reichlicher Arbeit, auch angegriffen; im August überfiel mich, vielleicht in Folge eines zu kalten Bades, ein heftiger Unterleibskrampf, welchen der Arzt als Leberentzündung erkannte. Der theilnehmende Mann war ganz erschrocken und rief in seiner Aufregung aus: „Aber in Ihrem Hause wird doch jedes Uebel gleich heftig und bösartig!" Er hatte noch das Herzübel unseres Karl im Sinne. Indes verordnete er gleich Aderlaß, spanische Fliegen und kräftige innere Mittel und die Gefahr ging glücklich vorüber; nach ein paar Wochen konnte ich außer Bett sein und im Herbste sogar eine Erholungsreise mit meinen beiden ältesten Söhnen zu den Meinigen nach Landolfshausen machen. Kaum aber war ich einige Tage dort gewesen, so lief ein Eilbrief von unserer Freundin und Hausgenossin, der Frau von Bernuth, ein, ich möge rasch zurückkommen, meine Frau sei heftig erkrankt. Dieses Mal hatte der Arzt mit seiner Bösartigkeit leider recht gehabt, meine Frau war von einer heftigen Herzentzündung befallen; die Leidenszeit unseres Karl, die anhaltende Gemüthsbewegung und noch mehr die gewaltsame Unterdrückung des Gefühls, dann der Verlust selbst, und zuletzt die, wenn auch nur kurze, Angst meinetwegen, hatten das eigene Herz doch zu sehr angegriffen; das Uebel war, ihrer ganzen Natur gemäß, mit ungewöhnlicher Heftigkeit aufgetreten. Als ich nach eiliger Rückreise in Münster ankam, war sie schon viermal zur Ader gelassen; der Andrang des Blutes nach dem Herzen war so stark, daß das Herz jeden Augenblick still zu stehen drohte. Bei meinem Anblick dankte sie Gott, daß sie mich noch einmal wiedersehe, sie habe geglaubt, ohne diesen Trost sterben zu müssen; — so entschieden war in ihr der Glaube an ihr Abscheiden. Und in der That, der Tod trat auch in den nächsten Wochen, ja Monaten, noch oft nahe genug heran. Es war nicht das heftige Klopfen des Herzens, welches abwechselnd eintrat, was so beängstigte, sondern das krampfhafte Zusammenziehen desselben, wodurch der Herzschlag stillstand, das Blut aus Kopf und Lunge nicht zurückströmen konnte und das Gefühl des augenblicklichen

Schlagflusses eintrat. Dann konnte nur ein rascher Aderlaß Erleichterung geben und so ist die arme Kranke in den ersten vier Wochen
ihrer Krankheit zwölfmal zur Ader gelassen, so daß das Blut zuletzt
nicht mehr laufen wollte. Meine Gefühle dabei beschreibe ich nicht.
Ein Trost war der Kranken und mir selbst, wenn ich mich Nachts
an ihr Bett setzte und sie, meine Hand fassend, unter meinem Schutze
einzuschlafen wagen konnte; denn unbewacht wagte sie es nicht, weil
gerade im Schlafe das Gefühl des Stillstehens des Herzens am leichtesten eintrat. Ich achtete dann aufmerksam auf ihren Athem, und
wenn derselbe unruhig und ängstlich zu werden anfing, so weckte ich
sie sogleich, dann beruhigte sich das Herz wieder und nach einiger
Zeit kehrte auch der Schlaf zurück. Die treue Freundin, Frau von
Bernuth, theilte mit mir die nächtliche Wacht; einem Fremden hätten
wir diese ängstliche Sorge nicht anvertraut. Damals erfuhren wir
es in seltenem Maße, welch ein Schatz eine so treue Freundschaft in
den Stunden der Noth ist; die Freundin besorgte nicht nur die ganze
Haushaltung und Pflege unserer und ihrer Kinder und war auch am
Tage, wenn ich meine nothwendigen Geschäfte besorgen mußte, in
jedem freien Augenblicke am Bette der Kranken, sondern auch ihre
Nachtruhe opferte sie ihr willig. Rühmen muß ich auch unsere Kinder.
Die Söhne, die nun schon in dem Alter waren, daß sie die Gefahr
der Mutter begreifen konnten, halfen gern, wo sie konnten, besonders
hat der älteste, Rudolf, der viel Gefühl und Anhänglichkeit und eine
besondere Gabe der geschickten Handreichung besaß, oft an der Mutter
Bette gesessen, sogar des Nachts; auch der heftigere Otto und der
stillere Fritz, denen es nicht an Gefühl fehlte, waren gern dazu bereit,
aber ihre Weise war nicht leise und behende genug; denn die Kranke
war gegen jedes Geräusch so empfindlich, daß jeder feste Tritt sie
erschreckte. Und die jüngeren Kinder, die Schaar der sieben lebhaften
Mädchen, zeigten ihr Mitgefühl wenigstens dadurch, daß sie sich mit
Arbeiten oder stillen Spielen beschäftigten und überhaupt so leise
waren, daß man im Krankenzimmer nichts von ihnen hörte. Eine
solche Zeit ist eine recht wichtige Prüfungszeit auch für die Erziehung der Kinder, die sich nun viel selbst überlassen bleiben und

bewähren müssen, ob in ihnen die Liebe zu den Eltern und zu dem Guten und Rechten schon so stark ist, daß sie sich in dem rechten Geleise zu halten wissen.

Vergessen darf ich auch nicht den treuen Arzt, den Medizinalrath Busch, der nicht nur mit seiner ganzen ärztlichen Kunst im sorgsamsten Aufsuchen der Mittel und möglichen Linderungen zu Hülfe kam, sondern auch mit dem Gemüthe herzlich theilnahm, — er hegte eine besondere Zuneigung zu unserm Karl, — und keinen Weg bei Tage und bei Nacht scheute, wenn Hülfe nöthig war. Wenn ich, wie es sowohl während Karl's als meiner Frau Krankheit nicht selten geschah, bei einem bedenklichen Zufalle mitten in der Nacht durch die einsamen Straßen von Münster zu seiner ziemlich entfernten Wohnung ging, um ihm selbst Bericht abzustatten und vielleicht einen Weg zu ersparen, falls er mir weitere Anweisung geben könnte, stand er nicht nur, oft aus dem ersten Schlafe geweckt, sogleich auf, sondern ging auch, wenn er es für nöthig hielt, mit mir durch Schnee und Regen nach meinem Hause, vielleicht mit der Verbandtasche, um gleich selbst zur Ader zu lassen. Und zuletzt hatte er auch die Genugthuung, die seinem Herzen eben so wohl that, als sie seiner ärztlichen Kunst Ehre machte, daß er der Krankheit meiner Frau Herr wurde. Im Frühjahr 1829 kam sie, nachdem sie fast fünf Monate im Bette gelegen hatte, oft tagelang unbeweglich, weil jede Bewegung das Herz wieder in Unruhe brachte, so weit, daß sie das Bett verlassen und bei Tage auf dem Sopha ruhen konnte. Weibliche Arbeiten vornehmen, lesen oder schreiben, durfte sie noch lange nicht; ihre Unterhaltung war mit den Kindern, wenn sie ruhig um sie herum saßen, die größeren arbeitend, die kleineren mit ihren Puppen spielend, und des Abends mit ein paar der nächsten Freundinnen, der Frau von Bernuth und der Regierungsräthin Petri, welche fast täglich zu ihr kam. Dieser gemüthlichen, mit seltener Herzensgüte begabten, Frau sind wir in dieser Zeit sehr nahe getreten und die Verbindung hat sich ungeschwächt fortgesetzt, auch nachdem wir nach Hannover gezogen waren. — Wer einen solchen Zustand vor Augen gehabt hat, als in welchem meine Frau anderthalb Jahre gelebt hat, — denn erst im Frühjahr 1830 konnte sie als halbgenesen betrachtet werden, — der verzweifelt nicht leicht, wenn er einen noch so schweren Kranken sieht. Meine Frau hat, freilich mit strenger Enthaltung von aller erhitzenden Nahrung, nach ihrer Herzkrankheit noch 27 Jahre in verhältnißmäßig kräftiger Gesundheit gelebt und ist über 76 Jahre alt geworden, und so mag diese Krankengeschichte vielleicht manchem meiner Leser oder meiner Leserinnen in der Sorge um schwer Leidende zum Troste gereichen.

Der Sommer 1829 war nun meinerseits ein sehr geschäftsreicher; es waren in den vorhergehenden Jahren zwei neue katholische Gymnasien errichtet, da die Masse der zu den Studien bestimmten Schüler wuchs und das einzige Münstersche Gymnasium im westlichen Theile der Provinz sie nicht mehr zu fassen vermochte. Das eine, zu Coesfeld, wo schon ein starkbesuchtes Progymnasium bestand, wurde mit Hülfe eines Zuschusses von Seiten der Regierung und von der der Standesherrschaft, des Fürsten von Salm, der in Coesfeld residierte, so dotiert, daß die erforderliche Zahl von Lehrern für ein einfaches sechsklassiges Gymnasium besoldet werden konnte. Zum Director wurde der Professor Soekeland, vom Münsterschen Gymnasium, dessen ich schon als einflußreichen Lehrers meiner Söhne gedacht habe, ein Mann von gründlich wissenschaftlichem Sinne, ernannt. Leider hat er die Anstalt, die durch ihn sichtlich emporblühte, nicht lange geleitet; einige Jahre nach meinem Abgange von Münster fing er an einer unheilbaren Krankheit zu siechen an und starb im kräftigsten Mannesalter. Sein Nachfolger ist der Sohn meines Münsterschen Freundes, des Professors Schlüter, Lehrer am Gymnasium in Arnsberg, geworden.

In ähnlicher Weise wurde das zweite neue Gymnasium in Recklinghausen aus dem dort vorhandenen Progymnasium gebildet; der Standesherr, welchem diese Herrschaft zugefallen war, der Herzog Prosper von Ahrenberg-Meppen, bewilligte ansehnliche Zuschüsse, und zum Director wurde der Lehrer Dr. Wüllner vom Gymnasium in Münster ernannt. Er gehörte zu den talentvollsten Lehrern der jüngeren Generation und hatte seine philologische Kenntnisse. Die Tüchtigkeit seiner Leistungen bahnte ihm auch bald den Weg zu einer größeren Wirksamkeit; er wurde als Director an das Gymnasium in Düsseldorf berufen. Allein sein Körper war eben so fein organisiert, als sein Geist, und rieb sich früh in der schweren Arbeit der Leitung einer großen Anstalt auf. Er ist, so viel ich weiß, nicht über 40 Jahre alt geworden.

Meine Berufung nach Hannover. — Aus meinem in obiger Weise erweiterten Wirkungskreise sollte ich jedoch nunmehr bald abgerufen werden. In Hannover war der Gedanke zur Geltung gekommen, für die obere Verwaltung des höheren Schulwesens, welche bisher von dem Ministerium der geistlichen und Unterrichtsangelegenheiten wahrgenommen war, eine eigne Behörde, ein Ober-Schulcollegium, zu errichten. Unter den gelehrten Anstalten des Königreichs waren manche recht achtungswerth mit der Zeit fortgeschritten, je nachdem ihre Vorsteher und Lehrercollegien dazu den innern Antrieb und auch die äußeren Hülfsmittel besaßen; andere dagegen, namentlich in den kleineren Städten, welche das Recht, ihre Schüler bis zur Universität vorzubereiten, aus früherer Zeit ererbt hatten, waren aus Mangel an Geldmitteln auf 3 bis 4, ja bis auf 2 Lehrer reduciert, übten aber gleichwohl das Recht der Entlassung zu den akademischen Studien fort; daher die Ungleichheit und theilweise Unzulänglichkeit der Kenntnisse vieler Studierenden. Auch war kein allgemeiner Schulplan, keine ausreichende Aufsicht, keine Prüfung der Lehrer, keine Vorschrift über die Prüfung der zur Universität abgehenden Schüler, vorhanden. Eine solche Vorschrift und damit das Ziel der Leistungen der gelehrten Schulen erster Klasse sollte aufgestellt, die Ausführung dieser Maßregel überwacht und es sollte eine Scheidung der vorhandenen höheren Schulen in solche erster und zweiter Klasse, je nach ihrer Leistungsfähigkeit, getroffen werden. Der Hofrath Buch, ein geborner Osnabrücker, Referent im geistlichen Ministerium, hatte diese Sache zu bearbeiten; er veranlaßte die Einziehung von Gutachten einiger Schulmänner des Landes, unter andern auch des damaligen

Conrectors und Professors Abeken am Rathsgymnasium zu Osnabrück, seines Freundes. Abeken wiederum, mit welchem ich von unserer Berliner Zeit an im ununterbrochenen Verkehr gestanden hatte, der seit meinem Leben in Münster um so lebhafter geworden war, zog mich wiederum zu Rathe, da ich ja mitten in der Schulverwaltung inne stand und einmal in Düsseldorf und jetzt in Westphalen recht eigentlich Schulorganisationsgeschäfte getrieben hatte. Hier dürfte es zunächst am Platze sein, über diesen meinen, nächst meinem Zöglinge Baudissin jetzt ältesten, Freund, mit welchem ich nun sechzig Jahre lang verbunden gewesen bin und seit zweiunddreißig Jahren auf demselben Felde in unserm Hannoverschen Vaterlande gewirkt habe, etwas Näheres mitzutheilen.

Bernhard Rudolf Abeken, gegenwärtig Schulrath und Director des Rathsgymnasiums in seiner Vaterstadt Osnabrück, Sohn eines dortigen Kaufmanns, geboren den 1sten December 1780 (also nur 14 Tage jünger als ich), studierte in Jena Theologie, wurde dann Erzieher des einzigen Sohnes des Ministers v. d. Reck in Berlin, 1808 Erzieher der Schiller'schen Kinder, 1810 Mitdirector des Gymnasiums in Rudolstadt, verheirathete sich dort mit einer Hofdame der vortrefflichen Fürstin, bei welcher er viel galt, einem Fräulein v. Wurmb, Verwandte der Wolzogen'schen Familie, wurde 1815 als zweiter Lehrer an das Rathsgymnasium in Osnabrück berufen, 1843 nach dem Tode des Directors Fortlage zum Director ernannt, und unterrichtet noch jetzt, ein Zweiundachtzigjähriger, seine Primaner mit Liebe und Segen in seinen Lieblingsschriftstellern, dem Sophokles, Horaz und Cicero. Das ist ein langes und reiches Lehrerleben, und nicht gar viele Schulmänner werden ein ähnliches in so verschiedenartigen Verhältnissen, mit solcher Einheit und Stetigkeit der Gesinnung und der Grundsätze durchlebtes, aufzuweisen haben, als Abeken. An ihm ist es mir immer recht klar geworden, wie hoch eine vielseitige Bildung des Lehrers, besonders für die oberen Klassen, anzuschlagen ist. Der gründlich, aber einseitig, gebildete Philologe kann seine Schüler in der Kenntniß der alten Sprachen recht weit führen, kann auch den Inhalt der gelesenen Schriften ihnen verständig entwickeln, aber wenn er nicht zugleich die Literatur der neueren Völker in ihren wichtigsten Erscheinungen einigermaßen eingehend kennen gelernt hat, so fehlen ihm die Vergleichungspuncte, durch welche jedes Werk in seinem eigentlichen Charakter erkannt und auf seinen wahren Werth zurückgeführt wird; sein Urtheil und sein Geschmack werden mehr oder weniger einseitig bleiben. — Abeken hat nicht nur den ersten Klassikern der Griechen und Römer, sondern auch denen der Italiener, Spanier und Engländer, ein gründliches Studium gewidmet. Den Dante, Ariost, Tasso, Calderon, Cervantes, vor allen den Shakespeare, hat er nicht nur gelesen, sondern eingehend durchgearbeitet und dadurch, so wie durch seine umfassende Kenntniß der Werke der sogenannten goldenen Periode unserer neueren Literatur, welche durch sein Leben in Weimar eine anschauliche Lebendigkeit gewonnen hat, ist sein Geschmack und sein Urtheil so geläutert, daß ihn das Halbe, durch falschen Schein Blendende, sogleich verletzt, das wahrhaft Große und Schöne dagegen mit reiner Bewunderung erfüllt. Eine solche Stimmung der Saiten der Seele klingt auch unbewußt durch den ganzen Unterricht des Lehrers hindurch, und wie Abeken schon in Berlin auf meinen Zögling Wolf Baudissin durch seine eingehende Theilnahme an dessen Lieblingsbeschäftigungen einen für das Leben bestimmenden Einfluß geübt hat, so verdanken ihm auch viele seiner späteren Schüler eine Veredlung ihres Sinnes und eine Richtung auf das Höhere, welche andere Lehrer mit größeren Gaben der Rede und Kraft der Darstellung, aber ohne seine Durchbildung, nicht erzeugt haben würden. — Ich darf ohne Scheu so von meinem Freunde reden, obwohl seine Bescheidenheit mich darüber tadeln wird, denn die allgemeine Theilnahme an dem 50jährigen Jubiläum seiner Wirksamkeit im Jahre 1860 hat ein Zeugniß für ihn abgelegt, wie es in solcher Innigkeit nicht vielen Schulmännern zu theil werden möchte. — Außer einer bedeutenden Anzahl einzelner Abhandlungen in Zeitschriften hat Abeken seine Kenntnisse und seine Urtheilsfähigkeit in einigen größeren Schriften dargelegt, von welchen ich nur die Schrift: „Cicero in seinen Briefen, die über Dante und die über einige Jahre aus Göthe's Leben" nennen will.

Unſere freundſchaftliche Verbindung war durch nnſer näheres Zuſammenleben immer inniger geworden, und wie ſein ganzes Weſen auf mich wirkte, ſtelle ich am beſten durch die Abſchrift eines Briefes dar, welchen ich am 18. April 1823, nachdem Abeken einige Zeit bei uns in Münſter geweſen war, an ihn geſchrieben habe.

„Es iſt doch ein angenehmes, friſches Gefühl", heißt es darin, „nachdem man ſich wieder einmal recht ausgeſprochen und gegenſeitig alte und neue Gefühle aufgeregt hat, die Feder zu ergreifen und den trennenden Raum durch einen Brief zu überſchreiten. Dein Brief, mein lieber Abeken, trägt die Farbe dieſes Gefühles auch an ſich. Ich kann Dir ſagen, daß wir alle, wir Eltern ſowohl als die Kin-der, ſeit längerer Zeit keine angenehmere Stunden gehabt haben, als die, welche uns Deine Anweſenheit bereitete; beſonders iſt meine Frau den ganzen Winter hindurch nicht ſo vergnügt oder vielmehr heiter geweſen, und zwar nicht ſowohl durch unſere geſellſchaftlichen Zer-ſtreuungen, als durch den Eindruck Deines friedlich heiteren, theilneh-menden Weſens. Sie hat einen tiefen Sinn für ein ſolches nach Innen gekehrtes, in Liebe und Frieden beruhigtes Weſen, ſie findet es ſo ſelten und wird ſo leicht durch das Gegentheil verletzt. Der Eindruck, den Du bei den übrigen Freunden hier zurückgelaſſen haſt, iſt ein ähnlicher, wie bei meiner Frau; der alte Müller, Immermann, die Lützow's, ſie haben das Bild des beruhigten, geſchloſſenen, ent-ſchiedenen Gemüthes behalten und haben ſich wohl in Deiner Nähe gefühlt. Und damit ich auch von mir rede, ſo muß ich Dir ſagen, daß ich mich nicht weniger gefreut habe, Dich auf Deinem Stand-puncte ſo friſch und klar, ſelbſt gegen die vorigen Jahre noch, wie ſoll ich ſagen, innerlich geſunder gefunden zu haben. Du haſt recht in Deinem Gefühle, wir brauchen uns gegen viele, die Größeres ge-leiſtet haben, nicht klein zu fühlen; die treue innere Arbeit, die muthige Liebe zur Wahrheit, die gern den liebſten, feſtgewachſenſten Irrthum opfern will, wenn er Irrthum iſt; die immer ſiegreichere Bekämpfung der Selbſtſucht, und das Gefühl endlich, daß das Beſte in und durch uns nicht eigenes Verdienſt, ſondern höhere Gabe iſt, welche uns zu theil werden konnte, weil wir uns durch jenes alles dazu gereinigt

hatten; — dieses alles bestimmt doch den eigentlichen Werth des
Menschen; es führt auch am Ende verhältnißmäßig auf eine höhere
geistige Stufe, als die · einseitige Richtung, welche in Einem viel
leisten mag, das Danebenliegende aber dunkel läßt. — Doch, ich bin
in einen Text gerathen, den ich heute nicht weiter ausführen kann; es
bedarf dessen aber auch nicht; Du stimmst darin ganz ein."

„Von Immermann viele Grüße; er studiert Deinen Dante und
freut sich sehr daran. Sein Lustspiel will er Dir gern noch einmal
vorlegen. Wir haben wieder einmal seitdem bei Lützow's gelesen und
zwar den herrlichen Kaufmann von Venedig u. s. w."

In den folgenden Jahren war unser brieflicher und persönlicher
Verkehr noch lebendiger und wurde die Gemeinsamkeit unserer Ansichten noch befestigter. Einem solchen Freunde konnte ich den Wunsch,
mich über die in Hannover zu treffenden Einrichtungen für das höhere
Schulwesen gutachtlich zu äußern, nicht abschlagen, wenn mich auch
nicht die Sache an sich und die Theilnahme für mein nächstes Vaterland dazu lebhaft aufgefordert hätten; ich arbeitete einen Plan für
eine obere Schulbehörde in Hannover, ihre Aufgabe und Befugnisse,
ihre Stellung zum Ministerium und zu den einzelnen Anstalten und
ihren Localbehörden, und über die Grundsätze, nach welchen die Scheidung zwischen Gymnasien und Progymnasien zu treffen sein möchte,
aus und schickte ihn an Abeken. Dieser theilte ihn mit seinem eignen
Gutachten seinem Freunde, dem Hofrath Buch, und dieser beides dem
Ministerium mit. Was vorauszusehen, aber nicht von mir beabsich-
tigt war, erfolgte: das Ministerium, bei welchem meine Ansichten
Beifall fanden, wünschte, daß ich, ein Landeskind, welches seit 16
Jahren am Rheine und in Westphalen mannigfache Erfahrungen gesammelt hatte, diese in meinem Vaterlande nutzbar machen möchte, und
trug mir den Vorsitz des neu zu errichtenden Ober=Schulcollegiums
an, und zwar unter Bedingungen, die mir nicht leicht in Preußen zu
ersetzen waren. Der Kampf, der in mir entstand, war nicht leicht.
Dankbarkeit und Anhänglichkeit an Preußen, die durch meine Berliner
Reise noch so eben erhöht waren, die mir so lieb gewordenen Verhältnisse zum Oberpräsidenten v. Vincke, zu meinen nächsten Collegen,

zu den in Münster erworbenen Freunden, zu den westphälischen
Schulen und den vielen mir befreundeten Lehrern derselben, alle diese
Empfindungen kämpften in mir mit der Liebe zu meinem hannover=
schen Vaterlande und der Aussicht, dort etwas Gutes stiften und zu=
gleich für die Zukunft meiner Familie in einer vortheilhaften äußeren
Lage wirken zu können. Wenn ich aber recht auf den Grund meiner
damaligen Ueberlegungen zurückgehe, so drang doch immer der Ge=
danke durch und schlug alle Einwendungen nieder, daß ich, um es kurz
auszudrücken, noch einmal von vorn anfangen, wiederum schaffen, or=
ganisieren und aufbauen sollte. Das Organisationswerk in der Pro=
vinz Westphalen war in der Hauptsache vollbracht, den Anstalten ihr
Standpunct angewiesen, sogar ein paar neue Gymnasien waren er=
richtet, rüstige Kräfte herangezogen und in Thätigkeit gesetzt, Ver=
sammlungen der Directoren eingeführt, in welchen die Verbesserungen
im Einzelnen berathen werden konnten; das Angefangene durfte nur
in den angelegten Geleisen fortgeführt werden. Wenn ich blieb, so
hatte ich eine leichtere Arbeit, als die schon vollbrachte, vor mir.
Aber gerade diese Aussicht reizte mich nicht, mich reizte vielmehr die
schwierigere Arbeit, die in Hannover mich erwartete; ich stand in
meinem 49sten Lebensjahre und fühlte Lust und Kraft in mir, in der
That noch einmal von vorn anzufangen. Auch gefiel mir die Stellung
an der Spitze eines, zwar dem Ministerium untergeordneten, aber
doch mit vielen selbständigen Befugnissen ausgestatteten, Collegiums.
Es war zwar nicht unwahrscheinlich, daß ich als Referent in das
Ministerium zu Berlin berufen werden könnte, — es waren mir
schon bei meiner Anwesenheit in Berlin Andeutungen darüber gegeben,
— allein gerade eine solche Stellung, mit welcher lange Sitzungen,
vielleicht collegialische Collisionen, jedenfalls mehr Schreiberei, als
persönliche Einwirkung auf die lebendig wirkenden Kräfte in den
Schulen, verbunden war, zog mich nicht an. Ich gedachte des Litzow=
schen Wortes, daß er sich nicht wohler als Militär gefühlt hätte, als
da er auf die Menschen in seiner Schwadron oder seinem Regimente
wirken konnte. Ich war mir bewußt, daß mein persönlicher Verkehr
mit Directoren und Lehrern auf meinen, den vierten oder fünften

Theil des Jahres einnehmenden, Inspectionsreisen den eigentlichen Kern meiner Wirksamkeit gebildet hatte. Darum hatte ich auch in meinem, über die Einrichtung des Ober-Schulcollegiums in Hannover ausgearbeiteten, Gutachten ausdrücklich für den Vorsitzenden das Recht und die Pflicht ausbedungen, sich durch fortgesetzte Inspectionsreisen in steter Verbindung mit den einzelnen Anstalten zu halten, und seinem Titel als Ober-Schulrath auch den eines General-Inspectors der gelehrten Schulen des Königreichs hinzuzufügen vorgeschlagen. Das hannoversche Land war nicht viel größer, als eine preußische Provinz, wenngleich die Ausdehnung von Süden nach Norden ziemlich groß war; der General-Inspector konnte jede höhere Schule mindestens jedes zweite Jahr, manche auch jährlich, besuchen.

Da in solcher Weise meine Neigung zur Annahme der Stelle in Hannover eigentlich schon entschieden war, so hielt ich es natürlich für unrecht, Unterhandlungen darüber anzuknüpfen, ob und was man mir für das Bleiben im preußischen Dienste etwa anbieten möchte; ich zeigte nur dem Oberpräsidenten und dem Geh. Rath Schulze in Berlin privatim die Lage der Sache und zugleich meine Neigung an, auf die Versetzung nach Hannover einzugehen, wenn noch einige Anstände aus dem Wege geräumt würden und ich durch eine Reise nach Hannover die dortigen Verhältnisse in eigner Anschauung kennen gelernt und günstig gefunden hätte. Beide großherzig gesinnte Männer drückten mir zwar ihr Bedauern darüber aus, wenn ich den Preußischen Dienst verlassen würde, billigten aber meinen Entschluß unter der Voraussetzung, daß ich mir die Bürgschaft sichern würde, wirklich etwas Befriedigendes im hannoverschen Lande schaffen zu können. Der Geh. Rath Schulze insbesondere gab mir aus seiner Erfahrung in einem weiteren Kreise, in freundschaftlicher Theilnahme für mich und im Interesse für die gute Sache, recht bündigen Rath über die Puncte, auf welche ich hauptsächlich halten möchte, und verpflichtete mich gleichsam, in Preußen zu bleiben, wenn man sie mir in Hannover nicht bewilligte.

Da persönliche Verhandlungen in solchen Fällen immer am schnellsten zum Ziele führen, so reiste ich im November 1829 nach

17*

Hannover, stellte mich dem Minister von Stralenheim vor, besprach mit dem Hofrath Buch und meinem früheren Schulfreunde, dem Geheimen Cabinetsrath Hoppenstedt, die wesentlichsten Puncte über die Einrichtung des Ober-Schulcollegiums, die Organisation des höheren Schulwesens, und als einen Hauptpunct die Mittel, welche man zur Hebung desselben zu verwenden denke. Als ich darüber beruhigende Zusicherungen erhielt und überhaupt den ernstlichen Willen sah, die Sache mit Nachdruck anzugreifen, gab ich meine Zusage zur Annahme der Stelle, und zwar, wenn ich nicht irre, am 15ten November, meinem funfzigsten Geburtstage, und besiegelte damit den Eintritt in den letzten wichtigen Abschnitt meiner Wirksamkeit im Kreise des öffentlichen Schulwesens. Auch die schon zu meinen Mitarbeitern im Ober-Schulcollegium designierten Männer, den Archivrath Pertz und den Kanzleirath von Lüpke, nachherigen Referenten im geistlichen Ministerium für das höhere Schulwesen, lernte ich kennen und schon die erste Berührung mit beiden trefflichen Männern gab mir das Gefühl, daß wir uns verstehen, vielleicht befreunden würden, und dieses Gefühl trug nicht wenig zu meinem Entschlusse bei. Ueberhaupt war meine Aufnahme in Hannover recht offen und herzlich. Vor allem muß ich wiederholt des Hofraths Buch gedenken, mit welchem ich hauptsächlich über das Einzelne zu verhandeln hatte und welcher nicht nur die Puncte, welche meine persönliche Stellung betrafen, im liberalsten Sinne zu meinem Vortheile zu erledigen wußte, sondern überhaupt durch sein verständiges Eingehen in die Sache selbst in mir das Vertrauen erweckte, daß ich mit ihm, dem Vertreter dieses Dienstzweiges im Ministerium, mich immer gut werde verständigen können. Ihn muß ich als den eigentlichen Vollender meines Uebertrittes in den Dienst meines Vaterlandes betrachten. Ebenfalls gab ein Mann, der als Referent im Ministerium über den Klosterfond, die Hauptquelle der öffentlichen Zuschüsse für Kirchen und Schulen, großen Einfluß auf die so wichtige ökonomische Frage bei der neuen Organisation der Schulen hatte, der Hofrath Wedemeyer, durch seine liberalen, über die sonst so häufig engen Ansichten der Finanzmänner sich erhebenden, Zusicherungen den letzten Ausschlag für meine Zusage.

Beruhigt und innerlich befestigt kehrte ich nach Münster zurück. Jetzt erst offenbarte mir meine Frau ihre freudige Zustimmung zu meinem Schritte; vorher hatte sie, wie immer bei solchen wichtigen Entscheidungen in meinem Berufsleben, sich standhaft geweigert, ihre Wünsche irgend laut werden zu lassen; sie verwies mich vielmehr einzig auf meine eigene Ueberlegung und Wahl. Jetzt gestand sie, daß sie die Veränderung unserer Lage und unseres Wohnortes bringend gewünscht habe. Münster war ihr durch die Leiden der letzten Jahre im wörtlichen Sinne verleidet worden, die Wände, in denen sie unsern Karl hatte leiden sehen und selbst mit dem Tode gekämpft hatte, erweckten in ihr zu trübe Erinnerungen; der ganze Ort drückte wie ein Alp auf ihr. Dennoch hatte sie mir mit keinem Worte zugeredet, die Stelle in Hannover anzunehmen, und würde auch ohne Murren in Münster geblieben sein, wenn ich sie nicht als einen Fortschritt für meine Wirksamkeit hätte erkennen können.

Ich hielt nun um meine Entlassung aus dem preußischen Staatsdienste an und bekam sie für das nächste Frühjahr, wenn ein Nachfolger für mich gefunden sein würde. Die letzten Zeiten vor dem völligen Scheiden aus einem Amte von so vielseitigen Beziehungen, wie das meinige in Münster gewesen war, sind immer sehr arbeitsreich; man will nicht gern etwas halbvollendet zurücklassen, dagegen gern noch rasch Zwecke durchführen, die man sich vorgesetzt hatte und die sonst eine längere Vorbereitung erfordert hätten. Dazu kam zufällig die Bearbeitung von neuen Auflagen meiner Bücher, namentlich des chronologischen Abrisses, welchem ich einen ganz neuen Theil, die synchronistische Uebersicht der wichtigsten Staaten des Alterthums und der neueren Zeiten von der Völkerwanderung an hinzuzufügen beschlossen hatte, eine Arbeit, welcher ich, wie einst der ersten Auflage der deutschen Geschichte, meistens nur die Nacht widmen konnte. Das wurde mir wiederum zu viel; im Februar entwickelte sich bei mir ein Unterleibsleiden, nicht so heftig, wie früher bei der Leberkrankheit, aber desto hartnäckiger. Alle meine Anstrengungen, dasselbe durch festen Willen und Arbeit zu bekämpfen, halfen nichts; wenn die Regierungsboten mit den Aktenhaufen ankamen, so lief mir der Angstschweiß von der Stirn; ich mußte nachgeben und mich für einige Zeit dispensieren lassen. Aber dadurch wurde die Sache nicht besser. Mir selbst überlassen quälten mich die Gedanken über meine Unfähigkeit nur noch heftiger und vermehrten das körperliche Uebelbefinden. Da habe ich zum ersten und Gottlob einzigen Male in meinem Leben erfahren, welch ein böses Uebel die so oft bespottete Hypochondrie ist. Wenn ich des Nachts, nach kurzem Schlafe, erwachte und mein Puls fieberhaft schlug, so trat die Sorge vor mich hin und setzte den eben unterbrochenen ängstlichen Traum fort. „Der König von Preußen hat mich seines Dienstes entlassen, der von Hannover mir noch keine Bestallung ertheilt, wenigstens hatte ich meinen hannoverschen Dienst noch nicht angetreten; ich saß also, wie man zu sagen pflegt, zwischen zwei Stühlen, und wenn ich nicht wieder arbeitsfähig wurde, so wollte mich weder Preußen noch Hannover haben; ich konnte mit meinen sieben Kindern betteln gehen." Diese Gedanken verfolgten mich fast jede Nacht im Traume und im Wachen und eine trockne Hitze glühte gleichsam in meinen Gliedern. Wenn ich dann so stöhnend mich hin- und herwarf, so rief mich meine Frau, die selbst noch auf dem Krankenbette lag, an, fragte, ob ich wieder meine schweren Gedanken hätte, und redete mir zu mit der Versicherung, daß ich gewiß wieder besser werden würde, und daß mich weder der König von Preußen, noch der von Hannover, verhungern lassen würde. Ihre Worte hatten eine beruhigende Gewalt für mich, und indem ich ganz zur Besinnung kam, verschwanden auch die trüben Bilder für einige Zeit. Im Wachen ging es mir aber nicht viel besser. Jeder Versuch zu arbeiten warf mich in den fieberhaften Zustand zurück; meine Nerven waren so angegriffen, daß ich gar kein Geräusch vertragen konnte und mich in ein entlegenes Zimmer zurückziehen mußte. Gespräch und Unterhaltung scheute ich ebenfalls und mochte kaum einen meiner nächsten Bekannten für kurze Zeit sehen. Ich versuchte, leichte Bücher zu lesen, die Gedanken hafteten aber auch dabei nicht fest und verloren den Zusammenhang, und wenn Stellen vorkamen, die das Gemüth irgend in Bewegung brachten, so mußte ich das Buch weglegen. So stand ich stundenlang am Fenster, sah in den trüben

Apriltagen in den Regen draußen und zählte die Tropfen, die von dem gegenüberliegenden Dache herabfielen; und wenn ein Mensch auf der Straße rasch und rüstig vorbeiging, so sah ich ihm mit Wehmuth nach und pries ihn glücklich, wenn er auch von oben durchnäßt durch den Schlackerschnee dahin schritt. — Wenn der eine oder der andere meiner Leser ähnliche Zustände kennt, so wird er mich bedauern; und wenn er gar noch von ihnen gequält wird, so erfahre er, daß jene Schilderung gerade für ihn geschrieben ist, damit er Muth fasse und den krankhaften Zustand für einen vorübergehenden halte, denn er ist bei mir vorübergegangen und in den 32 Jahren nachher so nicht wiedergekehrt.

Zwar rasch ging er nicht vorüber, troß aller Sorgfalt des Arztes, der auch bald einsah, daß Arzneimittel nicht oder wenig helfen könnten, sondern daß die Hülfe aus der eignen Natur kommen werde, sobald die bessere Jahreszeit mir den Genuß der freien Luft gestatten würde. Wir hatten einen Garten vor dem nahen Thore gemiethet; dahin setzte ich mich in die warmen Frühlingssonne, und noch jetzt durchwärmt mich die Erinnerung an das glückliche Gefühl, mit welchem ich in dem kleinen Gartenhäuschen in der offnen Thür in Göthe's italienischer Reise las. Der heitere, glückliche Sinn, der durch diese Blätter zieht, wirkte auf mich wohlthätiger, als irgend eine andere Lectüre.

Aber reisefähig war ich noch nicht nach meinem Gefühle, und in Hannover erwartete man mich schon seit Ostern. Das Ober-Schulcollegium konnte ohne mich nicht in's Leben treten. Da überredete mich der Arzt zu einem Reiseversuche. Unsere beiden ältesten Söhne waren seit Ostern 1829 auf der Universität Bonn, sie kamen Ostern 1830 in den Ferien zu uns und sollten im Mai nach Bonn zurückkehren. „Reisen Sie mit ihnen bis Cromford und erholen Sich einige Tage oder Wochen auf dem schönen Landsitze der Frau Brügelmann," — so munterte mich der Arzt auf, und meine Frau stimmte lebhaft ein. Die Söhne sollten es mir im Fahren so bequem als möglich machen, und wenn es gar nicht ginge, so könnte ich auf der ersten Station mit dem Münsterschen Kutscher zurückkehren und die Söhne weiter reisen lassen. — Mit Zagen, ich gestehe es, setzte

ich mich in den Wagen; mit jeder Stunde wurde mir freier zu
Muthe, ich tröstete mich mit dem möglichen Umkehren; aber bei der
ersten Station ging es vorüber, bei der zweiten dachte ich schon nicht
mehr an das Umkehren, und Abends kamen wir in Dorsten in das
bekannte Nachtquartier und den zweiten Tag zeitig nach dem gastlichen
Cromford. Nachdem ich hier und in Düsseldorf bei meinem Freunde
Kortüm acht bis zehn Tage gewesen war, fühlte ich mich so gestärkt,
daß ich nach Hannover meine Ankunft auf die ersten Tage des Juni
anmeldete und mich eilig nach Münster zurückbegab. Die wenigen
Tage, die mir hier zur Vorbereitung für meinen Uebergang nach
Hannover blieben, gingen in solchem Gedränge von Geschäften und
Besuchen hin, daß ich gar nicht zum Bewußtsein eines wirklichen
Scheidens aus zwölfjährigen Verbindungen und Verhältnissen kam,
auch in der That keinen eigentlichen Abschied von meinen Freunden
und Collegen nahm, und das war bei meiner noch immer reizbaren
Stimmung wohlthätig für mich. Auch durfte ich mich als nur vorläufig scheidend ansehen und darstellen, denn ich ging allein nach
Hannover und ließ meine Frau und Kinder noch ungestört für den
ganzen Sommer in Münster zurück. Meine Frau würde in diesem
Augenblicke die Anstrengungen eines so weiten Umzuges noch nicht
ertragen haben, und ich ging gleich mit dem Vorsatze nach Hannover,
zunächst, nach der ersten Einleitung meiner dortigen Geschäfte, eine
gründliche Badekur zur Kräftigung meiner Gesundheit zu gebrauchen,
wozu ich mir schon den Urlaub erwirkt hatte. Dann wollte ich sogleich mit meinen Inspectionsreisen den Anfang machen, so daß die
Meinigen doch den Sommer hindurch ohne mich in Hannover hätten
sein müssen. Nun konnte meine Frau sich noch vier Monate lang
unter der trefflichen Pflege der Freundinnen v. Bernuth und Petri
erholen und kräftigen.

Eine große Freude wurde mir jedoch noch vor meinem Abgange
von Münster zu theil: die Gymnasiallehrer der Provinz Westphalen
hatten sich vereinigt, mir zum Abschiede als ein Andenken an unser
glückliches gegenseitiges Verhältniß einen werthvollen, in Berlin gear-

...hernen Becher zum Geschenke zu machen. Er enthielt die

> .derico Kohlrausch Viro Doctissimo Amplissimo
> ு Guestphalia ad Hanoveranos abeunti hoc pietatis
> et grati animi donum offerunt Gymnasiorum Guest-
> phalicorum directores et praeceptores Mense Majo
> anni MDCCCXXX.

und wurde mir zu meiner freudigen Ueberraschung von einer Deputa-
tion der Directoren mit einem lateinischen Gedichte überreicht. Es
war der ergreifendste Moment in den letzten Tagen meines amtlichen
Lebens in einer Provinz, die mir stets theuer bleiben wird, und ich
bewahre den Becher als ein Familien-Kleinod, welches bei feierlichen
Gelegenheiten hervorgeholt, mit deutschem Weine gefüllt und mit
dankbarer Anerkennung der Liebe, die ihn mir geschenkt, und mit den
besten Wünschen für das Gedeihen der westphälischen höheren Schulen
geleert wird.

Unsere beiden ältesten Söhne setzten ihre Studien in Bonn fort
und sollten im Herbst ihre Mutter und Geschwister nach Hannover
geleiten und dann in Göttingen weiter studieren. Es wird vielleicht
gefragt werden, welchen Fächern sie sich gewidmet hatten. Ich muß
antworten: noch keinem, was man ein Brodfach nennt. Ihre Vorliebe für die Naturwissenschaften, deren ich schon früher gedacht habe,
war so entschieden und vorherrschend, daß ich es ihnen zugestehen
mußte, diese Wissenschaften, verbunden mit Mathematik und philosophischen Vorlesungen, für die ersten ein bis anderthalb Jahre vorzugsweise zu betreiben, und sie hatten dazu in dem für die Naturwissenschaften glücklich ausgestatteten Bonn die günstigste Gelegenheit.
Die dortigen Lehrer Goldfuß und Nöggerath nahmen sich ihrer
mit Liebe an, weil sie an ihnen Schüler fanden, die einestheils mit
ganzer Seele sich ihren Fächern widmeten und anderntheils eine schon
nicht gewöhnliche Vorbereitung, vor allem aber eine geübte Beobach-
tungsgabe, mitbrachten. Die Lehrer konnten ihnen bald manche Geschäfte in den naturhistorischen Sammlungen übertragen. Diesen
Weg der akademischen Bildung meiner Söhne habe ich nicht zu

bereuen gehabt. Dem ältesten, Rudolf, der sich dann zum Lebens=
berufe das Lehrfach wählte, sind seine Kenntnisse in den Naturwissen=
schaften sehr zu gute gekommen und haben ihm später den Weg zu
einer Professur der Physik in Marburg und Erlangen gebahnt, und
der zweite, Otto, der sich der Arzneiwissenschaft widmete, hat in
seiner selbständigen Bekanntschaft mit dem ganzen Felde der Natur=
wissenschaften, besonders mit der Chemie, eine Hülfe gefunden, welche
ihn unter anderen vor Mißgriffen in der Zusammensetzung der Arz=
neimittel bewahrte, vor allem aber seine Auffassung der Krankheits=
Symptome wesentlich schärfte.

Doch, ich wende mich meinem eignen neuen Lebensabschnitte in
Hannover zu.

XIV. Hannover, vom Juni 1830 an.

Es war am ersten Juni 1830, da ich in diese meine zweite
Vaterstadt, nach einer Abwesenheit von 41 Jahren, wieder einzog.
Am vierten Juni wurde das Ober=Schulcollegium eingesetzt und ich
als Vorsitzender desselben beeidigt. Bei dem officiellen Essen, welches
der Minister v. Stralenheim zu Ehren des Tages gab, erhielt ich
zufällig meinen Platz neben einem älteren Ministerialrathe, der mir
ganz treuherzig in's Ohr flüsterte: „Nun, Herr Ober=Schulrath,
Sie sind hier neu; soll ich Ihnen einen guten Rath geben, so arbeiten
Sie Sich hier nicht zu Tode; man weiß es Ihnen doch keinen
Dank." — Ich stutzte. Solch ein Wort hatte ich nie im preußischen
Dienste gehört. Sollte ich es für ein bedeutungsvolles Omen für meine
Rückkehr in mein Vaterland halten, und war ein solcher Sinn hier
wirklich allgemein? Dann hatte ich mich mit meinem Entschlusse
sehr übereilt. — Aber bald sollte ich eines Besseren belehrt wer=
den. Freilich war aus früherer bequemer Zeit noch der eine oder
andere Mann übrig, der in dem hergebrachten System des Auf=
rückens bis zu einer oberen Stellung gekommen war, ohne sich mit
Arbeit übernommen zu haben, aber das waren Ausnahmen; an der
jüngeren Generation war die Zeit des regeren Lebens in Deutschland

nicht vergeblich vorübergegangen. Schon in meinen nächsten Collegen, Pertz und von Lüpke, fand ich rüstige Mitarbeiter auf meinem Felde, Männer von der edelsten Gesinnung und voll Eifers für alles Gute und Tüchtige; und bald traten mir auch andere lebendig strebende Männer unter den höheren Staatsdienern nahe.

Für's Erste mußte ich mich freilich beeilen, die nöthigsten Einleitungen für die Thätigkeit des Ober-Schulcollegiums mit meinen Collegen zu treffen, denn der Leibmedicus Stieglitz, den ich wegen meiner noch schwankenden Gesundheit zu Rathe gezogen hatte, einer der ersten Aerzte seiner Zeit, drang darauf, daß ich die Sommermonate zu einer gründlichen Badekur in Wiesbaden benutzen sollte. Er selbst wollte dorthin und hatte auch meinem früheren Schul- und Universitätsfreunde, dem Geheimen Cabinetsrath Hoppenstedt, der zu gleicher Zeit mit mir an einem schweren Unterleibsübel erkrankt war, die Kur in Wiesbaden verordnet. So konnte ich unter den Augen des Arztes und neben einem alten Freunde getrost meine Kur beginnen. Die schöne Lage des Ortes, die mannigfach abwechselnde Gegend, mit dem Gebirgszuge des Taunus im Rücken und der heiteren Rheinebene vor sich, in welche man von jeder Höhe hineinsieht, und der angenehme Kurgarten vor der Thür, das alles belebte mich auf die wohlthuendste Weise, und die erste Hälfte meiner Badezeit versprach eine glückliche Wirkung. Einigermaßen gestört wurde sie durch die erschütternde Nachricht von der Julirevolution in Frankreich, welche weit über die Gränzen desselben hinaus wirken konnte, allein da keine nahe Gefahr drohte, so beruhigten wir uns bald darüber. Dagegen zeigte sich bei länger anhaltender Hitze und Gewitterdruck in der Luft eine fieberhafte Aufregung bei mir, welche Stieglitz bewog, mich vor Vollendung meiner Badekur aus dem etwas heißen Kessel, in welchem Wiesbaden liegt, wegzuschicken. Ich sollte noch für einige Zeit nach Godesberg gehen und mich dort durch langsames Wandern unter dem Schatten der Bäume erholen. Ich ging zu meinem Freunde Bischoff, der dort ebenfalls zu einer Badekur sich einquartiert hatte, und lebte acht Tage bei ihm ganz still und geschäftslos, fast immer in der freien Natur. Mein Schlafzimmer lag nach dem

Siebengebirge zu, und ich fühle es noch, wie sich meine Brust erwei=
terte, wenn ich Morgens die Augen aufschlug und die schönen For=
men der Berge, besonders des Drachenfels, in der Morgensonne
balagen, nicht in beengender Nähe, wie die Höhen bei Wiesbaden,
sondern durch die Ferne schön in Morgenduft eingehüllt. Die ängst=
lichen Gefühle wichen immer mehr, und nachdem ich noch einige Tage
bei der Hasenclever'schen Familie in der frischen Bergluft von Ehring=
hausen verweilt hatte, reiste ich nach Münster, sah Frau und Kinder
und Freunde wieder, verabredete mit den Meinigen ihren Umzug
nach Hannover und begann die Inspection der hannoverschen An=
stalten mit den beiden Gymnasien in Osnabrück und denen in Lingen
und Meppen. Sie dauerte bis in den September, und ich kehrte
dann mit meinen beiden ältesten Töchtern, die ich in Osnabrück bei
meinem Freunde Abeken gelassen hatte, nach Hannover zurück, um
meiner Frau und der übrigen Familie die Stätte zu bereiten. Sie
kamen denn auch gegen Ende des Monats in langsamen Tagereisen
nach, denn das noch immer sehr unruhige Herz meiner Frau sträubte
sich gegen raschere Bewegung des Wagens.

Hier in Hannover fand sie bei unsern ersten Einrichtungen die
freundlichste Unterstützung bei den Familien meiner Verwandten, be=
sonders durch die Frauen meiner beiden Vettern, des Stallmeisters
und des Oberbereiters Detmering, und den Töchtern meines früheren
Pflegevaters, des Obercommissairs Peterßen, so daß sie bald die
Unruhe des Umzuges überstanden hatte und sich in der Stille erholen
konnte. Daher hatte auch sie das Gefühl, an keinen fremden Ort
gekommen zu sein, sondern mit mir meine heimatliche Luft zu athmen.
Ebenfalls trat uns mein Jugendfreund Eisendecher, der sich indes
auch verheirathet hatte, mit seiner Frau in alter Herzlichkeit entgegen
und meine Töchter fanden einen Ersatz für den Verlust der Bernuth=
schen Freundinnen an den Töchtern eines andern Jugendfreundes, des
Commissairs Langerfeld, welche mit ihnen stufenweise im Alter
übereinstimmten und noch in diesem Augenblicke mit ihnen in treuer
Freundschaft vereinigt sind. Bald näherten sich auch die Frauen
meiner beiden Collegen der meinigen in demselben Maße, als ich

mich mit den Männern immer enger befreundete, und es gehört mit
zu den glücklichen Schicksalen meines Lebens, daß nicht nur die
Männer, mit denen mich meine Berufspflichten zu dem engsten Ver=
kehr verbanden, wie in Düsseldorf und Münster, so auch hier in
Hannover, in Grundsätzen und Gesinnung so mit mir übereinstimmten,
sondern daß auch die Frauen trotz der Verschiedenheit des Alters, sich
an einander anschlossen und daß so ein wahres Zusammenleben der
Familien möglich wurde.

Das Vorgefühl eines befriedigenden Lebens in Hannover sprach
sich in mir an dem ersten Geburtstage, den ich hier erlebte, in einer,
wenn auch halb scherzhaften, Weise aus. Am Tage vor demselben
kam ich nemlich von meiner ersten Inspectionsreise nach Celle und
Lüneburg zurück, und den Tag selbst, — es war noch schönes Herbst=
wetter, — feierte ich mit meiner Familie durch eine Fahrt nach dem
Steuerndiebe. Meine Frau und Kinder sollten zum Ersatz von Laus=
häuschen den Vergnügungsplatz in der Eilenriede kennen lernen, wo
ich als Schüler so manchen frohen Nachmittag mit meinen Schul=
genossen zugebracht hatte. Dieser friedliche und wegen seiner Entfer=
nung von der Stadt nicht gar zu zahlreich besuchte Platz im Holze
war mir überhaupt der liebste um Hannover und ist es auch für
meine Kinder und Großkinder geblieben. Im Rückblick auf die Ver=
gangenheit und im frohen Gefühle der Gegenwart, da ich meine Frau
in vorgeschrittener Genesung und das heitere Leben der Kinder um
mich sah, zugleich aber auch in der Ahndung einer befriedigenden Zu=
kunft, schrieb ich mit dem Diamant im Ringe meiner Frau in eine
der Fensterscheiben der Gaststube die Worte: „50 Jahre wie heute!
den 15. November 1830." — Ich wurde an dem Tage 50 Jahre
alt, der Wunsch war also nicht wörtlich gemeint, aber er drückte den
frischen Lebensmuth aus, den ich wiedergewonnen hatte. Und Gott
hat meinen Wunsch erhört. Es sind seitdem 32 Jahre verflossen,
und trotz aller harten Zwischenfälle, die mich selbst, und Verluste,
die meine Familie betroffen haben, segne ich den Tag, der mich nach
Hannover zurückgeführt hat. Die Scheibe mit meiner Inschrift hat
länger gehalten, als es das Schicksal einer Glasscheibe zu sein pflegt;

sie ist dann aber doch durch einen Zufall zerbrochen und durch eine neue ersetzt; ihre Stelle kenne ich aber und sehe sie nie an, ohne an meinen Geburtstag von 1830 mit innerer Bewegung zurück-zudenken.

1. Die hannoverschen höheren Schulen.

Wenn ich mir jetzt den Zustand vergegenwärtige, in welchem ich meinen neuen amtlichen Wirkungskreis vorfand, so tritt mir das Bild der einzelnen höheren Schulen allerdings in sehr verschiedenartiger Gestalt und mit scharfen Gegensätzen von Licht und Schatten vor Augen. Ich werde am besten thun, sie gleich der Reihe nach in kurzen Umrissen durchzugehen, obgleich meine Kenntniß derselben sich erst nach und nach vervollständigen konnte. Die zusammenhängende Darstellung derselben wird auch den Vortheil haben, daß diejenigen Leser, besonders Leserinnen, für welche dieses Kapitel weniger Interesse hat, dasselbe unbedenklich überschlagen können.

Das Ministerium hatte bereits die Abtheilung zwischen Gymna-sien und Progymnasien in so weit vollzogen, daß 13 Anstalten zu Gymnasien erklärt und mit dem Rechte der Entlassung ihrer Schüler zur Universität versehen waren, nemlich: 1) die Ritterakademie zu Lüneburg, 2) das Pädagogium in Ilfeld, 3) das Lyceum zu Han-nover, die Gymnasien 4) zu Celle, 5) Lüneburg, 6) Stade, 7) Aurich, 8) Verden, 9) Göttingen, 10) das Andreanum und 11) das Jose-phinum zu Hildesheim, 12) das Rathsgymnasium und 13) das Caro-linum zu Osnabrück. In Absicht der gelehrten Schulen zu Clausthal, Lingen, Meppen und Emden war die Erklärung über ihren künftigen Charakter noch vorbehalten. Die städtischen Schulen zu Goslar, Osterode, Münden, Northeim, Einbeck, Hameln, Nienburg, Harburg, Otterndorf, Norden, Leer, und die katholische Schule zu Duderstadt waren, obgleich mehrere von ihnen bisher auch ihre Schüler zur Universität entlassen hatten, von vorn herein auf den Standpunct von Progymnasien gesetzt, falls nicht ganz besondere Umstände ihre Erhebung zu Gymnasien motivieren würden. Es waren demnach

29 Anstalten, welche von Anfang an dem Ober=Schulcollegium zuge= wiesen waren.

1) Um mit dem Lyceum zu Hannover anzufangen, so stand dasselbe unter der Leitung des Directors Grotefend, des bekannten scharfsinnigen Sprachforschers, der sich durch seine Combi= nationsgabe, besonders bei Entzifferung der Keilschrift, schon einen berühmten Namen in der gelehrten Welt erworben hatte. Das Lyceum hatte er aus ziemlichem Verfall wieder emporgehoben; auch waren in den oberen Klassen mehrere fleißige Lehrer, die es treu mit ihrem Amte meinten, keiner jedoch, der dem Director an Geist eben= bürtig gewesen wäre. Daher vereinigte sich die Achtung und Aner= kennung der Schüler auch vorzugsweise auf seine Person und die beiden Primajahre gaben denselben, sofern sie für wissenschaftliche Anre= gung empfänglich waren, die letzte Weihe; ja manche blieben gerade dieses Einflusses wegen länger als zwei Jahre in Prima. Grote= fend's Stärke bestand weniger in der regelrechten grammatischen Expli= cation, es waren vielmehr einzelne Geistesblitze und eigenthümliche, ja mitunter paradoxe Gedanken, die er mit Scharfsinn entwickelte; auch brachte er hin und wieder viel Zeit mit der Widerlegung gewöhn= licher Erklärungsweisen hin; allein gerade dadurch weckte er den Geist und Scharfsinn der Schüler und machte sie selbständig. Grotefend war ein Lehrer für gute Köpfe und solche hat er auch weiter gebildet. Ungerechnet viele der nachherigen höheren Beamten will ich nur aus der Zahl der akademischen Gelehrten die Professoren Roscher in Leipzig, Meißner in Göttingen und Lange in Gießen nennen. Doch hat an der Bildung des letzteren auch der Dr. Kühner seinen namhaften Antheil, welcher als strenger Grammatiker Grotefend's oft abgerissene und lückenhafte Einwirkung in dieser Hinsicht ergänzte. Das ruhige, zusammenhängende Wirken auch in der Leitung der ganzen Schule, in der Einwirkung auf die einzelnen Lehrer und Klassen, in der Inspicirung derselben, in der Disciplin, war über= haupt nicht Grotefend's hervorragende Seite. Er griff mit Energie ein, wo es noth that, griff aber auch wohl fehl, und wäre nicht sein großes persönliches Ansehen, verbunden mit einem geraden und bie=

deren Charakter und festem Gerechtigkeitssinne, gewesen, so würde die Ordnung des Ganzen wohl mitunter geschwankt haben. Besonders war der Zustand der unteren Klassen wenig zu loben; ihre Zahl war zu groß, es war kein rechter Zusammenhang im Unterrichte derselben, und die Vermischung von Studierenden und Nichtstudierenden stellte sich, bei dem Mangel einer höheren, oder auch nur mittleren Bürger= schule in Hannover, recht nachtheilig heraus. Die Zahl der Lehrer war groß genug, denn es waren 12 Hauptlehrer und 6 Hülfslehrer vorhanden, aber die unteren Lehrer waren zu schlecht besoldet und wechselten daher zu häufig. Die Schülerzahl betrug 280. Gegen= wärtig beträgt sie ungefähr eben so viel, daneben zählt aber die höhere Bürgerschule auch 250 Schüler, die, wenn sie nicht bestände, das Gymnasium besuchen würden. Aber allerdings ist die Bevölke= rung Hannovers in den 32 Jahren von 25,000 auf 70,000 gestiegen.

Die Aufgabe des Ober=Schulcollegiums, dem Lyceum gegen= über, bestand zunächst darin, das System der unteren Klassen zu vereinfachen, die Zahl der Lehrer zu verringern und dahin zu wirken, daß dieselben hinreichend besoldet würden, um sie längere Zeit der Schule zu erhalten. Den Bestrebungen des Ober=Schulcollegiums in dieser Hinsicht setzten sich anfangs Schwierigkeiten entgegen, denn wie überhaupt die Patronatbehörden die Einwirkung der neuen Ober= behörde in ihre Schulangelegenheiten als eine Beschränkung ihrer Ge= rechtsame anzusehen geneigt waren, so auch hier in der Hauptstadt. Der Stadtdirector Rumann war nicht gewillt, den Rechten der Stadt irgend etwas zu vergeben; allein er war zugleich ein kluger Mann, und als er sah, daß die Absichten des Ober=Schulcollegiums wirklich auf das Beste des Lyceums gerichtet waren, welches ihm ebenfalls am Herzen lag, so benutzte er die Auctorität der Behörde, um etwai= gen Widerstand der Stadtverordneten zu bekämpfen, die in der Regel in Absicht aller Geldbewilligungen nicht sehr liberal zu sein pflegen; und so gelang es wirklich, nicht nur die Reformen im Innern der Schule nach und nach durchzuführen, sondern auch Mittel zur Ver= besserung mehrerer Lehranstalten zu beschaffen, wozu auch die Regie= rung ihren Beitrag lieferte. Daneben erkannte der kluge Mann, daß er meine Erfahrungen in Schulsachen auch für seine sonstigen Zwecke benutzen könnte, und wie er mir in den Angelegenheiten des Lyceums entgegenkam, so verlangte er auch von mir, daß ich seinen Plan zu einer höheren Bürgerschule begutachtete und zur Herbeischaffung von Lehrern, besonders eines Directors für dieselbe, behülflich wäre; und in der That darf ich mir ein Verdienst um diese Schule zuschreiben, indem ich den Magistrat auf den Lehrer Tellkampf am Gymnasium in Hamm, einen der vorzüglicheren Lehrer meines westphälischen Wirkungskreises, aufmerksam machte und selbst die Unterhandlung wegen seiner Berufung zum Director der Schule mit ihm führte. Die ganze Bürgerschaft Hannovers weiß es, was sie diesem Manne für die Hebung der neubegründeten Schule zu verdanken hat. Auch noch ein zweiter bedeutender Lehrer aus meinem früheren Kreise, der Dr. Ledebur, wurde für die höhere Bürgerschule gewonnen.

Nicht weniger darf ich es rühmen, daß mein persönliches Verhältniß zu dem Director Grotefend dem Lyceum zu gute gekommen ist. Diesem sehr selbständigen und seinen eignen Weg gehenden Manne erschien eine Oberbehörde, die so nahe in seinen Wirkungskreis eingreifen konnte, als ziemlich überflüssig, wie er denn auch von vorn herein gegen das Maturitäts = Prüfungsgesetz manches zu erinnern hatte. Aber ich näherte mich ihm als alter Bekannter von Göttingen her und als ein Freund der Familie seiner Frau, welcher ich in Göttingen nahe gestanden hatte, und so war es schon durch dieses Verhältniß eingeleitet, daß er sich auch im geschäftlichen Verkehr freundlich mit mir verständigte. Und als er dabei gleichfalls sah, daß die Behörde, an deren Spitze ich stand, es gut mit der Anstalt meinte und nicht eigenwillig reformieren, sondern auf sachgemäßem Wege Fortschritte einleiten, auch die äußern Mittel der Schule vermehren helfen wollte, so schenkte er uns sein Vertrauen und ging gern auf unsere Vorschläge ein. Ich habe bis an seinen Tod auf freundschaftlichem Fuße mit ihm gestanden und auch unsere Familien haben Umgang mit einander gehabt, so lange seine uns wohlwollende Frau lebte. Das Lyceum aber war auf den gedeihlichen Weg gebracht, den seine weitere Entwicklung bis auf den heutigen Tag genommen hat.

2) Das Gymnasium in Celle mit 167 Schülern (gegenwärtig 316), 8 ordentlichen und 3 Hülfslehrern fanden wir unter
der verständigen Leitung des Directors Hüpeden, eines wohlgesinnten, einsichtsvollen Mannes in dem kräftigsten Lebensalter. Auch
hatte er an dem ehrenwerthen Rector Neuer und den jüngeren Lehrern
Steigertahl, Franke, Urban und Müller wackere Gehülfen, deren zum
Theil provisorische Stellung sofort in eine definitive verwandelt wurde.
Ein großer Uebelstand blieb nur das alte Schulgebäude, welches im
wörtlichen Verstande so unbrauchbar war, daß die äußere Ordnung
der Schule dadurch gefährdet wurde. Es wurden deshalb auch gleich
Einleitungen zur Gewinnung eines besseren durch einen Neubau gemacht; gleichwohl dauerte es noch Jahrelang mit diesem Neubau.
Es war nicht ohne Schwierigkeit, die erforderlichen Mittel dazu her-
beizuschaffen, denn das Kämmereivermögen der Stadt Celle ist gering.
Nur dadurch, daß man, auf die wohlwollende Vermittelung des Ephorus
der Schule, Generalsuperintendenten Schuster, von Seiten der reich-
botierten Kirche mit einer baaren Schenkung und einem unverzins-
lichen Darlehn zu Hülfe kam, gelang das Werk, und im Jahre 1843
stand ein wohlgelegenes und wohleingerichtetes neues Schulgebäude
mit darangebauter Directorwohnung da, welches zu den besten des
Königreichs gehört und der Stadt Celle zur Ehre und Zierde gereicht.
Leider erlebte der wackere Director Hüpeden diese glückliche Erwerbung für die Anstalt nicht; er starb schon im Jahre 1833 plötzlich
und unerwartet an einer hitzigen Krankheit. Zu seinem Nachfolger
wurde der Director Kästner vom Gymnasium in Lingen gewählt,
der nicht lange vorher auf meine Empfehlung von Bielefeld an jenes
Gymnasium berufen war. Zu derselben Zeit gewann das Gymnasium in Celle einen jungen Lehrer, der bald in die erste Reihe unserer
Schulmänner treten sollte, den Collaborator Hoffmann aus Clausthal, gegenwärtig Director des Johanneums in Lüneburg.

3) Das Johanneum in Lüneburg. Diese, eben genannte,
Anstalt fand ich bei meinem ersten Besuche, abgesehen von der Ausdehnung, welche sie jetzt durch die Realklassen erhalten hat, in einem
verhältnißmäßig so wohlgeordneten Zustande, daß sie unbedenklich an

die Spitze von allen im Königreiche treten konnte. Sie verdankte dieses der guten Leitung des alten würdigen Directors Wagner von früheren Jahren her, und seit den letzten Jahren dem ihm zur Seite gesetzten zweiten Director Haage, einem der bedeutendsten Schulmänner, die ich auf meiner ganzen Laufbahn kennen gelernt habe. Er verband, bei einem sehr ansprechenden Aeußern, eine gründliche Bildung und eine eminente Lehrgabe mit einem seltenen Feuer des Geistes und einer Wärme des Gefühls, welche seine Wirkung auf die Schüler unwiderstehlich machten. Seinen Lectionen in der Geschichte, in der Erklärung eines Klassikers, beizuwohnen, war ein wahrer Genuß; die Gedanken strömten in einer Fülle und einem Wohlklang der Rede von seinen Lippen, daß man die Zeit vergaß und es bedauerte, wenn eine Stunde zu Ende war. Wenn man etwas hätte tadeln mögen, so waren es die Forderungen, die er an die Schüler machte; bei seinem seltenen Gedächtnisse hatte er fast kein Gefühl dafür, daß ein Schüler etwas vergessen könnte, und gab, namentlich in der Geschichte und in den Notizen bei der Erklärung der Dichter aus dem Gebiete der Mythologie, der Genealogie der Heroengeschlechter, der Antiquitäten, eine Masse von Einzelheiten, die höchst interessant zu hören waren, aber nur die begabtesten Schüler waren im stande, bei einer Repetition seine Ansprüche an ihr Gedächtniß zu erfüllen. Und dann konnte er in der Lebhaftigkeit seines Temperaments zu heftigem Tadel sich hinreißen lassen, wo doch nicht der Fleiß und der gute Wille, sondern die Fähigkeit der Natur bei einem Schüler gefehlt hatte. Aber sein Zorn war auch eben so schnell wieder vorüber und wenn er dem Schüler einen freundlichen Blick zuwarf, oder bei der nächsten Gelegenheit ein lobendes Wort sagte, so war alles vergessen. Ueberhaupt habe ich es bei dem Director Haage auf das deutlichste gesehen, daß der biedere Charakter, die Hingebung an die Sache und die geistige Ueberlegenheit eine unwiderstehliche Gewalt über die Schüler üben und offenbare Fehlgriffe im Eifer des Augenblicks, die für einen schwächeren Lehrer geradezu gefährlich werden können, schnell wieder gut zu machen vermögen. Aber freilich müssen die Schüler es täglich erkennen, daß der Lehrer mit ganzer Seele seinem Berufe lebt und ihr Bestes im Auge hat.

Der Director Haage hatte es auch verstanden, tüchtige jüngere Kräfte aus seiner eigenen Heimath, Thüringen, dem Sitze klassischer Bildung, heranzuziehen, den Philologen Junghans und den Mathematiker Schmalfuß, der aber eben so bewandert in der Philologie war. Und wenn das Johanneum von dem ersten Tage meiner Bekanntschaft mit demselben bis auf den heutigen Tag sich durch eine feste Haltung und eine nicht überall zu findende Einigkeit und Opferwilligkeit in seinem Lehrercollegium ausgezeichnet hat, so verdankt es dieses dem Grundsatze und dem Geschicke seiner Directoren, nur homogene Kräfte heranzuziehen, wenn eine Vacanz entstanden war, und dem Geiste im ganzen Lehrercollegium, der heterogene Elemente, wenn sie doch sich eingeschlichen hatten, wieder auszustoßen mußte. Es muß aber auch rühmend anerkannt werden, daß die Behörden und die Einwohner Lüneburgs von jeher in ihrem Gymnasium einen Schatz für ihre Stadt erkannt und dessen Lehrer in Ehren gehalten haben, so daß ein Ruf dorthin mit Freude angenommen wurde.

Ich bemerke noch, daß die Anstalt ein neues, stattliches Schulhaus besaß und im Jahre 1830 — 248 Schüler zählte, während jetzt 384 Schüler vorhanden sind, von welchen 244 dem Gymnasium mit den gemeinschaftlichen Vorbereitungsklassen und 140 den Realklassen angehören.

4) Die Ritterakademie in Lüneburg stand neben dem Johanneum sehr im Schatten. Sie hatte in 8 ordentlichen und 2 Hülfslehrern mehr als ausreichende Lehrkräfte für die Zahl von 24 Zöglingen, allein der wissenschaftliche Standpunct der Anstalt war schwach. Theils war die Zeit von 3 bis 4 Jahren, in welchen die Zöglinge, die erst nach der Confirmation aufgenommen wurden und, meistens auf dem Lande von Hofmeistern vorbereitet, mit den Kenntnissen eines schwachen Quartaners eintraten, die Anstalt durchmachen sollten, viel zu kurz, theils hatte auch der Lectionsplan keine rechte Einheit, indem die Schüler sowohl für die akademischen Studien, als für den Eintritt in's Militär und in's Forstfach, vorbereitet werden sollten.

Die Vorsteher der Anstalt, der erste Inspector, Professor Klopfer, und mein Berliner Freund, der zweite Inspector, Professor Becker, sahen diese Mängel auch recht wohl ein, und auch das Klosterdirectorium, der Landschaftsdirector von Plato und der sogenannte Ausreuter, Oberst v. d. Knesebeck, erklärten, dazu die Hand bieten zu wollen, daß im Unterrichte wesentliche Verbesserungen vorgenommen würden. Es wurde auch darüber hin- und hergeschrieben; allein wie so oft in den Persönlichkeiten, bei den besten Plänen, die Hindernisse der Ausführung liegen, so zeigte es sich auch bei der Ritterakademie. Der Professor Klopfer, ein philologischer Schulmann nach der alten Weise, gründlich, aber pedantisch, verstand es nicht, seine Gelehrsamkeit solchen Schülern mundgerecht zu machen; der Sinn für classische Literatur ist nie auf der Ritterakademie einheimisch geworden; und mein Freund, der zweite Inspector, Becker, der eine feinere Bildung besaß, war schon kränklich und starb auch schon im Jahre 1831. Statt seiner wurde der Conrector Herrmann vom Göttinger Gymnasium an die Akademie berufen. Allein trotz wiederholter Anstrengungen, sie durch Wechsel der Lehrer und Vervollständigung des Lectionsplanes zu heben, fruchteten nur für kurze Zeit. Sie reifte ihrer Aufhebung immer mehr entgegen, wie der Verlauf ihrer weiteren Geschichte zeigte.

5) Mit dem Pädagogium in Ilfeld, um diese zweite Erziehungsanstalt des Landes gleich folgen zu lassen, stand es damals eigentlich nicht besser. Hier hatten die Schüler so ziemlich das Uebergewicht über das Lehrercollegium gewonnen, an dessen Spitze der früher sehr geachtete und noch immer achtungswerthe, aber altersschwache Schulrath Brohm stand. Bei meinem ersten Besuche der Anstalt im Herbste 1830 pfiffen die Schüler auf dem Gange hinter mir her, um ihre Unzufriedenheit mit einer Inspection von oben her auszudrücken. Ich mußte gleich Strafen eintreten lassen, sah aber ein, daß mit einzelnen Strafen nicht zu helfen sei. Als einstweilige Maßregel wurde der Rector Sonne dem Schulrath Brohm als Adjunctus beigegeben; aber Sonne hatte nicht die Energie, wie Haage in Lüneburg neben Wagner; bei dem besten Willen für das Gute

und einem höchst achtungswerthen Charakter besaß er nicht Scharfblick und Consequenz genug dem fest zusammenhaltenden Corpora-
tionsgeiste einer Schülermasse gegenüber, die schon an Unabhängigkeit
gewöhnt war; und als im folgenden Jahre der bedeutendste Lehrer
des Pädagogiums, der Conrector August Grotefend, als Director
an das Gymnasium in Göttingen berufen wurde, löste sich die Disciplin noch mehr auf und zeigte sich die Nothwendigkeit der Berufung
eines neuen, kräftigen Directors immer klarer. Noch ein Versuch
wurde gemacht. In den Wirren des Jahres 1831, welche auch im
Königreiche Hannover die Aufstände in Göttingen und Osterode herbeigeführt hatten, wollte man auf die öffentliche Meinung durch eine,
im liberal-conservativen Sinne dirigirte, Zeitung zu wirken suchen;
die Hannoversche Zeitung wurde gegründet und mein College Pertz übernahm die Redaction derselben. Zu seiner Unterstützung bei den zeitrau-
benden Geschäften suchte man einen Mann von vielseitiger Bildung
und Einsicht, der zugleich eine geschickte Feder führte und mit ansprechenden Artikeln die Lücken des Blattes auszufüllen im stande
wäre. Der Director Sonne schien dazu der passende Mann zu sein,
und da die Erfolglosigkeit seiner Wirksamkeit in Ilfeld schon offenbar
war, so berief man ihn als Mitredacteur der Hannoverschen Zeitung
im Herbste 1831 nach der Hauptstadt. Die interimistische Leitung des
Pädagogiums wurde dem nun ältesten Lehrer, dem Conrector Aschenbach, übertragen. Es war möglich, daß dieser Mann von entschiedenem Charakter die Anstalt halten konnte, bis ein tüchtiger Director
gefunden war, und man hoffte dieses um so mehr, da ein paar junge
bedeutende Lehrer, Ahrens und Havemann, welche die Schüler
durch den Gehalt ihres Unterrichts mit Lust zu wissenschaftlicher Beschäftigung erfüllen konnten, als Collaboratoren nach Ilfeld berufen
waren. Allein auch diese Hoffnung schlug fehl. Im Winter von
1832 auf 1833 brach eine förmliche Auflehnung der Schüler gegen
die Anordnungen des Lehrercollegiums aus. Sie waren ungehalten
wegen der Bestrafung von zweien ihrer Mitschüler, die sich schwer
vergangen hatten, die Gemüther erhitzten sich immer mehr, und endlich
gingen die oberen Klassen so weit, daß sie dem Conrector Aschenbach

eine schriftliche Erklärung überreichten, des Inhalts, daß einer der
Lehrer, den sie namhaft machten und gegen den vorzugsweise ihr Un=
wille gerichtet war, ihre Achtung verloren habe. Sie sprachen es
unverholen aus, derselbe müsse vom Pädagogium entfernt werden.
Alle Beschwichtigung half nicht, die Lehrer erklärten dem Ober=Schul=
collegium, daß ihre Gewalt zu Ende sei. Da waren außerordentliche
Maßregeln nöthig. Aus Auftrag des Ministeriums mußte ich mich
entschließen, im strengen Winterwetter des Monats Januar 1833
mit meinem juristischen Collegen, dem Kanzleirath von Lüpke, nach
Ilfeld zu reisen, eine förmliche Untersuchung anzustellen und die
Maßregeln zu ergreifen, welche zur Herstellung der Ordnung erfor=
derlich seien. Mein College, in solchen Geschäften sehr geübt, gab
der Untersuchung mit großem Ernste eine streng gerichtliche Form,
vernahm einige zwanzig Schüler über die vorgefallenen Unbilden ein=
zeln zu Protokoll, mußte jede Ausrede niederzuschlagen und verlangte
die bestimmteste Aussage. Diese neue Art einer so scharfen formellen
Vernehmung war den Schülern unerwartet, sie imponierte ihnen
sichtlich. Es erfolgte ein im Ganzen offenes und ausreichendes Ge=
ständniß, besonders von denjenigen Schülern, die noch immer in ihrem
Rechte zu sein glaubten. Wir lernten dabei auf eine interessante
Weise die Charaktere kennen und sahen, welche die gefährlichern für
die Anstalt waren. Bei der Mehrzahl war nicht überlegter böser
Wille thätig gewesen, sondern jugendlicher Uebermuth, die Gewalt des
Beispiels, der Corporationsgeist, die schlaffe Zucht der letzten Jahre,
zugleich aber auch der Glaube, die Ehre des ganzen Cötus sei durch
den angeklagten Lehrer verletzt, hatten die Katastrophe herbeigeführt.
Gleichwohl war die ganze Sache doch zu ernsthaft, als daß sie leicht
genommen werden durfte. Es mußte für die Zukunft ein Beispiel
statuiert werden: Die Anstifter und lebhaftesten Theilnehmer, 6 an
der Zahl, wurden sofort von der Anstalt verwiesen, 4 anderen, welche
auch schwer betheiligt waren, aber Ostern ihre Abgangsprüfung machen
wollten, wurde gestattet, bis dahin zu bleiben, und noch etwa 6
andern, die länger geblieben sein würden, deren Bleiben aber, weil
sie schon zu sehr verwöhnt waren, der Anstalt hätten nachtheilig

werden können, wurde angekündigt, daß sie Ostern dieselbe verlassen müßten, bis wohin sie sich eine andere Anstalt aussuchen könnten. Die übrigen bleibenden Schüler wurden aber streng zur Ordnung und zum Gehorsam gegen die Gesetze und ihre Lehrer ermahnt. Die ganze Maßregel machte auf die Schüler, selbst auf mehrere der sogleich oder auf Ostern Verwiesenen, einen heilsamen Eindruck; sie fühlten, daß das Urtheil gerecht war. Mehrere der Verwiesenen haben nachher gestanden, daß die Strafe und ihr nachheriger Aufent= halt auf einer andern Anstalt zu ihrem Besten gereicht habe. Mehrere von ihnen stehen auch gegenwärtig als geachtete Staatsdiener da, wie ihre Namen, wenn es passend wäre, sie hier zu nennen, beweisen würden. Uns aber, die wir in der That recht anstrengende Tage für das Gemüth und den Körper durchgemacht hatten, gereichte die Erfahrung zum Troste, daß nur ein mißleiteter Gemeingeist auf der einen und der Mangel an festem Zusammenhalten der Lehrer auf der andern Seite die ganze Ausartung herbeigeführt habe, und daß der Geist der Jugend nicht so verdorben sei, als man dem ersten Ansehen nach glauben mußte. Und diese Ansicht konnte auch die Hoffnung begründen, daß die Anstalt unter einer tüchtigen Direction wieder in einen gedeihlichen Zustand gebracht werden könne. Die schon einge= leiteten Bemühungen, den rechten Mann für diese Aufgabe zu finden, wurden eifrig fortgesetzt.

Im Lande selbst fand sich derselbe jedoch nicht. Directoren, an die man hätte denken können, wie z. B. Haage in Lüneburg, waren für ihre Anstalten unentbehrlich, und unter den übrigen Lehrern er= schien keiner gerade für diese Aufgabe geeignet; sie waren zu alt oder zu jung. Das Ober=Schulcollegium mußte im Auslande suchen. Durch Empfehlung des Gymnasialdirectors Weber in Bremen wurden wir auf den Dr. Wiebasch, Lehrer am Gymnasium in Wetzlar, aufmerksam gemacht; eine weitere Erkundigung bei dem Schulrath Lange in Coblenz bestätigte das vortheilhafte Urtheil des ersteren und, um recht sicher zu gehen, zog auch der Minister von Stralen= heim durch seinen Bruder, den hannoverschen Bundestags=Gesandten in Frankfurt, noch von anderer Seite Nachricht ein. Sie lautete

gleichfalls günstig, Wiedasch wurde berufen, und im Herbst 1833
machte ich eine zweite Reise nach Ilfeld, um den neuen Director einzuführen. Er war ein Mann von feiner geistiger Organisation,
reichen Kenntnissen, auch im philologischen Kreise, — er war ein
Schüler von Aug. Matthiä in Altenburg, — und besaß ein reges
ästhetisches Gefühl. Wenn es die Erklärung des Homer, oder eines
tragischen Dichters, oder eines Platonischen Dialogs, und selbst die
feineren Formen des lateinischen Ausdrucks galt, so konnte der
empfängliche Schüler aus seinem, wenn auch nicht immer klaren,
Vortrage eine lebendige Anregung mit sich fortnehmen. Seine Uebersetzung des Homer giebt Zeugniß davon; sie übertrifft die Voßische
entschieden in Feinheit und Gewandtheit des Ausdrucks. Sein Sinn
für die Schönheiten der Natur fand in der wirklich ausgezeichneten
Gegend von Ilfeld die reichste Nahrung, und er hat dort Aussichten
gefunden und durch Wege zugänglich gemacht, die niemand vorher
beachtet hatte, und die seinen Schönheitssinn auf eine merkwürdige
Weise bekundeten. Auch auf die Schüler hatte seine Liebe für die
Natur einen wohlthätigen Einfluß; sie suchten Plätze im Walde für
ihre Gesangübungen und Ruheorte auf ihren Spaziergängen, richteten
sie sich zu und fanden dabei Beschäftigung und Genuß. — Die
Ideale Richtung in seinem eignen Charakter und die Neigung, immer
das Bessere vorauszusetzen und den Glauben an das Gute im Gemüthe der Jugend festzuhalten, machte ihn allerdings oft zu nach-
sichtig in Behandlung der Schüler; aber durch dieses Zutrauen hat
er auch viel Gutes bewirkt, denn wenn man den Menschen eher das
Gute als das Schlechte zutraut, so wird in dem irgend empfänglichen
Gemüth der Ehrgeiz geweckt, sich des Vertrauens würdig zu zeigen.
Ich habe in der Zeit von Wiedasch's Direction Ilfeld gern und häufig
besucht und mich überzeugt, daß eine solche Natur, wenn sie auch
schlimmeren Zeiten nicht gewachsen ist, wo die Generation der älteren
und oberen Schüler, die immer einen überwiegenden Einfluß auf die
Masse haben, gerade gefährliche Charaktere enthält, doch in den
besseren Zeiten, — und diese haben unter der Direction von Wiedasch das Uebergewicht gehabt, — desto segensreicher zu wirken ver-

mag. Die unbefangene und unverdorbene Jugend fühlt das Noble
in einem solchen Charakter lebhaft durch; und wenn sie auch sieht,
daß der Lehrer in seiner Gutmüthigkeit leicht zu täuschen ist, so
schämt sie sich der Täuschung, einem edlen Vertrauen gegenüber. Und
selbst die Scheu, einen so wohlmeinenden Director zu betrüben, treibt
die Besseren, nicht nur selbst das ihm Mißfällige zu vermeiden, sondern auch andere davon abzuhalten. Ein solcher Einfluß der Schüler
auf einander, welcher in dem engen Zusammenleben eine große Macht
gewinnt, bildet den Charakter, übt in der Kenntniß und Behandlung
anderer und giebt Gewandtheit für das Leben, wie denn selbst in
weniger löblichen Zeiten die äußere Haltung und die gesellige Gewandtheit der Ilfelder Schüler jedem Besucher der Anstalt auffällt.
Auch jugendliche Freundschaften bilden sich in diesem Zusammenleben
oft für das ganze spätere Leben. In diesem allen liegt der Haupt-
grund, weshalb die Schüler des Pädagogiums in der Regel mit einer
angenehmen Erinnerung und einer Vorliebe für die Anstalt auf dieselbe zurückblicken. Ist aber freilich in dem Director weder diese hervorragende Charaktergüte und Liebe zu seinem Berufe und zur Jugend vorhanden, noch eine überwiegende Kraft des Geistes und Willens,
mit eindringendem Scharfblick und pädagogischem Tacte, welche dem
Gesetze unbedingten Gehorsam zu verschaffen weiß, so gewinnen leicht
die schlimmern Elemente in der fest zusammenhaltenden Masse der
Schüler die Oberhand, und es treten Erscheinungen hervor, welche den
Nutzen geschlossener Erziehungsanstalten zweifelhaft machen können.
Ihre Aufgabe ist wahrlich nicht leicht, namentlich in unserer Zeit,
wo die häusliche Zucht vielfach erschlafft ist und der Hang zum Genusse frühe Nahrung bekommt, und wo so oft Charaktere, die im
Hause nicht mehr gebändigt werden können, einer solchen Anstalt zur
Zucht übergeben werden. — Auch darin offenbart sich ein eigenthümlicher, nicht gerade empfehlender, Zug dieser Anstalten, daß sie, wenn
nicht, wie in älterer Zeit in Schulpforte, die strenge Abgeschlossenheit
von der Welt und die genau vorgeschriebene Tagesordnung zum Arbeiten nöthigen, in Hinsicht des Fleißes nicht so viel leisten, als man
wünschen möchte. Der innere Trieb zu wissenschaftlicher Ausbildung,

der Hunger nach dem Wissen, ist nur der Minderzahl von Natur gegeben; die Mehrzahl, selbst der übrigens guten Schüler, begnügt sich mit der aufgegebenen Arbeit und sieht es ungern, wenn der Einzelne mehr thut; es heißt dann leicht, er wolle Schoßkind der Lehrer werden; er soll nicht besser sein wollen, als alle. Und so übt auch in dieser Hinsicht das enge Zusammenleben leicht eine Gewalt über den Einzelnen, der, wenn er eine städtische Schule besuchte, in seiner Eltern Hause still bei seinen Büchern sitzen könnte. Ich habe, wie schon bemerkt, bei meinen Besuchen von Ilfeld häufig Gelegenheit gehabt, mich über den vorherrschend guten Geist, namentlich in den oberen Klassen, zu freuen; der eifrige und freiwillige Fleiß war aber nicht die hervorragende Seite der Anstalt.

Ueberhaupt befinden sich die Lehrer den Zöglingen gegenüber in einer Stellung und Lage, an welche sie sich erst nach und nach gewöhnen müssen, in welche manche Charaktere aber gar nicht passen. Die Lehrer müssen in ihrer Behandlung der Schüler sehr vorsichtig sein, denn sie haben ein geschlossenes Corpus sich gegenüber, welches bei dem täglichen Zusammenleben mit dem Scharfblicke der Jugend die Charaktere und selbst die Schwächen der Lehrer kennen und benutzen lernt und dabei fest zusammensteht, während die Lehrer und Schüler der städtischen Schulen nach beendigtem Unterrichte nach verschiedenen Seiten und in verschiedene Verhältnisse auseinandergehen. Auf der andern Seite kann ein Lehrer in dieser Gemeinsamkeit des Lebens, wenn er den rechten Sinn und die rechte Liebe für die Jugend hat, auch die Genugthuung sich erwerben, bei einzelnen Schülern die ganze Lebensrichtung zu bestimmen. Es trifft bei dem Lehrer eines Pädagogiums vorzugsweise das Wort zu, welches ich als Unterschrift meines, von den hannoverschen Lehrern im Jahre 1848 meiner Familie geschenkten, Bildes gewählt habe, nemlich daß die bildende und belebende Kraft des Lehrers, seinen Schülern gegenüber, im Charakter beruhe.

Indem ich hier jetzt die Betrachtungen über Ilfeld schließe, muß ich noch der äußerst freundlichen Aufnahme dankbar gedenken, welche ich in der Zeit, so lange der Geheime Legationsrath von Laffert

Hoheits-Commissair der Grafschaft Hohenstein war, stets in dessen Hause und Familie gefunden habe. Nach dessen frühem Tode fand ich dieselbe Aufnahme bei dem Director Wiebasch, und das Andenken an diese Freundlichkeit der Menschen wirft ein eben so wohlthuendes Licht für mich auf den Namen Ilfeld, als die reiche Umgebung, die in der Mannigfaltigkeit von Berg und Thal, in dem schönen Holzwuchse des Unterharzes, mit den daraus hervorragenden Felsen, in den Windungen der Thäler, den grünen Wiesen am Ufer des Bergstromes, einen Wechsel von Schönheiten darbietet, die ich an der Seite des Directors Wiebasch recht auszukosten Gelegenheit gehabt habe. Auch die Aussicht vom Hohenstein bei Neustadt, wo der Nachfolger des Herrn von Laffert als Hoheits-Commissair, der Hofrath Wilhelmi, wohnte und mich ebenfalls auf's Freundlichste empfing, gehört zu den schönsten, welche ich im ganzen Umfange des Ober- und Unterharzes kennen gelernt habe.

Da ich einmal im südlichen Theile des Königreichs mich befinde, so will ich gleich die beiden nächsten Gymnasien dieser Gegenden vorführen.

6) Auf dem Harze selbst war die einzige gelehrte Schule die zu Clausthal. Die Entscheidung darüber, ob sie in die Reihe der vollständigen Gymnasien gehören sollte, war noch vorbehalten, denn die Lehrer- und Klassenzahl war unter dem erforderlichen Maßstabe, und die Mittel zur Vermehrung derselben fehlten. Von einigen Seiten war die Ansicht aufgestellt, der Harz bedürfe einer gelehrten Anstalt nicht, mit einer Realschule würden die Unterrichtsbedürfnisse der auf praktische Leistungen angewiesenen Bevölkerung hinlänglich befriedigt werden. Aber in Clausthal selbst war man anderer Meinung. Besonders wußte der um den Harz hochverdiente Oberbergrath Albert bei meinem ersten Besuche von Clausthal gleich im Herbste 1830 mit großer Klarheit auseinander zu setzen, weshalb gerade auf dem Harze ein Gymnasium an seiner rechten Stelle sei; die freie humanistische Bildung sei als Gegengewicht gegen das bloße Abrichten für den technischen Beruf ein wahres Bedürfniß, und die höheren technischen Beamten fühlten dieses Bedürfniß auch so entschieden, daß

sie ihre für das Bergfach bestimmten Söhne, ohne dazu verpflichtet zu sein, zu den höheren Studien auf die Universität schickten. Der Berghauptmann von Reden und der Generalsuperintendent Grote= fend stimmten in diese Ansicht ein, und die ersten Lehrer, der Di= rector Niedmann und der Rector Elster unterstützten dieselbe natürlich auf das Lebhafteste. Von Seiten der Berghauptmannschaft wurden Zuschüsse aus den Bergkassen und der Kirchenkasse dargeboten, die Einführung eines mäßigen Schulgeldes, — bis dahin waren von den Schülern nur wenige Nebenleistungen gefordert worden, — wurde beschlossen, und so erfolgte gleich auf meinen desfallsigen Bericht die Genehmigung des Ministeriums, daß die Anstalt mit einem als tüch= tiger Philologe bewährten Oberlehrer verstärkt werden und das Recht der Entlassung zur Universität behalten sollte. Die lebhafte Jugend des Harzes mit ihren hellen Augen gefiel mir und schien mir einer vollständigen Schulbildung empfänglich und würdig zu sein. Und die Erfahrung hat diesen Glauben bestätigt. Es sind viele wackere Män= ner aus der Clausthaler Schule hervorgegangen, welche, ohne die zu rechnen, die in den Beamtenstand getreten sind, sich als Geistliche und Lehrer als tüchtig bewährt haben, — ich will nur die Namen Grote= fend, Pabst und Steinmetz nennen. Unter den damaligen Lehrern zeichneten sich, neben den beiden schon genannten ersten Lehrern, der Mathematiker Hunäus aus, der nachher in Celle und gegenwärtig an der hiesigen polytechnischen Schule seinen Platz so vorzüglich aus= gefüllt hat und noch ausfüllt. Und für die neuerrichtete Stelle wurde ein junger Mann aus dem Preußischen berufen, welcher seine Wahl auf das Vollständigste rechtfertigte und nur zu schnell wieder in sein Vaterland zurückkehrte, der jetzige Geheime Ober=Regierungsrath Dr. Wiese in Berlin, der das gesammte höhere evangelische Schul= wesen Preußens im geistlichen Ministerium vertritt. Auch durch die Zahl der Schüler ist der günstige Beschluß für das Gymnasium in Clausthal im Verlaufe der Zeit gerechtfertigt worden. Im Jahre 1830 betrug dieselbe 116; im Jahre 1862 aber 263, darunter 102 Auswärtige, und in den 4 oberen Klassen gegen 100 Studierende neben 42 Schülern der Realklassen.

7) Das Gymnasium in Göttingen war durch die Altersschwäche des bisherigen Directors Kirsten, die lange Krankheit des
verstorbenen Rectors Lünemann und die Unfähigkeit einzelner Lehrer
in's Sinken gerathen, so daß das Vertrauen des Publicums fast
gänzlich verloren war. Der nothwendigste Schritt zu seiner Regeneration war daher die Pensionierung des Directors und die Berufung
eines jüngeren, kräftigen, der Aufgabe gewachsenen Mannes an seiner
Statt. Die Wahl traf den Conrector Grotefend in Ilfeld, Sohn
des Clausthaler Generalsuperintendenten. Dieser Mann verband
gründliche Kenntnisse mit einer würdigen und ansprechenden Persönlichkeit und brachte die Anstalt bald wieder empor. Zwar wurde einer
der beiden jüngeren Lehrer, die noch einigermaßen die oberen Klassen
gehalten hatten, der Dr. Ahrens, als Collobrator nach Ilfeld versetzt, allein sein Freund, der zum Conrector ernannte Dr. Geffers
unterstützte den neuen Director mit ganzer Hingebung, und im Jahre
1832 verstärkte auch der von Otterndorf nach Göttingen berufene
Rector Herrmann die Lehrerkraft der oberen Klassen in erfreulicher
Weise. Leider aber dauerte die gedeihliche Wirksamkeit des Directors
Grotefend nur bis zum Anfange des Jahres 1836, da er unerwartet,
in der Blüte der Jahre, — er wurde nur 37 Jahre alt, — durch
den Tod hingerafft wurde. Da war wiederum eine bedeutende Lücke
auszufüllen. Alle Ueberlegungen gaben am Ende das Resultat, daß
man im Auslande einen Ersatz suchen müsse, denn es hatte sich von
früherer Zeit her kein Lehrerstand im Hannoverschen Lande gebildet;
die Lehrer waren meistens aus den Kandidaten der Theologie genommen, welche den Schuldienst als einen Durchgang zur Pfarre betrach-
teten, und für bedeutendere Aufgaben hatte man auch schon früher
Männer von außen berufen müssen. Bei dem Dienstantritte des
Ober-Schulcollegiums waren mindestens 40 nichthannoversche Lehrer
an den höheren Schulen des Landes angestellt.

Mehrfache Erkundigungen nach außen hin gaben aber auch kein
Resultat, bis im Sommer der Director Meinecke aus Berlin seine
Verwandten in Hannover besuchte und mich auf den Director
Friedrich Ranke am Gymnasium in Quedlinburg, Bruder des

schon damals sich auszeichnenden Historikers Leopold Ranke, aufmerksam machte. Ranke sei ein Schüler von Pforta und von Reisig in Halle, und vereinige mit gründlichen philologischen Kenntnissen eine vorzügliche Lehrgabe. Die Empfehlung eines Mannes, wie Meinecke, wäre schon hinreichend gewesen; ich beschloß aber sogleich, auch die persönliche Bekanntschaft des Empfohlenen zu machen und nahm, bei Gelegenheit einer Inspectionsreise nach Ilfeld, meinen Weg über Quedlinburg. Ich fand an dem Director Ranke eine ansprechende, ja liebenswürdige Persönlichkeit und in den Lectionen über den Sophokles, Cicero, Livius und in einer Religionsstunde einen Lehrer, den ich zu den vorzüglichsten in meiner Lehrerfahrung rechnen mußte. Namentlich war die Gewandtheit und Klarheit, mit welcher er den mündlichen lateinischen Ausdruck in seiner Gewalt hatte, ausgezeichnet. Eine Fahrt, die ich mit ihm nach der Roßtrappe machte, gab mir Gelegenheit, auch den Menschen im freien, vertraulichen Gespräche von der achtungswerthesten Seite kennen zu lernen. Ich durfte den Mann unbedenklich und warm für die Directorstelle in Göttingen empfehlen, und die Urtheile des alten würdigen Schulraths Matthias in Magdeburg, sowie des Geh. Raths Schulze und meines Freundes Kortüm, der indes als Referent in das Ministerium nach Berlin gesetzt war, beglaubigten meine Empfehlung als wohlbegründet. Ranke wurde berufen, konnte aber erst Ostern 1837 sein Amt in Göttingen antreten. Ich habe mit dem Director Ranke, so lange er in unserm Kreise lebte, in einem nahen, freundlichen Verhältnisse gestanden.

Das Gymnasium in Göttingen hatte im Jahre 1830 gegen 200, im Jahre 1862 gegen 400 Schüler, darunter 162 Auswärtige und 119 Realisten in 4 Klassen.

8) Das Gymnasium Andreanum in Hildesheim war nach dem Lyceum in Hannover das größte im Königreiche; es zählte eben so viele Schüler, nemlich 280, welche von 12 Lehrern incl. der Hülfslehrer unterrichtet wurden. Die Zahl der auswärtigen Schüler übertraf die des hannoverschen Lyceums. Der Director Seebode, ein talentvoller, gewandter und unermüdet thätiger Mann, hatte seiner Anstalt Ruf zu verschaffen gewußt, und ihre Leistungen in wissen-

schaftlicher Hinsicht verdienten im Ganzen Anerkennung. Allein es nagte doch ein Wurm an ihrem Kern; er hatte es nicht gleichmäßig verstanden, das Lehrercollegium zu einer übereinstimmenden Ganzheit zu vereinigen; es war ihm schwer, die einzelnen Persönlichkeiten in ihrer Eigenthümlichkeit zu würdigen und für das Ganze nutzbar zu machen. Zwistigkeiten arger Art waren schon ausgebrochen und drohten von neuem auszubrechen. Ich hatte wiederum meine alte Aufgabe des Ausgleichens und Vermittelns, wie ehemals in Dortmund, zu üben. Es gelang mir zwar, heftige Ausbrüche zu verhindern oder durch die Auctorität des Ober=Schulcollegiums schnell zu dämpfen; allein eine innere Verständigung war nicht zu erreichen. Es kann hier nicht der Ort sein, die tiefer liegenden Ursachen aufzudecken oder die Schuld von einer und der andern Seite abzuwägen, um so weniger, als der größere Theil der betheiligten Personen noch lebt; allein so viel kann ich versichern, daß keine Anstalt des Landes mir in den ersten 18 Jahren meiner hannoverschen Wirksamkeit so viel persönlich zu thun gegeben hat, als das Andreanum. Während wir von dem Johanneum in Lüneburg oft in einem halben Jahre nichts hörten, weil alles im geordneten Geleise seinen Fortgang nahm, gingen wenige Wochen hin, wo nicht irgend eine Veranlassung kam, Decrete nach Hildesheim zu erlassen, oder für mich, selbst hinüber zu reisen, was bei der geringen Entfernung oft das leichteste Mittel war, eine Sache in's Gleiche zu bringen. Uebrigens hielt sich die Anstalt, so lange der Director Seebode derselben vorstand, bis zu seiner Berufung nach Coburg im Jahre 1835, in ihrer Frequenz von etwa 300 Schülern in ihrer äußeren Geltung. Gegenwärtig hat sie unter der Leitung des Directors Brandt 479 Schüler, worunter 197 Auswärtige und 95 Realschüler in 3 Klassen. Sie ist die am stärksten besuchte Anstalt des Königreichs. Ein Beweis von dem vielfachen Wechsel im Lehrercollegium ist es, daß von den 12 Lehrern des Jahres 1830 kein einziger mehr im Dienste ist.

Das Andreanum war und ist königliche Anstalt und wird auch, neben dem Ertrage des Schulgeldes und einigen nicht bedeutenden Stiftungen, aus Staatsmitteln erhalten.

9) Das Domgymnasium in Verden ist ebenfalls königliche Anstalt; ihre Einkünfte fließen großentheils aus dem sogenannten Structurfond, der aus den Einkünften des ehemaligen Domcapitels gebildet ist, und aus dem allgemeinen Klosterfond. Die Anstalt war im Jahre 1830 eine der kleinsten im Lande; sie zählte 90 Schüler und 6 Lehrer, so daß, um sie im Range eines Gymnasiums zu erhalten, bedeutende Mittel zugeschossen und die Lehrer vermehrt werden mußten. Das ist denn auch im Laufe der Zeit geschehen. Gegenwärtig beträgt die Zahl der Lehrer 9, die der Schüler circa 150. Die Leistungen der Schule waren gleichfalls wenig genügend, denn außer dem Rector Cammann und dem Conrector Plaß war kein namhafter Lehrer vorhanden. Es waren Theologen, welche auch bald in's Pfarramt übergegangen sind. Der jetzige Director Plaß, der im Jahre 1832 dem zum Domprediger und Superintendenten beförderten Rector Cammann folgte, hat keinen seiner älteren Collegen mehr neben sich. Dieses Gymnasium hat, nachdem das Lehrercollegium der Aufgabe der Anstalt gemäß vervollständigt war, seinen ruhig fortschreitenden Gang genommen, ist seinem Charakter consequenter classischer Bildung treu geblieben und hat den Beleg zu dem Grundsatze gegeben, den ich bei der Organisation des hannoverschen Schulwesens gegen manche abweichende Ansicht geltend gemacht habe, daß ein Gymnasium von mäßigem Umfange an einem kleineren und stillen Orte, wo die Schüler auch außer der Schulzeit leichter beachtet werden können, seine volle Berechtigung habe neben den Anstalten in größeren und volkreichen Städten mit ihren vielfachen Reizmitteln für die genußsüchtige Jugend. Das Domgymnasium hat immer viele Söhne von Predigern und Schullehrern unter seinen Schülern gezählt, die sich dem geistlichen Stande widmen wollten.

10) Das zweite Gymnasium in der Provinz Bremen und Verden, das zu Stade, war noch dürftiger in der Ausstattung, als dasjenige in Verden; es hatte nur 5 ordentliche Lehrer und 82 Schüler, und unter dem mehr als 70jährigen Rector Valett waren Uneinigkeiten im Lehrercollegium und Unordnungen unter den Schülern eingerissen, welche natürlich auch tüchtigen Leistungen in wissenschaftlicher

Hinsicht in den Weg traten. Zur Ausstattung eines vollständigen Gymnasiums waren nur etwa zwei Fünftel an Mitteln vorhanden; und doch war es von entschiedener Wichtigkeit, daß in dieser, von einem kräftigen Volksstamme bewohnten, nördlichsten Provinz des Königreichs eine tüchtige höhere Bildungsanstalt vorhanden sei. Bei den Bemühungen für diesen Zweck trat uns jedoch eben jene Selbständigkeit des Volksstammes in dem Widerstreben der städtischen Behörden, mit welchen das Ober=Schulcollegium in den ersten Jahren vielfach zu kämpfen hatte, in einem Grade hindernd entgegen, wie in keiner andern Stadt des Königreichs. Auf die Privilegien der schwedischen Königin Christine gestützt, erkannte der Magistrat unsere Befugnisse nur sehr ungern und zögernd an. So erhielten wir in dem ersten Jahre unserer Wirksamkeit gar keine Anzeige über die halbjährige Krankheit des Conrectors Sattler, des wichtigsten Lehrers für die oberen Klassen, wodurch der Unterricht derselben fast lahm gelegt wurde, über die Zuhülfenahme eines Kandidaten der Theologie und die bedenkliche Erkrankung eines zweiten Lehrers, und so fand ich im Sommer 1831, da ich die Anstalt zum erstenmale besuchen konnte, den Zustand derselben unter aller Erwartung verkommen und ungenügend. Ich erkannte sofort, daß die Pensionierung des Rectors Valett unerläßlich sei, und leitete die desfallsigen Verhandlungen ein; allein es dauerte doch noch bis zum Jahre 1833, ehe dieselbe zu stande kam, und nur durch die Drohung, der Anstalt das Recht der Entlassung zur Universität zu nehmen, und dagegen die Aussicht auf eine Unterstützung aus öffentlichen Mitteln, bewirkte den Entschluß der Stadt, einen jährlichen Zuschuß von 300 Thalern aus der Kämmereikasse zu bewilligen. Das Ministerium fügte seinerseits 600 Thaler aus dem Hauptklosterfond hinzu, und so wurde endlich die Pensionierung des Rectors Valett und die Ernennung des Conrectors Sattler zum Director möglich. Die Valett'sche Pension jedoch nahm so viel von den neuen Mitteln hinweg, daß die Zahl der Lehrer zunächst nur bis auf 7 gebracht werden konnte, und auch dieses nur dadurch, daß der Hauptmann a. D. Ludowieg, welcher in Stade lebte, für eine sehr mäßige Remuneration neben seiner militärischen

Penſion, zum Lehrer der Mathematik und der Naturwiſſenſchaften ge=
wonnen wurde. Der innere Zuſtand der Anſtalt hob ſich, die Be=
ſchränktheit der äußeren Mittel aber iſt, trotz aller fortgeſetzten Hülfe
von Seiten der Regierung und der ſpäteren lobenswerthen Anſtren=
gungen der Stadt, leider ein bleibender Charakter dieſer Anſtalt ge=
worden. Auch hat ſich ihre Schülerzahl nicht im Verhältniß zu
anderen Anſtalten und der ſteigenden Bevölkerung des Landes gehoben;
ſie beträgt 140 bis 150 Schüler gegen die anfänglichen 82, die Zahl
der Lehrer 10 gegen die anfänglichen 5.

Wenn wir jetzt in den weſtlichen Theil des Königreichs gehen,
ſo bietet ſich zunächſt:

11) Das Rathsgymnaſium in Osnabrück dar, an wel=
chem mein Freund Abeken die zweite, der Director Fortlage die
erſte Stelle bekleidete. Die Anſtalt hatte 210 Schüler, welche von
7 ordentlichen und 2 Hülfslehrern unterrichtet wurden. Die Schule
leiſtete ſchon damals recht Erfreuliches; die Schüler der oberen Klaſ=
ſen waren wohl unterrichtet und zeigten der Mehrzahl nach einen
ernſten wiſſenſchaftlichen Sinn, und die Disciplin der ganzen Anſtalt
war muſterhaft. Sie war das Verdienſt des Directors Fortlage,
eines Mannes der Ordnung und des Geſetzes, nach altem Zuſchnitt,
von biederem, ernſtem Charakter, und wenn auch etwas pedantiſch in
ſeinem Unterrichte, doch von Schülern und Lehrern geachtet. Das
geiſtige Element in den oberen Klaſſen war Abeken, der mit ſeiner
feinen und vielſeitigen Bildung und reichen Erfahrung der Lectüre
der Claſſiker die rechte Weihe zu geben wußte. Die unteren Klaſſen,
Quarta und Quinta, zeigten ſich verhältnißmäßig ſchwächer, der ſehr
bereitwillige Magiſtrat zeigte ſich aber ſofort entſchloſſen, einen neuen
tüchtigen Elementarlehrer anzuſtellen, und einige Jahre nachher eben=
falls den wenig brauchbaren Klaſſenlehrer der Quarta zu penſionieren,
wie er denn überhaupt der Anſtalt ſtets die aufmerkſamſte Fürſorge
gewidmet hat. Die Zahl der Lehrer iſt im Laufe der Zeit auf 12,
die der Schüler auf 240 geſtiegen.

12) Das gemiſchte Gymnaſium in Lingen bildete wie=
derum einen unerfreulichen Gegenſatz gegen das vorige; es zählte

nur 50 Schüler mit 6 Hauptlehrern und 2 Hülfslehrern, und seine
Leistungen waren gering. Der altersschwache Professor Heidekamp,
ein Ueberbleibsel der früheren akademischen Anstalt, hatte kein Leben
zu wecken vermocht. Die Lage dieser Anstalt an der Gränze der
Provinz in einer der kleinsten Städte des Königreichs und in der
Nähe der beiden katholischen Gymnasien zu Osnabrück und Meppen
und des evangelischen Rathsgymnasiums zu Osnabrück, hatte eigentlich
wenig natürliches Recht des Bestehens; der Kreis, aus welchem dasselbe seine Schüler zu ziehen hatte, war sehr beschränkt; wenn keine
besondere Gründe für seine Erhaltung redeten, so mußte es aufgehoben oder doch auf ein gewöhnliches Progymnasium beschränkt werden.
Allein zum Glück für die Stadt, für welche ein vollständiges Gymnasium, außer dem Vortheil für die Einwohner, die ihre Söhne studieren lassen wollten, auch eine nicht unbedeutende Erwerbsquelle war,
bestanden solche außerordentliche Gründe. Die Stadt hatte von den
Oranischen Zeiten her eine akademische Anstalt besessen, gestiftet als
eine reformierte Pflanzschule gegen die katholische Umgebung. Sie
war klein, aber hinreichend dotiert, um eine Anzahl von Professoren
unterhalten und auch Studierende durch Stipendien heranziehen zu
können, welche Nahrung in die Stadt brachten. Als die Niedergraf-
schaft Lingen durch den Wiener Congreß an Hannover überging,
wurde die nur noch vegetierende Akademie aufgehoben, das Vermögen
derselben eingezogen, dagegen aber der Stadt als Entschädigung ein
Gymnasium versprochen; das königliche Wort mußte erfüllt und jetzt,
da das höhere Schulwesen eine neue Organisation erhielt, mußten die
Mittel beschafft werden, dem Gymnasium in Lingen ein ausreichendes
Lehrercollegium und einen sachkundigen, thätigen Director zu geben.
Es war die erste Berufung von außen, die ich einzuleiten hatte, denn
weder unter den vorhandenen Lehrern der Anstalt, noch sonst im Kö-
nigreiche, war ein genügender Director zu finden. Ich richtete meinen
Blick auf meinen alten westphälischen Kreis und fand in dem Rector
Kästner am Gymnasium in Bielefeld den geeigneten Mann für Lin-
gen. Dieser Mann, gelehrt und zugleich wacker gesinnt und treuen
Willens, brachte die Anstalt bald in die Höhe, zog auch einen andern

fähigen westphälischen Lehrer, Rothert vom Gymnasium in Minden, als Rector sich nach und hinterließ diesem, als er nach Hülpeden's Tode 1833 als Director nach Celle berufen wurde, das Directorat von Lingen. Das benachbarte Osnabrück'sche Land, Ostfriesland, die Grafschaft Bentheim, selbst die protestantische preußische Nachbarschaft, lieferten Schüler für das Gymnasium in Lingen mit seinem thätigen Lehrercollegium, und nach abwechselnden Schicksalen besteht dasselbe jetzt als königliches Gymnasium Georgianum unter dem Director Nölbeke mit 11 Lehrern und 172 Schülern, unter denen 91 Auswärtige, in einem geräumigen, neuerbauten Schulhause. Die bei dem Domgymnasium in Verden gerühmten Vortheile einer gelehrten Schule in einer kleineren Stadt haben sich bei dem Gymnasium in Lingen ebenfalls bewährt.

In der für Hannover gleichfalls neu erworbenen Provinz Ostfriesland bestanden drei gelehrte Schulen von fast gleichen Ansprüchen, die zu Aurich, Emden und Norden.

13) Für die Schule in Aurich hatte das Ministerium bereits den Rang als Gymnasium ausgesprochen, obgleich sie nur 74 Schüler und 6 Lehrer zählte. Die Stadt war der Sitz der Regierung und des obersten Gerichts, und man glaubte es schon den Mitgliedern dieser Behörden, die zum großen Theil aus den alten Provinzen dorthin versetzt waren, schuldig zu sein, daß sie ihren Söhnen am Orte eine vollständige Schulbildung geben lassen könnten. Gleichwohl war der Zustand der Schule noch recht dürftig. Der bejahrte Director Pommer, der aus früherer Zeit als guter Schulmann gerühmt wurde, war mit der Zeit nicht fortgeschritten, hatte auch nicht mehr die moralische Kraft, Lehrer und Schüler in lebendige Thätigkeit zu versetzen, und wurde durch ein sehr mittelmäßiges Lehrercollegium auch nur schwach unterstützt. Es trat sogleich die Nothwendigkeit einer Regeneration des Lehrercollegiums an den Tag, und sie wurde dadurch eingeleitet, daß die Regierung 850 Thaler zuschoß, um eine neue Lehrerstelle zu gründen und einige der Lehrer zu verbessern. Auch ging einer der Lehrer in's Pfarramt, ein anderer an das Gymnasium in Oldenburg, und so konnten durch die Berufung des Conrectors

Siedhof von Leer, die Anstellung des Kandidaten Reuter aus Hildesheim, des jetzigen Rectors, und des Mathematikers Hartmann aus Hildesheim neue Elemente in das Lehrercollegium gebracht werden. Gleichwohl wollte sich das Zutrauen des Publikums zu der Anstalt nicht wiederfinden, so lange der Director Pommer an der Spitze stand. Er starb im Jahre 1833, und zugleich wurde der Rector Lübberke in Pension gesetzt, von Emden aber der Rector Müller als Director nach Aurich berufen. Dieser mußte durch seinen humanen Geist und sein voranleuchtendes Beispiel das innere Leben der Anstalt zu heben und durch ernste Disciplin die äußere Ordnung herzustellen. Die Schülerzahl vermehrte sich. Sie beträgt gegenwärtig unter dem Director Rothert etwa 170.

14) Recht schwierig war es, einen festen Punkt für die Beurtheilung einer angemessenen Stellung der Schule zu Emden zu finden. Die Handelsstadt schien eine möglichst ausgedehnte Realschule zu fordern, und recht viele Stimmen waren auch für eine solche, namentlich in Hannover selbst, so daß das Ministerium so gut wie entschieden dafür war. Auch reichten die vorhandenen Mittel der Schule bei weitem nicht für ein vollständiges Gymnasium aus. Sie hatte nur drei Hauptlehrer und einen Hülfslehrer, bei 50 Schülern. Zu meiner Ueberraschung fand ich jedoch bei meiner ersten Revision im Jahre 1831 die Leistungen der Schüler in vieler Beziehung besser, als in Aurich. Es war dieses vorzüglich das Verdienst des Rectors Müller, dessen ich schon bei Aurich gedacht habe, der mit Aufopferung seiner Gesundheit in unermüdeter Thätigkeit für seine Schüler denselben alle seine Kräfte widmete. Es wurde bei ihm recht offenbar, was ein einzelner Lehrer von rechter Begabung und rechter Liebe für seinen Beruf vermag, wenn die Schüler recht lange in seinen Händen bleiben, und das machte sich hier schon von selbst, da nur drei Klassen vorhanden waren. Welche Schüler hat nicht in früherer Zeit, wo auch die Mannigfaltigkeit der Unterrichtsgegenstände noch nicht die Kräfte zersplitterte, ein einzelner Rector einer Stadtschule in dem 5= und 6jährigen Cursus seiner Klasse gezogen! — Der günstige Eindruck, den die Schule auf mich

machte, blieb nicht unbemerkt, und die Partei, welche ein Gymnasium der Realschule vorzog, schöpfte daraus den Muth, auf die gelehrte Schule hinzuwirken. Es war dieses ein Theil der intelligenten Kaufmannschaft, unter denen ich den Kaufmann Focke, einen gebornen Würtemberger, vor allen nennen muß, welche den Werth der humanistischen Bildung als Gegengewicht gegen die einseitig materielle Richtung zu würdigen wußten, und ferner die reformierten Geistlichen und ihre Anhänger, welche ihre zum Predigeramt bestimmten Söhne gern unter ihren Augen behalten wollten, bis sie eine holländische Universität besuchen könnten. Männer solcher Gesinnung wußten bei ihren Mitbürgern dem Gedanken Geltung zu verschaffen, schon dem (wenig geliebten) Aurich gegenüber forderte es die Ehre der Stadt Emden, die gelehrte Schule nicht fahren zu lassen. So geschah es denn, daß die städtischen Behörden sich sehr eifrig für die Aufnahme ihrer Schule unter die Zahl der vollständigen Gymnasien verwendeten. Die Regierung wollte die Bitte nicht geradezu abschlagen, stellte aber die Bedingung, daß die Stadt aus ihren Mitteln das Erforderliche für eine ausreichende Lehrerzahl beschaffen müsse. Es wurde mit der Landdrostei verhandelt; die Ausführung war schwierig, weil die Vermögensverhältnisse der Stadt beschränkt waren. Während die Frage schwebte, behielt die Schule das Recht, ihre Schüler, so weit sie es vermöge, bis zur Universität vorzubereiten, bekam aber noch keine Maturitäts-Prüfungscommission; die Schüler mußten sich bei einer der übrigen Prüfungscommissionen examinieren lassen. Dazu erlitt die Schule einen großen Verlust, als der Rector Müller im Jahre 1833 als Director nach Aurich abging; gleichwohl gab die Stadt ihren Plan nicht auf, und es gereicht ihr zu großer Ehre, daß sie denselben doch endlich mit einem Opfer von mehr als 3000 Thalern jährlichen Zuschusses aus der Kämmereikasse durchsetzte. Im Jahre 1835 wurde die Schule in den Rang des vollständigen Gymnasiums erhoben, und 1836 erhielt sie einen Director in der Person des Conrectors Brandt von Gymnasium in Stade, eines ausgezeichnet pflichttreuen, thätigen Mannes, der die Anstalt bald zu ehrenwerthen

Leistungen emporhob. Gegenwärtig zählt sie unter dem Director Schweckenbiek 162 Schüler und 10 Lehrer.

Ich habe die Schilderung der drei katholischen Gymnasien des Königreichs bis zuletzt verschoben, um sie zusammen darzustellen, da ihr Zustand sich ziemlich gleich war und viel zu wünschen übrig ließ. Ich fand sie unter dem Standpuncte der gelehrten Schule erster Klasse und durfte mein Urtheil für unparteiisch halten, indem ich nicht etwa den Maßstab der besten protestantischen Gymnasien anlegte, die ich kennen gelernt, sondern den der katholischen Gymnasien der Provinz Westphalen, die ich eben verlassen hatte. Die Lehrer der katholischen Gymnasien Hannovers waren sämmtlich Geistliche, die ihre Bildung in der alten Literatur und der Geschichte, mit Ausnahme einiger Lehrer in Osnabrück und Meppen, die auf der Akademie zu Münster Theologie studiert hatten, nur ihrer Schulzeit und dem wenigen Unterrichte, den sie in den Priesterseminaren erhalten hatten, verdankten. Dazu waren die oberen Gymnasialklassen nach der alten Jesuitischen Einrichtung halb akademischer Art, wenigstens in Hildesheim und zum Theil auch noch in Osnabrück, indem Philosophie, Mathematik und Physik gegen die alten Sprachen einen überwiegenden Platz einnahmen. Der Unterricht war fast ausschließlich für die Bildung künftiger Geistlicher eingerichtet. Die besseren Lehrer, die ich vorfand, verdankten ihre Bildung vorzugsweise ihrem Talente und dem eignen Triebe und Fleiße in ihren Privatstudien. Aber ihre Zahl war zu gering; wenn die Anstalten im Ganzen gehoben werden sollten, so mußte für Heranziehung tüchtiger Lehrer gesorgt werden.

Ich fing also auch hier, wie in meinem vorigen Kreise, mit der Maßregel an, daß einige jüngere Geistliche von guten Anlagen zur Vervollständigung ihrer philologischen Bildung nach Göttingen oder Bonn geschickt und daß talentvolle Schüler der oberen Klassen aufgemuntert wurden, sich von vorn herein dem Lehrerstande zu widmen. Aeltere, der Aufgabe nicht mehr gewachsene, Lehrer wurden nach und nach entfernt und jüngere an ihre Stelle gebracht, und so ist es gelungen, unsere drei katholischen Gymnasien auf einen Standpunct zu bringen, daß sie neben ihren protestantischen Schwesteranstalten mit Ehren bestehen und ihre Schüler zu den Forderungen des Maturitäts=Prüfungsgesetzes vollständig vorbereiten können. Ich habe in den Bemühungen für die katholischen Gymnasien, denen ich mich mit warmer Theilnahme unterzogen habe, wie in meinem Münsterschen Wirkungskreise, viele mir werthe Erfahrungen gemacht, bin mit vielen älteren und jüngeren Schulmännern, geistlichen wie nichtgeistlichen, in ein erfreulich vertrauensvolles Verhältniß gekommen, habe offne, biedere und zuverlässige Charaktere kennen gelernt, die mir eine wahre innere Achtung abgenöthigt haben und deren Vertrauens ich mich in einem nicht gewöhnlichen Grade zu erfreuen gehabt habe und noch erfreue. Von den älteren Männern will ich nur den Director und Domcapitular Renke in Hildesheim, den Director Dr. Wilken in Meppen, den jetzigen Dechanten Diepenbrock in Lingen, früher Lehrer in Meppen, und den verstorbenen Director Nordhelder am Carolinum in Osnabrück, einen Mann von kindlich reinem und biederem Charakter, nennen. Einige der späteren Directoren und Lehrer werden im Fortgange der Erzählung genannt werden.

Im Einzelnen bemerke ich noch über die genannten Anstalten Folgendes:

15) Das Josephinum in Hildesheim hatte unter dem Präses Lüsken, einem ehemaligen Mitgliede des Jesuitenordens, ein Lehrercollegium von 12 Mitgliedern, aber 6 von ihnen gehörten theils dem Clerical=Seminar, theils den oberen halb akademischen Gymnasialklassen an. Diese Vereinigung mußte aufgehoben und das Gymnasium als reine gelehrte Vorbereitungsanstalt zu akademischen Studien ausgebildet werden. Der aufgeklärte und sehr wohlgesinnte Bischof Osthaus, mit welchem ich persönlich die desfallsigen Verhandlungen zu führen hatte, ging bereitwillig auf die ihm gemachten Vorschläge ein, gewährte sogar sofort Geldmittel zur akademischen ˙Ausbildung dreier jüngerer Lehrer, welche mit guten Kenntnissen versehen, nachdem sie die Schulamtsprüfung bestanden hatten, in ihr Amt zurückkehrten. Das Gymnasium wurde von dem Priester=Seminar vollständig getrennt und unter den Director Renke gestellt, bekam jedoch in sofern eine etwas abweichende Organisation, als dasselbe nur die

mittleren und oberen Klassen von Quarta an in einem sechsjährigen Cursus umfaßte. Es bestand nemlich noch die sogenannte lateinische Trivialschule, welche die Schüler bis zur Quarta vorzubereiten hatte und, als in ihren Einkünften abhängig vom Domcapitel, nicht sofort mit dem Gymnasium vereinigt werden konnte; allein sie wurde auch mit unter den Director Renke gestellt und dieser einsichtsvolle, zu allen Verbesserungen stets die Hand bietende Mann ruhte nicht, bis diese Vorbereitungsschule noch einen zweiten Lehrer bekam und endlich mit dem Gymnasium organisch als Sexta und Quinta vereinigt wurde. Und so besteht das Josephinum jetzt seit beinahe dreißig Jahren in gedeihlicher Wirksamkeit unter diesem ausgezeichneten Director und zählt außer ihm 11 Hauptlehrer und gegenwärtig 256 Schüler.

16) Das Carolinum in Osnabrück war zwar, seit Aufhebung des dortigen Domcapitels und Priester=Seminars, in die Gestalt eines Gymnasiums mit 7 ordentlichen und 2 Hülfslehrern gebracht worden, allein der Director Georgi konnte kaum als dem Gymnasium angehörig angesehen werden, da er nur den aus dem Gymnasium abgegangenen Schülern zur Vorbereitung auf den Besuch der Münsterschen Akademie Unterricht in Philosophie und Theologie ertheilte, und unter den übrigen Lehrern war kein einziger auf einer Universität gebildeter. Es mußte Rath geschafft werden, und dieses geschah durch Hülfe der Regierung mit Geldzuschüssen, wodurch zunächst die Errichtung noch einer Lehrerstelle möglich wurde. Auch fand einiger Lehrerwechsel durch den Abgang älterer Lehrer statt. Gleichwohl wollte doch kein rechtes Leben in der Anstalt aufgehen, so lange der, übrigens ganz achtungswerthe, aber altersschwache, Director Georgi an der Spitze stand. Die Schülerzahl sank im Jahre 1836 bis auf 63 herab. Erst als der Director Georgi 1843 mit Tode abging und der Lehrer Nordheider Director wurde, als andere jüngere Lehrer in die oberen Klassen aufstiegen und das ganze Lehrercollegium durch Nordheiders Wort und Beispiel zu einmüthiger angestrengter Thätigkeit für die Hebung der Anstalt angefeuert wurde, als die gemüthliche Einwirkung dieses trefflichen Mannes auch die Schüler zum Fleiß und zu sittlicher Ordnung brachte, da befestigte sich nach und

nach ein genügender Zustand des Ganzen. Das war die starke Seite seiner Direction, daß die Reinheit und Güte seines Herzens und menschlichen Wohlwollens, der warme Eifer für den Lehrerberuf und das Wohl der Schüler, Alle mit Achtung und Liebe gegen ihn erfüllten und daß Lehrer und Schüler in diesem Gefühle mit einander wetteiferten, ihm Freude zu machen. Have anima pia!

17) Das Gymnasium zu Meppen hatte, bei dem Amtsantritte des Ober=Schulcollegiums bei 85 Schülern schon 7 Hauptlehrer und 2 Hülfslehrer und hätte mit diesen Kräften die Aufgabe eines einfachen Gymnasiums wohl erfüllen können; allein es trat bei sämmtlichen Lehrern der Mangel der akademischen Bildung dem Erfolge ihres Unterrichts in den Weg, obgleich Pflichttreue, Fleiß und gewissenhafte Amtsführung ihnen sämmtlich zur Ehre gereichten. Daher wurde hier das Mittel der nachträglichen Vervollständigung ihrer Kenntnisse durch den Besuch einer Universität im großen Maßstabe zur Anwendung gebracht: nicht weniger als 4 dieser Lehrer, zum Theil in dem Alter von 30 und mehr Jahren, aber von Liebe zu wissenschaftlicher Ausbildung erfüllt, haben nach und nach die Universitäten Göttingen und Berlin, und einer von ihnen auch zur Ausbildung in neueren Sprachen Frankreich und England besucht. Die Früchte dieser Maßregel sind der Anstalt und dem ganzen auf dieselbe, besonders in Absicht der Ausbildung seiner Geistlichen, angewiesenen Landestheile zu gute gekommen. Die Regierung hat in der Sorge für diesen Zweck ihre Zuschüsse nicht zurückgehalten, auch die Stadt Meppen, den Werth der Anstalt in ihren Mauern erkennend, gleichfalls zugeschossen und noch mehr hat der Standesherr, der Herzog von Arenberg, auf die Bitten seiner in Meppen lebenden Beamten, für das Gymnasium gethan, so daß die äußere Lage der Anstalt befriedigend genannt werden kann. Unter den katholischen Anstalten haben sich in Meppen die Vortheile einer kleinen Stadt für die disciplinarische Haltung der Schüler ebenfalls recht sichtbar dargestellt. — Die Anstalt zählt jetzt unter dem Director Wilken, denselben und den Lehrer der Vorbereitungsklasse eingeschlossen, 9 Lehrer und 127 Schüler.

Wenn ich nach dieser Ueberſicht der Gymnaſien des Königreichs den Zuſtand derſelben im Jahre 1830 mir wieder vergegenwärtige, ſo war derſelbe bei der Mehrzahl in äußerer und innerer Rückſicht recht mangelhaft und das Ober-Schulcollegium hatte eine nicht leichte Aufgabe an ihnen zu löſen. Zum Theil iſt der Weg und der Erfolg der vorgenommenen Verbeſſerungen ſchon in obiger Ueberſicht angedeutet, beſtimmter und vollſtändiger wird er ſich noch im ferneren Ablaufe der Zeit ergeben. Hier will ich nur vorläufig in einigen Zahlen die Gegenwart mit der Vergangenheit zuſammenſtellen:

Im Jahre 1830 hatten die 17 Gymnaſien zuſammen 127 Hauptlehrer, 35 Hülfslehrer, alſo im Ganzen 162 Lehrer und 2272 Schüler.

Im Jahre 1861 hatten dagegen die 16 noch beſtehenden Gymnaſien 178 Hauptlehrer, 31 Hülfslehrer, zuſammen 209 Lehrer und 3622 Schüler.

———

Von den höhern Schulen der kleineren Städte wurden nach näherer Unterſuchung ihrer Verhältniſſe und Mittel 12 zu Progymnaſien erklärt, d. h. zu Anſtalten, welches den Unterrichtsbedürfniſſen der großen Mehrzahl ihrer Schüler, welche zu bürgerlichen Berufsarten beſtimmt waren, vorzugsweiſe in's Auge zu faſſen, aber zugleich denjenigen, welche demnächſt akademiſche Studien ergreifen wollten, Vorbereitung bis zur Tertia oder Secunda des Gymaſiums geben ſollten. Mit der Mehrzahl derſelben waren damals auch die Elementarklaſſen von der unterſten Stufe an verbunden und die Zahl der Lehrer ſtieg daher von 4 bis zu 7 und 8. Wenn aber die höheren Klaſſen von dem Standpuncte der Sexta bis zu dem der Tertia für ſich ordentlich beſetzt ſein ſollten, ſo waren doch mindeſtens 4 bis 6 Lehrerſtellen für dieſe Klaſſen, je nach der Zahl der Schüler, erforderlich und an der Spitze mußte ein Rector ſtehen, welcher ſowohl eine ausreichende philologiſche, als auch ſonſt eine umfaſſende allgemeine Bildung erlangt hatte. Die Aufgabe der Leitung einer ſolchen mehrſeitige Zwecke verfolgenden Anſtalt iſt keineswegs leicht.

Die 12 Anſtalten, welche mit der Hülfe von einigen Regierungszuſchüſſen und bedeutenden Opfern der Städte die ausreichende Lehrerzahl unterhalten konnten und daher zu Progymnasien erklärt wurden, waren: zu Goslar, Osterode, Münden, Northeim, Einbeck, Hameln, Nienburg, Harburg, Otterndorf, Norden und Leer; die Pfarrschule zu Duderstadt, die von den Kaplänen der katholischen Pfarrei versehen wurde, erhielt als Vorschule für das Josephinum in Hildesheim auch den Rang eines Progymnasiums.

In die Verhältnisse dieser kleineren Anstalten auch nur in so weit näher einzugehen, wie bei den Gymnasien, kann hier meine Aufgabe nicht sein, ich will nur einige auffallende Momente, zum Theil Curiosa, herausheben und gleich mit dem Stammorte meiner Familie,

1) Osterode, den Anfang machen. Es war natürlich, daß diese Schule, in der mein Vater die Grundlage seiner Bildung erhalten hatte, meine Aufmerksamkeit besonders auf sich zog. Mit gespannter Erwartung betrat ich das alte, am Ende einer Winkelgasse gelegene, aber ziemlich ansehnliche, steinerne Gebäude von finsterem Ansehen, in welchem mein Vater, hinter der Thür stehend, seine Lection gelernt und ein Fr. A. Wolff und Meineke unterrichtet hatte. Sollte von ihrem Geiste nicht noch etwas in diesen Mauern walten? — Ich wurde in die Wohnung des Rectors geführt, die mit in dem Schulhause war, und seine Vorstube sah schon gelehrt genug aus, denn alle Wände waren mit Bücherrepositorien, und wo irgend ein Platz frei war, mit Kupferstichen von Gelehrten, meistens aus den Titeln von Büchern geschnitten, angefüllt. Der Rector selbst, ein großer, ansehnlicher Mann, führte mich in seine eben so gelehrt ausstaffierte Wohnstube, die zugleich als Schulstube für seine Prima diente. Diese bestand, wenn ich mich recht besinne, aus etwa 8 Schülern, einigen bärtigen oder doch bartfähigen und einigen im entschiedenen Knabenalter. Der älteste, ein Aspirant für das katholische Priesterseminar in Hildesheim, stand schon ziemlich hoch in den Zwanzigen, der jüngste, ein Sohn des Bürgermeisters Jenisch, war noch nicht confirmiert, die Zwischenstufen des Alters wurden von 5 bis 6 Forstleuten und angehenden Zöglingen für ein Volksschullehrerseminar repräsentiert. Mit dem einen Katholiken las der Rector den Jon des Euripides, mit den Mittelaltrigen Cicero de officiis und Virgils Aeneis, mit

dem Bürgermeistersohne repetierte er die griechischen Declinationen. Das griechische und lateinische Explicieren bestand darin, daß die Schüler einen Satz, nicht etwa nach dem Wortsinne, sondern nach dem Sinne eines jeden Wortes nach seiner Reihenfolge im Texte, unbekümmert um den Sinn und Zusammenhang, wiedergaben, und daß der Rector, ohne ein Wort der Correctur dazwischen zu reden, darauf den Satz in pathetischer Weise seinerseits übersetzte, und so Satz für Satz weiter. Keine Erklärung der Worte, geschweige des Sinnes, kam vor; es war sichtbar, daß die Schüler so gut wie gar nichts von dem Gelesenen verstanden. Dabei spielte der selbstgefällige Gelehrtenstolz des Rectors eine höchst komische Rolle. Mir ward bald zu Muthe, als sei ich in einem satirischen Lustspiele, in welchem ein Schulpedant als Carricatur lächerlich gemacht wird.

Diese Empfindung verließ mich auch nicht, als ich in die zweite Klasse kam, mit welcher der Conrector den französischen Telemaque las. Da wurde zwar keine Pedanterie dargestellt, sondern die leichtfertige Oberflächlichkeit, die dem schlanübersetzenden Schüler die offenbarsten Fehler durchgehen ließ und selbst bei Correcturen und Vorübersetzen ohne Erröthen Fehler machte.

Von den Sprachen hatte ich genug gehört. Um nun auch von wissenschaftlichen Materien etwas zu hören, ging ich in die dritte Klasse, wo der Cantor, ein sächsischer Theologe, übrigens ein guter Lateiner nach alter Art, der aber jenen Allotriis keine besondere Studien gewidmet zu haben schien, Geographie und Naturgeschichte lehrte. Er stand bei den Provinzen des Königreichs Preußen und zwar gerade bei Pommern. Nachdem er von der Fruchtbarkeit des Bodens gesprochen, fragte er die Schüler nach einem besonders schmackhaften Producte der Provinz Pommern, welches auch als Leckerbissen ausgeführt würde. Die Schüler riethen hin und her, ohne das Rechte zu treffen; endlich hielt ein Knabe die Hand über alle andern hoch empor mit der glücklichen Miene, das Rechte gefunden zu haben, zur großen Freude des Lehrers. „Nun mein Sohn, was wird denn vorzüglich aus Pommern ausgeführt?" — „Pommeranzen, Herr Cantor!" war die Antwort, zum großen Verdruß des

Lehrers, der natürlich die pommerschen geräucherten Gänsebrüste genannt wissen wollte, aber zum unauslöschlichen Gelächter der Schüler, in welches ich ohne Gnade einstimmen mußte.

In der Naturgeschichte sprach er von den Hauptklassen, in welche die Thiere eingetheilt würden, und nannte zuerst die Eintheilung in zahme und wilde Thiere. Zahme wußten die Schüler natürlich mehrere zu nennen, von den wilden nannten sie Löwen, Tiger, Elephanten u. f. w. Der Lehrer wollte aber auch wilde Thiere in der eignen Gegend genannt wissen. „Ameisen", rief einer der kleinen Schüler. „Recht, mein Sohn, Ameisen sind wilde Thiere." — Die Komödie war vollständig, ich ging in die Straßen der Stadt zurück, um mich zu überzeugen, daß ich wirklich noch in der prosaischen Wirklichkeit wandle.

Wenn ich diese Scenen nicht erlebt hätte, — zu dichten hätte ich sie nicht vermocht, wie meine Leser mir wohl zutrauen werden.

Die Männer sind längst verstorben. Der erste war der Rector, von welchem mir der humoristische Bürgermeister Jenisch schrieb: „Heute Morgen um 8 Uhr hat der Götterbote unsern Rector mit seinem Stabe berührt."

Sein Nachfolger wurde der jetzige Rector Blauel, der mit vier andern Lehrern eine wohleingerichtete Schule mit 84 Schülern leitet.

2) Ein anderes Proghmnasium an dem andern nördlichen Ende des Landes, zu Otterndorf im Lande Hadeln, welches ehemals auch einen berühmten Mann, den Altvater Voß, an seiner Spitze gesehen hatte, war ebenfalls auf 3 Lehrer reduciert worden, befand sich aber unter dem Rector Herrmann in besserer Verfassung. In dem sehr wohlhabenden Lande waren unter den Besitzern ländlicher Güter noch immer die Spuren der guten Schulbildung aus der früheren Zeit zu erkennen, die sich auch in der löblichen Sitte zeigte, ihre Söhne, auch wenn sie nur zur Verwaltung des väterlichen Gutes bestimmt waren, bis zu der ziemlich späten Confirmation auf die gelehrte Schule zu schicken. Und als ein Vorposten der freieren Bildung nach Nordosten des Königreichs hin verdiente diese Schule durch Vermehrung

der Lehrer- und Klassenzahl in gutem Zustande aufrecht gehalten zu werden. Bei willigem Entgegenkommen der Ortsbehörden, namentlich der Kirchenprovisoren, die aus kirchlichen Mitteln eine Summe bewilligten, und durch Beihülfe der Regierung, gelang es auch, nach manchen Schwankungen, die Zahl der Lehrer nach und nach bis auf 6 zu vermehren. Und obwohl die Schule gleich in den ersten Jahren den, für höhere philologische Leistungen befähigten, Rector Herrmann durch Versetzung an das Gymnasium in Göttingen verlor, so hob sie sich doch unter seinem Nachfolger, dem Rector Bennigerholz, bis auf 6 Klassen mit 110 Schülern.

3) Das äußerste Progymnasium in Nordosten, dasjenige zu Norden in Ostfriesland, hatte sich, obwohl auch nur mit drei studierten Lehrern besetzt, unter dem Rector Toals als eine gelehrte Anstalt auf ehrenwerther Stufe erhalten und seine studierenden Schüler bis zur Universität vorbereitet. Dem Maturitäts-Prüfungsgesetze konnte es jedoch mit seinen geringen Lehrerkräften nicht genügen und mußte daher den Standpunct des Progymnasiums, mit Hinzufügung solcher Lehrzweige, die mehr das Bedürfniß bürgerlicher Berufsbildung im Auge haben, einnehmen. Doch ist der Charakter philologischer Behandlung des Sprachunterrichts, selbst in den neueren Sprachen, bei dieser Anstalt vorherrschend geblieben und hat gute Früchte getragen. Sie zählt jetzt 76 Schüler und 5 Lehrer mit Einschluß des Rectors Heidelberg.

4) Die Schule in Leer, die aus den Mitteln der reformierten Kirche erhalten wurde, war bis auf 2 Lehrer herabgekommen und löste sich durch die Versetzung des Conrectors Siebhof nach Aurich und die Unfähigkeit des alten Rectors Köhler ganz auf. Es mußte mit Hülfe eines ansehnlichen städtischen Zuschusses eine neue Schule gegründet werden, welche, den Bedürfnissen des Ortes gemäß, den vorwiegenden Charakter einer Realanstalt erhielt und jetzt, unter dem Rector Ehrenholz, 6 Lehrer und 110 Schüler zählt.

5) Noch eines der vorgefundenen Progymnasien, dasjenige zu Harburg, verdient eine kurze Erwähnung, weil sich die Unklarheit und Formlosigkeit der früheren Verhältnisse an demselben recht auf-

fallend darstellte. Die ganze Natur und Richtung des Handelsortes forderte Berücksichtigung der realistischen Bildung. Nun war aber an die Spitze der Anstalt ein Mann, ich möchte sagen verschlagen, deffen ganze Liebe den claffischen Studien zugewandt war und der nun, während er einer Realschule vorstand und diese ihren Weg verfolgen laffen mußte, zur Befriedigung seines innern Bedürfniffes sich eine Prima von wenigen durch Talent ausgezeichneten Schülern gebildet hatte, die er zum Studieren aufmunterte. Mit diesen las er, so ungleich sie auch großentheils an Kenntniffen waren, weil die stufenweise Vorbereitung fehlte, neben den leichteren, auch die schwersten Schulautoren, einen Horaz, Cicero, Tacitus, Sophokles und Platon. Er widmete mit großer Lebendigkeit und Hingebung seine ganze, von den gewöhnlichen Schularbeiten freie, Zeit diesen Selectanern und hat vortreffliche Schüler gebildet, die in Staat und Kirche und Schule sich bewährt haben. Dieser Mann war der Rector Nöldeke. Allein in dem Kampfe gegen die ganz verschiedenen Ansichten und darauf gegründeten Forderungen seines Publikums wurden seine Kräfte und sein Gemüth so in Anspruch genommen, daß er sich würde aufgerieben haben, wenn es nicht noch zu rechter Zeit gelungen wäre, ihn nach dem Abgange des Directors Rothert als Director an das Gymnasium zu Lingen zu versetzen, wo er für seine humanistischen Bestrebungen ein freies Feld gewonnen. Die Schule in Harburg ist aber unter dem Rector Hansen die ausgedehnteste Realschule des Landes geworden, die, mit Einschluß der Elementarklassen, 10 Lehrer und 280 Schüler zählt.

Wenn die höheren Schulen, größere wie kleinere, aus dem unvollkommenen Zustande, in welchem sich, nach meinen obigen Andeutungen, viele derselben befanden, gehoben werden sollten, so war es nicht mit Lehrplänen und Vorschriften gethan, sondern es mußten die lebendigen Kräfte, es mußte ein tüchtiger Lehrerstand geschaffen, und die fähigen, von der Natur zu Lehrern berufenen jungen, Männer mußten aufgemuntert werden, sich ganz dem Lehrerberufe zu widmen.

Das Nächste war die Errichtung einer wissenschaftlichen Prüfungscommission in Göttingen und eine Instruction über die Forderungen, welche an die Kandidaten des höheren Schulfachs gemacht werden sollten, je nachdem sie auf die Stellung als Hauptlehrer für die unteren und mittleren, oder auch schon für die oberen, Klassen Anspruch machten, oder aber als Fachlehrer in der Mathematik und den Naturwissenschaften, oder endlich in neueren Sprachen, unterrichten wollten. Die desfallsige königliche Verordnung und ministerielle Instruction erschienen im Jahre 1831, gleichzeitig mit der Errichtung der wissenschaftlichen Prüfungscommission selbst. Die Namen der ersten Mitglieder zeugen für die ausgezeichnete Zusammensetzung derselben; es waren die Professoren: Otfried Müller für Philologie und Alterthumswissenschaft, Dahlmann für Geschichte, Jacob Grimm für deutsche Sprache, Thibaut für Mathematik, Lücke für die Religionskenntnisse, zu welchen Männern im Jahre 1833 der von Königsberg nach Göttingen zurückberufene Professor Herbart als Examinator in der Philosophie und Pädagogik hinzutrat. (Später ist auch noch der Professor Theodor Müller zur Prüfung in neueren Sprachen hinzugekommen.) Schon jene Reihe zeigt, in welchem blühenden Zustande die Universität damals war, und wie sie in hohem Maße geeignet war, Lehrer für das höhere Schulwesen heranzubilden. Seit der Zeit von Heyne, Schlözer, Spittler, Heeren, Kästner, Blumenbach u. s. w. hatte Göttingen keine solche Zahl gediegener Lehrer vereinigt gesehen, und zugleich war der Geist des edeln Wetteifers neben der, auf Universitäten nicht immer einheimischen, Einigkeit und gegenseitiger Anerkennung, eine herzerfreuende Erscheinung. Auch zeigten gleich die Schulamtsprüfungen der ersten vier Jahre, welche Früchte der Unterricht der genannten und anderer akademischer Lehrer getragen hatte. Lehrer, wie Gravenhorst, Schädel, Regel, Hoffmann, Bethmann, Schweckendieck, Reuter, Krüger, Berger, Helmes, Joseph Müller, Firnhaber, Schöning und andere gehören zu jener ersten Generation.

Ein weiterer Fortschritt in dem Bildungsgange unserer Schulamtskandidaten, um dieses gleich hier anzuknüpfen, wurde späterhin durch die Errichtung eines pädagogischen Seminars in Göttingen gewonnen, zu welcher der an das Gymnasium berufene Direktor Ranke den Anstoß gab. In der ersten Abtheilung, in welche die für das höhere Schulfach sich vorbereitenden Studierenden in der letzten Zeit ihrer Studien aufgenommen werden konnten, sollten ihnen die Grundregeln der Pädagogik und Didaktik und deren Anwendung auf die einzelnen Unterrichtszweige klar gemacht und daran auch schriftliche Uebungen der Mitglieder angeknüpft werden. Die Mitglieder der zweiten Abtheilung sollten, nachdem sie ihren Cursus vollendet und ihre Kenntnisse durch ihre Schulamtsprüfung bewährt hätten, als Hülfslehrer bei dem Gymnasium mit einer mäßigen Stundenzahl, unter der Aufsicht und Leitung des Directors, beschäftigt werden, und der Director sollte ihnen in einer wöchentlichen Conferenz seine Bemerkungen über ihren Unterricht mittheilen, auch pädagogische Fragen, an literarische Erscheinungen angeknüpft, eingehend mit ihnen besprechen und die Einzelnen veranlassen, eigene Themata aus dem Gebiete der Schulunterrichtsfächer zu bearbeiten. Diese praktische Uebungszeit sollte in der Regel zwei Jahre dauern und den sich bewährenden Mitgliedern den Weg zu wirklicher Anstellung bahnen.

Eine allgemeine Schulordnung für alle höheren Schulen zu erlassen, konnte das Ober-Schulcollegium im Anfange seiner Wirksamkeit um so weniger sich entschließen, als eine solche noch nicht einmal in Preußen, wo doch die Aufmerksamkeit auf das höhere Schulwesen schon Jahrzehnde hindurch als ein wichtiger Theil der Staatsverwaltung gerichtet gewesen, in's Leben gerufen war, und als auf der andern Seite das Beispiel von Baiern abschreckte, wo in kurzer Zeit vier Schulordnungen nach einander aufgestellt und wieder verändert waren. Dagegen suchten wir einzelne wichtige Puncte hervor, über welche eine Instruction gegeben werden konnte, z. B. über die Pflichten und Rechte der Klassen-Ordinarien; über Klassenprüfungen; über die Abhaltung regelmäßiger Lehrerconferenzen und die Gegenstände, welche vor das Forum derselben gehören sollten; über die Beschäfti-

20*

gung und Beauffichtigung derjenigen Schulamtskandidaten, welche bei
einem Gymnaſium ihr Probejahr abhalten würden u. ſ. w.

Als die Mittel, durch welche wir den Mangel einer allgemeinen
Schulordnung zu erſetzen ſuchten, dienten uns meine regelmäßigen
Inſpectionsreiſen, ferner die Prüfung der jährlichen Lectionsplane der
Anſtalten, die dem Ober-Schulcollegium eingeſchickt werden mußten,
und vor allen Dingen die Beurtheilung der Maturitäts-Prüfungs-
akten, welche den Anſtalten auf Grund der Bemerkungen der wiſſen-
ſchaftlichen Prüfungscommiſſion und der eignen Prüfung des Ober-
Schulcollegiums mitgetheilt wurde. Da konnten die Lehrercollegien
auf die Mängel in den Leiſtungen der Anſtalten, wie ſie ſich in den
Arbeiten der Abiturienten und deren Beurtheilung von Seiten der
Lehrer, und in dem Endurtheile über die Reife der Geprüften zeigten,
aufmerkſam gemacht werden. Da die in der Maturitäts-Prüfungsord-
nung aufgeſtellten Forderungen an die zur Univerſität übergehenden
Schüler das Ziel der Leiſtungen der gelehrten Schule darlegen, alſo
als einer der wichtigſten Hebel für die richtige wiſſenſchaftliche Haltung derſelben angeſehen werden müſſen, ſo haben wir der zweck-
mäßigen Einrichtung dieſer Prüfungen eine große und anhaltende Auf-
merkſamkeit gewidmet und in den erſten 8 Jahren unſerer Wirkſam-
keit mehrere Declarationen über wichtige Puncte der Inſtruction vom
Jahre 1829 erlaſſen, bis im Jahre 1839 der Zeitpunct gekommen zu
ſein ſchien, auf den Grund der bis dahin gemachten Erfahrungen eine
neue Redaction derſelben vorzunehmen. Es wurden die Gutachten
der Lehrercollegien, ſowie der wiſſenſchaftlichen Prüfungscommiſſion,
eingeholt und darauf die Inſtruction vom 22. Mai 1839 erlaſſen.
Es möchte nun vielleicht nicht am unrechten Orte ſein, hier die leitenden Gedanken über dieſen, für das höhere Schulweſen ſo hochwichtigen,
Gegenſtand wenigſtens anzudeuten, da derſelbe für die Eltern und
Angehörigen der Schüler, welche ſie den Gymnaſien anvertrauen, von
großem Intereſſe iſt und auch vielfach in öffentlichen Blättern beſpro-
chen wird; allein ich verſpare dieſe Darlegung beſſer bis zu der
letzten Redaction der Reifeprüfungs-Inſtruction vom Jahre 1861,
vor deren Erlaſſung jene leitenden Gedanken in einer Conferenz mit

einem Theile der Directoren unserer Gymnasien am entscheidendsten zur Geltung gebracht sind.

Ueberdies ist dieses Kapitel über das höhere Schulwesen des Königreichs Hannover schon so stark geworden, daß ich, um meine Leser nicht zu sehr mit einem Gegenstande zu ermüden, zu meinen persönlichen Angelegenheiten zurückzukehren mich veranlaßt sehe.

2. Persönliche und Familien-Verhältnisse.

Wenn ich zuerst von meiner Person reden soll, so muß ich zu dem zweiten Jahre meines Lebens in Hannover zurückkehren. Meine Gesundheit war durch die Kur in Wiesbaden zwar gehoben, aber noch nicht befestigt; die krampfhaften Zufälle im Unterleibe kehrten bei den angestrengten Arbeiten mehrmals zurück. Der treffliche Stieglitz, den ich zugleich zum theilnehmenden Freunde gewonnen hatte, hielt eine zweite stärkere Kur in Karlsbad für nothwendig, wie er sie auch meinem Freunde und Wiesbadener Gefährten, dem Geheimen Kabinetsrath Hoppenstedt, verordnet hatte; wir beide traten die Reise zusammen in Hoppenstedt's Wagen mit Extrapost an. In Leipzig blieben wir einen Tag, bestiegen die Sternwarte, um von da einen Ueberblick über das Schlachtfeld vom 16. und 18. October 1813 zu haben, besuchten die Stelle, wo Poniatowsky mit seinem Pferde in die Elster gesprengt war, und — gingen auch in ein akademisches Collegium. Die Veranlassung dazu verdient eine weitere Erläuterung.

Die Stelle eines Abtes von Loccum und ersten geistlichen Mitgliedes des Consistoriums in Hannover war durch den Tod von Hoppenstedts Bruder erledigt. Wie die Regierung durch Errichtung eines Ober-Schulcollegiums ein neues Leben in das höhere Schulwesen zu bringen bemüht gewesen war, so suchte sie auch für die wichtige Stelle eines ersten Geistlichen im Königreiche einen Mann von möglichst bedeutender Persönlichkeit und selbst von Ruf in der kirchlichen Welt zu gewinnen, um in der kirchlichen Oberbehörde ein Element des lebendigen Fortschrittes zu besitzen. Dieses Streben gereichte der Regierung zur Ehre, und Männer, wie die Minister von Arnswald und von Stralenheim, und wie der Geh. Kabinetsrath Hoppenstedt, welcher letzterer als das anregende Princip in der damaligen Zeit Hannovers betrachtet werden darf, sollen in der Geschichte des hannoverschen Landes nicht vergessen werden. Der Minister von Arnswald, als Curator der Universität Göttingen, und Hoppenstedt, als sein treuer Mitarbeiter in den Angelegenheiten der Universität, haben auch das Verdienst gehabt, Männer nach Göttingen berufen zu haben, wie ich sie in dem vorigen Kapitel als Mitglieder der wissenschaftlichen Prüfungscommission namhaft gemacht habe, und überhaupt die Blüte der Georgia Augusta in dem dritten und vierten Jahrzehend unseres Jahrhunderts herbeigeführt zu haben.

Nun war für die Stelle eines Abtes zu Loccum auch der Professor und Consistorialrath Grosmann in Leipzig in Vorschlag gebracht worden, und Hoppenstedt wollte die Reise nach Karlsbad benutzen, um diesen Mann persönlich kennen zu lernen und den Eindruck seines geistigen Vermögens in einem akademischen Vortrage aufzufassen. Ich begleitete ihn in Grosmanns Vorlesung, — es ist mir entfallen, welches der Gegenstand derselben war, — und wir setzten uns, nicht ohne einige verwunderte Blicke der Studenten, die uns übrigens sehr höflich einen Platz einräumten, unter die Zuhörer. Grosmann ließ sich durch unsere Anwesenheit gar nicht irre machen, sondern fuhr in seinem Vortrage in natürlich unbefangener, sehr ansprechender, Weise fort, so daß er auf uns einen durchaus günstigen Eindruck machte. Es wurden auch wirklich nachher Verhandlungen mit ihm angeknüpft, die jedoch das gewünschte Resultat nicht herbeiführten, weil Grosmann sich von seiner ihm lieb gewordenen Stellung in Leipzig nicht trennen wollte. Die Wahl des Loccumer Kapitels, welches das Wahlrecht besaß, dasselbe jedoch bei einer für das ganze Land so wichtigen Stelle selbstverständlich nicht ohne Einverständniß mit der Regierung übte, fiel darnach auf einen jüngeren inländischen Geistlichen, den Consistorialrath und Hofprediger Rupstein, der zwar nicht den ausgebreiteten Ruf Grosmanns besaß, aber durch seinen gediegenen Charakter, seinen wissenschaftlichen Standpunct, seine

Gewandtheit in Geschäften und endlich durch seinen Scharfblick in der Beurtheilung der Persönlichkeiten der Geistlichen bei Besetzung der Pfarrstellen, seinen Ruf als Mitglied des Consistoriums, der Calenbergschen Landschaft, der ersten Kammer der allgemeinen Ständeversammlung und als Verwalter des Stifts Loccum auf das Ehrenvollste ausgefüllt hat und noch ausfüllt. Ich habe den Abt Rupstein an einer früheren Stelle meinen Freund genannt; ich darf es seiner Bescheidenheit nicht zu Leide thun, hier noch mehr zu seinem Lobe zu sagen.

Ueber den Geheimen Kabinetsrath Hoppenstedt darf ich schon offner reden, da er nicht mehr unter den Lebenden ist und alle, die ihn näher gekannt haben, in mein Lob einstimmen werden. Er war eigentlich mein ältester Jugendbekannter, denn ich lernte ihn schon als sieben- oder achtjähriger Knabe in Landolfshausen kennen, indem er in dem benachbarten Dorfe Wake als Zögling in dem Hause des Pastors Steinhövel lebte und mit diesem meine Mutter in Landolfshausen besuchte, wie ich umgekehrt ihn in Wake. Doch traten wir uns eben nicht näher, weil er zwei Jahre älter und durch frühe körperliche und geistige Entwicklung mir weit voraus war. Auch in Hannover war er mir, als ich dorthin kam, so weit voraus, daß er schon in den oberen Klassen der hohen Schule saß, als ich noch Quinta und die Hofschule besuchte. Und als wir später in Prima zusammentrafen, war er schon dem Abgange auf die Universität nahe. Auch war sein Umgangskreis ein anderer, als der meinige. Gleichwohl war in uns beiden doch immer das Gefühl früher Jugendbekanntschaft lebendig geblieben und als ich im November 1829 nach Hannover wegen meiner Berufung in's Ober-Schulcollegium kam, wurden wir schnell vertrauter. Das engere Band persönlicher Neigung und Freundschaft knüpfte sich aber erst recht auf unserer gemeinsamen Reise nach Karlsbad, indem zu der gegenseitigen Achtung als gleichgesinnter Arbeiter für das öffentliche Wohl in den Geschäften des Staates auch die gewonnene Kenntniß der persönlichen Eigenschaften des Geistes und Gemüthes, ja selbst der kleinen Züge und Eigenheiten hinzukam, welche die Uebereinstimmung der Charaktere

recht zum Bewußtsein bringt. Bei dem Zusammensitzen im Reisewagen und dem Zusammenleben Wand an Wand am Badeorte, —
denn auch im Karlsbad wohnten wir neben einander in demselben
Hause, — zeigt sich der Mensch in seiner natürlichen Gestalt. Der
Gesellschaftsrock wird abgelegt und der bequemere Stubenrock angezogen, ja oft auch dieser noch abgeworfen. — Hoppenstedt war ein
sehr angenehmer Reisegefährte: lebendig, mittheilsam, für alle Eindrücke offen, ohne Eigenheiten, leicht befriedigt. Das Umfassende
seines Interesses an allen Erscheinungen des Lebens zeigte sich im
Großen und Kleinen. Wie er in Leipzig den Professor Grosmann
mit lebendiger Würdigung auffaßte, das Schlachtfeld von der Sternwarte aus übersah und dabei die Erzählung des Aufsehers von seinen
Erlebnissen in den Tagen der Schlacht anhörte, wie er in Altenburg
das Schloß auf der Höhe aufmerksam betrachtete und sich an den
Prinzenraub über diese Mauern herab durch Kunz von Kauffungen
erinnerte, so fragte er auch nach dem Namen aller Orte, durch die
wir fuhren, und zeichnete sie sich auf; und wenn wir auf einer Station anhielten, um neue Pferde anspannen zu lassen, so ging er indeß
in die Straßen, betrachtete sich die Bauart der Häuser und blieb
vor einem Kaufladen stehen, indem er die im Fenster ausgestellten
Waaren besah und sich freute, wenn er darunter etwas fand, was
der Industrie dieser Gegend eigenthümlich angehörte. Solche Züge
charakterisiren den gebornen Staatsmann mit hellem Blick und umfassender Umsicht. Dieser offene Blick und dieses umfassende Interesse
war Hoppenstedt in vorzüglichem Maße eigen und erstreckte sich über
alle wichtigen Verhältnisse, auch über die Erscheinungen in der Literatur, wodurch er gerade für die Angelegenheiten der Universität von
so hoher Bedeutung war. Und wohin sein Blick nicht reichte, darüber erholte er sich Raths bei befreundeten Lehrern der Universität,
mit welchen er in einem sehr schönen Verhältnisse des Vertrauens
stand. Seine Correspondenz mit Heeren, Dahlmann, Lücke, Hugo,
Bergmann, Otfried Müller, Wagner und andern würde, wenn sie
bewahrt wäre, einen nicht unwichtigen Beitrag zur Geschichte der
Universität liefern können. Durch Männer, wie Hoppenstedt, wo sie

sich in einem Staate finden, welche das Vertrauen und die Achtung der vorzüglichen Männer der Wissenschaft gewinnen können, werden die Angelegenheiten der Universitäten in vorzüglicher Weise gefördert. Die Decrete von oben sind es nicht, ja nicht einmal die aufgewandten Summen, die da Leben schaffen. Uebrigens darf aber nicht vergessen werden, daß auch der Minister von Arnswald ein trefflicher Universitäts-Curator war, der noch genauer wie Hoppenstedt, den Gang der Literatur verfolgen konnte, weil er mehr freie Zeit dazu hatte und zugleich eine umfassende wissenschaftliche Bildung besaß.

Wie sehr Hoppenstedt bekümmert sein mußte, als im Januar 1831 auch in Göttingen ein unbesonnener, durch einige Privatdocenten und Advocaten angeregter, Aufstand ausbrach und Bürger und Studenten ergriff, welcher leicht den Ruin der Universität herbeiführen konnte, ist begreiflich. Doch war auch er es, der das Vertrauen des milden und edelgesinnten Vicekönigs, des Herzogs von Cambridge, besaß, der mit hochherziger Gesinnung zu der humanen Lösung der ganzen Sache wesentlich mit beitrug, nachdem durch die energischen Maßregeln der Regierung der Aufruhr schnell niedergeworfen war. Als wir nach Karlsbad fuhren, war diese Krisis überwunden und Hoppenstedts Stimmung wieder frei; wir haben sehr angenehme Wochen dort zusammen verlebt, die ausgezeichnete Umgebung recht genossen, auch mit andern hannoverschen Bekannten, die mit uns in Karlsbad waren, mehrere interessante Fahrten in die Umgegend gemacht. — Hoppenstedt bekam die Kur im Verlaufe der Zeit immer besser; mit mir ging es umgekehrt. Zuerst befand ich mich dabei sehr gut, so daß die Bekannten mich beschuldigten, ich sei nur zum Vergnügen nach Karlsbad gekommen; ich konnte rasch von den schwächeren Quellen zu den stärkeren und selbst zum Sprudel übergehen; allein dann kam ein Punct, wie auch in Wiesbaden, über welchen ich nicht hätte hinausgehen müssen. Der Magen konnte das Wasser nicht mehr verdauen und wollte überhaupt keine Speise mehr annehmen; ich mußte aufhören zu trinken, wurde fieberhaft und ängstigte mich mit dem Gedanken, meinen Reisegefährten abreisen sehen und allein zurückbleiben zu müssen. Aber mein Freund wollte mich nicht verlassen, gab einige Tage zu, bis ich mich einigermaßen erholt hatte, und so fuhren wir über Franzesbrunnen nach Eger, besahen das Haus des Bürgermeisters und die Zimmer, in welchen Wallenstein ermordet war, und übernachteten auf dem Wege nach Baireuth in Alexanbersbad, am Ausgange des Fichtelgebirges. Die merkwürdige Felsengegend lud uns ein, einen halben Tag zu verweilen und die meilenweit mit Tausenden von Felsentrümmern übersäete Waldgegend mit der Luisenburg zu besuchen. Es ging nicht anders als auf einem mit vier Ochsen bespannten und mit Strohsitzen versehenen Leiterwagen, denn der Weg ging im eigentlichen Verstande über Stock und Stein und kein Pferd hätte die Fußtritte zwischen den Felsentrümmern finden und keine Chaise mit heilen Rädern hindurchkommen können. Aber die beschwerliche Fahrt belohnte sich. Eine großartigere Trümmerwelt hatte ich selbst in der Schweiz nicht gesehen; die Wirkung eines zerstörenden Erdbebens, welches die Felsen zerrissen und im wilden Chaos über einander geworfen, zeigt sich den erstaunten Blicken, und die oft romantischen Felsengruppen, zwischen welchen die auch in den Trümmern schaffende und treibende Natur überall im Laufe der Zeit ihre grüne Vegetation durch Lücken und Spalten hervorgetrieben hat, überraschen und erfreuen das Auge wunderbar. — Ein Gericht der schönsten Waldforellen erquickte uns nach der anstrengenden Fahrt.

In Baireuth, dem ehemaligen Wohnorte Jean Paul's, verweilten wir ebenfalls so lange, um das Lustschloß Phantasie mit seinen Anlagen, in welchen Jean Paul viele seiner schönsten Naturschilderungen gedichtet hatte, zu besuchen, und eben so ließ ich es mir nicht nehmen, von Jean Paul's Grabe einige Blumen zu pflücken, denn ich wußte, daß ich damit meiner Frau ein noch 'angenehmeres Geschenk von meiner Reise mitbringen würde, als mit den Tischdecken und der schöngearbeiteten Schatulle, die ich in Karlsbad für sie gekauft hatte. Sie hat die Blumen auch unter ihren zahlreichen Andenken von befreundeten Menschen und lieben Orten treu aufbewahrt.

Ueber Coburg, Meiningen, Liebenstein, wo wir die merkwürdige Höhle zu besuchen nicht unterließen, und Eisenach, wo auch die Wartburg bestiegen wurde, ging es nach Göttingen zurück. Ungeachtet meiner noch fortdauernden Schwäche trennte ich mich doch hier von Hoppenstedt, um das Gymnasium, und mit meiner Frau, die mir hier entgegenkam, auch meine Mutter in Landolfshausen zu besuchen. In Göttingen trafen wir auch unsere beiden ältesten Söhne, die im Herbste 1830 von Bonn hierher gegangen waren und die Revolution im Januar, zu meiner Freude ohne alle Theilnahme an derselben, mit erlebt hatten. Das Soldatenspiel der Studenten hatte sie eben so wenig gereizt, als politischer Eifer für Verbesserung der hannoverschen Zustände, die sie so gut als gar nicht kannten.

Nach Hannover zurückgekehrt fand ich auch hier in Folge der politischen Aufregung der Zeit große Bewegung zur Auffindung von Einrichtungen, welche die Gemüther beruhigen könnten. Man arbeitete an einem neuen Staatsgrundgesetze; Männer wie D a h l m a n n und S t ü v e waren berufen, ihren Rath zu ertheilen; man hatte, wie ich schon erzählt habe, eine neue Zeitung begründet, welche die Ansichten der Menschen berichtigen sollte und deren Redaction Pertz übernommen hatte. Mein Interesse wurde natürlich in so weit hineingezogen, als ich diese Bestrebungen mit Theilnahme verfolgte; einen unmittelbaren Einfluß hatten sie jedoch auf meinen nächsten Wirkungskreis nicht und ich konnte ruhig an seiner weiteren Ausbildung fortarbeiten. Mein Verhältniß zu den an der Spitze der Geschäfte stehenden Personen war ein durchaus günstiges.

Der Vicekönig, H e r z o g v o n C a m b r i d g e, beehrte mich mit besonderem Wohlwollen und förderte, wenn die letzte Entscheidung ihm zufiel, gern die Interessen des höheren Schulwesens. Ich wurde oft zur Tafel und zu Abendfesten geladen, wobei freilich die Nothwendigkeit, mich in eine Uniform zu stecken, mir sehr ungewohnt, die Gelegenheit jedoch, viele der höheren Beamten, mit denen ich sonst nicht in nähere Berührung kam, und auch wohl angesehene Fremde, zu sehen, willkommen war und Veranlassung gab, mich sowohl über die allgemeinen Angelegenheiten zu belehren, als auch Vorurtheile und Unkenntniß in Absicht der neuen Schuleinrichtungen zu berichtigen.

Namentlich gaben die Maturitäts-Prüfungen, die häufig als eine Tortur für die Schüler angesehen wurden, den Stoff dazu.

Mein nächster Vorgesetzter, der **Minister von Stralenheim**, hat mir vom Anfange meiner Wirksamkeit an, bis zu seinem Tode im Jahre 1847 in vorzüglichem Grade sein Zutrauen geschenkt und ich fühle mich verpflichtet, dem Andenken dieses Ehrenmannes, der häufig verkannt ist, ein Wort dankbarer Anerkennung zu widmen. Zwar fehlte ihm die Höhe staatsmännischer Einsicht und die Energie des Willens, welche selbständig Neues zu schaffen oder in aufgeregten und schwer zu lenkenden Zeiten das Steuer mit fester Hand zu lenken vermag; der kräftige König Ernst August duldete ihn mehr, als daß er ihn gebrauchte; allein seine Pflichttreue, seine Gerechtigkeitsliebe, sein wohlwollendes Gemüth, sein Vertrauen auf das Bessere im Menschen, machten ihn zugänglich für jeden Rath, der das Rechte und Gute bezweckte. Die Errichtung des Ober-Schulcollegiums und einer wissenschaftlichen Prüfungs-Commission, die Erlassung eines Maturitäts-Prüfungsgesetzes und einer Prüfungsordnung für das höhere Schulamt, sichern dem Minister Stralenheim einen ehrenvollen Platz in der Geschichte des hannoverschen Schulwesens. Bei meinem häufigen persönlichen Verkehr mit ihm habe ich sein Ohr immer offen gefunden für meine Anträge, sowohl in sachlichen Verhältnissen, als auch in Absicht von Personen, die ich zu fördern, oder auch vielleicht gegen unrichtige Beurtheilung in Schutz zu nehmen hatte. Er war immer geneigt, die gute Seite anzuerkennen und was man Nachtragen nennt, war ihm fern. — Ich kam auch seiner Familie nahe und wurde wegen der Lehrer für die Söhne zu Rathe gezogen, und die beiden von mir Empfohlenen, Ramble und Pabst, haben meiner Empfehlung Ehre gemacht. — Die Frau Ministerin, eine geborne v. b. Wense, war eine treffliche, nur sehr kränkliche, Frau, die mir ebenfalls viel Vertrauen schenkte und leider zu früh starb, wie ebenfalls der zweite Sohn und die beiden Töchter, von denen die älteste ein ausgezeichnetes Wesen von Tiefe des Gemüthes war.

Von meinen beiden nächsten Collegen, dem Archivrath Pertz und dem Kanzleirath von Lüple, ihrem amtlichen Zusammenwirken mit mir und der freundschaftlichen Verbindung unserer Familien habe ich schon früher Erwähnung gethan. Durch Pertz kam ich auch in nähere Verbindung mit Dahlmann und seiner Familie. Dahlmann war dem Anscheine nach ein etwas verschlossener Charakter, da er in der gewöhnlichen Unterhaltung in der Regel wenig sprach und seine Gesichtszüge etwas sehr Ernstes hatten. Aber sein Gemüth war warm und freundschaftlichen Gefühlen offen, wenn er den andern als zuverlässig erkannt hatte; und dann hielt er fest an ihm. Seine politischen Ansichten sind bekannt. Niemand wird, wenn er auch nicht in allem mit ihm übereinstimmt, denselben den Charakter besonnener Mäßigung und einer edeln Richtung auf die dauernden Güter des bürgerlichen Gemeinwesens absprechen wollen. Ich habe mich immer sehr gut mit ihm verständigen können. Seine Frau war eine ansprechende, liebenswürdige Natur, die mit der meinigen und noch genauer mit der Frau meines Collegen Pertz befreundet wurde.

Ein jüngerer Mann, der sich unserm Kreise anschloß, war der Dr. Georg Waitz, welchen Pertz zur Hülfe an den Arbeiten für die Monumente der deutschen Geschichte des Mittelalters herangezogen hatte. Auch dieser Mann hat sich als gediegener Geschichtsforscher und Lehrer genugsam bekannt gemacht, so daß ich seiner hier nur als eines belebenden Elementes in unserm geselligen Kreise zu gedenken brauche. Sein empfänglicher Sinn, seine bedeutenden Kenntnisse und sein treffendes Urtheil verschafften ihm bald einen selbständigen Platz in unserm Freundes-Kreise, und mein persönliches Verhältniß zu ihm gestaltete sich nach und nach zu einer achtungsvollen Freundschaft, die sich bis auf den heutigen Tag unwandelbar bewährt hat. An seiner späteren Berufung nach Göttingen darf ich mir einiges Verdienst zuschreiben.

Ein anderer junger Mann, den der Archivrath Pertz zur Hülfe für die Monumente benutzte, war der Dr. Bethmann, jetziger Oberbibliothekar in Wolfenbüttel, kenntnißreich und von trefflichem Gemüthe, der sich schnell mit meinen Söhnen befreundet und über-

haupt in unſerer und den uns am nächſten ſtehenden Familien ein=
heimiſch wurde. Er blieb jedoch nicht lange Zeit in Hannover.

Ein Mann von ſeltener Geiſteskraft und Charaktergüte, mit
welchem ich, obgleich er mit meinem nächſten Wirkungskreiſe nichts
zu thun hatte, in nähere freundſchaftliche Verbindung gekommen bin,
war der ſchon mehrgenannte berühmte Arzt, Hofrath Stieglitz,
deſſen Name in der ärztlichen Welt bekannt genug iſt. Aber, obwohl
ich ihm auch als Arzt viel verdanke, ſo war mir doch der Mann
von allgemeiner wiſſenſchaftlicher Bildung und lebendigem Intereſſe
noch achtungswerther und ich habe manchen erquicklichen Abend in der
Unterhaltung mit ihm und ſeiner ſehr gebildeten Frau, die einen
Kreis von intereſſanten Menſchen um ſich zu verſammeln wußte, zu=
gebracht. Des Mannes kräftige, gedankenreiche Urtheile traten mit=
unter auf ergötzliche Weiſe mit den etwas ſentimental = überſchwäng=
lichen Anſichten der Frau in Contraſt, ohne daß einer den andern zu
ſeiner Anſicht zu bekehren ſuchte; ſie mochten es oft ohne Erfolg
verſucht haben. Doch waren beider Naturen zu edel und zu ächt,
als daß dieſes ihrem innigen Verhältniſſe geſchadet hätte. — Was
mein zweiter Sohn und ich mit ihm Stieglitz zu verdanken gehabt,
wird ſpäter zur Sprache kommen. Doch mag hier der rechte Platz
ſein, auf den Lebensweg meiner Söhne überhaupt etwas näher ein=
zugehen.

Die Söhne. — Daß die beiden älteſten, Rudolf und Otto,
nach anderthalbjährigen Studien in Bonn im Herbſte 1830 nach
Göttingen gingen, habe ich berichtet. Hier beſtimmte ſich Rudolf
für den Lehrerſtand und machte Mathematik und Naturwiſſenſchaften
zu ſeinen Hauptſtudien. Er war einer der letzten Schüler, die Thi=
baut ausgebildet und promoviert hat. Im Sommer 1832 machte er
ſeine Schulamtsprüfung und im Herbſte dieſes Jahres trat er ſein
Probejahr bei dem hieſigen Lyceum an. Wir hätten ihn gern in
unſerer Mitte behalten; wie er ſchon als Knabe der Anführer und
Anſtifter der Spiele ſeiner Geſchwiſter geweſen war, ſo hätten die
beiden älteren Schweſtern, die eben im Begriff waren, mit in unſern
geſelligen Kreis einzutreten, gern an ihm einen Führer gehabt. Auch

erwarb er sich die Zuneigung aller unserer Freunde durch sein heiteres, natürliches und ansprechendes Wesen. Allein er mußte sein weiteres Fortkommen suchen, und da sich die Gelegenheit darbot, daß er die mathematische Lehrerstelle an der Ritterakademie in Lüneburg erhalten konnte, so ging er schon Ostern 1833 dahin ab.

Der zweite Sohn Otto, der den ärztlichen Beruf zu seiner Lebensbestimmung gewählt hatte, begann mit den dahin einschlagenden Vorlesungen in Göttingen, hegte aber den bringenden Wunsch, noch einmal nach Bonn zurückzukehren, um besonders seine physiologischen Studien, denen er mit Vorliebe anhing, bei dem ausgezeichneten Physiologen Johannes Müller fortzusetzen. Im Herbste 1831 ging er nach Bonn, kehrte aber nach einem Jahre nach Göttingen zurück und promovierte im Herbste 1833 nach fünftehalbjährigen akademischen Studien. Da jedoch der Mediziner, wenn man das Vertrauen zu ihm fassen soll, daß ihm die Sorge für Leben und Gesundheit anderer anvertraut werden könne, viel gesehen und namentlich größere Heilanstalten besucht haben muß, so beschlossen wir, ihn nach Kopenhagen zu schicken, wo große Hospitäler und namhafte Aerzte waren, an welche ihm Stieglitz Empfehlungen mitgab, und wo er zugleich an den Verwandten meiner Frau einen Halt haben konnte. Er ging im Sommer 1834 dahin ab und hat nachher immer seinen Aufenthalt in Kopenhagen, die dortigen Anstalten und Aerzte, sowie das eigenthümlich gemüthliche Zusammenleben der dortigen Studenten, gerühmt. Mit den Verwandten, die ihn sehr lieb gewannen, schloß er eine herzliche Freundschaft. — Im Frühjahr 1835 erhielt ich unerwartet einen Brief von ihm, in welchem er meldete, daß er, wenn ich ihn läse, bereits auf der See schwimmen werde. Er habe durch einen befreundeten Schiffskapitain in Kopenhagen, gegen schiffsärztliche Dienste, freie Ueberfahrt nach England erhalten und möchte sich gern, wenn auch nur einige Wochen, in den Hospitälern Londons umsehen. Glücklich traf es sich, daß gerade zu derselben Zeit der hiesige General-Stabsarzt Spangenberg, mit welchem ich durch Stieglitz bekannt geworden war, im Begriff war, ebenfalls nach London zu reisen. Dieser nahm Geld und Briefe mit und versprach, meinem Sohne durch seine Verbindung mit den Londoner Hospitalärzten behülflich zu sein. Dadurch erreichte mein Sohn in den 6 Wochen seines Aufenthalts in London seinen Zweck und kam im Juli 1835 wohlbehalten und mit Erfahrungen bereichert nach Hannover zurück.

Aber wie nun weiter? Die Hauptstadt war mit älteren und jüngeren Aerzten reichlich versehen, wie sollte ein Anfänger Anknüpfung finden? Einige Uebung gewährte die Armenpraxis, aber für seine selbständige Zukunft war damit nicht viel gewonnen. Da half der treffliche Stieglitz weiter. Zunächst ermahnte er meinen Sohn, den er liebgewonnen hatte, zur Geduld und zum eifrigen Fortstudieren; namentlich möge er die hiesige chirurgische Schule besuchen und sich in der Anatomie üben; es werde eine Zeit kommen, wo er es bedauern werde, zu wenig Muße zur wissenschaftlichen Fortbildung übrig zu haben. Mein Sohn befolgte den Rath und kam dadurch in die, für sein ganzes Leben so wichtige, Verbindung mit dem ausgezeichneten Anatomen, Medicinalrath Krause, der sich seiner mit Liebe annahm und in Verbindung mit Stieglitz dahin wirkte, daß er mit einem, wenn auch kleinem, Gehalte als Prosector bei der chirurgischen Schule angestellt wurde. Nun war die Bahn gebrochen. Mein Sohn hielt Repetitionen mit den Schülern der chirurgischen Schule, fand bei denselben durch seine Lehrgabe vorzüglichen Beifall und leistete mit seinen scharfen Augen dem Medicinalrath Krause bei mikroskopischen anatomischen Untersuchungen wesentliche Dienste. Es bildete sich ein schönes Verhältniß mit diesem trefflichen Manne aus, welches später zur wirklichen Freundschaft wurde. Auch die ärztliche Praxis gewann, wenn auch langsam, einen größeren Umfang.

Unser dritter Sohn, Fritz, machte uns in den ersten Jahren unseres hannoverschen Lebens eine Zeitlang wirkliche Sorge. Er wurde im Herbst 1830 in die Prima des Lyceums aufgenommen, und als eifriger Turner richtete er mit einer Anzahl seiner Mitschüler einen Turnplatz ein, mußte das Turnen aber bald aufgeben, weil sich bei ihm, vielleicht in Folge zu großer Anstrengung dabei, ein Hüftleiden entwickelte. Es wurde bald so heftig, daß die stärksten Mittel, Brennen, offene spanische Fliegen u. s. w. angewendet werden mußten.

Sein Schulbesuch mußte unterbrochen werden und erst im Herbste
1832 konnte er, ziemlich geheilt, die Universität beziehen. Nach dem
Beispiele seiner Brüder konnte er sich von der Fortsetzung seiner
naturwissenschaftlichen und mathematischen Beschäftigungen nicht tren-
nen, verknüpfte jedoch damit auf meinen Wunsch auch philologische
Studien bei Otfried Müller und gewann dieselben ebenfalls lieb.
Diese Ausdehnung seiner Studien forderte einige Verlängerung seiner
Universitätszeit; er ging noch ein Jahr nach Berlin, machte seine
Schulamtsprüfung für Philologie, Mathematik und Naturwissen-
schaften in Göttingen, promovierte daselbst und trat in die zweite
Abtheilung des pädagogischen Seminars, aus welcher er, da mein
ältester Sohn aus Lüneburg abgegangen war, später in dessen Stelle
als Lehrer der Mathematik und Physik an die Ritterakademie in
Lüneburg berufen wurde.

Mutter und Schwester. — Unsere drei Söhne hatten
vom Jahre 1830 bis 1837, theils zusammen, theils einzeln, in Göttingen gelebt, und meine gute Mutter hatte ihre Großsöhne, die ihr
alle sehr lieb waren, bis zu ihrem Tode im Februar 1834, zum
Troste und zur Freude in ihrem Alter recht oft bei sich gesehen.
Bei dem Tode der Großmutter war aber nur der jüngste, Fritz, noch
in Göttingen und hatte sie in den letzten Monaten ihres Lebens treu
besucht. Sie hatte nach Gottes gnädigem Rathschlusse kein beschwer-
liches Alter. Zwar war ihre Gesundheit im Ganzen sehr zart und
von den nach den Gesetzen der Natur mit dem höheren Alter verbundenen Schwächen blieb sie nicht verschont; allein sie konnte sich
der Ruhe überlassen. Meine Schwester sorgte mit aller Liebe und
Treue für ihre Pflege, und so war es mehr die Altersschwäche überhaupt, als eigentliche Krankheit, welche in ihrem 81sten Jahre ihre
Auflösung sanft herbeiführte. Ich konnte mit gerührtem Danke gegen
Gott ihrer Leiche folgen. Und sie verdiente ein so sanftes Ende.
Es war eine reine, fromme, liebreiche Seele, erfüllt von Güte gegen
alle Menschen, die ihr irgend nahe standen, sei es durch die Ordnung
des Blutes, sei es durch die Fügungen des Lebens, und in ihrem
Dorfe, in welchem sie, wenn auch mit Unterbrechungen, 57 Jahre

lang gelebt hatte, genoß sie die allgemeinste Liebe und Achtung der Menschen. Ihr Sinn war, obgleich sie nach einer sehr stillen und einfachen Jugend ihr ganzes übriges Leben auf dem Lande zugebracht hatte, offen für geistige Anregungen, ihre Briefe zeugten von einem feinen Gefühle, selbst für die Form des Gedankenausdrucks.

Meine gute Schwester war durch den Tod der Mutter recht vereinsamt, aber sie hatte sich so in die Verhältnisse des Landlebens eingelebt, daß sie allen Versuchen, sie zu uns nach Hannover zu zie- hen, kein Gehör gab. Sie hatte schon angefangen, sich einen Wir- kungskreis in ihrem Geburtsorte zu bilden, auch außer ihrem kleinen Haushalte. Mit den Verhältnissen vieler Familien des Dorfes be- kannt, ertheilte sie gern Rath, der auch gern angenommen wurde, denn sie hatte einen richtigen Blick, ein gesundes Urtheil und einen sehr regen Willen für das Rechte und Gute. Besondere Freude hatte sie daran, streitende Parteien zu versöhnen, namentlich den gestörten Frieden in Familien herzustellen. Sie war gleichsam ein zweiter Seelsorger neben dem Pfarrer. Als sie einst zu uns zum Besuche nach Hannover kam, hielt sie die im voraus bestimmte Zeit nicht aus; nach 8 oder 10 Tagen kam sie auf meine Stube: „Fritz, ich muß wieder zu Hause, ich kann es hier nicht länger aushalten; ich komme mir hier vor, wie in Sodom und Gomorra; ich muß wieder zu meinen armen Leuten in Landolfshausen." Der Luxus, den sie hier sah, wenn auch nicht in meinem Hause, die seidenen Möbeln und goldenen Leisten der Tapeten, die brillanten Galanterieläden mit großen Spiegelfenstern und hinter diesen fast lauter Luxuswaaren, die der einfache Mensch entbehren kann, — das alles kam ihr sündlich vor, so lange daneben Hunger und Armuth unter den Menschen ein- heimisch sei. Sie reiste auch wirklich des anderen Tages ab und lebt noch, in ihrem 81sten Jahre, in ihrem kleinen Wittwenhause in Lan- dolfshausen, thut Gutes mit Wort und That und freut sich, wenn sie einem Menschen äußerlich geholfen und innerlich auf einen bessern Weg gebracht hat. Dabei ist ihr geistiges Interesse aber keineswegs auf diesen engen Kreis eingeschränkt, vielmehr umfaßt dasselbe die großen, wie die kleinen Weltbegebenheiten mit großer Lebhaftigkeit, und unser Briefwechsel sowohl, als die mündlichen Unterredungen, wenn ich sie mit einem Theil der Meinigen besuche, was bis auf das letzte Jahr fast jährlich geschehen ist, berühren häufig die wichtigsten Fragen der Zeit.

Die Töchter. — Unsere Töchter kamen, die älteste mit $13^1/_2$, die zweite mit 12 Jahren, und die beiden folgenden nach längeren Zwischenräumen mit 9 und beinahe 6 Jahren, nach Hannover. Eine öffentliche höhere Töchterschule gab es noch nicht, ich mußte ihnen den nöthigen Unterricht durch Privatlehrer ertheilen lassen. Sie fanden dazu, wie in Münster in den Bernuth'schen Töchtern, so in Hannover in denen des Langerfeld'schen Hauses und in einigen anderen Familien, Gefährtinnen. Die Privatinstitute habe ich für meine Kinder nicht geliebt, obgleich Hannover deren recht achtungswerthe gehabt hat und noch hat. Indem darin, des hohen Schulgeldes wegen, fast nur die Töchter der wohlhabendsten Familien zusammenkommen, so trägt sich leicht der verwöhnte Sinn, der in manchen derselben herrscht, die Ueberschätzung der Aeußerlichkeiten, Eitelkeit und Hochmuth, in die Einwirkung der Kinder auf einander über. Der Sinn der Familien, in welchen meine Töchter ihre Freundinnen und Unterrichtsgenossinnen hatten, theilten unsere Liebe für das Einfache und Natürliche. Freilich haben meine Töchter manches von dem, was ich Luxusartikel im weiblichen Unterrichte nennen möchte, nicht mitbekommen, dafür habe ich aber die Genugthuung gehabt, daß sie, in dem Gefühle wenig zu wissen, einen lebendigen Trieb zum Wissen behalten haben und auch in ihrem reiferen Alter mit Freude jede Gelegenheit benutzten und noch benutzen, wodurch sie ihren Gesichtskreis erweitern können.

Für musikalischen Unterricht habe ich die Ausgaben nicht gescheut, da Klavierspiel und Gesang eine unversiegbare Quelle des edelsten Genusses für den Ausübenden und den Hörer darbieten, und ich mag es nicht unterlassen hier einer gründlichen Lehrerin mit dankbarer Anerkennung zu gedenken, welche bei meinen Töchtern den Grund zu ihrer musikalischen Bildung gelegt hat, der Fräulein Tiek nemlich, die ihnen 5 Jahre lang Unterricht ertheilt hat, der nur dadurch unterbrochen wurde, daß sie von hier nach Göttingen zog. Sie hatte eine gründliche Methode und einen geläuterten Geschmack für gediegene Musik.

Als die Zeit der Confirmation für die beiden ältesten Töchter herankam, gab ich sie in den Unterricht des Consistorialraths und ersten Hofpredigers Dr. Leopold; ich gehörte damals mit meiner Familie zu der Schloßkirche, in welcher ich selbst confirmiert war. Dieser treue Seelsorger unterrichtete sie in schlichter und unverfälschter Weise in Gottes reinem Worte und ist 30 Jahre hindurch unser Beichtvater gewesen, hat die vier Töchter confirmiert und drei derselben, so wie unsern zweiten Sohn, ehelich eingesegnet.

Mit dem Heranwachsen der Töchter nimmt das häusliche und gesellige Leben eine etwas veränderte Gestalt an, namentlich wenn neben den 17= und 18jährigen Schwestern ein älterer Bruder steht, wie unser junger Arzt. Das jüngere Element gelangt in geselliger Beziehung zu einer Art Mitherrschaft, ja nimmt wohl selbst die Zügel in die Hand, insofern die Entwürfe zu Partieen in und außer dem Hause von ihm ausgehen und den Eltern so plausibel gemacht werden, daß diese ihr Ja nicht versagen können. Die Jungen müssen ja auch die Altersgenossen zusammenbringen, Wege und Bestellungen ausrichten, für unterhaltende Spiele sorgen und dergleichen mehr. Ich gestehe, daß wir Eltern ihnen schon deshalb diese Sorgen überließen, weil es so bequemer war, und eben so gern gestehe ich, daß ich mich der jugendlichen Heiterkeit des Kreises, der sich so um uns Eltern bildete, mit meiner Frau herzlich gefreut habe, daß wir mit der Jugend wieder jung geworden, in dem Maße, wie sich unser beider Gesundheit wieder befestigte; und das that sie in erfreulichster Weise. In den ersten Jahren, nachdem wir in Hannover angekommen waren, durften wir unsern Kräften nur sehr mäßige Spaziergänge zumuthen; wenn es etwas weiter ging, so mußte ein Wagen zu Hülfe genommen werden, ja, ich erinnere mich noch lebhaft der niederschlagenden Empfindung, daß ich nie wieder im stande sein würde, den Weg nach dem Steuerndiebe, wo wir uns so gern mit den Kindern aufhielten, zu Fuße zu machen. Und kaum waren die ersten 3 oder 4 Jahre unseres hiesigen Lebens verflossen, als wir es versuchten und mit wirklich erhebenden Gefühlen vollbrachten, diesen, eine gute Stunde weiten Weg, ohne übermäßige Ermüdung hin und zurück zu gehen.

Dieser Steuerndieb, in dessen Fensterscheiben mein 50jähriger Wahlspruch stand, war und blieb unser Lieblingsort, und unsere nächsten Freunde schlossen sich unserm Besuchen desselben gern an. Es kam dahin, daß regelmäßige Nachmittage zur Zusammenkunft daselbst verabredet wurden. Die Jugend unterhielt sich, wenn das Blumensuchen beendigt war, mit Ringwerfen, Bäumchenlaufen und dergleichen, und wenn der Abend schön war, so konnte man sich häufig zur Heimkehr mit Sonnenuntergang nicht entschließen. Stieg doch auch der schöne Vollmond zu gleicher Zeit am Himmel auf. Es wurde schnell Pfannkuchen und Salat bestellt und die gesellige Freude noch bis 10 Uhr und wohl darüber verlängert. — Eine höchst erfreuliche Zugabe zu dem Behagen, welches schon das bloße Zusammensein frohgestimmter Menschen mit sich brachte, war der Gesang eines Männerquartetts, zu welchem unser Otto sich mit drei seiner Freunde, Bernhard Hausmann, dem Advocaten Reinhold und dem Maler Osterwald, vereinigt hatte. Der vierstimmige Männergesang, der in den dreißiger Jahren recht in Gang kam und durch die Liedertafeln im Großen ausgebildet wurde, hat einen eignen Reiz, weil die Stimmen so nahe zusammenliegen und ·nicht durch den hohen Discant der weiblichen Stimmen so weit auseinandergezogen werden, daß das Ohr sie nicht mehr so gut vereinigen kann. Wenigstens ist mir, als ich zum ersten Male den Gesang einer Liedertafel gehört habe, so zu Muthe gewesen, als hörte ich etwas ganz Neues, Ergreifendes, sich gleichsam unwiderstehlich in mein Ohr Einschmiegendes. Und wenn nun in der Stille der Nacht, beim magischen Lichte des Mondes, auf dem Rückwege vom Steuerndiebe die gut eingesungenen jungen Männer sich unter dem hohen Dome der mit ihren oberen Zweigen sich gegeneinander neigenden Buchen zusammenstellten und ihre Lieder sangen: „Ich geh' noch Abends spät vorbei", oder „Weit über's Meer", oder „das Aennchen von Tara", oder „den Kameraden" von Uhland, oder auch das schöne: „integer vitae" und zur Abwechslung das komische Käferlied, — so ging Allen das Herz auf und den Aelteren war es, als kehre die Jugend noch einmal in dasselbe zurück. Und neben dem Mondlichte, welches die weißen Buchenstämme beleuchtete, schienen heimlich aus den Büschen und Gräsern zur Seite des Weges von unten die Sternchen der Johanniswürmchen herauf.

Als der Sommer vorbei war, wollten die Theilnehmer der Steuerndiebsgesellschaft sich nicht zur Ruhe begeben; wenn das Eis die Gräben der Eilenriede bedeckte, so wurden Schlittenpartieen verabredet; die jungen rüstigen Schlittschuhläufer fuhren die Damen, bestellte Schlittenvermiether die älteren Herren, und auf dem Steuerndiebe wurden Mittags= und Abendessen gehalten. Abends wurden für die älteren Personen Wagen bestellt, die Jugend wanderte, wenn der Himmel dunkel war, bei Laternenschein durch den entlaubten Wald zurück. Die Theilnehmer waren fast sämmtlich sehr nahe mit einander befreundet, so daß der heiterste und ungezwungenste Ton herrschte und jeder frohe Gedanke bereiten Anklang fand. Ich habe vielen geselligen Vereinen in meinem Leben beigewohnt, aber keinem, der so natürlich heiter und erquicklich gewesen wäre, als dieser, und alle damaligen Theilnehmer, so viele ihrer noch unter den Lebenden sind, werden dieselbe Erinnerung daran haben. Es waren die Familien von Lüpke, Pertz, Finanzrath Ubbelohde, Legationsrath Haase, Director Tellkampf, die oben genannten Quartett=Freunde meines Sohnes, der Dr. Waitz, Dr. Bethmann, die Gebrüder Küster, die Gebrüder Siemens, der Stadtsecretair Meißner, der Assessor Ubbelohde, nachher auch der Kanzleirath Albrecht mit seiner Frau und deren Schwester, endlich die Töchter der oben genannten Familien, so wie sie zur Theilnahme an diesen Gesellschaften heranwuchsen.

Mein Sohn war meistens der Anstifter der nicht im voraus verabredeten Partieen, und da er nicht wohl in seinem eignen Namen dazu auffordern konnte, so gebrauchte er den seines Vaters dazu, und so kam ich nach und nach zu der Ehre, der Steuerndiebsvater genannt zu werden. Die Kunde von unserer Gesellschaft war so allgemein, daß sogar der König Ernst August, der sich gern von dem Leben und Treiben seiner Hannoveraner erzählen ließ, davon wußte; und als ich einst in einer Sitzung des Staatsraths wegen Unwohlseins fehlte, sagte er in seiner scherzhaften Weise zu seinem Nachbar, dem Minister Strahlenheim: „Ihr Ober=Schulrath ist gewiß gestern Abend auf dem Steuerndiebe gewesen und hat sich auf dem Rückwege in der Nacht erkältet."

Bald entwickelten sich aus diesem geselligen Zusammensein aber auch ernsthaftere Verhältnisse; es erfolgten Verlobungen: die meines Sohnes mit der Nichte des Legationsraths Haase, Tochter der verwitweten Hauptmannin Schäffer; meiner zweiten Tochter mit dem Advocaten Reinhold; des Secretärs Meißner mit der Schwester der Kanzleiräthin Albrecht, geborene Giffenich; des Assessors Ubbelohde mit seiner Cousine, der Tochter des Finanzraths Ubbelohde. Ich erinnerte mich von Neuem daran, wie sich die alte an die neue Zeit gerade an diesem Orte berührte, denn vor mehr als 60 Jahren hatte sich hier mein seliger Vater mit meiner Mutter verlobt.

Die Heirathen. — Mit diesen, ich sage nicht prosaischen, aber doch an ernsten Ueberlegungen folgereichen, Entwickelungen verschwand der poetische Duft und die Blütezeit unseres Steuerndiebs= Lebens nach und nach immer mehr; die alte Unbefangenheit wollte nicht zurückkehren. Der Steuerndiebsvater sollte doppelter Schwiegervater werden und für die Aussteuer seiner Tochter und das Fortkommen seines Sohnes sorgen helfen; und hier zunächst muß ich wieder zu einer andern Region übergehen, von welcher aus mir die letztere Sorge auf eine sehr dankenswerthe Weise erleichtert wurde.

Ich habe so eben des Königs Ernst August gedacht, der im Jahre 1837 nach dem Tode seines Bruders Wilhelm IV. Herrscher des selbständigen Königreichs Hannover geworden war. Mit ihm und seiner erhabenen Gemahlin, der Königin Friederike, kam auch meine Cousine, die Geheimräthin Kohlrausch, nach Hannover. Sie hatte keine Art officieller Stellung am Hofe und war doch sehr eng mit der königlichen Familie verbunden; man bezeichnete sie mit Recht als Freundin der Königin. Während der Herzog von Cumberland in Berlin lebte, war der Geheimrath Kohlrausch Arzt des Hauses gewesen. Der einzige Sohn desselben, fast gleichalterig mit dem einzigen Sohne des herzoglichen Paares, war als Gespiele zu demselben herangezogen worden, und der Prinz hatte diesen Gespielen seiner Jugend lieb gewonnen. Dieses Verhältniß führte auch die Mütter zusammen, und es bildete ein sehr nahes Verhältniß zwischen ihnen, als die Herzogin, während der Herzog in England abwesend war, in ein heftiges Nervenfieber verfiel und die Geheimräthin Kohlrausch als treue Pflegerin Tag und Nacht an ihrem Bette wachte. In den Stunden, wo der Tod nahe vor die Seele tritt, schwindet der Unterschied des Standes aus dem Bewußtsein und der Mensch offenbart dem Menschen, dem er vertraut, sein ganzes Herz. Die beiden Frauen blieben für ihr ganzes Leben eng verbunden. Und meine Cousine verdiente die Zuneigung und das Vertrauen der edeln Königin nicht nur durch ihre eigne hingebende Liebe, ihre Verschwiegenheit und taktvolle Zurückhaltung, sondern auch durch die vorzüglichen Eigenschaften ihres Geistes, ihre vielseitige Bildung und Empfänglichkeit, neben einer Gewandtheit der Feder, welche sie zur Privat-Secretärin der Königin vorzüglich geeignet machte. Sie war in der That keine gewöhnliche Frau; ihre Kenntnisse in den Naturwissenschaften, namentlich in der Botanik, waren selbst von Sachkennern anerkannt. Ihr Gemüth war für Freundschaft, auch neben ihrer Anhänglichkeit an die Königin, sehr empfänglich, und da sie außer der königlichen Umgebung keinen Anknüpfungspunct hier hatte, als mit mir und meiner Familie, so schloß sie sich uns mit Vertrauen an und nahm herzlichen Antheil an unseren Familienangelegenheiten. Eine Gelegenheit zur Bethätigung desselben gab die Verlobung meines Sohnes. Die Aussicht auf Verheirathung lag ziemlich fern, da er neben dem kleinen Gehalte von der Chirurgenschule noch keine ausreichende Einnahme hatte; die Praxis war erst im Werden. Nun wurde im Herbste 1840 die Stelle eines zweiten Hofchirurgus frei. Die Leibärzte Stieglitz und Spangenberg empfahlen meinen Sohn zu derselben; allein es war eine Stelle, die bloß das königliche Vertrauen vergab, und es läßt sich denken, daß sich viele Bewerber fanden, von denen manche, die schon ärztlichen Ruf besaßen, hohe Fürsprache hatten. Da vereinigte sich unsere Cousine mit den Leibärzten, deren

Urtheil Bürgschaft für die Tüchtigkeit meines Sohnes gab, sprach für denselben bei dem Könige und der Königin, und die letztere, die mir und den Meinigen nach dem Bilde, welches meine Cousine ihr von uns gegeben hatte, ebenfalls ihr hohes Wohlwollen schenkte, wußte es mit dem zarten Gefühle, welches ihr eigen war, so einzuleiten, daß die Entscheidung gerade am Tage vor Weihnachten getroffen wurde, und daß meine Cousine uns die Nachricht als ein Weihnachts= geschenk bringen durfte. Ich sehe diese noch ganz außer Athem, mit von der Eile geröthetem Gesichte und Thränen der Freude in den Augen, in meine Thür treten, um mir die frohe Nachricht mitzutheilen. Sie brachte uns in der That eine Weihnachtsfreude, und ihr warmes menschliches Gefühl erhöhte den Werth derselben. — Im Sommer 1841 erfolgte meines Sohnes Hochzeit.

Leider sollten wir bald mit Sorge um die treffliche Frau erfüllt werden. In eben diesem Sommer erkrankte die Königin, und ihre Krankheit wurde bedenklich. Die Geheimeräthin Kohlrausch, deren Gesundheit auch schon schwankend war, wollte nicht von ihrem Bette weichen, verzehrte aber dabei ihre eigenen Kräfte. Am 29. Juni starb ihre geliebte Königin, und die Trauer über diesen Verlust gab der Freundin den letzten Stoß. Im Frühjahr 1842 wollte sie ihre Schwester, die Hofräthin Parthey in Berlin, noch einmal sehen; sie konnte aber nicht ohne sorgsame und umsichtige Begleitung die Reise unternehmen; da ließ der König meinen Sohn auffordern, sie zu be= gleiten. Dies geschah jedoch in einem Augenblicke, wo dessen eigne Frau an einer gefährlichen Krankheit niederlag; deshalb erbot sich meine Frau, die Reise nach Berlin und zurück mit unserer Cousine zu übernehmen, und auf den bringenden Wunsch der letztern gestattete es der König. Die Reise ging glücklich vorüber, aber der Zustand der Kranken verschlimmerte sich unaufhaltsam. Mein Sohn behandelte sie als Arzt mit der größten Sorgfalt, allein den Tod konnte er nicht abwenden; sie folgte der königlichen Freundin im November 1843. Der König Ernst August hat ihr auf dem altstädter Kirch= hofe, wo sie begraben liegt, einen Grabstein mit einer anerkennenden Inschrift setzen lassen.

Den Sohn, den der König aus dem preußischen in den hiesigen Militärdienst herübergenommen hatte, empfahl die Mutter meiner verwandtschaftlichen Fürsorge, und ich übernahm dieselbe gern für den Jüngling, den ich liebgewonnen hatte und der sich mit Vertrauen an mich anschloß. Es sind seitdem fast 20 Jahre verflossen, unsere freundschaftliche Verbindung hat sich ungestört erhalten. Dieser Sohn ist nicht nur seitdem als Flügeladjudant unserm Könige Georg V. dienstlich nahe gestellt, sondern hat auch die innige Anhänglichkeit des Gemüthes, die er schon als Knabe empfunden, für seinen König fest und treu bewahrt.

In unserer Familie erfolgte ein Jahr später, im Juni 1843, die Verheirathung unserer Tochter Auguste mit Reinhold, der indes die Stelle eines Secretärs bei dem hiesigen Consistorium erhalten hatte.

Zur Vervollständigung der Heirathsgeschichten unserer Kinder muß ich auch zu unserm ältesten Sohne Rudolf zurückkehren, der schon 6 Jahre früher als sein Bruder in den Hafen der Ehe eingelaufen war. Als ich im Jahre 1835 auf meiner Inspectionsreise nach Lüneburg kam, fand ich ihn in einer ungewöhnlichen Aufregung und er offenbarte mir sogleich, ich müsse für ihn, neben meiner Schulinspection, auch das Geschäft eines Brautwerbers übernehmen. Die zweite Tochter des Apothekers Dempwolff hatte sein Herz gewonnen, er hatte aber mit einer Bewerbung gewartet, bis er eine gesicherte Stellung anbieten konnte, denn als Hofmeister bei der Ritterakademie, der mitten unter den Zöglingen wohnen mußte, konnte er schon deshalb nicht an's Heirathen denken. Daher hatte er eine Aufforderung der hessischen Regierung in öffentlichen Blättern benutzend sich zu der mathematischen Lehrerstelle am Gymnasium in Rinteln gemeldet. Ich war nicht dagegen gewesen, denn für einen Ober-Schulrath ist ein Sohn als Lehrer in seinem Wirkungskreise keine eben angenehme Zugabe. Rückt der Sohn rasch vorwärts, so kommt leicht die Unparteilichkeit des Vaters in Verdacht, geschieht jenes nach der Meinung des Sohnes nicht schnell genug, so schieben er und die Mutter und die Schwestern leicht dem Vater die Schuld zu, der aus über-

großer Gewissenhaftigkeit zu wenig für den Sohn thue. Und da
mein dritter Sohn sich auch dem Schulstande widmete, so hätte ich
zwei Söhne unter meinen Lehrern gehabt. Gerade vor meiner Ankunft in Lüneburg war die günstige Entscheidung aus Kassel gekommen
und das sah mein Sohn als einen Fingerzeig an, daß ich nun das
Werk vollenden müsse, und zwar im Laufe der nächsten Tage. Auf
meine Frage, ob er denn aber irgend Beweise von Gegenneigung
seiner Erwählten habe, erwiederte er mit Nein; der Vater habe ihn
immer fern zu halten gewußt, der sei sehr zurückhaltend mit seinen
Töchtern. „Ich kenne aber weder den Vater, noch die Tochter und
soll in den paar Tagen meines Lüneburger Aufenthalts so mit der
Thür in's Haus fallen? Ich muß doch erst beide einigermaßen kennen
lernen." — „Du sollst sie beide morgen kennen lernen; du wirst in
eine Gesellschaft gebeten, wo sie beide sein werden." — Der schlaue
Geselle hatte sich bei der Tante des Mädchens einzuschmeicheln gewußt,
ihr sein Herz geöffnet und mit ihr verabredet, daß sie, wenn ich nach
Lüneburg käme, eine Gesellschaft geben und mich mit ihren Verwandten
einladen sollte. So geschah es und die kluge Tante wußte es so
einzurichten, daß ich mich mit dem Vater unterhalten mußte und bei
Tisch neben der Tochter zu sitzen kam, um sie kennen zu lernen. Es
wurde Musik gemacht und mein Sohn sang seine Bravourarie, den
Erlkönig von Schubert, mit allgemeinem Beifall, auch, wie man
wohl bemerken konnte, seiner Auserwählten. Uebrigens hielt er sich
ganz im Hintergrunde, um keinen Verdacht zu erregen und mir freie
Hand zu lassen. Es wurde spät. Als wir in der Nacht zusammen
zu Hause gingen, wollte er durchaus wissen, wie mir Marie Dempwolff gefallen habe und ob ich für ihn wirken wolle. Ich mußte
seine große Hitze mit der Bemerkung abkühlen, daß man einen Menschen aus einem Tischgespräche noch nicht kennen lernen könne und
daß ich noch erst mehr von ihr sehen und hören müßte. Er schwieg
verstimmt und wir trennten uns. — Als ich am andern Morgen
nach einer kurzen Ruhe, oder vielmehr Unruhe mit etwas Schlaf vermischt, um 7 Uhr zur Inspection nach dem Johanneum ging und da
an der Dempwolff'schen Apotheke vorbeikam, stand die Ursache meiner

Unruhe schon ganz angezogen am Fenster der unteren Wohnstube und grüßte mich fast als einen alten Bekannten auf's Freundlichste. Der sehr genaue Vater hatte seine Töchter, die abwechselnd das Frühstück besorgen mußten, gewöhnt früh aufzustehen und gleich angezogen zu sein. Ich gestehe, daß dieser Anblick und die freundliche Miene des Mädchens mich mehr für sie einnahm, als das Gesellschafts=Gesicht und Gespräch vom vorigen Abend.

Um 11 Uhr ging ich aus dem Johanneum zur Ritterakademie, um dort noch ein paar Lectionen beizuwohnen. Als ich in meines Sohnes Zimmer trat, kam er mir mit zwei vollgeschenkten Weingläsern entgegen und forderte mich auf, auf die Gesundheit von Marie Demp= wolff zu trinken, die hoffentlich seine Braut würde. Dies that er mit solcher Zuversicht, daß ich stutzte und fragte, was vorgefallen sei. Da beichtete er denn, er sei, nachdem wir uns in der Nacht getrennt hätten, in der größten Bewegung mehrere Stunden auf dem Hofe der Ritterakademie umhergelaufen und habe am Ende den Entschluß gefaßt, der Ungewißheit auf irgend eine Weise ein Ende zu machen. Sobald es irgend schicklich gewesen, sei er zu der gutmüthigen Tante gegangen und habe sie dringend gebeten, ihm eine Zusammenkunft mit Marie zu verschaffen, und wie denn das Herz einer Tante oft ein sehr weiches ist, so willigte sie ein, die Nichte unter irgend einem Vor= wande zu sich rufen zu lassen. Daß diese nicht so ganz unvorbereitet auf eine Katastrophe dieser Art war, hatte ich ihrem Gruße am Morgen um 7 Uhr schon angesehen; der Sturm auf ihr Gefühl hatte mit einem: „Sprechen Sie mit meinem Vater" geendigt. Wie konnte ich mich nun noch weigern, statt seiner mit dem Vater zu reden. Der hatte allerdings den heirathsunfähigen, 25 jährigen Hof= meister der Ritterakademie von seiner Tochter abgehalten, jetzt war die Sache aber durch die Anstellung in Rinteln verändert; indes wurde doch zuerst die Jugend meines Sohnes, noch nicht 26 Jahre, und die der Tochter, 18 Jahre, und dann die Abwesenheit der Mutter im Bade zu Ems, welche doch auch ihr Wort dazu geben müsse, als Grund eines Aufschubes der Entscheidung angeführt. Ich mußte Frist gestatten, bis eine Antwort von Ems angekommen sei, und reiste indes zur Inspection nach Harburg und Stade, um bei meiner Rückkunft weiteren Bescheid zu hören. Der lautete denn auch in so weit günstig, daß die Tochter mit mir der Mutter bis Hannover entgegenreisen durfte. Diese kam von Ems, die Mütter und die künftigen Schwiegerinnen lernten sich kennen, und der Beschluß war, daß die jungen Leute zwar ihren Willen haben, aber noch 2 Jahre warten sollten, bis Marie 20 Jahre alt sei. Mein Sohn trat gleich im Herbste sein Amt in Rinteln an und die Braut lebte den Winter von 1835 auf 1836 bei uns in Hannover, wohin denn mein Sohn natürlich in den Weihnachts- und Osterferien auch kam. Ostern kehrte Marie nach Lüneburg zurück, aber schon im Herbste wurde beiden ein Jahr ihres Alters geschenkt und die neue Haushaltung in Rinteln eingerichtet. Als mein zweiter Sohn im Sommer 1842 heirathete, hatte der ältere schon eine Tochter und zwei Söhne, wodurch es möglich geworden ist, daß ich durch seine älteste Tochter im 82sten Jahre zu der Würde eines Urgroßvaters gelangt bin.

Meine geneigten Leser wollen nicht ungehalten darüber werden, daß ich eine Heirathsgeschichte, wie deren Tausende in der Welt vorkommen, so ausführlich erzählt habe. Aber ich rechne eben bei dem Niederschreiben meiner Lebenserinnerungen auf solche wohlwollende Leser, die nicht bloß den Ober-Schulrath in seinem Amtskleide, sondern auch den Menschen und Familienvater kennen lernen wollen. Auch hat sich mein guter, leider mir vorangegangener, Sohn in den Kreisen, in welchen er in Hannover, Lüneburg, Rinteln, Kassel, Marburg und Erlangen gelebt hat, viele Freunde erworben, welche in seiner fast stürmischen Brautwerbung den lebhaften, raschen und offnen Charakter wiedererkennen werden, welcher ihm ihre eigene Neigung erworben hat. Und sein Takt hatte ihn richtig geleitet; er gewann eine Lebensgefährtin, mit welcher er 22 Jahre in einer glücklichen Ehe verlebt, die alle Sorgen seines nicht immer leichten Lebens treu mit ihm getheilt und ihm 8 Kinder geboren hat, an welchen er, so lange er unter ihnen war, seine beste Freude gehabt hat.

Die vierte Heirath im Kreise meiner Kinder war 10 Jahre nach der ersten, im Jahre 1846, da meine älteste Tochter den Advocaten

Dr. Schäffer, Bruder der Frau meines zweiten Sohnes, hei=
rathete, einen talentvollen, begabten Mann von liebenswürdigem Cha=
rakter, aber leider von sehr schwacher Gesundheit. Doch war eine
so rasche Entwicklung des versteckten Brustübels, welches, da die
kritischen Jahre vorüber waren, überwunden zu sein schien, nicht vor=
auszusehen; allein es brach bald nach der Verheirathung wieder aus
und trotz der treuesten Pflege starb er schon im ersten Jahre der
Ehe zu unser Aller großem Schmerze. Die Wittwe, die kinderlos
geblieben, kehrte in das väterliche Haus zurück.

Durch die Verheirathung dreier meiner Kinder in vielverzweigte
hannoversche Familien war unser Umgangskreis bedeutend erweitert,
besonders trat uns der Stadtsyndicus Evers mit Frau und Töchtern
näher und nahm auch an unsern Leseabenden theil, die wir schon
längere Zeit mit unsern nächsten Freunden gehalten hatten. Da sind
die Nibelungen, die Frithiofssage, die Makkamen des Hariri, Sakon=
tala, Nal und Damajanti, eine Reihe von Dramen des Shakespeare,
Calderon und unserer ersten Dichter zum großen Genusse der Theil=
nehmenden gelesen. Eine besonders günstige Zugabe war es, als
Karl Holtey in Hannover erschien und neben seinen öffentlichen
Vorlesungen auch in unserm Leseverein bei Evers uns den Genuß
verschaffte, einige Shakespeare'sche Stücke mit komischen Scenen vor=
zulesen, worin er Meister war. Wie wurden wir in die Zeit Im=
mermanns versetzt, nur daß Holtey es doch durch jahrelange Uebung
zu einer noch vollenbeteren Durchführung gebracht hatte.

Eine größere gesellige Vereinigung, die sogenannte philhar=
monische Gesellschaft, von dem Legationsrath Haase und dem
jetzigen Oberbaurath Hausmann gestiftet, gab Gelegenheit Musik vor=
zutragen und zu hören, und so auch für meine Töchter den Antrieb,
ihre musikalischen Uebungen mit Eifer fortzusetzen. Es wurden Con=
certe für einzelne Instrumente, Quartette für Streichinstrumente, viele
Chöre aus Opern und Oratorien, zur großen Freude der Mitwir=
kenden und Hörenden ausgeführt. Meine Töchter haben in einigen
für mehrere Flügel gesetzten Musikstücken mitgespielt. An die musika=
lischen Aufführungen schloß sich ein einfach eingerichtetes Abendessen

und meistens auch ein Ball an, der nicht zu spät in die Nacht dauerte. Die Gesellschaft, zu welcher sich viele befreundete Familien verbunden hatten, war von einem angenehmen, natürlich frohen Geiste beseelt; sie lebt noch in der Erinnerung vieler Theilnehmer fort.

Einen Verlust erlitt unser Freundeskreis im Jahre 1842 durch den Abgang des Archivraths Pertz als Oberbibliothekar nach Berlin. Der größere Wirkungskreis und die reichen Hülfsmittel für seine historischen Arbeiten zogen ihn dorthin. Ich verlor zugleich an ihm einen sehr unterrichteten Collegen, der mit scharfem Urtheile die wissenschaftliche Seite unseres Geschäftskreises umfaßte, und zugleich einen wirklichen Freund, der mit gemüthlicher Theilnahme mein und der Meinigen Wohl am Herzen trug, meine Frau aber an der seinigen eine Freundin, wie sie deren nicht viele im Leben gehabt hat. Es war ein schönes Verhältniß zwischen ihnen. Als jüngere Frau und geborne Ausländerin nahm sie häufig meiner Frauen Rath und Beistand in Anspruch und gab dagegen durch ihr reiches Gemüth und ihre naive Originalität so viel wieder zurück, daß keine wußte, welche die Gebende und die Nehmende war. Leider hat sie das Leben ihres Mannes nicht lange mehr verschönert, wie sie es von Anfang an gethan hatte, sondern starb an einer Herzkrankheit viel zu früh für den trauernden Mann und ihre drei Söhne.

Die eröffnete Stelle im Ober=Schulcollegium wurde durch den Hofrath Bobe wieder besetzt, welcher als Lehrer des Kronprinzen nach Hannover gekommen war. Mit ihm und seiner Frau knüpfte sich auch bald ein Familienumgang an und beide paßten durch Bildung, Biederkeit, natürliche Offenheit und Sinn für Freundschaft so wohl in unsern Kreis, daß sie bald einheimisch in demselben wurden. Ihre rege Theilnahme an unsern Leseabenden bewährte ihre Empfänglichkeit für geistige Genüsse.

Da sich mit diesem Zuwachs der Kreis unseres näheren Umgangs zunächst schloß, so kann ich von diesen Privatverhältnissen wiederum zu meiner öffentlichen und geschäftlichen Stellung zurückgehen.

3. Das hundertjährige Jubiläum der Georgia Augusta 1837.

Balb nach dem Regierungsantritte des Königs Ernst August fiel auch das hundertjährige Jubiläum der Universität Göttingen, zu dessen Theilnahme mich mein dreimonatlicher Aufenthalt daselbst in meiner Studienzeit, sowie meine jetzige Stellung, aufforderte. Mein Universitätsfreund, der Buchhändler Danckwerts, dessen Gastfreundschaft ich bei allen meinen Besuchen in Göttingen in Anspruch nehmen mußte, wenn ich ihn nicht kränken wollte, lud mich auch jetzt als Gast in sein Haus ein, damit ich dem Wirtshausgedränge entgehen möchte. Ich durfte sogar unsere dritte Tochter als Freundin seiner Töchter mitbringen, damit sie, die bisher ihre beiden älteren Schwestern an den größeren gesellschaftlichen Vergnügungen in Hannover hatte theilnehmen sehen müssen, ohne selbst daran theil zu nehmen, auch einmal größere Festlichkeiten mit ansehen möchte. Diese fehlten denn auch bei dem Jubiläum für die junge Welt nicht. Ein Ball in dem dazu vorgerichteten akademischen Reithause bot den Studenten und den jungen Damen Göttingens und der Umgegend Gelegenheit zu einem belebten Tanzvergnügen. Dasselbe ging denn auch mit allem Anstande bis etwas nach Mitternacht vor sich, wo dem Balle aus Vorsicht ein Ende gemacht wurde und die Tänzerinnen mit ihren Müttern sich entfernten. Die Musik blieb aber und es war ergötzlich anzusehen, wie sich die Studenten zu Paaren vereinigten und die zu Damen Erwählten mit zum Theil sehr witziger Nachahmung mädchenhafter Manieren, zum Theil auch mit wirklicher Gewandtheit in balletartigen Sprüngen und Wendungen, den Tanz eine Zeitlang fortsetzten. Ich hatte meinem Freunde, dem Hofrath von Lüpke, welcher seinen erkrankten Freund, den Polizeidirector Beaulieu in der stillen Beaufsichtigung des Festes vertreten mußte, versprochen, mit ihm bis zum Ende auszuharren. Viele der Studenten kannten mich aus den Besuchen der Gymnasien und hörten vielleicht auf ein Wort von mir, wenn eine freundliche Zusprache am Platze zu sein schien. Sie war aber durchaus nicht nöthig; bei aller oft ausgelassenen Lustigkeit fiel weder ein Streit, noch eine Unart vor, oder kam die so leicht erwachende

Zerstörungssucht zum Vorschein. Die Studenten hatten selbst ihre Monitoren erwählt, die mit Schärpen bekleidet waren und für Ordnung sorgen, die nicht mehr Selbstständigen in die sogenannte Todtenkammer befördern, sich selbst aber natürlich bei voller Besinnung halten mußten. Die Studenten sahen mir meine Freude an ihrer Fröhlichkeit an und ließen sich durchaus nicht stören. Einmal kam einer der Lauteren vertraulich zu mir heran und sagte mir in's Ohr: „Heute nicht aus der Schule schwatzen, Herr Ober-Schulrath!" was ich ihm denn auch lachend versprach. Ein anderer, der schon nicht mehr ganz klar sah, ein äußerst jovialer Fuchs, (ich gebrauche den nun einmal officiell gewordenen Ausdruck,) der mich noch kurz vor seinem Abgange von der Schule gesehen hatte, kam mit seinem Glase auf mich zu und bot mir, an das meinige anstoßend, Schmollis an. Als er aber aufsah und mich erkannte, drehte er mit komischem Erschrecken um und verlor sich schnell in der Menge. Nur einmal glaubte ich mit meinem Freunde Lüpke einschreiten zu müssen; es kam nemlich eine Reihe Studenten, die sich angefaßt hatten, mit einem sicher mehr als 70 jährigen Pastoren, (es war, wenn ich nicht irre, ein Oldenburger,) in ihrer Mitte singend durch den Nebensaal gelaufen und zogen den alten Mann, wie es schien wider seinen Willen, mit sich fort. Wir riefen ihnen Halt zu und baten, den alten Mann zu schonen. „Ei, was wollen Sie," rief dieser, „so ist es mir recht, so will ich's eben haben." Dadurch waren wir nun allerdings zum Schweigen gebracht.

An diesem Abend lernte ich, wenn auch nur flüchtig, den kurhessischen Minister Hassenpflug kennen, der ebenfalls lange in der Gesellschaft blieb, um sich den Studentenjubel anzusehen; er hatte bekanntlich früher selbst eine lebhafte Rolle als Student in Göttingen gespielt. Es war ein Mann von ausdrucksvollem, und wenn auch etwas strengem, doch keineswegs unangenehmem, vielmehr durch regelmäßige Züge interessantem Gesichte.

Dieser Studentenabend lief ohne allen Anstoß ab, wie sich denn überhaupt die Studenten bei der ganzen Jubelfeier sehr gut benommen haben.

22

Daß ich aber auch an den Hauptacten der Feier, namentlich dem Rede=Actus, gebührend theilgenommen habe, versteht sich von selbst, und zwar an der Seite des Ministers v. Stralenheim. Vor allem andern interessierte mich die lateinische Eröffnungsrede von Otfried Müller, Professor der Eloquenz, sowohl was den Inhalt, als was die Sprache und die ganze Persönlichkeit des Redenden betrifft. Dieser Mann mit dem einnehmenden geistvollen Gesichte, den klaren sprechenden Augen, in der Fülle des Lebens und der Gesundheit, auf dem Katheder stehen zu sehen, war schon an sich ein erfreuender Anblick. Und nun floß von seinen schöngeformten Lippen in volltönender Sprache, mit taktvoller Hervorhebung der langen Silben, ein so klares und durchsichtiges Latein, wie ich es für das Ziel der von uns Modernen zu erstrebenden Nachahmung des Lateinischen halte. Da war kein Wort zu viel, keine Wendung der bloßen rhetorischen Eleganz wegen eingefügt, die Sätze nicht verschlungen, um die Gewandtheit im Gebrauche der Partikeln, der Participien, der Relativsätze zu zeigen, sondern was dazu diente, den auszusprechenden Gedanken klar zu machen, war in einfacher und doch ächt lateinischer Diction zur Geltung gebracht. Man konnte dem Gedankengange mit Leichtigkeit folgen, ohne am Ende langer Constructionen erst wieder an den Anfang derselben zurückdenken zu müssen, um den einfachen Sinn herauszufinden. Es war, um es kurz auszudrücken, kein specifisch ciceronisches Latein. Ein solches trat vielmehr in einer darauf folgenden Rede des Consistorialraths Lücke, als Decan der theologischen Facultät, in einer übrigens höchst anerkennenswerthen Weise hervor. Lücke, Zögling der Schulpforte, hatte die dort eingebürgerte Schule des ciceronischen Stils mit Erfolg durchgemacht und legte jetzt eine glänzende Probe davon ab. Es waren schön gegliederte, lange Perioden, die sich gut anhörten, aber doch eine angestrengtere Aufmerksamkeit forderten, um den Fortgang der Gedanken zu fassen. Auch Lücke's Persönlichkeit hatte sehr viel Ansprechendes, das mit Geist und Anmuth verbundene Gleichgewicht seines ganzen Wesens trat auf die angenehmste Weise auch in dieser rednerischen Leistung hervor. Die übrigen Redner, welche auftraten, lösten ihre Aufgabe

in würdiger Weise, die Georgia Augusta trat an ihrem Jubel-
feste noch einmal in einer Gestalt auf, die ihrem altberühmten Rufe
entsprach.

Eine Auswahl ausgezeichneter Gelehrten traf ich in einer Mittagsgesellschaft, wozu Otfried Müller die Freundlichkeit hatte mich
einzuladen. Es waren etwa ein Dutzend Männer, aber welcher Art
und Bedeutung! Von Göttingen Dahlmann, beide Grimm's, Lücke,
Müller selbst, Thiersch aus München, noch einige jüngere Männer,
aber hervorragend über alle an eminenter Vielseitigkeit des Wissens
und der Erfahrung Alexander von Humboldt. Um ihn drehte
sich denn auch vorzüglich die Unterhaltung, an welcher die Hälfte der
Gesellschaft theilnahm, während die andere Hälfte erstaunt und erfreut
über so viel Geist und Wissen zuhörte. Nie habe ich mich so arm
an Wissen gefühlt, als diesen Männern gegenüber. Die Verschiedenheit ihrer wissenschaftlichen Hauptfächer brachte es mit sich, daß das
Gespräch bald auf dieses bald auf jenes Gebiet überging. Die Geschichte, die Länder- und Völkerkunde, Italien, welches mehrere kannten,
Griechenland, wo Thiersch, die neue Welt, wo Humboldt einheimisch
geworden war, die Naturwissenschaften, die Sprachvergleichung, die
bildende Kunst und ihre Schätze, die neuesten literarischen Erscheinungen, — alles kam zur Sprache, und wenn es Staunen erregte,
wie Humboldt mit seinem ungeheuren Gedächtnisse, seiner raschen
Gedankenbewegung und seiner nie stockenden Redefertigkeit in alle
Gegenstände, die vorkamen, einzugehen, ja als Kenner aufzutreten
vermochte, so konnte es doch auch mit gerechtem Stolze erfüllen, daß
die Göttinger Lehrer, wenn der Gegenstand gerade ihre besondern
Fächer berührte, sich dem universellen Gelehrten, wie man ihn nennen
kann, völlig ebenbürtig zeigten. Besonders entwickelte auch Otfried
Müller eine Vielseitigkeit der Kenntnisse und einen Reichthum der
Bildung, welche ihn in die erste Klasse der Gelehrten seiner Zeit
stellten. Und diese noch so jugendliche Kraft, welche sich erst noch
zu höheren Leistungen vorbereitete, sollte so früh für Göttingen, für
die wissenschaftliche Welt verloren gehen! Drei Jahre, nachdem ich

22*

ihn so in der Fülle seiner Kraft und seines Strebens gesehen hatte, deckte ihn ein Leichenstein an Platons Hügel bei Athen!

Bei dem Zusammensein vieler akademischen Lehrer und Schul=männer in diesen Tagen des Jubiläums entstand auch der Gedanke an regelmäßige Versammlungen von Philologen und Schulmännern abwechselnd in verschiedenen Gegenden Deutschlands. Thiersch war es, wenn ich nicht irre, der ihn anregte und gleich Stimmen und Unterschriften für den rasch entworfenen Plan sammelte. Ich war einer der zuerst Unterschriebenen unter den Statuten vom 20. Sep=tember 1837 und kann in so fern die Ehre eines der Stifter dieser wichtigen Versammlungen in Anspruch nehmen.

Die Philologen= und Schulmänner=Versamm=lung in Gotha. 1840. — So durfte ich auch bei einer der ersten Versammlungen dieser Art, die im Herbste 1840 in Gotha gehalten wurde, nicht fehlen. Der kurz vorher, im August, erfolgte Tod von Otfried Müller gab die Veranlassung, daß ich den Auftrag dahin mitnahm, mich unter den dort versammelten Gelehrten nach einem Nachfolger für Müller umzusehen. Ich machte die Reise nach Gotha auf die angenehmste Weise mit dem Director Ranke, den ich in Göttingen abholte, und dem gemüthlichen Professor Nitzsch aus Kiel. In Gotha wohnte ich ebenfalls mit Ranke in demselben Hause, und auf dieser Reise und in diesem Zusammenleben habe ich diesen liebenswürdigen Mann noch näher kennen und schätzen gelernt. Ein so offnes Gemüth, eine so warme Liebe für das Gute und für den erwählten Lebensberuf, verbunden mit einem umfangreichen Wissen, wird nicht gar häufig gefunden.

Die Versammlung von akademischen Gelehrten und Schulmän=nern in Gotha entsprach der Erwartung, welche man von einer solchen Vereinigung hegen durfte. Es sind weniger die ausgearbeiteten Vor=träge über wissenschaftliche Gegenstände, die ja meistens der Art sind, daß sie sich besser lesen als hören lassen, welche das Interesse in An=spruch nehmen, als vielmehr der Austausch von Ansichten und Erfah=rungen in der mündlichen Discussion über aufgeworfene Fragen oder Behauptungen, und vor allem der persönliche Verkehr auch außer den öffentlichen Sitzungen zwischen alten und neuerworbenen Bekannten, ja selbst zwischen Gegnern, die sich bisher nicht persönlich kannten und nun unerwartet eine ganz andere Meinung von einander gewinnen, wenn sie sich gegenseitig in's Auge sehen. Der Ton in den kritischen Schriften der Gelehrten war in der That oft unnöthig scharf und lieblos geworden und gerade die Humansten bewiesen sehr häufig wenig Humanität. Der einsame Schreibtisch besänftigt die Galle nicht, wenn sie einmal aufgeregt ist, und selbst das Katheder ermahnt nicht zur Mäßigung, wo der Redner nur sich selbst hört. Aber wenn zwei Männer einmal in guter Gesellschaft mit einander geredet und ein Glas Wein getrunken, oder gar sich zu verständigen angefangen haben, so kann die Feder nicht mehr in einen verletzenden Ton fallen. Es herrschte ein heiterer, freundlicher Geist in der Versammlung, wozu die Männer, welche den Vorsitz und meistens das Wort führten, wie der welterfahrene Thiersch und joviale Kost, sehr wesentlich beitrugen.

Ich richtete mein Augenmerk, dem erhaltenen Auftrage gemäß, vorzüglich auf diejenigen Gelehrten, die etwa für Müller's Stelle in Göttingen in Betracht kommen konnten. Der Vorzuschlagende mußte ein Mann von schon bewährtem Rufe sein, denn an jüngeren Männern, die auf dem Wege waren, sich Ruf zu erwerben, wie Schneidewin und v. Leutsch, hatte Göttingen keinen Mangel. Es boten sich meinem Blicke vorzüglich zwei dar, Göttling in Jena und Karl Friedr. Hermann in Marburg. Göttling empfahl sich durch sein kräftiges, lebendiges und ansprechendes deutsches Wesen, bei achtungswerthen Kenntnissen, als ein Mann, der erweckend auf künftige Schulmänner, die mir am meisten am Herzen lagen, wirken könnte. Hermann war zurückhaltender, es war nicht leicht, mit ihm in ein Verhältniß zu kommen, allein die Vielseitigkeit seiner Kenntnisse, sein reges Interesse für die formale, wie reale Seite der Alterthumswissenschaft, traten in seinen öffentlichen Vorträgen, und noch mehr in der Privatunterhaltung, günstig hervor. Auch zeigte die persönliche Haltung des in wohlhabenden Verhältnissen erzogenen Frankfurters eine gefällige Bildung.

Da ich keinen Auftrag zu persönlichen Verhandlungen, sondern nur zur Beobachtung und Berichterstattung hatte, so mußte ich weitere Schritte bis auf meine Rückkehr nach Hannover verschieben. Der endliche Erfolg war, um ihn gleich hier vorweg zu nennen, daß eine vorläufige Anfrage bei Göttling ergab, daß er einen wirklichen Ruf ablehnen würde, daß dagegen die Verhandlungen mit Hermann, nach manchen Zwischenfällen, im Jahre 1843 zu seiner Berufung nach Göttingen führten.

Sehr angenehm waren in Gotha die geselligen Unterhaltungen, sowohl in den öffentlichen Localen bei den gemeinschaftlichen Essen, als in Privathäusern, namentlich in dem des gastfreien Professors Rost. Hier lernte ich auch den liebenswürdigen Professor Ritschl aus Bonn kennen und will noch bemerken, daß auch er für Göttingen in Betracht gekommen wäre, wenn nicht seine anscheinend sehr schwache Gesundheit gewarnt hätte. Der Anschein trog zum bedeutenden Gewinn für die Wissenschaft, in welcher er in den 22 Jahren seitdem so viel geleistet hat. In Ritschl's junger Frau fand ich die Tochter eines Bekannten aus meiner früheren Göttinger Zeit, eines genauen Freundes von Richthofer aus Schlesien, des Doctors der Medizin Guttentag, mit welcher ich mich über die Richthofen'sche Familie sehr angenehm unterhalten konnte. Auch mit dem schon bejahrten, aber noch sehr rüstigen, Friedrich Perthes, mit welchem ich schon in Briefwechsel gestanden, kam ich in persönliche Bekanntschaft; den trefflichen Friedrich Jacobs aber traf ich weder in den geselligen Kreisen, noch in den Zusammenkünften der Philologen; seiner Schwerhörigkeit wegen konnte er keinen Theil daran nehmen. Aber ich besuchte ihn in seinem Hause und fand in ihm einen höchst liebenswürdigen Greis, mit welchem man sich in unmittelbarer Nähe, bei langsamem und scharfaccentuirtem Sprechen, recht wohl verständigen konnte. Sein Sohn, der Maler, wohnte bei mir in Hannover im Hause, was mich auch dem Vater sogleich näher brachte.

Der regierende Herzog von Coburg-Gotha, Vater des jetzigen Herzogs und des eben mit der Königin Victoria vermählten Prinzen Albrecht, hatte die besondere Aufmerksamkeit, die ganze Philo-

logen-Versammlung nach Reinhardsbrunn zur Mittagstafel einzuladen. Die Gesellschaft war so zahlreich, daß im Freien gespeist
werden mußte; aber es war noch ein schöner Octobertag und der
Herzog nahm auf die zum Theil verwöhnten Stubengelehrten die
freundliche Rücksicht, sich zu bedecken und die ganze Gesellschaft einzuladen, dasselbe zu thun. Ich wurde neben den Herzog gesetzt, der
auf der andern Seite den Hofrath Thiersch hatte; gegen uns über
saß der jetzige Herzog, ein junger, lebhafter Herr von 21 Jahren.
Es war mir sehr interessant, hier einen Theil der Coburgschen Familie kennen zu lernen, von welcher einer den belgischen Thron bestiegen hatte und zwei den Thronen von England und Portugal so nahe
gestellt waren. Der Herzog, ein schöner Mann, mit ausdrucksvollen,
einnehmenden Zügen und den vollendeten Manieren eines Fürsten,
der sich seiner Stellung bewußt ist, aber in dem Andern den Menschen zu ehren weiß, so weit er es verdient, unterhielt sich auf die
ungezwungenste Weise mit uns Nachbarn, die er sich ausgewählt
hatte, und nicht etwa mit den gewöhnlichen Gegenständen einer höf-
lichen Geselligkeit, sondern auch solchen, die unserm Zusammensein in
Gotha nahe lagen. Mich befragte er daneben auf eine freie, durchaus discrete, Weise über die neue Königsfamilie in Hannover, die
ihn natürlicherweise interessierte.

Mit angenehmen Erinnerungen kehrte ich von Gotha nach Hannover zurück, wo jedoch bald nachher einige Veränderungen in der
Zusammensetzung des Ober-Schulcollegiums vorgingen, von welchem
ich den Abgang des Oberbibliothekars Pertz nach Berlin schon genannt habe. Aber auch mein lieber Freund, der Hofrath v. Lüpke,
schied im Jahre 1843, seiner angegriffenen Gesundheit wegen, aus
seiner Stellung im Ministerium und im Ober-Schulcollegium und
nahm die, geringere Arbeit fordernde, Stelle eines Lotteriedirectors
an. In seine Stelle im Ministerium und im Ober-Schulcollegium
wurde der Regierungsrath Bunsen von Hildesheim berufen, der
6 Jahre lang mein treuer und sehr werther College gewesen ist.
Einen empfindlichen Verlust erlitt auch im Jahre 1842 das

Gymnasium in Göttingen. Der Director Ranke, der schon einigen
Versuchen, ihn wieder in den Kreis des preußischen Schulwesens
zurückzurufen, widerstanden hatte, entschloß sich doch endlich, auf das
bringende Zureden seines Bruders, des Geschichtschreibers Leopold
Ranke, die Direction des Friedrich = Wilhelms = Gymnasiums in
Berlin anzunehmen. Wir sahen ihn mit Betrübniß aus unserm
Kreise scheiden. In seine Stelle rückte der Conrector Geffers ein,
der die auf ihn gesetzte Hoffnung vollständig erfüllt und die nicht
leichte Aufgabe der Leitung eines Gymnasiums in der Universitäts=
stadt in einer Weise durchgeführt hat, daß dasselbe gegenwärtig mit
seinen 400 Schülern an Frequenz den zweiten Platz unter den Gym=
nasien des Königreichs einnimmt. Zugleich hat er sich um die zweck=
mäßige Anleitung der Mitglieder der zweiten Abtheilung des pädago=
gischen Seminars zu ihrer praktischen Ausbildung ein bleibendes Ver=
dienst um unser höheres Schulwesen erworben.

Der Realunterricht. — Was die innere Seite der Schul=
organisation betrifft, so beschäftigte in den Jahren zwischen 1840 bis
1850 eine wichtige Frage das Ober = Schulcollegium und die Lehrer=
collegien. Die Schülerzahl der Gymnasien wuchs immer mehr, aber
nicht sowohl in den oberen Klassen, als in den unteren und mittleren,
ein Beweis, daß sowohl immer mehr Söhne der wohlhabendern Fa=
milien sich bürgerlichen Berufsarten widmeten, als auch, daß selbst
die weniger bemittelten Bürger für ihre Söhne eine Bildung erstreb=
ten, die über den Kreis der Volksschule hinausgeht. Es war dahin
gekommen, daß die Mehrzahl der Schüler der untern Gymnasial=
klassen, oft auch der mittleren, nicht daran dachten, den Weg akade=
mischer Studien zu betreten. Und doch sollte die ganze Masse den=
selben Weg hergebrachter gelehrter Vorbereitung gehen, auch die
Nichtstudierenden sollten Zeit und Kräfte hauptsächlich auf das Er=
lernen der alten Sprachen, wenigstens der lateinischen, verwenden
und mitten auf dem Wege abbrechen, ehe derselbe zu einem genü=
genden Resultate hatte führen können, und ohne in demjenigen, was
für ihren Lebensberuf das Nützlichere war, ordentlich geübt zu sein.
Nicht nur litten diese Schüler selbst durch einen solchen Bildungs=

gang, sondern auch ihre studierenden Mitschüler und nicht weniger
die Lehrer; denn es war natürlich, daß die Nichtstudierenden großen=
theils mit Unwillen die alten Sprachen erlernten und daß eine Klasse,
in welcher sie die Mehrzahl bildeten, eine schwer zu bewegende Last
für die Lehrer war.

Der rechte Weg zur Abhülfe dieser Uebelstände wäre der gewesen,
daß neben den Gymnasien auch Bürgerschulen errichtet wären, und
zwar nicht nur höhere für diejenigen, welchen die Kenntniß der
neueren Sprachen, der Mathematik und der Naturwissenschaften, Be=
dürfniß ist und die noch einige Jahre über die Confirmation hinaus
dem Schulbesuch widmen können, sondern auch mittlere für die
Söhne des Handwerks= und sonstigen mittleren Bürgerstandes, welche
die Schule mit der Confirmation verlassen. Allein im hannoverschen
Lande sind, außer der Hauptstadt, nur noch 7 Städte zwischen 10,000
und 15,000 Einwohnern: Hildesheim, Göttingen, Clausthal mit Zeller=
feld, Celle, Lüneburg, Osnabrück, Emden. Keine derselben kann eine
vollständig eingerichtete höhere Bürgerschule, die nach den heutigen
Bedürfnissen nicht viel weniger kostet, als ein vollständiges Gymna=
sium, aus eignen Mitteln neben dem Gymnasium unterhalten; selbst
für die mittlere Bürgerschule haben sich nur bei einigen die Mittel
finden wollen. Nur Hannover hat, neben dem Lyceum, eine höhere
und eine mittlere Bürgerschule und wird wahrscheinlich neben beiden
noch Parallelanstalten errichten müssen; aber die Stadt zählt auch,
mit den Vorstädten, jetzt 70,000 Einwohner.

Das Ober=Schulcollegium hatte nun die Aufgabe, mit Hülfe
der Directoren und Lehrercollegien der Gymnasien auf Wege zu sinnen,
wie dem angedeuteten Nothstande abzuhelfen sei. Ein Anfang dazu
lag in sofern nahe, daß den Schülern der Quarta und Tertia, selbst
der Secunda, die entschieden waren, nicht studieren zu wollen, die
Theilnahme am griechischen Unterrichte erlassen wurde. Aber schon
das machte Schwierigkeiten, sie neben den griechischen Stunden mit
andern, ihnen näher liegenden, Gegenständen zu beschäftigen. Und
diese Hülfe war auch noch nicht ausreichend; wenn gründlicher gehol=
fen werden sollte, so mußte den Realisten auch die Theilnahme am

Lateinischen so weit erlassen werden, als diese Sprache nicht für ihre
gründliche Bildung erforderlich ist. Denn das Lateinische ihnen ganz
zu erlassen, ist nach den wohlerwogenen Grundsätzen der höheren
Realbildung, nicht rathsam. Die logische Grundlage aller gründlichen
Sprachkenntnisse ist nun einmal nicht besser, als durch die lateinische
Grammatik, zu legen, und die Kenntniß des Lateinischen, wenigstens
bis zum Verständniß gewöhnlicher Prosa, und des dazu erforderlichen
Wörtervorraths ist für die Erlernung des Französischen und Englischen von entschiedenem Nutzen. Aber auf welcher Stufe soll die
Trennung des Humanisten und Realisten, um beide Schülerklassen
kurz so zu bezeichnen, beginnen? In Sexta und Quinta, also in
einem Alter von 10 bis 12 Jahren, scheint sie noch nicht zweckmäßig
zu sein. Wenn die Realisten überhaupt Latein lernen sollen, so muß
die grammatische Grundlage gleich in gehöriger Stundenzahl, zwei
Jahre hindurch, gelegt werden. In den genannten Klassen also
mögen beide Schülergattungen um so mehr gemeinschaftlich unterrichtet
werden, als dasjenige, was auch übrigens in ihnen gelehrt wird, für
alle Berufsarten unentbehrlich ist. Auch ist ja mancher Knabe in
diesem frühen Alter noch gar nicht für einen bestimmten Beruf ent=
schieden. Aber von Quarta an mag die Trennung stattfinden, und
da, wo der Stoff, d. h. die Schülerzahl, vorhanden ist und die Mittel
ausreichen, mögen drei Realklassen neben Quarta, Tertia und Secunda errichtet werden. Ist die Zahl beider Schülergattungen so
groß, daß jede für sich eine Klasse bilden können, so mögen sie in
allen Gegenständen getrennt unterrichtet werden; wir haben dann eine
mit dem Gymnasium verbundene höhere Bürgerschule von 5 Klassen,
unter derselben Direction und mit vereinigtem Lehrercollegium, von
welchem die einzelnen Lehrer ihre Hauptstellung in einer der beiden
Abtheilungen haben mögen, einander aber durch Hinübergreifen aus
der einen in die andere, je nach den Fächern und dem vorliegenden
Bedürfnisse, zu Hülfe kommen. Durch eine solche Vereinigung wird
die Gefahr der Einseitigkeit beider Richtungen möglichst vermieden;
durch den humanistisch gebildeten Director, — denn ein solcher wird
ohne Zweifel an der Spitze des Ganzen stehen, — und die übrigen

humanistischen Lehrer werden die Lehrer der Realklassen vor dem Verirren in die bloße Nützlichkeitstheorie bewahrt, und das gelehrte Gymnasium wird in den Leistungen der Realklassen den Werth gründlicher Betreibung der Naturwissenschaften, der angewandten Mathematik und der neueren Sprachen erkennen lernen.

Wo die Lehrerkräfte und auch die Schülerzahl nicht vorhanden sind, um eine völlige Trennung durchzuführen, mögen die Schüler der parallelliegenden Klassen in solchen Gegenständen vereinigt bleiben, welche für beide gleichen Werth haben, also in Religion, Geschichte, Geographie, Naturgeschichte, auch allenfalls in der deutschen Sprache.

Das allgemein gefühlte Bedürfniß brachte denn auch einen Antrag der Regierung bei den allgemeinen Ständen um einen Zuschuß aus Landesmitteln für den Realunterricht in den höheren Schulen zu wege, und die Stände bewilligten im Jahre 1846 die jährliche Summe von 5,000 Thalern für diesen Zweck.

Die Conferenz in Emden. — Nach den oben in Umrissen angedeuteten Gesichtspuncten wurde diese Angelegenheit zur Berathung in einer Conferenz, die im September 1847 unter meinem Vorsitze in Emden abgehalten werden sollte, vorbereitet. Es wurden dazu nur die Directoren und einige Lehrer der westlichen Gymnasien eingeladen, weil bei diesen die Frage wegen des Realunterrichts am bedeutendsten hervorgetreten war. Unter den Gymnasien im östlichen und südlichen Theile des Landes hatten die zu Göttingen, Hildesheim, Celle und Verden, als weniger vom Handel und den Gewerben berührt, wenigstens damals, weniger unmittelbares Interesse dabei, Hannover hatte seine Realanstalten, Lüneburg war schon mit der Errichtung von Realklassen vorgeschritten. Emden wurde zur Zusammenkunft gewählt, weil der Director Brandt schon für die vorliegenden Fragen vorgearbeitet hatte. Es kamen also dahin die Directoren: Rothert von Aurich, Ahrens von Lingen, Koers von Meppen, Abeken vom Rathsgymnasium und Nordheider vom Carolinum in Osnabrück, der mathematische Lehrer Raydt vom Gymnasium in Lingen. Die Lehrer der vier ostfriesischen Anstalten zu Emden,

Aurich, Norden und Leer durften ebenfalls theilnehmen. Die Verhandlungen waren lebhaft und ansprechend, das ganze Zusammensein erfreulich und belehrend. Ich wurde an die Directoren-Conferenzen in Westphalen erinnert und nahm mir vor, recht bald auch die Directoren der östlichen und südlichen Gymnasien zusammen zu berufen. Die Ansichten und Beschlüsse, welche zu Tage gefördert wurden, waren dieselben, welche ich schon oben für die Beurtheilung der Realunterrichtsfrage angegeben habe.

Ich höre manchen meiner Leser fragen, warum ich nicht überhaupt die Berufung regelmäßiger Directoren-Conferenzen auch in Hannover veranlaßt habe, wie ich sie in der Provinz Westphalen in's Leben gerufen hatte. Die Antwort darauf ist folgende: In den ersten Jahren hatte ich genug zu thun, mich in dem größeren Kreise zu orientieren; hier waren 17 Gymnasien, in Westphalen längere Zeit nur 9. Dazu kamen die Hemmungen, die mir in den ersten 4 bis 5 Jahren meine Gesundheit in den Weg legte. Ferner machte die schon angeführte größere Zahl der Directoren eine Verständigung schwieriger; mit 9 Männern ist es viel leichter, wichtige Fragen zu verhandeln und zu einem förderlichen Resultate zu führen, als mit 17; und unter diesen 17 waren viel verschiedenartigere Naturen, als ich sie in Westphalen gefunden hatte. Endlich und hauptsächlich, die Kosten einer so großen und aus weiten Entfernungen zusammen zu berufenden Versammlung waren schwer zu beschaffen und die Bedürfnisse der Anstalten, namentlich die Zahl der gering besoldeten Lehrer, noch zu groß. Wenn irgend Mittel zu gewinnen waren, so mußte vor allem diesen geholfen werden.

Nach Beendigung der Emdener Conferenz bewog mich das Zureden einiger Mitglieder derselben zu einer Reise über Delfzyl nach Gröningen und von da auf dem Kanal durch das sogenannte Reiderland nach Weener und Leer. Ich machte sie mit dem Director Ahrens, dem Conrector Raydt von Lingen und dem Rector Ehrenholz von Leer. Es waren ein paar schöne warme Herbsttage, und der Eindruck der reinlichen Stadt Gröningen, deren Thurm wir bestiegen, um das berühmte Glockenspiel in der Nähe zu besehen und

zu hören, des stattlichen alten Rathhauses, der eigenthümlichen Tracht
der Holländischen Frauen mit den goldenen und silbernen Spangen
an den Seiten des Kopfes, auf dem Rückwege der Anblick des fruchtbaren Reiberlandes mit seinen reichen Plätzen, von welchen wir einen
mit freundlichstem Entgegenkommen seines Eigenthümers besahen, belohnte mir diesen Abstecher eben so sehr, als der sehr angenehme Verkehr mit meinen Reisegefährten. Es war eine heitere, gemüthliche
Stimmung bei uns eingekehrt.

Vielleicht in Emden, vielleicht auch auf dieser Reise, mag der
Gedanke, namentlich in dem Director Ahrens und dem Conrector
Raydt, aufgestiegen sein, mir als Ausdruck der Achtung und Anhänglichkeit der hannoverschen Lehrerwelt dadurch eine Freude zu bereiten,
daß sie mein Bild von dem trefflichen Maler Professor Oesterley
anfertigen lassen und meiner Familie zum Geschenke machen wollten.
Ob es sich so verhält, kann ich nicht mit Bestimmtheit sagen, allein
so viel weiß ich, daß der Gedanke in dieser Zeit von den westlichen
Anstalten ausgegangen ist und daß mein Freund Abeken den Auftrag
erhielt, mir die Sache mitzutheilen und mich zu veranlassen, dem Professor Oesterley zu sitzen. Dieser schöne Beweis der Anhänglichkeit
der hannoverschen Lehrer überraschte mich auf das Angenehmste, ich
konnte ihr Anerbieten nur mit dem aufrichtigsten Danke annehmen.
Es waren die ersten Monate des verhängnißvollen Jahres 1848, als
ich der Staffelei des Malers mit den freudigen Gefühlen, die eine
solche Veranlassung in mir erwecken mußte, gegenüber saß. Diese
Gefühle hat der Maler als ächter Künstler auf dem Bilde zum
Ausdruck gebracht.

Diese Zeit bezeichnet zugleich den Schluß des glücklichsten Ab-
schnittes in meinem hannoverschen Leben, wie zwanzig Jahre früher
meine Berliner Reise einen ähnlichen Abschnitt meines Lebens in
Münster bezeichnet hatte. Die Jahre 1832 bis 1848 waren durch
das Gedeihen meiner amtlichen Wirksamkeit und die Gewinnung trefflicher Freunde, durch die Wiederherstellung der Gesundheit meiner
Frau und der meinigen, durch glückliche Familienereignisse, durch die
gelingende Thätigkeit meiner Söhne und ein heiteres geselliges Leben,

auf eine meistens sehr befriedigende Weise verflossen. Die nächsten zehn Jahre meines Lebens gehören theilweise zu den trübsten, welche Gottes Rathschluß über mich verhängt hat, obgleich ich auch in ihnen für viele Beweise seiner gnädigen Fürsorge zu danken gehabt habe.

Das Jahr 1848. — Der große Umschwung in den öffentlichen Verhältnissen, der durch die Februar-Revolution in Frankreich auch im übrigen Europa hervorgebracht wurde, sollte auch in den Gang meines friedlichen Berufes eingreifen. Die bisherigen Minister gingen ebenfalls in Hannover ab, und es wurde von dem Könige Ernst August das sogenannte Märzministerium unter dem Vorsitze des Grafen von Bennigsen, mit Stüve als Ministerialvorstand des Innern, Lehzen der Finanzen und Braun der geistlichen und Unterrichtsangelegenheiten, berufen. Der letztere zeigte sogleich die besten Absichten für die Hebung des öffentlichen Unterrichts, namentlich für Vermehrung der Geldmittel für denselben, und da er mit Lehzen und Stüve befreundet war, welche beide die Wichtigkeit des Schulwesens für das Leben des Staates ebenfalls erkannten, so gelang es, die schon im Jahre 1846 bewilligten Zuschüsse aus Landesmitteln nach und nach so zu vermehren, daß für den Realunterricht jährlich 13,000 Thaler, zu Gehaltsverbesserungen der Lehrer 12,000 Thaler, als Pensionsfond 4000 Thaler, und für das Turnwesen jährlich 800 Thaler, außer einer einmaligen Summe von 2500 Thalern zur Einrichtung von Turnplätzen bewilligt wurden. (Später ist auch noch der allgemeine Klosterfond mit nach und nach zu vervollständigenden 12,000 Thalern für Gehaltsverbesserungen der Lehrer hinzugekommen.)

Daß es mit den äußeren Mitteln aber nicht gethan sei, wenn nicht auch zugleich das innere Leben der Schulen gestärkt und der gute Wille und die Einsicht des Lehrerstandes zu Hülfe genommen würde, sah unser neuer Minister sehr wohl ein und billigte deshalb meinen Vorschlag, noch im Laufe des Jahres 1848 eine größere Versammlung von Directoren und Lehrern zu berufen, welcher mehrere Cardinalfragen in Absicht des höheren Unterrichts zur gutachtlichen Berathung vorgelegt werden sollten. Es gehörte dahin das schon durch die Embener Conferenz vorbereitete Kapitel über den

Realunterricht, dasjenige über die Reifeprüfungen, über das Verhältniß der Hauptunterrichtszweige und mehreres andere. Diese Gegenstände mußten aber so vorbereitet und den zu Berufenden vorher mitgetheilt werden, daß bestimmte Antworten darauf erfolgen konnten, und diese Arbeit fiel natürlich im Wesentlichen mir zu. Ich begann damit, aber sei es, daß diese wichtigen Aufgaben mich zu sehr anspannten, sei es, daß die große damit zusammentreffende Aufregung über die außerordentlichen Begebenheiten in Frankreich, Oestreich, Preußen und den meisten deutschen Ländern diese Anspannung vermehrte, — ich verfiel im Mai in eine Krankheit, die sich zwar zunächst als heftige, rheumatische Affection äußerte und mich zwei Monate an's Bett gefesselt hielt, aber auch die Nerven in Mitleidenschaft versetzte. Da lag ich nun die Nächte, wie im Frühjahr 1830 in Münster, schlaflos durch Schmerzen und eben so sehr durch die Gedanken an die mir vorliegenden Arbeiten, die nun nicht vollendet werden konnten. Was sollte werden, wenn dieser wichtige Augenblick für unser höheres Schulwesen nicht benutzt wurde? Zwar übernahmen meine beiden Collegen, der Hofrath Bode und der Regierungsrath Bunsen, mit der größten Bereitwilligkeit die nöthigsten laufenden Geschäfte, allein die Vorarbeiten für die beabsichtigte Lehrerconferenz konnten sie mir nicht abnehmen. Sehr tröstlich waren mir in dieser Zeit die freundlichen Besuche der Ministerialvorstände Stübe und Braun, welche beide mich von dem Gange der ständischen Verhandlungen in Bezug auf das Schulwesen in Kenntniß hielten und mir zugleich Muth einsprachen, daß ich bald genesen und das Versäumte nachholen werde, so wie durch die Zusage, daß noch ein sachkundiger praktischer Schulmann zu meiner Erleichterung in das Ober-Schulcollegium berufen werden solle. Ich selbst fühlte auch, daß ihre Vertröstung auf mein Besserwerden in Erfüllung gehen werde. Ich war, wenn auch länger bettlägerig, doch in einer andern Gemüthsstimmung, als damals in Münster; der Krankheitsstoff, der sich dort auf die innern Theile geworfen hatte, hatte sich nach außen gewendet und ließ die Lebensorgane frei. In dieser Weise hat sich auch von jener Zeit an mein Gesundheitszustand gehalten; ich habe viel von Rheumatismus in den Gliedern gelitten, aber der Kopf ist frei geblieben, so daß ich mich vor Tausenden glücklich preisen darf.

Sobald ich soweit hergestellt war, um die Reise nach Wiesbaden unternehmen zu können, begab ich mich in Begleitung zweier Töchter dahin. Wie wirksam dieses treffliche Bad ist, habe ich damals recht erfahren; als ich ankam, konnte ich nicht ohne Krückstock gehen, nach wenigen Wochen brauchte ich denselben kaum noch zur Stütze. Mein Arzt, der herzogliche Leibarzt Dr. Fritze, lernte bald meine Natur kennen und behandelte mich mit großer Aufmerksamkeit. Auch späterhin bin ich bei wiederholten Besuchen von Wiesbaden diesem wackern, vielseitig gebildeten Manne, mit welchem ich mich wirklich befreundete, und dessen Familie auch meinen Töchtern viele Gastfreundschaft bewies, aufrichtigen Dank schuldig geworden.

So wohl fühlte ich mich bald in Wiesbaden, daß ich, freilich gegen die Warnung meines besorgten Arztes, auf den Grund der von den Directoren eingegangenen Gutachten, die Vorlagen ausarbeiten konnte, welche der nach Hannover zu berufenden Conferenz zur mündlichen Berathung mitgetheilt werden sollten. Diese Gedanken ließen mir keine Ruhe bis ich sie zu Papier gebracht hatte. Doch müßigte ich mich auch zu Spazierfahrten mit meinen Töchtern in die ausgezeichnete Umgegend und sogar zu einer Fahrt nach Frankfurt ab. In solcher Nähe der Paulskirche gewesen zu sein und sie nicht besucht zu haben, schien mir unverantwortlich. Es war die Zeit, wo man noch von dort Heil für das Vaterland erwartete. Einen Mann, wie Heinrich von Gagern, sehen und reden zu hören, war schon anlockend genug, und wir haben ihn gesehen und gehört und uns an seiner höchst würdigen Erscheinung erfreut. Es war eine wenig bedeutende Discussion, welcher wir beiwohnten, es redeten nur der Vicepräsident Soiron und Rösler aus Schlesien (der sogenannte Reichscanarienvogel, weil er stets hellgekleidet mit gelbem Nanquin-Beinkleide in der dunkelgekleideten Versammlung erschien). Er redete lange, ohne Ernst und Würde, und erregte oft das Lachen der Versammlung. Auch andere merkwürdige Persönlichkeiten wurden uns gezeigt, wie Robert Blum, Moritz Hartmann, Fürst Lichnowsky, der bald darauf schmählich ermordet wurde. Mit einer eignen Empfindung sah ich in dem verschiedenartig zusammengesetzten Gemisch meine alten Freunde: Jacob Grimm, in ernster Aufmerksamkeit da sitzend, Ernst Moritz Arndt und Dahlmann, ebenfalls still und ernst; es lag ein gewisser Druck auf ihren Gesichtern, die Dinge gingen schon nicht mehr nach ihrem Sinne. Der Waffenstillstand von Malmoe war schon nahe, und bald folgte der September-Aufstand und die Versammlung auf der Pfingst-Wiese. Der Turnvater Jahn mit seinem langen Barte hatte keine Ruhe zum Sitzen und Hören, er stand im Hintergrunde und sprach mit diesem und jenem. Die Kürze meines Aufenthalts verhinderte mich, die Freunde aufzusuchen; ich sprach nur den Professor Waitz, mit dem wir am Nachmittage eine Tasse Kaffe auf der Maininsel tranken; er hatte seine Frau bei sich. Ich eilte nach Wiesbaden zurück, meine Kur zu vollenden. Der Eindruck der ganzen Frankfurter Scene war ein ziemlich unklarer, nicht erhebender und wenig aussichtsreicher. Meine Gedanken weilten auch schon wieder in Hannover bei der Aufgabe, die meiner dort wartete. In jener Zeit, wie in späterer, habe ich wenig Neigung gespürt, mich über meinen nächsten Kreis hinaus auf das Feld unsicherer politischer Experimente zu wagen. Die Zeit, wo ich Plane für Deutschlands Zukunft entwarf, war eine ganz andere, außerordentliche; das Leben und die Erfahrung hatten mich seitdem belehrt, daß es am besten mit der menschlichen Gesellschaft steht, wenn jeder, um es recht populär auszudrücken, nur recht treu vor seiner eignen Thür fegt und das Schaffen neuer Gestalten des öffentlichen Lebens denen überläßt, die dazu von der Natur mit den nöthigen Gaben ausgerüstet sind und auf einem Platze stehen, der ihnen den Beruf dazu giebt. Unter der eignen Thür verstehe ich natürlich nicht die persönlichen Verhältnisse und das eigne Wohl, sondern den Lebensberuf, der einem jeden von der Vorsehung angewiesen ist. Man mag dieses die Stimmung des Alters nennen; ich verlange sie auch nicht von der frischen Jugend, halte es aber für sehr heilsam, wenn neben dieser recht viele ältere besonnene Männer von Erfahrung stehen, die zu dem Fegen vor der eignen Thür ermahnen und selbst das Beispiel dazu geben.

Kohlrausch Erinnerungen.   23

Die Zeit der Lehrerversammlung in Hannover kam denn auch bald nach meiner Rückkehr heran, sie wurde in den Michaelisferien 1848 abgehalten. Die Directoren der 17 Gymnasien und die Rectoren der 10 Proggymnasien wurden berufen und außerdem konnten die Lehrercollegien der Gymnasien noch einen ihrer Lehrer deputieren. Ferner wurde der Professor Hermann von Göttingen als vorzüglich sachkundiger Mann eingeladen, so daß also, wenn die Versammlung vollzählig war, außer den Mitgliedern des Ober-Schulcollegiums 45 Personen zusammenkamen, eine Zahl, die für eine geregelte und sinnige Discussion schon mehr als hinreichend war. Der Geist der damaligen Zeit hatte jedoch die jüngere Lehrerwelt schon so lebhaft aufgeregt, daß sie mitzureden sich gedrungen fühlte, und wie neben der Ständeversammlung auch freiwillige Condeputierte sich eingefunden hatten, so kam auch eine Anzahl jüngerer Lehrer nach Hannover, welche, allerdings in bescheidener Weise, um Zulassung zu den Verhandlungen der Conferenz baten. Sie wurde ihnen mit weiser Berücksichtigung des Augenblicks von dem königlichen Ministerium gewährt, selbst die Theilnahme an den Berathungen wurde ihnen zugestanden und bei den Abstimmungen erhielt der Präsident die Befugniß, auch ihre Stimmen zu sammeln und im Protokolle verzeichnen zu lassen. Da die Beschlüsse der Conferenz keine die Behörden bindende, sondern nur eine begutachtende Kraft haben sollten, so waren diese Gestattungen unverfänglich und die Regierung erreichte den Zweck, daß die Gegenstände möglichst vielseitig erörtert wurden und daß die jüngere Lehrerwelt bei der Ausführung des Mitberathenen sich um so williger finden lassen mußte. Und zur Ehre unseres gesammten Lehrerstandes sei es gesagt, daß bei den Verhandlungen der beste Ton herrschte, daß keine Unbescheidenheit hervortrat und daß gerade die jungen Lehrer, die als Redner mit auftraten, fast ohne Ausnahme ihre Stellung auf eine tactvolle Weise einzunehmen wußten. Die Versammlung hatte volle Freiheit der Selbstregierung erhalten; sie wählte ihren Präsidenten und dessen Stellvertreter, welche die Verhandlungen leiteten, so wie ihre Secretäre, und konnte auch, außer den vom Ober-Schulcollegium vorgelegten Gegenständen, selbständig andere zur Sprache

bringen. Die Wahl des Präsidenten fiel auf den Director Schmalfuß vom Johanneum in Lüneburg und die Versammlung hatte darin
ihren richtigen Tact bewährt. Mit Sachkenntniß und rascher Auffassung, mit großer Gewandtheit, kräftiger Stimme und unermüdeter
Ausdauer leitete er die Verhandlungen. Der Gedanke, ihn als neues
Mitglied in das Ober-Schulcollegium zu berufen, der schon in stille
Ueberlegung genommen war, reifte in diesen Tagen durch den Eindruck seiner Leistungen zum wirklichen Beschlusse. Und ebenso bereitete
die gewinnende Persönlichkeit des zu seinem Stellvertreter erwählten
Conrectors Hoffmann vom Gymnasium in Celle diesem den Weg,
Nachfolger des Directors Schmalfuß am Johanneum in Lüneburg
zu werden, nachdem dessen Uebertritt in's Ober-Schulcollegium entschieden war.

Ueber die Gegenstände und Ergebnisse der Conferenz ausführlicher zu reden, würde hier der unrechte Ort sein. Nur so viel sei
im Allgemeinen bemerkt, daß das Ober-Schulcollegium die Genugthuung hatte, seine Wirksamkeit von der Conferenz durch fast durch-
gängige Billigung seiner bisherigen Anordnungen, namentlich in Absicht
der Reifeprüfungen und des Realunterrichts, anerkannt zu sehen, und
daß sogar lebhafte Stimmen laut wurden, es möge das Patronat-
verhältniß der Ortsbehörden, wo dasselbe bestand, aufgehoben und die
Gymnasien unmittelbar unter die Leitung des Ober-Schulcollegiums
gestellt werden. Was die äußern Angelegenheiten betrifft, so drehten
sich die Wünsche sehr natürlicher Weise um die Vermehrung der Geldmittel für die höheren Schulen, damit eine Scala der Gehälter nach
den Dienstjahren eingehalten werden könne. Auch die Rangstellung
der Lehrer und Abschaffung der lateinischen Titel, mit Ausnahme desjenigen des Directors und des Professors für die ältesten und ver-
dientesten Lehrer, kamen zur Sprache, lauter Gegenstände, die nicht
von der Entscheidung des Ober-Schulcollegiums abhingen, also zur
weiteren Ueberlegung und Entscheidung des Ministeriums und theilweise der Ständeversammlung gebracht werden mußten.

Die Geldangelegenheit war schon in Gang gebracht und hatte,
wie ich bereits angeführt habe, einigen Erfolg gehabt, doch nicht in

dem Maße, daß darauf ein Gehaltssystem nach dem Dienstalter der Lehrer hätte gebaut werden können, was überhaupt auch seine Kehrseite hat. — Die Rang = und Titelfrage wurde nicht weiter verfolgt, weil man nichts Genügendes an die Stelle der bisherigen Benennungen zu setzen wußte, denn den Professor=Titel hatte die hannoversche Regierung nun einmal als eine Bezeichnung der akademischen Würde der Universität vorbehalten. Auch ging kein Jahr vorüber, ehe nicht einzelne Lehrer um die Ertheilung eines lateinischen Titels, namentlich den des Conrectors, anzuhalten sich getrieben fühlten. — An eine Abschaffung der Patronatrechte der Städte war nun, abgesehen von andern Gründen, am wenigsten in einem Augenblicke zu denken, wo die Deputierten derselben Geldmittel aus der Landescasse für die höheren Schulen bewilligen helfen sollten.

So hat die Conferenz, genau besehen, wenig praktische Resultate gehabt und ist dennoch von entschiedenem Nutzen gewesen. Viele der mit ihren Ideen und Wünschen am weitesten greifenden Lehrer haben die Unausführbarkeit derselben eingesehen und wurden selbst von ihren besonnenern Standesgenossen davon überführt; alle aber mußten erkennen, daß die Regierung, und zunächst das Ober=Schulcollegium, mit dem besten Willen für das höhere Schulwesen erfüllt seien. Das Vertrauen zu den höheren Behörden befestigte sich von neuem. Und auf der andern Seite erkannten die Behörden, d. h. die an den Verhandlungen theilnehmenden Mitglieder des Ministeriums und des Ober= Schulcollegiums, was ich durch meine persönliche Berührung mit dem Lehrerstande von vorn herein wußte, daß bei aller lebhaften Bewegung der Gemüther doch eine so noble Gesinnung, ein solcher Eifer für die Sache selbst und eine so bescheidene Haltung in diesem Stande sei, wie gewiß nicht besser in irgend einem andern. Ich gestehe, daß diese acht Tage der Conferenzverhandlungen mir ein sehr angenehmes Gefühl hinterlassen und meine Achtung vor unserm höheren Lehrerstande noch erhöht haben. Derselbe hat sich überhaupt der großen Mehrzahl nach bei der Aufregung des Jahres 1848 mit großer Mäßigung benommen. Daß auch aus seiner Mitte viele Wünsche laut wurden und daß viele derselben auf Verbesserung der äußeren

Lage gingen, war nicht zu verwundern, denn die Gedrücktheit derselben war offenkundig; aber es würde ungerecht sein, wenn man
dieses Verlangen als das einzige, oder auch nur vorherrschende, bezeichnen wollte; vielmehr faßten die Stimmen, ich darf sagen der
Mehrzahl, die Aufgabe der Zeit aus einem höheren Gesichtspuncte;
sie wollten die Schule haben, den Einfluß derselben auf die ganze
Gestaltung unserer Zukunft von innen heraus vermehren, und betrach-
teten die Verbesserung der äußern Lage des Lehrerstandes als einen
der Hebel, die vorzüglichern Kräfte der Nation heranzuziehen, sich
dem schwierigen und sehr mühsamen Berufe des Schulmannes zu
widmen.

Auch die Haltung der Schuljugend war, mit wenigen Ausnahmen, in dieser gefährlichen Zeit bei den Anstalten, wo das rechte
Verhältniß zwischen Lehrern und Schülern stattfand, durchweg zu
loben. Die Lehrer behielten die Zügel in der Hand und wirkten
beruhigend auf den Sinn, besonders der oberen Klassen, so daß ihr
Verhältniß zu den Schülern fast noch inniger wurde.

Eine zweite Lehrerconferenz von Deputierten aus dem
Stande der Volksschullehrer war noch von dem Ministerium veranstaltet, um die Einrichtung von Schullehrer-Seminaren einer erneuten
Berathung zu unterwerfen, und auch in dieser wurde mir der Vorsitz
anvertraut. Sie wurde im December abgehalten, und so endigte
dieses Jahr, welches mit Krankheit und Schwäche für mich angefangen hatte, mit ziemlich anstrengender Arbeit. Dafür bekam ich
aber im Anfange des nächsten Jahres kräftige Hülfe an dem zum
Mitgliede des Ober-Schulcollegiums ernannten Schulrath Schmalfuß, der seit dieser Zeit die Arbeiten und Sorgen des Amtes mit
einer Treue und Hingebung mit mir getheilt hat, die ich nicht dankbar genug anerkennen kann. Und es war nicht blos eine Theilung
der Arbeit, sondern eine wahre innere Hülfe, sowohl durch Einsicht
und Verständniß, als auch durch warmes Eingehen des Gemüthes in
die menschlichen und sittlichen Erwägungen und in die persönlichen
Verhältnisse der Lehrer, ohne welches die Schulverwaltung ein Opus
operatum, ein Abmühen ohne Leben und Gedeihen ist. Ich hätte

mir keinen angenehmeren Collegen wünschen können; es ist nie eine Differenz in unsern Ansichten gewesen, die sich nicht durch ruhige Verständigung ausgeglichen hätte. Ich darf unserm Verhältnisse den Charakter der Pietät zusprechen, welches noch mehr sagt, als der weite Begriff der Freundschaft, und eben diese Pietät verbietet mir auch, mehr zum Lobe meines Collegen zu sagen. Eine weitere Ergänzung unseres Verhältnisses ergab sich daraus, daß meine beiden ältesten Söhne mit demselben sehr befreundet und daß seine und Rudolfs Frauen Schwestern waren.

Die Hülfe meines neuen Collegen kam mir in den nächsten Jahren in sofern sehr zu statten, als meine Gesundheit noch nicht so weit hergestellt war, daß ich eine Badekur im Sommer hätte entbehren können; ich habe noch drei fernere Jahre Wiesbaden besuchen müssen. Und doch lagen gerade wichtige Veränderungen in mehreren Anstalten vor.

1) Das Andreanum in Hildesheim war durch manche zusammenwirkende Ursachen zurückgegangen. Nach der Versetzung des Directors Seebode nach Coburg im Jahre 1834 war die Direction der Anstalt dem in die erste Stelle einrückenden Conrector Lipsius anvertraut, allein das schon vorher wenig in sich einige Lehrercollegium ging unter seiner nicht hinreichend kräftigen Leitung noch mehr auseinander; die Schüler wuchsen den Lehrern über den Kopf; ihre Zahl verminderte sich auffallend, weil die Anstalt das Vertrauen des Publicums verloren hatte. Lipsius wurde kränklich und starb im November 1848. Es mußte eine Radicalkur mit der Anstalt vorgenommen werden; eine Maßregel zog die andere nach sich, und so wurden, außer einem schon früher in Ruhe getretenen, nach und nach vier der ältesten Lehrer pensioniert, nachdem die Directorstelle mit dem Director Brandt aus Emden besetzt war; die andern eröffneten Stellen wurden theils durch Aufrücken, theils durch neu berufene Lehrer, unter denen der Professor Gravenhorst von der indes aufgehobenen Ritterakademie war, wieder ausgefüllt. Die Kur forderte demnach große Opfer, aber sie haben sich im Laufe der Zeit reichlich belohnt. Das Andreanum ist gegenwärtig, wie schon früher bemerkt

ift, das befuchtefte Gymnafium des Königreichs; es zählt 16 Lehrer und 479 Schüler.

2) In die Directorstelle in Emden rückte der zweite Lehrer, Rector Schweckenbieck, auf, ein kenntnißreicher und zuverläffiger Mann noch aus der Schule von Otfried Müller, der trotz vieler Schwierigkeiten den ehrenwerthen Standpunct des Gymnafiums auf= recht gehalten hat.

3) Der Director Grotefend vom hiefigen Lyceum bat im Jahre 1848, nach 50jähriger Dienftzeit, im Alter von 73 Jahren, um feine Penfionierung; fie wurde ihm in der ehrenvollften Weife mit dem Titel als Schulrath und unter Belaffung feines vollen Gehaltes gewährt. Die Wichtigkeit des Gymnafiums der Hauptftadt forderte einen Nachfolger, welcher den Ruf der Anftalt zu erhalten im ftande fei; der Magiftrat wählte den, allerdings noch jungen, aber als Ge= lehrten und Lehrer ausgezeichneten, Director Ahrens von Lingen. Er hat, nach Ueberwindung mancher Schwierigkeiten und ungeachtet vieles Wechfels und häufiger Krankheiten im Lehrercollegium, die Anftalt auf einem Standpuncte gehalten, der fie in die erfte Reihe der Gymnafien des In= und Auslandes fetzt. Ich kann nicht nur als Ober=Schulrath, fondern auch als Familienhaupt, diefes Urtheil vertreten, denn zwei meiner Großföhne haben das Lyceum vom An= fange ihrer Schulzeit an durchgemacht und ftehen nahe vor ihrer Reife= prüfung. Ich habe ihren Bildungsgang mit aufmerkfamem Auge verfolgt. Außer ihnen befucht ein dritter Großfohn die Secunda, ein vierter die Quarta und ein fünfter die mittlere Vorbereitungs= klaffe.

4) Der Abgang des Directors Ahrens von Lingen gab die Gelegenheit, den Rector Nölbeke aus der, feiner Natur wenig an= gemeffenen, Stellung in Harburg zu erlöfen; er wurde als Director nach Lingen gefetzt und hat durch feinen warmen Eifer für die wiffen= fchaftliche und Charakterbildung feiner Schüler, mit Hülfe treuer Amtsgenoffen, die anziehende Kraft der Anftalt für fremde Schüler fo erhalten, daß, neben 78 einheimifchen, 92 fremde Schüler diefelbe in diefem Augenblicke befuchen.

5) Bei dem Gymnasium in Meppen wurde im Jahre 1849 durch den Abgang des Directors Roers als Pfarrer nach Sögel die Directorstelle frei. Es war schwer, einen schon erprobten Nachfolger zu finden. Die Behörden mußten sich entschließen, einem noch ziemlich jungen Manne, dem Oberlehrer Wilken vom Carolinum in Osnabrück, die Leitung des Gymnasiums in Meppen anzuvertrauen. Aber ihre Wahl hat sich bewährt. Der gewissenhafte, achtungswerthe und strebsame Mann hat die Anstalt, trotz vielfachen Lehrerwechsels, in einem Zustande erhalten, daß sie ihre Bestimmung für den ihr angewiesenen Wirkungskreis in zufriedenstellender Weise erfüllt.

6) Ich knüpfe hieran, des Zusammenhanges wegen, sogleich die Veränderungen, die in der Direction des Carolinums zu Osnabrück vorgingen, obgleich sie in eine etwas spätere Zeit fallen. Im Jahre 1855 starb nemlich der treffliche Director Nordheider, dessen ich schon früher erwähnt habe, zum großen Bedauern der Collegen, der Schüler, des ganzen Publikums. Da sich kein, zu den Verhältnissen passender, Ersatz im Lande fand, — der eben nach Meppen versetzte Director Wilken zog es vor, in seiner neuen Stelle zu bleiben, — so mußte ein Ersatz von außen her gesucht werden. Ich wandte meine Blicke wieder nach meiner lieben Provinz Westphalen und reiste, nach vorher durch den Schulrath Savels in Münster eingezogener Erkundigung, selbst nach Paderborn, um ein paar der dortigen mir empfohlenen Lehrer persönlich kennen zu lernen. Mein Wiedersehen mit dem Director Ahlemeyer und einigen andern aus früherer Zeit mir bekannten Lehrern trug noch ganz den Charakter der alten Herzlichkeit und that mir außerordentlich wohl. Diese Reise hatte die Berufung des Oberlehrers Schmidt zum Director des Carolinums zur Folge. Aber die wohlgeordnete Wirksamkeit desselben dauerte nur kurze Zeit; der Bischof von Münster, der ihn seiner Verpflichtung als Angehöriger seiner Diöcese nicht entlassen, rief ihn schon im Jahre 1859 zurück, da ihm die Directorstelle an dem neuerrichteten Gymnasium in Brilon übertragen war. Die neue Verlegenheit des Carolinums wurde durch die Vermittlung unsers neuen Bischofs Melchers von Osnabrück, der sich der Anstalt sogleich mit

Liebe und Einsicht annahm, glücklich gehoben; er machte auf den Di=
rector Dr. Höting in Kempen aufmerksam, einen Mann von gründ=
lichen philologischen Kenntnissen und lebendigem wissenschaftlichem Sinne,
der, obgleich er schon in die praktische geistliche Wirksamkeit einge=
treten war, aus Liebe für das höhere Lehrfach noch die Universität
Berlin besucht, eine vorzügliche Prüfung bei der dortigen wissenschaft=
lichen Prüfungs=Commission gemacht hatte und dann Director des
neuerrichteten Gymnasiums in Kempen geworden war. Meine Er=
kundigungen bei meinem Freunde, dem Geheimen Rathe Brüggemann
in Berlin, bestätigten das vortheilhafte Urtheil über ihn und meine
Bitte, diesen Mann uns zu überlassen, vereinigt mit den Bemühungen
unseres Bischofs Melchers bei dem Bischof von Münster, hatten den
gewünschten Erfolg. Der Dr. Höting wurde zum Director des Ca=
rolinums berufen und wirkt in Liebe und Hingebung an dieser Anstalt
mit solcher Anerkennung seiner vielseitigen Tüchtigkeit, daß er von der
Regierung auch zum Mitgliede des katholischen Consistoriums in Os=
nabrück ernannt ist.

7) Die wichtigste Veränderung ging mit der Ritterakademie
in Lüneburg vor. Dieselbe war, trotz aller Versuche ihr aufzu=
helfen, immer mehr zurückgegangen. Der Professor Gravenhorst,
der als erster Inspector zu Hülfe genommen war, gab zwar dem
Unterrichte für kurze Zeit einen neuen Schwung, allein das Jahr
1848 zog auch ihn mit in seine politische Richtung hinein, er nahm
die Wahl zum Deputierten bei der Nationalversammlung in Frank=
furt an und ging im Sommer 1848 dahin ab. Dadurch wurde
seine Wirksamkeit an der Ritterakademie für längere Zeit unterbrochen
und zu gleicher Zeit wandte sich der aufgeregte Zeitgeist mit solcher
Entschiedenheit gegen aristokratische Anstalten, wie man die Ritter=
akademie bezeichnete, daß die Lüneburgsche Ritterschaft, deren Eigen=
thum die Anstalt war, selbst zu ihrer Aufhebung sich bereit zeigte.
Die Zahl der Schüler war Ostern 1849 auf 11 und Michaelis dieses
Jahres auf 4 zusammengeschmolzen. Durch einen vom Könige Ernst
August bestätigten Vertrag trat die Ritterschaft das Stiftungsver=
mögen der Akademie gegen eine ansehnliche Entschädigung in baarer

Summe, deren Zinsen zu Stipendien für studierende Söhne der
Ritterschaft bestimmt wurden, an den Klosterfond ab, der außerdem
die Fortzahlung der Gehälter des Landschaftsdirectors, des Ausreuters
und der vorhandenen Lehrer übernahm. Diese letzteren wurden dann
andern Anstalten, wo gerade eine Vacanz war, zugetheilt und diesen
dadurch eine ansehnliche Unterstützung gewährt. So kam der Professor Gravenhorst an das Andreanum in Hildesheim; der Professor Herrmann an das Gymnasium in Celle; der Professor
Muhlert an dasjenige zu Clausthal; der Professor Clottu als
Lehrer der französischen Sprache und der Dr. Kohlrausch als
Lehrer der Mathematik an das Johanneum in Lüneburg; der Collaborator Krause an das Gymnasium in Stade; der Collaborator
Schultze endlich an das Progymnasium in Leer, wodurch diesen
Anstalten ein mittelbarer Zuschuß von jährlich 4250 Thalern zugewendet wurde, denn sie brauchten nur einen geringen Theil der Besoldung dieser Lehrer zu übernehmen. In solcher Weise kamen die
unverhältnißmäßig hohen Kosten einer Anstalt, die durchschnittlich nur
12 bis 20 Zöglinge zählte, dem ganzen höheren Schulwesen des
Königreichs zu gute und dieses ist dem Könige Ernst August und
dem Ministerialvorstande Braun, so wie dem damaligen freisinnigen
Landschaftsdirector von Hodenberg, der zu der ganzen Maßregel im
Namen der Ritterschaft willig die Hand bot, wohlbegründeten Dank
schuldig. — Die Gebäude der Ritterakademie wurden zu einem Schul-
lehrerseminar benutzt.

Wird zu den Arbeiten, welche die angegebenen Veränderungen
verursachten, auch noch die Mühe gerechnet, die eine zweckmäßige Vertheilung der durch die Stände bewilligten neuen Mittel erforderte, die
vielen Anfragen und Berichte, die nöthig wurden, so läßt sich ermessen, daß die Jahre von 1848 bis 1851 und noch ferner geschäftsreich
für das Ober-Schulcollegium gewesen sind. Das Jahr 1849 allein
zählte 6 Pensionierungen von Lehrern, 27 neue Anstellungen, 130
Fälle von Verbesserungen der Lehrer, theils durch Versetzung, theils
durch Zulagen.

Zu den vielen Veränderungen in den Schulen kam im Jahre

1849 auch noch ein Verlust im Ober-Schulcollegium hinzu. Der Regierungsrath Bunsen, der seit 1843 sehr nützlich in demselben mitgewirkt und sich auch mit theilnehmendem Verständniß in die innern Aufgaben einer Schulbehörde hineinzuarbeiten gewußt hatte, starb, nach längerem Siechen, im September 1849 auf der Insel Wangeroge, wo er das Seebad gebrauchte, an einem heftigen Krankheitsanfalle. Sein Platz wurde zwar im nächsten Jahre durch den Ministerialreferenten Regierungsrath Küster wieder besetzt, welcher mit gleicher Liebe und gleichem Verständniß sich unsern Arbeiten widmete, allein seine Wirksamkeit dauerte nur kurze Zeit, indem er schon im Jahre 1853 zum Generalsecretär des geistlichen Ministeriums ernannt wurde und seine Stellung im Ober-Schulcollegium aufgeben mußte. Seine theilnehmende Fürsorge für die Schulangelegenheiten übertrug er aber auch in seine neue Stellung und bethätigte sie durch eifrige Förderung von Seiten des Ministeriums.

Es folgte dann mein jetziger lieber College, der Regierungsrath Brüel, und es erfüllt mich, wenn ich die Reihe dieser Mitglieder des Collegiums, die zugleich Referenten in Schulsachen im Ministerium waren, von dem Hofrath von Lüpke an, in Gedanken durchlaufe, ein Gefühl des innigsten Dankes gegen die Vorsehung, daß sie mir solche Mitarbeiter gegeben hat, die ihr Amt nicht als ein Geschäft im gewöhnlichen Sinne, sondern als eine ihrer Lebensaufgaben, mit Herz und Verstand und gemüthlicher Hingebung, versehen und sich, obgleich ihre Lebensrichtung sich auf das Gebiet der Verwaltung vom juristischen und staatsmännischen Standpuncte aus bezogen hatte, mit Wärme und scharfem Eindringen auch in die innere Seite des Unterrichtswesens hineingedacht und gelebt haben. Es ist dieses zugleich ein Beweis von der, diesem Gebiete einwohnenden, Anziehungskraft, einer Kraft der Verinnerlichung, wie ich es nennen möchte. Die höheren Zwecke der Menschheit treten mit nicht abzuweisender Gewalt vor die Seele und zwingen uns, ihnen nachzuforschen, um sie möglichst im Leben zur Geltung zu bringen.

Das 25jährige Jubiläum des Ober-Schulcollegiums. — Das Ober-Schulcollegium ging im Jahre 1855 dem

Zeitpuncte seines 25jährigen Bestehens entgegen. Es schien passend zu sein, dem Publikum eine kurze Rechenschaft über die Wirksamkeit des Collegiums in dem ersten Vierteljahrhundert seines Daseins zu geben, und ich fertigte einen solchen Bericht für die hannoversche Zeitung an, welcher zugleich in einer Anzahl von Exemplaren besonders abgedruckt und an die höhern Schulen, so wie an mehrere Behörden, vertheilt wurde. Er enthielt einen großen Theil dessen, was ich in diesen meinen Lebenserinnerungen niedergelegt habe, aber zugleich noch einige Zusammenstellungen, die auch hier ihren Platz finden mögen.

Es wird darin unter anderm die Maßregel der persönlichen Inspectionsreisen der Mitglieder des Ober-Schulcollegiums besprochen und erwähnt, daß ich in dem abgelaufenen Zeitraume 76 Dienstreisen gemacht, welche großentheils mehrere Anstalten befaßten, so daß ich 2 Anstalten 14 mal, 5 Anstalten 13 mal, eine Anstalt 12 mal, 6 Anstalten 11 mal, 7 Anstalten 10 mal, 2 Anstalten 9 mal, 3 Anstalten 7 mal, 1 Anstalt 5 mal, 10 Anstalten 3 mal, 1 Anstalt 2 mal, besucht habe, wodurch 290 Inspectionen herauskommen.

Der Schulrath Schmalfuß hatte in den 6 Jahren seit seinem Eintritte in das Collegium 14 Dienstreisen gemacht und auf denselben 23 Inspectionen vorgenommen.

Die Zahl der in diesen 25 Jahren geprüften Abiturienten betrug 3629, also im Durchschnitt abgerundet jedes Jahr 145. Unter jener Zahl waren 1320 Theologen, 118, die Theologie und Philologie verbinden wollten, 139 Philologen, 1229 Juristen, 564 Mediziner, 21 Mathematiker; die übrigen waren theils solche, deren Fach noch unbestimmt war, theils bei der Prüfung abgewiesene, oder solche, die mit dem Zeugnisse M. III. die Universität nicht hatten besuchen wollen. Es stellte sich dabei das Resultat heraus, daß das Studiren im Verhältniß zu der Zunahme der Bevölkerung sichtbar abgenommen hatte. Denn während im Jahre 1833 die Zahl der Abiturienten 179 betragen hatte, hatten im Jahre 1850 nur 111 die Prüfung gemacht, und hatte in den 12 letzten Jahren nur das Jahr 1849 die

Durchschnittszahl von 145 Abiturienten um 11 überschritten, die übrigen waren sämmtlich darunter geblieben.

Die größte Abnahme hatte das Studium der Jurisprudenz erfahren.

Die Universität Göttingen besuchten von den obigen 3629 Studierenden 2675; dann kam zunächst Heidelberg mit 123. Die katholischen Theologen hatten Münster, Bonn und das theologische Seminar in Hildesheim gewählt; doch waren auch 14 nach Rom in das Collegium germanicum gegangen.

An Schulamtskandidaten waren geprüft 288, darunter 29 katholischer Confession.

An den Gymnasien und Progymnasien arbeiteten

im Jahre 1830 — 117 Hauptlehrer und 34 Hülfslehrer,

„   „   1855 — 237   „   „   49   „

Unter den 237 Hauptlehrern hatten 197 studiert, 40 nicht studiert. Verheirathet oder Wittwer waren 142, unverheirathet 95.

Im Jahre 1830 waren vorhanden 2684 Schüler in 124 Klassen,

„   „   1855   „   „   4300   „   „   194   „

Die Gesammteinnahme der 15 Gymnasien, ohne die Ritterakademie und das Pädagogium in Ilfeld, und der Progymnasien, ohne Duderstadt, hatte betragen

im Jahre 1830 — 94,808 Thaler, die Ausgaben 94,808 Thaler,

„   „   1855 — 163,300   „   „   „   159,995   „

also im Jahre 1855 mehr Einnahme 68,500 Thaler gegen 1830.

Um die Veränderungen in den äußern Verhältnissen der Anstalten fortwährend verfolgen zu können, war im Jahre 1848 auf Veranlassung der allgemeinen Schulconferenz die jährliche Einsendung von statistischen Berichten über die Lehrer, ihr Alter, Dienstalter, Stundenzahl und Einkommen, die Schüler- und Klassenzahl, Verhältniß der studirenden und nichtstudirenden Schüler, Höhe des Schulgeldes, Einnahme und Ausgabe der Schulkasse, eingeführt worden. Das Aeußere ist nicht an sich ein Bild des innern Zustandes, allein es bildet oft ein nicht unbedeutendes Moment zur Beurtheilung des Innern, namentlich, wenn es in einer fortlaufenden Zeitfolge überfehen werden kann.

Eine Maßregel, die auch bei uns nach und nach in's Leben geführt ist und die Lehrer mit einem erweiterten Kreife von Schwefter- anstalten in Verbindung bringt, ist der gegenfeitige Tausch von Schul- schriften. Der Programmentausch besteht jetzt mit dem Königs- reiche Preußen, dem Königreiche Sachsen, dem Kurfürstenthum Hessen, dem Fürstenthum Braunschweig und einigen kleineren Ländern. Ich überschätze diefe Maßregel nicht. Die Maffe deffen, was auf solche Weife jährlich in einer Schulbibliothek zusammenfließt, ist fast zu groß, als daß es vollständig benutzt werden könnte; auch find es nicht alles Goldkörner, was bei diefer Gelegenheit unter die Preffe kommt; allein es find doch auch Goldkörner darunter, die sonft vielleicht nie an's Tageslicht gekommen wären, und das kundige Auge wird sie aus der Maffe herauszufinden wiffen. Und, was eine Hauptfache ist, der Lehrer, der bei seinen bedeutenden amtlichen Geschäften selten Zeit hat, eine literarifche Arbeit zu unternehmen, oder der, einiger treffender Gedanken wegen, vielleicht verleitet worden wäre, ein Buch zu schreiben, hat im Programme die Gelegenheit, eine neue Ansicht, die ihm bei der Interpretation der Schriftsteller oder beim geschicht- lichen oder mathematifchen Unterrichte, gekommen, oder über pädago- gische und didactifche Fragen, in einigen Bogen niederzulegen. Und mancher Lehrer, der in Gefahr ist, neben seiner täglichen Arbeit das Weiterstudieren gar zu sehr zu versäumen, erhält einen neuen Antrieb dazu, wenn die Reihe des Programmschreibens bald an ihn kommt.

Eine Veranlassung zur Zusammenberufung einiger Lehrer hatte die Verwirrung, in welcher der Unterricht in der deutschen Rechtschreibung sich befand, gegeben. Die Schulen hatten in diesem Unterrichte keinen festen Boden mehr unter den Füßen. In der hergebrachten, großentheils nach Adelung geregelten Schreibweise fanden sich doch gar viele Inconfequenzen; die historifche Erforschung unferer Mutterfprache brachte diefe Fehler noch mehr zum Bewußt- fein und suchte durch Herleitung der richtigen Schreibweise aus den früheren Perioden unserer Sprache und Literatur eine größere Folgerichtigkeit herzustellen. Wäre diese Reform mit Maß und langsamen Schrittes vorgegangen, so hätte ein allmähliger geregelter Fortschritt gewonnen werden können. Der Deutsche, der keine Central-Akademie hat, läßt sich nur auf diese Weise von dem einmal eingenommenen Standpuncte weiter führen. Diese Vorsicht wurde von vielen der Reformatoren versäumt; sie wollten durch einen Sprung reformieren. Aber die lateinische Schrift statt der deutschen, die kleinen Anfangsbuchstaben der Hauptwörter statt der großen, das Wegschneiden aller Dehnungszeichen, ließ sich die Nation nicht so ohne weiteres aufdrängen. Nun hatte aber der eine Lehrer, der sich mit dem Studium der älteren Sprache mehr beschäftigt hatte, manches angenommen, was sein älterer College nicht billigte. Der Schüler mußte oft bei seiner Versetzung aus einer Klasse in die andere seine Orthographie umändern. Dieser Verwirrung wo möglich in unserm Kreise Schranken zu setzen, wurden zuerst Gutachten der Lehrercollegien über diese Angelegenheit eingeholt, und dann wurde eine Commission von sachkundigen Directoren und Lehrern, unter welchen auch die Directoren der hiesigen höheren Bürger- und Töchterschule sich befanden, zur Bearbeitung der Sache niedergesetzt. Das königliche Consistorium deputierte einen der Ober-Schulinspectoren zur Theilnahme an den Berathungen, und auch die Mitglieder des Ober-Schulcollegiums betheiligten sich an denselben.

Die rein praktische Absicht ging nicht darauf hinaus, die Sprachforschung zu hemmen, oder selbst in dieselbe einzugreifen, sondern nur dahin, für die höheren Schulen des Landes, vielleicht auch in gewissem Maße für die Volks- und Bürgerschulen, einen mittleren Weg aufzufinden, welcher das durch den allgemeinen Gebrauch Hergebrachte beibehielte, in dem Schwankendgewordenen aber diejenige Schreibung für den Unterricht feststellte, die sich durch Ableitung, Analogie und Consequenz als die bessere empfehlen möchte. Wir wußten dabei recht wohl, daß nichts für längere Zeit Aushelfendes werde zu stande kommen, denn wir leben auch in dieser Beziehung in einer Periode der Gährung und des Ueberganges; allein in einer solchen Zeit schien es schon ein Gewinn zu sein, auch nur für Jahrzehende einen Ruhepunct zu schaffen, welcher der Wissenschaft Zeit ließe, ihre Forschungen fortzusetzen und der allgemeinen Einsicht nahe zu bringen. So kam denn, nach vielfachen mündlichen und schriftlichen Berathungen, die kleine Schrift zu stande, welche unter dem Titel: „Anleitung zur deut= schen Rechtschreibung für Elementarklassen der höheren Schulen und für Mittel= und Volksschulen, Hannover bei Rümpler 1857" zum zweiten Male gedruckt ist und kurze Regeln für Rechtschreibung und ein Verzeichniß der allenfalls zweifelhaften Wörter enthält.

Da es von Anfang an nicht die Absicht war, etwa eine officielle hannoversche Orthographie zwangsweise einzuführen, so wurde die Commissionsarbeit allen Lehrercollegien zur Beschlußnahme, ob sie bei ihrer Anstalt eingeführt werden solle, zugestellt, und die Anstalten haben sie angenommen; um sie auch in dem Kreise der Volksschule nach und nach einheimisch zu machen, hat das hiesige königliche Con= sistorium die genannte Anleitung bei dem Unterrichte in den Schul= lehrer=Seminaren zum Grunde zu legen verordnet.

So wie die im Jahre 1848 stattgefundene große Lehrerver= sammlung die Schulmänner aus so entfernten Theilen des Landes zusammengeführt hatte, so gab auch die Bestimmung in der Verfas= sung von 1848, daß der Lehrerstand des Königreichs Deputierte in die erste Kammer der allgemeinen Ständeversammlung schicken sollte, und zwar die höheren Schulen ihren eigenen, Veranlassung zur Zusammenkunft der von den Anstalten deputierten Wahlmänner, hier in Hannover. Es sind solcher Versammlungen drei hier gehalten worden. Zuerst wurden Lehrer zu Deputierten für die erste Kam= mer gewählt; dann zeigte es sich, daß die dadurch veranlaßte längere Abwesenheit eines der bedeutendsten Mitglieder eines Lehrercollegiums, — denn ein solches mußte doch der Repräsentant des ganzen Standes in der Landesversammlung sein, — zu nachtheilig für die Anstalt, der es angehörte, sei. Auch entgehen dem Lehrer in der Regel zu sehr die juristischen, finanziellen und administrativen Kenntnisse, welche für die bei weitem meisten Gegenstände der ständischen Berathungen nothwendig sind. Der Deputierte muß entweder eine stumme Rolle spielen, oder sich auf ein Feld wagen, auf welchem er in Gefahr ist,

zu straucheln. Eigentliche Schulfragen kommen aber in den Ständen
selten vor, und wenn von Geldbewilligungen für Schulen die Rede
ist, so macht das Wort eines Dritten, z. B. des königlichen Commis-
sarius, mehr Eindruck, als das des Lehrers, von dem die Versammlung
leicht das Gefühl hat, er rede pro domo. Daher kam man bald zu
dem Entschlusse, einen kundigen Geschäftsmann, bei welchem man Einsicht in das Schulwesen und Liebe für die Zwecke und Organe desselben voraussetzen durfte, zum Vertreter des höheren Lehrerstandes
zu wählen. Und später wurde durch die Verfassungsveränderung die
Vertretung desselben in der ersten Kammer ganz aufgehoben. Auch
aus der zweiten Kammer sind die von Corporationen gewählten
Lehrer bald wieder zurückgetreten.

Dieses Experiment, so heißt es in meiner Schrift über unser
höheres Schulwesen weiter, hat von neuem die Wahrheit des Grund-
satzes an den Tag gebracht, daß die Bühne des Lehrers die Schulstube, der Stoff, den er bearbeiten soll, die Jugend, die Lebensluft,
in welcher er am besten gedeiht und wirkt, das Reinmenschliche, von
allen Schlacken des Parteiwesens und der Parteiansichten Gereinigte,
ist. Mag er als Familienvater theilnehmend im Leben stehen, als
Bürger das Wohl seines Vaterlandes, als Mensch das Wohl der
Menschheit, warm am Herzen tragen, er wird dadurch um so wohlthätiger durch Unterricht und Gesinnungsäußerung auf seine Schüler
wirken; wird er dagegen durch anderweite öffentliche Thätigkeit von
seinem wahren Arbeitsfelde abgezogen, so ist sein Herz schon der
Schule entfremdet, und läßt er sich gar auf lebhafte Parteinahme ein,
so verliert er bei dem einen oder dem andern Theile der Familien
seiner Schüler das reine Vertrauen, welches die Stütze seiner Einwirkung sein muß.

Die 25jährige Wirksamkeit des Ober-Schulcollegiums bezeichnete
auch die Dauer der meinigen im hannoverschen Lande. Der König
Georg V., der im Jahre 1851 seinem erlauchten Vater in der Regierung
gefolgt war, und der mir schon als Kronprinz vielfache Beweise seiner
hohen Gewogenheit gegeben hatte, hatte die Gnade, mir zur Anerkennung

meiner Dienste das Commandeurkreuz zweiter Klasse des Königlichen Guelfenordens zu ertheilen. Ich hatte freilich, als ich in meinem 50sten Jahre mit geschwächter Gesundheit in meine hiesige Stellung eintrat, nicht erwarten können, daß ich noch ein Vierteljahrhundert mit im Ganzen ungebrochener Kraft einem nicht gerade leichten Amte würde vorstehen können, und lebhafter Dank für Gottes gnädige Leitung war natürlich in diesen Tagen das vorherrschende Gefühl in meiner Seele. Auch die Briefe vieler Directoren und Lehrer rührten mich innig durch den Ausdruck warmer Anhänglichkeit.

Familien-Ereignisse. Verluste. — Aus unserm Familienkreise habe ich nachzuholen, daß unser dritter Sohn, Fritz, der nach Aufhebung der Ritterakademie an das Johanneum versetzt war, diese neue Stellung benutzte, sich ebenfalls einen häuslichen Herd zu gründen. Sein gutes Glück führte ihm eine Lebensgefährtin in einer vater- und mutterlosen Waise, meiner lieben Schwiegertochter, Therese Drewsen, zu, die mit ihren Geschwistern in Lüneburg lebte. Sie war die Tochter des verstorbenen Besitzers der Papierfabrik zu Lachendorf bei Celle, und ihre ältere Schwester war mit dem Pastor Haccius in Lüneburg, einem Freunde meines Sohnes, verheirathet; daher die Bekanntschaft. Im März 1851 war die Hochzeit, welcher ich mit meiner Frau und meinen Töchtern beiwohnte. Der treue, für häusliches Glück geschaffene, Mensch hatte ein glückliches Loos gezogen.

In demselben Jahre bahnte sich eine andre Verheirathung in unserer Familie an. Ich habe schon erwähnt, daß ich in den vier Jahren von 1848 bis 1851 im Sommer meine Badekuren in Wiesbaden fortsetzen mußte. Bei der letzten nahm ich unsere dritte Tochter, Minna, zur Stärkung ihrer angegriffenen Gesundheit in die Kaltwasseranstalt zu Rolandseck mit, wo einige bekannte Frauen aus Hannover ebenfalls die Kur gebrauchten. Nach Vollendung meiner Kur in Wiesbaden hielt ich mich noch eine kurze Zeit bei meiner Tochter in Rolandseck auf und machte mit ihr einige schöne Ausflüchte: nach Remagen, wo die neue, von dem Grafen von Fürstenberg gestiftete, Apollinaris-Kapelle von Düsseldorfer Malern mit herrlichen

Gemälden geschmückt wurde, ferner nach dem Kloster Heisterbach unter dem Drachenfels, und zuletzt nach Köln, um die Fortschritte zu sehen, welche der Ausbau des herrlichen Domes gemacht hatte. In Rolandseck hatte meine Tochter einen Lehrer aus Berlin, den Dr. Goldmann, kennen gelernt, der als Lehrer der Naturwissenschaften in den leeren Stunden des Badelebens ihre Wißbegierde mit Unterhaltungen über physikalische Gegenstände auf eine angenehme Weise zu befriedigen gewußt hatte. Es knüpfte sich daran ein näheres Verhältniß, welches im Jahre 1851 zur Verheirathung beider führte. Und mir gab diese Verbindung Gelegenheit, noch zweimal Berlin zu besuchen, im Jahre 1851 und 1853. Meinen Freund Kortüm, bei welchem ich in dem erstgenannten Jahre einkehrte, fand ich in seiner gemüthlichen Häuslichkeit so wohlbehalten wieder und lernte seine treffliche Frau von einer so liebenswürdigen Seite kennen, daß mir diese Reise im besonders freundlichen Andenken geblieben ist. Kortüm war auch mit mehreren meiner älteren Freunde und Bekannten in freundschaftlichen Verhältnissen, z. B. mit meinem hannoverschen Collegen Pertz, mit unserm Düsseldorfer Collegen Brüggemann, mit der Familie Grimm, mit der Generalin Lützow, mit dem Neffen meines Freundes Abeken, dem im auswärtigen Departement angestellten Legationsrath Abeken, mit einem am Friedrich-Wilhelms Gymnasium als Lehrer stehenden Sohne unseres gemeinschaftlichen Freundes Strack, auch mit dem Director dieses Gymnasiums, meinem Göttinger Freunde Ranke. Alle diese sah ich bei ihm wieder, und in der griechischen Gesellschaft, in welche er mich mitnahm, traf ich, außer Pertz, Ranke und Brüggemann, auch den trefflichen Director Meinecke, den Neffen meiner Cousine Kohlrausch, den gelehrten Dr. Parthei und den wohl noch gelehrteren Professor Emanuel Becker. Daß ich meinen Freund Pertz und die Seinigen öfter wiedersah, versteht sich von selbst, leider war seine uns so nahe stehende, liebe Frau von ihrem Herzleiden schon sehr angegriffen; sie starb auch bereits im folgenden Jahre.

Im Jahre 1853 besuchte ich mit meiner Frau unsere Tochter in ihrer neueingerichteten Häuslichkeit und habe von dieser Reise besonders einige großartige Kunsteindrücke im Gedächtniß; vor allem das Rauch'sche Denkmal Friedrichs des Großen, zu welchem es mich fast täglich hinzog; dann auch die einfach schöne Statue Friedrich Wilhelms III. im Thiergarten von Drake, mit den sinnigen Basreliefs, denen ich nichts Schöneres in dieser Art an die Seite setzen möchte; ferner das Atelier von Cornelius, wohin uns die Schwester desselben, die Frau meines Freundes Brüggemann, führte, mit den großartigen Studien der Bilder aus der Apokalypse für das von dem Könige Friedrich Wilhelm IV. beabsichtigte Grabgewölbe des Domes. Auch das neue Museum mit seinen Kunstschätzen und das reich ausgestattete ägyptische Museum beschäftigten uns sehr, letzteres besonders die lebhafte Phantasie meiner Frau, die sich in diese fremdartige, zum Theil düstere, zum Theil als Carricatur ihr erscheinende, Welt nicht zu finden wußte und dieselbe in ihrer humoristischen Weise oft treffend parodierte. Es war die letzte größere Reise, die ich mit ihr gemacht habe.

Ueberhaupt fängt von nun an eine Reihe von trüben Ereignissen und Verlusten in unserer Familie, die mich immer mehr vereinsamt haben und mein Herz wiederholt in einer Weise trafen, wie der Verlust unseres Sohnes Karl vor 26 Jahren dasselbe getroffen hatte. Das Jahr 1854 machte dazu den Anfang.

Unser Sohn Otto war in seiner Laufbahn rasch zu einer, ich darf wohl sagen bedeutenden Stellung gelangt. Seine Aufgabe an der chirurgischen Schule hielt ihn mit der Wissenschaft, und namentlich der Anatomie und deren ausgezeichnetem Lehrer, Hofrath Krause, in lebhafter Verbindung. Mit dem letzteren stellte er viele mikroskopische Untersuchungen an und arbeitete, als deren Ergebniß, auch eine gut aufgenommene Schrift über die Beckenorgane mit sehr genauen Zeichnungen aus. Die Gabe eines klaren Vortrages deutete auf eine akademische Bestimmung hin, welche er auch stets im Auge behielt und vielleicht erreicht hätte, wenn ihm Gott ein längeres Leben schenkte. Seine Schüler hingen mit großer Achtung und Liebe an ihm, und er nahm sich auch der Einzelnen wohlwollend an. Diese Neigung und Gabe, auf Andere zu wirken, zeigte sich auch in seinem

ganzen übrigen Leben; er bildete einen gewissen Mittelpunct unter
den jüngeren strebenden Aerzten und erwarb sich eine nicht gewöhnliche
freundschaftliche Anhänglichkeit von mehreren. An einem Turnverein
nahm er eifrigen Antheil und wirkte auch in den Familien dahin, daß
die Töchter durch angemessene Leibesübungen körperlich gekräftigt wurden. Seine ärztliche Wirksamkeit zeichnete sich besondes dadurch aus,
daß er außer der ärztlichen Hülfe auch geistige in Anwendung
brachte, indem er den Willen zum Widerstande anzuregen, die Phantasie zu zügeln, die Furcht zu mäßigen wußte. Es war keine gewöhnliche Anhänglichkeit, die viele seiner Kranken zu ihm fühlten, und selbst
die Kinder, die sonst den Arzt scheuen, der ihnen bittere Arznei ver-
schreibt oder körperliche Schmerzen verursacht, freuten sich, wenn er
erschien. Sie fühlten seine herzliche Theilnahme und seine mit wahrer
Herzensgüte verbundene geistige Gewalt durch.

Als im Jahre 1847 das neugebildete Ober-Medizinalcollegium
in's Leben trat, erhielt er anfangs eine provisorische Stellung in
demselben und nach Spangenbergs Tode im Jahre 1849 eine wirkliche Anstellung als Medizinalrath. Diese Thätigkeit entsprach seiner
Neigung sehr. Den ärztlichen Stand durch organische Einrichtungen
und durch eine ehrenvolle Stellung zu heben, war das Ideal seiner
Bemühungen. Und mit dem Willen, den Arbeiten des Medizinalcol-
legiums möglichst viel von seiner Zeit und Kraft zu widmen, that er
einen Schritt, der ihm von manchem verdacht wurde, er legte seine
Stelle als Hofchirurgus, die ihm 400 Thaler Gehalt einbrachte, frei-
willig nieder. Ein Beweggrund, den er vielleicht nur mir anvertraut
hat und der seinem Charakter Ehre macht, war auch folgender: „Ich
eifere", sagte er, „unter den jungen Aerzten stets gegen das Jagen
nach Praxis und den gemeinen Brodneid, der unsern Stand ernie-
drigt, und möchte so gern ein nobleres Verhältniß zwischen uns ein-
führen, und nun soll ich zwei Aemter mit festem Gehalte für mich
behalten. Dann werden sie natürlich sagen: „„er hat gut Uneigen-
nützigkeit predigen!"" Wenn ein anderer meine Hof-Chirurgenstelle
mit 400 Thalern erhält, das ist ihm mehr werth, als das Doppelte
von unsicherer Praxis!"

Wenn eine frische Arbeitskraft in ein Collegium kommt, welche gern Arbeit an sich zieht, so fehlt es ihr auch nicht daran, und da mein Sohn rasch und gut die Feder führte, so bekam er so viel zu schreiben, daß er oft einen Theil der Nacht zu Hülfe nehmen mußte, denn seine wissenschaftlichen Studien wollte er auch nicht aufgeben. Dieser Anstrengung wäre er gewachsen gewesen, wenn nicht schon der Keim eines unheilbaren Uebels in ihm gelegen hätte; und da er, ungeachtet des zunehmenden Krankheitsgefühls, doch nicht nachgeben wollte, so verschlimmerte sich das Uebel so rasch, daß er im Sommer 1854 bettlägerig wurde. Seine Leiden waren herzergreifend. Die Mutter vermochte es nur selten, ihn zu sehen; ich überwand mich, so oft ich konnte, denn ich gehörte zu den wenigen, die er gern kommen sah; aber, was ich dabei gelitten, beschreibe ich nicht. Es ist eine der schmerzlichsten Aufgaben des armen Lebens, einen Sohn dieser Art, der schon unser Freund ist, mit solcher Tüchtigkeit des Verstandes und Herzens, in einer gesegneten Laufbahn, glücklichen Gatten und Vater von 4 zum Theil noch unmündigen Kindern, so leiden zu sehen, ohne helfen zu können. Die sorgsamste ärztliche Pflege des Midizinalraths Krause, zu welchem sich auch zwei jüngere Freunde, die Doctoren Brandis und Burghard gesellten, und die aufopferndste Sorgfalt seiner, selbst gar nicht starken, Frau, die nicht von seinem Lager wich, sie konnten ihm hin und wieder Erleichterung schaffen, aber keine Rettung. Er starb am Tage vor meinem 75sten Geburtstage, den 14ten November 1854, in seinem 44sten Lebensjahre, nachdem seine Leiden in den letzten Tagen gelinder gewesen waren. Wenn allgemeine Theilnahme, und dazu eine solche, die sich auch bei vielen seiner Freunde durch stille That für die Zukunft seiner Wittwe und Kinder bewährte, einen Trost geben kann, so haben wir Eltern und seine Geschwister, die ebenfalls mit großer Liebe an ihm hingen, denselben in reichem Maße gehabt. Ein Nekrolog in dem von dem Dr. Schneemann herausgegebenen medizinischen Correspondenzblatte, von dem Herausgeber selbst verfaßt, ehrte das Andenken meines Sohnes auf eine Weise, welche seine Angehörigen innig gerührt hat.

Ich entschuldige mich nicht wegen meiner obigen Auslassungen über meinen Sohn. Er war ein Theil meines hiesigen Lebens während beinahe 20 Jahren gewesen, es war kein Tag hingegangen, wo wir uns, wenn ich in Hannover war, nicht gesehen hätten, die ganze Familie war mit ihm und er mit uns innig verwachsen. Wenn ein solcher Riß in's Leben gemacht wird, so heilt er nie völlig wieder zu, und das Herz will sich wenigstens durch das Wort liebender Erinnerung erleichtern. Wie lange hat es gedauert, daß ich nicht bei dem Anblicke von Männern seines Wuchses zusammengefahren wäre, indem mich das Gefühl durchzuckte, ihn zu sehen, und wie viele Nächte habe ich im Traume mit ihm als mit einem eben von der Krankheit Genesenen verkehrt. Denn die Krankheit, die ich mit so starker Empfindung vor Augen gesehen, konnte auch der sonst so vieles verwischende Traum nicht wegläugnen.

Es trat nun ein gewisser Ruhepunct ein. Das Jubiläum im Jahre 1855 gab mir Beschäftigung, und meine Frau benutzte den Sommer zu einer Reise zu ihren Verwandten nach Kopenhagen. Daß dieselbe bei ihrem auch schon 74 jährigen Alter die letzte sein würde, konnte sie sich sagen, sie nahm ihre beiden jüngsten Töchter, die Kopenhagen und die dortigen Verwandten noch nicht gesehen hatten, die Doctorin Goldmann und die unverheirathete Klärchen, mit sich. Sie reisten unter dem Geleite meines jüngsten Sohnes, der diese Gelegenheit benutzte, seine Sehnsucht, den Norden noch weiter zu bereisen und die malerischen Norwegischen Küsten zu sehen, zu einem Ausfluge bis Christiania. Sie kamen alle von der Reise sehr befriedigt zurück.

Aber schon das nächste Jahr brachte eine neue Trauer in unser Familienleben. Der Mann meiner dritten Tochter, Dr. Goldmann, erkrankte an einem Brustleiden, welches einen so schnellen Verlauf nahm, daß derselbe schon im Frühjahr 1856 starb. Die kurze Ehe und das Leben in einer entfernten Stadt hatte das eigentliche Verwachsen dieses Schwiegersohnes mit unserer Familie nicht zur Reife kommen lassen, aber unsere Achtung wegen seiner braven Gesinnung und seiner aufrichtigen Anhänglichkeit an unsere Tochter folgte ihm in's Grab. Da die Ehe kinderlos geblieben war, so kehrte unsere Tochter in das väterliche Haus zurück, und wir hatten nun wieder drei Töchter bei uns.

Die goldene Hochzeit, 1857. — Der Wechsel des menschlichen Lebens zwischen Leid und Freude sollte auch an uns offenbar werden; im März des nächstfolgenden Jahres stand die Feier unserer goldenen Hochzeit bevor. Unsere 6 noch übrigen Kinder und 15 Großkinder freuten sich auf das seltene Fest und unsere Freunde bereiteten sich vor, dasselbe nicht ohne festliche Freude vorübergehen zu lassen. Es wurde ein Polterabend veranstaltet, an welchem die Großkinder ihre kleinen Vorstellungen und Glückwünsche den mit dem goldenen Brautkranze und dem goldenen Strauße bekleideten Großeltern darbrachten und sich darauf an einem kurzen Tanze ergötzten. Auch meine Schwester hatte sich, trotz ihrer schwachen Gesundheit, aus ihrer ländlichen Stille wieder in die geräuschvolle Stadt gewagt, die sie, ohne eine solche festliche Veranlassung, nicht wieder aufgesucht haben würde. Es fehlte kein Familienglied, außer den jüngsten Knaben von Rudolf und Fritz, welche die Reise von Marburg und Lüneburg nach Hannover noch nicht hatten mitmachen können, und die Lüneburger Schwiegertochter Therese wegen Unwohlseins.

Am Tage nach der Hochzeitsfeier genossen alle Mitglieder der Familie, im Beisein der Nichtconfirmierten, das heilige Abendmahl in der Kirche, in welcher ich und meine vier Töchter confirmiert und drei unserer Kinder getraut waren, bei dem Consistorialrath Leopold, der auch des jetzigen Festes als einer zweiten Hochzeit in erhebender Weise gedachte. Es war ein schönes Fest, und alles freute sich des noch immer rüstigen Jubelpaares. Unser Rudolf gab noch in seinem ersten Briefe nach seiner Abreise seine Freude über den Anblick der Mutter mit den Worten zu erkennen: sie sei in ihrer noch immer geraden, kräftigen Haltung mit einem aus Stolz und Verlegenheit gemischten Gesichtsausdrucke wie eine wirkliche Braut erschienen, als sie am Polterabend an meinem Arme in die Gesellschaft getreten sei. Und er selbst schien uns, nachdem er einige Jahre, wenn auch nicht bedeutend, gekränkelt hatte, in den Tagen seiner heiteren Anwesenheit in unserer Mitte wieder in kräftiger Gesundheit vor uns zu stehen, namentlich indem er mit seinen ältesten Kindern ein selbgedichtetes komisches Hochzeitslied zur großen Ergötzlichkeit der ganzen Gesellschaft absang. So sehe ich ihn noch immer vor meinen Augen. Und wie stand es nach 6 Monaten mit Mutter und Sohne! Es ist eine der größten Wohlthaten unseres gnädigen Gottes, daß er den Menschen den Blick selbst in die nächste Zukunft versagt hat.

Der 8. September 1857 und 8. März 1858.

— Mein Sohn bekam noch während seiner kurzen Anwesenheit bei uns die Zusicherung seiner Anstellung als ordentlicher Professor der Physik an der Universität Erlangen, wodurch sein Lebenswunsch nach einer selbständigen Stellung als akademischer Lehrer mit freier Verfügung über ein gut geordnetes physikalisches Kabinet in Erfüllung ging. In Marburg war er nur außerordentlicher Professor und mußte die Hauptcollegia, so wie die Verfügung über das physikalische Kabinet dem Ordinarius, Professor Gerling, überlassen, oder vielmehr dasselbe nach dessen Anordnung verwalten. Zu der akademischen Laufbahn hatte er sich endlich durchgekämpft, nachdem er schon als Gymnasiallehrer in Rinteln zu der Erkenntniß gekommen war, daß ihm die Aufgabe der Schule als Lebenszweck nicht genügen werde; denn seine Neigung ging doch fast ausschließlich auf das Studium der Physik und er beschäftigte sich mit Lösung von Problemen im Gebiete der Optik, der Elektricität und des Magnetismus, welche ihn besonders mit dem ausgezeichneten Professor Wilhelm Weber in Göttingen in Verbindung brachten. In Marburg, wohin er im Jahre 1850 versetzt wurde, nahmen seine physikalischen Untersuchungen über die Bewegungsgesetze der elektrischen Strömungen einen immer größeren Umfang an, er vervollkommnete die für diesen Zweck erfundenen Apparate, wobei ihm die in der Jugend erworbene mechanische Geschicklichkeit sehr zu statten kam, und lieferte mehrere Abhandlungen für das Poggendorff'sche Journal, ich glaube 10 bis 11, über verschiedene physikalische Gegenstände, die ihn in der gelehrten Welt bekannt machten und, wie schon bemerkt, im Jahre 1857 zu der

Berufung nach Erlangen führten. Sein Freund, der Professor Weber, hatte vorzüglich wohlwollend für ihn gewirkt. Voll Freude und Hoffnung übersiedelte er im Mai dieses Jahres nach Erlangen und begann sogleich die Einrichtung eines ausgesuchten physikalischen Kabinets, zu welchem die baiersche Regierung sehr liberal die Mittel gewährt hatte. Ein Lieblingswunsch seines Lebens war erfüllt. Aber was sind die Wünsche und Plane der Menschen! Mit dem Keime des Todes in sich trat er in seinen neuen Wirkungskreis ein. Die Anstrengungen der letzten Jahre hatten eine Drüsenkrankheit in ihm erzeugt, oder nur aus dem in ihm liegenden Keime entwickelt, — wer kann in diese Geheimnisse eindringen? — welches, seiner Seltenheit wegen vielleicht lange von den Aerzten verkannt war. In den ersten Monaten nach seiner Ankunft in Erlangen hatte er seine Vorlesungen und die Arbeiten am Kabinet mit Eifer begonnen und sofort die Achtung der Zuhörer und die herzliche Theilnahme vieler Männer der Universität gewonnen, von denen mehrere an seinen Vorlesungen theilnahmen. Es lag in seinem offnen, einfachen und natürlichen Wesen, daß er schnell mit ähnlich gestimmten Menschen in ein nahes Verhältniß gegenseitiger Achtung kam, und wie er in Marburg viele Freunde zurückließ, so gewann er deren auch bald·in Erlangen. Die dortigen Aerzte, besonders der Dr. Herz, der bald ein Freund des Hauses wurde, wandten alle Sorgfalt an; sein Freund, der Professor Roser, kam selbst aus Marburg, seinen Rath zu ertheilen; er selbst konnte, bei seiner Begierde zu wirken und zu schaffen, die Hoffnung der Genesung nicht aufgeben und schrieb uns von Zeit zu Zeit, wenn es leiblich mit ihm ging, in dieser Stimmung hoffnungsvoll, um in uns die Trauer zu mildern. Auch hatte er noch die große Freude, daß ihm und seinem Freunde Weber vom Könige von Baiern der Maximilianspreis wegen ihrer wichtigen Entdeckungen zuerkannt wurde, die in dem Werke: „Elektro-dynamische Maßbestimmungen, insbesondere Zurückführung der Stromintensitäts-Messungen auf mechanisches Maß, von R. Kohlrausch und W. Weber", enthalten waren. Es war rührend, wie der genügsame Mensch, der sich häufig mit Wenigem hatte behelfen müssen, in einem seiner Briefe seine Freude über die neugeprägten 150 Ducaten ausspricht, die er so unerwartet in seiner Hand halte. Es war die Hälfte des Preises, den er mit Weber theilte. Und dieser Freund machte ihm auch selbst noch die Freude, ihn in seiner Krankheit zu besuchen.

Bei diesem Sohne war es wiederum, wie bei unserm Karl, die Mutter, welche am längsten die Hoffnung festhielt. Sie hatte mit zweien Töchtern, während ich in Wiesbaden war, einige Wochen in Grund, am Harze, zugebracht, wo unsere Tochter Goldmann die Fichtennadelkur gebrauchen sollte, und wir trafen erquickt in Hannover wieder zusammen.

Im Anfange des September trat ich noch eine Inspectionsreise nach dem Harze an und wollte den Anfang mit dem Progymnasium in Goslar machen. Bei meinen so häufigen Reisen wurde stets nur ein kurzer Abschied auf baldiges Wiedersehen genommen; dieses Mal begleitete mich meine Frau, was sonst selten geschah, bis an den Wagen und nahm, mit der Ermahnung, mich ja recht in Acht zu nehmen, einen herzlicheren Abschied als gewöhnlich. Auf der Haus-treppe stehend winkte sie mir noch auf das Freundlichste nach. Es war das letzte Mal, daß ich sie in ihrer festen, angenehmen Haltung und in ihr ausdrucksvolles, klares Gesicht sah.

In Goslar erhielt ich noch einen Brief von ihr mit einigen Zeilen von Rudolf, die nach meiner Abreise eingelaufen waren, und mit erheiternden Worten, mit welchen sie mich ermunterte, an Rudolfs Genesung zu glauben. Als ich Nachmittags nach dem Schlusse der Schule in den Gasthof zurückkehrte, kam mir der Wirt mit einer telegraphischen Depesche von meinem Collegen Schmalfuß entgegen, worin dieser mich bat, sogleich nach Empfang derselben nach Han-nover zurückzukehren, da meine Frau bedenklich erkrankt sei. Ich nahm einen Wagen, traf noch den Harzburger Bahnzug in Bienen-burg und kam um 1 Uhr in Hannover an; es war in der Nacht vom 4. auf den 5. September. Auf dem Bahnhofe erwartete mich Schmalfuß mit meinem Schwiegersohne Reinhold und ich erfuhr, daß es ein Choleraanfall sei, wie meine Frau ihn schon vor 4 Jahren gehabt und glücklich überstanden hatte. Es seien zum Glück wenig

Schmerzen damit verbunden. Meine Frau schlummerte, als ich in's Haus kam; die Töchter baten mich, sie nicht zu stören, der Arzt habe die möglichste Ruhe anbefohlen. Ihren Gesichtern sah ich es jedoch an, wie wenig Hoffnung sie hatten. Das Uebel hatte am Dienstage, vier Tage vorher, nach einem Spaziergange, bei welchem sie sich schon ermattet gefühlt, angefangen, doch hatte sie sich nicht ergeben wollen und Mittwoch noch an mich den Brief nach Goslar ge-schrieben.

Als ich am folgenden Morgen an ihr Bett trat, richtete sie ihre matten Augen auf mich, gab mir die Hand und sagte mit schwacher Stimme: „Haben Sie Dich doch herbeigerufen? Ich wollte es ja nicht haben." So wenig dachte sie an ihr nahes Ende. Dann sank sie in Betäubung zurück. Ihre veränderten Züge konnte ich nicht ertragen und mußte mich abwenden; sie sah ganz ihrer verstorbenen Mutter ähnlich. Als sie nach einiger Zeit wieder zur Besinnung kam, fragte ich sie: „Ich schreibe an Fritz, was soll ich ihm sagen?" — „Sag' ihm, ich sei recht krank, hätte aber einen trefflichen Arzt, der werde mir schon helfen." (Der Medizinalrath Krause.) Das waren die letzten Worte, die ich aus ihrem Munde gehört habe, und sie hat auch noch sehr wenige gesprochen. Die Kinder entfernten mich von ihrem Bette, da ich ihr durchaus nicht helfen konnte, vielmehr bei der nöthigen Hülfe, die sie noch gebrauchte, nur im Wege war; auch kam ihre Besinnung so gut wie gar nicht zurück. Und, will man es Feigheit nennen, ich folgte meinen Kindern gern. Das Bild eines so verwandelten Gesichtes mir einzuprägen, dem widerstrebte meine ganze Natur; ich hielt dasjenige fest, was mir noch von dem Abschiede bei meiner Reise nach Goslar vor Augen stand, und so sehe ich sie noch, auf der Haustreppe stehend, vor mir.

Im Schlummer, oder vielmehr in fortwährender Betäubung, ohne Zeichen des Schmerzes, lag sie noch bis zum achten Tage nach ihrer Erkrankung, Dienstag den 8. September; da ist sie sanft ent-schlafen. Die Kräfte, die ein 76jähriges Alter noch übrig gelassen, — sie war am 27. Juli 76 Jahre alt geworden, — hatten die ersten heftigern Tage der Krankheit aufgezehrt.

Die erſten Stimmen, die ich nach dem Tode der Mutter hörte, waren die Bitten meiner Töchter, ich möge es nicht verſchmähen, noch bei ihnen zu bleiben. Dieſe Worte haben mich wunderbar getröſtet und aufgerichtet.

Sie ruhet neben ihrem Sohne Otto in einem Erbbegräbniß auf dem Neuſtädter Kirchhofe, welches ich nach dem Tode desſelben ankaufte; mein Platz iſt neben ihr abgemeſſen.

Ich habe ſie nachher oft glücklich geprieſen, daß ſie die Leiden unſerer britten Tochter und den Tod ihres älteſten Sohnes Rudolf nicht mehr erlebt hat. Dieſe unſere Tochter, verwittwete Goldmann, war, wie ich erzählt habe, nach dem Tode ihres Mannes zu uns zurückgekehrt. Aber ihre Geſundheit war gebrochen, ein, wahrſcheinlich von der Mutter geerbtes, wenn auch nicht gefährliches, Herzleiden hemmte den freien Gebrauch ihrer Kräfte; die Sorge um das Leben der Mutter, an welcher ſie mit aller Innigkeit hing, dann die Trauer über den Verluſt derſelben, wirkten ſo nachtheilig auf ihren Zuſtand, daß ſie bald nach deren Tode bettlägerig wurde, daß ſtarke Mittel, neben ſehr ſorgfältiger Pflege und völliger Ruhe, nöthig wurden, um den drohenden Ausbruch des Uebels zurückzuhalten, und daß ſie, nach einigen kurzen Perioden der Erholung, ganz das Bett hüten mußte. Die Glieder fingen an ihren Dienſt zum Stehen und Gehen zu verſagen.

Zu dieſer neuen Sorge kam die vermehrte um den Sohn in Erlangen. Die Nachrichten lauteten immer trauriger. Am Weihnachtsabend hatte er ſich noch einmal in das Chriſtzimmer führen laſſen, um die Freude der Kinder zu ſehen; ſonſt konnte er gar kein Geräuſch vertragen und mußte in dem entfernteſten Zimmer ſtill gepflegt werden, denn ſeine Krankheit brachte ein bei Tage und Nacht ſchnell wechſelndes Bedürfniß nach irgend einer Erquickung mit ſich. Mit bewunderungswürdiger Ausdauer übte meine Schwiegertochter dieſe mühſame Pflege, ſo daß der Arzt verſicherte, ſolche Aufopferung noch nicht geſehen zu haben. Wenn ein irgend freierer Tag dazwiſchen trat, ſo beſchäftigte ſich der Kranke immer noch mit ſeinem phyſikaliſchen Cabinet, ließ ſich von ſeinem älteſten Sohne, der über-

haupt die Mutter in der Pflege des Vaters häufig ablöste, die angekommenen Instrumente zeigen und dictierte ihm, was weiter damit
geschehen sollte. Als ein sehnlichst erwarteter Chronometer anlangte,
brach er in die wehmüthigen Worte aus: „Nun sehe ich meine lange
gehegten Wünsche einen nach dem andern erfüllt vor mir, nach langem
Harren und Entbehren mir den Weg geöffnet, um in meiner Wissenschaft zu erreichen, wonach ich von jeher strebte; nun könnte mein
wahres Leben und Wirken erst recht beginnen, — da muß ich fort!"
— Die Liebe zu seinem Berufe blieb ihm bis zu den letzten schweren
Tagen, wo sich das Uebel bis in die Brust hinaufgezogen hatte und
er selbst sein Ende nahe fühlte. Da trat auch die Ergebung, die in
seinen Grundsätzen lag, in der flehentlichen Bitte um Erlösung hervor.
Und die Bitte wurde erhört. Die letzten Tage sind leichter und fast
schmerzlos gewesen. Am 8. März schlossen sich die müden Augen.

Was ich auch an diesem Sohne verloren habe, drücke ich am
besten mit einigen Worten aus der Gedächtnißrede aus, welche der
treffliche Professor Döberlein, der ihn in der kurzen Zeit seines
Lebens in Erlangen, trotz der Verschiedenheit ihres Lebensberufes,
sehr lieb gewonnen hatte, an seinem Grabe hielt. Döberlein ist ein
Mann, der einen tiefen Blick für dasjenige hat, was ein Mensch
werth ist.

Er sagt in seiner Grabrede unter anderm:

— — „Eine Eigenschaft giebt es, die sich schnell und giebt
und Zutrauen gewinnt, das ist die Einfachheit der Erscheinung,
als unwillkürlicher Ausdruck der Einfältigkeit des Herzens. Und
was ist diese Einfalt anders, als die Wahrhaftigkeit? Und als
ein Bild dieser Herzenseinfalt und Wahrhaftigkeit, dazu mit einem
Auge, das Ernst zugleich und Wohlwollen strahlte, trat uns der Ver-
ewigte bei seiner ersten Begrüßung entgegen. Wir dürfen beklagen,
daß ihm nicht Zeit gelassen war, sein ganzes Wesen allmählig vor
uns durch Wort und That zu entfalten, daß ihm noch weniger vergönnt war, seine mit Erfolg begonnenen Entdeckungsreisen im Reiche
der Wissenschaft und der Wahrheit fortzusetzen; begnügen wir uns
statt dessen das im Sinn und Gedächtniß festzuhalten, was er uns

klar zu zeigen vermochte, das Bild einer Natur, wie unser Dichter sagt, oder, wie ein derberes Wort es nennt, eines Mannes aus Einem Stück, welcher das wirklich war, was er zu sein schien und scheinen wollte, ein begeisterter Forscher, der viel geleistet hat und noch mehr versprach, ein zuverlässiger Ehrenmann, der mit dem Geiste rastlos vorwärts schritt und mit Gemüth und Willenskraft auf desto festerem Grunde stand.

Friede seiner Asche!"

Bald nach dem Tode des Vaters sollte der zweite Sohn Otto confirmiert werden. Der Vater meiner Schwiegertochter, Apotheker Dempwolff in Lüneburg, wollte zu dieser Feier nach Erlangen reisen, um der Tochter an diesem doppelt bewegten Tage zum Troste zu sein. Er reist ab, obgleich er sich nicht ganz wohl fühlt; — er litt oft an Brustbeklemmung und Unruhe des Herzens. In Magdeburg angekommen, geht er längs der Eisenbahn spazieren, um den Abgang des Zuges nach Merseburg abzuwarten. Da schellt es zur Abfahrt, wie er glaubt zu seinem Zuge, er läuft, um noch zur Stelle zu kommen, fällt aber nach einigen Schritten und stirbt nach wenigen Athemzügen; es wird ein Gefäß am Herzen gesprungen sein. Welcher neue Schlag für die Tochter, die statt des Vaters seine Todesnachricht erhält! Sie hatte an ihm eine Stütze durch Rath und That mit ihren 6 Kindern zu finden gehofft. So kommt das Schicksal zur Zeit mit scheinbar unerbittlicher Härte über eine Familie. Da lernt man in Demuth das Haupt beugen und sich in Gottes Rathschluß ergeben in der Hoffnung, daß Er früh oder spät unsere Augen öffnen werde, um auch in solchen Schicksalen seine leitende Vaterhand zu erkennen.

Meine Schwiegertochter entschloß sich nun, obwohl die Freunde in Erlangen ihr zuredeten, dort zu bleiben, und sie selbst sehr ungern das Grab ihres Mannes verließ, hierher nach Hannover zu ziehen, wo ihre Kinder mit denen von Otto und Reinhold im Heranwachsen verwandtschaftliche Freundschaft schließen konnten. Leider war die Zahl der hiesigen Großkinder schon um eins vermindert worden. Otto's hinterlassene einzige Tochter Anna, ein Bild von Güte des Herzens

und sanften Charakters, zart von ihrer Geburt an, erkrankte nach
einander am Scharlachfieber und darauf an einer Lungenentzündung
und starb im Januar 1858 in ihrem 14ten Jahre, da sie eben der
kränklichen Mutter zur Hülfe und zum Trost heranwuchs. Und die
Mutter hätte eines solchen Trostes um so mehr bedurft, da sie
vor nicht langer Zeit durch den Tod ihrer eignen Mutter, der Hauptmannin Schäffer, tief betrübt, ja zum zweiten Male vereinsamt war,
denn diese Mutter war von ihrer Geburt an nie von ihrer Seite
gewichen, hatte mit ihr gelebt, auch nachdem sie verheirathet war,
und hatte jede Freude und jedes Leid des Lebens mit ihr getheilt.
Jetzt stand sie nun ganz allein mit drei Söhnen von 6 bis 15 Jahren,
deren Erziehung ihr oblag. Und welche Witwe zagt nicht bei dem
Gedanken, vaterlose Söhne erziehen zu sollen?

Und warum schildere ich diese Reihe von schweren Schicksalen,
und nicht etwa, der historischen Treue wegen, als einfache Facta,
sondern mit Umständen, welche das Mitgefühl rege zu machen geeignet sind?

Erstlich, weil sie in mein Leben als Mensch und Familienvater
so innig verwachsen sind, daß ich lieber ganz schweigen, als ohne sie
nur von meinem amtlichen Leben und Wirken reden würde. Besteht
denn das Leben im Acten- und selbst Bücherschreiben, Schulen besuchen, Plane und Verordnungen machen, mit interessanten Menschen
umgehen u. s. w.?

Zweitens aber mag die jüngere Welt erfahren, daß keiner, auch
der vom Schicksal Begünstigte, — und ich rechne mich zu diesen, —
erwarten darf, auf Rosen gebettet zu werden, und daß es rathsam
ist, sich für die schweren Zeiten, die nicht ausbleiben werden, durch
innere Mittel zu stärken. Ohne unerschütterliches Gottvertrauen
ist selbst im Glücke das Leben leer und dürr, im Unglück aber oft
zermalmend. Da liegt der Kern des Ganzen. — Aber es giebt auch
äußere Hülfsmittel. Das erste und sicherste ist Arbeit. Man stürze
sich nur, sobald die Besinnung einigermaßen die Herrschaft gewonnen
hat, in tüchtige, zusammenhängende Arbeit. Und ferner verschmähe
man auch die kleineren und leichteren Mittel nicht, die Gedanken von

den trüben Betrachtungen abzuziehen. Dahin rechne ich die Gewohnheit, auch auf die kleinen Freuden zu achten, die das Leben bietet, ja,
sie recht hoch anzuschlagen. Wenn ich nach einem schweren Verluste,
mit niedergedrücktem Gemüthe, fast daran verzweifelnd, je wieder
einen frohen Gedanken haben zu können, mich zusammenraffte und
in's Freie ging, — allein mit mir selbst, denn für den Zuspruch
anderer wird man erst später empfänglich, — und blickte in den
Frieden der Natur, in den heitern Schein der Sonne auf Wiese und
Wald, selbst nur auf eine Blume zu meinen Füßen, oder ein junges
Blatt, welches eben aus dem dunkeln Stamme eines Baumes an
das Licht des Tages hervorgekeimt war, so erweiterte sich die Brust
wieder, der Athem ging freier, das Gefühl drang aus der Tiefe
alter Erinnerungen an ähnliche Eindrücke wieder herauf: „Gottes
Welt ist doch schön!" — Einen überwältigenden Eindruck hat auf
mich immer, in trüber, so wie froher Stimmung, der Anblick des
blauen Himmels gemacht; keinen andern kann ich mit diesem vergleichen; und nicht nur der Anblick des großen blauen Gewölbes über
mir, ohne das leiseste Wölkchen, welchem an Erhabenheit nur das
dunkle Himmelsgewölbe der Nacht mit seinen tausend und abertausend
glänzenden Lichtern gleich kommt; sondern auch das tiefe Blau durch
die Oeffnung des Laubes der Baumkrone angesehen, welches durch
die grüne Umgebung wunderbar erhöht wird, je länger man es ansieht; oder wie es sich an den scharfen, geraden Linien großer Gebäude
im antiken Stile, oder an den schönen Zacken und Spitzen gothischer
Bauwerke abschneidet und diese gleichsam in einen großen, glänzenden
Mantel einfaßt. Wenn ich noch jetzt, im hohen Alter, an einem
klaren Tage auch nur auf Augenblicke hinausgehe und Stellen auf-
suche, wo ich solche Zeichnungen gegen das Himmelsgewölbe sehen
kann, so preise ich Gott, daß er mir das Augenlicht geschenkt und
bewahrt hat, meine Seele an solchem Anblicke zu erquicken. Diese
Freuden sind leicht und wohlfeil und knüpfen auch den Traurigen
allmählig wieder an das Leben an.

Und daß ich eines der sichersten Mittel, eine solche Anknüpfung
an's Leben wieder zu gewinnen, nicht vergesse, — es ist der Verkehr

mit der unbefangenen Jugend, die in ihrem natürlichen Gefühle jeden Morgen wieder frisch und leicht in's Leben hineinblickt. Diese Freude habe ich in vollem Maße genießen können, da mit den 6 Enkeln aus Erlangen 11 Großkinder hier in Hannover um mich versammelt waren und ich auch die in Lüneburg entweder dort oder bei mir oft sehen konnte. An dieser lieben Schaar konnte ich zum dritten Male ein Jugendgefühl gewinnen, und eigentlich noch reiner, als früher an den eigenen Kindern. Der Vater ist meistentheils noch zu sehr im öffentlichen Leben beschäftigt und hat dann die tägliche Sorge der Erziehung mit der Mutter allein zu tragen; während der Großvater diese Sorge größtentheils den Eltern überläßt und die Enkel mehr zu seinem Vergnügen heranzieht, wenn er Muße hat.

Ich habe mein Leben ein von der Vorsehung begünstigtes genannt und das Gefühl der Dankbarkeit dafür ist und war ein wahres und inniges in mir, an dem heutigen Tage, wie vor vielen Jahren. Würde ich dieses Gefühl haben können nach der Reihe von großen Verlusten, die mein Herz getroffen, und Uebeln, die mein leibliches Wohlsein gestört haben, wenn ich nicht durch die angedeuteten Mittel immer wieder die Spannkraft der Seele und das Gleichgewicht des Gemüthes herzustellen vermocht hätte? Auch dabei hat allerdings die Gnade Gottes das meiste gethan, indem sie mir die Fähigkeit zur Arbeit und die Empfänglichkeit des Gemüthes, wie der Sinne, für Freuden der bezeichneten Art über das gewöhnliche Ziel hinaus erhalten hat.

Zu der dankbaren Anerkennung solcher Gnade gaben mir denn auch schon die nächsten Jahre Veranlassung, denn sie forderten mich zu verstärkter Thätigkeit auf, und ich komme damit wieder in das Gebiet meiner amtlichen Aufgaben.

Das Georgianum in Lingen. — Unter den Gymnasien des Landes hatte das in Lingen das schlechteste Schulhaus. Es war zu klein, im Innern fast baufällig, die meisten Schulzimmer waren zu dunkel, für Bibliothek und Sammlungen war kein Platz vorhanden. Es mußte an einen Neubau gedacht werden, und da die Schule eigentlich als eine Landesanstalt angesehen werden konnte, indem bei der Uebernahme der Niedergraffschaft Lingen durch die Krone Hannover die Fonds der ehemaligen Lingener Akademie in die Landescaffe übergegangen waren, die dagegen die Dotation des Gymnasiums übernommen hatte, so wurde der Antrag bei den Ständen des Königreichs gemacht und glücklich durchgeführt, daß aus Landesmitteln die erforderlichen Baukosten eines neuen Schulgebäudes geleistet würden. Es wurden 25,000 Thaler bewilligt, der Bau wurde begonnen, und, obgleich mit jener Summe nicht völlig ausgereicht wurde, in einem für längere Zeit ausreichenden Maßstabe im Jahre 1859 vollendet. Während des Baues hatte Se. Majestät der König bei Gelegenheit seiner Reisen nach Norderney von demselben Kenntniß genommen und, da er erfahren, daß das Gymnasium ein königliches sei, demselben besondere Aufmerksamkeit gewidmet, auch den Hofbaumeister Tramm beauftragt, dafür zu sorgen, daß ein würdiges Gebäude, übrigens ohne überflüssigen Luxus, aufgerichtet werde. Und als dasselbe fertig dastand und der Schule übergeben werden sollte, erklärte der König seine Absicht, bei der Einweihungsfeier selbst zugegen sein und der Anstalt den Namen G e o r g i a n u m geben zu wollen. Zum Tage der Feier wurde der 12te October festgesetzt.

Es war natürlich, daß auch das Ober-Schulcollegium bei dem Feste vertreten wurde, und daß eines seiner Mitglieder die Einweihungsrede hielt. Es wäre diese Pflicht mir, als Vorsitzendem des Collegiums, zugekommen, da ich aber die Anstrengungen der Reise und der Festlichkeiten im rauhen Herbstwetter bei meiner schwachen Gesundheit scheuen mußte, so übernahm mein College Schmalfuß meine Vertretung. Allein auch seine Gesundheit hatte in dem abgelaufenen Sommer geschwankt, er litt an einer Gallenkrankheit, und als der 12te October herankam, wurde sein Uebel so schlimm, daß er die Reise nach Lingen völlig aufgeben mußte. Da trat die Nothwendigkeit an mich heran, Muth zu fassen und selbst meine Rolle durchzuführen. Und wie schon häufig in meinem Leben, wenn nur einmal der Entschluß gefaßt war, auch das Glück zu Hülfe kam, so fühlte ich nicht nur meine Kräfte bei dem ganzen Actus gehoben, sondern auch das Wetter und andere Umstände begünstigten die Feier so, daß sie als vollständig gelungen betrachtet werden konnte. Mein lieber College Brüel, der sich überhaupt in den weitläuftigen Bauverhandlungen vorzüglich thätig und kundig bewiesen hatte, übernahm für mich alles, was für mein Alter schwierig war, namentlich, was unter freiem Himmel bei dem Empfange des Königs auf dem Bahnhofe und vor dem Schulgebäude bei Ueberreichung der Schlüssel mit durchzumachen war, so daß ich nur in bedecktem Raume mitzuwirken und in der Aula des neuen Gymnasiums zu reden hatte. Meine Einweihungsrede war in dem Sinne eines altbewährten Freundes der Schule, der Lehrer, der Jugend und speciell des niederdeutschen Volksstammes gehalten, der seine Segenswünsche für das in diesem Gebäude zu entwickelnde wissenschaftliche und sittliche Leben auszusprechen sich gedrungen fühlte. Nach mir sprach der König mit der ihm eigenthümlichen warmen Beredsamkeit seine Theilnahme an dem Feste des Tages aus und entwickelte zugleich die geschichtlichen Verhältnisse, in welchen die Grafschaft Lingen schon früher zu dem Welfischen Fürstenhause gestanden habe. — Zuletzt dankte der Director Nölbeke in einer schwungvollen lateinischen Rede für die hohe königliche Theilnahme und die der Schule gewährte Wohlthat des neuen Gebäudes. Der Actus endigte, wie er angefangen hatte, mit wohleingeübten Gesängen der Schüler.

Ich lasse den wesentlichen Theil meiner Rede in einem Anhange abdrucken, weil sie meinen Standpunct in meinem westphälischen und hannoverschen Wirken von der gemüthlichen Seite darlegt und es zugleich mit erklären wird, wie sich der König bewogen fühlte, mir sein hohes Wohlwollen, sowohl bei dem Feste selbst, als an meinem bald darauf folgenden 80sten Geburtstage, auf eine so höchst huldreiche Weise auszudrücken. Ich war in den letzten Jahren nicht in seine Nähe gekommen, weil mein hohes Alter mich verhinderte, an den Hoffesten theil zu nehmen; allein das Andenken an meine, auch ihm theuer gewesene Verwandte, die Geheimräthin Kohlrausch, und meine fortdauernde Verbindung mit deren Sohne hatte, neben der Theilnahme an meinem Wirken als Vorsteher des höheren Schulwesens des Königreichs, auch meine Person dem Könige gegenwärtig gehalten.

Es lag eine wirkliche Herzlichkeit in dem Ausdrucke seiner Freude, nach längerer Zeit wieder mit mir zu reden, und seine Erkundigungen während der sehr belebten Tafel nach meinen Familienverhältnissen und die Erinnerung selbst an meinen Geburtsort Landolfshausen, zeigten den Menschen im Könige in einer so liebenswürdigen Gestalt, daß ich es von neuem begriff, wie er überall, bei den persönlichen Begegnungen mit den Menschen, die Herzen gewinnen müsse. Der Eindruck dieser Gewalt über die Herzen der Menschen war auch bei dieser ganzen Festlichkeit der vorherrschende und wahrhaft erfreuliche. Und eben so erfreute mich die natürlich freundliche, unbefangene Weise, mit welcher der Kronprinz sich mit den Anwesenden, namentlich den Lehrern des Gymnasiums, zu unterhalten wußte. Ich kannte ihn schon von dieser Seite von den Begegnungen her, wenn er mit seinem Gouverneur, dem Major von Issendorf, die Prüfungen im Lyceum in denjenigen Klassen besuchte, in welchen Schüler seines Alters und seiner Bekanntschaft saßen; denn auch dafür hatte der sehr verständige Major von Issendorf gesorgt, daß er mit wohlgesitteten Knaben seines Alters, die ich ihm aus den Schülern des Lyceums empfehlen mußte, Umgang hatte. Es ist eine sehr gute Natur in unserm Kronprinzen Ernst August.

Als der König abreisen wollte, bot er mir einen Platz in seinem Coupé an, damit ich schnell und wohlbehalten wieder in Hannover ankäme; ich bat um die Erlaubniß, den Abend noch in Lingen bleiben zu dürfen, um mit den Schulmännern, die sich aus den benachbarten Gymnasien zu der Feier eingefunden hatten, noch manches zu besprechen. — Am nächsten Morgen, als ich eben aufgestanden war, erhielt ich eine telegraphische Depesche von meinem Vetter, dem Major von Kohlrausch, — der König hatte ihm den persönlichen Abel verliehen, — mit der Anfrage im Namen des Königs, wie mir der gestrige Tag bekommen sei. Und da ich in meiner Rede erwähnt hatte, daß ich bald das achtzigste Jahr erreichen werde, erhielt ich an meinem Geburtstage, den 15. November, ein huldvolles Schreiben des Königs mit der Ernennung zum General-Schuldirector und den Insignien des Commandeur-Kreuzes erster Klasse des königlichen Guelfenordens.

Ja, die Aufmerksamkeit der königlichen Familie ging so weit, daß mir auch im Namen unserer huldvollen Königin und der beiden liebenswürdigen Prinzessinnen Blumenbouquets aus den königlichen Gärten gebracht wurden. Ich erkannte die Auszeichnungen von der Hand des Königs dankbar als solche, die nicht meiner Person, sondern dem ganzen Dienstzweige, welchem ich vorstand, gelten sollten, und der König nahm auch meinen ehrfurchtsvollen Dank, den ich ihm persönlich in diesem Sinne aussprach, gern in demselben Sinne an. Es hatte eine Zeitlang nach den Jahren 1848 und 1849 ein gewisses, wenn auch nur leises, Mißtrauen gegen den höheren Lehrerstand an hoher Stelle geherrscht, als seien in demselben republikanische Freiheitsideen, die durch die Lectüre der griechischen und römischen Klassiker genährt würden, vorherrschend, und drei oder vier jüngere Lehrer hatten durch unzeitige Theilnahme an Parteibestrebungen für kurze Zeit Anlaß dazu gegeben, sich jedoch bald besonnen und ihre ruhige Stellung als Lehrer wieder eingenommen. Die Regierung hatte nun versöhnliche Mäßigung gegen sie bewiesen und sie eben dadurch zur Besonnenheit zurückgeführt. Sie bedachte, daß es in der That ein sehr erfreulicher Beweis verständiger Haltung in dem ganzen Stande sei, daß in einer Zeit, wo so viele, auch ältere ehrenhafte Menschen, von den Zeitideen mehr oder weniger hingerissen waren, nur ein paar aus den drittehalbhundert Lehrern der höheren Schulanstalten sich nicht ganz frei von Ausschweifung der Gedanken und Bestrebungen gehalten hatten. Diese Ansicht hatte sich denn auch nach oben Bahn gebrochen, und als unser wohlwollender König sah, daß der Lehrerstand seine gute politische Haltung bewahrte, wendete er demselben sein volles Vertrauen zu und bezeugte dasselbe durch sein Interesse für ein Gymnasium, welches gewissermaßen einen neuen Lebensabschnitt begann, und damit zusammenhängend durch Auszeichnungen, die er dem Vorstande des höheren Schulwesens zu theil werden ließ.

Es möchte nicht am unrechten Orte sein, wenn ich hier meine, schon mehrmals angedeuteten, Gedanken über die Pflicht des Lehrerstandes in Beziehung auf Parteibestrebungen aller Art ausführlicher ausspreche. Es giebt natürlich Vereinsbestrebungen der edelsten Art, nemlich für die Verwirklichung alles dessen, was die Herrschaft der Wahrheit, Gerechtigkeit, Gottesfurcht, Vaterlandsliebe, was das Gemeinwohl und die Menschenveredelung fördern kann; sich dazu mit allen Wohlgesinnten zu verbinden und, wenn es nöthig ist, auch gegen Böswilligkeit anzukämpfen, ist vor allem die Pflicht des Lehrers; allein wenn die Verbindungen dieses reine Feld menschlicher Bestrebungen verlassen und wirkliche Parteizwecke verfolgen, wenn die Leidenschaft sich einmischt und die Gemüther mit Haß der Gegner erfüllt, dann soll der Lehrer sich von aller Parteinahme frei halten und auf sein eignes nächstes Gebiet zurückziehen, auf das der Erziehung seiner Schüler zu gottesfürchtigen, Wahrheit und Recht liebenden, Menschen und brauchbaren Mitgliedern der bürgerlichen Gesellschaft. Da ist seine Arena. Und wenn ihm ein Vater zumuthen will, seinen Sohn zu den Grundsätzen der Partei zu erziehen, der er selbst angehört, so darf der Lehrer ihm dreist entgegnen, daß sein Beruf auf dem rein menschlichen Gebiete liege, wo von keiner Partei die Rede sei. Wenn er seinen Sohn zu der Liebe zu allem Guten und zur gewissenhaften Erfüllung seiner Pflichten erziehe, so werde er künftig seinen Platz ehrenhaft ausfüllen, wohin ihn die Vorsehung berufen werde. — Jede Parteinahme führt den Lehrer zur Gegnerschaft der entgegenstehenden Partei und bringt Zwiespalt in sein Thun. Der Standpunct über oder außer den Parteien ist dem Lehrer nie nöthiger gewesen, als in unserer durch Parteiungen auf dem politischen, religiösen, socialen Gebiete unglücklich zerrissenen Zeit. Ich habe diese Grundsätze überall und bei jeder Gelegenheit warm ausgesprochen und die Freude gehabt, daß die große Mehrzahl der Lehrer mir mit Ueberzeugung beigestimmt, die geringere wenigstens aus Achtung und Rücksicht auf meinen Wunsch sich von offner Parteinahme zurückgehalten haben. Und unser Lehrerstand hat dadurch an Achtung bei den Wohlgesinnten aller Parteien, geschweige bei allen Unbefangenen, gewiß nicht verloren.

Um noch ein Wort über das Georgianum, welches zu dieser Abschweifung Gelegenheit gegeben, hinzuzufügen, so ist dasselbe seinem Charakter gewissenhafter Pflege seiner Schüler auch in dem neuen

Schulgebäude bis auf den heutigen Tag treu geblieben, und die Schulden, welche zur vollständigen Ausführung des Baues auf Kosten der Schulcasse gemacht werden mußten, sind durch die Fürsorge unseres wohlwollenden Ministeriums der völligen Abtragung nahe.

Die Maturitäts-Prüfung. — Im folgenden Jahre 1860 beschäftigte sich das Ober-Schulcollegium mit einer Revision des Maturitäts-Prüfungsgesetzes, und ich darf es nicht unterlassen, diesen Gegenstand, der auch einem großen Theile der Väter und Mütter unserer Schüler so sehr am Herzen liegt, etwas näher zu beleuchten.

Ich habe die Maturitäts- oder besser Reifeprüfungen seit beinahe 50 Jahren in verschiedenen Gestalten theils praktisch mit durchgemacht, theils ihre Wirkungen in meiner amtlichen Stellung aufmerksam be- obachtet. Schon in Düsseldorf führten wir im Jahre 1815 die Ma- turitäts-Prüfungen nach dem älteren preußischen Regulativ ein; als Schulrath in Münster habe ich nach demselben Regulativ die Prüfun- gen am Münster'schen Gymnasium immer geleitet und denen in den übrigen Gymnasien häufig beigewohnt. Hier in Hannover hat ein ganz ähnliches Gesetz, wie das ältere preußische, bis zum Jahre 1839, ein etwas modificirtes bis 1846, und von da an ein noch mehr ver- einfachtes gegolten, und die von mir in der längeren Zeit und von unsern Lehrercollegien in der Zeit von 1830 an gemachten Erfahrun- gen sollten nun als Maßstab an die Instruction vom Jahre 1846 mit ihrem Zusatze vom Jahre 1849 gelegt werden.

Mein Glaubensbekenntniß nach der langen Erfahrung und dem unausgesetzten Nachdenken über diese wichtige Maßregel, die einen der Lebensnerven unseres gelehrten Schulwesens so nahe berührt, sowie nach der Prüfung zustimmender und entgegengesetzter Ansichten in den zahlreichen Schriften über diesen Gegenstand, ist im Allgemeinen dieses: daß die Reifeprüfungen als Schluß der Schulzeit und als Maßstab für die Befähigung der Abgehenden zum Uebergange zu den akademischen Studien, wenn nicht im absoluten Sinne unentbehrlich, so doch entschieden nützlich und durch keine andere Maßregel zu er- setzen sind. Der Mensch bedarf in jeder Stellung, ja selbst in jedem

Alter, außer den innern Motiven zum Rechtthun und zur Anstrengung seiner Kräfte, auch der äußern Antriebe. Es ist eine bequeme, aber im innersten Grunde unwahre Behauptung, daß die volle Freiheit der Selbstbestimmung der normale Zustand für den Menschen sei. Es liegt diesem Satze die falsche Selbstgerechtigkeit und der falsche Tugendstolz zum Grunde, welcher so oft der Deckmantel der Trägheit ist. Wer es ernstlich mit sich selbst meint und streng auf die Motive seiner Wünsche, Entschlüsse und Handlungen achtet, wird in hundert Fällen sich bewußt werden, daß er auf verkehrtem Wege sein würde, wenn nicht, außer der Ehrfurcht vor dem göttlichen Gesetze, auch die Rücksicht auf das Urtheil anderer, die ein Recht der Controle über sein Thun und Lassen hatten, oder auf die Nachtheile, die aus seinen Handlungen oder Unterlassungen folgen konnten, ihn aus dem Schlummer der Bequemlichkeit geweckt und zur neuen Anstrengung seiner Kräfte gespornt hätte. Für die Jugend sind diese äußern Antriebe doppelt nöthig, da außer der Trägheit auch so viele Lockungen ihrer lebhaften Begierden und die Verführung durch das Beispiel anderer sie vom rechten Wege abzubringen drohen. Der Naturen, die durch den Reiz des Wissens von innen heraus schon genug zum Fleiße angetrieben werden, sind nur wenige; für die Mehrzahl steht der Gedanke, am Ende der Schulzeit von der Anwendung ihrer Zeit Rechenschaft ablegen zu müssen, als ein heilsamer Antrieb, wenigstens in den letzten Jahren ihres Schullebens, vor den Augen, und in den früheren Jahren ist eben so das Ziel, aus einer Klasse in die andere versetzt zu werden, ein ähnlicher Antrieb des Fleißes. Es ist eines der Zeichen der Verweichlichung unserer Zeit, daß so oft über die Ueberanstrengung der Jugend und das Schreckbild der Reifeprüfungen geklagt wird.

Was so eben von den Schülern gesagt ist, gilt in seiner Art auch von den Lehrern; auch für diese ist die Maturitäts-Prüfung eine heilsame Mahnung zur strengen, tüchtigen Pflichterfüllung, nicht im Sinne der gewöhnlichen Pflichttreue, welcher kein Vorwurf gemacht werden kann, sondern der höheren, welche sich selbst immer nicht genug thun kann, denn nur dadurch werden auch die Schüler zu der An-

strengung emporgehoben, welche zur wirklichen Erfüllung der Forde=
rungen des Gesetzes nöthig ist. Ich spreche es ruhig im Angesichte
der ganzen Lehrerwelt aus, daß ich den Antrieb, der in der Reife=
prüfung liegt, auch für den Lehrer hoch anschlage, und stelle mich ganz
ihnen gleich, indem ich es auch für mich selbst als eine Wohlthat er=
achte, daß auch mein Thun und Lassen einer menschlichen Controle
unterworfen ist, theils meiner Oberen, theils meiner Mitarbeiter, theils
des Publikums, so weit mein Thun zu dessen Kenntniß gelangt.

Es ist dabei auch nicht zu übersehen, daß der Staat die Pflicht
und das Recht hat, sich von den Leistungen seiner Schulen zu über=
zeugen und die Eltern ihrer Schüler in dieser Hinsicht sicher zu stellen.
Diese genauere Kenntniß erhält er aber, neben den sonstigen Inspec=
tionen, am vollständigsten durch eine wohleingerichtete Prüfung der
Schüler am Ende ihrer Schullaufbahn.

Ich fürchte nicht, dahin mißverstanden zu werden, als stellte ich
die äußern Antriebe für Lehrer und Schüler, die in den Prüfungen
liegen, oben an; ich glaube durch die Schilderung meiner ganzen Wirk=
samkeit als Schulaufseher gezeigt zu haben, daß ich die edlern Motive,
die aus der hingebenden Liebe des Lehrers für seinen Beruf und
seine Schüler, sowie aus seiner Treue gegen Gottes Gebot, und bei
den Schülern aus der Liebe zu dem Lehrer und zur Wissenschaft
fließen, viel höher anschlage. Ich hebe auch die ganze Prüfung aus
dem Charakter einer bloßen Controle=Maßregel in den einer sittlichen
That empor und brauche zu dem Ende mich nur auf meinen in der
Mützel'schen Zeitschrift für das Gymnasialwesen abgedruckten Auf=
satz über das höhere Schulwesen zu berufen, in welchem es wörtlich
heißt: .

„Warum geht man nicht von dem edleren Gesichtspuncte aus,
daß die Schlußprüfung der zu den akademischen Studien abgehenden
Schüler ein Ehrentag der Schule sei, an welchem sie die Frucht
ihrer langen, mit Liebe geübten, Pflege an den ihr übergebenen Zöglingen darlegen will, und ein Ehrentag dieser letzteren selbst, so viele
ihrer nach dem Maße der ihnen verliehenen Kräfte ihre Pflicht als
Schüler treu vollbracht haben? Die Schule und ihre Zöglinge

erfüllen damit eine Pflicht der Pietät, der Achtung und Dankbarkeit, gegen die Gründer und Erhalter der Anstalt, gegen die Eltern, welche ihnen Vertrauen geschenkt haben. Wenn der ganze Act in diesem Sinne angeordnet und vollzogen wird, so werden alle die oben ge= nannten Zwecke und Motive auch ihre Erfüllung finden; der Staat und die Obrigkeit, welche die Anstalt unterhalten, werden erkennen, was sie an ihr haben; die Schüler werden einen Beweis ihres Flei= ßes, ihrer Kenntnisse und Gaben und dadurch ein vorläufiges Maß für ihre künftige Brauchbarkeit abgeben; die natürlichen Regungen des Gemüthes, welche eine treibende Kraft in der menschlichen Brust sind und ewig sein werden, Ehrgeiz, Furcht, Hoffnung, Wetteifer, sie wer= den im Laufe der Schulzeit ihre Wirkung auf die Jugend auch im Hinblick auf die Endprüfung üben; allein, — und das ist der große Unterschied, — dieses alles wird sich als natürliche Folge anschließen, nicht als Hauptsache an der Spitze stehen und nicht dem Ganzen die Gestalt eines Zerrbildes geben. U. s. w."

Von dem Gedanken ausgehend, daß die Reifeprüfungen zweck= mäßig und durch keine andere Veranstaltung zu ersetzen seien, hat das Ober=Schulcollegium fortwährend darnach gestrebt, die Uebel= stände, welche damit verbunden sind, wenn die Prüfungen im Sinne einer bloßen Controle=Maßregel gehandhabt werden und die Form zu sehr hervorgehoben wird, möglichst zu vermeiden. Die ältere Instruc= tion, welche in mancher Beziehung zu viel von den Schülern forderte oder doch zu fordern schien, wenn man den absoluten Maßstab an= legte, den die Worte enthalten konnten, und nicht mit sachkundigem Takte einen Unterschied zwischen den Leistungen eines durchgebildeten Mannes und denen eines Schülers zu machen verstand, und welche ferner auf ein gleichmäßiges Wissen in allen Zweigen des Unterrichts ein zu großes Gewicht legte, hatte die Schüler mit ihren Nummern 1, 2 und 3 ängstlich gemacht und zu übermäßigen, oft nächtlichen, Repetitionen in dem letzten ganzen oder halben Jahre in Prima und zu oft sehr erfindungsreichen Unterschleifen bei der Prüfung selbst ver= leitet. Die ganze Prüfung war dadurch in der öffentlichen Meinung in Mißcredit gekommen. Daher war bei jeder Revision des Prüfungs=

reglements, sowohl in den Jahren 1839 und 1846, als in den zu-
sätzlichen Bestimmungen von 1849, etwas nachgelassen: Die Zeugniß-
nummern waren abgeschafft und die einfache Erklärung: „reif oder
unreif" vorgeschrieben; die schriftliche Arbeit über Geschichte und die
griechische Uebersetzung waren gestrichen; der freie lateinische Aufsatz,
der von den Schülern besonders gefürchtet wurde, war in ein latei-
nisches Exercitium verwandelt, und vor allen Dingen war zugelassen,
daß stärkere Leistungen in einzelnen Fächern zur Ausgleichung schwä-
cherer in andern dienen durften. Die nach diesen Veränderungen gemachten Erfahrungen hatten auch gezeigt, daß dieselben wohlthätig gewirkt hatten. Das Schreckhafte der Maturitäts-Prüfungen war
gemildert, die ängstlichen Vorbereitungen und die Unterschleife waren
so gut als verschwunden, und die Schüler gingen im Ganzen der
Prüfung mit gutem Muthe entgegen. Gleichwohl schien nach Ablauf
von ferneren zehn Jahren die Zeit gekommen zu sein, wo die Frage
wegen Beibehaltung der Reifeprüfungen von neuem erwogen, und
wenn dieselbe bejaht würde, eine noch feinere Politur, um es so zu
benennen, an der ganzen Maßregel vorgenommen werden möchte. Es
wurde daher beschlossen, die zu besprechenden Fragen allen Gymnasien
zur Begutachtung vorzulegen und dann etwa die Hälfte der Directoren, nebst einigen Lehrern, zu einer mündlichen Conferenz zusammen
zu berufen. Dieses geschah in den Pfingst-Ferien 1861, und es
kamen die Directoren Geffers von Göttingen, Plaß von Verden,
Hoffmann von Lüneburg, Brock von Celle, Nölbeke von Lingen, Rothert von Aurich und der Professor Möller vom Josephinum als
Stellvertreter des Directors Menke in Hannover zusammen. Der
Director Ahrens, welchem das Referat über das Kapitel der Reifeprüfungen übertragen war, trat hinzu, und zu mitstimmenden Proto-
kollführern wurden die Lehrer Lattmann von Göttingen, Pertz von
Clausthal und Müller vom hiesigen Lyceum zugezogen. Die drei
Mitglieder des Ober-Schulcollegiums brachten die Zahl der Theilnehmer auf 14.

Die Verhandlungen nahmen die Woche nach Pfingsten vom
Dienstag bis Sonnabend in Anspruch. Sie waren sehr interessant.

Daß die Reifeprüfungen beizubehalten seien, war, mit Ausnahme einer Stimme, das Urtheil aller Anwesenden; auch wurde anerkannt, daß die Grundgedanken unserer bisherigen Instruction sich durch die Erfahrung bewährt haben und etwas Wesentliches kaum daran zu ändern sein werde. Gleichwohl wurden einige Puncte ausgefunden, bei welchen eine Modification als zweckmäßig erschien.

1) Dahin gehörte zuerst die lateinische Prüfungsarbeit, die nach der Bestimmung von 1849 nur in einer Uebersetzung aus dem Deutschen in das Lateinische bestehen sollte. Sie war an die Stelle des freien Aufsatzes gesetzt, weil bei einer, in beschränkter Zeit und unter beständiger Aufsicht anzufertigenden, Clausurarbeit den Stoff der Aufgabe zu beschaffen, zu ordnen und in einem, doch immer fremden, Idiom darzustellen für manchen Schüler eine zu schwierige Aufgabe zu sein schien. Eine bloße Uebersetzung hatte für die Schüler viel weniger Abschreckendes, weil dabei der Stoff vollständig gegeben war; und von dem Standpuncte der Wissenschaft ließ sich der Beweis recht wohl führen, daß die Kenntniß der lateinischen Sprache in ihrer vollen Eigenthümlichkeit sich noch vollständiger in einer guten Uebersetzung, welche den modernen deutschen Ausdruck eines Gedankens in ächtem Latein wiederzugeben verstehe, darlegen lasse, als in einer freien Arbeit, bei welcher sich der Gedanke nach dem, vielleicht sehr beschränkten, Vorrathe der Redensarten bequemen müsse, die im Gedächtnisse des Schreibenden gerade zur Hand seien. Indeß mußte doch zugegeben werden, daß die Pflege des freien Lateinschreibens von den Schülern etwas vernachläßigt sei, seit sie in der Reifeprüfung mit einer Uebersetzung abkommen konnten, und eben so wurde die Thatsache in Betracht gezogen, daß manche, mit der Fähigkeit leichter Aneignung einer fremden Sprache begabte Schüler, die dahin gekommen sind, die Gedanken, die sie ausdrücken wollen, nicht mehr deutsch, sondern unmittelbar lateinisch zu denken, sich eine Leichtigkeit im lateinischen Stile zu erwerben vermögen, welche ihrer Prüfungsarbeit einen erhöhten Werth verleihen könne. Bei der großen Verschiedenheit des Sprachgefühls und Taktes unter den Schülern schien es nun billig zu sein, beiden Klassen derselben, denen, die es nur zu einer

treuen, grammatisch richtigen Uebersetzungsfertigkeit, und denen, die es bis zu einer freieren Bewegung im Lateinschreiben gebracht haben, Gelegenheit zur Darlegung ihrer Fähigkeit durch eine Aufgabe zu geben, welche gleichsam die Mitte zwischen dem freien Aufsatze und der Uebersetzung hielte. Es heißt deshalb in der Bekanntmachung über die Reifeprüfungen so:

„Zu der lateinischen Arbeit hat der Lehrer das Thema in lateinischer Sprache zu dictiren und sodann den Stoff in deutscher Sprache mündlich in solcher Weise auszuführen, daß die Schüler die Hauptsachen aufzeichnen können. Es bleibt denselben sodann überlassen, die lateinische Arbeit hiernach entweder mehr einer Uebersetzung anzunähern oder in freierer Gedankenbewegung auszuführen." In solcher Weise wird die Arbeit den Schülern in Rücksicht des Inhalts leicht gemacht, in Rücksicht der Form aber der individuellen Neigung und Fähigkeit möglichster Spielraum gelassen.

Die übrigen Arbeiten bestehen 1) in einem deutschen Aufsatze, dessen Thema so zu wählen ist, daß der Stoff als wohlbekannt vorausgesetzt werden kann; 2) einer Uebersetzung aus dem Deutschen in's Französische; 3) einer mäßigen Anzahl mathematischer Aufgaben aus der Elementar-Mathematik. Die dazu gestattete Zeit ist: 5 Stunden für den deutschen Aufsatz und eben so viel für die lateinische Arbeit, 4 Stunden für die mathematischen Aufgaben und 3 Stunden für die französische Uebersetzung, also insgesammt 17 Stunden an verschiedenen Tagen.

2) In der mündlichen Prüfung werden nur die beiden alten Sprachen, die französische und die englische Sprache vorgenommen, doch macht die letztere keinen nothwendigen Gegenstand für alle Geprüfte aus; für die Theologen und Philologen das Hebräische. Endlich Religion, Geschichte und Mathematik. Die Erfahrung hat gelehrt, daß bei einer Durchschnittszahl von etwa 6 Abiturienten 9 bis 10 Stunden auf die mündliche Prüfung zu verwenden sind, daß also zwei Vormittage dazu ausreichen. Und da die Examinatoren abwechseln und jeder Schüler nach der obigen Berechnung nur etwa anderthalb Stunden in verschiedenen Pausen zur thätigen Theilnahme in

Anspruch genommen wird, so ist auch diese Anstrengung für beide
Theile gewiß nicht zu groß.

Gleichwohl glaubte man in Absicht der Geschichte noch eine
Erleichterung und Abkürzung gewähren zu können. Es war nemlich
immer noch hin und wieder Klage darüber, daß die Schüler in der
letzten Zeit vor der Prüfung auf die Repetition der Geschichte zu viel
Anstrengung verwendeten, obgleich durch die Instruction von 1846
das geschichtliche Feld, in welchem geprüft werden sollte, schon auf
die griechische Geschichte vom Jahre 500 bis 323 v. Chr., auf die
römische vom Anfange der Republik bis zum Tode des Kaisers Augustus, und die deutsche von Karl dem Großen an, beschränkt war.
Jetzt wurde beschlossen zu gestatten, daß in der Prima, neben dem
für dieselbe bestimmten Geschichtsabschnitte, eine Repetition der übrigen
Theile der Geschichte angestellt und daran eine Prüfung über das
Repetirte angeknüpft werde, und daß das Resultat dieser in Gegenwart dreier von dem Ober=Schulcollegium zu bestimmenden Lehrer
angestellten Prüfung für die Reifeprüfung gültig sein solle, sofern es
den mittleren Standpunct für diesen Theil der Geschichte bezeuge. In
der Reifeprüfung selbst brauchte also nur der Theil der Geschichte
vorgenommen zu werden, über welchen noch nicht geprüft war.

Wenn zu dem allen in Betracht gezogen wird, daß die Forderungen in allen Prüfungsgegenständen für den mittleren Standpunct,
der mit dem Prädicate befriedigend bezeichnet werden soll, äußerst
gemäßigt sind, sich z. B. bei den Sprachen nur auf das Verständniß
der Schriftsteller von mittlerer Schwierigkeit erstrecken und in den
Wissenschaften mehr einen gewissen Grad wirklicher Einsicht, als einen
großen Umfang der Kenntnisse verlangen; daß ferner relative Mängel
in dem einen Gegenstande durch Vorzüge in andern aufgewogen werden können, und endlich, daß das Urtheil der Lehrer über die Leistungen des einzelnen Schülers aus den Erfahrungen der Schulzeit bei
der Reifeerklärung wesentlich berücksichtigt werden soll, — so darf
man gewiß behaupten, daß unsere Reifeprüfung keine Schreckensmaß-
regel ist. Ja, ich setze hinzu, sie ist wegen des Umstandes, daß
Prüfende und Geprüfte einander schon genau kennen, die natürlichste

in der ganzen Reihe der Prüfungen, welche im Staatsorganismus
vorkommen, und will man nicht alle Prüfungen aufheben und das
Princip völliger Gewerbefreiheit auch auf die Aemter im Dienste des
Staates, der Kirche und der Schule anwenden, so werden die Reifeprüfungen der zu den akademischen Studien übergehenden Schüler am
ersten ihren Platz behaupten und verdienen.

Dieses ist, ich wiederhole es, mein Glaubensbekenntniß in Absicht der Reifeprüfungen, wie sie jetzt, in einer auf sorgfältige Beobachtung von 32 Jahren gegründeten Gestaltung, bei uns bestehen.

Das System des gelehrten Unterrichts. — Nun
wird man von mir, der ich in 60jähriger Erfahrung die verschiedenen
Gestalten des höheren Unterrichts theils praktisch, theils beobachtend
und ordnend, kennen gelernt habe, auch ein Glaubensbekenntniß darüber verlangen, wie ich den Unterricht der Gymnasien in Beziehung auf
die Streitfragen über das Zuviel desselben beurtheile. Ich gebe die
Antwort am besten durch einen Auszug aus einem Aufsatze, welchen ich
im Jahre 1856 in die Mützel'sche Zeitschrift für das Gymnasialwesen über diesen Gegenstand eingesandt habe. Es heißt darin unter
anderm so:

„In pädagogischen und andern Zeitschriften sind Aufsätze über
die Krankheitssymptome unseres modernen Schulwesens, die Ueberfül-
lung mit Lehrgegenständen, die Erschlaffung der Jugend u. s. w. erschienen und Heilmittel verschiedener Art vorgeschlagen.

Diese Bewegung in der pädagogischen Welt hat einen ernsten
sittlichen Grund, sie entspringt aus der Wahrnehmung, daß der jetzigen Jugend, sowohl auf der Schule als der Universität, so vielfach
die Spannkraft und Selbstthätigkeit des Geistes, die Freudigkeit an
ihrem Thun, das Versenken in ihren Gegenstand, das Ringen nach
einem hohen Ziele, die Idealität in ihren Ansichten und Bestrebungen,
fehlen. Empfänglichkeit ist wohl vorhanden, Kenntnisse werden willig
erworben, aber das individuelle Verarbeiten und die eigene schaffende
Kraft werden vermißt.

Viele messen die Schuld dieser allerdings betrübenden Erscheinung
hauptsächlich der Schule bei, welche die Jugend durch Ueberanstrengung,

sowie durch Ueberladung mit zu vielen Gegenständen ermüde, zerstreue und an oberflächliches Abschöpfen gewöhne, anstatt sie durch Concentration auf Weniges und Tüchtiges anzuhalten, auf den Kern der Dinge durchzubringen. Andere, welche den Tadel von der Schule abwehren möchten, klagen das Leben der Familie, die Schlaffheit und Verkehrtheit der Eltern, die Verzärtelung der Jugend und ihre durch das häusliche und öffentliche Leben beförderte Genußsucht, die materielle Richtung der Zeit, die Erbärmlichkeit der Tagesliteratur, mit den bittersten Beschuldigungen an und kommen auf diesem Wege zur Verzweiflung an dem ganzen Zeitalter.

Das Wahre wird hier, wie überall, wo schroffe Gegensätze gegen einander treten, in der Mitte liegen. Die Schuld ist auf beiden Seiten, und durch Wechselwirkung beider wird das Uebel genährt. Darum suche jeder an seinem Theile zur scharfen Erkenntniß seines Antheils an der Schuld zu kommen; aus der Erkenntniß werden die Mittel der Heilung und wird, bei redlichem Willen, auch das rechte Thun sich ergeben.

Hier haben wir es mit der Schule zu thun und wollen ihr Verfahren einer strengen Prüfung unterziehen, ohne Rücksicht auf die Entschuldigungsgründe, welche in anderseitiger Verkehrtheit und Fehlerhaftigkeit liegen mögen; denn gerade, wenn diese vorhanden ist, soll die Schule um so strenger ihre Pflicht zu erfüllen suchen, um ihr entgegen zu arbeiten.

Nur einige Bemerkungen möchte ich vorausschicken, um das Urtheil über unsere Jugend auf das rechte Maß zurückzuführen und ungerechte Forderungen abzuwehren.

Die Jugend soll Originalität und Schöpferkraft zeigen; — sind diese denn allen Zeiten eigen gewesen? Hat nicht vielmehr, nach dem Zeugnisse der Geschichte, stets ein Auf- und Abwogen in dieser Hinsicht stattgefunden, ohne daß man sagen kann, die Schule oder das öffentliche Leben seien daran schuld gewesen? Hier liegen Geheimnisse verborgen, so gut sie im Leben der übrigen organischen Natur verborgen liegen, denn der Mensch ist von der einen Seite auch ein Erzeugniß des großen Weltorganismus. Statt der Originalität, die sich immer nur in einer verhältnißmäßig kleinen Anzahl von Individuen, selbst in den schöpferischsten Zeitaltern, offenbart hat, ist in den darauf folgenden Perioden, wenn sie nicht in ein völliges Sinken verfielen, häufig als Ersatz eine größere Verbreitung von Einsicht, Kenntnissen, Fertigkeiten und Thatkraft eingetreten, wie, um einen Vergleich zu gebrauchen, bei starkbewegtem Winde das Meer wenigere, aber größere Wellen in die Höhe treibt, deren Spitzen durch viele untergeschobene Massen getragen werden, bei mäßigem Winde aber eine bei weitem größere Zahl kleinerer Wellen mit ihren Spitzen an das Licht des Tages kommen und dasselbe wiederspiegeln. Ich glaube, wir dürfen unser Zeitalter mit diesem Zustande einer mittleren Bewegung der geistigen Kräfte bezeichnen, der auch seine erfreuliche Seite hat, nicht aber mit der Stagnation, die bei der völligen Windstille eintritt und, wenn sie lange dauert, Fäulniß erzeugt. — Fordern wir also von unserer Jugend nicht etwas, was ihr nicht von der Natur gegeben ist.

Die Jugend soll ferner Enthusiasmus, Idealität und ein großartiges Streben entwickeln; — diese Forderung ist wiederum ungerecht in einer Zeit, wo es keine großartigen Schöpfungen giebt, auf welche die emporstrebende Jugend den Blick richten und an denen sie sich begeistern könnte. Gehen wir nur die Geschichte der letzten anderthalb Jahrhunderte durch. Die erste Hälfte des achtzehnten Jahrhunderts war eine ähnliche Zeit wie die unsrige, nur daß Ermattung und geistiger Schlaf entschieden größer gewesen sein dürften. Da wecken der siebenjährige Krieg von der einen, das Erwachen unserer Literatur und die Schöpfungen der großen Geister auf dem Gebiete der Philosophie, der meisten übrigen Wissenschaften und der Poesie die Geister zur lebendigen Theilnahme auf und reißen vor allem die Jugend der letzten Decennien des vorigen Jahrhunderts mit sich fort. Wer einen Theil jener Zeiten als Jüngling mit durchlebt und an sich erfahren hat, wie ein neues Werk von Göthe, Schiller, Herder, Jean Paul, eine Bühnendarstellung Göthe'scher, Schiller'scher, Shakespeare-

scher Stücke durch Iffland, Fleck, Wolff und andere, eine kritische
Schrift von den Gebrüdern Schlegel, ein Geschichtswerk von Johannes
Müller, deffen Briefe eines jungen Gelehrten, und im philosophischen
Kreise eine Vorlesung oder ein neues Werk von Fichte oder Schel-
ling, Geist und Gemüth und Sinne anregten, in einem Maße, daß
selbst die ungeheuren Ereignisse der französischen Revolution fast un-
beachtet an ihm vorübergingen, der hat es empfunden, wie auch mittelmäßige Fähigkeiten durch großartige Eindrücke gehoben werden und
wie Bewunderung, Verehrung, Emporblicken, zur höchsten Anstrengung
aller Kräfte begeistern können.

Aus diesem literarischen Leben und künstlerischen Genießen, ja
Schwärmen, schreckte die Napoleonische Zeit auf und lenkte alle Gefühle auf die Drangsale des Vaterlandes, bei den schwächeren Gemüthern freilich entmuthigend, bei den kräftigeren dagegen zu sittlicher
Entrüstung und Ermannung emporhebend, welche dann auch zu der
herrlichen Periode der Freiheitskriege führten. Das Vaterland war
die begeisternde ·Idee, welche an die Stelle der Kunst, der Poesie, der
Philosophie getreten war. Ihre Nachwirkung kühlte sich allmälig in
den burschenschaftlichen Bestrebungen, zum Theil Ausartungen ab.
Aber es waren doch mehr als ein halbes Jahrhundert hindurch starke,
treibende Gedanken und Gefühle gewesen, welche die jugendliche Seele
in Besitz nehmen, erwärmen und kräftig bewegen konnten.

Die neuere Zeit hat auch ihre großartige Seite und bringt er-
staunenswerthe Werke hervor; die Naturwissenschaften haben einen
außerordentlichen Aufschwung genommen, ihr haben sich viele der besten
Kräfte zugewendet, und die Werke, welche durch ihre, auf die Bedürfnisse des Lebens, des Verkehrs und der Gewerbe angewendeten, Entdeckungen hervorgebracht sind, reißen zur Bewunderung hin. Allein
zu begeistern vermögen sie nicht. Wahrhafte Begeisterung kann
nur von der ethischen Seite des menschlichen Wesens ausgehen; die
Religion, die mit dem Ethischen verwandten Wissenschaften, die schöne
Kunst, die Ideen der Menschenveredlung, des Vaterlandes, der Familie, sie vermögen auch die gewöhnlichen Naturen unter der empfäng-

lichen Jugend über sich selbst emporzuheben, wenn sie in erhabenen Vorbildern vor ihre Augen treten. Führt das Leben sie ihnen aber jetzt mit der Frische der Gegenwart in dem großartigen Maßstabe vor Augen, wie es in den Zeiten geschehen ist, die im Laufe der Geschichte als die hervorragenden dastehen?

Fordern wir also von unserer Zeit auch nicht den Grad der Begeisterung, den nur die gewaltigen, ein ganzes Zeitalter beherrschenden, Ideen geben können, sondern sein wir zufrieden, wenn unsere Schüler sich unserer Einwirkung durch Unterricht und Vorbild so hingeben, daß wir den falschen Richtungen und Gewöhnungen der Zeit in ihnen einen Damm setzen, sie zur Sammlung ihrer Kräfte und ihrer Theilnahme und so zu einer möglichst intensiven Thätigkeit bringen, ihren Sinn auf das Wahre, Gute und Schöne richten und sie so vorbereiten können, daß sie künftig in ihrem Wirken und Leben, wenn auch nicht das Außerordentliche, so doch Tüchtiges und Lobenswerthes leisten. Und für die Dürftigkeit der Gegenwart wollen wir sie durch das Beste, was uns die Vergangenheit in Werken des Geistes und in den Denkmälern der Geschichte darbietet, zu entschädigen suchen.

Für ein solches Ziel den gesammten Unterricht der höheren Schulen mit sorgfältiger Abwägung des Platzes, der jedem Gegenstande zukommt, einzurichten, ist doppelte Pflicht in einer Zeit, die sich nicht selbst aufgeben, aber auch nicht mit sich zufrieden sein, sondern sich zu einem besseren Zustande emporarbeiten soll.

Von diesem Gesichtspuncte ausgehend, sollen die folgenden Vorschläge gemacht werden, denen ich einige Grundgedanken voranstelle:

1) Wofür zu allen Zeiten das jugendliche Gemüth zu stimmen und in der Stille seines Innern zu begeistern ist, das ist die Religion. Das in der menschlichen Seele unzerstörbar liegende Bedürfniß nach Gotteskenntniß und Vereinigung mit Gott bietet dem Lehrer, der selbst mit der rechten christlichen Wärme erfüllt ist, eine sichere Anknüpfung dar, und gerade für diese Einwirkung fängt unsere Zeit an, günstiger zu werden, als es einen langen Zeitraum hindurch

der Fall gewesen ist. Das religiöse Leben rührt sich fast überall mit
Macht. Die Schule benutze diese beste aller Hülfen für ihr Werk an
der Jugend, und nicht allein im eigentlichen Religionsunterrichte,
sondern indem sie ihr ganzes Leben und Wirken von religiösem Geiste
durchdringen läßt.

2) Für ihren übrigen Unterricht suche sie einen starken Mittelpunct, der mit seinen Radien den ganzen Kreis kräftig zusammenhält;
sie gebe demselben so viel Raum, als sie den jugendlichen Kräften zur
Verarbeitung zumuthen darf, nachdem den übrigen Gegenständen gerade
nur so viel Platz zugemessen ist, als nöthig, damit jeder seinen Zweck
an der Jugendbildung erfüllen könne.

Die bisher in den Lectionsplan der Gymnasien aufgenommenen
Gegenstände sind: Religion, die beiden alten und die deutsche Sprache,
Französisch, häufig auch, im hannoverschen Lande allgemein, das
Englische, für die Theologen und Philologen das Hebräische, Mathematik, Rechnen, Naturgeschichte, Physik, Geschichte, Geographie, in
manchen Ländern philosophische Propädeutik, und Uebungen im Schreiben, Zeichnen und Singen. Allerdings eine lange Reihe von Gegenständen. Man hat, in dem Streben nach Vereinfachung, die einzelnen Fächer auf die Wagschale gelegt, um die zu leicht befundenen
ganz aus dem Gymnasialunterrichte herauszuwerfen. Auch dieses
Kapitel hier ausführlich durchzugehen, erlaubt der Raum nicht; es
dürfte aber ebenfalls unnöthig sein, da es noch keiner Argumentation
gelungen ist, die Entbehrlichkeit auch nur eines Faches überzeugend zu
beweisen. Darum nur kurz das Nöthigste!

1) Man hat das Französische angegriffen, allein gegen eine
Stimme der Art würden sich hunderte erheben, denn diese Sprache ist
nun einmal eine Weltsprache geworden und die gebildeten Stände
unserer europäischen Völkerfamilie können ihre Kenntniß nicht entbehren. In der Jugendzeit bis zum vollendeten 18. oder 19. Jahre,
— so lange besucht der Studierende das Gymnasium, — muß der
Grund zur Erlernung dieser Sprache gelegt sein; später ist dieses
viel schwieriger. Es ist aber hinreichend, wenn der Anfang im Franzö-

fifchen mit 3 wöchentlichen Stunden in Tertia gemacht wird und
wenn demselben je 2 Stunden in Secunda und Prima gewidmet
werden.

2) Das Englifche fteht nicht mit auf dem Normalplane der
preußifchen Ghmnafien. Auf den hannoverfchen ift es nach und nach
unter die öffentlichen und verbindlichen Lectionen aufgenommen. Mag
die frühere Verbindung mit England und die Lage an den nördlichen
Meeren mit eingewirkt haben, fo viel ift gewiß, daß fich keine Anftalt
diefe Lection gern wieder wird nehmen laffen, am wenigften die
Schüler und der im Englifchen unterrichtende Lehrer. Das liegt in
der Leichtigkeit, womit diefe Sprache von einem im Lateinifchen feft-
gefetzten Secundaner, — und vor Secunda braucht das Englifche
nicht angefangen zu werden, — erlernt wird, fowie in dem Gehalte
der englifchen Literatur. Sie zieht den Schüler viel mehr an, als
die französifche, und wie wenig Zeit braucht der in Secunda über die
erften Schwierigkeiten weggeführte Schüler in Prima, um die nöthige
Präparation für ein paar englifche Stunden vorzunehmen! Ja, wie
viele tüchtige Primaner präparieren fich überhaupt noch, genau befe-
hen, auf einen englifchen Autor, wenn es nicht gerade der Shakefpeare
ift? — Gönne man ihnen doch die Erholung und Erhebung durch
eine Lection, die ihnen leicht wird und Genuß gewährt neben fo vielen
anftrengenden Stunden!

3) Bedeutende Angriffe haben die Naturwiffenfchaften
erfahren, die Phyfik in den oberen Klaffen noch mehr, als die Na-
turbefchreibung in den unteren und mittleren. Man will die
Phyfik für die Univerfität verfparen, die Naturgefchichte der Privat-
befchäftigung überlaffen. Allein die zahlreichften und gewichtigften
Stimmen nehmen beide Unterrichtsgegenftände in Schutz. Soll denn
die Jugend nicht in dem reichen Tempel der Natur einigermaßen ein-
heimifch gemacht werden, in welchem der Menfch felbft einen fo bedeutenden Platz einnimmt? In der Jugend find die Augen für die
äußere Welt am meiften geöffnet, felbft das leibliche Organ ift für
fie fchärfer, als im fpäteren Alter, um auch das Kleine als Kenn-

zeichen für Gattungen und Species aufzufassen. Das ungeübte Auge geht an hundert Erzeugnissen der Natur vorbei, ohne sie zu sehen, während das aufmerksame in jedem Frühling von hundert, zu neuem Leben erwachten, Freunden begrüßt wird. — Man kann auch den Rigorismus in der Vereinfachung zu weit treiben und sich an der Jugend versündigen.

Was aber die **Physik** betrifft, wie könnte man es verantworten, dem künftigen Staatsbeamten, Geistlichen, Lehrer, einige Einsicht in dasjenige vorzuenthalten, was jetzt die stärkste bewegende Kraft in den Fortschritten des Zeitalters nach außen hin bildet? Auf der Universität werden die Studierenden, mit Ausnahme der Mediziner, das Versäumte sehr selten nachholen; auch kann es ihnen der eigne Lehrer auf der Schule, wenn er überhaupt die Sache versteht, viel näher bringen, und sich durch Fragen und Repetitionen überzeugen, ob sie es begriffen haben. Jeder auch nur halbgebildete Mann aus den gewerbtreibenden Ständen würde den Beamten für unwissend und nicht urtheilsfähig halten, der nicht wenigstens einigermaßen auf das eingehen kann, was ihn hauptsächlich beschäftigt. Und wie wenig Raum nimmt doch auch diese Wissenschaft ein, wenn ihr nur in Secunda und Prima zwei wöchentliche Stunden eingeräumt werden? Ja, Secunda erhält in manchen Anstalten nur eine wöchentliche Stunde in der Physik.

So stehen denn noch immer 15 bis 16 verschiedene Lehrgegenstände auf dem Plane unseres Gymnasiums, und wir müssen um so ernstlicher Hand anlegen, sie in das rechte Verhältniß zu einander zu setzen. Doch wolle man auch bedenken, daß sie nie in einer Klasse alle gelehrt werden; vielmehr haben die unteren Klassen deren nur 9, worunter Schreiben, Zeichnen und Gesang, die mittleren nur 10 bis 11, einschließlich Zeichnen und Gesang, die oberen 9, wozu für die Theologen und Philologen noch das Hebräische und für die mit Stimme Begabten auch der Gesang kommt.

Zur Uebersicht und Anknüpfung weiterer Bemerkungen möge hier gleich das Schema des Lehrplanes folgen:

Reines Gymnasium.	2 Jahre. Prima	2 Jahre. Secunda	2 Jahre. Tertia	1 Jahr. Quarta	1 Jahr. Quinta	1 Jahr. Sexta
Religion...........	3	3	2	2	3	3
Latein............	8	10	9—10	10	11	12
Griechisch.........	6	6	5—6	4	—	—
Deutsch...........	2	2	2	2	3	3
Französisch........	2	2	3	—	—	—
Englisch..........	2	2	—	—	—	—
Hebräisch.........	(2)	(2)	—	—	—	—
Mathematik........	3	3	4	2	—	—
Rechnen..........	—	—	—	2	4	4
Physik...........	2	1—2	—	—	—	—
Naturgeschichte......	—	—	1—2	2	2	2
Geschichte.........	3	2	2	2	} 3	—
Geographie........	—	—	2	2		2
Gesang...........	(2)	(2)	(2)	2	2	2
Zeichnen..........	—	—	—	2	2	2
Schreibübungen......	—	—	—	—	2	2
Summa 195 Wochenstunden einschl. des Hebräischen.	31	32	32	32	32	32

1) Es wird auf den ersten Blick erkannt werden, daß in diesem Plane ein so großes Gewicht auf die beiden alten Sprachen gelegt wird, wie es in dem Maße in den bisher üblichen Planen selten ge-schieht. Durch den ganzen Cursus der Anstalt geht nur ein Grund-ton mit vorwiegender Gewalt hindurch, der die Hälfte der Schulzeit und mindestens drei Viertel der Arbeitszeit des Knaben und Jüng-lings 9 bis 10 Jahre seines Lebens hindurch in Anspruch nimmt. In Sexta und Quinta fallen 11 bis 12 Stunden in der Woche dem Lateinischen zu, neben 14 bis 15 Stunden in anderen leichteren

Fächern, — denn Schreiben, Zeichnen und Gesang dürfen, als mit geistiger Anstrengung nicht verbunden, hier aus der Rechnung bleiben. In Quarta sind 14 Stunden dem Lateinischen und Griechischen gewidmet neben eben so vielen in andern Fächern, in Tertia und Secunda 15 bis 16 neben der gleichen Zahl in andern, endlich 14 in Prima neben 17 andern Stunden. Wenn die Lehrer mit diesen 2 bis 3 täglichen Stunden nicht den Mittelpunct des Interesses und der geistigen Thätigkeit der Schüler in die alten Sprachen und ihre Literatur zu legen vermögen, so ist der gelehrten Schule überhaupt nicht zu helfen.

2) Denn, und dieses ist das Zweite, einem jeden der übrigen Fächer ist nur gerade so viel Zeit zugemessen, daß es von den Lehrern nothwendig in den Schranken gehalten werden muß, die sein Ueberwuchern über die ihm gebührende Wichtigkeit unmöglich machen. Viele Fachlehrer, das ist vorauszusehen, werden mit der ihnen karg zugemessenen Zeit unzufrieden sein, auch aus dem lobenswerthen Grunde, daß sie in ihren Fächern recht viel leisten möchten; allein sie müssen sich bescheiden, daß sie Glieder eines organischen Ganzen sind und dem Hauptsitze des Lebens dieses Ganzen dienstbar sein müssen. Ein guter Lehrer — und auf solche muß jeder Schulplan rechnen — kann auch jeden dieser Unterrichtszweige so behandeln, daß er seine Pflicht an dem Bildungswerke des Schülers erfüllt; er beschränkt sein Ziel nach dem gegebenen Maße von Zeit und Kraft nur extensiv, nicht intensiv, d. h. er sucht um so mehr den Kern der Sache auf und sucht ihn den Schülern vorzuführen, je weniger ihm Zeit gelassen ist, sich auszudehnen.

Zu dem Obigen glaube ich noch einen Vorschlag machen zu können, welcher den Wunsch für eine reiche geistige Ausstattung der zur Universität abgehenden Schüler zu erfüllen geeignet sein dürfte.

Es ist mir immer ein störender Eindruck gewesen, wenn ich in einer sonst ganz wackeren Prima eine Anzahl Schüler fand, die der Lectüre der schwereren Klassiker noch nicht recht gewachsen waren und denen auch nach der Erklärung des Pensums der Sinn und Zusammenhang noch mehr oder weniger dunkel blieb; und daneben andere,

die mit aller Anstrengung in den mathematischen Stunden den Entwickelungen des Lehrers nicht folgen konnten. Und doch waren unter
diesen Schülern nicht wenige, welche zu einer genügenden Sicherheit
gekommen wären, wenn man sie nicht auf jeder Stufe mit einigen zu
schweren Aufgaben belastet, sondern in dem Leichteren hätte reif werden lassen. Es ist nun einmal nicht jedermanns Sache, bis zum
19. oder 20. Jahre den Sophokles, Thucydides, Platon, die horazischen Satiren und die schwereren philosophischen Schriften Cicero's
mit Leichtigkeit lesen zu lernen, oder verwickelten mathematischen Ge-
dankenreihen lückenlos zu folgen. Es gehören dazu glückliche Gaben,
die sich nicht jeder geben kann, und ein stufenweise gut durchgeführter
Unterricht, der auch nicht jedem von Anfang an zu theil wird.
Sollen deshalb die langsameren oder lückenhaft unterrichteten Köpfe
ganz vom Studieren zurückgehalten oder die talentvolleren, der mittelmäßigen wegen, gar nicht zum Genusse der vollendetsten Werke des
klassischen Alterthums geführt werden? Beides wäre eine Gewaltthat.
Eine ähnliche Frage wäre in Absicht der Mathematik aufzuwerfen,
und hier fast noch mit mehr Recht, weil es bei der Mathematik noch
mehr auf natürliche Anlage ankommt, um in ihre schwierigeren Aufgaben eindringen zu können. Wie also beiden Theilen gerecht werden?

Es giebt eine Reihe griechischer und römischer Schriften, zu deren
g u t e m Verständniß auch der mittelmäßige Kopf gebracht werden, an
denen er die Sprache kennen lernen und in deren Nachahmung er sich
üben kann. Livius, Sallust, viele ciceronianische Reden und Briefe,
die leichteren philosophischen Schriften Cicero's, Ovid, Virgil, die
horazischen Oden können jedem Primaner, der einigermaßen reif aus
Secunda übertrat, geläufig gemacht werden; selbst Tacitus kann ihn
durch seinen gewichtigen Inhalt ansprechen, wenngleich sein Verständniß ihm noch Mühe macht. Im Griechischen kann und muß ihm
Homer ganz geläufig, Xenophon, Plutarch, Herodot im Ganzen leicht
werden, auch kann ihm, wie Tacitus im Lateinischen, so ein Stück
von Sophokles und Euripides als Reizmittel zu einer größeren, aber
auch belohnenden, Anstrengung dargeboten werden, nur daß der Lehrer
dabei sehr langsam zu Werke geht und keinen Zeitaufwand scheut, bis

nach mehrfacher Wiederholung ein wirkliches Verständniß zu stande gekommen und das Kunstwerk einigermaßen durchsichtig geworden ist. Sollte aber die ganze Lectüre der Prima so getrieben werden, so würden die zwei Jahre nur einen kleinen Bruchtheil der Klassiker umfassen können und die Fähigern würden über Gebühr beeinträchtigt.

In gleicher Weise kann man sagen, daß auch der nicht mathematische Kopf durch Fleiß und guten Unterricht zum Verständniß der einfacheren Disciplinen der Elementarmathematik gebracht werden kann, während schon die Stereometrie und die verwickelten combinatorischen Aufgaben über seine Kräfte gehen, die begabteren Naturen aber gerade in diesen eine treffliche und ihnen zusagende Uebung finden. Soll ihnen die Schule diese nicht gewähren, und sollen sie bis zur Langenweile mit den Unfähigern wiederholen, was ihnen längst geläufig ist?

Aus diesem Dilemma führt ein beruhigender Ausweg zum Rechten.

Man stecke das gesetzliche Ziel der Reife in den Schulkenntnissen nach dem ab, was mit der mittleren Begabung bei ordentlichem Fleiße erreicht werden kann, führe aber die Begabteren noch über dieses Ziel hinaus, indem man ihnen die schwierigeren, für den Jüngling passenden Schriften des Alterthums bis zur Geläufigkeit zum Verständniß bringt, in der Mathematik aber diejenigen Disciplinen hinzufügt, die den weniger für dieses Fach Begabten oder zu wenig Vorbereiteten zu schwer sind. Dieses wird durch eine Eintheilung in Unter- und Ober-Prima oder Selecta bewirkt werden können, welche den Unterricht in der Religion, Geschichte, der deutschen, englischen und französischen Sprache und Physik gemeinschaftlich haben, auch einige Klassiker zusammen lesen können, aber in 6 bis 8 philologischen und 2 bis 3 mathematischen Stunden getrennt sind. In diesen lesen die Selectaner der alten Sprachen die schwereren Klassiker und haben die Selectaner der Mathematik — beide brauchen nicht dieselben zu sein — ihren besondern Unterricht.

Nach dem ersten Jahre in Prima, in Ausnahmefällen auch nach einem halben Jahre, kann der für die schwereren Aufgaben gereifte

Primaner nach Selecta versetzt werden; das Urtheil der Lehrer entscheidet. Der zweijährige Primaner wird so gut zur Maturitäts-
Prüfung zugelassen, als der, welcher in Prima und Selecta zusammen 2 Jahre zugebracht hat. Das Prüfungsgesetz fordert für ein
Reifezeugniß nur das Maß der Primakenntnisse. Da die Zahl der
Selectaner nicht groß sein wird, so kann der die Schüler beschäfti-
gende Lehrer ganz darauf hinarbeiten, ihre Selbstthätigkeit zu wecken,
mehr mit ihnen zusammen zu arbeiten, als sie zu unterrichten, ja,
den Neigungen der Schüler, wenn sie sich zufällig auf einen besondern
Gegenstand gemeinschaftlich richten sollten, nachzugeben. Und kommen
einmal größere Arbeiten, so können die Selectaner auch einen freien
Arbeitstag erhalten.

Wenn sich so diese Einrichtung als eine gute ausweist, so können
nur zwei Umstände ihrer Ausführung im Wege stehen; erstlich die
fehlenden Lehrerkräfte und zweitens der Mangel an Schülern. Eine
Zahl von nicht mehr als 12 Schülern in Prima wird man freilich
ungern in zwei Theile theilen, und bei der geringen Zahl kann auch
der Lehrer die Individualitäten so genau kennen, daß er den Einzelnen
in seiner vorwiegenden Richtung durch Aufmunterung zu Privatstudien
fördern kann. Und was bei einer stärkeren Schülerzahl den Mangel
an Lehrerkräften betrifft, so stellt sich, bei genauer Ueberlegung, die
Sache doch nicht schwierig dar. Die 195 Wochenstunden des auf-
gestellten Planes können durch 9 Lehrer besorgt werden, wenn der
Director 15—16 wöchentliche Stunden, 3 Oberlehrer jeder 20, 4 Collaboratoren jeder 24, 1 Elementarlehrer 26 Stunden übernehmen und
die Fähigkeiten in ihrer Mitte vereinigen, auch im Gesange und im
Zeichnen zu unterrichten. Will man aber für die 12 Stunden im
Zeichnen und im Gesange einen oder 2 besondere Hülfslehrer anstel-
len, so ist für die mäßige Besoldung derselben schon die nöthige
Stundenzahl in Selecta für das übrige Lehrercollegium gewonnen.

Ferner bin ich überzeugt, daß mancher der oberen Lehrer und
selbst der Director, um des Genusses willen, den die Beschäftigung
mit der gewiß nicht zahlreichen Elite talentvoller Schüler im Kreise

der anziehendsten Klassiker gewährt, gern ein paar Stunden mehr übernehmen werden, das eine Jahr der eine, für ein zweites der andere.

Drittens können auch jüngere Lehrer mit für unsern Zweck verwendet werden, sei es in Selecta-Stunden, sei es zur Vertretung des in Selecta zu beschäftigenden Lehrers der Prima. Es ist gewiß eine oftmals gemachte Erfahrung, daß man einen jungen, talentvollen, gründlich unterrichteten Lehrer, der eben in's Lehrfach eintritt, getroster mit einer Lection über Sophokles, Horaz, Virgil in die oberen Klassen werfen kann, als mit der Aufgabe des Elementarunterrichts in Sexta. Die Frische der jugendlichen Auffassung paßt zu den am Alter ihm nahe stehenden Primanern vortrefflich, und mit den Selectanern wird er gemeinschaftlich suchen, statt ihnen fertige Resultate vorzulegen. Und welche Aufmunterung für den jungen Lehrer, der in den unteren Klassen sein mühsames Tagewerk mit täglich sich wiederholenden Elementarübungen hat, wenn er in einigen Stunden der Woche die Blüthen des Baumes pflücken kann, dessen Wurzeln er in seinen übrigen Lectionen zu pflegen hat! Das jugendliche Element darf in den oberen Regionen der Schule nicht vorherrschen, aber es darf gern zu Hülfe genommen werden.

Ich bemerke noch, daß der im Obigen entwickelte Gedanke einer Selecta in den alten Sprachen und der Mathematik in der Conferenz vom Jahre 1861 aufgenommen und der Hauptsache nach den größeren Gymnasien des Königreichs zur Einführung empfohlen ist.

So das reine Gymnasium in seiner einfachsten Gestalt, wie es nach meiner Ueberzeugung den Forderungen einer möglichsten Concentration der Kräfte entsprechen und unsere Jugend zu einer würdigen Gestaltung ihres Innern und einer wirksamen Stellung im Leben vorbilden wird. Daß mit der Vorschrift und Form noch nicht das wirkliche Gelingen gegeben ist, sondern der Geist und das Leben nur von tüchtigen Lehrern ausgehen kann, versteht sich von selbst; aber es ist für die Lehrer schon eine große Hülfe, wenn die Form dem Wesen der Sache nicht widerspricht.

In ähnlicher Weise ist in dem bezeichneten Aufsatze auch die Organisation derjenigen Gymnasien auseinandergesetzt, welche ihrer ganzen Lage nach die Zwecke des gelehrten Unterrichts mit denen der Bürgerschule zu vereinigen genöthigt sind und deren Zahl in unserm Lande die bei weitem größere ist. Es würde jedoch zu weitläuftig sein, dieses Kapitel auch hier weiter zu erörtern, und ich darf in dieser Beziehung auf die schon früher entwickelten Gedanken über den Realunterricht verweisen. Hier will ich nur noch bemerken, daß wir drei Gymnasien haben, nemlich zu Lüneburg, Hildesheim und Göttingen, welche eine vollständig abgesonderte Reihe von 3 bis 5 Realklassen neben den humanistischen, von Quinta oder Quarta bis Secunda, besitzen und daß die übrigen die Trennung beider Schülerklassen mehr oder weniger vollständig durchgeführt haben.

Das Gewerbeschulwesen. — Nachdem ich aus dem Gebiete des höheren Schulwesens manche Hauptpuncte berührt habe, bleibt mir noch übrig, eines andern Unterrichtskreises Erwähnung zu thun, für welchen ich ebenfalls thätig zu sein veranlaßt worden bin. Im Jahre 1831 wurde hier in Hannover der Grund zu einer höheren Gewerbeschule gelegt und bei ihrer Einrichtung ein Mann an die Spitze berufen, welcher bis auf den heutigen Tag derselben zur Stütze und Zierde gereicht und ihren Ruf über die Gränzen Deutschlands hinaus hat verbreiten helfen, nemlich der als einer der ersten technologischen Lehrer und Gelehrten berühmte Director Karmarsch. Zur nächsten Aufsichtsbehörde der neuen Anstalt und bald auch der in den meisten übrigen Städten des Königreichs errichteten niederen Gewerbe- oder Handwerkerschulen wurde eine Verwaltungs-Commission der Gewerbeschulen eingesetzt, deren Vorsitz mir im Jahre 1835 anvertraut wurde. Da die Lehrer der städtischen Gewerbeschulen zum Theil aus den Lehrern der höheren Schulen, wo sich solche befanden, genommen wurden, so kam meine persönliche Kenntniß dieser Lehrer auch den Gewerbeschulen zu gute und ich habe mit Interesse die eigentliche Aufgabe dieser Schulen als Fortbildungsanstalten für Handwerkslehrlinge und Gesellen mir klar zu machen gesucht, auch mitunter bei meinen Inspectionsreisen die eine oder andere derselben revidiert. Im Laufe der Zeit ist noch eine Baugewerk-schule in Nienburg hinzugekommen, welche bestimmt ist, die schon geübten Gesellen der Baugewerke für ihre Aufgabe als Meister auszubilden. In neuerer Zeit ist noch eine höhere Gewerkschule in Hildesheim errichtet, welche auch andere Handwerker, neben den Bauhandwerkern, durch weiter führenden Unterricht in ihrer Gesellenzeit zu fördern sucht. Genauer in die Natur dieses Unterrichtskreises einzugehen, ist hier wohl nicht der Ort, obgleich dieses Nebengeschäft mich nicht unbedeutend in Anspruch genommen hat. Als Notiz will ich hier nur noch hinzufügen, daß außer der polytechnischen und den beiden andern höheren Gewerkschulen in Nienburg und Hildesheim, gegenwärtig 37 gewöhnliche Gewerbschulen im Königreiche vorhanden sind.

Die polytechnische Schule hat zwei Directoren, 20 ordentliche Lehrer, 3 Assistenten und 3 außerordentliche Docenten, und zählte in den letzten Jahren durchschnittlich über 400 Schüler.

Die Fortschritte, welche die polytechnische Schule seit ihrer Gründung gemacht hat, geht aus folgender Uebersicht hervor:

Jahr.	Zahl der Lehrer.	Zahl der Schüler und Zuhörer.	Geldverwendung.	
1834	11	153	7881 Thlr.	ohne die Gehälter.
1844	10	214	6160 „	
1848	13	335	19,026 „	
1856	14	272	25,104 „	Wirkliche Gesammt-Ausgabe.
1858	17	384	22,462 „	
1861	22 (incl. 3 Assistenten.)	460	29,752 „	
1863	28 (incl. 8 Assistenten und 3 außerordentliche Docenten.)	gegen 440	32,605 „	(Voranschlag; dazu werden 24,600 Thlr. aus Landesmitteln gezahlt.)

Die Baugewerkschule in Nienburg zählt 14 Lehrer und gegen 200 Schüler;

die höhere Gewerkschule in Hildesheim 4 Hauptlehrer, 7 Hülfslehrer und 92 Schüler;

die übrigen 37 Gewerbeschulen zusammen 175 Lehrer und 4300
Schüler.

Die Baugewerkschule hat ein Ausgabe-Budget von 7335 Thlrn.,
die höhere Gewerkschule in Hildesheim von 3000 Thlrn., die übrigen
Gewerbeschulen haben im Jahre 1862 insgesammt 12,492 Thlr. ver-
ausgabt.

Es geschieht also im Königreich Hannover nicht wenig für die
Bildung der Handwerker und der höhern technischen Berufsarten.

Der historische Verein für Niedersachsen. — Einen
Vorsitz anderer Art, welcher mir durch seinen wissenschaftlichen Charakter von hohem Interesse gewesen ist, nemlich in dem Ausschusse
des historischen Vereins für Niedersachsen, habe ich etwa 20 Jahre
hindurch zu führen die Ehre gehabt. Diese Stellung hat mich mit
den Männern zusammengeführt, welche sich durch Kenntniß der Landes-
geschichte, der im alten Sachsenlande so reichlich aufgefundenen germa-
nischen Alterthümer und noch vorhandenen historischen Monumente
auszeichnen, und ich gedenke mit wahrer Genugthung der lehrreichen
Stunden, welche ich mit diesen Männern in den Ausschußsitzungen
des Vereins zugebracht habe. Erst im vorigen Jahre habe ich, meiner
anhaltenden Kränklichkeit wegen, die mich an der Theilnahme der
Sitzungen verhinderte, zu meinem Leidwesen die Stellung als Vorsitzender aufgeben müssen. Sie ist dann auf den bisherigen Stellvertreter des Vorsitzenden, den ehemaligen Ministerialvorstand Braun,
übergegangen. Es wäre nicht uninteressant, auf die Arbeiten des
Vereins in den Jahren meiner Theilnahme einen Blick zu werfen,
allein ich muß mir diese, wie so manche andere, Mittheilung aus
Mangel an Raum versagen und bemerke hier nur noch, daß die
Sammlung germanischer Alterthümer aus der älteren Zeit durch den
Ankauf größerer Privatsammlungen, wozu Se. Majestät der König
in großartiger Weise hauptsächlich die Mittel gewährt hat, und durch
Benutzung jeder Gelegenheit zur Erwerbung einzelner Funde bei der
Anlage von Eisenbahnen, Chausseen u. s. w. so bedeutend geworden

ist, daß sie mit den vorzüglichsten Sammlungen dieser Art die Vergleichung aushält.

Die Bildniffe der deutschen Könige und Kaiser.

— Soll ich nun auch noch von meiner literarischen Thätigkeit während meines Lebens in Hannover Rechenschaft ablegen, so muß ich
berichten, daß mir mein Amt nicht viel Zeit dazu übrig ließ und daß
ich, außer den Arbeiten für die neuen Auflagen meiner Schulbücher,
die ich mit den Fortschritten der Wissenschaft in Einklang zu erhalten
suchen wußte, nur noch eine größere historische Arbeit im Anfange
der vierziger Jahre unternehmen konnte. Die erneute Bekanntschaft
mit Friedrich Perthes auf der Philologenversammlung zu Gotha gab
Veranlassung dazu. Perthes fragte mich nemlich einige Zeit nachher
um Rath wegen der Herausgabe der Bildnisse deutscher Könige und
Kaiser nach möglichst genauen Copieen von Abbildungen auf den
Siegeln von Urkunden, auf Münzen, Gebetbüchern, Denk- und Grab-
mählern u. s. w. nebst einer entsprechenden Lebensbeschreibung, um der
Phantasie und dem Gedächtnisse der Kinder durch die Anschauung der
Personen in ihrer zeitgemäßen Gestalt zu Hülfe zu kommen. Ich
möge ihm einen Mann empfehlen, dem er die Lebensbeschreibungen der
Personen in angemessener Darstellung übertragen könne. Für die
Anfertigung der Bildnisse habe er einen tüchtigen Künstler, den Professor Schneider aus Koburg, gefunden und seine vielfachen Verbindungen mit den Vorstehern von Archiven, Bibliotheken und Sammlungen würden es möglich machen, die Originale zu den Bildnissen,
wo sie sich fänden, zu benutzen.

Der Gedanke gefiel mir sehr, und da ich gerade im Amte eine
etwas freiere Periode vor mir sah, auch meine wieder befestigte Gesundheit mir Muth machte, so übernahm ich selbst die Anfertigung
des Textes. Die Thatsachen der allgemeinen deutschen Geschichte
waren in meinem größeren Buche, so wie in der kurzen Darstellung,
für höhere und niedere Schulen aufgezeichnet; hier kam es darauf an,
alles aufzusuchen, was die Person und die persönlichen Verhältnisse
charakterisierte, und ich mußte deshalb vielfach in die Quellenschriften
zurückgehen, um möglichst viele bezeichnende Einzelheiten herauszu-

finden. Je mehr ich in diese hineinkam, desto mehr zog mich die Darstellung des Einzelnen an, aber desto umfangreicher wurden auch die Schilderungen, und der erste Gesichtspunct, für die frühere Jugend zu schreiben, erweiterte sich zu einer objectiveren Auffassung im Großen, so daß ein Werk mehr für die Freunde der deutschen Geschichte im reiferen Alter hervorging. Auch schien dieses dem Aufwande von Zeit und Kosten für die Herstellung der Bildnisse mehr zu entsprechen, denn es war in der That durch den Professor Schneider eine Reihe von Kaiserbildern zu stande gebracht, unter welchen sich sehr viele gelungene befanden, und die Bilder waren zugleich mit Randzeichnungen versehen, in welchen Thaten und Begebenheiten aus dem Leben der Könige und Kaiser sehr bezeichnend dargestellt oder angedeutet waren. Diesen Bildern mußte ein der Wissenschaft würdiger Text zur Seite gehen. Das Werk erschien im Jahre 1846 heftweise und erreichte das Zeitalter Maximilian's I. Allein bei diesem ersten Bande ist es geblieben. Die bedeutenden Kosten der Vorbereitung und der würdigen Ausstattung des ziemlich umfangreichen Werkes machten einen Preis desselben nöthig, durch welchen dasselbe aus der Klasse der eigentlichen Schulbücher heraustrat; es konnte nur einen mäßigen Absatz im Buchhandel finden. Auch würden meine in den Jahren 1847 und den folgenden sehr vermehrten Arbeiten mir eine Fortsetzung unmöglich gemacht haben, selbst wenn der Verleger dieselbe hätte unternehmen wollen. Ich spreche aber, nach erneuerter Prüfung des Buches, obgleich es meine eigene Arbeit ist, offen die Ansicht aus, daß dasselbe noch immer einen Platz in den Schülerbibliotheken der höheren Schulen verdient, indem es für die Privatlectüre der Schüler der oberen Klassen belehrend sein kann.

Persönliches. — Ich knüpfe mit meinen Lebenserinnerungen wieder an das Jahr 1860 an. Dieses und die erste Hälfte des folgenden Jahres war für mich eine in vieler Hinsicht gehobene Zeit: meine Gesundheit war gestärkt, ich vermochte angestrengt zu arbeiten und mir auch im Winter die nöthige Bewegung in freier Luft zu machen. An den Winterabenden von 1860 auf 1861 ging ich ziemlich regelmäßig, auch bei Schnee und Eis, zweimal in der Woche, zu meiner Schwiegertochter, der Witwe meines ältesten Sohnes, welche außerhalb der Stadt wohnte, um ihren Kindern und häufig auch einigen meiner übrigen hiesigen Enkel auf ihren Wunsch aus meiner Jugendzeit zu erzählen. Diese abendlichen Gänge bei Mondlicht, oft auf hellen Schneewegen, gaben mir ein lange nicht gekanntes Gefühl von Rüstigkeit. — Es war vorzüglich Rudolfs älteste Tochter, Luise, mit ihrem kindlich anhänglichen Gemüthe, welche mich an diesen Mittheilungen festhielt; sie wollte vor ihrem Scheiden aus dem mütterlichen Hause und aus Hannover noch recht viel von meinem Leben wissen, und ihr Zureden ist es auch gewesen, welches den Vorsatz zu den vorliegenden Aufzeichnungen in mir geweckt hat. Sie war mit dem kurhessischen Hauptmann Hoen, dessen Bekanntschaft sie in Marburg gemacht hatte, verlobt und es war schon ausgemacht, daß die Hochzeit um Ostern 1861 sein sollte. Diese Zeit kam heran, und die Hochzeit wurde mit großer Innigkeit im Familienkreise gefeiert. Das junge Paar reiste mit frohen Hoffnungen, von unsern Segenswünschen begleitet, der neuen Heimath meiner Enkelin hinzu; sie hatte einen Mann von seltener Biederkeit und Charakterfestigkeit gefunden und ihre gegenseitige Liebe war der innigsten Art.

Für mich folgten bald darauf die Arbeiten für die schon erwähnte Lehrer-Conferenz und deren Sitzungen, und gleichzeitig gaben mir die Angelegenheiten der polytechnischen Schule als Vorsitzendem der Verwaltungscommission nicht unbedeutende Geschäfte, welche zum Theil angreifend für das Gemüth waren. Unordnungen unter den Schülern der Anstalt, deren Erzählung nicht hierher gehört, forderten viele langdauernde Sitzungen mit den Lehrern und persönliche Verhandlungen mit den Schülern, die meine Vermittlung in Anspruch nahmen. Ich wirkte mit Theilnahme in dieser Sache, welche für die Schule einen unangenehmen Ausgang hätte nehmen können, und hatte auch die Freude, daß dieser abgewendet wurde. In der Aufregung des Gemüthes fühlte ich nicht, daß ich meinen Kräften doch fast zu viel zugemuthet hatte, sondern machte vielmehr gleich darauf noch ein paar Dienstreisen, die bei der früh eintretenden starken Sommerhitze auch nicht dazu beitrugen mich zu stärken. Ich vollendete sie schnell, um dann ein Versprechen gegen meine Töchter zu lösen, mit ihnen nun auch eine Erholungsreise nach Kassel, Marburg, Frankfurt und Heidelberg zu machen. Die Reise war sehr genußreich. In Kassel verlebten wir einige gemüthliche Tage bei dem glücklichen jungen Ehepaare und besuchten die Wilhelmshöhe mit ihren schönen Anlagen und Aussichten; in Marburg lebten wir mit der uns sehr befreundeten Familie des Professors Waitz und sahen die bekannten, ebenfalls sehr anmuthigen, Plätze wieder. In Frankfurt verweilten wir mit großem Interesse in dem zoologischen Garten und erfreuten uns in Heidelberg des Schlosses, des Wolfsbrunnens und des Molkenhauses, und wurden, trotz der gewitterhaften Atmosphäre, an den schönsten Plätzen von günstigem Wetter begleitet. Aber, wie im Frühjahr die geistige Anstrengung, so war jetzt im Sommer die körperliche, namentlich im Ersteigen der Berge, für mein Alter zu groß gewesen; als ich auf der Rückreise bei meiner Schwester in Landolfshausen einkehrte, fühlte ich die alten rheumatischen Schmerzen in den Hüften wieder in brohender Gestalt, mußte eilen, nach Hannover zurückzukehren und hier vom August an, die ersten Monate fast anhaltend und später doch einen großen Theil des Tages im Bette zubringen, bis ich es gegen das Ende des Winters dahin brachte, ein Drittel des Tages außer Bette sein zu können. In mehr als 8 Monaten habe ich das Haus nicht verlassen. Das war wieder eine peinliche Zeit. Mit dem Gefühle freier Geisteskräfte auf das Lesen der bei dem Ober-Schulcollegium eingehenden Sachen und der darauf concipierten Verfügungen der Collegen, Unterschreiben der Reinschriften, dictiren einiger eignen Concepte, das mühsame Schreiben einiger nothwendigen Briefe, und endlich auf das Lesen von Zeitungen und Büchern oder das Vorlesenlassen von meinen Töchtern und Enkelinnen, die sich meiner treulich annahmen, beschränkt zu sein, — da galt es wieder, Geduld zu üben und die Hoffnung festzuhalten. Ich würde daran gedacht haben, mein Amt niederzulegen, wenn die Aerzte mich nicht mit der Versicherung vertröstet hätten, ich würde einen arbeitsfähigen Zustand wiedergewinnen, und wenn ich nicht selbst ein Vorgefühl davon gehabt hätte.

Im April versuchte ich an einem warmen Tage eine Fahrt in's Freie und im Mai bezog ich mit meiner kranken Tochter eine Gartenwohnung. Mein Vetter, der Secretär Dr. Petersen, der mit seiner Frau eine längere Reise machen wollte, bot mir freundlichst seine schöne und gesunde Wohnung außer dem Thore mit einem angenehmen Garten auf 7 bis 8 Wochen an, in welcher ich zugleich Bäder nehmen konnte. Da habe ich bis Anfang Juli sehr behaglich gelebt, habe trotz des wenig günstigen Wetters jeden guten Augenblick im Garten zugebracht und, neben meiner Theilnahme an den Geschäften des Ober-Schulcollegiums, die ersten Blätter meiner angefangenen Lebenserinnerungen wieder hervorgezogen und in der Stille des Gartenlebens eifrig fortgeschrieben, so daß diese Wochen mir in angenehmer Erinnerung bleiben werden, obgleich wieder in die Zeit derselben ein harter Schlag für mein Familiengefühl gefallen ist.

Meine Enkelin Luise hatte mir nemlich am 13. März den ersten Urenkel geschenkt und befand sich anfangs unter dem wachsamen Auge der Mutter, die sogleich zu ihr nach Kassel geeilt war, dem Anschein nach ganz erwünscht. Doch zeigte sich bald ein fieberhafter Zustand, kehrte, nach besseren Pausen, bedenklicher zurück, und trotz der sorgsamsten Pflege der Mutter bei Tage und Nacht, — es waren für diese wiederum Wochen, wie die im Jahre 1858 in Erlangen, — starb das junge liebe Wesen am 5. Juni. Wir Zurückbleibenden, die wir sie alle so von Herzen liebten, konnten uns nur unter Gottes unerforschlichen Rathschluß beugen und uns damit trösten, daß er ihr ein, wenn auch nur sehr kurzes, doch ungewöhnlich schönes Erdenglück beschieden hatte. — Das Kind nahm die Großmutter zur ersten Pflege mit sich nach Hannover und gab es im Herbste im glücklichsten Gedeihen dem sehr gebeugten Vater zur Aufrichtung in seinem Schmerze zurück. Der Knabe gleicht der Mutter in den milden Zügen ihres lieben Gesichtes. Er ist nach mir, seinem Pathen, Friedrich getauft und der vierte dieses Vornamens in unserer Familie.

Noch einmal Dienstliches. — Das Jahr 1862 brachte vor seinem Ende noch eine Ministerveränderung. Das Cultus-Ministerium, welches seit dem im Frühjahr erfolgten Tode des Ministers von Bothmer unbesetzt geblieben war, erhielt den Ober-Justizrath Lichtenberg, Großsohn des berühmten Göttinger Professors, zum Vorsteher. Die Schule kann sich zu dieser Ernennung Glück wünschen, denn obgleich unser Minister seinem Hauptfache nach Jurist ist, — wie allerdings alle Minister, außer dem Kriegsminister, zu sein pflegen, — so steht doch die Liebe für das große Gebiet der geistigen Bildung höher bei ihm, als die Fachwissenschaft. Es ziemt sich nicht für mich, hier das Lob dieses ausgezeichneten Mannes in weitere Worte zu bringen; doch so viel darf ich sagen, daß ich mit froher Hoffnung für unser Schulwesen in die Zukunft schaue, so lange ein solcher Mann an der Spitze unseres Ministeriums steht und meinen bisherigen theuren Collegen, den Geheimen Regierungsrath Brüel, als General-Secretär zum Mitarbeiter hat, und daß ich von Herzen wünsche, so lange es mir noch vergönnt sein wird, auf diesem Gebiete zu wirken, beide Männer auf diesem Platze zu sehen. Dieser Wunsch rechtfertigt sich auch gewiß schon dadurch, daß ich seit dem Tode des Ministers von Stralenheim im Jahre 1847 nicht weniger als 8 Minister der geistlichen und Unterrichtsangelegenheit als meine Vorgesetzten zu betrachten gehabt habe.

Eine Hauptaufgabe für alle, die für das Wohl des höheren Schulwesens mitzuwirken haben, ist, ich spreche es unumwunden aus, **die Verbesserung der äußeren Lage des Lehrerstandes**, wenn nicht die täglichen Sorgen die besseren Kräfte der Lehrer verzehren und den Lebensmuth untergraben sollen. Hannover steht zwar, so viel es sich übersehen läßt, in dieser Hinsicht den andern deutschen Staaten nicht nach. Der Durchschnitt des Einkommens der Lehrer an unsern höheren Schulen ist gegenwärtig, alle Emolumente mit eingerechnet, 700 Thlr. Der Durchschnitt der Directorengehälter 1483 Thlr. Die höchste Besoldung an den evangelischen Gymnasien, die aber noch einzeln basteht, ist 1875 Thlr. In andern Dienstzweigen kann es der Vorsteher eines Collegiums weiter bringen, ohne daß er einen größeren

Aufwand von Zeit und Kraft auf seine Bildung zu machen nöthig gehabt hätte, oder daß seine tägliche Arbeit schwerer wäre. Aber dieser Maßstab soll gar nicht einmal angelegt werden, denn wer sich dem Lehrerstande widmet, muß von vorn herein darauf verzichten, Reichthum zu erwerben, oder auch nur seine Tage im äußern Wohlbehagen hinzubringen. Wer nicht den Lohn seiner Arbeit in dieser selbst und dem Bewußtsein treuer Pflichterfüllung zu finden vermag, der wähle nicht den Lehrerstand. Das kann er jedoch mit Recht verlangen, daß er das zum Leben Nothwendige erhält, und dieser Punct ist im Ganzen noch keineswegs erreicht. Das Einkommen der Volks= schullehrer ist auch noch theilweise sehr dürftig, allein der Lehrer auf dem Lande zieht sich einen Theil des täglichen Unterhalts selbst; die Lehrer der höheren Schulen dagegen leben sämmtlich in Städten und müssen alles, was zu den nothwendigen täglichen Bedürfnissen gehört, mit baarem Gelde bezahlen. Dazu dürfen sie mit den Ihrigen in Wohnung und Kleidung sich nicht unter dem Stande gebildeter Men= schen halten. Wie ist das aber bei den jetzigen Preisen mit einem Einkommen von 700 Thlrn. möglich? Und die Mehrzahl unserer Lehrer im mittleren Lebensalter hat nicht einmal so viel. Um aber das Ziel zu erreichen, daß jeder Lehrer seinem Lebens= und Dienst= alter angemessen gestellt werden und, wenn er sich im passenden Alter verheirathet, auch eine Familie ernähren kann, dazu würden, nach mäßiger Berechnung, für die 15 Gymnasien (mit Ausschluß des Pädagogiums in Ilfeld), noch etwa 24,000 Thlr. und für die 11 Pro= gymnasien noch 10,000 Thlr. nöthig sein. Werden diese Summen sich erschwingen lassen? Durch Erhöhung des Schulgeldes ist nicht viel zu gewinnen, dasselbe steht im Ganzen schon ziemlich hoch. Indes wird auch dieses Mittel zu Hülfe genommen werden müssen und mag höchstens jährlich 4000 Thlr. mehr einbringen, als jetzt.

Die Städte, in welchen eine höhere Anstalt sich befindet, über welche sie das Patronat üben, werden auch zu verpflichten sein, ihren Beitrag aus städtischen Mitteln zu erhöhen; allein die mehr als dreißigjährige Erfahrung hat gelehrt, daß die meisten Städte nicht im stande sind, neben den immer steigenden Bedürfnissen für ihr

Volks- und niederes Bürgerschulwesen noch etwas Namhaftes für die höhere Schule zu thun. Es ist nicht wahrscheinlich, daß von den Städten mehr als 4000 Thlr. zu erhalten sein wird. So bleibt also noch die große Summe von 26,000 Thlrn. übrig, die aus den Landesmitteln zugeschossen werden müßte. Einen Theil davon, ich will annehmen 6000 Thlr., könnte vielleicht die allgemeine Klostercasse übernehmen, obwohl dieselbe auf einen geschlossenen Kreis von Einkünften beschränkt ist und für die Volksschulen, die kirchlichen Zwecke und die Landesuniversität ebenfalls in Anspruch genommen wird. Die fehlenden 20,000 Thlr. sind nun aber nicht anders zu beschaffen, als wenn Regierung und Stände, in hochherziger Sorge für die Anstalten, auf deren gesunder und kräftiger Wirksamkeit das Gedeihen der kommenden Geschlechter in tüchtiger wissenschaftlicher Bildung und praktischer Brauchbarkeit beruht, einen solchen Zuschuß auf die Landescasse übernehmen.

Die ganze obige Berechnung ist nach einem sehr mäßigen Zuschnitte gemacht. Sollten, nach dem Wunsche der Mehrzahl der Lehrer, bestimmte Gehaltsklassen aufgestellt werden, in welche die Lehrer nach ihrem Dienstalter aufrückten, so würde sicher das Doppelte der genannten Summe noch aufgebracht werden müssen. Ich möchte von Herzen wünschen, daß es möglich zu machen wäre, aber ich habe, dem Grundsatze meines Lebens getreu, auch hierbei das Gute dem Besten vorziehen wollen, um wenigstens jenes erreicht zu sehen.

Es ist nicht zu verkennen, daß auch jetzt schon viel geschieht; die folgende Uebersicht wird es zeigen:

Wir haben in unsern 16 Gymnasien 3680 Schüler und 177 ordentliche Lehrer, nebst 22 Hülfslehrern; in den 11 Progymnasien, welche hier in Betracht kommen, 1395 Schüler und 73 Lehrer mit Einschluß von 9 Hülfslehrern. Unter der Gesammtzahl von 272 Lehrern sind 194 studierte.

Aus Landesmitteln werden zur Unterhaltung der Anstalten, mit Ausschluß von Ilfeld, welches seine eigenen Fonds hat, 61,867 Thlr. beigesteuert, aus städtischen Mitteln, einschließlich der Einkünfte vom Grundvermögen, von Stiftungen und Gerechtsamen, 40,400 Thlr., an Zinsen von Capitalien 15,300 Thlr., aus den Erlegungen der Schüler 79,500 Thlr., aus verschiedenen Quellen etwa 2433 Thlr., insgesammt also 200,500 Thlr.

Es ist, wie gesagt, viel, und viel ist, was ich noch hinzuwünsche; allein nicht zu viel für ein Land, welches jährlich Millionen für die Bedürfnisse des gemeinen Wesens aufzubringen hat.

Wenn ich, ehe sich meine Augen schließen, die Freude haben könnte, daß die höheren Schulen meines Vaterlandes aus ihrer noch immer gedrückten äußern Lage in einen gehobenen Zustand versetzt würden, so würde ich meinem Gotte aus noch vollerem Herzen für die Gnade danken, daß er mich in diese meine Lebenslaufbahn gebracht und mir ein so hohes Alter geschenkt hat, um noch dieses Glück zu erleben!

Das hohe Alter. — Die Worte „hohes Alter" erwecken vielleicht bei manchem meiner Leser ein Gefühl des Mitleids; damit würde er mir aber zu nahe treten. Die mit dem Alter nach den Gesetzen der Natur verbundenen Hemmungen und Beschwerden sind mir nicht erspart worden. Die Spannkraft ist aus den Gliedern gewichen, sie bewegen sich nur langsam; die rheumatischen Beschwerden hemmen mich auch in den vergleichungsweise gesunden Tagen, so daß ich nur kleinere Wege machen und die freie Luft nicht, wie ich möchte, genießen kann. Die Sinne werden stumpfer, das Auge muß sich bewaffnen, um lesen und das Schreiben regieren zu können; das Ohr reicht für die schwächeren und entfernteren Töne nicht mehr aus; in der Gesellschaft, wo lebhaft durch einander geredet wird, entgeht mir der Zusammenhang des Gesprächs; der Genuß des Theaters ist für mich verloren, und was schmerzlicher ist, in der Kirche verstehe ich nur noch die wenigen Redner, die langsam und scharf articuliert sprechen. Bei Schulprüfungen verstehe ich das meiste von den Antworten der Schüler und vieles von der Rede der Lehrer nicht mehr. Das sind große Entbehrungen, zum Theil Uebelstände, und gleichwohl rechne ich mich zu den Glücklichen auf dieser Erde. Die Entbehrungen trage ich nach allgemeinen Gesetzen, von welchen eine Ausnahme machen zu wollen eine Anmaßung wäre. Was mir noch übrig bleibt, nehme ich dankbar an als ein Geschenk der höheren Gnade und Weisheit. Kann ich doch immer noch von Zeit zu Zeit in die freie Natur gehen und mich des blauen Himmels und der grünen Erde freuen, fast inniger, als. in den Tagen der Kraft und des oft von Gedanken und Gefühlen stark bewegtem Innern. Im Einzelgespräch reicht mein Gehör noch zu lebhafter Mittheilung aus, wenn der andere nur nicht zu rasch und undeutlich spricht; das Auge ist zwar schwächer und reizbarer, als früher, aber im Freien sehe ich noch ganz gut in die Ferne und mit mäßig scharfer Brille kann ich beim Tages= und beim Lampenlicht noch anhaltend lesen und schreiben; ich nehme das Glas nicht in die Hand ohne ein Dankgefühl gegen Gott, der dem Menschen die Geisteskraft zu solchen Erfindungen gab, die den Schwächen der menschlichen Natur so wohlthuend zu Hülfe kommen. — Obwohl die Geisteskräfte nicht mehr die Frische des männlichen Alters haben und namentlich das Gedächtniß für die neuesten Eindrücke schwächer wird, so reichen sie doch noch hin, mein mir so theures Amt mit Hülfe treuer Mitarbeiter versehen zu können. Ja, selbst in äußern Dingen, die oft als Nebensachen angesehen werden, die aber in ihrem täglichen Einflusse wichtig genug sein können, muß ich mich in hohem Grade begünstigt fühlen: Die Registratur und Kanzlei des Ober=Schulcollegiums ist in meinem Hause, ich brauche nur eine Treppe hinunter zu gehen, um mir zu jeder Zeit die nöthigen Acten zu holen, und zu unsern in der Regel nur einmaligen Sitzungen in der Woche kommen meine beiden Collegen zu mir auf die Stube. Müßte ich zu denselben bei jeder Witterung das Haus verlassen, so hätte ich vielleicht schon längst mein Amt aufgeben müssen.

Und wenn ich auf meine Familienverhältnisse sehe, wie viele Freuden sind doch, trotz der großen Verluste, meinem Alter noch aufbehalten! Drei Töchter im Hause und die Verheirathete mir so nahe im Freien wohnend, daß ich sie in ihrem Garten, wenn es das Wetter irgend erlaubt, täglich besuchen kann, und alle in Liebe und theuren Lebenserinnerungen mit mir verbunden. Die dritte Tochter ist zwar seit 5 Jahren an ihr Bett gefesselt, aber so ergeben, geistesthätig und

lebendig, daß sie mich beschämen würde, wenn ich über geringere Beschwerden klagen und den Muth sinken lassen wollte, und es mitunter
auch wirklich thut, wenn ich eine Anwandlung der Art habe. Es ist
in der That eine Ermuthigung, ja Erquickung, zu sehen, wie erfin-
dungsreich sie ist, sich ihre Lage erträglich zu machen, indem sie Thä-
tigkeiten schafft, die ihren Kräften angemessen sind. Ihre schwachen
Augen erlauben ihr nicht, viel zu lesen, oder feinere weibliche Arbeiten
zu machen, und das übrigens leichte Stricken würde durch die eigenthümliche Bewegung der Arme und Hände ihr Herz in Unruhe versetzen. Dafür hat sie sich eine Menge von Arbeiten anderer Art, in
Pappe, Holz, Papier, Leder u. s. w. ausgesonnen, welche sie Tage
und Wochen lang beschäftigen und in ihrer Art so mannigfach und
wohlgerathen sind, daß sie, außer den Kindern und Erwachsenen der
eignen Verwandtschaft, eine Menge anderer Menschen damit erfreut
hat. Der menschliche Geist besitzt eine Elasticität, daß er, wenn er
sie nur anwenden will, selbst in einem schwachen Körper doch seine
Herrschaft über die Natur zur Geltung bringen und Hemmungen
überwinden kann, die auf den ersten Blick ihn lähmen zu müssen
scheinen. Und nicht nur durch Beschäftigungen der bezeichneten Art,
sondern auch zur Befriedigung des Triebes nach Wissen macht sich
die Kranke ihre Lage erträglicher. Es ist ihr wiederholt gelungen,
einen Kreis von Freundinnen um sich zu versammeln, welchem der
kenntnißreiche Dr. Guthe mit freundlicher Bereitwilligkeit Vorträge
über Gegenstände aus der Erd- und Himmelskunde, der Physik, der
Naturbeschreibung gehalten hat und noch hält. Ich wünsche oft in
der Stille, Leidende, die ihren Zustand für unerträglich halten, an
das Bette meiner Tochter führen zu können, damit sie an ihr ein
Beispiel, nicht nur der Geduld, sondern der wirklichen Erhebung über
ein wahrlich nicht leichtes Schicksal nehmen können.

Außer den Töchtern habe ich noch zwei Schwiegertöchter, einen
Schwiegersohn und acht Enkel und Enkelinnen von 8 bis zu 18 Jahren
in meiner unmittelbaren Nähe, so daß die Familie von 15 Mitgliedern dem gemeinsamen Haupte Abwechselung von Freude und Sorge

genug bereiten kann; denn auch die Sorge gehört nothwendig zu der Würze des Lebens.

Und welcher Genuß liegt nicht, um noch dieses Eine zu nennen, auch in der brieflichen Mittheilung mit entfernten Freunden, welche auch im Alter fortgesetzt werden kann! Der Briefwechsel mit zweien meiner nächsten Freunde, Strack und Kortüm, hat zwar aufgehört, seit mir der Tod den einen schon 1852 und den andern 1859 entrissen hat; aber der lebhafteste mit meinem gleichalterigen Freunde Abeken dauert ununterbrochen fort, so wie der mit meiner Schwester, dem Sohne in Lüneburg und den auswärtigen Enkeln. Und in dieser Beziehung hat mir auch die gegenwärtige Aufzeichnung meiner Lebenserinnerungen den erfreulichen Dienst geleistet, daß sie meinen brieflichen Verkehr mit meinem lieben Zöglinge und Freunde Wolf Baudissin wieder aufgefrischt hat. Dieser hatte uns ein paar Mal hier in Hannover besucht und uns auch seine zweite Frau zugeführt, welche uns und unsere Töchter durch ihr ausgezeichnetes Clavierspiel erfreute. Dann war, wie es oft geschieht, wenn die Verschiedenheit der Lage und Beschäftigungen den Anlaß zum Schreiben immer seltener macht, unser Briefwechsel nach und nach auf die Meldung der wichtigsten Familienereignisse beschränkt worden. Jetzt aber fand sich, als ich mit meinen Erinnerungen in die früheren Zeiten zurückging, Veranlassung genug zu Fragen und Mittheilungen, und Baudissin's Erwiederungen trugen so ganz das Gepräge der alten Herzlichkeit, so wie seines geistvollen Wesens, daß mir sein Eingehen in das gemeinschaftlich Erlebte und Genossene eine seltene Freude bereitet hat. Ich erfahre, daß er des Sommers auf einem, bei Dresden an der Elbe gekauften Weinberge, des Winters in der Stadt lebt, daß er sich mit Literatur und Musik mit der alten Liebe beschäftigt und sich in dem Leben mit seiner Frau und seinem Bruder Otto glücklich fühlt. Dieser Otto, der wegen seiner Theilnahme am schleswig-holsteinschen Kriege in den Jahren 1848 bis 1851 sein Geburtsland meiden muß, hat mich mehrfach an den General Lützow erinnert. Gleich diesem ist er eigentlich für eine kriegerische Thätigkeit geschaffen; Geist und Körper verlangen kräftige Bewegung und anstrengende Arbeit. Wenn er noch jetzt das Bedürfniß der körperlichen Bewegung fühlt, so geht diese gleich, trotz seiner Wunden, in's Große und Weite und er kehrt nicht zurück, bis er völlig ermüdet ist. Und der arme Mensch muß Lützow's Schicksal theilen, der auch nach dem Ende der Freiheitskriege kein Feld für seinen Thätigkeitstrieb finden konnte.

Die Bilder dieser theuren Menschen und so vieler andern mir lebendig zu vergegenwärtigen, dazu hat mir die vorliegende Arbeit seit länger als einem halben Jahre die höchst anziehende Veranlassung gegeben und ich habe sie mit reichem Genusse vollenden können. Sollte ich dabei über die Oede des Alters klagen?

Nein, ich darf nach allem Obigen meine geneigten Leser recht inständig bitten, ihr wohlgemeintes Mitleid für trübere Fälle von Alterszuständen zu versparen und das Bild meines Alters in einem freundlicheren Lichte zu sehen.

Allgemeine Betrachtungen. — Gern möchte ich mit der obigen Bezeugung dankbarer Lebensbefriedigung schließen, allein da es sich geziemt, am nahen Ziele eines so langen und bewegten Lebens auch noch einen Blick auf die allgemeinen Zustände zu werfen, so muß ich leider gestehen, daß dieser nicht so befriedigend ist, als der auf meine persönlichen Verhältnisse.

Man sagt wohl, es sei eine Eigenthümlichkeit, ja Schwäche, des Alters, die Gegenwart im Vergleich mit den vergangenen Zeiten zu tadeln, allein wenn die Berechtigung des Tadels so am Tage liegt, wie jetzt, so bedarf es nicht der Stimmung des Alters, um sich darüber zu betrüben. Ich will die Verkehrtheiten, die in den verschiedenartigsten Verhältnissen die Herrschaft des Vernunftgemäßen hindern, nicht einzeln aufzählen, sondern gleich die Hauptkrankheit der Zeit hervorheben, nemlich die Unzufriedenheit, die sich im Großen wie im Kleinen überall kund giebt. Sie stört alle Verhältnisse, zerreißt die Bande der Pietät, stellt Mißtrauen an die Stelle des Vertrauens, trübt die gesunde Ansicht des Lebens und lähmt die Thatkraft zum Schaffen des Rechten und Guten. Und wenn wir auf die Quelle dieser allgemeinen Verstimmung zurückgehen, so ist es die Selbstsucht, der Hochmuth, der Trotz auf die eigne Einsicht, der Mangel an

religiöser Demuth und Ergebung. Daher das Wühlen von unten her=
auf, der Mangel an Gehorsam, wo doch Gottes Ordnung Gehor=
sam fordert, im Hause, in der Gemeinde, in dem Verhältniß des
Lehrlings zum Meister, des Dienstboten zur Herrschaft, der Unter=
thanen zu ihrer Obrigkeit. Freiheit, oder vielmehr Ungebundenheit, ist
das Losungswort der Zeit geworden, auf dem Gebiete des Staates
sowohl, als der Kirche, und das Streben darnach kleidet sich in das
bessere Wort: „Fortschritt". Und wie das eine Extrem das andere
hervorruft, so glaubt die Gegenpartei den Strom nicht anders hem=
men zu können, als durch unbedingtes und oft unverständiges Fest=
halten am Alten. Die Parteien trennen sich in den schärfsten Gegen=
sätzen, in dem leidenschaftlichen Eifer geht die Liebe zur Wahrheit
verloren, und die Lüge tritt oft genug an ihre Stelle; die Gemäßig=
ten aber, welche die Mitte halten, indem sie wohl Fortschritt, aber
keinen Umsturz, sondern den Weg der Natur wollen, welche das Neue
aus den Keimen entwickelt, die in dem Vorhandenen liegen, sie wer=
den von beiden Parteien verworfen, sie heißen die Matten, die Unent=
schiedenen, Charakterlosen.

Indem die Zerrissenheit, die in den Parteibestrebungen fast über=
all herrscht, im Großen auch ganze Völker ergreift, sehen wir die
Grundfesten der Staaten erschüttert, die Bande zerrissen, die durch
Verträge als geheiligt erschienen, und wenn die Gewaltthat glückt,
den Grundsatz selbst von vielen Lenkern der Staaten vertheidigt, daß
eine gelungene Empörung, ein glücklicher Verrath, anerkannt werden
müsse. Man möchte diese sittlichen Verirrungen für eine ansteckende
Krankheit halten, die sich nach uns unbekannten Gesetzen der An=
steckung von einem Lande in das andere verbreitet und nicht einmal
durch das Weltmeer gehemmt wird, denn unerwarteter und unerhörter
ist wohl nicht leicht eine Erschütterung ausgebrochen, als die, welche
die für so groß und glücklich gehaltenen Freistaaten von Nordamerika
ergriffen hat.

So betrübend für den Menschenfreund dieser Zustand der Welt
im Großen ist, so kehrt sein Blick doch immer am besorgtesten auf
das eigne Vaterland zurück, und er würde einen Trost gewinnen,

wenn sich da nur ein gesundes Leben erhalten hätte. Aber leider fehlt dem Deutschen auch dieser Trost. Denn wenn auch nicht Empörung und offne Gewaltthat zum Ausbruch gekommen ist, so hat die Zwietracht doch leider ein großes Feld gewonnen, und anstatt durch innere Einigkeit den Gelüsten des Auslandes die starke Stirn zu bieten, herrschen Eifersucht und Mißtrauen, oder ein einseitiges und leidenschaftliches Streben nach formeller Einheit, die uns nun einmal versagt ist. Die Geschichte, die uns nicht zur äußern Einheit eines geschlossenen Staates geführt hat, ermahnt uns nachdrücklich, dieses als den Willen der Vorsehung zu betrachten und nur zu fragen, wie wir bei dieser Vielheit getheilter Staaten und Verschiedenheit der Volksstämme durch innere Mittel und zweckmäßige Einrichtungen den Mangel der äußern Geschlossenheit ersetzen mögen. Und der innere Lebenstrieb des deutschen Volkes zeigt uns auch den Weg dazu, wenn wir nur mit unbefangenen Augen sehen wollen. Die Bildung von Vereinen aller Art, die seit Jahrzehnden immer allgemeiner geworden sind und die Genossen derselben Wissenschaft und Kunst, desselben Standes und Berufes, aus allen Gauen zusammenrufen, um das, was auf einem Puncte gebildet, versucht und bewährt ist, zum Gemeingut Aller zu machen, was bezwecken sie anders, als die Vereinigung aller deutschen Stämme zu gemeinsamer Erkenntniß und Thätigkeit und zur gegenseitigen Anerkennung der Vorzüge, wo sie sich finden? Liegt darin nicht mehr Antrieb zum allseitigen Wetteifer, als wenn wir eine große Hauptstadt als Mittelpunct der politischen Einheit und als Gesetzgeberin im Gebiete der Wissenschaft, der Kunst, des Geschmacks, der Sitte, wenn nicht gar der Unsittlichkeit, besäßen? Ist von Paris in allen diesen Dingen wirklich Heil für Frankreich hervorgegangen? — Wenn die Vereinbarungen über Einheit in Maß und Gewicht, über den Münzfuß eifrig fortgesetzt werden, wenn der so überaus wichtige Zollverein sich wieder kräftigt und auch die deutsch-österreichschen Länder in sich aufnimmt, wenn die Bemühungen für gemeinsame Gesetzgebung, für Freizügigkeit, für den Schutz des literarischen Eigenthums und technischer Erfindungen fortgesetzt werden, wenn vor allem die Pflege der Volksbildung, die in Deutschland höher steht, als in allen übrigen Ländern der Erde, fortdauert, was fehlt uns dann noch, um das Gefühl in jedem Deutschen zur vollen Geltung zu bringen, daß er einem wohlverbundenen Ganzen angehöre? Einem Volke, welches schon jetzt durch gemeinsame Sprache, Literatur, freien Verkehr, viele Lebenseinrichtungen, vor allem aber durch seinen deutschen Grundcharakter in Einheit verbunden ist, und welches unter der so bitter geschmähten Herrschaft des Bundestages in den letzten 50 Jahren einen so wunderbaren Aufschwung auf geistigem und materiellem Gebiete gewonnen hat, wie man es gar nicht ahnen konnte? Und diese Fortschritte sind zum großen Theile dadurch gewonnen, daß Deutschland viele Mittelpuncte gehabt hat, welche in der Förderung des Guten und Nützlichen mit einander gewetteifert haben.

Man kann sich nicht weigern, dieses alles anzuerkennen, allein man stellt es in den Schatten, um desto lauter hervorzuheben, daß wir trotz dem allen schwach gegen das zum Theil feindselig gesinnte Ausland seien. Allein daß wir nur schwach waren, wenn wir uneinig unter uns selbst waren, aber stark, wenn nur ein Gedanke alle erfüllte und zum Widerstande begeisterte, das vergißt man, anstatt die Lehre daraus zu ziehen, daß es vor allem auf die Gesinnung ankomme und viel weniger auf die Formen der äußern Einheit, die ohne die rechte Gesinnung doch kraftlos sind. Und zu einer Revision des Bundes im Sinne stärkerer Einheit auch der Formen bieten gerade jetzt viele der deutschen Regierungen die Hand, und es kommt wiederum auf den guten Willen Aller an, daß das Rechte gefunden werde.

Und so will ich, dem Charakter meines ganzen Lebens getreu, den Glauben an den Sieg des Guten auch für das geliebte deutsche Vaterland festhalten bis an mein Ende!

Geschlossen den 21. Februar 1863.

Anlage I.

Aus der zur Einweihung des Georgianums in Lingen am 12. October 1859 gehaltenen Rede.

Nachdem ich Se. Majestät den König bewillkommnet und den ehrfurchtsvollen Dank der Anstalt für die huldreiche Theilnahme an dem Bau des neuen Schulhauses, sowie für Seine Allerhöchste Gegenwart bei der heutigen feierlichen Einweihung desselben dargebracht und einiges über die Geschichte des Baues erzählt hatte, fahre ich also fort:

„Zur Besiegelung der königlichen Theilnahme gewährte Se. Majestät auch der Anstalt in ihrer neuen Heimath die hohe Gnade, sich nach dem königlichen Namen Georgianum benennen zu dürfen, ein Name, der den kommenden Geschlechtern bezeugen soll, daß es einem königlichen Landesvater nicht zu gering sei, einer gelehrten Anstalt, selbst in einer kleineren Provinzialstadt und in einem sonst weniger beachteten Theile des Reichs, Seine besondere Aufmerksamkeit und Huld zuzuwenden.

Und nun ist das Werk so weit vollendet, daß die Schule mit froher und dankbarer Stimmung einziehen und ihre Saaten geistigen und gemüthlichen Lebens auszustreuen beginnen kann.

Nun möchte man von mir, der ich die Ehre und die hohe Freude habe, an so festlichem Tage zur Einweihung des Georgianums reden zu dürfen, vielleicht erwarten, daß ich über Bedeutung und Bestimmung der gelehrten Schule, die Pflichten der Lehrer und Schüler, sowie derjenigen, welche ihre Angehörigen der Schule anvertrauen, und manche andere allgemeine Schulfrage, redete. Allein es dürfte dazu diese Veranlassung doch nicht die passendste und die Zeit für eine so umfassende Aufgabe zu kurz sein. Auch hat man, ich gestehe es offen, zu Auseinandersetzungen, die mehr oder weniger der Theorie angehören und über welche es, fast kann man sagen, Bibliotheken von Schriften giebt, nicht mehr viel Zeit und Neigung, wenn man in wenigen Wochen sein 80stes Lebensjahr anzutreten im Begriff ist. Vielmehr macht das Gewicht der Erfahrung sich geltend, und man zieht den einzelnen Fall gern in ihr Licht. So sei es denn auch mir erlaubt, von meiner eigenen Lebenserfahrung in Beziehung auf unsere gegenwärtige Feier einige Worte zu reden.

Ich habe vom Jahre 1818 bis 1830 als Schulrath in Münster die Angelegenheiten der Gymnasien und Progymnasien der königlich preußischen Provinz Westphalen bearbeitet und, wie auch nachher im hiesigen Königreiche, einen Haupttheil meiner Thätigkeit darauf verwendet, daß ich die einzelnen Anstalten in regelmäßigen Zwischenräumen besucht, dem Unterrichte der einzelnen Klassen beigewohnt und mich in möglichst nahe persönliche Beziehung mit den Vorstehern und Lehrern der Anstalten zu setzen gesucht habe. In meiner dann folgenden Wirksamkeit in meinem theuren hannoverschen Vaterlande vom Jahre 1830 an habe ich die gleiche Aufmerksamkeit, neben den Anstalten der übrigen Provinzen, auch auf diejenigen gerichtet, welche dem westphälischen Boden angehören, und wenn ich, als stammverwandt, auch die ostfriesischen dazu rechne, so darf ich sagen, daß ich über 40 Jahre lang das Wesen und die Eigenthümlichkeit fast aller gelehrten Schulen des westphälischen Lebenskreises, und zwar beider Confessionen, kennen zu lernen Gelegenheit gehabt habe. Und ich habe mich mit Liebe mit ihnen beschäftigt. Je länger und tiefer wir in die Natur eines Gegenstandes eindringen, desto mehr Liebe gewinnen wir für ihn.

Es ist ein guter und dankbarer Boden, auf welchem die Lehrer der westphälischen Schulen zu arbeiten haben. Die Schüler kommen ihnen, der großen Mehrzahl nach, mit Vertrauen entgegen; es ist etwas Natürliches, Biederes und Treuherziges in diesem Charakter. Nicht mit schlauer Beobachtung der etwaigen Schwächen und Sonder-

barkeiten des Lehrers, nicht mit selbstgefälliger Kritik seiner Worte
und Handlungen; nicht mit der Neigung, die eigene Klugheit den
Vorschriften des Gesetzes entgegenzustellen und dasselbe so schlau zu
umgehen, daß die Strafe nicht treffen kann; nicht mit dem frühreifen
Uebermuthe, welcher die eigene Ansicht höher stellt, als die Einsicht
ihrer Lehrer und überhaupt der älteren und gereifteren Personen, nicht
mit solchen verkehrten Richtungen, die sich nur zu häufig in unserer
Zeit herrschend zeigen, beginnen diese Schüler ihr Schulleben und
verderben sich dadurch den rechten Gewinn desselben. Auch mit dem
Leichtsinn und der talentvollen Oberflächlichkeit, welche bei der Jugend
mancher anderen Gegenden Deutschlands nicht selten sind, haben
die Lehrer in diesen Landschaften verhältnißmäßig viel weniger zu
kämpfen.

Dagegen geht freilich die Entwicklung oft langsamer, die Früchte
zeigen sich später, es gehört eine kräftige geistige Anstrengung der
Lehrer dazu, den Sinn zu wecken und eine raschere Bewegung zu
erzeugen; auch stellt sich wohl ein Eigensinn entgegen, dessen Quelle
nicht leicht zu entdecken und dessen Widerstand nicht leicht zu überwinden ist. Allein wenn einmal ein gewisser Punct erreicht und die
Selbstthätigkeit angeregt ist, so wird nicht leicht ein Schüler aus
anderem Stamme den westphälischen an Ausdauer und Nachhaltigkeit
übertreffen, und der Gewinn ist eine erfreuliche Gründlichkeit der
Leistungen. Auch das Gemüth hat seinen Antheil an dieser gedeihlichen Entwickelung vieler Schüler. Es ist Sinn und Empfänglichkeit
für religiöse Eindrücke in dieser Jugend; richtig gepflegt bilden sie sich
zu einem festen Kerne des Glaubens und der religiösen Ueberzeugung
aus, welcher dem ganzen Leben eine höhere Weihe verleiht. Auch in
den übrigen Verhältnissen zeigt sich diese gemüthliche Wärme. Kein
anderer Schüler wird leicht den westphälischen an treuer Anhänglichkeit und Dankbarkeit gegen seine Lehrer übertreffen, welche in ihm
geistiges Leben und die Liebe zu allem Guten, Wahren und Schönen
geweckt haben; auch nicht in der Liebe zu seinen Eltern und Geschwistern, sowie zu seiner väterlichen Heimath, welche Heimathsliebe ja
zur fast sprichwörtlichen Eigenthümlichkeit des Westphalen geworden

ift. Und aus den Wurzeln einer solchen, im heimathlichen Boden gepflegten Wärme und Treue des Gemüths entwickelt sich später im Leben des Mannes die treue Liebe zu seinem größeren Vaterlande und zu seinem angestammten Herrscherhause.

Es ist nicht meine Absicht, hochverehrte Anwesende, und es ist auch nicht gut, zu sehr in's Helle zu malen. Der Mangel innerer Wahrheit fühlt sich bald durch. Auch sei es fern von mir, andere Provinzen unseres theuren Vaterlandes hinter Westphalen zurücksetzen zu wollen. Allein bei einer so freudigen und erhebenden Gelegenheit, wie die heutige, soll der Mensch das Recht haben, vor Allem die guten Seiten der Sache zum Bewußtsein zu bringen, um Hoffnung und Muth zu erregen, zum frischen Handeln aufzufordern und das Vertrauen zu erwecken, daß ein solches Handeln unter Gottes Beistande zum Siege des Guten führen werde.

Und so fordere ich die Lehrer und Schüler dieses Gymnasiums heute auf, mit dem Sinne, in welchem ich die guten Seiten des westphälischen Volkscharakters hervorgehoben habe, dieses neue, würdige Schulhaus zu beziehen, in ihm zu wirken, zu schaffen und zu lernen. Die Lehrer mögen mit gutem Vertrauen zu der Natur ihrer Schüler ihr Werk an ihnen beginnen, sich nicht durch Hemmungen und langsameres Aufgehen des ausgestreuten Samens bei diesem oder jenem ihrer Schüler ermüden lassen, immer von Neuem die geistigen Hebel ansetzen, und wenn sie die Saat keimen, wachsen und reiche Aehren gewinnen sehen, mit ganzer Seele und verdoppelter Hingebung das Beste, was in ihnen ist, der Jugend darbieten. Das Beste aus ihrem eigenen geistigen Leben ist noch immer nicht zu gut für die Jugend, und je begeisterter sie selbst beim Unterrichte waren, desto reicher ist die Bewegung im Innern ihrer Schüler. Es ist ein nicht leichtes, ja ein recht mühsames, aber auch ein recht belohnendes Tagewerk, welches der Lehrer treibt. Ich kenne es. Aber ich erinnere auch an die Erfahrung, welche ein jeder von uns so oft an sich selbst gemacht hat, daß er herabgestimmt und sogar mit kranken Gefühlen am Morgen in seine Klasse ging und nach einigen Stunden, angeregt durch die auf ihn gerichteten erwartungsvollen

Augen seiner Schüler und gehoben durch die aus seinem Unterrichts-
stoffe in ihn überströmende Kraft, mit freiem, genesenem Gefühle die
Schule verließ.

Und Ihr versammelten Schüler dieses Gymnasiums, wenn Ihr
das wohl aufgefaßt habt, was ich von Euch gerühmt habe, so macht
durch Euer Streben das Wort eines bejahrten Freundes, der sein
ganzes Leben Eurer Sache gewidmet hat, wahr! Vertraut Euren
Lehrern, folgt gern ihrem Worte, verlaßt Euch darauf, daß Euch
durch die Schulordnung und die vorgeschriebenen Unterrichtsgegenstände keine willkürliche Last aufgelegt ist, sondern daß sie alle nach
reiflicher Prüfung als nothwendig zu Eurer gründlichen Bildung
erkannt sind. Macht Eurem Volksstamme, Euren Lehrern, Eurem
Georgianum Ehre und bewährt das Lob einer kräftigen Ausdauer
in der Ueberwindung aller Schwierigkeiten, das Lob einer treuen
Gesinnung und eines unerschütterlich für alles Gute und Ehrenhafte
fest entschlossenen Charakters!

Wir leben in einer Zeit, wo solche Festigkeit des Willens und
der Grundsätze vor allem Noth thut. Die Welt ist in vielfacher
Hinsicht erschüttert und vieles steht auf schwankendem Boden. Die
Begriffe über Recht und Unrecht, über das was im Kampfe der
näheren und entfernteren Pflichten, namentlich in den größeren Welt-
verhältnissen, das Richtige ist, sind vielfach unklar geworden. Daher
so manche betrübende Verirrung vom geraden Wege. Da gilt es,
daß der Mann entschieden wisse, was die nächste Pflicht von ihm
fordert, damit er sich nicht durch verführerische Bilder eines erträum-
ten idealen Zustandes irre machen lasse. Die Aufgabe eines treuen
Lehrers der Jugend aber ist in solcher Zeit um so ernster, die, seine
Schüler in der Ehrfurcht vor den göttlichen Geboten, in der Bekämpfung der Selbstsucht und der eigenen Ueberhebung, in dem Gehorsam gegen Obrigkeit und Gesetz und in der ehrerbietigen Liebe zu
ihrem Landesvater, der ihr und aller seiner Unterthanen Wohl im
Herzen trägt, recht festzumachen.

Gern vertrauen wir den wackeren Lehrern dieser Anstalt, daß
sie in solchem Sinne unwandelbar auf ihre Schüler wirken werden,

und so wolle der gütige Vater im Himmel die Vorsätze, welche sich in dieser Stunde in den Herzen von Lehrern und Schülern regen, mit Seinem Segen begleiten und sie wohl hinausführen helfen! Er verleihe dieser bisher von ihm beschützten Anstalt auch ferner seinen heiligen Schutz, daß dieses Haus ein Tempel zu seiner Ehre werde, wozu wir es heute weihen!"

Anlage II.

Erinnerungen von einer Schweizerreise.

Bei Erwähnung der Schweizerreise, die ich im Herbste 1808 mit meinen Freunden Baudissin und Hudtwalker von Heidelberg aus machte, habe ich versprochen, Erinnerungen von dieser Reise, die ich drei Jahre später in einer zu Barmen erscheinenden Zeitschrift, „die Aehrenlese", habe drucken lassen, als Anhang hier beizugeben. Ich lasse einige der bezeichnendsten Stellen folgen:

1. Die Alpen, von Zürich aus gesehen.

Von allen Eindrücken des Lebens bleiben wohl wenige so unauslöschbar lebendig in unserer Seele, als die, welche die Natur in ihrer vollen Schönheit und Erhabenheit im günstigen Momente auf uns macht. Aber auf keinem Puncte vereinigt sie gerade diese beiden Eigenschaften so vollkommen, als in den Wundern der Schweiz, dieses zauberischen Fleckes im Herzen von Europa; im Anblicke der Alpen, die mit ewig weißen, ehrwürdigen Riesenhäuptern aus reiner Himmelshöhe auf uns herabblicken; in den seegrünen Gletschern, die wie ein plötzlich erstarrtes Meer zwischen ihren Rücken bis in die bebauten Thäler der Menschen herabragen, und an deren Fuße, dicht neben dem Eise, die reife Erdbeere steht; in den dunkelblauen, spiegelhellen Seen, mit himmelhohen Felsen umkränzt; in den unzähligen Wasserfällen, an denen das Auge, ohne zu ermüden, stundenlang festgehalten wird, verloren in den Anblick des pfeilschnellen Sturzes der Wasser, des Emporspritzens ihres schneeweißen Schaumes, und der unendlichen Abwechselung der Farben und Gestalten ihrer Wellen.

Ich wenigstens weiß kein Bild von irgend einem Werke der Natur oder der Kunst, das mit so lebendigen Farben noch immer vor meiner Seele dastände, als die, welche meine Reise in die Schweiz mir gegeben hat; und nie werde ich z. B. den Eindruck vergessen, den der erste Anblick der Alpen auf mich und meine Reisegefährten machte. Im dichten, grauen Septemberregen waren wir von Heidelberg ausgefahren, hatten Tag und Nacht zu Hülfe genommen, um schnell, durch Schwaben hindurch, die Grenzen der Schweiz zu erreichen, und dann zu Fuß ihre Berg- und Felsenpfade zu durchwandern. Nach einer sehr beschwerlichen Reise, fast anhaltend durchnäßt, von wenigen, sparsamen Sonnenblicken erquickt, — von denen doch einer uns gerade den Rheinfall bei Schafhausen im günstigsten Augenblicke gezeigt hatte, — langten wir an einem Sonntag Morgen in Zürch an. Wir quartierten uns im Schwerdt, dem ersten Gasthause der Stadt, ein, der dicht am See liegt und aus dessen Fenstern man diesen, mit seinen schönen Ufern, fast ganz vor Augen hat. Gedankenvoll standen wir am Fenster und schauten auf den Spiegel des Wassers und auf die Abwechselung seiner Ufer. Eine grüne Hügelkette, besäet mit freundlichen Dörfern und einzelnen Häusern, bildet dasselbe zunächst am See; hinter ihnen und über sie emporsteigend erhebt sich eine Reihe ansehnlicher Berge, mit Wald und Felsen bekränzt, doch ohne sehr ausgezeichnete, hervorstechende Formen; man sieht ähnliche Gestalten schon bei uns. Aber als dritte Stufe dieses großen Amphitheaters, — man sieht wohl ein paar Meilen über den See hin, — erheben sich in der Ferne schon ungeheure Bergkolosse, mit Zacken und Spitzen und Ecken und wunderbaren Figuren, hoch in die Wolken; und wirklich war auch ihr Gipfel unserm Auge durch sie versteckt; die graue Wolkendecke ruhte auf ihnen, wie auf ihren Pfeilern, und umhüllte ihre Häupter. Sie drückte auch schwer auf unsere Sinne, die die schöne Nähe nicht ganz aufzuhei-

tern vermochte; denn nun, seit mehreren Wochen, hatte der Himmel
diese Farbe getragen.

Schweigend, ein jeder in trüben Betrachtungen verloren, standen
wir neben einander und blickten in die graue Wolkenmasse; auf einmal zeigte sie uns mannigfaltige, sonderbare Gestalten, hoch über der
letzten und höchsten Bergreihe, deren Gipfel wir nicht sahen; wir
machten einander aufmerksam auf diese sonderbar zackigen Formen in
den Wolken, um vielleicht eine Hoffnung ihrer Zertheilung und des
besseren Wetters daraus zu schöpfen. Die Spitzen und Zacken und
die schroffen Bogen wurden immer deutlicher und schärfer, wie wir
sie nie am Himmel gesehen, ja sie fingen an zu glänzen, als seien sie
von oben her von der durchbrechenden Sonne beschienen; — plötzlich
durchfuhr uns Drei zu gleicher Zeit der fast erschreckende Gedanke:
sollten das die Schneegipfel der fernen Alpen sein, die hoch über die
Wolkenhülle hinausragen, und jetzt sie durchbrechen, um uns die Strahlen der Sonne zuzuspiegeln, die wir nicht sehen? — Aber keiner
wagte es, dem andern diesen Gedanken zu sagen, der ihn freudig-
erschreckend getroffen hatte, er war zu kühn, es schien unmöglich, denn
solche Berge konnte die Erde nicht tragen.

Doch das freudige Zittern der Ahndung auf dem Gesichte ver-
rieth auch ohne Worte unsere Gedanken einander, und plötzlich rissen
wir die Fenster auf und schrien den Haufen der Menschen an, die
unten am Ufer des Sees standen: „Sind denn das Eure Alpen?“ —
„Was anders?“ erwiederten einige gleichgültig, nur verwundert über
unsere unkundige Frage; — und nun war es uns, als hätten wir
erst in diesem Augenblicke den heiligen Boden der Schweiz betreten;
frohlockend, und mit Thränen des Entzückens in den Augen, fielen
wir bald einander um den Hals, bald wandten wir uns wieder zu
den Alpenhäuptern, die in immer hellerer Pracht die Wolken durch-
drangen. Jeden Moment der Verwandlung und des Klarerwerdens
verschlangen wir gleichsam mit hungrigen Augen, und mit jedem
Augenblicke wurde das Schauspiel entzückender. Eine Spitze und
Zacke nach der andern, von deren wunderbaren Gestalten man früher
keine Ahndung hat, kam hervor mit ihrem vergoldeten Rande; dick

und schwer lag noch der Nebel auf den übrigen Bergen und seine
graue Wand reichte noch bis zu sehr beträchtlicher Höhe ununterbrochen empor; dann erst theilte sich der Schleier und sonnige, golden-
glänzende Schneegipfel blickten aus ihm hervor und herab, wie aus
seligen Höhen; es war uns, als öffne sich unserm Blicke wahrhaft
der Himmel. Der Eindruck, den das Erhabene auf den Menschen
macht, fiel mit seiner ganzen Kraft auf unsere Seele. Da löst sich
jeder Gedanke an das nichtige Treiben der Menschen, jede Unzufriedenheit mit den kleinen Verwirrungen des Lebens, plötzlich in einen
leeren Nebel auf, und verschwindet vor den Strahlen, die die unendliche Größe des Schöpfers und die Herrlichkeit seiner Natur auf
uns wirft.

Das zauberhafte Spiel, welches uns entzückte, verschwand immer
mehr, je mehr sich die Wolken zertheilten; schon nach einer Stunde
war der Himmel klar, und die ganze Kette der Glarner und Appen-
zeller Gebirge lag aufgethürmt und in schneidender Klarheit vor unsern
Augen. Eine unbeschreibliche Mannigfaltigkeit von Bergformen beschäftigte den Blick, und er konnte so recht die ungeheuren Körper
der Riesen, vom Fuße, der auf andern schon sehr hohen Bergen
ruhte, bis zu ihrem schneebedeckten Haupte durchmessen. Aber nicht
so magisch und einzig wundervoll war dieser Anblick, als vorher der der
erleuchteten Gipfel über dem Erdennebel; und wir priesen uns glücklich,
gerade so den ersten Eindruck dieser hehrer Naturwunder empfangen
zu haben. Bei klarem, schönen Wetter hätten wir schon aus weiter
Ferne, von Schwaben aus, die Alpen gesehen, wir hätten uns, beim
Näherkommen immer mehr an ihren Anblick gewöhnt, so daß sie uns
in der Nähe nicht mehr so einzig neu und groß überrascht hätten.
Jetzt aber leerten wir den ganzen Kelch des andächtigen Erstaunens,
bis auf den letzten Tropfen, in Einem Zuge.

2. Der St. Gotthard und der Lago maggiore.

Von Zürich nahmen wir unsern Weg über den Zuger See, auf
welchem wir zuerst die wunderbar schöne Farbe der Schweizer Seen
erblickten, die so rein dunkelblau erscheint, daß man versucht wird,

ein weißes Tuch darin durch Eintauchen blau zu färben, nach dem
Rigi. Unsere dortige Begegnung mit unserm Führer Jacob Michel
zu der verabredeten Stunde habe ich bereits erzählt. Die fernere
Reise ging über Luzern und den Vierwaldstädter See auf Altorf;
das Wetter war aber wieder trüber geworden und auch unser Sinn
war trübe, als wir von Altorf aus die Gottharbstraße betraten.
Etwas wurden wir aus unserer unfreundlichen Stimmung schon eine
halbe Stunde jenseits Altorf aufgeweckt, indem uns der alte Michel
an einer hohen Felsenwand, deren Gipfel in Nebel gehüllt war, still-
stehen hieß und einige Töne aus dem gewöhnlichen Alpenruf der
Schweizer mit heller Stimme erschallen ließ. Sogleich wurden sie,
ganz vollständig, durch das schönste Echo wiederholt, das wir je gehört
hatten, so melodisch und rein und zauberartig, daß wir uns nicht satt
daran hören konnten und wohl eine halbe Stunde an dem Orte verweilten, um immer neue Tonreihen und neue Accorde, die wir zusammen sangen, dem antwortenden Felsen zuzusenden. Unser größter
Wunsch war, ein Waldhorn die einfache Melodie des Jägerliedes von
Göthe hier tönen zu hören. — Dies Echo gehört zu den schönsten
der Schweiz.

Nun ging es weiter bergan, bei einigen kleinen Orten vorbei,
in das immer enger werdende Thal der Reuß hinein. Noch immer
waren uns die Gipfel, der höheren Berge nicht nur, sondern auch
mäßiger Felsenwände durch den Nebel verdeckt, der jedoch immer klarer
und durchsichtiger wurde. In den niedern Regionen blieb er am
dichtesten, oben blickte schon an einigen Stellen das Blau des Himmels durch und plötzlich schimmerte auch der herrlich vergoldete Saum
einer Schneespitze durch das Himmelsfenster, fast gerade über unsern
Häuptern, in unermeßlicher Höhe. Schon in Zürich hatten wir dieses
Schauspiel des Durchleuchtens der sonnenhellen Schneeberge durch
den Wolkenschleier gesehen, und es war einer der erhabensten Augenblicke gewesen, die wir in der Schweiz erlebten. Der jetzige aber
war fast noch erhabener und gewaltiger. Dort waren die Schneegebirge wenigstens in einer Weite von 4 bis 10 und mehreren Meilen
von uns entfernt, hier waren wir dicht an ihrem Fuße; und durch

die sonderbare optische Täuschung, die der dichtere Nebel um uns herum und der viel dünnere und durchsichtigere weiter nach oben, hervorbrachte, kam es, daß wir alle Fähigkeit des Messens dieser unerreichbaren Höhe verloren hatten, daß diese golden erleuchteten Spitzen und Zacken der höchsten Felsen wahrhaft aus reinen Himmelshöhen auf uns herabzublicken schienen, und daß wir, wenn dieses Gleichniß nicht zu kühn ist, gleichsam den Himmel offen und die goldenen Auen der Seligen zu sehen glaubten. Ein Grieche, mit seiner feurigen Phantasie, würde den Sitz der Götter, und sie selbst auf goldenen Stühlen, um das ambrosische Mahl versammelt, gesehen und besungen haben, wie:

— — — nicht mangelt' ihr Herz des gemeinsamen Mahles,
Nicht des Saitengetöns von der lieblichen Leyer Apollons,
Noch des Gesangs der Musen, mit hold antwortender Stimme.

Ein ganz neuer Geist hatte uns durchdrungen, wir waren wie verwandelt nach diesem Anschauen; der Himmel in uns war schneller klar geworden, als der über uns; und wir hätten nun, mit dem Schatze im Herzen, einen ganzen Tag voll Nebel ruhig und heiter erduldet. Aber wir sollten die volle Gunst des Wetters erfahren; auch um uns wurde es hell, und es trat nach und nach ein Riese nach dem andern aus dem Dunkel hervor und schlug den Wolkenschleier zurück. Unser Weg ging zwischen ihnen immer bergan; neben, vor und hinter uns donnerte die Reuß von einem Falle zum andern über hohe Felsenblöcke fort, oft unergründlich tief unter uns, oft dicht neben unserm Fuße. Die steilen Bergwände zur Seite sind entweder mit Felsentrümmern oder mit schwarzen Tannen bedeckt, und Hunderte von diesen, die der Sturm, oder Lauwinen, oder das Alter hinabgestürzt, liegen in der Tiefe, in grauser, chaotischer Verwirrung, quer über dem Bette des Flusses. Man glaubt in diesem Thale in die Werkstatt der Natur zu schauen und ihrem Arbeiten zuzusehen, wie sie Ordnung und Harmonie aus dem Ungeordneten und Rohen erschafft; so liegt beides in einem wunderbaren Gemische vor unsern Augen da.

Das furchtbar Erhabene dieser Einöde steigt von Stufe zu Stufe, je weiter man kommt. Die Felsen werden schwärzer und drängen sich zusammen; die Tannen hören auf und nur einzelne Kräuter und Moose bezeugen auch hier noch die unermüdliche Zeugungskraft der Natur. Die Reuß ist nur Ein beständiger, donnernder Wasserfall, indem sie wüthend, aber vergeblich, gegen die Felsentrümmer tobt, welche von Bergstürzen in ihr Bette gerollt sind. Die Felsenschlucht wird immer enger, daß nur Raum für die Reuß und den schmalen Pfad bleibt; man sieht nur die schwarzen, öden Wände der Felsen zerrissen und zerborsten, wie von einem ungeheuren Feuer der Erde, das sie zugleich schwärzte; nur wenn man den Kopf sehr zurückbeugt, sieht man ein kleines Stück vom dunkelblauen Himmelsgewölbe, das auf ihnen, wie auf Pfeilern, ruht. Das Toben der Reuß betäubt die Ohren, vor uns schließt sich das Felsenthal, als sei kein Ausweg, und endlich steht man auf einer schmalen, hohen, steinernen Brücke, unter welcher herab die schäumende Reuß senkrecht in den Abgrund stürzt, so daß man von ihrem Staubregen auf der Brücke benetzt wird. Nicht mit Unrecht wahrlich hat die Phantasie diesen furcht- baren Abgrund, über welchem man mitten auf dem Bogen einer engen Brücke gleichsam schwebt, mit der Hölle verglichen und der Brücke selbst den Namen Teufelsbrücke gegeben. Man staunt über die Kühnheit der Menschen, die sich durch die Schrecknisse der Natur zuerst einen Weg zu bahnen wagten; und in den ältesten Zeiten hatten die Lombarden, oder andere, sogar nur eine in Ketten hängende Brücke über den furchtbaren Wasserfall geworfen. Im letzten Kriege war die Brücke in der Mitte abgetragen, aber die Russen banden Balken mit den Schärpen der Offiziere zusammen, legten sie hinüber und drangen über diesen schwankenden Steg vorwärts.

Wir machten uns aus dem schaudervollen und doch angenehmen Schauspiele los; jenseits der Brücke ging der Weg fast. treppenartig steil gegen die Felsenwand hinan, welche den ganzen großen Felsen- kessel nach vorn zuschloß. Wir sahen keine Möglichkeit des Ausweges; allenthalben starre schwarze Wände und Zacken; da standen wir am Eingange einer dunkeln Höhle, die in den Felsen hineinging, so weit und hoch, daß wohl ein paar beladene Maulthiere neben einander

Platz hatten. Wir betraten den finstern Gang, er führt 75 Schritte lang durch den Felsen; mit den Händen und unserm langen Alpenstocke tappten wir mühsam hindurch. Da leuchtete uns das Tageslicht wieder entgegen, und noch einige Schritte, und wir standen vor einem weiten, lachenden Thale mit grünen Wiesen, und diese mit duftenden Alpenkräutern und Blumen bedeckt, rund umschlossen in der Ferne von hohen Schneespitzen, ein Paradies zwischen Tod und Erstarrung. Freundlich winkte uns in einiger Entfernung das Dorf Urseren und weiter im Hintergrunde lag ein anderes, Hospital; neben uns schlängelte sich die Reuß, mit schönen, dunkelgrünen Wellen, und milde wie ein Kind, durch die blumigen Auen, sie, die wir noch eben wüthend und zornig, in weißen Schaum aufgelöst, in den Höllengrund stürzen sahen. Hier spielten Forellen in ihrem klaren Wasser. Welch ein Kontrast, und welch schneidend scharfe Uebergänge für die ergriffene Phantasie! Keine Beschreibung vermag den gewaltigen Eindruck dieser Wunder nur entfernt wiederzugeben.

Das wechselvolle Herbstwetter sollte jedoch nun einmal unser Reisegefährte sein; als wir am folgenden Tage aus unserm behaglichen Nachtlager in Andermatt aufbrachen, empfing uns dichter Bergnebel mit Regen, der sich bald in Schnee verwandelte, und nach stummer Ueberschreitung des Gotthardspasses kamen wir ganz durchnäßt gegen Mittag in dem Städtchen Airolo an und mußten, um unsere Kleider trocknen zu lassen, bis zum andern Morgen dort bleiben. Aber schon der nächste Tag brachte wieder Heiterkeit und Wärme, und wir wanderten wohlgemuth dem schönen Italien zu. Der Weg schlängelte sich durch das Thal des Ticino oder Tessin hinab, welches immer schöner und romantischer wurde. Der Fluß ist breiter und schöner wie die Reuß, und eben so wie diese stürzt er eine Zeitlang fast in unaufhörlichen und zusammenhängenden Wasserfällen von einem großen Felsenblock zum andern fort. Die Felsen-Umgebungen sind erhaben, aber nicht so schauerlich schwarz, als im Thale der Reuß, und an den entfernten Bergen schweben und flattern unzählige weiße Cascaden von kleineren Bächen, die oft mehrere hundert Fuß herabstürzen, gleich weißen seidenen Bändern die Felsen-

höhen herab; und die Berge sind nicht nur mit schwarzen Tannen-
wäldern bedeckt, sondern mit den, uns Nordländern neuen und unbekannten ächten Kastanienwäldern, vermischt mit anderem Laubholz.
Die erste Ahndung der italienischen Natur kam hier in unsere Seele.
Von allen diesen entferntern Schönheiten zogen uns aber immer
wieder die unbeschreiblich herrlichen Stürze des Ticino an und fessel-
ten unsere Betrachtung.

Ich entsinne mich, daß wir wohl eine halbe Stunde lang auf
einer, recht in einen solchen Wasserfall hineinragenden, Felsenspitze gestanden und unverwandten Blicks in sein mannichfach wechselndes Spiel
hineingesehen haben. Ueber den Rand des Felsens bricht die gewaltige Wassermasse mit der Schnelle des Pfeiles herein, in ihrer natürlichen, dunkelblau-grünen Farbe, aber bald verwandelt sich diese in
weißen, aufbrausenden Schaum; und kaum hat das Auge diesen
Wechsel ergriffen, als es auch schon mit ihm in die Tiefe hinabge-
rissen ist, und fast ohne es zu wissen, auf dem donnernden, zischenden,
schäumenden Strudel ruht, der da unten emporkocht. Mit furchtbarer
Gewalt und Schnelligkeit, mit Wuth, möchte man sagen, stürzen die
Wassermassen einander nach, und jede folgende treibt die vorhergehende,
in Schaum aufgelöst, hoch empor, und weißer Staub bedeckt wie
Dampf den ungeheuren, kochenden Felsenkessel und steigt zu dem be-
täubten Zuschauer herauf. Am schönsten ist das herrliche Spiel der
Farben in diesem krausen Gemisch; den schneeweißen Schaum durch-
ziehen in buntem Wechsel die dunkelgrünen Furchen der eigentlichen
Farbe des Wassers, und über dem Ganzen schwebt ein schöner rosen-
farbener Schimmer, den das Auge anfangs gar nicht, sondern erst
bei langem, unverwandtem Hineinschauen bemerkt, und den ich für ein
phosphorisches oder vielmehr elektrisch-galvanisches Leuchten halten
möchte; um so mehr, da Physiker an den großen Wasserfällen wirklich den eigenthümlichen, galvanischen Geruch wollen bemerkt haben.

Das Thal des Ticino bis zum Lago maggiore ist voll der rei-
zendsten Abwechselung. Die großen Wasserfälle des Flusses hören
zwar bald auf, sein Bett wird breiter, das Thal ebener, Felsen hemmen weniger seinen Lauf; aber dafür fängt nun auch die ganze Natur

immer mehr an, den italienischen Charakter an sich zu tragen. An
den Bergen umher, in den Kastanienwäldern halb verstedt, liegen
eine Menge von einzelnen Häusern, oder kleinen Ortschaften, oder
einsamen Kapellen, nach denen die Pilger wallfahrten. Die weißen
Mauern schimmern hell in der Mittagssonne. Bald auch fangen die
großen, eigenthümlichen Weinpflanzungen an, da die Rebe nicht, wie
am Rhein, an kleinen Stöden in die Höhe wächst und jede abgeson-
bert für sich bleibt, damit ja die Sonne von allen Seiten hinzubringe;
sondern sie bilden ganze große Laubengänge, unter denen man halbe
Stunden lang fortwandelt, und die vollen schwarzen Trauben hängen
über unserm Haupte.

Sehr reizend ist unter andern auch die Gegend bei Bellinzona
oder Bellenz, welches mit seinen alten Mauern und Zinnen recht
ritterlich dasteht und das ganze Thal ausfüllt. Hier war es, wo die
tapferen Schweizer im Mittelalter eine der letzten großen Schlachten
gegen die Italiener fochten; sie waren unglücklich, durch zu große
Kühnheit, aber der Feind wagte es nicht, seinen Sieg weiter zu
verfolgen.

Am Abend des zweiten Tages langten wir an den Ufern des
langen Sees an. Unübertrefflich schön ging die Sonne über seinen
blauen Wellen unter und vergoldete sie selbst, sowie die fernen Gipfel
der Schneegebirge. Mit Ungeduld erwarteten wir den nächsten Morgen, um diese Wellen selbst zu befahren.

Noch vor Sonnenaufgang bestiegen wir unsere Barke, mit einem
leinenen Zelte überbedt, doch so, daß wir die freie Aussicht nach allen
Seiten hatten. Sie war geräumig genug, um uns alle sehr bequem
zu fassen, und in der behaglichsten Ruhe schwebten wir nun auf den
sanften Wellen dahin, vom Schlage der Ruder taktmäßig bewegt. Es
war ein seliger Morgen; majestätisch stieg die Sonne hinter uns die
Berge herauf und machte unsern Wellenpfad goldenglänzend; Berge
und Hügel und die unzähligen weißen Villen an ihnen wurden von
ihren Strahlen auf's Schönste beleuchtet; unsere Schiffer stimmten
ein Lied an, und der italienische Sinn für Musik zeigte sich schon
hier an der Gränze in jedem Tone, den sie vorbrachten. Der Tag

war der Karste auf unserer ganzen Reise und gab uns eine Idee von dem tiefen, dunkeln Blau des Himmels, in welches er sich über diesem schönen Lande fast immer kleidet. Unsere nordischen Nebel und selbst das matte Weißblau des Himmels sind dort Seltenheiten.

Unsere Schiffer legten am Mittage an einem kleinen, lebhaften Städchen, Namens Intra, an, und noch früh am Nachmittage sahen wir die Borromäischen Inseln, wie schöne Hesperidische Gärten, mit den goldenen Aepfeln der Orangen = und Citronen = Bäume, auf den Wellen vor uns schweben. Die nächste bei uns war die Isola Madre (Mutter = Insel), kleiner, aber meinem Gefühl nach schöner, als die Isola bella (die schöne Insel). Wir stiegen auf ihr aus und durchwanderten die Gänge ihres kleinen Parks. Die ganze Insel ist ein solcher, nebst einem ländlichen, einfachen Schlosse und einem kleinen Terrassen = Garten. Und was das Interessanteste ist, und für den Nordländer so ganz neu, ist, daß die ganze Insel nur mit solchen Gewächsen bepflanzt ist, die im Winter ihr Laub nicht verlieren; da prangt die hohe Pinie mit ihrem Schirmdach neben der höheren Cypresse und der Steineiche, mit dunkelm Laube, und der schlanke Lorbeerbaum verschönert die Gruppe mit seiner zierlichen Gestalt. An Spalieren erheben sich kleine Wälder von Orangen und Citronen und Apfelsinen, und zwischen der eben aufbrechenden Blütenknospe und der nußgroßen grünen Frucht glüht die völlig reife Goldorange in voller Pracht. Die ganze Insel ist von den süßesten Gerüchen erfüllt, und in den Zweigen der Bäume wiegen sich Schaaren von Goldfasanen. Ein Frühling auf dieser glücklichen Insel verlebt, müßte eine ewige Jugend des Gemüthes in uns zurücklassen. Wir trennten uns schwer von dem schönen Eilande, um zur Isola bella zu fahren, die eine halbe Stunde davon liegt.

Diese Inseln waren einst kahle Felsen; ein reicher, vornehmer Mailänder, Borromeo, ließ sie mit großen Kosten und jahrelanger Arbeit mit Erde befahren und legte dann Gärten und Schlösser auf ihnen an; von ihm tragen sie den Namen. Sie sind klein; Isola bella, die größte, kann in weniger als 10 Minuten bequem umgangen werden. Ihr Schloß ist groß und prächtig, ihre Anlagen sind

sehr künstlich, Terrasse thürmt sich über Terrasse, und die ganze Insel ist eigentlich eine solche, in breiten Absätzen aufsteigende, blühende
Pyramide. Auf der höchsten Terrasse steht eine hohe Bildsäule und
überschaut ernst die Blüten- und Frucht-Fülle der Inseln und die
fernen Hügel mit Kastanienwäldern und Weingärten, besäet mit freundlichen Oertern. Und über jene Hügel und Berge schauen die Riesen
der Alpen, ernst und erhaben, zu uns hernieder, und ihr weißes
Haupt redet wie eine Stimme der grauen Vorwelt in die blühende
Gegenwart hinein. Aber diese Stimme stört nicht, sie erhöht den
Genuß, sie ist ein ehrwürdiger Zeuge des Bleibenden, neben dem
Wechsel, ein herrliches Band des Erhabenen mit dem Schönen.

2. Das Walliser Thal und Ober-Gestelen.

Isola bella war der südlichste Punct unserer Reise gewesen;
wir kehrten uns wieder nach Norden und hatten, gleichsam zur Strafe
dafür, auf dem Wege über den Simplon nach dem Walliser Thale
mit Regen und Schnee zu kämpfen. Ermüdet und niedergeschlagen
kamen wir in der kleinen Stadt Brieg an, welche an der Rhone
liegt, und mit unruhigen Blicken verfolgten wir jedes vorüberfliegende
Gewölk, ob es sich nicht über die Berggipfel weg aus dem engen
Thale heraushebe und uns die Gipfel selbst und den blauen Himmel
sehen lasse. Aber die weißen Schneewolken blieben fest an den Berg-
wänden kleben und streuten ihre Flocken auf uns herab. Wir hätten
noch einige Stunden Weges an dem Tage machen können, aber nach
welcher Seite? Nach Westen zu öffnete sich das Thal von Wallis
in langen Windungen hinab, wir hätten mit der Rhone in ein paar
Tagen den Genfer See erreichen können, wo uns ein freier Weg in
die Thäler des Waadtlandes offen stand; nach Osten, an der Rhone
hinauf, führte der Pfad immer höher im Thale hinan, bis zu den
Quellen dieses Flusses, und wenn wir ihm folgten, so standen wir
vor zwei hohen Bergpässen, wovon uns der eine über die Grimsel
nach dem Hasli-Thale, der andere über die Furca auf den Gotthard führte. Unserm ganzen Reiseplane nach mußten wir den Weg
in Wallis hinauf und über die Grimsel nehmen, denn unser

nächstes Ziel war das Hasli=Thal; aber wenn der Schnee dauerte, so wurde dieser Weg mit jedem Schritte mühsamer und am Ende so gefährlich, daß wir nur mit Lebensgefahr die Grimsel besteigen konnten.

Wir schwankten hin und her; der alte Michel rieth zu dem Wege nach dem Genfer See, er kannte die Gefahren der Alpen und seine Stimme mußte uns etwas gelten; aber unser frischer Muth empörte sich gegen ein feiges Umkehren von dem vorgesetzten Ziele, der Gedanke gefiel uns heimlich, einmal etwas Tüchtiges zu wagen.

Das Wandern zwischen den hohen Wundern der Natur und unter einem kräftigen Volke hatte die träge Zaghaftigkeit etwas ver= trieben, die den meisten unter uns sonst leider das sitzende Bücher= leben anbildet; wir rechneten uns vor, was denn ein Krieger und ein Seemann und ein Gemsenjäger täglich wagen muß und gern wagt, und wie sein Leben an einem zarten Faden hängt, und er schreitet doch muthig vorwärts. So redeten wir uns nach und nach Muth ein, und das Wagestück ward beschlossen. Doch sollte dieser Tag noch in Brieg verbracht werden, vielleicht war ja der Himmel am nächsten Morgen wieder heiter. — Er war es und schien uns ein freundliches Lob über unsern Entschluß zuzurufen. Munter ergriffen wir die Stäbe und gingen auf dem schmalen Wege zwischen der tief unter uns brausenden Rhone und den steilen Felsen zu ihrer Seite bergan.

Die Aussichten waren sehr reizend und romantisch; meistens sahen wir den Fluß gar nicht und hörten ihn nur unter uns, so tief hatte er sich zwischen die Berge und Felsen hineingewühlt; dann blickte uns ein kleiner runder Fleck von ihm aus der dunkeln Tiefe wie ein blaues Auge an, oder wir stellten uns auf eine der vielen schönen, hohen Bogenbrücken, die über sein tiefes Bett gewölbt sind, und blickten in den schäumenden Abgrund hinab. Nach allen Seiten hin bedeckten grüne Alpwiesen, Dörfer, Sennhütten und dunkle Wäl= der die unteren Berge, über welche hie und da ein hoher Schneegipfel hervorragte. Der ganze Tag war reich an Genüssen, und einer der schönsten auf unserer Reise, wozu die Freude über das Gelingen

unferes Wageftücks nicht wenig beitrug. Wir langten den Abend in
Ober=Münfter an, einem Städtchen, fchon ganz nach Art hoher
Bergörter meift aus hölzernen Häufern beftehend. Bis zur Grimfel
hatten wir noch anderthalb Stunden, die konnten wir am nächften
Morgen bequem machen und noch bis über den Gipfel des Berges
zum Hospital, auch wohl, mit einiger Anftrengung, über den ganzen Berg weg bis Guttannen kommen, welches fchon am Eingange
des Hasli=Thales liegt. Mit den angenehmften Reifegedanken begaben wir uns zur Ruhe. Aber in der Nacht weckte uns plötzlich das
fchreckliche Heulen des Sturmes und das Schlagen des Regens und
Schnees an unfere Fenfter; das hölzerne Haus wankte, unfer fchöner
Muth von geftern wankte mit; das Dunkel der Nacht führte alle die
Gefahren, welche uns bevorftanden, wenn wir dennoch vorwärts
bringen wollten, wie fchwarze, drohende Gefpenfter vor die Seele;
wir fahen uns fchon vom Wege verirrt, im Schnee verfunken, von
Lauwinen begraben, oder am jähen Abhange, wo kein Fußtritt mehr haftet,
ausgleitend in die graufige Tiefe geftürzt. Da fchien uns nichts
klarer, als daß unfer Heroismus am vorigen Tage nur thörigte Auf-
wallung des Augenblicks gewefen, · daß wir viel beffer gethan, umzukehren und den gefahrlofen Weg nach dem Genfer=See einzufchlagen.
In diefer Stimmung befchloffen wir alle drei heimlich, wie wir uns
nachher geftanden, wenn es irgend mit guter Manier gefchehen könne,
noch am nächften Morgen für das Umkehren zu ftimmen, obgleich es
jetzt noch feiger war; kurz, wir waren wieder ganz die Stuben= und
Bücher=Menfchen, als da wir ausgingen. Es hat wohl fchon jeder
mehr als einmal die Erfahrung gemacht, wie die Dunkelheit der Nacht
die Kraft der Seele lähmt und erfchlafft und uns feige macht. Das
Licht ift das Bild des Lebens und des Geiftes, und ihre Nahrung.
Kaum brach der erfte Strahl des Tages hervor, kaum leuchteten die
weißen Schneedächer in unfer Fenfter herein, als wir uns fchon wieder gehoben fühlten; die fchimpflichen Entfchlüffe wankten, wir ftanden
auf, kleideten uns an, erfrifchten uns mit einem tüchtigen Frühftücke
aus Milch, Brod und Honig und befprachen die Reife. Da fchämte
fich jeder noch mehr vor den andern, die Anfchläge der Nacht laut

werden zu laſſen, ein jeder that, zu ſeiner eignen Strafe, recht tapfer gegen die andern, und ſo wuchs unſer Muth immer mehr; es ward beſchloſſen, unter keiner Bedingung umzukehren, und ſollten ſich die Gefahren noch mehr häufen. Der alte Michel vermochte kaum, uns nur noch einige Stunden in Ober-Münſter aufzuhalten, um vielleicht die erſte Wuth des Sturmes und Schnees vorübergehen zu laſſen; ſie ging nicht vorüber, und wir brachen mitten in dem Unwetter um 10 Uhr Morgens nach dem Dorfe Ober-Geſtelen auf, welches hart am Fuße der Grimſel liegt. Wir langten um Mittag an und fragten gleich nach einem Boten über den Berg, der den Weg auf das Genaueſte kenne; denn Michel hatte uns erklärt, daß er nicht im Stande ſei, den Weg, den er im Sommer, wenn alles ſichtbar ſei, recht gut kenne, jetzt tief unter dem Schnee zu finden, der Alles zu einer großen, weißen, gleichförmigen Fläche mache. Aber die Leute ſahen uns ſehr verwundert an, als wir von einem Boten redeten, und lachten uns endlich gerade in's Geſicht, als wir darauf beſtanden, bei dieſem Wetter den Berg zu erſteigen. „Ob wir denn nicht wüßten," redeten ſie uns an, „daß auf dieſem Berge ſchon im Auguſt Menſchen erfroren ſeien, die ein plötzlicher Nordwind mit Schnee droben überfallen, wie das nicht ſo gar ſelten geſchehe? Der Wind ſei da oben ſo ſcharf, wie Meſſerſpitzen, er mache alle Glieder erſtarren, er treibe den feinen Schnee, der gleichfalls ſo ſcharf wie Nadeln ſei, in die Augen und mache ſie völlig blind; die Kleider würden ſteif von dem ſie durchdringenden Schnee, hinderten die Bewegung der Glieder, und wer nicht eine außerordentliche Kraft habe, ſich immer in Bewegung zu erhalten, und ſich nur einen Augenblick, von Müdig- keit überwältigt, hinſetze, der ſei unfehlbar verloren. Und jetzt ſei überdies der Schnee ſchon ſo tief, daß man bei dem ſchönſten Wetter ſchon Mühe genug haben werde, ſich durchzuarbeiten; wie viel mehr wenn Sturm und fallender Schnee hinzukäme."

Das klang freilich abſchreckend; dennoch trauten wir den Worten der Wirthsleute nicht ganz, ſie konnten ja die Abſicht haben, uns feſt- zuhalten. Wir ſchickten wirklich nach Boten, aber alle erklärten, daß ſie für keinen Preis das Wageſtück unternähmen; ſie wollten uns gern durch den Schnee über den Berg führen, aber von oben müsse das Toben aufhören. — So mußten wir uns wohl gedulden und konnten es, ohne unsern Entschlüssen untreu zu werden.

Aber, welch ein Aufenthalt in dieser Spelunca! welche Probe unserer Geduld! Eingesperrt in eine niedrige Stube, die ganz mit schwarzbraunen Tannenbrettern ausgeschlagen war und wenig Licht hatte, mit einer Gesellschaft von Menschen, wie man sie nur in Wallis zusammenfindet, sahen wir einem unsäglich langen Nachmittage entgegen. Der Bier= und Branntweingäste aus dem Dorfe gedenke ich gar nicht, mit denen ließ sich immer noch ein verständiges Wort sprechen, wenn nur der übrige Unfug in der Stube es zuließ, den einige große und kleine Kinder auf eine empörende Weise mit einem Wesen trieben, welches eben so viel Thier als Mensch war. Hinter dem Ofen nemlich saß zusammengekrümmt eine etwa 3½ Fuß hohe Figur, mehr einem Bären als Menschen ähnlich, mit großer Pudel= mütze auf dem Kopfe, unter welcher hervor langes, dickes, von Schmutz zusammenklebendes Haar über Gesicht und Schultern hing, und mit keiner weiteren Kleidung angethan, als mit einem braunen, grobhä= renen Kapuzinerrock, der bis auf die Füße reichte. Wir hatten das Geschöpf nicht bemerkt, bis die Kinder anfingen es zu necken, und wir nun plötzlich ein grunzendes Geschrei hinter dem Ofen aus ver= nahmen; wir blickten hin und sahen die Gestalt, und zwischen den Haaren hervor ein Gesicht, welches kaum menschliche Züge trug und auf welchem, neben dem Ausdruck der völligen Vernunftlosigkeit, ein thierischer, fürchterlich anzusehender Grimm gegen die Kinder lag. Das Unding sprang auf und schlug und biß nach den Kindern, aber mit einer körperlichen Ungeschicktheit und Schwäche, daß diese leicht ausweichen konnten. Wir erschraken sehr, brachten aber bald die Kinder zur Ruhe und erkundigten uns nun nach dem widernatür= lichen Geschöpfe. Es war wirklich ein menschliches Wesen, das von Jugend auf völlig vernunftlos war, nie Sprache verstehen und noch weniger reden gelernt hatte, obgleich sein Gehör gut war; nicht un= klug, sondern blödsinnig, oder vielmehr weit schlimmer als blödsinnig; ein Verwandter des Hauses, etwa 40 Jahre alt, der so zu Tode gefüttert wurde. Es giebt bekanntlich in Wallis, besonders aber in dem untern Theile, sehr viele sogenannte Kakerlaken, eine menschliche Ausartung, die rothe, blöde Augen, schneeweißes Haar und ganz blasse Haut haben und gewöhnlich blödsinnig sind. Man schreibt es dem ungesunden Klima und Wasser des engen, eingeschlossenen Thales zu, das im Sommer das Klima von Afrika hat, und im Winter im Schnee vergraben liegt. Unsere Mißgeburt gehörte nicht eigentlich zu den Kakerlaken, denn er hatte nicht rothe Augen und weißes Haar, aber er war doch ein ähnliches Product unnatürlicher Ausartung.

Wir gaben uns alle Mühe dem Unwesen zu steuern, aber umsonst; das wüste Gelächter der Neckenden und das thierische Geheul des Blödsinnigen wurde immer stärker, und wir waren eben im Begriff das Zimmer zu verlassen und lieber in Sturm und Schnee hinauszulaufen, als eine ganz wunderbare Spur eines Gedankens bei dem Unglücklichen uns zurückhielt. Einer der Anwesenden nemlich machte mit den Fingern ein Kreuz und hielt es ihm vor, und nun stieg seine Wuth auf den höchsten Grad. Wir fragten, warum gerade das Kreuz ihn so aufbringe, und erfuhren zu unserm höchsten Erstaunen, daß in diesem Wesen, in welchem es sonst so ganz finster zu sein schien, dennoch eine Ahndung und Verehrung religiöser Gegenstände war. Man erzählte uns, daß er regelmäßig in die Messe gehe und keine Ruhe im Hause habe, sobald die Glocke läute, daß er sehr still und fast andächtig dasitze, alle äußeren Gebräuche pünctlich mitmache, den Knaben in seiner Nähe drohe, wenn sie unruhig wären u. s. w., und das Alles, ohne je auch nur eine Spur von religiösem Unterricht erhalten zu haben; und wie sollte er das, da er sprachlos und dem Anscheine nach völlig vernunftlos war und die menschliche Sprache gar nicht verstand?

Wir konnten unser Erstaunen über dieses Wunder gar nicht mäßigen und noch bis diesen Augenblick ist mir die Erscheinung dieses Unglücklichen eines der größten Räthsel in meiner Erfahrung über die menschliche Natur. Wie unbegreiflich, daß in dem traurigen Dunkel dieser Seele dieser einzige Lichtstrahl der Religion einen schwachen Schimmer verbreitete! — Um uns noch mehr von diesen Dingen zu

überzeugen, holte eine Tochter des Hauses ein sonderbar zusammen=
gesetztes, aus Holz geschnitztes und mit vielem Flittergold behangenes
und beklebtes Bildwerk hervor, von einigen Fuß in der Höhe und
Breite, worin Kreuze, Altäre, Monstranzen, Sonnen, Sterne ꝛc. auf
die wunderbarste Weise mit einander verbunden waren, freilich alles
sehr roh gearbeitet. Wir wollten eben fragen, was es bedeute, als
der Unkluge mit noch schrecklicherem Geheule als je vorher, hervor=
stürzte, mit aller Gewalt auf das Mädchen eindrang und ihr sein
Kleinod entriß; denn wirklich war er es, der sich dieses Werk mit
jahrelangem Fleiß geschnitzt hatte, nach den Dingen, die er in der
Kirche sah; und es hatte für ihn, wie wir nun deutlich sahen, eine
heilige Bedeutung.

Der unglückliche Mensch wurde uns von diesem Augenblicke an in=
teressant und erweckte unser tiefstes Mitleiden; denn was konnte nicht
in seinem Innern vorgehen, wovon keine äußere Spur zu sehen war?
Wir beschützten ihn gegen jede Neckerei und es gelang uns die übrigen
zur Ruhe zu bringen; wir gaben ihm von unsern Speisen, besonders
aber Schnupftaback, den er leidenschaftlich liebte, und er wurde in
kurzer Zeit so anhänglich an uns, daß er nicht aus unserer Nähe
wich und uns freilich dadurch wieder lästig wurde. Nur einmal noch
brachte ihn einer der Anwesenden in Harnisch, indem er ihm die
Pantomime eines Schlafenden vormachte, die Hand unter den Kopf
legend. Wir erfuhren, daß ihm dieses bedeute, er solle bald sterben;
— also auch vom Tode hatte er einen Begriff. — Doch genug von
einem so unglücklichen, widerwärtigen Gegenstande!

Der Nachmittag verging, so lang und unangenehm er war;
draußen tobte es fort, bis gegen Abend, da legte sich der Wind und
Schnee etwas, und nur Nebel zogen im flüchtigen Laufe die Thäler
und Bergschluchten herauf. Wir traten oft in die Thür und forschten
seinen Zügen nach. Wir befanden uns in einer ganz ähnlichen Lage
wie Göthe, als er über die Furca nach dem Gotthard wollte, auch
spät im Jahre und bei hohem Schnee. Uns kamen seine herrlichen
Schilderungen dieser Reise aus seinen Schweizer Briefen recht lebendig

vor Augen und besonders die Schilderung des Wolkenzuges in einem Briefe aus dem Leuckerbade, am Fuße des Gemmiberges.

4. Die Grimsel.

Am andern Morgen schien die Sonne freundlich in unsere Betten, die wir aus Furcht eines neuen stürmischen, widerwärtig zu verlebenden Tages nicht so früh verlassen hatten, wie sonst auf Reisen recht und in der Ordnung ist. Schnell machten wir uns auf, schnürten unser Bündel und schickten, während wir frühstückten, nach einem Boten; denn wenn es nur von oben ruhig sei, so versprachen sie ja am vorigen Tage, wollten sie uns durch den tiefsten Schnee führen; und es war ruhig, keine Wolke an dem blauen Himmel zu sehen, und vom Dache tropfte es schon stark durch die Gewalt der Sonnenstrahlen. Es kam ein kleines altes Männchen, wohl schon einige 60 Jahre alt und stellte sich als unsern Führer dar. Wir maßen ihn mit etwas bedenklichen Blicken von oben bis unten; er verstand die Blicke und rief nun mit zuversichtlichem Lächeln die ganze Dorfgesellschaft, die der Sonntag Morgen in der Wirtsstube versammelt hatte, zu Zeugen auf, ob ein Mann im Orte sei, der durch Kunde des Weges und durch Kraft der Schenkel besser zum Boten tauge, und ob er den Weg nicht 50 Jahre lang, zu jeder Jahreszeit und mit schweren Trachten italienischen Weines auf dem Rücken, gemacht habe? Einstimmig gaben ihm alle das verlangte Zeugniß, und so konnten wir nicht anstehen ihn zu nehmen. Nun erst holte er zum Ueberfluß aus seiner Tasche ein ganzes Packet Zeugnisse von vornehmen und geringen Reisenden hervor, die er auf die rühmlichste Weise über den Berg geführt hatte; wir fanden darunter auch eines von einigen unserer Heidelberger Bekannten, noch vor wenigen Tagen geschrieben, die er im Anfange des Schneewetters hinübergeleitet hatte. Das gab uns doppelten Muth und wir drangen auf schnelle Abreise. Aber dazu verstand sich unser Alter nicht, er mußte erst die Messe hören, und vor 10 Uhr konnten wir dann nicht aufbrechen. Dagegen versprach er, uns in 5 bis 6 Stunden zu dem Wirtshause auf dem Berge, das Grimsel-Hospital genannt, zu bringen.

Nach 10 Uhr brachen wir auf. Unser Bote nahm, unserer Gegenvorstellungen ungeachtet, alle unsere Reisetaschen auf den Rücken und, den langen Alpenstock in der Hand, schritt er tapfer vorán. Der Weg fing gleich außerhalb des Dorfes an zu steigen, der Schnee lag wohl bis unter die Wade, aber muthig trabten wir durch ihn hin, die Fußstapfen der Voranschreitenden wenig achtend. Bald wurde es steiler, der Schnee tiefer bis an die Knie und wir fingen schon an, einer in die Fußstapfen des andern zu treten, dadurch bekam es der letzte am leichtesten; denn es war wahrlich keine leichte Arbeit für die Ersten, bei jedem Schritte in die nachgebende Schneemasse zu versinken und dann den mühsam herausgezogenen Fuß hoch über den Schnee weg zu neuem Einsinken zu erheben. Die Sonne schien sehr warm, der Schweiß brach uns aus, die Brust keuchte gewaltig, ich verlangte, daß der Zug stille stehen und die Plätze gewechselt werden sollten; denn ich hatte mich unbesorgt beim Ausgehen gleich hinter unsern Führer gestellt und war also der zweite in der Reihe. Ich begab mich nun an den letzten Platz, der alte Michel, der bisher der dritte gewesen, nahm den zweiten ein, und der Zug ging weiter.

Nach etwa 2 Stunden heftiger Arbeit waren unsere Kräfte ziemlich erschöpft; wir freuten uns, in einem Tannenwalde eine für Reisende errichtete kleine Strohhütte zu finden, welche freilich nur aus 4 Wänden und einem Dache bestand; doch war sie uns sehr willkommen, uns gegen den mit jedem Schritte, den wir in die Höhe machten, schärfer werdenden Wind zu schützen. Wir traten auf einige Minuten hinein und erquickten uns köstlich durch einen Schluck rothen, feurigen Weines. Verweilen durften wir nicht, wir waren zu sehr erhitzt, und unsere Führer ermahnten uns bald zum Weitergehen. Nun kamen wir aus dem Holze heraus und eine unermeßliche weiße Wüste, nicht Fläche, sondern Abwechselung von Berg und Hügel und Felsenzacken lag vor unsern Augen, durch den Alles bedeckenden Schnee zu Einem öden Ganzen verbunden. Eine unbeschreibliche Stille herrschte in dieser Einöde, eine Stille, wie man sie nur auf den höchsten Gebirgen empfindet, da man gleichsam über das Geräusch der Erde erhoben ist; kein lebendiges Wesen auf mehrere Stunden weit vor ober hinter uns, nur wir fünf einsamen Menschen, schweigend und emsig hinter einander fortschreitend und einer in die Fußstapfen des andern tretend; und in der ganzen, weiß überzogenen Weite keine Spur des Lebens, als die Furche, die wir selbst gezogen hatten. Der Schnee war hier im Freien, wo ihn der Wind zusammenwehen konnte, an manchen Stellen so tief, daß der einsinkende Fuß den Boden gar nicht erreichen konnte; wir fielen oft bis über die Hüften hinein und am schlimmsten, wenn der eine Fuß vielleicht auf einem Felsenstücke einen Ruhepunct gefunden hatte und der andere, beim Fortschreiten, daneben hinabgleitend in den bodenlosen Schnee gerieth; dann fielen wir auf die Seite nieder oft bis über den Kopf, denn auch der stützende Arm sank immer tiefer in den Schnee und es war kein Aufstehen möglich, wenn nicht ein anderer mit seinem langen Stocke zu Hülfe kam. So klimmten wir mühsam die steilen Pfade hinan; unser Muth und unsere Kräfte, die uns so groß geschienen, nahmen merklich ab, und noch lag des Berges Gipfel in ferner Höhe über uns. — Da erschallte plötzlich über dem weißen Gefilde her ein helles Rufen und Pfeifen zu uns herab; wie ein elektrischer Schlag durchfuhr uns alle der Ton; entzückt über das Dasein lebendiger Wesen außer uns in dieser Oede wandten wir die Blicke nach dem Gipfel, woher der Ruf erschollen, aber unser ungeübtes Auge sah nichts; nur die beiden Führer, obwohl so viel älter als wir, entdeckten menschliche Gestalten, mit Kühen vor ihnen her, die eben über den Gipfel gekommen waren; die Treiber hatten uns früher gesehen, als wir sie, und ihr Ruf drang in der todtenähnlichen Stille der Natur so weit her zu uns. Wir antworteten sogleich und steuerten mit erneuertem Muthe der kommenden Karavane entgegen, die nun auch wir Ungeübten bald erblickten. Wir kamen einander immer näher; es waren, wie unser Bote gleich vermuthet, Hirten aus Ober-Gestelen, welche der Schnee mit ihren Kühen auf dem Berge überrascht und festgehalten hatte und die nun den ersten ruhigen Augenblick benutzten, in das Thal zurückzukehren.

Die beiden Züge erreichten einander; treuherzig schüttelten sich die Bekannten die Hand und wünschten sich Glück zu der halb überstandenen Gefahr; ein jeder pries dem andern den großen Vortheil, den er dadurch habe, daß ihm nun die Bahn gebrochen und gezeigt sei, auf der er nur fortzuschreiten brauche; in Wahrheit war aber der Vortheil für uns sehr viel größer, wir sollten bergan steigen und die Thiere hatten den Schnee wacker niedergetreten; Gott weiß, wie viel mehr Noth wir ohne diese Hülfe noch hätten erdulden müssen. Aber es war kläglich anzusehen, mit welcher unsäglichen Anstrengung die armen Thiere sich durcharbeiten mußten; durch ihre Schwere und wegen der unverhältnißmäßig kleinen Fläche ihrer Fußsohlen sanken sie bei weitem tiefer in den Schnee, als die Menschen; kaum durch die heftigsten Schläge und oft nur durch Nachheben der Hirten konnten sie wieder emporgebracht werden, und nach einigen Schritten wiederholte sich die Scene. Wir standen einige Augenblicke neben einander still, tranken uns aus unsern Flaschen zu und klimmten nach kurzem Abschiede weiter. Das Steigen wurde uns jetzt sehr viel leichter, schon nach einer Stunde hatten wir den höchsten Gipfel des Passes erreicht, der so fern von uns gelegen hatte, und unser Blick in das Chaos weißer Gipfel und Bogen und Zacken war unendlich weit.

Uns wurde der scharfe und sichere Blick sehr erschwert durch das Blenden des Schnees, das über alle Begriffe ging; denn diese Reinheit und Weiße erreicht er in unsern Thälern nicht. Die Kraft der Sonne wurde keinen Augenblick durch Wolken nur etwas gebrochen und der Himmel war so rein über uns, daß er gegen den weißen Schnee vollkommen wie dunkelblaues Tuch aussah. Ich hatte mich, auf den Rath anderer Reisenden, zum Glück mit einem grünen Schleier versehen und litt am wenigsten; aber meinen beiden Gefährten waren die kleinen Blutgefäße des Auges so ausgedehnt und die kleinsten gewiß auch gesprungen, daß mehrere Tage lang keine Spur des Weißen in ihren Augen zu sehen war. Sie litten schon hier auf der Spitze heftige Schmerzen, und zugleich erinnerte uns der schärfer werdende Wind an die Schilderungen der Berggefahren. Da eilten wir schnell bergab. Tief unter uns, in einem Kessel des Berges, lag das ersehnte Grimsel=Hospital; der Führer versprach, uns in einer halben Stunde hinzuschaffen, wenn wir seinem Beispiele folgten,

— (4 und eine halbe hatten wir zum Hinaufsteigen gebraucht.) — Und nun verließ er alsbald den Pfad, den uns die Kühe gebahnt hatten, suchte sich einen steilen Abhang aus, der gerade auf das Haus hinführte, stellte die Füße dicht bei einander, den langen Alpenstock, den er mit beiden Händen faßte, fest an seinem linken Schenkel vorbei hinten in den Schnee, ließ sich nun gleiten und fuhr so mit Schnelligkeit die schneebedeckte Felsenwand bis zu dem nächsten Absatze hinab, den Stock gleichsam als Steuerruder gebrauchend, um das Gleichgewicht zu erhalten. Diese schnelle und bequeme Reise gefiel uns; der alte Michel machte uns die Handgriffe dabei noch einmal vor, glitt dem Boten nach, und wir setzten uns nun auch, freilich mit großer Mühe, in Positur. Aber kaum waren wir einige Schritte hinabgerutscht, als die Füße vorn ausglitschten, und wir alle drei, der Reihe nach rücklings in den Schnee fielen. Das erste Mißlingen schreckte uns nicht ab, wir versuchten es zum zweiten und dritten Male, und nach dem mühseligsten Arbeiten, recht eigentlich mit Fallen und Aufsteigen, kamen wir dem Gasthause endlich nahe. Michel und der Bote waren längst dort und die, über so späte und unzeitige Reisende erstaunten, Wirtsleute kamen uns eilig, mit tüchtigen Besen in den Händen, entgegen. Diese ungewohnte Bewillkommnung erschreckte uns fast, denn so waren wir noch nie empfangen; aber bald erkannten wir ihren Zweck; mit großer Emsigkeit nemlich gaben sich die Leute daran, uns vom Kopf bis zu den Füßen abzufegen, und das war nach unserer letzten Niederfahrt besonders sehr zweckmäßig, sonst würde uns der aufthauende Schnee in der Stube noch völlig durchnäßt haben. Nachdem wir gereinigt waren, führte man uns in's Haus, aber noch nicht in die warme Stube, sondern in eine ungeheizte und hier wechselten wir Strümpfe und Wäsche, und nun erst durften wir dem Ofen nahen. Es war ein unbeschreiblich angenehmes Gefühl, eines der angenehmsten, deren ich mich erinnere, nach fünf so verlebten Stunden, aus den Schrecknissen der Natur heraus, unter freundliche, dienstfertige Menschen und in eine bewohnte, warme Stube zu treten. Wir Städter, die wir uns die Menschen fast zum Ueberdruß sehen und stündlich mit mehreren verkehren, als uns oft lieb ist, wir wissen den Werth der Gesellung und der natürlichen Bande, die unser Geschlecht verbinden, nicht zu erkennen; unser eigentlich mensch= liches Gefühl wird abgestumpft und schmählich verdorben, und daher oft so ungerecht. Aber, wem in wahrer Noth ein Mensch die Hand gereicht und ihn zu sich gezogen hat, der fühlt, daß jeglicher Mensch sein angeborner Bruder ist.

Unsere erste Frage, nach dem Eintritt in die Wirtsstube, war nach einer warmen Tasse Thee; aber die Leute hatter nur Kräuter, die sie anf dem Berge gesammelt, und wovon sie sich Thee machten, wenn sie krank waren. Wie erwünscht war es uns daher, als wir uns erinnerten, daß wir in unserm Bündel ein Päckchen Thee mitge= nommen, welches wir bis dahin noch nicht gebraucht hatten. Schnell wurde er herbeigeschafft und bereitet, und wir stimmten alle drei über= ein, daß uns noch nie in unserm Leben eine Tasse Thee besser ge= schmeckt habe. Der Wirt brachte uns vortreffliches Weißbrod dazu und die schönste, kräuterreiche Alpenbutter, und so hielten wir ein Mahl, wie es kein König halten kann. Dabei wurden unsere Schreib= tafeln herausgeholt, traulich saßen wir um den Theetisch, tranken und schrieben in der behaglichsten Ruhe; der Wirt und Michel saßen in einer andern Ecke und erzählten sich ihre Fata, seit sie sich zuletzt sahen, — sie wären durch Michels häufige Reisen nun vieljährige Bekannte; — draußen heulte ein schneidender Wind, der die Wellen des schwarzen Sees, welcher dicht vor unsern Fenstern im Kessel des Berges lag, plätschernd an das Ufer trieb; der helle Mond am kla= ren Himmel erleuchtete den See und die weißen Schnee=Abhänge umher, die Sterne funkelten glänzend darein, und so vereinigte sich alles, uns das durchdringendste, behaglichste Gefühl von Wohlsein zu geben, welches uns bei jedem Blicke in die kalte Wüste und Nacht umher ordentlich durchschauerte. — Unsere Federn ruheten bald, die Gespräche zwischen dem Wirt und Michel, und einige hineintretende Kinder, zog uns mehr an, wir mischten uns hinein und fühlten bald den herrlichsten Genuß an den kernigten Reden des Schweizers, der an Körper und Geist aus einer alten kräftigeren Zeit zu sein schien. Er war ein geborner Haslithaler und zog jedes Frühjahr, wenn der

Schnee die Berge zu verlassen anfing, in seine Wolkenwohnung, die
Wanderer zu bewirten, und erst, wenn der strengste Winter ihn
zwang, in sein Thal zurück; kaum 3 bis 4 Monate im Jahre ließ er
sich so von dem kalten Herrscher von seiner Höhe herabtreiben. Er
erzählte uns mit rechter Freude an der Uebermacht der menschlichen
Kraft, wie er die Natur auch da oben noch zwinge, ihm einiges fri-
sches Gemüse zu liefern, und wie er Bergkräuter zusammensuche und
in seinen Garten pflanze, die ihm einen erfrischenden Salat oder
seinen Suppen den gewürzhaften Geschmack verschafften. Vor allem
aber wußte er uns die schrecklichen Scenen zu schildern, da selbst in
diese Felsenwüste, auf die schroffen Klippen und Abhänge, die freveln
Menschen ihre Mordlust getragen, wie Russen, Oestreicher und Franzosen zwischen und auf den Felsen mit einander gefochten und sich in
die Abgründe hinuntergestürzt hatten, und welche Drangsale er selbst
in diesen Gräuelzeiten erlitten. Mit diesen Unterhaltungen verging
der Abend, und sie würzten uns auch das Abendessen, obwohl dieses
der Würze nicht bedurfte; denn so gut und so viele Gerichte hatten
wir kaum in den besten Städten der Schweiz gegessen, als uns der
gastfreundliche Wirt auftischte. Der feurige, schwere Italienische
Wein, — er behielt sich immer die besten von den Treibern zurück,
die bei seiner Felsenwohnung täglich Ladungen desselben vorbeiführten,
— erwärmte auch die letzte Faser an uns, die der Thee noch uner-
wärmt zurückgelassen hatte; und eben so erquickend war nachher der
Schlaf in sehr guten, reinlichen Betten.

Unser Herabsteigen am nächsten Tage nach dem Hasli-Thale
war höchst merkwürdig; wir konnten uns des seltenen Glückes rühmen,
an Einem Tage die vier Jahreszeiten zu erleben; denn wir kamen aus
dem strengen Winter des oberen Berges und des noch rauhen
Morgens, durch unermeßliche Schnee- und Eisfelder herab, in den
eben anbrechenden Frühling, wenn die Kraft der Märzsonne die
harte, kalte Hülle der Erde schmilzt und den frühesten Blumen und
Kräutern die erste Nahrung zuführt. Diesen Augenblick erlebten wir
noch in den engeren Schluchten des Berges, wo keine Waldung und
überhaupt kein hohes Gewächs an den Felsen haftet, wo aber wohl

die sparsam angewehete Erde aus Ritzen und auf kleinen, moosbe-
wachsenen Hügelchen Gräser und Blumen und die niedrige Alprose
hervortreibt; und auch jetzt erhoben sie hin und wieder ihr Haupt
aus dem wegthauenden Schnee. Gegen Mittag erreichten wir schon
die weiteren Thäler am Fuße des Berges, wo ausgebreitete grüne
Matten an den Hügeln umher von hohen, noch sehr frischen Waldun-
gen begränzt, lagen und wo keine Spur des Schnees mehr zu sehen
war. Die Herden weideten in der warmen Mittagssonne, der Hirt
ruhte bei ihnen und ließ sein Alphorn ertönen, die Wärme war für
einen Herbsttag bedeutend, und so hatten wir gerade in diesen Mit-
tagsstunden vollkommen die Empfindung des Sommers. Aber sie
war nur kurz; die Sonne neigte sich schon früh dem Untergange zu,
ein ziemlich kühler Wind wehte uns aus den schneebedeckten Schluchten
des Berges nach; zugleich breitete sich das schöne Hasli-Thal mit
seinen Wohnungen und mannigfachen Gehölzen vor uns aus; die
Ahornbäume hatten das farbige Gewand des Herbstes in voller Pracht
angelegt, reife, rothwangige Aepfel nickten uns aus den Gärten der
Dörfer zu, durch welche wir kamen; die Wirklichkeit nahm die drei
vorhergehenden Spiele des Monats und der Phantasie in sich auf
und behauptete sich als dauernd; wir wurden es uns klar bewußt,
daß wir im Herbste waren. Wir übernachteten in dem freundlichen
Meiringen.

5. Die Jungfrau und der Staubbach.

Mehrere Wochen schon waren wir in der Schweiz umhergewan-
dert, aber noch hatten wir die schönsten der Schneegebirge, die
Berner Hochalpen, nicht in der Nähe gesehen; und vor allem
waren wir begierig auf den Anblick der hehren Jungfrau, die uns
als einer der schönsten unter diesen Bergen geschildert war. Wir
wandten uns daher von Meiringen nach dem Städtchen Unterseen,
so genannt von seiner Lage zwischen dem Thuner- und Brienzer-
See, welche durch die Aar mit einander verbunden sind. An einem
schönen, heitern Abende kamen wir in Unterseen an, und als wir um
die letzte Bergecke traten, sahen wir den kolossalen Leib der hohen

Jungfrau vor uns, wie er zwischen und über den Reihen der näheren, noch mit Laubholz bekränzten Berge, die bei uns schon zu den höchsten Bergriesen gezählt werden würden, majestätisch emporragt. Ihr reines, nie bestiegenes Haupt, mit dem weißesten Schnee, den die Erde trägt, blickte aus dem dunklen Blau des Himmels herab auf das farbige Gewühl ihrer niederen Gebirgs-Brüder und -Schwestern, wie eine aufgehobene Madonna von ihrem Wolkenthrone auf den Haufen der, andächtig zu ihr emporblickenden, Gläubigen. — Mag vielleicht der Name Jungfrau aus einem heiligen Gefühle der Art, aus dieser Vergleichung mit der himmlischen Jungfrau, in einem tiefsühlenden Gemüthe, entstanden sein. Ich weiß keinen schönern Ursprung des Namens und keinen schönern Namen selbst für diesen herrlichen Berg.

Die Sonne war allmählig niedergesunken; jetzt verschwand ihre goldene Scheibe hinter den Bergen in Westen. Unser, von Höhen eng umschlossenes, Thal hüllte sich in immer dunklere Schatten; aber das hohe Haupt der Jungfrau schaute noch immer das uns lange verschwundene Licht des Tages, es wurde von seinen Strahlen erleuchtet und glänzte, wie verklärt, in unsern Abend hinein. Unverwandt hefteten wir unsere Augen auf dieses hohe Licht, welches uns vom dunkelblauen Himmel anblickte. Es verwandelte sich allmählig aus dem hellsten Weiß in den Glanz des Feuers, dann in den Schimmer des Goldes und endlich in das schönste Rosenroth, welches man sich denken kann, und welches wie ein magischer Zauber das schöne Haupt der Jungfrau umfloß. Jeden Augenblick in dieser Verwandlung hatten wir für den schönsten gehalten, wir wollten ihn festhalten, um ihn nie wieder zu verlieren; aber dieses Rosenlicht war wirklich das schönste und der Gipfel der Verklärung unserer Jungfrau. Es wurde nach und nach matter und ging endlich in ein noch immer schönes weißgrünes Licht über, welches der Berg auch die Nacht hindurch im Schimmer des Mondes bewahrte.

Uns zog es mit unnennbarer Sehnsucht noch näher zu dem herrlichen Berge hin, den wir so verklärt gesehen hatten; und am nächsten Morgen, mit Anbruch des Tages, stiegen wir unter der

Leitung unseres alten braven Führers, Jocob Michel, die ersten Hü=
gel hinter dieser Stadt, jenseits der Aar, hinan. Wir kamen auf die
schöne Alpwiese, wo oft die Schweizer Nationalfeste, im Angesichte
der Jungfrau, gefeiert werden, und wo noch in diesem Sommer, —
1808, — das letzte Hirtenfest gehalten war. Hier sahen wir den maje=
stätischen Berg erst recht in seiner Erhabenheit. Bis dahin war uns
sein Fuß und ein Theil seines Leibes noch verdeckt gewesen durch die
vorliegenden Bergreihen; jetzt waren wir zwischen diese getreten, zu
beiden Seiten thürmten sie sich steil in die Höhe, aber nur als Hügel
erschienen sie gegen die gewaltige Jungfrau, die jetzt in ihrer ganzen
Größe, nur noch den äußersten Fuß von Felsenhöhen verdeckt, vor uns
lag. Von neuem ergriff uns der ungeheure Eindruck solcher Größe,
und im stummen Erstaunen standen wir lange vor ihr, ihre Höhe
gegen den Himmel und gegen die übrigen Berge messend.

Noch waren wir aber lange nicht an dem Fuß der Jungfrau,
so nahe und überwältigend sie vor uns lag; noch mußten wir uns
wohl 6 Stunden lang durch vielfach gekrümmte Thäler winden, wenn
wir ihn erreichen wollten. Wir schritten in diesen Thälern fort, dem
Laufe eines rauschenden Bergstromes folgend, bei immer wechselnden,
herrlichen Aussichten an jeder Bergecke, um welche wir traten. Bald
ward uns der Anblick der Jungfrau entzogen, bald trat sie in ihrer
ewigen Jugend und Reinheit von neuem hinter den Bergen hervor.
Endlich hatten wir sie ganz wieder vor unsern Augen, und zu unsern
Füßen lag ein schönes, großes Schweizerdorf, mit der ganzen Eigen=
thümlichkeit Schweizerischer Oerter, ausgebreitet; es war Lauter=
brunn. Nußbraune, hölzerne Häuser, von unten bis oben mit
Brettern von Lerchenholz bekleidet, welches eben von der Zeit die
schöne nußbraune Farbe annimmt, mit weit überragendem Dache,
unter dessen Schutze die Geräthe des Hauses in bunter Mannigfaltig=
keit aufgehäuft liegen, sind beschattet von eichenhohen Ahornen, groß=
und kleinblättrigen, die der Herbst mit allen Farben, vom hellsten
Grün, durch alle Nüancen des Gelb und Roth hindurch, bis zum
dunklen Braun, schattiert hatte. Wer die schönen Gruppen kennt, die
der Ahorn macht, und seine vielfältigen Färbungen im Herbst, der

kann sich den Anblick eines Schweizerthales lebhafter vorstellen, denn dieser Baum ist dort sehr häufig. Und das Lauterbrunner Thal ist eines der schönsten. Links über dem Orte, wenn man von Unterseen hineintritt, erheben sich belaubte Hügel, und über ihnen immer höhere Berge, mit der reichsten Abwechslung von Wald und Fels und hohen Alpenwiesen, auf denen, hoch über uns, die Kühe weiden und braune Sennhütten stehen; wendet sich das Auge rechts, so trifft es eine einzige, schroffe Felsenwand, die 3 bis 4 Stunden lang ununterbrochen, freilich mit vielen Ecken und Windungen, fort-läuft und über uns senkrecht in die Höhe ragt, nicht haushoch, nicht Thurmhoch, sondern, wenn wir uns wohl 6 Thürme auf einander gesetzt denken, denn sie hat eine Höhe zwischen 1 und 2000 Fuß; auf ihrem Rücken aber erheben sich wieder andere, waldbewachsene Berge bis in die Wolken. Dieses sind die Seiten=Coulissen dieses großen Theaters; den Hintergrund aber bildet immer, in ruhiger Majestät herabblickend, die Jungfrau, im schneeweißen Gewande.

Es war gerade die Mittagsstunde, als wir in die Nähe des Staubbachs kamen, der von der oben beschriebenen steilen Felswand 900 Fuß hoch herabstürzt. Der Anfang des Falles erscheint wie der eines ansehnlichen Waldbaches, aber weil er sich nirgends auf einem Felsenvorsprunge bricht, so fällt das Wasser im jähen Sturze pfeil-schnell herab, bis es durch den Widerstand der Luft zuerst in weißen Schaum und dann in einen Staubregen verwandelt wird, der in immer langsamerem, sich weit ausbreitendem, Falle zur Erde kommt und der merkwürdigen Erscheinung den Namen giebt. Obwohl in der Mittagshöhe stehend schien die Sonne doch — es war im Octo-ber — so schräg auf den Wasserfall, daß wir, die Sonne im Rücken, immer näher auf denselben zuschreiten konnten und den glänzendsten Regenbogen in dem feinen Staubregen vor uns sahen. Wir achteten es nicht, daß wir naß wurden, sondern gingen so nahe hinein, daß sich der Regenbogen zu einem Kreise um uns zusammenschloß und daß seine immer enger zusammentretenden Farben so feurig erschienen, wie man sie sonst nie am Himmel zu sehen bekommt. Mit Mühe rissen wir uns von dem reizenden Schauspiele los und wanderten zu

unſerm Quartiere in Lauterbrunn. Durch ein glückliches Zuſammen-
treffen der Umſtände hatten wir auch gerade in dieſen Tagen Vollmond, und ſein helles Licht zog uns wiederum zu unſerm Staubbache
hin, der uns jetzt das ſeltene Schauſpiel eines milchweißen Mond-
regenbogens darbot, in welchem nur bei dem ſchärfſten Feſthalten mit
den Augen die Spuren von Farben ſich zu zeigen ſchienen. Es lag
etwas Magiſches in dieſer ganzen Erſcheinung, und mit voller Befriedigung von den reichen Genüſſen dieſes Tages und Abends ſuchten
wir unſere Ruheſtätte auf; wir ahndeten nicht, daß der herrliche
Staubbach uns noch eine dritte Ueberraſchung bereiten ſollte.

Erquickt durch den köſtlichen Schlaf, der den Fußreiſenden immer
begleitet, und durch mondlichte Träume als Fortſetzung des Eindruckes
vom Abend, brachen wir den andern Morgen in der Frühe auf, um
über die Berge zur Linken von Lauterbrunn, über die kleine Scheideck
oder die Wengeren-Alp, nahe an der Jungfrau her, nach Grindelwald zu gehen. Sieben ſtarke Stunden weit mußten wir über die
Berge wandern, ohne einen Ort zu treffen, in welchem wir uns erquicken konnten; wir wußten dies voraus und richteten uns auf ein
Mahl unter freiem Himmel ein, wie man das auf einer Schweizer-
reiſe ſehr oft thun muß. Ein tüchtiges Stück Schweizer Käſe und
Weißbrod im Ränzel, die Korbflaſchen, die ein jeder von uns an
einem Riemen über die Schultern trug, mit Wein oder Schweizer
Kirſchwaſſer gefüllt, den langen Alpenſtock, der größer ſein muß, als
man ſelbſt, in der Rechten, — ſo ſtiegen wir die ſteilen Bergpfade
hinan.

Noch einmal hatten wir dem geliebten Staubbach im Vorbeigehen
unſern Morgengruß gebracht; glich er am geſtrigen Abende, im Schimmer des Mondes, einer ſanften Schönen im weißen Schleier, ſo war
er heute, im Glanze der Morgenſonne, ein ſtarker, muthiger Jüngling, der eben mit geſtärkten, glänzenden Gliedern dem Bade entſteigt.
Unſer Weg führte gerade auf die Berge, ihm gegenüber, ſo daß wir ihm im
Steigen den Rücken zukehrten. Oft wollten wir ſtillſtehen und von
neuem auf ihn und das ganze herrliche Lauterbrunner Thal hinabblicken;
aber auch jetzt, wie oft, ermahnte uns Michel, nicht zu früh rückwärts

zu schauen, sondern die Lust zu bezähmen, um die ganze Fülle des Blicks von oben herab in Einen köstlichen Moment zu vereinigen. Wir gehorchten ihm. Jetzt durften wir uns umkehren, — und das ganze reiche Thal mit seinen Häusern, Hütten, Bäumen, Wiesen und Heerden lag still unter uns, und uns gegenüber die hohe, meilenlange Felsenwand, behangen mit den milchweißen, flatternden Bändern ihrer Wasserfälle. Aber gerade vor unsern Augen spielte unser Staubbach in den Strahlen der Morgensonne und entzückte uns durch ein ganz neues Schauspiel, welches die vom vorigen Tage an Schönheit fast noch übertraf. Die Sonnenstrahlen glänzten nemlich von ihm zurück und brachen sich in seinen Tropfen in die herrlichsten Regenbogen-Farben; aber weil wir entfernter und so hoch über seinem unteren Ende standen, so sahen wir nicht mehr bestimmte Bogen um einander, sondern die sieben Farben derselben waren unregelmäßig aus einander gezogen und durch einander gemischt, im buntesten Spiel, und das stets bewegte, herabwallende Wasser ließ sie auf das Mannig-faltigste durch einander flattern. Die ganze untere Hälfte des Falles stand so in brennenden Farben, und ich weiß ihn mit nichts anderm zu vergleichen, — obgleich auch dieser Vergleich noch sehr kleinlich ist, — als mit einem ungeheuren, bewegten, glänzenden Pfauenschweife, dessen ausgebreitetes, farbenschillerndes Ende nach unten gekehrt war. Unbeschreiblich schön war das Spiel der Farben und ihre ewig leben-dige Bewegung erhöhte den Zauber des Anblicks.

In ihm versunken standen wir lange und verrichteten, ein jeder stumm, in ernster Andacht, unser Morgengebet.

Michel riß uns aus dem Vergessen unserer selbst und unseres Tagewerks, indem er auf die hohen Bergrücken hinwies, die wir er-steigen sollten. Wir nahmen Abschied von dem zauberischen Thale und priesen uns sehr glücklich, den herrlichen Wasserfall des Staub-bachs in seinen drei Hauptmomenten, in der Morgen- und Mittags-sonne und im Mondlicht so schön gesehen zu haben, als gewiß sehr wenige der Tausende von Reisenden, die jährlich die Schweiz durch-ziehen.

Es ging immer steiler bergan; noch wanderten wir zwischen einzelnen Heerden hin, an Sennhütten vorbei, vor welchen der Hirt uns seinen Morgengruß zurief; bald waren auch die Alpwiesen verlassen, es lag schon hin und wieder Schnee, und nach etwa drittehalbstündi= gem Steigen waren wir auf dem Rücken des Berges und ganz nahe an der Jungfrau. Rechts neben uns, in höchster Klarheit, lag ihr ungeheurer Körper und hoch im Himmelblau glänzte ihr Scheitel. Wir glaubten kaum einige Steinwürfe von ihr entfernt zu sein, — so wird das ungeübte Auge durch die blendende Weiße der Schnee= berge, an denen es wenig Merkmale zum Messen des Abstandes ent= decken kann, getäuscht; und dennoch lagen zwischen uns und ihr noch ungeheure Abgründe, Felsen= und Eis=Thäler, die nie ein lebendiger Fuß berührt hat, außer vielleicht der des Adlers, wenn er das geraubte Gemskalb auf der öden Felsenspitze verzehrt.

Der Tag wurde außerordentlich klar und schön und wir konnten uns recht sättigen an dem neuen und nahen Anblicke der höchsten Schneegipfel; denn außer der Jungfrau lagen noch eine Reihe ande= rer, fast gleich schöner, vor uns, die mit ihr zusammenhängen, die beiden Eiger, das Wetterhorn u. a. m.

Die Sonne stieg höher, und obgleich wir in so beträchtlicher Höhe waren, vielleicht 6000 bis 7000 Fuß über dem Meere, so fühlten wir doch die Gewalt ihrer Strahlen. Wir legten uns in den Schatten einer Sennhütte, der Jungfrau gegenüber, und hielten unser frugales Mahl; und wahrscheinlich haben wenig Menschen der Erde ihr Mahl in dieser Mittagsstunde mit mehr Wohlgeschmack und Frohsinn verzehrt, als wir. — Die Jungfrau, die uns schon so viele Genüsse gegeben hatte, überraschte uns jetzt noch mit dem letzten, noch nie gesehenen. Während wir so dalagen, erhob sich plötzlich ein Donner, der von der Jungfrau herzukommen schien; Michel, der die Ursache kannte, und dessen geübtes Auge schnell den Ort entdeckte, woher der Donner kam, wies uns sogleich zurecht; wir richteten den Blick auf das Schneefeld, wohin er zeigte, und sahen nun große Schneeklumpen auf ihm herunterrollen, andere im Sturze mit sich fortreißen und so in tiefe Felsenabgründe hinabstürzen, aus denen der Donner dumpf wiederhallte. Und wenn ein Klumpen von einem

Felsen auf den andern herabfiel, so erhoben sich große weiße Schnee=
wollen; denn es war nicht weicher, aufgethauter Schnee, sondern sehr
feiner, gefrorener, der nicht zusammenklebt, sondern in großen Massen
losgerissen wurde und mehr fortrutschte als rollte. So hatten wir
denn auch das Schauspiel einer Lauwine gehabt. Man nennt diese
Art Staub=Lauwinen, im Gegensatz der eigentlichen, gefährlichen
Schlag=Lauwinen, die im Frühjahre, bei größerer Gewalt der Sonne,
in bewohnte Thäler von den Bergen herabstürzen, die den Sommer
über den Schnee nicht behalten; da rollt sich wirklich der immer
größer werdende Fall von einem Berge zum andern herab, der weich=
gewordene Schnee setzt sich an ihn an und er wächst zu einer Größe,
die ganze Oerter begraben kann.

Wir saßen in Sicherheit und sahen die Lauwinen in die Ab=
gründe vor uns fallen. Dann wanderten wir weiter und bald
wieder bergab und langten Nachmittags, wenig ermüdet, in Grin=
delwald an.

Das Thal von Grindelwald ist unter den bewohnten in der
Schweiz vielleicht dasjenige, wo man die höchsten Schneegipfel der
Alpen am nächsten um sich emporragen sieht. Vor allen zeichnen sich
die beiden Eiger aus durch die Erhabenheit ihrer Formen und durch
die scharfe Kante ihrer obern Felsenspitzen, die gleichsam wie ein
zackiger Kamm ihr Haupt bedecken. Am merkwürdigsten waren uns
die beiden Gletscher, welche hier zwischen den ungeheuren Rücken der
hohen Riesen tief in das Thal herabtreten mit ihrem Eise, so daß,
wie ich schon einmal erwähnte, man oft im Sommer mit der einen
Hand das Eis berühren und mit der andern reife Erdbeeren pflücken
kann. Wir besuchten den nächsten und schönsten. Ueber große Stein=
dämme weg, die der Gletscher bei seinem Vordringen vor sich herge=
schoben und dann beim Zurückziehen als Gränze seines ehemaligen
Reiches zurückgelassen, (die Gletscher bringen bekanntlich von Zeit zu
Zeit vorwärts und ziehen sich dann mehrere Jahre lang wieder zurück),
mußten wir uns zu ihm hin arbeiten. Wir erblickten ein großes,
zwischen den Bergen herabbrausendes Meer mit unzähligen Wellen
und krausen Zacken, die plötzlich der Frost in Eis verwandelt hatte,
— mit nicht anderm kann der Anblick eines Gletschers besser vergli=
chen werden. Die Farbe dieses Eismeeres ist blaugrün, an manchen
Stellen von dem herrlichsten Glanze, an andern durch Erde und
Steine getrübt; unten aus ihm hervor rauschte der Gletscher=Bach,
— ein jeder Gletscher hat einen solchen, der das aus ihm abschmel=
zende Wasser fortführt; — unter einem schönen, hohen Gewölbe,

welches das Eis gebildet, kam er hervor, und unser Führer versuchte
unsern Muth, indem er uns vorschlug, unter dieses Eisgewölbe hin-
zutreten; doch, fügte er hinzu, es mag nicht leicht ein Tag im Sommer hingehen, da nicht etwas von dieser schmelzbaren Decke einstürzt.
Wir wagten es, das wunderbare, blaugrüne Dunkel dieser Eis-Ka-
pelle lockte uns; wir traten ein und fanden uns in einem schönen
Tempel, mit azurnem Bogengewölbe, durch welches der blaue Himmel zu uns hereinschimmerte; hundert, wie aus Krystall geschliffene,
Flächen und Facetten des Eises warfen die Strahlen des Lichts
zurück, an unsern Füßen rauschte das helle, grüne Wasser des Glet-
scher-Baches vorbei. Still, von der Welt geschieden, standen wir wie
in dem Eispalaste der Fee im Mährchen, die tief unter den Wellen
des Meeres wohnt.

Wir verließen das Feenschloß und versuchten nun von außen den
Gletscher zu ersteigen. Mit vieler Mühe und mit Hülfe unseres
großen Alpenstockes, der mit einem eisernen Stachel beschlagen war,
klimmten wir über die ersten Wellenhügel hinweg; aber sie wurden
immer steiler, bei jedem Schritte fast gleitete unser Fuß wieder so
weit zurück, als er geschritten war; große Spalten langen vor uns,
über die nur ein Sprung helfen konnte; wir gaben das weitere Vordringen auf und ließen uns dafür von dem alten Michel eine sehr
merkwürdige Geschichte erzählen, die an dieser Stelle dem Wirte unseres Gasthofes in Grindelwald begegnet war. Er hütete als 17-
oder 18jähriger Bursche die Ziegen seines Vaters an den, mit Gras
und Wald bewachsenen, Bergen zu beiden Seiten des Gletschers; an
einem Morgen wollte er die Heerde von der einen an die andere
Seite treiben und zwar, um den großen Umweg um den Fuß des
Gletschers zu vermeiden, über diesen selbst weg, auf einem Wege, den
er schon oft mit den Thieren gemacht hatte. Es war aber in der
Nacht ein großer Spalt in das Eis gerissen, so breit, daß die Thiere
scheu davor stutzten; ihr Führer bedenkt sich nicht lange, ergreift jedes
Thier einzeln, wirft es über den Spalt weg, und eben hat er das
letzte hinübergeworfen, als das Eis unter seinen Füßen noch mehr zu-
sammenbricht, und er selbst 64 Fuß tief in dem Spalte hinabstürzt;
nur die Wände desselben, die nach unten immer enger zusammentra-
ten und die Schnelligkeit des Falles brachen, waren seine Rettung.
Ohne Besinnung lag er, wer weiß wie lange Zeit; endlich erwacht
er und findet sich, — welch Entsetzen! tief unter einer häuserhohen
Masse von Eise begraben, fern von aller menschlichen Hülfe, und
sein rechter Arm ist gebrochen. Doch das fühlt er nicht, die Angst

macht ihn fühllos. Er versucht unter dem Eise fortzukriechen; nahe
bei ihm rauscht der Gletscherbach unter demselben herab; er schöpft
einige Hoffnung, kriecht zu dem Bette desselben hin und hat so viel
Besinnung, daß er nicht dem Laufe desselben abwärts folgt, da hätte
er eine zu große Strecke unter dem Eise machen müssen, sondern
vielmehr aufwärts, weil er weiß, daß nicht weit oberhalb des Ortes,
wo er heruntergefallen, der Bach an einer Seite aus dem Gletscher
hervortritt. Mit unsäglicher Anstrengung sich unter dem Eise im
Wasser wegdrängend und in die Höhe arbeitend, noch immer nichts
von seinem gebrochenen Arme fühlend, gelangt er endlich wieder an
das Tageslicht. Aber seine Kräfte sind dahin, er fällt in eine zweite
Ohnmacht, aus der er spät erwacht; und fast mit mehr Mühe, wenigstens mehr entkräftet, und mit großen Schmerzen im Arme schleppt
er sich nach Hause. — Er wurde geheilt und war einige 50 Jahre
alt, als wir ihn sahen.

Unsere Reise ging von Grindelwald quer durch das Berner Gebiet auf das Waadtland und den Genfer See zu. Wir sahen diesen
herrlichen See und überblickten von Lausanne aus jenseits die Reihe
der Savoyischen Alpen; gingen dann über Neuffchatel nach Bern, wo
wir unsern Wagen wiederfanden, fuhren über Basel, den Rhein entlang, nach Heidelberg und von da nach Göttingen zurück. Es boten
sich uns auch in diesen Tagen der Rückreise noch viele reiche Genüsse
dar, ihre Schilderung würde aber den Eindruck der größeren Scenen,
die wir erlebt hatten, nur schwächen, und so breche ich mit der Bemerkung ab, daß nur ein Umstand unsern Nachgenuß der herrlichen
Reise einigermaßen trübte, als der Vater meines Zöglings, der Graf
Baudissin, uns Vorwürfe darüber machte, daß wir nicht von den
Borromäischen Inseln auch noch nach Mailand gereist wären, um
diesen Mittelpunct Norditaliens kennen zu lernen. Da schämten wir
uns beinahe der Bescheidenheit, die uns davon abgehalten hatte.

Hofbuchdruckerei der Gebr. Jänecke in Hannover.